ESTADO DE MIEDO

MICHAEL CRICHTON

ESTADO DE MIEDO

Traducción de
Carlos Milla Soler

PLAZA JANÉS

Título original: *State of Fear*

Primera edición: septiembre, 2005

Printed in Spain – Impreso en España

ISBN: 84-01-33564-7
Depósito legal: B. 34.332-2005

Compuesto en: Fotocomposición 2000, S. A.

Impreso en Cayfosa-Quebecor, Ctra. de Caldas, km. 3
Santa Perpètua de Mogoda (Barcelona)

L 3 3 5 6 4 7

Este es un libro de ficción. Los personajes, empresas, instituciones y organizaciones de esta novela son fruto de la imaginación del autor o, si son reales, se usan de forma ficticia, sin voluntad de describir su actividad real. Por otra parte, las referencias a personas, instituciones u organizaciones reales citadas en las notas al pie son correctas. Los pies de página son verdaderos.

La ciencia tiene algo fascinante. Uno obtiene grandes beneficios en forma de conjeturas a partir de una pequeña inversión en forma de datos.

MARK TWAIN

En toda cuestión importante, existen siempre aspectos de los que nadie desea hablar.

GEORGE ORWELL

INTRODUCCIÓN

En agosto de 2002, en la Cumbre Mundial para el Desarrollo Sostenible de Johannesburgo, Vanuatu, una nación insular del Pacífico, anunció que preparaba una demanda judicial contra la EPA (Agencia de Protección del Medio Ambiente de Estados Unidos) por su responsabilidad en el calentamiento del planeta. Vanuatu se alza apenas unos metros sobre el nivel del mar, y los ocho mil habitantes de la isla corren el riesgo de tener que evacuar el país debido al aumento del nivel del mar provocado por el calentamiento del planeta. Estados Unidos, la mayor potencia económica del mundo, es también el mayor emisor de dióxido de carbono y, por tanto, el país que más contribuye al calentamiento del planeta.

El NERF (Fondo Nacional de Recursos Medioambientales), un grupo activista norteamericano, anunció que aunaría fuerzas con Vanuatu en la presentación de esta demanda, prevista para el verano de 2004. Se rumoreó que el acaudalado filántropo George Morton, que con frecuencia daba apoyo a causas ecologistas, financiaría personalmente el juicio, cuyo coste se calculó en más de ocho millones de dólares. Puesto que el caso sería visto en última instancia por el receptivo tribunal de apelación para el Circuito Noveno de San Francisco, el litigio se esperaba con cierta expectación.

Pero la demanda no llegó a presentarse.

Ni Vanuatu ni el NERF han ofrecido explicación oficial alguna al respecto. Aun después de la repentina desaparición de George Morton, las circunstancias que rodearon dicha demanda han quedado sin examinar debido al inexplicable desinterés de los medios de comunicación. Hasta finales de 2004 ningún miembro del consejo directivo del NERF hizo ninguna declaración pública acerca de lo ocurrido en el seno de la organización. Posteriores revelaciones de colaboradores directos de Morton, así como de antiguos integrantes del bufete de Los Ángeles Hassle & Black, han añadido detalles a la historia.

Ahora, pues, está ya claro qué ocurrió con el desarrollo del litigio de Vanuatu entre mayo y octubre de 2004, y por qué como consecuencia de ello murió tanta gente en remotos rincones del planeta.

M. C.
Los Ángeles, 2004

ESTADO DE MIEDO

Del informe interno al Consejo de Seguridad Nacional (CSN) del AASBC (confidencial). Fragmentos redactados del AASBC. Obtenidos de FOIA 04/03/04.

En retrospectiva, la conspiración [redacted] estuvo muy bien planeada. Los preparativos se llevaron a cabo durante más de un año antes de producirse los acontecimientos. Hubo [redacted] preliminares ya el [redacted] de marzo de 2003, así como informes al [redacted] británico y el [redacted] alemán.

El primer incidente tuvo lugar en París en mayo de 2004. Es [redacted] que las autoridades [redacted]. Pero ya no existe la menor duda de lo que ocurrió en París [redacted], como tampoco acerca de las graves consecuencias posteriores.

PRIMERA PARTE

AKAMAI

PARIS NORD
DOMINGO, 2 DE MAYO, 2004
12.00 H.

En la oscuridad, él le tocó el brazo y dijo:

—Quédate aquí.

Ella esperó sin moverse. Percibía un intenso olor a salitre. Oía el suave gorgoteo del agua.

De pronto se encendieron las luces, reflejándose en la superficie de un enorme depósito abierto, quizá de unos cincuenta metros de longitud por veinte de anchura. Podría haber sido una piscina cubierta, salvo por el equipo electrónico que la rodeaba.

Y por el extraño dispositivo situado en el extremo opuesto.

Jonathan Marshall regresó junto a ella sonriendo como un idiota.

—*Qu'est-ce que tu penses?* —preguntó, consciente de su pésima pronunciación—. ¿Qué piensas?

—Es magnífico —afirmó la chica. Cuando hablaba en inglés, tenía un acento exótico. A decir verdad, todo en ella era exótico, pensó Jonathan. De piel oscura, pómulos prominentes y cabello negro, podría haber sido modelo. Y se contoneaba como una modelo, con su falda corta y sus zapatos de tacón de aguja. Era medio vietnamita y se llamaba Marisa. Mirando alrededor, añadió—: Pero ¿no hay nadie aquí?

—No, no —respondió él—. Es domingo. Hoy no viene nadie.

Jonathan Marshall, de veinticuatro años, era un londinense licenciado en física que, como parte de sus estudios de posgrado, trabajaba durante el verano en el ultramoderno Laboratoire Ondulatoire —Laboratorio de Mecánica Ondulatoria— del Instituto de la Marina francés en Vissy, al norte de París. Pero en el barrio residían sobre todo familias jóvenes, y para Marshall había sido un verano solitario. Por eso no podía dar crédito a la buena suerte que había tenido al conocer a aquella chica. Una chica muy guapa y sexy.

—Explícame qué hace esta máquina —dijo Marisa con una mirada radiante—, y qué haces tú.

—Con mucho gusto —contestó Marshall. Se acercó al gran panel de control y empezó a conectar las bombas y los sensores. Al otro extremo del depósito, los treinta paneles del generador de olas se activaron uno tras otro.

Marshall miró a la chica, y ella le sonrió.

—Es complicadísimo —comentó Marisa. Se colocó junto a él frente al panel de control—. ¿Hay cámaras para grabar vuestra investigación?

—Sí, en el techo y a los lados del depósito. Crean un registro visual de las olas generadas. En el depósito también hay sensores que recogen los parámetros de presión de la ola al pasar.

—¿Están conectadas ahora esas cámaras?

—No, no —dijo él—. No las necesitamos; no estamos haciendo ningún experimento.

—Quizá sí —respondió ella, y apoyó la mano en el hombro de Marshall. Tenía unos dedos largos y delicados, unos dedos preciosos. Miró alrededor por un momento—. En esta sala todo es carísimo. Debe de haber grandes medidas de seguridad, ¿no?

—En realidad no. Simplemente hay que usar una tarjeta para entrar. Y solo hay una cámara de seguridad. —Señaló por encima del hombro—. En aquel rincón.

Marisa se volvió.

—¿Y esa está encendida?

—Sí, claro —contestó él—, esa siempre.

Marisa le acarició suavemente el cuello.

—¿Así que ahora hay alguien vigilándonos?

—Eso me temo.

—Entonces debemos portarnos bien.

—Probablemente. Por cierto, ¿y tu novio?

—Ese. —Dejó escapar un resoplido de desdén—. Ya me he hartado de él.

Unas horas antes aquel mismo día Marshall había salido de su pequeño apartamento para ir a la cafetería de la rue Montaigne, que visitaba cada mañana, llevándose como de costumbre un artículo especializado para leer. Al rato, aquella chica se sentó en la mesa contigua con su novio. En breve la pareja empezó a discutir.

A decir verdad, Marshall tuvo la impresión de que Marisa y el novio no estaban hechos el uno para el otro. Él era un americano rubicundo y fornido, corpulento como un jugador de fútbol, con el cabello largo y gafas de montura metálica poco acordes con sus toscas facciones. Tenía todo el aspecto de un cerdo que pretendía pasar por intelectual.

Se llamaba Jim y estaba enfadado con Marisa porque esta, al parecer, no había pasado la noche con él.

—No sé por qué no me dices dónde estuviste —repetía él una y otra vez.

—Porque no es asunto tuyo, por eso.

—Pero yo pensaba que íbamos a cenar juntos.

—Jimmy, ya te dije que no.

—No, me dijiste que sí. Y yo te esperé en el hotel. Toda la noche.

—¿Y qué? Nadie te obligó. Podías marcharte y pasártelo bien.

—Pero te esperaba.

—Jimmy, no eres mi dueño. —Exasperada, suspiraba, levantaba las manos o se daba palmadas en las rodillas desnudas. Tenía las piernas cruzadas y se le había subido mucho la falda—. Yo hago lo que me da la gana.

—Eso está claro.

—Sí —dijo ella, y en ese momento se volvió hacia Marshall—. ¿Qué es eso que lees? Parece muy complicado.

En un primer momento Marshall se alarmó. Saltaba a la vista que le había dirigido la palabra para provocar al novio. No quería dejarse arrastrar a la pelea de la pareja.

—Es física —contestó lacónicamente, y se volvió un poco, procurando pasar por alto la belleza de la chica.

—¿Qué clase de física? —insistió ella.

—Mecánica ondulatoria. Olas marinas.

—¿Eres estudiante, pues?

—Estudiante de posgrado.

—Ah. E inteligente, por lo que se ve. ¿Eres inglés? ¿Qué haces en Francia?

Y casi sin darse cuenta Marshall entabló conversación con la chica, y ella le presentó al novio, que le dirigió a Marshall una sonrisa de suficiencia y le dio un desidioso apretón de manos. La situación seguía siendo embarazosa, pero ella se comportaba como si no lo fuese.

—¿Así que trabajas por aquí? ¿En qué? ¿Un depósito con una máquina? La verdad, no consigo imaginármelo. ¿Me lo enseñas?

Y allí estaban, en el Laboratorio de Mecánica Ondulatoria. Jimmy, el novio, se había quedado fuera, en el aparcamiento, malhumorado, fumando un pitillo.

—¿Qué hacemos con Jimmy? —preguntó Marisa, de pie junto a Marshall mientras él trabajaba en el panel de control.

—Aquí dentro no puede fumar.

—Yo me encargaré de que no fume. Pero no quiero que se enfade más. ¿Crees que puedo dejarle entrar?

A Marshall lo invadió un sentimiento de decepción.

—Claro. Supongo.

Ella le apretó el hombro.

—No te preocupes. Después estará ocupado con otros asuntos suyos.

Se alejó y abrió la puerta del fondo del laboratorio. Jimmy entró. Marshall echó un vistazo y vio que se quedaba rezagado, con las manos en los bolsillos. Marisa regresó junto a él, que seguía frente al panel de control.

—Jimmy ya se ha calmado —dijo—. Ahora enséñamelo.

Los motores eléctricos del extremo opuesto del depósito ronronearon y las palas generaron la primera ola. Era pequeña, y recorrió suavemente el depósito en toda su longitud hasta chocar, con un ligero chapoteo, en un panel inclinado en el lado donde ellos se hallaban.

—¿Y esto es un maremoto? —preguntó Marisa.

—Es la simulación de un tsunami, sí —contestó Marshall mientras pulsaba el teclado. En el panel de control, los monitores mostraron la temperatura y la presión, así como imágenes en color falso de la ola.

—Una simulación —repitió ella—. ¿Y eso qué quiere decir?

—En este depósito podemos crear olas de hasta un metro de altura —explicó Marshall—. Pero los verdaderos tsunamis alcanzan cuatro, ocho o diez metros. A veces incluso más.

—¿Una ola de diez metros en el mar? —Marisa abrió los ojos desorbitadamente—. ¿En serio? —Miró al techo intentando imaginarla.

Marshall movió la cabeza en un gesto de asentimiento. Esa altura equivalía a un edificio de tres plantas. Y alcanzaba una velocidad de ochocientos kilómetros por hora, avanzando atronadoramente hacia la costa.

—¿Y cuándo llega a la costa? —preguntó ella—. ¿Eso representa el panel inclinado de este extremo? Tiene una textura de guijarros, parece. ¿Eso es la costa?

—Exactamente —contestó Marshall—. La distancia que recorre la ola tierra adentro depende del ángulo de la pendiente. Podemos ajustar esa pendiente a cualquier ángulo.

El novio se acercó al depósito, pero siguió apartado de ellos, sin pronunciar una sola palabra.

Marisa estaba entusiasmada.

—¿Podéis ajustarla? ¿Cómo?

—Está motorizada.

—¿A cualquier ángulo? —Se rió—. Ponla a *vingt-sept* grados. Veintisiete.

—Allá va. —Marshall tecleó. Con un ligero chirrido, la pendiente de la costa aumentó de ángulo.

El novio americano, atraído por la actividad, se aproximó más al depósito para echar un vistazo. Era fascinante, pensó Marshall. Cualquiera sentiría interés. Sin embargo aquel tipo continuó en silencio. Allí de pie, se limitó a observar cómo crecía la inclinación de la superficie enguijarrada. Esta no tardó en detenerse.

—¿Esa es la pendiente, pues? —preguntó Marisa.

—Sí —dijo Marshall—. Aunque de hecho veintisiete grados es una inclinación excesiva, por encima del promedio de las costas del mundo real. Quizá debería ponerla…

Marisa cerró su mano morena sobre la de él.

—No, no —dijo. Tenía la piel suave—. Déjala así. Enséñame una ola. Quiero ver una ola.

Cada treinta segundos se generaban pequeñas olas que recorrían el depósito con un leve zumbido.

—Bueno, primero tengo que conocer la forma de la costa. En este momento es una playa llana, pero si hubiese un entrante…

—¿Cambiaría si hubiese un entrante?

—Claro.

—¿De verdad? Enséñamelo.

—¿Qué clase de entrante quieres? Un puerto, un río, una bahía…

—Ah —dijo ella, y se encogió de hombros—, que sea una bahía.

Marshall sonrió.

—Bien. ¿De qué tamaño?

Con un ronroneo de motores eléctricos, la costa empezó a curvarse y se formó una hendidura en la pendiente.

—¡Fantástico! —exclamó Marisa—. Vamos, Jonathan, déjame ver la ola.

—Todavía no. ¿De qué tamaño es la bahía?

—Ah… —Extendió los brazos—. Un kilómetro y medio. Una bahía de un kilómetro y medio. ¿Ahora me la dejarás ver? —Se inclinó hacia él—. Debes saber que no me gusta esperar.

Marshall olió su perfume. Tecleó a toda prisa.

—Ahí viene —dijo—. Una ola grande, acercándose a una bahía de un kilómetro y medio con una pendiente de veintisiete grados.

Al generarse la siguiente ola en el otro extremo del depósito, el zumbido fue mucho más sonoro, y luego avanzó uniformemente hacia ellos, una línea de agua de unos quince centímetros de altura.

—¡Oh! —Marisa hizo un mohín—. Me has prometido que sería grande.

—Tú espera.

—¿Crecerá? —preguntó Marisa, y se echó a reír. Volvió a apoyar la mano en el hombro de Marshall. El americano la fulminó con la mirada. Ella levantó la barbilla en actitud desafiante. Pero cuando él volvió a fijar la vista en el depósito, ella apartó la mano.

Marshall se sintió otra vez descorazonado. Marisa lo estaba utilizando; él era un peón en aquel juego de la pareja.

—¿Has dicho que crecerá? —preguntó ella.

—Sí —contestó Marshall—, la ola crecerá al acercarse a la orilla. En aguas profundas un tsunami es pequeño, pero aumenta de tamaño en los bajíos. Y el entrante concentrará su fuerza, así que se incrementará la altura.

La ola se hizo más alta y, al arremeter contra la costa curva, levantó espuma y ascendió ruidosamente por los lados. Alcanzó un metro y medio, calculó Marshall.

—Pues sí ha crecido —dijo ella—. ¿Y en el mundo real?

—Eso equivale a unos quince metros —contestó él.

—*Oh là là!* —exclamó ella, y apretó los labios—. Así que una persona no puede escaparse corriendo.

—Pues no —contestó Marshall—. Es imposible huir de un maremoto. En Hilo, Hawai, en 1957 una ola tan alta como los edificios barrió las calles del pueblo; la gente corrió, pero…

—¿Y ya está? —preguntó el americano con voz ronca, como si necesitara aclararse la garganta—. ¿Eso es todo?

—No le hagas caso —dijo ella en voz baja.

—Sí, esto es lo que hacemos —respondió Marshall—. Generamos olas…

—¡Joder! —exclamó el americano—. Yo ya hacía eso en mi bañera cuando tenía seis meses.

—Bueno —continuó Marshall, y señaló el panel de control y los monitores—, generamos muchas bases de datos para investigadores de todo el mundo que están…

—Ya, ya. Con eso tengo suficiente. Vaya coñazo. Me voy. Marisa, ¿tú vienes o no? —La miró con furia.

Marshall la oyó respirar hondo.

—No —contestó ella—. No voy.

El americano se dio media vuelta, se alejó y cerró de un portazo al salir.

El apartamento de Marisa se hallaba frente a Notre-Dame, al otro lado del río; desde el balcón del dormitorio se disfrutaba de una hermosa vista de la catedral, que estaba iluminada por la noche. Eran las diez, pero el cielo presentaba aún un intenso azul. Marshall bajó la vista para contemplar la calle, las luces de las cafeterías, la gente de paseo. Era una escena bulliciosa y cautivadora.

—No te preocupes —dijo ella, a sus espaldas—. Si buscas a Jimmy, aquí no vendrá.

En realidad, Marshall no concibió esa posibilidad hasta que ella la mencionó.

—¿No?

—No. Irá a cualquier otra parte. Jimmy tiene muchas mujeres. —Marisa tomó un sorbo de vino tinto y dejó la copa en la mesilla de noche. Sin ceremonias, se quitó la camiseta y la falda. No llevaba nada debajo.

Todavía con los zapatos de tacón, se acercó a él. Marshall debió de parecer sorprendido, porque ella dijo:

—Ya te lo he advertido: no me gusta esperar.

A continuación lo rodeó con los brazos y lo besó con fuerza, con ferocidad, casi con rabia. Siguieron unos momentos incómodos mientras Marshall intentaba besarla a la vez que ella lo desnudaba. Marisa tenía la respiración entrecortada, casi jadeaba. No hablaba. Tal era su apasionamiento que casi parecía furiosa, y su belleza, la perfección física de aquel cuerpo moreno, lo intimidaron, pero no por mucho tiempo.

Después, Marisa yació a su lado, su piel suave pero su carne apretada. En el techo del dormitorio se proyectaba el tenue resplandor de la fachada de la iglesia. Marshall se sentía relajado; ella, en cambio, después de hacer el amor parecía rebosante de energía, inquieta. Marshall se preguntó si, pese a sus gemidos y gritos del final, se había corrido realmente. Y de pronto ella se levantó.

—¿Te pasa algo?

Marisa tomó un sorbo de vino.

—Voy al baño —dijo, y volviéndose, desapareció tras una puerta.

Había dejado su copa de vino. Marshall se incorporó y tomó un sorbo; vio la delicada forma de los labios de Marisa dibujada con carmín en el borde.

Miró la cama y vio las manchas oscuras que habían dejado los tacones de ella en las sábanas. No se había descalzado hasta que llevaban ya un rato haciendo el amor. Ahora los zapatos estaban bajo la ventana, donde los había lanzado. Señales de su pasión. Marshall tenía aún la sensación de vivir un sueño. Nunca había estado con una mujer como aquella. Tan hermosa como aquella, instalada en un sitio como aquel. Se preguntó cuánto debía de costar un apartamento así, con las paredes revestidas de madera, la situación idónea...

Tomó otro sorbo de vino. Podía acostumbrarse a aquello, pensó.

Oyó correr el agua en el cuarto de baño. Un tarareo, una canción poco melodiosa.

De pronto la puerta de la entrada se abrió con estrépito e irrumpieron tres hombres en la habitación. Vestían gabardina y sombrero oscuro. Aterrorizado, Marshall dejó la copa en la mesilla —se cayó— y se lanzó hacia su ropa junto a la cama para cubrirse, pero al instante los hombres se precipitaron sobre él y lo sujetaron con las manos enguantadas. Lanzó un grito de alarma y pánico cuando lo arrojaron a la cama boca abajo. Aún vociferaba cuando le hundieron la cara en la almohada. Pensó que iban a asfixiarlo, pero no fue así. Un hombre le susurró:

—Cállate. Si te callas, no te pasará nada.

Marshall no le creyó, así que forcejeó y volvió a gritar. ¿Dónde estaba Marisa? ¿Qué hacía? Estaba sucediendo todo muy rápido. Tenía a un hombre sentado sobre la espalda; notaba sus rodillas hundidas en la espina dorsal y el contacto frío de los zapatos en las nalgas desnudas. Sintió la mano del hombre en el cuello, inmovilizándolo contra la cama.

—¡Cállate! —volvió a susurrar el hombre.

Los otros dos lo tenían sujeto por las muñecas y lo obligaban a extender los brazos sobre la cama. Se estaban preparando para hacerle algo. Marshall, aterrorizado, se sintió vulnerable. Gimió, y alguien lo golpeó en la nuca.

—¡Silencio!

Todo ocurría muy deprisa, todo se desdibujaba. ¿Dónde estaba Marisa? Probablemente escondida en el cuarto de baño, y no la culpaba. Oyó un sonido acuoso y vio una bolsa de plástico y algo blanco dentro de ella, como una pelota de golf. Estaban colocándole la bolsa bajo la axila, en la parte carnosa del brazo.

¿Qué demonios le hacían? Notó el agua fría en la cara interior del brazo, y aunque forcejeó, lo sujetaron firmemente. A continuación, dentro del agua, notó un contacto blando y viscoso contra el brazo, como si fuese un chicle, algo pegajoso que se le adhería a la piel del brazo, y después sintió un pellizco. Nada, apenas perceptible, un momentáneo aguijonazo.

Los hombres actuaban con presteza. Retiraron la bolsa y en ese momento Marshall oyó dos estridentes disparos y la voz de Marisa, que gritaba en un rápido francés: «*Salaud! Salopard! Bouge-toi le cul!*». El tercer hombre se tambaleó sobre la espalda de Marshall y cayó al suelo. Acto seguido se levantó con dificultad. Marisa seguía gritando. Se oyeron más disparos, y Marshall percibió el olor a pólvora en el aire. Los hombres huyeron. Sonó un portazo, y Marisa regresó, totalmente desnuda, balbuceando en un francés que él no entendió, algo sobre una *vacherie*, que el interpretó como «vaca», pero no pensaba con claridad. Empezaba a temblar sobre la cama.

Ella se acercó y lo rodeó con los brazos. El cañón de la pistola estaba caliente, y Marshall, al percibir su contacto, gritó. Ella la dejó a un lado.

—¡Jonathan, cuánto lo siento, cuánto lo siento! —Permitió que Marshall apoyara la cabeza en su hombro y lo acunó—. Por favor, perdóname. Ya ha pasado todo, te lo prometo.

Gradualmente Marshall dejó de temblar, y ella lo miró.

—¿Te han hecho daño?

Marshall negó con la cabeza.

—Bueno. Lo suponía. ¡Idiotas! Amigos de Jimmy. Ha sido solo una broma, para asustarte. Y también a mí, desde luego. Pero ¿no estás herido?

Él volvió a negar con al cabeza. Tosió.

—Quizá... —dijo, recuperando por fin la voz—. Quizá debería marcharme.

—No —dijo ella—. No, no. No puedes hacerme eso.

—No me encuentro...

—Ni hablar —insistió ella. Se arrimó más a él, y sus cuerpos quedaron en contacto—. Debes quedarte un rato.

—¿No tendrías que avisar a la policía?

—*Mais non*. La policía no intervendrá. Una discusión entre amantes. En Francia no hacemos eso, no llamamos a la policía.

—Pero han entrado por la fuerza.

—Ya se han ido —dijo ella, susurrándole al oído. Marshall sintió su aliento—. Estamos solo nosotros. Solo nosotros, Jonathan. —Deslizando su cuerpo moreno sobre el de él, descendió por su pecho.

Pasaban ya de las doce de la noche cuando, por fin vestido, contempló Notre-Dame desde la ventana. Las calles seguían concurridas.

—¿Por qué no te quedas? —preguntó ella con un precioso mohín—. Quiero que te quedes. ¿No deseas complacerme?

—Lo siento —dijo él—. Tengo que irme. No me encuentro muy bien.

—Yo haré que te sientas mejor.

Marshall negó con la cabeza. La verdad era que no se encontraba bien. A rachas lo asaltaba una sensación de aturdimiento y le flojeaban las piernas. Allí agarrado a la barandilla del balcón, le temblaban las manos.

—Lo siento —repitió—. Tengo que irme.

—Muy bien, pero entonces te llevaré yo.

Como él sabía, Marisa tenía el coche aparcado en la otra orilla del Sena. Se le antojó demasiado lejos para ir a pie. Pero, en su embotamieno, se limitó a asentir.

—De acuerdo —dijo.

Ella no tenía prisa. Pasearon cogidos del brazo por la orilla del río, como amantes. Dejaron atrás los restaurantes flotantes amarrados al muelle, vivamente iluminados, todavía llenos de gente. Por encima de ellos, al otro lado del río, se alzaba Notre-Dame, envuelta en luz. Durante un rato, ese lento paseo, con la cabeza de Marisa apoyada en el hombro y las tiernas palabras que le susurraba, le sentó bien y empezó a encontrarse mejor.

Pero no tardó en tropezar, invadido por una sensación de

debilidad y torpeza. Tenía la boca seca. Se notaba la mandíbula agarrotada. Le costaba hablar.

Ella no pareció darse cuenta. Ya habían quedado atrás las intensas luces, y bajo uno de los puentes Marshall volvió a tropezar. Esta vez cayó en la orilla de piedra.

—Cariño —dijo ella, preocupada y solícita, y lo ayudó a ponerse en pie.

—Creo… creo… —dijo él.

—Cariño, ¿te encuentras bien? —Marisa lo ayudó a llegar a un banco apartado del río—. Siéntate aquí un momento. Enseguida estarás mejor.

Pero su estado no mejoró. Intentó protestar, pero era incapaz de articular palabra. Aterrorizado, se dio cuenta de que ni siquiera podía mover la cabeza. Le pasaba algo grave. Todo su cuerpo se debilitaba por momentos de una manera asombrosa. Trató de levantarse del banco, pero los miembros no le respondieron. La miró, sentada a su lado.

—Jonathan, ¿qué te pasa? ¿Necesitas un médico?

«Sí, necesito un médico», pensó.

—Jonathan, no estás bien…

Marshall sentía opresión en el pecho. Respiraba con dificultad. Desvió la mirada y la fijó al frente. Presa del pánico, pensó: «Estoy paralizado».

Intentó mirarla. Pero ya ni siquiera era capaz de mover los ojos. Solo podía mantener la vista al frente. Tenía la respiración poco profunda.

—¿Jonathan?

«Necesito un médico.»

—Jonathan, ¿puedes mirarme? ¿Puedes? ¿No? ¿No puedes volver la cabeza?

Por alguna razón la voz de ella no reflejaba preocupación. Parecía objetiva, clínica. Quizá Marshall tenía también afectada la capacidad auditiva. En sus oídos resonaba un rumor tempestuoso. Cada vez le costaba más respirar.

—Muy bien, Jonathan, marchémonos de aquí.

Marisa metió la cabeza bajo su brazo y, con sorprendente fuerza, lo puso en pie. Su cuerpo colgó flácido y desmadejado junto a ella. Era incapaz de controlar la dirección de su mirada. Oyó acercarse unas pisadas y pensó: «Gracias a Dios». Un hombre dijo en francés:

—*Mademoiselle*, ¿necesita ayuda?

—No, gracias —contestó Marisa—. Es solo que ha bebido demasiado.

—¿Seguro?

—Le pasa continuamente.

—¿Sí?

—Ya me las arreglo sola.

—Ah. Entonces le deseo una *bonne nuit*.

—*Bonne nuit*.

Marisa siguió su camino con él a rastras. Su paso se volvió menos firme. De pronto se detuvo y se volvió a mirar en todas direcciones. Y acto seguido... se dirigió hacia el río.

—Pesas más de lo que pensaba —dijo con toda naturalidad.

Marshall experimentó un hondo terror. Estaba paralizado por completo. No podía hacer nada. Sus pies se arrastraban por la piedra.

Hacia el río.

—Lo siento —dijo ella, y lo tiró al agua.

A la breve caída siguió una pasmosa sensación de frío. Se sumergió, rodeado de burbujas y verde, y después de negrura. Ni siquiera en el agua podía moverse. No podía creer que estuviese ocurriéndole aquello, que fuese a morir de esa manera.

Lentamente, sintió subir su cuerpo. Otra vez agua verde, y a continuación asomó a la superficie, cara arriba, girando poco a poco.

Veía el puente, y el cielo negro, y a Marisa, de pie en la orilla. Encendió un cigarrillo y lo miró. Tenía una mano en la cadera y una pierna un paso por delante de la otra, una pose de modelo. Exhaló y el humo se elevó en la noche.

Marshall volvió a hundirse bajo la superficie, y sintió que el frío y la negrura lo envolvían.

A las tres de la madrugada se encendieron las luces del Laboratoire Ondulatoire del Instituto de la Marina francés en Vissy. El panel de control cobró vida. La máquina empezó a generar olas que recorrían el depósito una tras otra y embestían la costa artificial. Los monitores mostraban imágenes tridimensionales y columnas de datos. Los datos se transmitían a un lugar desconocido en alguna zona de Francia.

A las cuatro se apagaron el panel de control y las luces y en los discos duros se borró todo registro de lo ocurrido.

PAHANG
MARTES, 2 DE MAYO
11.55 H.

La tortuosa carretera discurría a la sombra bajo la enramada de la selva tropical malaya. Aunque pavimentada, era muy estrecha, y el Land Cruiser tomaba a toda velocidad las curvas en medio de chirridos de neumáticos. En el asiento del acompañante, un hombre barbudo de unos cuarenta años consultó su reloj.

—¿Cuánto falta?

—Solo unos minutos —contestó el conductor sin aflojar la marcha—. Casi hemos llegado.

El conductor era chino, pero hablaba con acento inglés. Se llamaba Charles Ling y había llegado a Kuala Lumpur procedente de Hong Kong la noche anterior. Había conocido a su acompañante en el aeropuerto esa mañana, y desde entonces habían viajado a todo gas.

El acompañante había entregado a Ling una tarjeta donde se leía: «Allan Peterson, Servicios Sísmicos, Calgary». Ling no se lo había creído. Sabía de sobra que en Alberta existía una empresa, ELS Engineering, que vendía esa clase de equipo. No era necesario viajar hasta Malaisia.

Además, Ling había comprobado la lista de pasajeros del vuelo de llegada, y no constaba ningún Allan Peterson. Así que aquel tipo había entrado en el país con un nombre distinto.

Por otra parte, dijo a Ling que era un geólogo independiente que asesoraba a compañías energéticas de Canadá, básicamente evaluando posibles yacimientos petrolíferos. Pero Ling tampoco se lo creyó. A los ingenieros del petróleo se los distinguía a una hora lejos, y aquel hombre no lo era.

Así pues, Ling no sabía quién era. Pero le traía sin cuidado. El señor Peterson llevaba una tarjeta de crédito válida, lo demás no era asunto de Ling. Ese día le interesaba solo una cosa: vender cavitadores. Y esa parecía una buena venta: Peterson hablaba de tres unidades, más de un millón de dólares en total.

Se desvió de la carretera con un brusco giro y tomó por un camino embarrado. Dando tumbos, avanzaron por la selva bajo árboles enormes y de pronto salieron a un amplio claro bañado por el sol. En el terreno se abría una inmensa brecha semicircular que dejaba a la vista la pared de tierra gris de un precipicio. Abajo se extendía un lago verde.

—¿Qué es esto? —preguntó Peterson torciendo el gesto.

—Fue una mina a cielo abierto, ahora abandonada. Caolín.

—¿Y eso es...?

«Este no es geólogo», pensó Ling. Explicó que el caolín era un mineral presente en la arcilla.

—Se utiliza en la fabricación de papel y cerámica. Hoy día se produce mucha cerámica industrial. Hacen cuchillos de cerámica con un filo increíble. Pronto habrá también motores de automóvil de cerámica. Pero aquí la calidad era muy baja, y por eso abandonaron la mina hace cuatro años.

Peterson asintió con la cabeza.

—¿Y dónde está el cavitador?

Ling señaló un camión grande estacionado al borde del precipicio.

—Allí.

Se dirigieron hacia él en el Land Cruiser.

—¿Es de fabricación rusa?

—El vehículo y el bastidor de matriz de carbono, sí. La parte electrónica viene de Taiwan. Del montaje nos ocupamos nosotros, aquí en Kuala Lumpur.

—¿Y este es el modelo más grande?

—No, este es el intermedio. No tenemos ninguno de los grandes para enseñarle.

Se detuvieron junto al camión. Era del tamaño de una excavadora grande; el techo del Land Cruiser apenas llegaba a lo alto de las enormes ruedas. En el centro, suspendido sobre la tierra, había un generador de cavitación rectangular, una masa cuadrilonga de tubos y cables semejante a un descomunal generador diésel. La placa curva de cavitación colgaba debajo, a algo más de un metro por encima del suelo.

Se apearon del todoterreno y salieron al sofocante calor. A Ling se le empañaron las gafas. Se las limpió con la camisa. Peterson circundó el camión.

—¿Puedo comprar la unidad sin el camión?

—Sí, fabricamos unidades transportables, con contenedores para flete. Pero normalmente los clientes las prefieren montadas en vehículos.

—Yo solo quiero las unidades —aclaró Peterson—. ¿Va a hacerme una demostración?

—Enseguida —dijo Ling. Hizo una seña al operario, instalado en la alta cabina—. Quizá deberíamos apartarnos.

—Espere un momento —lo interrumpió Peterson, de pronto alarmado—. Pensaba que estaríamos solos. ¿Quién es ese?

—Mi hermano —respondió Ling tranquilamente—. Es de toda confianza.

—Bueno...

—Apartémonos —insistió Ling—. Veremos mejor a cierta distancia.

El generador de cavitación se encendió con un estruendoso tableteo. Pronto el ruido se mezcló con otro sonido, un zumbido grave que a Ling siempre le parecía sentirlo en el pecho, en los huesos.

Peterson debió de sentirlo también, porque se apresuró a retroceder.

—Estos generadores de cavitación son hipersónicos —explicó Ling— y producen un campo de cavitación radialmente simétrico que puede ajustarse a un punto focal, más o menos como una lente óptica, salvo por el hecho de que utilizamos sonido. Dicho en otras palabras, podemos focalizar el haz sonoro y controlar la profundidad de cavitación.

Hizo una seña al operario, que asintió con la cabeza. La placa de cavitación descendió hasta quedar a ras de tierra. El sonido cambió, pasando a ser más grave y mucho menos intenso. La tierra vibró ligeramente donde ellos estaban.

—¡Dios santo! —exclamó Peterson, y volvió a retroceder.

—No se preocupe —dijo Ling—. Esto es solo un reflejo de baja graduación. El principal vector de energía es ortogonal, de trayectoria recta y perpendicular al suelo.

A unos doce metros por debajo del camión, las paredes del precipicio parecieron desdibujarse súbitamente. Pequeñas nubes de humo gris oscurecieron la superficie por un momento y a continuación toda una sección del precipicio cedió y se desmoronó en el lago como un alud gris. Se levantó una gran polvareda alrededor. Cuando el aire empezó a despejarse, Ling dijo:

—Ahora le ensñaremos cómo se dirige el haz.

El retumbo empezó otra vez, y en esta ocasión el precipicio se desdibujó mucho más abajo, a unos sesenta metros o más. Nuevamente la arena gris cedió y esta vez se deslizó sin gran estruendo hacia el lago.

—¿Y puede dirigirse también lateralmente? —preguntó Peterson.

Ling asintió. A unos cien metros al norte del camión, una porción de pared se desprendió y se precipitó.

—Podemos enfocarlo en cualquier dirección y a cualquier profundidad.

—¿A cualquier profundidad?

—Nuestra unidad grande focaliza a unos mil metros. Aunque ningún cliente encuentra utilidad a esas profundidades.

—No, no —dijo Peterson—. No necesitamos nada así. Pero queremos potencia de haz. —Se enjugó las manos en el pantalón—. Ya he visto suficiente.

—¿Sí? Tenemos otras cuantas técnicas que demos…

—Quiero regresar ya. —Detrás de las gafas de sol, su mirada era inescrutable.

—Muy bien —dijo Ling—. Si tan seguro está…

—Lo estoy.

En el viaje de regreso, Peterson preguntó:

—¿Lo envían desde Kuala Lumpur o desde Hong Kong?

—Desde Kuala Lumpur.

—¿Con qué restricciones?

—¿A qué se refiere? —dijo Ling.

—En Estados Unidos, la tecnología de cavitación hipersónica es de uso restringido. No puede exportarse sin licencia.

—Como ya le he dicho, utilizamos componentes electrónicos taiwaneses.

—¿Son tan fiables como la tecnología estadounidense?

—Prácticamente idénticos —contestó Ling. Si Peterson conocía su oficio, debía de saber que Estados Unidos había perdido hacía mucho tiempo la capacidad de manufacturar juegos de chips tan avanzados. Los chips estadounidenses se fabricaban en Taiwan—. ¿Por qué lo pregunta? ¿Planea exportar a Estados Unidos?

—No.

—Entonces no hay problema.

—¿Cuáles son sus plazos de entrega? —quiso saber Peterson.

—Necesitamos siete meses.

—Yo estaba pensando en cinco.

—Es posible. Pero habrá un recargo. ¿Cuántas unidades?

—Tres —contestó Peterson.

Ling se preguntó para qué necesitaba alguien tres unidades de cavitación. Ninguna empresa de prospección geológica del mundo tenía más de una.

—Cursaré el pedido en cuanto cobre la fianza —aseguró Ling.

—La tendrá por transferencia mañana.

—¿Y adónde lo enviamos? ¿A Canadá?

—Ya recibirá instrucciones para el flete —respondió Peterson—, dentro de cinco meses.

Enfrente de ellos se elevaban hacia el cielo los arcos del ultramoderno aeropuerto diseñado por Kurokawa. Peterson se había sumido en el silencio. Mientras subían por la rampa, Ling dijo:

—Confío en que llegue a tiempo para tomar su avión.

—¿Cómo? Ah, sí. Vamos bien.

—¿Vuelve a Canadá?

—Sí.

Ling se detuvo a la entrada de la terminal de vuelos internacionales, salió y estrechó la mano a Peterson. Este se cargó al hombro el bolso de mano. No llevaba más equipaje que ese.

—Bien —dijo Peterson—, mejor será que me vaya.

—Buen viaje.

—Gracias. Lo mismo digo. ¿Regresa ya a Hong Kong?

—No —contestó Ling—. Tengo que ir a la fábrica para asegurarme de que empiezan a trabajar.

—¿Está cerca de aquí?

—Sí, en Pudu Raya. Solo a unos kilómetros.

—De acuerdo, pues.

Peterson entró en la terminal después de dirigirle un último gesto de despedida. Ling volvió al coche y se alejó. Pero mientras descendía por la rampa, vio que Peterson se había dejado el móvil en el asiento. Se detuvo en el arcén y echó un vistazo por encima del hombro. Peterson ya había desaparecido. Y el teléfono que Ling sostenía en la mano era muy ligero, de plástico barato, uno de esos aparatos desechables con tarjeta de prepago. No podía ser el principal teléfono de Peterson.

Se le ocurrió que quizá cierto amigo suyo pudiese seguir el rastro al teléfono y la tarjeta para averiguar más sobre el comprador. Y a Ling le apetecía saber más. Así que se metió el teléfono en el bolsillo y enfiló rumbo al norte, hacia la fábrica.

SHAD THAMES
VIERNES, 21 DE MAYO
11.04 H.

Richard Mallory, sentado tras su escritorio, levantó la vista y dijo:

—¿Sí?

En el umbral de la puerta había un hombre de tez pálida, cabello rubio y corto, complexión delgada y aspecto americano. Tenía una actitud despreocupada y una indumentaria anodina: zapatillas Adidas sucias y chándal azul marino descolorido. Daba la impresión de que hubiese salido a correr y hubiese pasado un momento por la oficina.

Y puesto que aquello era Design/Quest, una empresa puntera de diseño gráfico situada en Butler's Wharf, un barrio londinense de almacenes rehabilitados que se extendía por debajo del Puente de la Torre, la mayoría de los empleados vestían de manera informal. Mallory era la excepción. Como era el jefe, llevaba un pantalón de sport y una camisa blanca. Y unos zapatos de puntera estrecha que le hacían daño. Pero eran la última moda.

—¿En qué puedo ayudarle? —preguntó Mallory.

—He venido a por el paquete —respondió el americano.

—¿Qué paquete? —dijo Mallory—. Lo siento, pero si viene a recoger los envíos de DHL, los tiene la secretaria en recepción.

El americano pareció enojarse.

—¿No cree que exagera un poco? Deme el puto paquete, y acabemos ya.

—De acuerdo, está bien —contestó Mallory, y salió de detrás del escritorio.

Al parecer, el americano consideró que se había excedido, porque con un tono más sosegado dijo:

—Unos carteles muy bonitos. —Señaló la pared detrás de Mallory—. ¿Los hace usted?

—Nosotros —respondió Mallory—. Nuestra empresa.

En la pared colgaban dos carteles, uno al lado del otro, ambos de un globo terráqueo suspendido en el espacio sobre un fondo negro, sin más diferencia que la frase. Uno rezaba: SALVAD LA TIERRA, y debajo: ES EL ÚNICO HOGAR QUE TENEMOS. En el otro se leía: SALVAD LA TIERRA, y debajo: NO HAY OTRO SITIO ADONDE IR.

A un lado se veía un marco con una fotografía de una modelo rubia en camiseta: SALVAD LA TIERRA, y el lema era: Y PONEOS GUAPOS AL HACERLO.

—Esa fue nuestra campaña «Salvad la Tierra» —explicó Mallory—. Pero no la aceptaron.

—¿Quién no la aceptó?

—El Fondo Internacional para la Conservación.

Pasó junto al americano y se encaminó hacia la escalera de atrás, que llevaba al garaje. El hombre lo siguió.

—¿Por qué no? ¿No les gustó?

—Sí, sí les gustó —afirmó Mallory—. Pero consiguieron a Leo como portavoz y prefirieron utilizarlo a él. La campaña se basó en una serie de spots.

Al pie de la escalera, Mallory pasó su tarjeta por el lector de banda magnética y la puerta se abrió con un chasquido. Entraron en el pequeño garaje situado en el sótano del edificio. Estaba a oscuras salvo por el resplandor de la luz del día procedente de la rampa que daba a la calle. Molesto, advirtió que una camioneta obstruía parcialmente la salida de la rampa. Siempre tenían problemas con las camionetas de reparto aparcadas allí.

Se volvió hacia el americano.

—¿Tiene coche?

—Sí. Una camioneta. —Señaló hacia fuera.

—Ah, bueno, así que es suya. ¿Y lo ayuda alguien?

—No. Estoy solo. ¿Por qué?

—Pesa mucho —dijo Mallory—. Quizá solo sea cable, pero hay ciento cincuenta mil metros. Pesa más de trescientos kilos.

—Me las arreglaré.

Mallory se acercó a su Rover y abrió el maletero. El americano silbó, y la camioneta descendió por la rampa. La conducía una mujer de aspecto duro con maquillaje oscuro y el pelo de punta.

—Pensaba que estaba solo —comentó Mallory.

—Ella no sabe nada —aseguró el americano—. Olvídela. Ha traído la camioneta. Solo conduce.

Mallory se volvió hacia el maletero abierto. Contenía pilas de cajas blancas con el rótulo CABLE ETHERNET (NO BLINDADO) y especificaciones impresas.

—Veamos una —propuso el (americano.

Mallory abrió una caja. Contenía un revoltijo de bobinas de cable muy fino del tamaño de un puño, cada una envuelta en plástico.

—Como ve, es cable guía —dijo—. Para misiles antitanque.

—¿Eso es?

—Eso me dijeron. Por eso viene envuelto así. Una bobina por cada misil.

—Yo no sé nada —contestó el americano—. Solo soy el repartidor. —Fue a abrir la parte de atrás de la camioneta e inició el traslado de las cajas, una por una. Mallory lo ayudó—. ¿Le dijo alguna otra cosa, ese tipo?

—Pues la verdad es que sí —contestó Mallory—. Me contó que alguien compró quinientos misiles de los excedentes del Pacto de Varsovia. Se llamaban Hotfire o Hotwire o algo así. No ojivas ni nada por el estilo. Solo las carcasas de los misiles. Por lo visto, los vendieron con el cable guía defectuoso.

—No estaba enterado.

—Eso me dijo. Los misiles se compraron en Suecia. Concretamente en Gotemburgo, creo. Los mandaron desde allí.

—Lo veo muy preocupado.

—No estoy preocupado —dijo Mallory.

—Como si temiese haberse involucrado en algo.

—Yo no.

—¿Seguro? —insistió el americano.

—Sí, segurísimo.

Ya habían trasladado la mayor parte de las cajas a la camioneta. Mallory empezó a sudar. El americano parecía mirarlo de reojo, sin ocultar su escepticismo.

—Y dígame, ¿cómo era ese tipo?

Mallory sabía que no le convenía contestar. Se encogió de hombros.

—Un tipo corriente.

—¿Americano?

—No lo sé.

—¿No sabe si era americano o no?

—No le distinguí el acento.

—¿Y eso? —preguntó el americano.

—Quizá fuese canadiense.

—¿Iba solo?

—Sí.

—Porque he oído hablar de una mujer imponente. Una mujer muy sexy con zapatos de tacón y falda ajustada.

—Me habría fijado en una mujer así —dijo Mallory.

—¿No estará... omitiéndola? —Otra mirada escéptica—. ¿Guardándosela para usted solo?

Mallory advirtió un bulto en la cadera del americano. ¿Era una pistola? Podía ser.

—No. Ese hombre estaba solo.

—Quienquiera que fuese.

—Sí.

—Si quiere saber mi opinión —continuó el americano—, yo sentiría curiosidad, ya de entrada, por cualquiera que necesitase ciento cincuenta mil metros de cable para misiles antitanque. O sea, ¿para qué?

—No entró en explicaciones —contestó Mallory.

—¿Y usted simplemente dijo: «Vale, amigo, ciento cincuenta mil metros de cable, déjemelos», sin una sola pregunta?

—Me parece que es usted quien hace todas las preguntas —repuso Mallory, todavía sudando.

—Y tengo mis razones —repuso el americano, adoptando un tono amenazador—. Debo decirle que no me gusta nada lo que estoy oyendo.

Las últimas cajas estaban ya apiladas en la camioneta. Mallory retrocedió. El americano cerró bruscamente la primera puerta y luego la segunda. Al cerrarse la segunda, Mallory vio allí a la conductora, la mujer. Había permanecido oculta detrás de la puerta.

—Tampoco a mí me gusta —declaró ella. Llevaba un traje de faena, un excedente del ejército. Pantalones anchos y botas con cordones de media caña. Una voluminosa cazadora verde. Gruesos guantes, gafas de sol.

—Eh, un momento —protestó el americano.

—Deme su teléfono móvil —dijo la mujer, y tendió la mano. Tenía la otra mano detrás de la espalda. Como si escondiese un arma.

—¿Por qué?

—Démelo.

—¿Por qué?

—Quiero verlo, solo por eso.

—No tiene nada fuera de lo normal…

—Démelo.

El americano sacó el móvil del bolsillo y se lo entregó a la mujer.

En lugar de coger el móvil, ella lo agarró de la muñeca y tiró de él. El teléfono cayó al suelo. La mujer sacó la otra mano de detrás de la espalda y, con un rápido movimiento, sujetó al americano por el cuello. De inmediato le rodeó el cuello con ambas manos como si fuese a estrangularlo.

El americano quedó atónito por un momento; luego empezó a forcejear.

—¿Qué carajo hace? —dijo él—. ¡Qué carajo...! ¡Eh! —De un golpe, la obligó a apartar las manos y retrocedió de un salto, como si se hubiese quemado—. ¿Qué era eso? ¿Qué ha hecho?

El americano se llevó la mano al cuello. Le corría un hilillo de sangre, apenas unas gotas. Las yemas de los dedos se le mancharon de rojo. Casi nada.

—¿Qué ha hecho? —repitió.

—Nada —contestó ella, quitándose los guantes.

Mallory advirtió que lo hacía con cuidado, como si contuviesen algo. Algo que no deseaba tocar.

—¿Nada? —dijo el americano—. ¿Nada? ¡Hija de puta! —De pronto se dio media vuelta y echó a correr rampa arriba hacia la calle.

Tranquilamente, ella lo observó alejarse. A continuación se agachó, cogió el teléfono móvil y se lo guardó en el bolsillo. Luego miró a Mallory.

—Vuelva a la oficina.

Él vaciló.

—Ha hecho un buen trabajo. Yo nunca lo he visto. Usted nunca me ha visto a mí. Ahora váyase.

Mallory se dio media vuelta y se dirigió hacia la puerta de la escalera posterior del edificio. A sus espaldas, oyó a la mujer cerrar la puerta de la camioneta, y cuando echó un vistazo atrás, vio la camioneta ascender rápidamente por la rampa hacia el resplandor de la calle. Dobló a la derecha y desapareció.

Ya en la oficina, su ayudante, Elizabeth, entró en su despacho con una maqueta de los anuncios del nuevo ordenador ultraligero de Toshiba. La filmación estaba prevista para el día siguiente. Aquellas eran las pruebas finales. Mallory hojeó las láminas apresuradamente; le costaba concentrarse.

—¿No te gustan? —preguntó Elizabeth.

—Sí, sí, están bien.

—Se te ve un poco pálido.

—Es solo, esto… el estómago.

—Un té de jengibre —dijo ella—. Es lo mejor. ¿Te preparo uno?

Mallory asintió con la cabeza para hacerla salir del despacho. Miró por la ventana. Tenía una vista espectacular del Támesis, con el Puente de la Torre a la izquierda. El puente había sido repintado de azul pastel y blanco (¿era una tradición o simplemente una mala idea?), pero verlo siempre le proporcionaba satisfacción. En cierto modo seguridad.

Se acercó a la ventana y se quedó allí, contemplando el puente. Pensó que cuando su mejor amigo le preguntó si estaba dispuesto a echar una mano por una causa ecologista radical, se le antojó divertido. Un poco de clandestinidad, un poco de acción y heroísmo. Le prometió que no implicaba ningún tipo de violencia. Mallory en ningún momento imaginó que pasaría miedo.

Pero ahora tenía miedo. Le temblaban las manos. Se las metió en los bolsillos mientras miraba por la ventana. ¿Quinientos misiles?, pensó. Quinientos misiles. ¿En qué se había metido? Gradualmente, tomó conciencia de que oía sirenas y por encima de los pretiles del puente destellaban luces rojas.

Se había producido un accidente en el puente. Y a juzgar por la afluencia de policía y vehículos de emergencia era un accidente serio.

Un accidente en el que había muerto alguien.

No pudo contenerse. Movido por una sensación de pánico, abandonó la oficina, salió al muelle y, con el corazón en un puño, se encaminó apresuradamente hacia el puente.

Desde la plataforma superior del autobús rojo de dos pisos, los turistas miraban hacia abajo tapándose la boca horrorizados. Mallory se abrió paso a empujones a través de la multitud apiñada delante del autobús. Se acercó lo suficiente para ver a media docena de auxiliares médicos y agentes de policía agachados en torno a un cuerpo que yacía en la calle. Junto a ellos, de pie, se encontraba el robusto conductor del autobús, llorando. Decía que no había podido hacer nada por evitarlo, que el hombre había cruzado por delante del autobús en el último momento. Debía de estar borracho —añadió el conductor— porque se tambaleaba. Casi parecía que se había caído del bordillo.

Mallory no veía el cuerpo; se lo impedían los policías. La multitud estaba casi en silencio, observando. En ese momento se irguió uno de los policías con un pasaporte rojo en las manos, un pasaporte alemán. Gracias a Dios, pensó Mallory, sintiendo una oleada de alivio que duró un momento, hasta que uno de los auxiliares médicos se apartó y Mallory vio una pierna de la víctima: un chándal azul marino y unas Adidas sucias, ahora empapadas en sangre.

Sintió náuseas y se dio media vuelta para abrirse paso otra vez entre la muchedumbre. La gente, impasible o molesta, miraba más allá de Mallory. Pero nadie se fijaba en él. Todos tenían puesta la atención en el cadáver.

Todos excepto un hombre vestido como un ejecutivo, con traje oscuro y corbata. Este sí observaba a Mallory, que cruzó una mirada con él. El hombre movió la cabeza en un ligero gesto de asentimiento. Mallory no respondió. Se limitó a pasar entre las últimas filas de la multitud y huyó. Bajó apresuradamente por la escalera hacia su oficina y supo que, de un modo que no alcanzaba a comprender, su vida había cambiado para siempre.

TOKIO
MARTES, 1 DE JUNIO
10.01 H.

El IDEC, Consorcio Internacional de Datos Medioambientales, tenía su sede en un pequeño edificio de obra vista contiguo al campus de la Universidad de Keio Mita. Para un observador ajeno, el IDEC formaba parte de la universidad e incluso exhibía su escudo de armas («*Calamus gladio fortior*»), pero de hecho era una institución independiente. El centro del edificio se componía de una reducida sala de reuniones con un estrado y dos filas de cinco sillas de cara a una pantalla situada al frente.

A las diez de la mañana el director del IDEC, Akira Hitomi, subió al estrado y observó al americano entrar y tomar asiento. Este era un hombre corpulento, no muy alto pero de hombros y pecho robustos, como un atleta. Para su tamaño, se movía con una soltura y un sigilo considerables. El oficial nepalí, alerta, de tez oscura, entró después. Ocupó un asiento detrás del americano y a un lado. En el estrado, Hitomi los saludó con la cabeza sin decir nada.

La sala, revestida de paneles de madera, se oscureció lentamente para permitir que la vista se acostumbrase al cambio de luz. En todas las paredes, los paneles de madera se deslizaron silenciosamente, dejando a la vista enormes pantallas planas. Algunas de las pantallas se desplazaron hasta quedar separadas de las paredes.

Al final, la puerta principal se cerró y el pestillo se corrió con un chasquido. Hitomi no habló hasta ese momento.

—Buenos días, Kenner-san. —En la pantalla principal se leía «Hitomi Akira» en inglés y japonés—. Buenos días, Thapa-san. —Hitomi abrió un ordenador portátil plateado muy pequeño y delgado—. Hoy les presentaré los datos de los últimos veintiún días, exactamente hasta hace veinte minutos. Son los hallazgos de nuestro proyecto conjunto, el Árbol de Akamai.

Los dos visitantes asintieron con la cabeza. Kenner sonrió con expectación. Y no era raro, pensó Hitomi. En ningún lugar del mundo vería una presentación como aquella, ya que la agencia de Hitomi era la líder mundial en acumulación y manipulación de datos electrónicos. En las pantallas se sucedió una imagen tras otra. Mostraron lo que parecía el logotipo de una empresa: un árbol verde sobre fondo blanco y el rótulo SOLUCIONES DE RED DIGITAL ÁRBOL DE AKAMAI. El nombre y la imagen se habían elegido por su similitud con los logos y los nombres de empresas auténticas que operaban en internet. Durante los dos últimos años, la red de servidores de Árbol de Akamai se componía en realidad de trampas cuidadosamente proyectadas. Incorporaban redes trampa multinivel de cuádruple verificación constituidas tanto en dominios empresariales como académicos. Ello les permitía seguir el rastro desde los servidores hasta el usuario con un índice de acierto del ochenta y siete por ciento. Venían cebando la red desde hacía un año, primero con carnaza corriente y luego con bocados cada vez más suculentos.

—Nuestros sitios duplicaron webs establecidas de geología, física aplicada, ecología, ingeniería civil y biogeografía —explicó Hitomi—. Para atraer buceadores, los datos típicos incluían información sobre el uso de explosivos en registros sísmicos, ensayos de estabilidad de estructuras ante la vibración y daños provocados por terremotos, y en nuestros sitios oceanográficos datos sobre huracanes, olas gigantes, tsunamis y demás. Ya están ustedes familiarizados con todo esto.

Kenner asintió con la cabeza.

—Sabíamos que teníamos un enemigo disperso —continuó Hitomi— e inteligente. Los usuarios a menudo actúan desde detrás de programas con filtros de contenido para navegación infantil o utilizan cuentas AOL con clasificación de adolescente, para inducirnos a pensar que son bromistas o *scripters* aficionados menores de edad. Sin embargo, no lo son, ni mucho menos. Están bien organizados, tienen mucha paciencia y son implacables. En las últimas semanas hemos empezado a comprenderlos mejor.

En la pantalla apareció una lista.

—En una mezcla de sitios y foros de discusión, nuestros programadores de sistemas descubrieron que los buceadores se agrupaban en las siguientes categorías:

Aarhus, Dinamarca
Argón/oxígeno, transmisores
Aislantes de alto voltaje
Cavitación (sólida)
Centro Nacional de Información Sísmica (NEIC)
Demolición controlada
Diarios misioneros del Pacífico
Diques de cajón hidráulico
Encriptación celular
Encriptación de datos en red
Explosivos modelados (temporizados)
Fondo Nacional de Recursos Medioambientales (NERF)
Fundación para las Enfermedades en las Selvas Tropicales (RFDF)
Hidróxido de potasio
Hilo, Hawai
Historia militar australiana
Mitigación de inundaciones
Prescott, Arizona
Propergol sólido para misiles
Proyectiles guiados por cable
Red de repetidores marinos
Shinkai 2000
Signaturas sísmicas, geológico
Toxinas y neurotoxinas

—Una lista impresionante, aunque misteriosa —dijo Hitomi—. Sin embargo, tenemos filtros para identificar a expertos y clientes de gran rendimiento. Estos son individuos que atacan los cortafuegos, plantan troyanos, robots y demás. Muchos de ellos buscan listas de tarjetas de crédito. Pero no todos. —Tecleó en su pequeño ordenador y las imágenes cambiaron—. Añadimos cada uno de estos temas a la red trampa con creciente pegajosidad e incluimos finalmente indicios de inminentes datos de investigación, que presentamos como cruces de mensajes por correo electrónico entre científicos de Australia, Alemania, Canadá y Rusia. Atrajimos una multitud y observamos el tráfico. Al final, aislamos un nódulo complejo en Norteamérica (Toronto, Chicago, Ann Arbor, Montreal) con ramificaciones en las dos costas de Estados Unidos, así como en Inglaterra, Francia y Alemania. Se trata de un importante grupo extremista Alfa. Es posible que hayan matado ya a un investigador en París. Esperamos datos. Pero las autoridades francesas pueden ser… lentas.

Kenner habló por primera vez.

—¿Y cuál es el actual incremento celular?

—El tráfico celular se está acelerando. Los mensajes de correo electrónico están considerablemente encriptados. El índice de transferencia va en aumento. Es evidente que hay un proyecto en marcha, de alcance mundial, sumamente complicado, en extremo caro.

—Pero no sabemos de qué se trata.

—Todavía no.

—Entonces mejor será que sigan el rastro del dinero.

—En eso estamos. En todas partes. —Hitomi esbozó una sombría sonrisa—. Es solo cuestión de tiempo que uno de esos peces muerda el anzuelo.

VANCOUVER
MARTES, 8 DE JUNIO
16.55 H.

Nat Damon firmó el papel con un gesto afectado.

—Nunca me habían pedido que firmase un acuerdo de confidencialidad.

—Me sorprende —dijo el hombre del traje reluciente a la vez que cogía el papel—. Pensaba que era el procedimiento de rigor. No queremos que nuestra información interna salga a la luz. —Era abogado y acompañaba a su cliente, un hombre barbudo con gafas que vestía vaqueros y camisa de trabajo. Este se presentó como geólogo especializado en petróleo, y Damon lo creyó. Desde luego, se parecía a los otros geólogos petroleros con los que había tratado.

La compañía de Damon se llamaba Canada Marine RS Technologies; desde una reducida oficina de las afueras de Vancouver, Damon alquilaba submarinos de investigación y sumergibles de control remoto a clientes de todo el mundo. Damon no era el dueño de esos submarinos; simplemente los alquilaba. Los aparatos se encontraban distribuidos por todo el mundo: Yokohama, Dubai, Melbourne, San Diego. Abarcaban desde sumergibles de quince metros plenamente equipados con una tripulación de seis hombres capaces de dar la vuelta al globo, hasta pequeñas máquinas de inmersión para un solo hombre, e incluso vehículos robotizados, aún menores, que se manejaban por control remoto desde una gabarra en la superficie.

Los clientes de Damon eran compañías mineras y energéticas que utilizaban los sumergibles para realizar prospecciones submarinas o para comprobar el estado de torres de prospección y plataformas petrolíferas mar adentro. Era un negocio especializado y su pequeña oficina, al fondo de un taller de carenado, no recibía muchos visitantes.

Sin embargo, esos dos hombres habían entrado por su puerta poco antes de la hora de cierre. Solo había hablado el abogado; el cliente se había limitado a entregar a Damon una tarjeta de visita donde se leía «Servicios Sísmicos», con una dirección de Calgary. Tenía lógica; Calgary era uno de los principales centros para las compañías de hidrocarburos. Allí tenían sede Petro-Canada, Shell, Suncor y muchas más, razón por la cual habían surgido docenas de pequeñas empresas privadas de consultoría que ofrecían prospecciones e investigación.

Damon cogió una pequeña maqueta del estante situado a sus espaldas. Era un diminuto submarino de morro chato y blanco con cabina de cristal. Lo colocó en la mesa frente a los dos hombres.

—Este es el vehículo que recomiendo para sus necesidades —dijo—. El *RS Scorpion*, construido en Inglaterra hace solo cuatro años. Lleva una tripulación de dos hombres. Funciona con energía eléctrica y gasoil con transmisión de argón de ciclo cerrado. Sumergido, consume un veinte por ciento de oxígeno y un ochenta por ciento de argón. Una tecnología sólida y probada: aspirador-neutralizador de hidróxido de potasio, componentes eléctricos a doscientos voltios, profundidad operativa de seiscientos metros y tres coma ocho horas de autonomía de inmersión. Es el equivalente al Shinkai 2000 japonés, si ustedes lo conocen, o al DownStar 80, del que hay cuatro unidades en todo el mundo, pero están todas alquiladas a largo plazo. El *Scorpion* es un submarino excelente.

Los dos hombres asintieron y cruzaron una mirada.

—¿Y qué clase de manipuladores externos lleva? —preguntó el hombre de la barba.

—Eso depende de la profundidad —contestó Damon—. A menor profundidad...

—Digamos a seiscientos metros. ¿De qué manipuladores externos dispone en ese caso?

—¿Desean recoger muestras a seiscientos metros?

—En realidad, colocamos dispositivos de control en el lecho marino.

—Entiendo. ¿Dispositivos radiofónicos? ¿Para enviar datos a la superficie?

—Algo así.

—¿De qué tamaño son esos dispositivos?

El hombre de la barba separó las manos algo más de cincuenta centímetros.

—Así de grandes más o menos.

—¿Y cuánto pesan?

—Ah, no lo sé exactamente. Quizá unos cien kilos.

Damon disimuló su sorpresa. Normalmente los geólogos de la industria petrolera sabían con toda precisión qué iban a colocar. Dimensiones exactas, peso exacto, gravedad específica exacta, todo eso. Aquel tipo hablaba con mucha vaguedad. Pero quizá era simple paranoia por parte de Damon.

—¿Y esos sensores son para trabajos geológicos? —prosiguió.

—En última instancia. En primer lugar necesitamos información sobre corrientes marinas, índices de flujo, temperaturas en el fondo, esas cosas.

Damon pensó: ¿Para qué? ¿Por qué necesitaban conocer las corrientes? Podían estar instalando una torre, desde luego, pero nadie haría eso a seiscientos metros de profundidad.

¿Qué se proponían aquellos tipos?

—Bueno —dijo—, si quieren colocar dispositivos externos, deben fijarlos al exterior del casco antes de la inmersión. Va provisto de repisas laterales a ambos lados con ese fin. —Señaló la maqueta—. Una vez sumergidos, pueden elegir entre dos brazos de control remoto para colocar los dispositivos. ¿Cuántos dispositivos son?

—Bastantes.

—¿Más de ocho?

—Ah, sí. Probablemente.

—Bueno, entonces tendrían que hacer múltiples inmersiones. En cada una pueden transportarse solo ocho o a lo sumo diez dispositivos externos.

Continuó hablando durante un rato, escrutando sus rostros e intentando averiguar qué ocultaban sus afables expresiones. Querían alquilar el submarino durante cuatro meses a partir de agosto de ese año. El submarino y la gabarra debían transportarse a Port Moresby, Nueva Guinea. Lo recogerían allí.

—Según adónde vayan, son necesarias ciertas licencias navales…

—Nos ocuparemos de eso más tarde —lo interrumpió el abogado.

—En cuanto a la tripulación…

—También de eso nos ocuparemos más tarde.

—Forma parte del contrato.

—Entonces inclúyalo. Lo que tenga por norma.

—¿Devolverán la gabarra en Moresby al final del período de arrendamiento?

—Sí.

Damon se sentó frente al ordenador de sobremesa y empezó a rellenar la hoja de presupuesto. En total había que introducir datos en cuarenta y tres casillas, sin contar el seguro.

—Quinientos ochenta y tres mil dólares —dijo cuando obtuvo la cifra final.

Los dos hombres, sin inmutarse, se limitaron a asentir con la cabeza.

—La mitad por adelantado.

Volvieron a asentir.

—El resto en depósito antes de la entrega en Port Moresby. —Eso nunca lo exigía con clientes asiduos, pero por alguna razón estos dos le inquietaban.

—No hay problema —aseguró el abogado.

—Más el veinte por ciento para cubrir cualquier eventualidad, pagadero por adelantado.

Eso era simplemente innecesario. Pero ahora intentaba ahuyentar a aquellos dos individuos. No surtió efecto.

—No hay problema.

—De acuerdo —dijo Damon—. Bueno, si necesitan consultar con la empresa que los ha contratado antes de firmar…

—No. Estamos en situación de hacerlo ya.

Y entonces uno de ellos sacó un sobre y se lo entregó a Damon.

—Dígame si le parece correcto.

Era un cheque por valor de 250.000 dólares. Extendido por Servicios Sísmicos a nombre de Canada Marine. Damon movió la cabeza en un gesto de asentimiento. Dejó el cheque y el sobre en su escritorio, junto a la maqueta del submarino.

—¿Le importa si anoto un par de cosas? —dijo uno de ellos, y cogiendo el sobre, escribió en él.

Y solo cuando ya se habían ido, Damon cayó en la cuenta de que le habían entregado el cheque y se habían llevado el sobre. Así no dejaban huellas.

¿O era paranoia suya? A la mañana siguiente prefirió pensar que era eso. Cuando fue al Scotia Bank a ingresar el cheque, pasó a ver a John Kim, el director del banco, y le pidió que averiguase si la cuenta de Servicios Sísmicos tenía fondos suficientes para cubrir el cheque.

John Kim se comprometió a comprobarlo de inmediato.

STANGFEDLIS
LUNES, 23 DE AGOSTO
3.02 H.

«Dios, qué frío hace», pensó George Morton al bajarse del Land Cruiser. El filántropo multimillonario golpeó el suelo con los pies y se puso los guantes para entrar en calor. Eran las tres de la madrugada y el cielo presentaba un resplandor rojo, surcado por franjas amarillas del sol todavía visible. Un viento cortante barría Sprengisandur, la llanura oscura y desigual del interior de Islandia. Planas nubes grises flotaban a baja altura sobre la lava que se extendía a kilómetros a la redonda. A los islandeses les encantaba aquel lugar. Morton no entendía por qué.

En cualquier caso habían llegado a su destino: justo enfrente se alzaba un muro enorme y arrugado de nieve y roca cubiertas de polvo que se prolongaba hasta las montañas. Aquello era el Snorrajökul, un brazo del gigantesco glaciar Vatnajökull, el mayor casquete de hielo de Europa.

El conductor, un estudiante de posgrado, salió y batió palmas con entusiasmo.

—¡No está nada mal! ¡Hace bastante calor! Tienen ustedes suerte; es una agradable noche de agosto.

Vestía camiseta, pantalón corto de excursionismo y un chaleco ligero. Morton llevaba una camiseta interior, un chaquetón acolchado y pantalón grueso, y aun así tenía frío.

Volvió la vista atrás mientras los otros abandonaban el asiento trasero. Nicholas Drake, delgado y ceñudo, con camisa y corbata y una chaqueta de tweed bajo el abrigo, hizo una mueca al notar el aire frío. Hombre de pelo ralo, gafas de montura metálica y permanente cara de desaprobación, Drake ofrecía una imagen de académico que de hecho cultivaba. No quería que lo tomasen por lo que en realidad era, un abogado de éxito que se había retirado para convertirse en presidente del Fondo Nacional de Recursos Medioambientales, un importante grupo activista de Estados Unidos. Ocupaba su cargo en el NERF desde hacía diez años.

A continuación, se apeó de un brinco Peter Evans, el abogado más joven de Morton y el que más simpatía le inspiraba. Evans tenía veintiocho años y era un socio comanditario del bufete de Los Ángeles Hassle & Black. En ese momento, pese a la avanzada hora de la noche, conservaba su buen ánimo y su entusiasmo. Se puso un chaquetón de borreguillo de la Patagonia y metió las manos en los bolsillos, pero por lo demás no dio la menor señal de que el tiempo le molestase.

Morton los había llevado a todos desde Los Ángeles en su avión Gulfstream G5 y habían llegado al aeropuerto de Keflavík a las nueve de la mañana del día anterior. Ninguno de ellos había dormido, pero nadie estaba cansado. Ni siquiera Morton, y contaba ya sesenta y cinco años. No notaba la menor sensación de fatiga.

Solo frío.

Morton se subió la cremallera del chaquetón y descendió por la pendiente rocosa detrás del estudiante de posgrado.

—La luz nocturna da energía —dijo el chico—. El doctor Einarsson nunca duerme más de cuatro horas por la noche en verano. Ni él ni ninguno de nosotros.

—¿Y dónde está el doctor Einarsson? —preguntó Morton.

—Ahí abajo. —El chico señaló a la izquierda.

Al principio Morton no vio nada en absoluto. Finalmente avistó un punto rojo y se dio cuenta de que era un vehículo. Fue entonces cuando tomó conciencia del enorme tamaño del glaciar.

Drake se colocó a la par de Morton mientras bajaban por la cuesta.

—George —dijo—, tú y Evans deberíais visitar el lugar con entera libertad y dejarme a mí hablar a solas con Per Einarsson.

—¿Por qué?

—Seguramente Einarsson se sentirá más cómodo si no hay mucha gente alrededor.

—Pero ¿no estamos aquí porque soy yo quien financia su investigación?

—Por supuesto —contestó Drake—, pero no quiero hacer demasiado hincapié en eso. No quiero que Per se sienta presionado.

—No veo cómo vas a poder evitarlo.

—Me limitaré a señalar lo que hay en juego. Lo ayudaré a considerar la situación desde una perspectiva amplia.

—Sinceramente, tenía ganas de oír esa conversación —dijo Morton.

—Lo sé —respondió Drake—. Pero es un asunto espinoso.

Cuando se acercaron al glaciar, Morton percibió en el aire un frío más intenso. La temperatura descendió varios grados. Veían ya las cuatro grandes tiendas de campaña de color tostado dispuestas cerca del Land Cruiser rojo. Antes, a lo lejos, las tiendas se confundían con la llanura.

De una de las tiendas salió un hombre rubio y muy alto. Per Einarsson levantó las manos y exclamó:

—¡Nicholas!

—¡Per! —gritó Drake a su vez, y echó a correr.

Morton siguió bajando, francamente molesto al verse excluido por Drake. Evans se acercó a él.

—No me apetece en absoluto visitar este condenado lugar —comentó Morton.

—Pues no sé... —comentó Evans con la vista al frente—. Puede que sea más interesante de lo que pensamos.

De otra de las tiendas salían tres mujeres jóvenes, vestidas de caqui, todas rubias y guapas. Saludaron a los recién llegados.

—Quizá tengas razón —dijo Morton.

Peter Evans sabía que su cliente George Morton, pese a su hondo interés en las cuestiones medioambientales, tenía un interés aún mayor en las mujeres bonitas. Y en efecto, después de una rápida presentación a Einarsson, Morton se dejó llevar de buena gana por Eva Jónsdóttir, que era alta y atlética, de cabello corto y muy rubio. Y lucía una radiante sonrisa. Era del tipo de Morton, pensó Evans; se parecía mucho a su preciosa ayudante, Sarah Jones. Oyó decir a Morton:

—No tenía la menor idea de que hubiese tantas mujeres interesadas en la geología.

Y Morton y Eva se alejaron hacia el glaciar.

Evans sabía que debía acompañar a Morton. Pero quizá Morton deseaba disfrutar a solas de esa visita guiada. Y aún más importante, su bufete representaba también a Nicholas Drake, y Evans sentía un acuciante interés por lo que Drake se traía entre manos. En rigor, no era ilegal o falto de ética, pero Drake podía ser un hombre imperioso, y lo que se disponía a hacer quizá crease más tarde una situación incómoda. Así que Evans permaneció allí, inmóvil por un momento, dudando en qué dirección ir, a qué hombre seguir.

Drake tomó la decisión por él despidiéndolo con un parco gesto antes de desaparecer con Einarsson en el interior de la tienda de mayor tamaño. Evans captó el mensaje y se marchó parsimoniosamente detrás de Morton y la chica. Eva contaba que el doce por ciento de Islandia se hallaba cubierto de glaciares y que en algunos de esos glaciares asomaban volcanes activos entre el hielo.

Ese en particular, explicó señalando hacia arriba, era de los que se denominaban «glaciar de piedemonte», y se caracterizaba por rápidos avances y retrocesos. En ese momento, añadió, el glaciar avanzaba al ritmo de diez metros diarios, la longitud de un campo de fútbol cada veinticuatro horas. A veces, cuando amainaba el viento se lo oía avanzar. Ese glaciar había recorrido más de diez kilómetros en los últimos años.

Pronto se les unió Ásdís Sveinsdóttir, que podía haber sido la hermana menor de Eva. Dedicó a Evans una halagüeña atención, preguntándole cómo había ido el viaje, si les gustaba Islandia y cuánto tiempo se quedaría en el país. Al final, mencionó que normalmente ella trabajaba en la oficina de Reykjavík y solo había ido a pasar el día. Evans comprendió entonces que la chica estaba allí para hacer su trabajo. Los patrocinadores visitaban a Einarsson, y este se había encargado de organizar la visita para que fuese memorable.

Eva explicaba ahora que si bien los glaciares de piedemonte eran muy comunes —en Alaska había varios centenares—, se desconocía la mecánica de su movimiento, como se desconocía también la dinámica de sus periódicos avances y retrocesos, que difería en cada glaciar.

—Aún queda mucho por estudiar, por aprender —dijo, sonriendo a Morton.

Fue entonces cuando oyeron gritos procedentes de la tienda grande, y reniegos muy subidos de tono. Evans se disculpó y se encaminó hacia allí. No de muy buen grado, Morton lo siguió.

Per Einarsson temblaba de ira. Levantó los puños.

—¡Te digo que no! —vociferó, y descargó un golpe en la mesa.

De pie frente a él, Drake había enrojecido y tenía los dientes apretados.

—Per —dijo—, te pido que tengas en cuenta la realidad.

—¡No es así! —replicó Einarsson, aporreando otra vez la mesa—. La realidad es que no quieres que lo haga público.

—Vamos, Per...

—La realidad es que en Islandia en la primera mitad del siglo XX se registraron temperaturas más altas que en la segunda mitad, como en Groenlandia.* La realidad es que en Islandia la mayoría de

* P. Chylek *et al.* 2004, «El calentamiento global y la placa de hielo en Groenlandia», *Climatic Change* 63, 201-221. «Desde 1940 [...] los datos han experimentado de manera predominante una tendencia al enfriamiento [...] la placa de hielo de Groenlandia y las regiones costeras no siguen la actual tendencia al calentamiento del resto del planeta.»

los glaciares perdieron masa a partir de 1930 porque en los veranos las temperaturas fueron cero coma seis grados centígrados mayores, pero desde entonces el clima ha empezado a enfriarse. La realidad es que desde 1970 estos glaciares han avanzado a ritmo uniforme. Han recuperado la mitad del terreno que perdieron antes. En este momento once de ellos están avanzando. Esa es la realidad, Nicholas. Y no mentiré al respecto.

—Nadie te ha pedido que lo hagas —dijo Drake, bajando la voz y lanzando un vistazo al público recién llegado—. Solo hablo de la manera de presentar tu informe, Per.

Einarsson levantó un papel.

—Sí, y me has sugerido unos cuantos términos...

—Una simple sugerencia...

—¡Qué tergiversa la verdad!

—Per, con el debido respeto, opino que exageras...

—¿Ah, sí? —Einarsson se volvió hacia los otros y empezó a leer—. Esto es lo que Nicholas quiere que diga: «El amenazador calentamiento del planeta ha provocado el deshielo de los glaciares en todo el mundo, y también en Islandia. Muchos glaciares están reduciéndose de manera espectacular, aunque paradójicamente otros crecen. Sin embargo, en todos los casos los recientes extremos de la variabilidad climática parecen ser la causa...», bla... bla... bla... *og svo framvegis*. —Tiró el papel—. Eso sencillamente no es verdad.

—No es más que el párrafo inicial. Lo aclararás en el resto del informe.

—El párrafo inicial no es verdad.

—Claro que lo es. Hace referencia a los «extremos de la variabilidad climática». Nadie puede objetar a términos tan vagos.

—«Recientes extremos.» Pero en Islandia estos efectos no son recientes.

—Quita el «reciente», pues.

—Eso no basta —replicó Einarsson—, porque de este párrafo se desprende que observamos los efectos del calentamiento del planeta desde el punto de vista de los gases invernadero; cuando en realidad observamos pautas climáticas locales que son específicas de Islandia y difícilmente guardarán relación con cualquier pauta de carácter global.

—Eso puedes decirlo en tu conclusión.

—Pero este párrafo inicial se convertirá en un chiste entre los investigadores del Ártico. ¿Crees que Motoyama o Sigurosson no leerán entre líneas el significado de este párrafo? ¿O Hicks? ¿O Watanabe? ¿O Ísaksson? Se reirán y pensarán que cedo a las presiones. Dirán que lo hago por las becas.

—Pero existen otras consideraciones —adujo Drake con tono conciliador—. Debemos comprender que hay grupos de desinformación financiados por la industria..., la del petróleo, la del automóvil..., que aprovecharán el dato de que algunos glaciares crecen como argumento contra el calentamiento del planeta. Siempre lo hacen. Se agarran a cualquier cosa para ofrecer una imagen falsa.

—Cómo se utilice la información no es asunto mío. A mí me corresponde documentar la verdad de la mejor manera posible.

—Una actitud muy noble —dijo Drake—. Pero quizá no muy práctica.

—Entiendo. ¿Y me has traído aquí la fuente de financiación, en la persona del señor Morton, para que no se me escape ese detalle?

—No, no, Per —se apresuró a responder Drake—. No me interpretes mal, por favor...

—Te interpreto perfectamente. ¿Qué hace él aquí, si no? —Einarsson estaba furioso—. Señor Morton, ¿aprueba usted lo que el señor Drake me propone?

En ese momento sonó el teléfono móvil de Morton, y con alivio mal disimulado lo abrió.

—Aquí Morton. ¿Sí? Ah, John. ¿Dónde estás? ¿Vancouver? ¿Qué hora es ahí? —Tapó el micrófono con la mano—. John Kim, del Scotiabank. Desde Vancouver.

Evans asintió con la cabeza, aunque no tenía la menor idea de quién era. Las operaciones financieras de Morton eran complejas.

Conocía a banqueros de todo el mundo. Morton se dio media vuelta y se alejó hacia el lado opuesto de la tienda.

Un incómodo silencio se impuso entre los demás mientras esperaban. Einarsson fijó la mirada en el suelo y, todavía indignado, tomó aire con vehemencia. Las rubias simularon trabajar prestando gran atención a los papeles que hojeaban. Drake se metió las manos en los bolsillos y miró al techo de la tienda.

Entretanto Morton reía.

—¿En serio? Esa sí que es buena —dijo. Lanzó un vistazo a los otros, y se volvió de nuevo.

—Oye, Per —continuó Drake—, tengo la impresión de que hemos empezado con mal pie.

—Ni mucho menos —contestó Einarsson con frialdad—. Nos entendemos de sobra. Si retiráis vuestro apoyo, retiráis vuestro apoyo.

—Nadie ha hablado de retirar el apoyo…

—El tiempo lo dirá.

Y en ese momento Morton dijo:

—¿Cómo? Han hecho ¿qué? Ingresado ¿qué? ¿De cuánto dinero…? Dios santo, John. Esto es increíble. —Y todavía hablando, se volvió y salió de la tienda.

Evans corrió tras él.

La claridad era mayor. El sol estaba más alto en el cielo e intentaba abrirse paso entre las nubes bajas. Morton subía con dificultad por la cuesta hablando todavía por teléfono. Vociferaba, pero sus palabras se perdían en el viento mientras Evans lo seguía.

Llegaron al Land Cruiser. Morton se agachó para utilizarlo como escudo contra el viento.

—Dios santo, John, ¿tengo responsabilidad legal en eso? Es decir… no, no sé nada al respecto. ¿Cómo se llamaba la organización? ¿Fondo Amigos del Planeta?

Morton dirigió una mirada interrogativa a Evans. Este negó

con la cabeza. No había oído hablar de Amigos del Planeta. Y conocía a la mayoría de los grupos ecologistas.

—Con sede ¿dónde? —decía Morton—. ¿San José? ¿California? Oh, por Dios. ¿Qué demonios tiene sede en Costa Rica? —Cubrió el teléfono con la mano—. Fondo Amigos del Planeta, San José, Costa Rica.

Evans negó con la cabeza.

—No los conozco —prosiguió Morton—, y mi abogado tampoco. Y no me acuerdo... no, John, si fuese un cuarto de millón de dólares, me acordaría. ¿Dónde se extendió el cheque? Ya. ¿Y mi nombre dónde aparecía? Ya. Muy bien, gracias. Sí. lo haré. Adiós. —Cerró el teléfono. Se volvió hacia Evans—. Peter, saca un bloc y toma nota.

Morton habló deprisa. Evans escribió procurando no rezagarse. Era una historia complicada que anotó lo mejor que pudo.

John Kim, director del Scotiabank de Vancouver, había recibido la visita de un cliente llamado Nat Damon, representante de una empresa marítima local. Damon había ingresado un cheque de la compañía Servicios Sísmicos de Calgary, y el cheque había sido devuelto. Era por valor de doscientos cincuenta mil dólares. Damon tenía dudas respecto a quienquiera que hubiese extendido el cheque y había pedido a Kim que lo comprobase.

Legalmente, John Kim no podía hacer indagaciones en Estados Unidos, pero el banco emisor estaba en Calgary, y tenía un amigo que trabajaba allí. Averiguó que Servicios Sísmicos era una cuenta con un apartado de correos por dirección. La cuenta mantenía una actividad moderada, con ingresos cada pocas semanas de una única procedencia: el Fondo Amigos del Planeta, con sede en San José, Costa Rica.

Kim hizo una llamada allí. Prácticamente al mismo tiempo apareció en la pantalla de su ordenador un mensaje en el que se le comunicaba que el cheque había sido aceptado. Kim telefoneó a

Damon y le preguntó si quería que abandonase sus indagaciones. Damon dijo que no, que siguiesen buscando información.

Kim mantuvo una breve conversación con Miguel Chávez, del Banco de Crédito Agrícola de San José. Chávez dijo que había recibido un ingreso electrónico de Moriah Wind Power Associates vía Ansbach (Caimán) Ltd., un banco privado de la isla de Gran Caimán. Solo sabía eso.

Chávez volvió a llamarle diez minutos después para comunicarle que había hecho indagaciones en Ansbach y obtenido confirmación de una transferencia a la cuenta de Moriah realizada tres días antes por la Sociedad Internacional de Conservación de la Naturaleza, y en la casilla de concepto constaba: «Fondo de Investigación G. Morton».

John Kim telefoneó a su cliente de Vancouver para preguntarle en pago de qué era el cheque. Damon explicó que era el alquiler de un pequeño submarino de investigación biplaza.

A Kim le pareció muy interesante, así que telefoneó a su amigo George Morton para tomarle el pelo un poco y preguntarle por qué alquilaba un submarino. Y, para su sorpresa, Morton no sabía nada al respecto.

Evans acabó de tomar nota en el bloc.

—¿Eso es lo que te ha dicho un director de banco de Vancouver?

—Sí. Un buen amigo mío. ¿Por qué me miras así?

—Porque es mucha información —contestó Evans. Desconocía la normativa bancaria de Canadá, y más aún la de Costa Rica, pero sabía que era poco probable que un banco intercambiase información libremente tal como Morton había descrito. Si la historia del director de Vancouver era cierta, había algo que no contaba. Evans tomó nota mentalmente para investigarlo—. ¿Y conoces esa Sociedad Internacional de Conservación de la Naturaleza, que tiene un cheque tuyo por valor de un cuarto de millón de dólares?

Morton movió la cabeza en un gesto de negación.

—Nunca había oído hablar de ella.

—¿Nunca le has entregado doscientos cincuenta mil dólares, pues?

Morton negó con la cabeza.

—Lo que sí hice la semana pasada fue darle doscientos cincuenta mil a Nicholas Drake para cubrir un déficit de funcionamiento mensual. Me explicó que tenía ciertos problemas porque un donante de Seattle se había retrasado una semana en el pago. Drake ya me había pedido antes esa clase de ayuda una o dos veces.

—¿Crees que ese dinero acabó en Vancouver?

Morton asintió.

—Mejor será que le preguntes a Drake —sugirió Evans.

—No tengo la menor idea —contestó Drake, aparentemente confuso—. ¿Costa Rica? ¿Sociedad Internacional para la Conservación de la Naturaleza? Dios mío, no imagino qué puede ser.

—¿Conoces la Sociedad Internacional para la Conservación de la Naturaleza? —preguntó Evans.

—Perfectamente —respondió Drake—. Es un organización excelente. Hemos trabajado en estrecha colaboración con ellos en numerosos proyectos en todo el mundo: las Everglades, la montaña del Tigre en Nepal, la reserva natural del lago Toba en Sumatra. La única explicación que se me ocurre es que por error el cheque de George se ingresase en la cuenta equivocada. O... no lo sé... Tendría que llamar a la oficina, pero en California ya es tarde. Habrá que esperar a mañana.

Morton miraba fijamente a Drake, sin hablar.

—George —dijo Drake, volviéndose hacia él—. Comprendo que esto te resulte extraño. Incluso si se trata de un simple error, como sin duda lo es, no deja de ser una cantidad de dinero considerable para extraviarse. Lo siento mucho. Pero a veces se cometen errores, sobre todo cuando se recurre a muchos voluntarios no remunerados, como es nuestro caso. Pero tú y yo somos amigos desde hace mucho tiempo. Quiero que sepas que llegaré al fondo de este asunto. Y por supuesto me encargaré de recuperar ese dinero en el acto. Te doy mi palabra, George.

—Gracias —dijo Morton.

Subieron todos al Land Cruiser.

El vehículo se bamboleó por la yerma llanura.

—¡Qué tozudos son estos islandeses, maldita sea! —exclamó Drake, mirando por la ventanilla—. Pueden ser los investigadores más tozudos del mundo.

—¿No ha comprendido las razones que le has expuesto? —preguntó Evans.

—No —contestó Drake—, no he conseguido hacérselo entender. Los científicos ya no pueden permitirse ese actitud arrogante. No pueden decir: «Yo llevo a cabo mi investigación, y me da igual cómo se utilice». Eso está desfasado. Es irresponsable. Incluso en un campo en apariencia tan críptico como es la geología de glaciares. Porque, nos guste o no, estamos en guerra: una guerra global de información contra desinformación. La guerra se libra en muchos campos de batalla. Artículos de opinión en los periódicos, informes televisivos, publicaciones científicas, páginas web, congresos, aulas... y también juzgados, si a eso vamos. —Drake negó con la cabeza—. Tenemos la verdad de nuestro lado, pero estamos en inferioridad numérica y económica. Hoy día el movimiento ecologista es David contra Goliat. Y Goliat son Aventis y Alcatel, Humana y GE, BP y Bayer, Shell y Glaxo-Wellcome... enormes, internacionales, corporativas. Son enemigos implacables de nuestro planeta, y Per Einarsson, ahí en su glaciar, es un irresponsable por actuar como si todo eso no estuviese ocurriendo.

Sentado junto a Drake, Peter Evans asintió en actitud comprensiva, aunque en realidad oía con recelo todo lo que Drake decía. El presidente del NERF era famoso por su propensión al melodrama. Y Drake pasaba por alto deliberadamente la circunstancia de que varias de las empresas que había nombrado aportaban considerables donaciones al NERF todos los años, y tres ejecutivos de esas compañías de hecho formaban parte del consejo asesor de Drake. Eso mismo podía afirmarse de muchas organizaciones ecologistas en la actualidad, si bien las razones que se escondían tras el compromiso de las empresas suscitaban no poca polémica.

—Bueno —dijo Morton—, quizá Per lo reconsidere más adelante.

—Lo dudo —respondió Drake con pesimismo—. Estaba furioso. Hemos perdido esta batalla, lamento decirlo. Pero haremos lo que siempre hacemos. Seguir al pie del cañón. Luchar por una causa justa.

En el todoterreno se hizo el silencio durante un rato.

—Las chicas no estaban nada mal —comentó Morton por fin—. ¿Verdad, Peter?

—Desde luego —convino Evans—. Nada mal.

Evans sabía que Morton intentaba relajar los ánimos. Pero Drake no le siguió la corriente. El presidente del NERF contempló con aire taciturno el árido paisaje, con las montañas nevadas a lo lejos, y movió la cabeza tristemente.

En los últimos dos años Evans había viajado muchas veces con Drake y Morton. Normalmente, Morton animaba a cuantos se hallaban alrededor, incluso a Drake, que estaba siempre apagado e inquieto.

Pero recientemente se veía a Drake más pesimista que de costumbre. Evans lo había notado por primera vez unas semanas atrás, y se había preguntado entonces si había alguien enfermo en su familia o le preocupaba alguna otra cuestión. Pero no parecía ocurrirle nada especial. O al menos nadie hablaba de ello. El NERF era un hervidero de actividad; se habían trasladado a un magnífico edificio en Beverly Hills; la recaudación de fondos había alcanzado cotas sin precedentes; planificaban nuevos actos y simposios espectaculares, incluido el Congreso sobre el Cambio

Climático Abrupto que comenzaría dentro de dos meses. Sin embargo, a pesar de estos logros —¿o quizá a causa de ellos?—, Drake parecía más abatido que nunca.

Morton se había fijado también en ello, pero le quitaba importancia. «Es abogado —había dicho—. ¿Qué esperas? Olvídalo.»

Cuando llegaron a Reykjavík, el sol había dado paso a la lluvia y el frío. En el aeropuerto de Keflavík caía aguanieve, y ello los obligó a esperar mientras se deshelaban las alas del Gulfstream blanco. Evans se retiró a un rincón del hangar y, como era plena noche en Estados Unidos, telefoneó a un amigo de Hong Kong que trabajaba en la banca. Le preguntó sobre el asunto de Vancouver.

—Totalmente imposible —fue la respuesta inmediata—. Ningún banco divulgaría esa información, ni siquiera a otro banco. Ahí se esconde un ITS.

—¿Un ITS?

—Un Informe de Transferencia Sospechosa. Si parece un movimiento de dinero destinado al narcotráfico o el terrorismo, la cuenta pasa a ser controlada. Y a partir de ese momento se rastrean todas sus transacciones. Existen medios para rastrear transferencias electrónicas, incluso con considerable encriptación. Pero los resultados de ese rastreo nunca acabarán en la mesa de un director de sucursal.

—¿No?

—No existe la menor posibilidad. Se necesita una autorización de las fuerzas del orden internacionales para ver el informe de seguimiento.

—¿Así que ese director de banco no hizo todo eso él solo?

—Lo dudo. En este asunto hay alguien más implicado. Algún policía. Alguien de quien no te van a hablar.

—¿Por ejemplo, un agente de aduanas o de la Interpol?

—Algo así.

—¿Qué razones podría haber para que se pusieran en contacto con mi cliente?

—No lo sé. Pero no es casualidad. ¿Tiene tu cliente tendencias radicales?

Pensando en Morton, Evans deseó reírse.

—Ni mucho menos.

—¿Estás seguro, Peter?

—Bueno, sí…

—Porque a veces esos donantes ricos se divierten, o se justifican, dando apoyo a grupos terroristas. Eso pasó con el IRA. Los americanos acaudalados de Boston lo apoyaron durante décadas. Pero los tiempos han cambiado. Ya nadie se divierte. Tu cliente debería andarse con cuidado. Y también tú si eres su abogado. No me gustaría tener que ir a visitarte a la cárcel.

Y colgó.

CAMINO DE LOS ÁNGELES
LUNES, 23 DE AGOSTO
13.04 H.

La auxiliar de vuelo sirvió un vodka a Morton en un vaso de cristal tallado.

—No más hielo, encanto —dijo Morton alzando la mano. Sobrevolaban Groenlandia, una inmensa extensión de hielo y nubes bajo un débil sol.

Morton iba sentado al lado de Drake, quien hablaba del gradual deshielo del casquete groenlandés, y del ritmo al que se producía el deshielo en el Ártico, y del retroceso de los glaciares canadienses. Morton tomó un sorbo de vodka y asintió.

—¿Islandia, pues, es una anomalía?

—Sí —contestó Drake—. Una anomalía. En el resto del mundo los glaciares se funden a un ritmo sin precedentes.

—Es una suerte que te tengamos a ti, Nick —dijo Morton apoyando una mano en el hombro de Drake.

Drake sonrió.

—Y es una suerte que te tengamos a ti, George. No habríamos conseguido nada sin tu generoso apoyo. Tú has hecho posible la demanda de Vanuatu, y eso es de extrema importancia por la publicidad que generará. Y en cuanto a tus otras ayudas, en fin… me faltan las palabras.

—A ti nunca te faltan las palabras —dijo Morton, y le dio una palmada en la espalda.

Sentado frente a ellos, Evans pensó que realmente formaban una extraña pareja. Morton, corpulento y campechano, vestido de manera informal con vaqueros y camisa de trabajo, con la ropa a punto de reventar. Y Nicholas Drake, alto y muy delgado, con chaqueta y corbata, el descarnado cuello asomando de una camisa que siempre parecía quedarle grande.

También en su actitud eran polos opuestos. A Morton le encantaba verse rodeado de personas, comer y reír. Tenía debilidad por las chicas guapas, los coches deportivos antiguos, el arte asiático y las bromas pesadas. Sus fiestas atraían a la mayor parte de Hollywood a su mansión de Holmby Hills; sus funciones benéficas eran siempre especiales, siempre comentadas en la prensa al día siguiente.

Naturalmente Drake asistía a esas funciones. Pero siempre se marchaba temprano, a veces antes de la cena. A menudo pretextaba una indisposición, suya o de un amigo. De hecho, Drake era un hombre solitario y ascético, que detestaba las fiestas y el bullicio. Incluso cuando se subía a un estrado para pronunciar un discurso transmitía una impresión de aislamiento, como si se hallase solo en la sala. Y Drake, siendo como era, sabía sacarle partido a su imagen. Conseguía dar a entender que era un mensajero solitario en un mundo inhóspito, comunicando la verdad que el público necesitaba oír.

Pese a sus diferencias de temperamento, los dos habían desarrollado una amistad duradera que se prolongaba ya desde hacía una década. Morton, heredero de una fortuna amasada con el esfuerzo, poseía la desenvoltura congénita de la riqueza heredada. Drake sabía encontrar buen uso para ese dinero, y a cambio proporcionaba a Morton una pasión y una causa que daba forma y rumbo a su vida. El nombre de Morton aparecía en el consejo asesor de la Sociedad Audubon, la Wilderness Society, la Fundación Mundial de la Naturaleza y el Club Sierra. Era uno de los principales donantes de Greenpeace y la Environmental Action League.

Todo esto culminó en dos grandes regalos de Morton al

NERF: el primero era una donación de un millón de dólares para financiar la demanda de Vanuatu; el segundo, una donación de nueve millones de dólares al propio NERF para financiar futuras investigaciones y litigios en defensa del medio ambiente. No era de extrañar que el consejo directivo del NERF hubiese declarado a Morton su Ciudadano Consciente del Año. Estaba previsto un banquete en su honor ese otoño en San Francisco.

Evans, sentado frente a los dos hombres, hojeaba una revista tranquilamente. Pero la llamada a Hong Kong lo había inquietado y, sin proponérselo, observaba a Morton con cierta cautela.

Morton tenía una mano apoyada en el hombro de Drake y le contaba un chiste —como de costumbre, intentando hacer reír a Drake—, pero a Evans le pareció detectar cierto distanciamiento en Morton. Se había retraído, pero no quería que Drake se diese cuenta.

Esta sospecha se vio confirmada cuando Morton se levantó de pronto y se dirigió a la cabina de mando.

—Quiero saber qué pasa con ese condenado problema electrónico —dijo.

Desde el despegue habían experimentado los efectos de una importante erupción solar que había inutilizado, al menos a ratos, los teléfonos móviles. Los pilotos dijeron que esos fenómenos se agudizaban cerca de los polos y que disminuirían a medida que avanzaban hacia el sur.

Y Morton parecía impaciente por hacer unas llamadas. Evans se preguntó a quién. Eran las cuatro de la mañana en Nueva York, la una en Los Ángeles. ¿A quién llamaba Morton? Pero, por supuesto, podía guardar relación con cualquiera de sus proyectos medioambientales en marcha: la depuración de agua en Camboya, la reforestación en Guinea, la conservación del hábitat natural en Madagascar, las plantas medicinales en Perú. Por no hablar de la expedición alemana para medir el grosor del hielo en la Antártida. Morton se implicaba personalmente en todos estos proyectos. Los conocía con detalle; conocía a los científicos participantes; había visitado los lugares en persona.

Así que podía tratarse de cualquier cosa.

Pero por algún motivo Evans presentía que no se trataba de cualquier cosa.

Morton regresó.

—Los pilotos dicen que ya no hay problema.

Se sentó solo en la parte delantera del avión, cogió sus auriculares y cerró la puerta corredera para tener mayor privacidad.

Evans volvió a concentrarse en su revista.

—¿Crees que está bebiendo más que de costumbre? —preguntó Drake.

—En realidad no —contestó Evans.

—Estoy preocupado.

—Yo no me preocuparía —dijo Evans.

—Piensa que faltan solo cinco semanas para el banquete en su honor en San Francisco. Es nuestro mayor acto de recaudación de fondos de este año. Generará una publicidad considerable y nos ayudará a lanzar el Congreso sobre el Cambio Climático Abrupto.

—Ajá —dijo Evans.

—Querría asegurarme de que la publicidad se centra en cuestiones medioambientales, no en otra cosa. En algo de carácter personal… no sé si me entiendes.

—¿No deberías mantener esta conversación con George?

—Ya lo he hecho —respondió Drake—. Solo te lo menciono porque pasas mucho tiempo con él.

—La verdad es que no es así.

—Sabes que le caes bien, Peter. Eres el hijo que nunca ha tenido o… demonios, yo qué sé. Pero el caso es que le caes bien. Y solo te pido que nos ayudes en la medida de lo posible.

—No creo que te avergüence, Nick —aseguró Evans.

—Por si acaso… no lo pierdas de vista.

—De acuerdo.

En la parte delantera del avión, se abrió la puerta corrediza.

—¿Peter, por favor? —llamó Morton.

Evans se levantó y fue hacia allí.

Cerró la puerta al entrar.

—He hablado con Sarah por teléfono —dijo Morton. Sarah Jones era su ayudante en Los Ángeles.

—¿A estas horas?

—Es su trabajo. Está bien pagada. Siéntate —indicó. Evans se sentó enfrente—. ¿Has oído hablar de la NSIA?

—No.

—¿La Agencia de Inteligencia para la Seguridad Nacional?

Evans negó con la cabeza.

—No. Pero existen veinte agencias de seguridad.

—¿Conoces a John Kenner?

—No...

—Por lo visto, es profesor del MIT.

—No —dijo Evans—. Lo siento. ¿Tiene algo que ver con el medio ambiente?

—Es posible. A ver qué puedes averiguar.

Evans se volvió hacia el ordenador portátil que había junto al asiento y lo abrió. Estaba conectado a internet vía satélite. Empezó a teclear.

Al cabo de un momento, observaba la fotografía de un hombre en buena forma física con el cabello prematuramente cano y gruesas gafas de concha. La biografía adjunta era breve. Evans leyó en voz alta.

—Richard John Kenner, profesor de ingeniería geoambiental en el departamento William T. Harding.

—Sea lo que sea eso —dijo Morton.

—Tiene treinta y nueve años. Se doctoró en ingeniería civil por Caltech a la edad de veinte. El tema de su tesis fue la erosión del terreno en Nepal. No entró en el equipo olímpico de esquí por muy poco. Licenciado en derecho por Harvard. Trabajó cuatro años para la administración. Departamento del Interior, Oficina de Análisis Político. Asesor científico de la Comisión Negociadora Intergubernamental. Su mayor afición es el alpinismo; se lo dio por muerto en la cima del Naya Kanga en Nepal, pero no lo estaba. Intentó escalar el K2, pero tuvo que abandonar a causa del mal tiempo.

—El K2 —repitió Morton—. ¿No es el monte más peligroso?

—Creo que sí. Parece alpinista en serio. En cualquier caso, luego fue al MIT, donde, por lo que se ve, ha tenido una trayectoria meteórica. Profesor adjunto en 1993. Director del Centro de Análisis de Riesgos en 1995. Profesor en el departamento William T. Harding en 1996. Asesor de la EPA, el Departamento del Interior, el Departamento de Defensa, el gobierno nepalí, y sabe Dios quién más. De muchas empresas, por lo que se ve. Y en excedencia desde 2002.

—¿Y eso qué significa?

—Aquí solo dice eso.

—¿Dos años? —Morton se acercó y miró por encima del hombro de Evans—. Esto me escama. Ese hombre asciende a marchas forzadas en el MIT, pide la excedencia y ya no vuelve. ¿Crees que se metió en algún problema?

—No lo sé. Pero... —Evans calculaba las fechas—. El profesor Kenner se doctoró en Caltech. Obtuvo el título de derecho en Harvard en dos años en lugar de tres. Profesor en el MIT a los veintiocho...

—Muy bien, muy bien, ya veo que es inteligente —dijo Morton—. Aun así, quiero saber por qué continúa en excedencia. Y por qué está en Vancouver.

—¿Está en Vancouver? —preguntó Evans.

—Ha llamado a Sarah varias veces desde Vancouver.

—¿Para qué?

—Quiere verme.

—Bueno —dijo Evans—, pues mejor será que lo recibas.

—Lo recibiré —contestó Morton—. Pero ¿qué crees que puede querer?

—No tengo la menor idea. ¿Financiación? ¿Un proyecto?

—Dice Sarah que quiere que la reunión sea confidencial. Prefiere que no se entere nadie.

—Bueno, eso no es muy difícil. Estás a bordo de un avión.

—No —repuso Morton señalando con el pulgar—. No quiere que se entere Drake en concreto.

—Quizá convenga que yo esté presente en esa reunión —sugirió Evans.

—Sí —convino Morton—. Quizá sí.

LOS ÁNGELES
LUNES, 23 DE AGOSTO
16.09 H.

La verja de hierro se abrió, y el coche ascendió por el sombreado camino hacia la casa, que asomó a lo lejos lentamente. Aquello era Holmby Hills, la zona más rica de Beverly Hills. Los multimillonarios vivían allí, en residencias ocultas tras altas verjas y denso follaje. En esa parte de la ciudad todas las cámaras de seguridad estaban pintadas de verde y discretamente escondidas.

La casa se vio por fin íntegramente. Era una villa de estilo mediterráneo, de color crema, con espacio suficiente para una familia de diez miembros. Evans, que había hablado con su bufete, cerró el teléfono móvil y salió del coche cuando se detuvo.

Los pájaros gorjeaban en los ficus. En el aire flotaba el olor de las gardenias y los jazmines que bordeaban el camino. Ante el garaje había un colibrí suspendido sobre una buganvilla morada. Era uno de esos momentos propios de California, pensó Evans. A él, que había crecido en Connecticut y estudiado en Boston, aquel lugar aún le resultaba exótico pese a que vivía allí desde hacía cinco años.

Vio que había otro coche aparcado frente a la casa: una berlina de color gris oscuro. Llevaba matrícula oficial.

Por la puerta delantera salió la ayudante de Morton, Sarah Jones, una rubia alta de treinta años, tan espectacular como cualquier actriz de cine. Sarah vestía una falda blanca de tenis y una camiseta rosa y llevaba el cabello recogido en una cola. Morton la besó en la mejilla.

—¿Estás jugando hoy?

—Lo estaba. Mi jefe ha vuelto antes de lo previsto. —Estrechó la mano a Evans y se volvió de nuevo hacia Morton—. ¿Ha ido bien el viaje?

—Estupendo. Drake está taciturno. Y no bebe. Al final resulta aburrido.

Cuando Morton se dirigía hacia la puerta, Sarah dijo:

—Debo decirte que ya están aquí.

—¿Quiénes?

—El profesor Kenner, y lo acompaña otro hombre, un extranjero.

—¿Ah, sí? Pero ¿no les has dicho que tenían que...?

—¿Pedir una cita? Sí, se lo he dicho. Según parece, piensan que eso no va con ellos. Simplemente se han sentado y han dicho que esperarían.

—Deberías haberme llamado...

—Llevan aquí cinco minutos.

—Ah. Muy bien. —Se volvió hacia Evans—. Vamos, Peter.

Entraron. El salón de la casa de Morton daba al jardín de la parte trasera. Estaba decorado con antigüedades asiáticas, entre ellas una gran cabeza de piedra de Camboya. Sentados en el sofá con la espalda erguida, había dos hombres. Uno era norteamericano, de estatura media, con el pelo corto y cano y gafas. El otro era muy moreno, robusto, y muy atractivo pese a la fina cicatriz que descendía por el lado izquierdo de su cara, cerca de la oreja. Vestían pantalones de algodón y chaquetas de sport ligeras. Los dos permanecían en el borde del sofá, muy alertas, como si fuesen a levantarse de un brinco de un momento a otro.

—Parecen militares, ¿no? —comentó Morton en un susurro cuando entraron en el salón.

Los dos hombres se pusieron en pie.

—Señor Morton, soy John Kenner, del MIT, y este es mi colega, Sanjong Thapa, estudiante de posgrado de Mustang, en Nepal.

—Y este es *mi* colega, Peter Evans —respondió Morton.

Los cuatro se estrecharon las manos, Kenner con un apretón firme y Sanjong Thapa con una ligera inclinación de cabeza. Hablaba en voz baja, con acento británico.

—Encantado.

—No lo esperaba… tan pronto —dijo Morton.

—Trabajamos deprisa.

—Eso veo. ¿De qué se trata?

—Me temo que necesitamos su ayuda, señor Morton. —Kenner dirigió una afable sonrisa a Evans y Sarah—. Y sintiéndolo mucho, esta conversación es confidencial.

—El señor Evans es mi abogado —informó Morton—, y no tengo secretos para mi ayudante…

—No me cabe duda —respondió Kenner—. Puede ponerles al corriente de todo cuando guste. Pero nosotros debemos hablar con usted a solas.

—Si no les importa, me gustaría que se identificasen —exigió Evans.

—Naturalmente —contestó Kenner. Los dos sacaron sus carteras y mostraron a Evans permisos de conducir de Massachusetts, los carnets de miembros del MIT y los pasaportes. A continuación le entregaron sus tarjetas de visita.

John Kenner, doctor
Centro de Análisis de Riesgos
Massachusetts Institute of Technology
454 Massachusetts Avenue
Cambridge, MA 02138

Sanjong Thapa, licenciado
Adjunto de investigación
Departamento de Ingeniería Geoambiental
Edificio 4-C 323
Massachusetts Institute of Technology
Cambridge, MA 02138

Incluían número de teléfono, fax y dirección de correo electrónico. Evans examinó las tarjetas. Todo parecía en orden.

—Ahora, si usted y la señorita Jones nos disculpan… —dijo Kenner.

Estaban los dos fuera, en el pasillo, observando el salón a través de las grandes puertas de cristal. Morton se había sentado en un sofá. Kenner y Sanjong ocupaban el otro. La conversación transcurrió en calma. De hecho, a Evans le pareció una más de las interminables reuniones financieras que sobrellevaba Morton.

Evans cogió el teléfono del pasillo y marcó un número.

—Centro de Análisis de Riesgos —contestó una mujer.

—Con el despacho del profesor Kenner, por favor.

—Un momento. —Se oyó un chasquido. Otra voz—. Centro de Análisis de Riesgos, despacho del profesor Kenner.

—Buenas tardes —dijo Evans—. Me llamo Peter Evans, y busco al profesor Kenner.

—Lo siento, pero no está en su despacho.

—¿Sabe dónde está?

—El profesor Kenner está en excedencia indefinida.

—Es importante que me ponga en contacto con él —insistió Evans—. ¿Sabe cómo puedo localizarlo?

—No debería resultarle muy difícil, porque está usted en Los Ángeles y él también.

Así que la mujer había visto el número de teléfono en su visor, pensó Evans. Habría imaginado que Morton tenía bloqueado el identificador de llamada. Obviamente no era así, o tal vez la secretaria de Massachusetts podía desbloquearlo.

—Bueno —dijo Evans—, ¿puede decirme…?

—Perdone, señor Evans, pero no puedo ayudarle más.

Un chasquido.

—¿A qué ha venido eso?

Antes de que Evans pudiese responder, sonó un teléfono móvil en el salón. Vio a Kenner llevarse la mano al bolsillo y contestar brevemente. Luego se volvió, miró a Evans y lo saludó con la mano.

—¿Lo han llamado de su oficina? —dijo Sarah.

—Eso parece.

—Supongo, pues, que es el profesor Kenner.

—Supongo que sí —admitió Evans—. Y nosotros ya no tenemos nada que hacer aquí.

—Vamos —propuso Sarah—. Te llevo a casa.

Pasaron ante el garaje abierto. Dentro, la hilera de Ferraris resplandecía al sol. Morton tenía nueve Ferraris antiguos, que guardaba en varios garajes. Incluían un Spyder Corsa de 1947, un Testa Rossa de 1956 y un California Spyder de 1959, cada uno valorado en más de un millón de dólares. Evans lo sabía porque revisaba la póliza del seguro cada vez que Morton compraba uno. Al final de la fila se hallaba el Porsche negro de Sarah, un descapotable. Echando marcha atrás, lo sacó, y Evans subió a su lado.

Incluso para Los Ángeles, Sarah Jones era una mujer de gran belleza: alta, de melena rubia hasta los hombros, ojos azules, facciones perfectas, dientes muy blancos y un bronceado de color miel. Era atlética a la manera despreocupada en que lo era la gente en California, y generalmente se presentaba a trabajar con chándal o falda corta de tenis. Jugaba al golf y al tenis; practicaba el submarinismo, el ciclismo de montaña, el esquí, el snowboard y sabía Dios qué más. Evans sentía cansancio solo de pensarlo.

Pero también sabía que Sarah tenía «conflictos», por emplear el término al uso en California. Era la hija menor de una familia acaudalada de San Francisco. Su padre era un influyente abogado que había ocupado un cargo político; su madre había sido una modelo importante. Los hermanos y hermanas mayores de Sarah estaban todos felizmente casados, eran personas de éxito y esperaban que ella siguiese sus pasos. Para Sarah, el éxito colectivo de su familia era una carga.

Evans siempre se había preguntado por qué había decidido

trabajar para Morton, otro hombre rico y poderoso, o por qué se había trasladado a Los Ángeles cuando su familia consideraba de irremediable mal gusto cualquier lugar al sur del puente de la Bahía. Pero hacía bien su trabajo y sentía gran aprecio por Morton. Y como George decía a menudo, su presencia era un placer desde el punto de vista estético. Y los actores y celebridades que asistían a las fiestas de Morton estaban de acuerdo; Sarah había salido con varios de ellos, hecho que desagradaba aún más a su familia.

A veces Evans se preguntaba si todo lo que hacía era una rebelión. Como su manera de conducir: avanzó a gran velocidad, casi temerariamente, por Benedict Canyon en dirección a Beverly Hills.

—¿Quieres que te lleve a la oficina o a tu apartamento?

—A mi apartamento —contestó él—. Tengo que recoger el coche.

Sarah asintió, giró bruscamente para esquivar a un Mercedes lento y dobló a la izquierda por una calle adyacente. Evans respiró hondo.

—Oye —dijo Sarah—. ¿Sabes lo que es la guerra de redes?

—¿Cómo? —No la había oído bien por el ruido del viento.

—La guerra de redes.

—No —contestó él—. ¿Por qué?

—Los he oído hablar de eso antes de que llegaseis, a Kenner y ese Sanjong.

Evans negó con la cabeza.

—No me suena de nada. ¿Seguro que has oído bien?

—Quizá no, no lo sé. —Aceleró por Sunset, saltándose un semáforo en ámbar, y redujo la marcha al llegar a Beverly—. ¿Sigues viviendo en Roxbury?

Él dijo que sí. Le miró las largas piernas, que asomaban bajo la corta falda blanca.

—¿Con quién ibas a jugar al tenis?

—No creo que lo conozcas.

—No será, esto…

—No. Eso se acabó.

—Ya.

—Hablo en serio; se acabó.

—De acuerdo, Sarah. Ya te he oído.

—Los abogados sois todos tan recelosos…

—¿Vas a jugar con un abogado, pues?

—No, no es abogado. No juego con abogados.

—¿Qué haces con ellos?

—Lo menos posible, como todo el mundo.

—Lamento oírlo.

—Excepto contigo, claro —añadió Sarah, lanzándole una deslumbrante sonrisa.

Pisó el acelerador a fondo, arrancando un lamento al motor.

Peter Evans vivía en uno de los edificios de apartamentos más antiguos de Roxbury Drive, en la parte llana de Beverly Hills. Se componía de cuatro unidades y estaba situado frente al Roxbury Park. Este era un parque agradable, amplio y verde, siempre bullicioso. Vio a niñeras hispanas charlando en corrillos mientras cuidaban a los hijos de familias ricas. Y a varios ancianos sentados al sol. En un rincón, una madre trabajadora con traje de chaqueta aprovechaba la hora del almuerzo para estar con sus niños.

El coche frenó con un chirrido.

—Hemos llegado.

—Gracias —dijo Evans, y se apeó.

—¿No va siendo hora de que te mudes? Ya llevas aquí cinco años.

—Estoy demasiado ocupado para trasladarme —contestó él.

—¿Tienes las llaves?

—Sí. Pero siempre dejo una debajo del felpudo. —Se llevó la mano al bolsillo e hizo tintinear el metal—. Aquí están.

—Hasta la vista —dijo ella, y alejándose a todo gas, dobló la esquina con un chirrido y desapareció.

Evans atravesó el pequeño patio iluminado por el sol y subió a su apartamento de la segunda planta. Como siempre, la compañía de Sarah le había resultado un tanto inquietante. Era tan guapa y tan coqueta... Evans siempre tenía la sensación de que desconcertaba a los hombres para mantenerlos a distancia. Nunca sabía si Sarah quería que le propusiese una cita o no. Pero, teniendo en cuenta su propia relación con Morton, no le parecía buena idea. Nunca se lo propondría.

En cuanto entró por la puerta, sonó el teléfono. Era su ayudante, Heather. Se marchaba antes a casa porque se encontraba mal. Heather acostumbraba encontrarse mal a primera hora de la tarde, justo a tiempo de evitar el tráfico de hora punta. Tendía a faltar por enfermedad los viernes o los lunes. Sin embargo el bufete se mostraba sorprendentemente reacio a despedirla; llevaba años allí.

Algunos rumoreaban que había tenido una relación con Bruce Black, el socio fundador, y que desde entonces Bruce vivía con el continuo temor de que su esposa lo averiguase, ya que todo el dinero era de ella. Otros sostenían que Heather se veía con otro de los socios del bufete, siempre alguien sin especificar. Una tercera versión era que ella estaba ya presente cuando el bufete se trasladó de un rascacielos de Century City a otro, y durante la mudanza descubrió por azar unos documentos comprometedores y los fotocopió.

Evans sospechaba que la verdad era mucho más prosaica: simplemente era una mujer lista que había trabajado allí tiempo de sobra para saberlo todo sobre despidos improcedentes, y ahora calibraba con sumo cuidado sus repetidas infracciones frente al coste y las complicaciones de despedirla para el bufete. Y de este modo trabajaba unas treinta semanas al año.

Invariablemente la asignaban al mejor socio comanditario, en el supuesto de que un buen abogado no se vería obstaculizado por su inconstancia. Evans llevaba años intentando librarse de ella. Le habían prometido una nueva ayudante para el año siguiente. Él lo veía como un ascenso.

—Siento que te encuentres mal —dijo a Heather con diligencia. Había que seguirle el juego.

—Es solo el estómago —respondió ella—. Tengo que ir al médico.

—¿Irás hoy?

—Bueno, intentaré pedir hora…

—Muy bien.

—Pero quería decirte que han programado una reunión importante para pasado mañana. A las nueve en la sala grande.

—¿Y eso?

—Acaba de telefonear el señor Morton. Por lo visto, han convocado a diez o doce personas.

—¿Sabes a quiénes?

—No. No lo han dicho.

Evans pensó: «Es inútil», y dijo:

—De acuerdo.

—Y no te olvides de la comparecencia de la hija de Morton para la semana que viene. Esta vez es en Pasadena, no en el centro. Y Margo Lane ha llamado por su pleito por el Mercedes. Y ese concesionario de BMW insiste en seguir adelante.

—¿Aún quiere demandar a la parroquia?

—Llama día sí, día no.

—Muy bien. ¿Eso es todo?

—No, hay otros diez casos. Intentaré dejarte la lista en tu mesa si no me encuentro muy mal…

Eso significaba que no lo haría.

—Muy bien —dijo.

—¿Vas a venir?

—No, ya es tarde. Necesito dormir un rato.

—Entonces nos vemos mañana.

Cayó en la cuenta de que tenía hambre. En la nevera no había nada excepto un yogur de edad indeterminada, un apio mustio, y media botella de vino de su última cita, unas dos semanas antes.

Había estado viéndose con una chica llamada Carol que trabajaba en el departamento de responsabilidad civil de otro bufete. Se habían conocido en el gimnasio e iniciado una relación intermitente y poco entusiasta. Los dos estaban muy ocupados y, a decir verdad, no sentían gran interés mutuo. Quedaban una o dos veces por semana, hacían el amor apasionadamente y a continuación uno de los dos pretextaba una cita a la primera hora del día siguiente y se marchaba a casa. A veces también salían a cenar, pero muy de vez en cuando. Ninguno de los dos quería dedicarle tanto tiempo a aquello.

Entró en la sala de estar para comprobar el contestador automático. No había ningún mensaje de Carol, pero sí uno de Janis, otra chica a la que veía a veces.

Janis era monitora en el gimnasio, dueña de uno de esos cuerpos de Los Ángeles perfectamente proporcionados y duros como la piedra. Para Janis, el sexo era un acontecimiento atlético que implicaba distintas habitaciones, sofás y sillas, y Evans siempre acababa con la sensación de ser vagamente inadecuado, como si su índice de grasa corporal no fuese lo bastante bajo para ella. Pero seguía viéndola, extrañamente orgulloso de estar con una chica de aspecto tan increíble, aunque el sexo con ella no fuese nada del otro mundo. Y a menudo la encontraba disponible aunque la avisase con poco tiempo de antelación. Janis tenía un novio mayor que ella, un productor de un canal de noticias por cable. Este pasaba mucho tiempo fuera de la ciudad, y entonces ella se sentía inquieta.

Janis le había dejado el mensaje la noche anterior. Evans no se molestó en devolverle la llamada. Con Janis siempre era esa noche o dejémoslo.

Antes de Janis y Carol había habido otras mujeres, más o menos en las mismas condiciones. Evans se dijo que debía encontrar una relación más satisfactoria. Algo más serio, más adulto. Más acorde con su edad y esa etapa de la vida. Pero estaba muy ocupado y tomaba las cosas tal como venían.

Entretanto, tenía hambre.

Volvió a bajar, cogió su coche y se acercó al restaurante de comida rápida más próximo, una hamburguesería de Pico. Allí lo conocían. Tomó una hamburguesa doble con queso y un batido de fresa.

Regresó a casa con la intención de acostarse. Recordó entonces que le debía una llamada a Morton.

—Me alegro de que hayas telefoneado —dijo Morton—. Acabo de revisar ciertas cuestiones con… en fin, ciertas cuestiones. ¿En qué punto nos encontramos ahora respecto a mis donativos a NERF? ¿La demanda de Vanuatu y todo eso?

—No lo sé —contestó Evans—. Los papeles están redactados y firmados, pero creo que no se ha hecho aún ningún pago.

—Bien. Quiero que retengas los pagos.

—Claro, no hay problema.

—Solo por un tiempo.

—De acuerdo.

—No es necesario informar al NERF.

—No, no. Claro que no.

—Bien.

Evans colgó. Entró en su habitación para desnudarse. Volvió a sonar el teléfono.

Era Janis, la monitora.

—Eh —dijo—. Pensando en ti, me he preguntado qué estarías haciendo.

—Para serte sincero, me disponía a acostarme.

—Es muy pronto.

—Acabo de llegar de Islandia.

—Entonces debes de estar cansado.

—Bueno, tampoco tan cansado —contestó él.

—¿Quieres compañía?

—Claro.

Ella se rió y colgó.

BEVERLY HILLS
MARTES, 24 DE AGOSTO
6.04 H.

Evans despertó con el sonido de un rítmico jadeo. Extendió el brazo sobre la cama, pero no encontró a Janis junto a él. Sin embargo, su lado seguía caliente. Bostezando, levantó un poco la cabeza. En la tibia luz de la mañana vio una pierna esbelta y perfectamente formada elevarse sobre los pies de la cama; enseguida se le unió la otra pierna. A continuación, las dos piernas descendieron despacio. Una inhalación, y las piernas volvieron a subir.

—Janis, ¿qué haces? —preguntó.

—Tengo que calentar. —Se puso en pie, sonriente, desnuda y relajada, segura de su aspecto, sus músculos bien perfilados—. Tengo una clase a las siete.

—¿Qué hora es?

—Las seis.

Evans dejó escapar un gruñido y hundió la cabeza en la almohada.

—Deberías levantarte ya —aconsejó Janis—. Dormir demasiado acorta la vida.

Él volvió a gruñir. Janis era una continua fuente de información en cuestiones de salud; en eso consistía su trabajo.

—¿Cómo es posible que dormir acorte la vida?

—Han hecho estudios con ratas. No las dejaban dormir, ¿y sabes qué? Vivían más tiempo.

—Ajá. ¿Te importaría encender la cafetera?

—Está bien —contestó ella—, pero deberías dejar el café. —Salió de la habitación.

Evans apoyó los pies en el suelo y dijo:

—¿No te has enterado? El café previene los derrames cerebrales.

—No es verdad —repuso ella desde la cocina—. El café contiene novecientas veintitrés sustancias químicas distintas, y no es bueno para el organismo.

—Otro estudio —dijo él. Y era cierto.

—Además, provoca cáncer.

—Eso no se ha demostrado.

—Y abortos.

—Eso no me atañe.

—Y tensión nerviosa.

—Janis, por favor.

Ella regresó y, cruzando los brazos ante unos pechos perfectos, se apoyó contra la jamba de la puerta. Evans veía las venas dibujadas en la parte inferior de su abdomen, descendiendo hasta las ingles.

—Pues tú estás nervioso, Peter. Tienes que reconocerlo.

—Solo cuando contemplo tu cuerpo.

Janis hizo un mohín.

—No me tomas en serio. —Volvió a entrar en la cocina, mostrándole sus glúteos prominentes y perfectos. La oyó abrir la nevera—. No hay leche.

—Yo lo tomo solo.

Evans se puso en pie y se dirigió hacia la ducha.

—¿Has tenido algún desperfecto? —preguntó Janis.

—¿Por qué?

—Por el terremoto. Hubo uno ligero mientras estabas fuera. De alrededor de cuatro coma tres.

—No que yo sepa.

—Pues desde luego movió tu televisor.

Evans su detuvo a media zancada.

—¿Cómo?

—Movió tu televisor. Míralo tú mismo.

El sol de la mañana que entraba oblicuo por la ventana mostraba claramente el contorno donde la base del televisor había comprimido la alfombra. El aparato se había desplazado unos ocho centímetros respecto a su posición anterior. Era un televisor antiguo de treinta y dos pulgadas, y muy pesado. No era fácil moverlo. Al verlo, Evans sintió un escalofrío.

—Con todos esos adornos de cristal en la repisa de la chimenea, considérate muy afortunado —dijo Janis—. Siempre se rompen, incluso con los temblores más pequeños. ¿Tienes seguro?

Él no contestó. Inclinado sobre el televisor, comprobaba las conexiones de la parte de atrás. Todo parecía en orden. Pero hacía alrededor de un año que no echaba un vistazo detrás del aparato. En realidad no habría detectado ninguna anomalía.

—Por cierto —prosiguió ella—, esto no es café orgánico. Como mínimo, deberías tomarlo orgánico. ¿Me escuchas?

—Un momento.

Agachado frente al televisor, Evans lo examinaba para ver si debajo se advertía algo fuera de lo normal. No vio nada.

—¿Y esto qué es? —preguntó Janis.

Él la miró. Janis sostenía un donut en la mano.

—Peter —dijo ella con severidad—, ¿sabes cuánta grasa contiene esto? Lo mismo sería que te comieras un trozo de mantequilla.

—Ya lo sé... debería dejarlos.

—Pues sí, deberías. A menos que quieras acabar con diabetes dentro de unos años. ¿Qué haces en el suelo?

—Comprobaba el televisor.

—¿Por qué? ¿Está roto?

—No lo creo. —Se puso en pie.

—Tienes el agua de la ducha abierta —recordó Janis—. Eso

demuestra poca conciencia ecológica. —Sirvió café y se lo entregó a Evans—. Ve a ducharte. Yo tengo que ir a mi clase.

Cuando salió del baño, Janis ya se había marchado. Estiró las sábanas (nunca hacía la cama, eso era a lo más que llegaba) y entró en el cuarto ropero para vestirse.

CENTURY CITY
MARTES, 24 DE AGOSTO
8.45 H.

El bufete de Hassle & Black ocupaba cinco plantas de un bloque de oficinas en Century City. Era un despacho de abogados con tendencia progresista y conciencia social. Representaba a muchas celebridades de Hollywood y activistas acaudalados comprometidos con las causas ecologistas. Menos publicidad se daba al hecho de que también contase entre su clientela con tres de las mayores promotoras inmobiliarias de Orange County. Pero como decían los socios, eso mantenía equilibrado el bufete.

Evans se había incorporado a Hassle & Black atraído por la militancia ecologista de muchos de sus clientes, en especial George Morton. Era uno de los cuatro abogados que trabajaban casi a jornada completa para Morton y para la organización benéfica predilecta de Morton, el NERF, Fondo Nacional de Recursos Medioambientales.

No obstante, aún era socio comanditario, y tenía un despacho pequeño, con una ventana que daba directamente a la uniforme pared de cristal del rascacielos situado en la acera de enfrente.

Evans examinó los papeles de su escritorio. Era el material que solía llegar a los abogados de su rango: un subarriendo residencial, un contrato de trabajo, interrogatorios por escrito en relación con una quiebra, un impreso para la Agencia Tributaria de California, y dos borradores de cartas con amenazas de demanda en nombre de sus clientes, una de una artista dirigida a una galería que se negaba a devolverle los cuadros no vendidos y otra de la amante de George Morton, que sostenía que el mozo de aparcamiento del Sushi Roku le había rayado el Mercedes descapotable al aparcarlo.

La amante, Margaret Lane, era una actriz con mal carácter y propensión a los pleitos. Siempre que George la desatendía —cosa que ocurría cada vez más a menudo en los últimos meses— encontraba motivos para demandar a alguien. E inevitablemente la demanda acababa en la mesa de Evans. Tomó nota de que debía telefonear a Margo; no consideraba recomendable seguir adelante con esa demanda, pero le costaría convencerla.

El siguiente asunto era una hoja de cálculo de un concesionario de BMW sito en Beverly Hills que sostenía que la campaña con el lema «¿Qué coche conduciría Jesús?» había sido perjudicial para su negocio porque denigraba a los automóviles de lujo. Al parecer, su establecimiento estaba a una manzana de una iglesia y algunos parroquianos se habían acercado por allí después de los servicios y habían sermoneado a sus vendedores. Al concesionario no le gustaba, pero Evans tenía la impresión de que sus cifras de ventas eran superiores a las del año anterior. También tomó nota para telefonearlo.

Consultó su correo electrónico, abriéndose paso entre veinte ofertas de agrandamiento de pene, diez de tranquilizantes y otras diez para solicitar una nueva hipoteca antes de que los índices empezasen a subir. Solo tenía media docena de mensajes importantes, el primero de Herb Lowenstein anunciándole que quería verlo. Lowenstein era el socio principal de la cuenta de Morton; se dedicaba sobre todo a la gestión inmobiliaria, pero también se ocupaba de otros aspectos del apartado de inversiones. En el caso de Morton, la gestión inmobiliaria era un trabajo a jornada completa.

Evans se encaminó por el pasillo hacia el despacho de Herb.

Lisa, la ayudante de Herb Lowenstein, escuchaba por el teléfono. Colgó con cara de culpabilidad cuando entró Evans.

—Está hablando con Jack Nicholson.

—¿Qué tal está Jack?

—Bien. Acabando una película con Meryl. Ha habido algún que otro problema.

Lisa Ray era una mujer de veintisiete años y mirada despierta, y vivía plenamente dedicada al cotilleo. Desde hacía tiempo Evans dependía de ella para toda clase de información referente al bufete.

—¿Para qué quiere verme Herb?

—Algo relacionado con Nick Drake.

—¿Para qué es la reunión de mañana a las nueve?

—No lo sé —dijo ella con aparente asombro—. No he podido enterarme de nada.

—¿Quién la ha convocado?

—Los contables de Morton. —Lisa echó un vistazo al teléfono de su escritorio—. Ah, ya ha colgado. Puedes entrar directamente.

Herb Lowenstein se puso en pie y estrechó la mano a Evans con ademán mecánico. Era un hombre un poco calvo, de rostro agradable, trato cordial y un tanto propenso a los convencionalismos. Tenía el despacho decorado con docenas de fotografías de su familia, en fila de a tres y cuatro en su mesa. Se llevaba bien con Evans, aunque solo fuese porque en la actualidad siempre que la hija de treinta años de Morton era detenida por posesión de cocaína, era Evans quien iba al centro de la ciudad en plena noche a depositar la fianza. Lowenstein lo había hecho él mismo durante muchos años, y ahora se alegraba de poder dormir la noche entera.

—¿Y bien? —dijo—. ¿Qué tal por Islandia?

—Bien. Mucho frío.

—Todo en orden.

—Sí.

—Entre George y Nick, quiero decir. ¿Todo en orden por lo que a eso se refiere?

—Eso creo. ¿Por qué?

—Nick está preocupado. Me ha llamado dos veces en una hora.

—¿Para qué?

—¿De qué lado estamos en cuanto a la donación de George al NERF?

—¿Nick ha preguntado eso?

—¿Hay algún problema en ese sentido?

—George quiere retenerla por un tiempo.

—¿Por qué?

—No me lo dijo.

—¿Tiene que ver con ese tal Kenner?

—George no me lo dijo. Solo me pidió que retuviese la donación. —Evans se preguntó cómo se había enterado Lowenstein de la visita de Kenner.

—¿Qué le digo a Nick?

—Dile que está en marcha pero aún no tenemos fecha.

—Pero no hay ningún problema, ¿no?

—A mí nadie me ha dicho que lo haya —respondió Evans.

—Muy bien. Pero entre tú y yo, ¿hay algún problema o no?

—Podría haberlo. —Evans estaba pensando que George rara vez retenía una donación benéfica y había percibido cierta tensión en la breve conversación que habían mantenido la noche anterior.

—¿Para qué es la reunión de mañana? —quiso saber Lowenstein—. En la sala grande.

—Ni idea.

—George no te lo ha dicho.

—No.

—Nick está muy alterado.

—Bueno, eso no es raro en Nick.

—Nick ha oído hablar de ese Kenner. Cree que es una persona conflictiva, una especie de antiecologista.

—Lo dudo —contestó Evans—. Es profesor del MIT, de alguna disciplina relacionada con el medio ambiente.

—Nick cree qué es conflictivo.

—No sabría decirte.

—Os oyó a Morton y a ti hablar de Kenner en el avión.

—Nick debería dejar de escuchar a escondidas.

—Le preocupa la opinión que George pueda formarse de él.

—No me sorprende —dijo Evans—. Nick la pifió con un cheque por una suma considerable. Lo ingresó en la cuenta que no correspondía.

—Ya estoy al corriente de eso. Fue el error de un voluntario. No se puede culpar a Nick de eso.

—No contribuye a crear confianza.

—Ingresó a favor de la Sociedad Internacional para la Conservación de la Naturaleza, una gran organización. En este mismo momento están devolviendo el dinero mediante transferencia.

—Estupendo.

—¿De qué lado estás tú en esto?

—De ninguno. Solo hago lo que me dice mi cliente.

—Pero tú lo asesoras.

—Si me lo pide, y no me lo ha pedido.

—Parece que tú mismo has perdido confianza.

Evans negó con la cabeza.

—Herb, no estoy enterado de ningún problema; yo solo tengo constancia de un retraso. Eso es todo.

—Muy bien —dijo Lowenstein, y alargó la mano hacia el teléfono—. Tranquilizaré a Nick.

Evans regresó a su despacho. Sonaba el teléfono. Contestó.

—¿Qué haces hoy? —preguntó Morton.

—No gran cosa. Papeleo.

—Eso puede esperar. Quiero que vayas a ver cómo marcha la demanda de Vanuatu.

—Por Dios, George, aún está en los preliminares. Creo que faltan varios meses para presentarla.

—Hazles una visita —insistió Morton.

—De acuerdo. Están en Culver City, los llamaré y...

—No, no llames; ve.

—Pero si no esperan…

—Así es. Eso es lo que quiero. Hazme saber lo que averigües, Peter.

Y colgó.

CULVER CITY
MARTES, 24 DE AGOSTO
10.30 H.

El equipo litigante de Vanuatu se había instalado en un viejo almacén al sur de Culver City. Era una zona industrial, con socavones en las calles. Desde la acera, no había mucho que ver: una simple pared de obra vista y una puerta con el número de la calle en abollados guarismos metálicos. Evans pulsó el botón del portero electrónico y le dieron paso a una pequeña zona de recepción delimitada con mamparas. Oía al otro lado un murmullo de voces pero no veía nada.

En la puerta del fondo, que daba al almacén en sí, había apostados dos guardias armados. Una recepcionista ocupaba un pequeño escritorio. Le dirigió una mirada poco cordial.

—¿Y usted es?

—Peter Evans, de Hassle & Black.

—¿Y viene a ver?

—Al señor Balder.

—¿Le espera?

—No.

Ella lo miró con expresión de incredulidad.

—Avisaré a su ayudante.

—Gracias.

La recepcionista habló por teléfono en voz baja. Evans la oyó mencionar el nombre del bufete. Echó una ojeada a los dos guardias. Eran de una empresa de seguridad privada. Le devolvieron la mirada; sus rostros eran adustos e inexpresivos.

La recepcionista colgó y dijo:

—La señorita Haynes saldrá dentro de un momento. —Dirigió un gesto de asentimiento a los guardias. Uno de ellos se acercó.

—Es solo una formalidad, caballero, pero ¿me permite ver algún documento de identificación? —preguntó a Evans.

Evans le entregó el carnet de conducir.

—¿Lleva encima alguna cámara o equipo de grabación?

—No —contestó Evans.

—¿Algún tipo de disco, un extraíble, una tarjeta de memoria u otro equipo informático?

—No.

—¿Va armado?

—No.

—¿Le importaría levantar las manos un momento? —preguntó el guardia. Al ver que Evans lo miraba con extrañeza, añadió—: Considérelo como el control de seguridad de un aeropuerto.

Lo cacheó, pero era evidente que también buscaba cables. Recorrió con los dedos el cuello de su camisa y la cinturilla del pantalón, palpó las costuras de la chaqueta, y luego le pidió que se descalzase. Por último, lo examinó de arriba abajo con una varita electrónica.

—Se lo toman ustedes muy en serio —comentó Evans.

—Sí, así es. Gracias.

El guardia retrocedió y volvió a ocupar su puesto junto a la pared. No había dónde sentarse, así que Evans se quedó allí de pie y esperó. La puerta tardó un par de minutos en abrirse. Una mujer atractiva pero austera de cerca de treinta años, de cabello corto y oscuro y ojos azules, con vaqueros y camisa blanca, dijo:

—¿Señor Evans? Soy Jennifer Haynes. —Le estrechó la mano con firmeza—. Trabajo con John Balder. Acompáñeme.

Entraron.

Accedieron a un pasillo estrecho con una puerta cerrada en el extremo opuesto. Evans comprendió que se trataba de un compartimento de seguridad: dos puertas para entrar.

—¿A qué se debe todo eso? —preguntó, señalando hacia los guardias.

—Hemos tenido algún pequeño problema.

—¿Qué clase de problema?

—La gente quiere saber qué hacemos aquí.

—Ajá...

—Hemos aprendido a actuar con cautela.

Jennifer Haynes sostuvo una tarjeta contra la puerta, y esta se abrió.

Entraron en un viejo almacén, un enorme espacio de techo alto dividido mediante mamparas de cristal. Inmediatamente a su izquierda, detrás de los cristales, Evans vio una sala llena de terminales de ordenador, cada uno manejado por una persona joven con una pila de documentos junto al teclado. Fuera se leía en grandes letras: DATOS EN BRUTO.

A su derecha había una sala de reuniones del mismo tamaño con el cartel: SATÉLITES/RADIOSONDA. Evans vio a cuatro personas dentro de esa sala; hablaban acaloradamente ante enormes ampliaciones de un gráfico colgadas en la pared, líneas irregulares en una cuadrícula. Más allá, otra sala había sido asignada a MODELOS DE CIRCULACIÓN GENERAL (MCG). Allí las paredes estaban cubiertas de grandes mapas del mundo, representaciones gráficas en muchos colores.

—¡Guau! —exclamó Evans—. Una operación por todo lo grande.

—Una demanda por todo lo grande —repuso Jennifer Haynes—. Estos son nuestros equipos temáticos. En su mayoría son estudiantes de posgrado de las ciencias del clima, no abogados. Cada equipo investiga un tema distinto para nosotros. —Empezó a señalar los diversos espacios del almacén—. El primer grupo se ocupa de los datos en bruto, es decir, los datos procesados procedentes del Instituto Goddard de Estudios Espaciales de la Universidad de Columbia, en Nueva York, de la Red de Climatología Histórica de Estados Unidos en Oak Ridge, Tennessee, y del Centro Hadley en East Anglia, Inglaterra. Esas son las principales fuentes de datos sobre temperaturas en todo el mundo.

—Entiendo —dijo Evans.

—Aquel otro grupo trabaja con los datos recibidos vía satélite. Los satélites en órbita registran las temperaturas de las capas superiores de la atmósfera desde 1979, así que hay datos desde hace más de veinte años. Nos proponemos averiguar qué puede hacerse con eso.

—¿Qué puede hacerse con eso? —repitió Evans.

—Los datos vía satélite son un problema.

—¿Por qué?

Como si no lo hubiese oído, Jennifer Haynes señaló la siguiente sala.

—Ese equipo realiza análisis comparativos de los MCG, es decir, los modelos climáticos generados por ordenador, desde los años setenta hasta el presente. Como sabe, estos modelos son de gran complejidad, ya que exigen la manipulación de un millón de variables o más al mismo tiempo. Son, con diferencia, los modelos informáticos más complejos creados por el hombre.

Esencialmente trabajamos con modelos estadounidenses, británicos y alemanes.

—Entiendo... —Evans empezaba a sentirse abrumado.

—Y aquel equipo de allí estudia situaciones a nivel del mar. Por ese pasillo, al doblar el recodo, está el grupo de paleoclima, que naturalmente realiza estudios por representación, y el último equipo se encarga de la radiación solar y los aerosoles. Tenemos también un equipo externo en la Universidad de California, en Los Ángeles, que analiza los mecanismos de retroalimentación atmosférica, centrándose básicamente en las variaciones experimentadas en las capas de nubes como consecuencia de los cambios de temperatura. Y poco más o menos eso es todo. —Viendo la cara de confusión de Evans, guardó silencio por un instante—. Disculpe. Como colabora con George Morton, he dado por supuesto que estaba usted familiarizado con todo esto.

—¿Quién ha dicho que colaboro con George Morton?

Ella sonrió.

—Conocemos nuestro trabajo, señor Evans.

Pasaron frente a una última sala acristalada sin rótulo. Estaba llena de gráficos y enormes fotografías, además de tres maquetas tridimensionales del globo terráqueo dentro de cubos de plástico.

—¿Y esto qué es? —preguntó Evans.

—Nuestro equipo audiovisual. Preparan material para el jurado. Algunos de los datos son en extremo complejos, y buscamos la manera más simple e impactante de presentarlos.

Siguieron adelante.

—¿De verdad es tan complicado? —quiso saber Evans.

—Efectivamente —contestó ella—. La nación insular de Vanuatu se compone en realidad de cuatro atolones de coral en el Pacífico sur, con una altitud máxima de siete metros por encima del nivel del mar. Los ocho mil habitantes de esas islas pueden verse obligados a evacuar el país debido al aumento del nivel del mar provocado por el calentamiento del planeta.

—Sí —dijo Evans—. Eso tengo entendido. Pero ¿por qué tienen a tanta gente trabajando en el apartado científico?

Jennifer Haynes lo miró con extrañeza.

—Porque nos proponemos ganar el caso.

—Sí…

—Y no es un caso fácil de ganar.

—¿Qué quiere decir? —preguntó Evans—. Hablamos del calentamiento del planeta. Todo el mundo sabe que el calentamiento del planeta es…

Una voz atronadora sonó en el extremo opuesto del almacén.

—Es ¿qué?

Un hombre calvo y con gafas se acercó a ellos. Tenía un andar desgarbado. Y hacía honor a su apodo: Águila Calva. Como siempre, John Balder vestía completamente de azul: traje azul, camisa azul y corbata azul. Tenía una actitud intensa, y miró a Evans con los ojos entornados. A su pesar, Evans se sintió intimidado al conocer al famoso litigante.

—Peter Evans, de Hassle & Black —se presentó, tendiéndole la mano.

—¿Y trabaja con George Morton?

—Sí, así es.

—Estamos en deuda con el señor Morton por su generosidad. Nos esforzamos por ser dignos de su apoyo.

—Se lo comunicaré, señor Balder.

—No me cabe duda. Hablaba usted del calentamiento del planeta, señor Evans. ¿Le interesa el tema?

—Sí, como a cualquier ciudadano consciente del mundo.

—Coincido con usted, desde luego. Pero dígame: tal como usted lo entiende, ¿qué es el calentamiento del planeta?

Evans procuró ocultar su sorpresa. No esperaba verse sometido a un examen.

—¿Por qué lo pregunta?

—Se lo preguntamos a todos los que vienen aquí. Intentamos sondear el nivel general de conocimiento sobre el tema. ¿Qué es el calentamiento del planeta?

—El calentamiento del planeta es el aumento de temperatura de la tierra debido al consumo de combustibles fósiles.

—En realidad eso no es correcto.

—¿Ah, no?

—Ni de cerca. Quizá quiera intentarlo otra vez.

Evans guardó silencio. Era evidente que estaba interrogándolo una mente jurídica precisa y exigente. Conocía de sobra su funcionamiento, de la época en la facultad de derecho. Pensó por un momento y eligió las palabras con cuidado.

—El calentamiento del planeta es... esto... el aumento de temperatura de la superficie terrestre debido al exceso de dióxido de carbono en la atmósfera que se produce como consecuencia del consumo de combustibles fósiles.

—Tampoco es correcto.

—¿Por qué?

—Por varias razones. Como mínimo, cuento cuatro errores en la afirmación que acaba de hacer.

—No lo comprendo —dijo Evans—. Mi afirmación... El calentamiento del planeta es eso.

—En realidad no lo es —rectificó Balder con tono cortante y autoritario—. El calentamiento del planeta es la teoría...

—Ahora ya no es precisamente una teoría...

—Sí, es una teoría —insistió Balder—. Créame, ojalá no fuese así. Pero de hecho el calentamiento del planeta es la teoría de que el incremento de los niveles de dióxido de carbono y determinados gases *está causando* un incremento de la *temperatura media* de la *atmósfera* terrestre como consecuencia del llamado «efecto invernadero».

—Bueno, está bien —dijo Evans—. Es una definición más exacta, pero...

—Señor Evans, ¿he de dar por supuesto que cree usted en el calentamiento del planeta?

—Naturalmente.

—¿Cree con convicción?

—Claro. Como todo el mundo.

—Cuando uno tiene una firme convicción, ¿no le parece que es importante expresarla de manera precisa?

Evans empezaba a sudar. Ciertamente tenía la sensación de hallarse de nuevo en la facultad de derecho.

—Bueno, señor Balder, supongo que... en realidad no en este caso. Porque cuando se hace referencia al calentamiento del planeta, todo el mundo sabe de qué hablamos.

—¿Todo el mundo lo sabe? A mí me parece que ni siquiera usted sabe de qué está hablando.

Evans sintió un arrebato de ira. Sin poder contenerse, repuso a bocajarro:

—Oiga, solo porque quizá no pueda expresar los sutiles detalles científicos...

—A mí no me preocupan los detalles, señor Evans, me preocupa el *núcleo* de sus convicciones. Sospecho que esas convicciones carecen de fundamento.

—Con el debido respeto, eso es absurdo. —Contuvo la respiración—. Señor Balder.

—¿Quiere decir que sí tiene un fundamento?

—Claro que sí.

Balder lo miró con semblante pensativo. Parecía satisfecho de sí mismo.

—En ese caso, puede usted sernos de gran ayuda en esta demanda. ¿Le importaría concedernos una hora de su tiempo?

—Esto… supongo que no.

—¿Le importaría que lo grabásemos en vídeo?

—No, pero… ¿por qué?

Balder se volvió hacia Jennifer Haynes, que explicó:

—Intentamos establecer una línea básica de lo que una persona bien informada como usted sabe acerca del calentamiento del planeta. Para ayudarnos a perfeccionar nuestra exposición al jurado.

—¿Una especie de jurado imaginario de un solo miembro?

—Exactamente. Ya hemos entrevistado a varias personas.

—Muy bien —contestó Evans—. Supongo que podría dedicarle un rato en algún momento.

—Ahora es buen momento —dijo Balder. Se volvió hacia Jennifer—. Reúne a tu equipo en la sala cuatro.

—Claro que me gustaría colaborar —dijo Evans—, pero he venido aquí a formarme una impresión general…

—¿Porque ha oído que hay problemas con la demanda? No los hay. Pero sí hay retos considerables —matizó Balder. Consultó su reloj—. Tengo una reunión. Pase un rato con la señorita Haynes, y cuando acaben, hablaremos del litigio tal como yo lo veo. ¿De acuerdo?

Evans no tenía más remedio que estar de acuerdo.

EQUIPO DE VANUATU
MARTES, 24 DE AGOSTO
11.00 H.

En una sala de reuniones, lo sentaron a la cabecera de una mesa larga, enfocado por una videocámara situada en el extremo opuesto. «Igual que prestar declaración bajo juramento», pensó.

Cinco personas jóvenes entraron en la sala y tomaron asiento en torno a la mesa. Todos vestían de manera informal, con vaqueros y camisetas. Jennifer Haynes los presentó tan deprisa que Evans no llegó a registrar sus nombres. Ella explicó que todos eran estudiantes de posgrado de distintas disciplinas científicas.

Mientras se preparaban, Jennifer ocupó una silla junto a la de Evans y dijo:

—Lamento que John lo haya tratado con tan poca delicadeza. Se siente muy frustrado y está bajo una gran presión.

—¿Por el caso?

—Sí.

—¿Qué clase de presión?

—Esta sesión le permitirá formarse una idea de los problemas a que nos enfrentamos. —Se volvió hacia los demás—. ¿Estáis listos?

Los otros asintieron con la cabeza y abrieron sus cuadernos. La luz de la cámara se encendió.

—Entrevista a Peter Evans —comenzó Jennifer—, de Hassle & Black. Martes, veinticuatro de agosto. Señor Evans, nos gustaría revisar sus puntos de vista sobre las pruebas que confirman el calentamiento del planeta. Esto no es un examen; sencillamente nos gustaría conocer con claridad lo que usted piensa sobre el tema.

—De acuerdo —dijo Evans.

—Empecemos de una manera informal. Cuéntenos qué sabe de las pruebas en que se basa la teoría del calentamiento del planeta.

—Bueno —contestó Evans—, sé que las temperaturas de todo el planeta han aumentado de manera espectacular a lo largo de los últimos veinte o treinta años como resultado del incremento de dióxido de carbono emitido por la industria al quemar combustibles fósiles.

—Muy bien. Y cuando habla de un espectacular aumento de la temperatura, ¿a cuánto se refiere?

—Alrededor de medio grado, diría.

—¿Fahrenheit o Celsius?

—Celsius.

—¿Y dicho aumento se ha producido en el transcurso de veinte años?

—Veinte o treinta, sí.

—¿Y antes de eso, a lo largo del siglo XX?

—Las temperaturas también subían, pero no lo hacían tan deprisa.

—Muy bien —dijo ella—. Ahora voy a enseñarle un gráfico...

Sacó un gráfico* adherido a una placa de espuma de poliestireno:

* Todos los gráficos se han generado utilizando datos tabulares de las siguientes bases de datos: GISS (Columbia); CRU (East Anglia); GHCN y USHCN (Oak Ridge). Véase Apéndice II para un análisis completo.

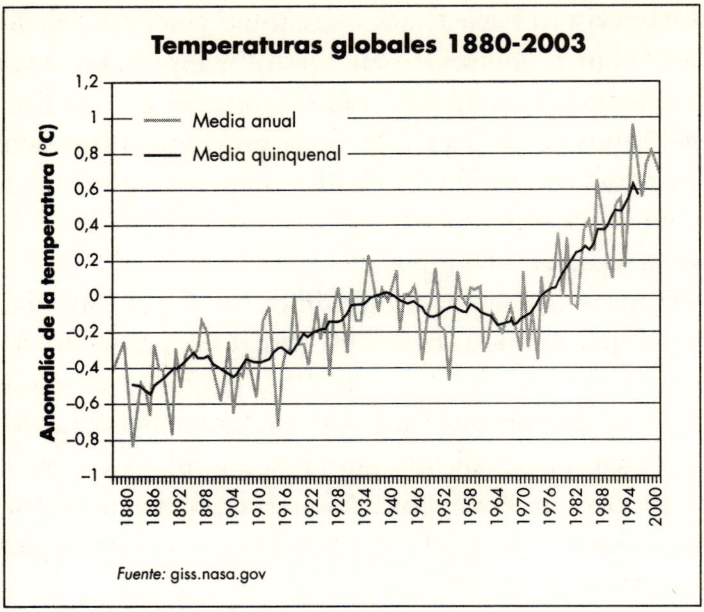

—¿Le resulta familiar? —preguntó Jennifer Haynes.

—Lo había visto alguna vez —respondió Evans.

—Procede de la base de datos NASA-Goddard utilizada por las Naciones Unidas y otras organizaciones. ¿Considera a las Naciones Unidas una fuente fidedigna?

—Sí.

—¿Podemos, pues, pensar que este gráfico es preciso? ¿Imparcial? ¿Que no está al servicio de ninguna empresa?

—Sí.

—Bien. ¿Sabe qué representa este gráfico?

Evans podía interpretarlo sin mayores dificultades.

—Son las temperaturas globales medias de todas las estaciones meteorológicas del mundo en los últimos ciento y pico años.

—En efecto —dijo ella—. ¿Y cómo interpreta este gráfico?

—Bueno, demuestra lo que yo describía hace un momento. —Señaló la línea roja—. Las temperaturas mundiales han aumentado desde alrededor de 1890, pero suben de manera más marcada hacia 1970, cuando la industrialización es más intensa, y he ahí la auténtica prueba del calentamiento del planeta.

—Muy bien —dijo ella—. ¿Y qué causó ese rápido incremento de la temperatura a partir de 1970?

—El aumento de los niveles de dióxido de carbono originado por la industrialización.

—Bien. En otras palabras, cuando el dióxido de carbono aumenta, la temperatura aumenta.

—Sí.

—De acuerdo. Ha comentado que la temperatura empezó a subir en 1890 hasta más o menos 1940. Y aquí vemos que así fue. ¿Qué causó ese aumento? ¿El dióxido de carbono?

—Mmm... no estoy seguro.

—Porque en 1890 la industrialización era mucho menor y, sin embargo, ya ve cómo suben las temperaturas. ¿Aumentaba el dióxido de carbono en 1890?

—No estoy seguro.

—En realidad sí. Aquí tiene otro gráfico que muestra los niveles de dióxido de carbono y temperatura.

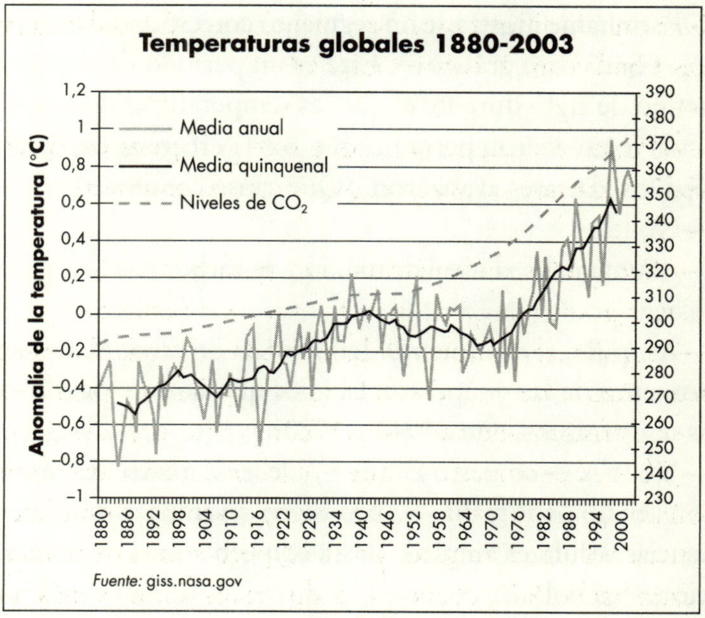

—Bien —dijo Evans—. Es lo que cabía esperar. El dióxido de carbono aumenta y hace subir las temperaturas.

—De acuerdo. Ahora quiero que concentre su atención en el período 1940-1970. Como ve, durante este período las temperaturas globales de hecho decrecieron. ¿Lo ve?

—Sí…

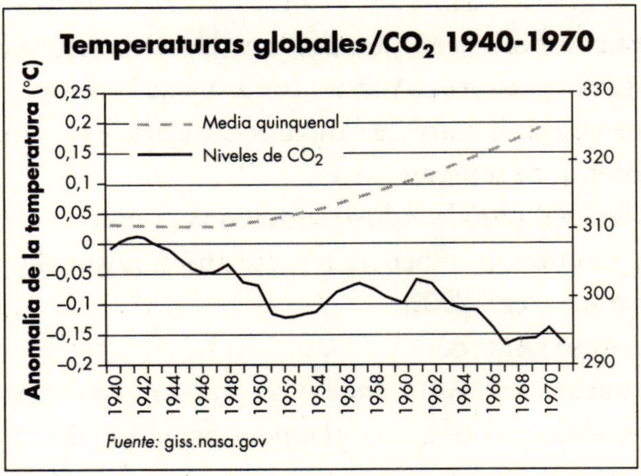

—Permítame mostrarle un segmento correspondiente a ese período. —Sacó otro gráfico—. Este es un período de treinta años. Un tercio de siglo durante el que las temperaturas descendieron. Los cultivos se vieron perjudicados por la escarcha en verano; en Europa los glaciares avanzaron. ¿Qué causó ese descenso?

—No lo sé.

—¿Aumentaba el nivel de dióxido de carbono en ese período?

—Sí.

—Así pues, si el aumento del dióxido de carbono es la causa del aumento de las temperaturas, ¿por qué no provocó la subida de las temperaturas entre 1940 y 1970?

—No lo sé —contestó Evans—. Debe de existir otro factor. O podría ser una anomalía. Se producen anomalías dentro de las tendencias seculares amplias. Basta con echar un vistazo a las cotizaciones en bolsa.

—¿Presenta la bolsa anomalías que se prolonguen durante treinta años?

Evans se encogió de hombros.

—O podría haber sido hollín. O partículas en suspensión. Por entonces, antes de que empezasen a aplicarse leyes para la protección del medio ambiente, había muchas partículas en el aire. O tal vez algún otro factor.

—Estos gráficos demuestran que el dióxido de carbono creció de manera continua, pero la temperatura no. Subió, descendió y más tarde volvió a subir. Aun así, supongo que sigue usted convencido de que el dióxido de carbono ha sido la causa del más reciente aumento de temperatura.

—Sí. Todo el mundo sabe que esa es la causa.

—¿Le inquieta de algún modo este gráfico?

—No —contestó Evans—. Admito que plantea algunas dudas, pero no se sabe todo acerca del clima. Así que no, el gráfico no me inquieta.

—Bien, de acuerdo. Me alegra oírlo. Sigamos adelante. Ha dicho que este gráfico representaba la media de las estaciones meteorológicas de todo el mundo. En su opinión, ¿en qué medida son fiables esos datos meteorológicos?

—No tengo la menor idea.

—Bueno, por ejemplo, a finales del siglo XIX los datos se generaban con la ayuda de personas que iban hasta una pequeña caja y anotaban las temperaturas dos veces al día. Quizá se olvidaban durante algunos días, quizá enfermaba alguien de su familia y tenían que anotarlos más tarde.

—Eso era por aquel entonces.

—En efecto. Pero ¿hasta qué punto, en su opinión, son precisos los registros meteorológicos de Polonia en la década de los treinta? ¿O de las provincias rusas a partir de 1990?

—No demasiado precisos, supongo.

—Y estoy de acuerdo. Así pues, en los últimos cien años, es posible que buen número de estaciones de todo el mundo no haya proporcionado datos fiables y de gran calidad.

—Podría ser —admitió Evans.

—A lo largo de los años, ¿qué país piensa que ha tenido la red de estaciones meteorológicas mejor mantenida en una amplia área?

—¿Estados Unidos?

—Exacto. Creo que eso es incuestionable. He aquí otro gráfico.

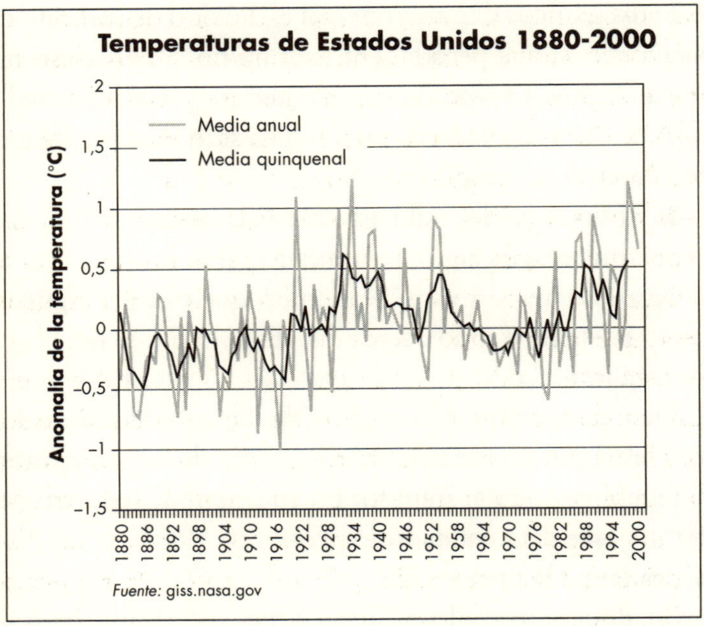

»¿Se parece este gráfico al primero que hemos visto de las temperaturas mundiales?

—No exactamente.

—¿Cuál es el cambio en las temperaturas desde 1880?

—Parece... esto... un tercio de grado.

—Un tercio de grado Celsius en ciento veinte años. Nada espectacular. —Señaló el gráfico—. ¿Y cuál fue el año más caluroso del siglo pasado?

—Parece que 1934.

—A su juicio, ¿indica este gráfico que se produce calentamiento del planeta?

—Bueno, las temperaturas suben.

—Durante los últimos treinta años, sí. Pero durante los treinta años anteriores bajaron. Y en Estados Unidos las actuales temperaturas son poco más o menos las mismas que en la década de los treinta. Así pues, ¿es este gráfico un argumento en favor del calentamiento del planeta?

—Sí —dijo Evans—. Simplemente no es tan notable en Estados Unidos como en el resto del mundo, pero ocurre.

—¿No le da que pensar el hecho de que el registro de temperaturas más preciso muestre un calentamiento menor?

—No. Porque el calentamiento del planeta es un fenómeno global. No solo se produce en Estados Unidos.

—Si tuviese que defender estos gráficos ante un tribunal, ¿cree que conseguiría convencer a un jurado de su postura? ¿O un jurado miraría el gráfico y diría que todo eso del calentamiento del planeta no es para tanto?

—Está influyendo en el testigo —dijo él, y se echó a reír.

En realidad, Evans se sentía un poco incómodo. Pero solo un poco. Había oído antes tales afirmaciones en congresos sobre el medio ambiente. Los científicos al servicio de la industria podían reunir datos manipulados y tergiversados y ofrecer un discurso convincente y bien preparado, y Evans, casi sin darse cuenta, empezaría a dudar de lo que sabía.

Como si le leyera el pensamiento, Jennifer afirmó:

—Estos gráficos muestran datos sólidos, Peter. Registros del Instituto Goddard de Estudios Espaciales de la Universidad de Columbia. Los niveles de dióxido de carbono de Mauna Loa y los núcleos de hielo de Law Dome en la Antártida.* Todos generados por investigadores que creen firmemente en el calentamiento del planeta.

—Sí —contestó él—. Porque existe un abrumador consenso

* D. M. Etheridge *et al.*, 1996, «Cambios naturales y antropogénicos en el CO_2 del aire contenido en el hielo y la neviza de la Antártida a lo largo de los últimos mil años», *Journal of Geophysical Research* 101 (1996): 4.115-4.128.

entre los científicos de todo el mundo respecto a que el calentamiento del planeta es un hecho real y una amenaza importante a nivel mundial.

—Muy bien, de acuerdo —dijo ella con tranquilidad—. Me alegra ver que nada de esto cambia sus puntos de vista. Pasemos a otras cuestiones de interés. ¿David?

Uno de los estudiantes de posgrado se inclinó hacia delante.

—Señor Evans, me gustaría hablar con usted sobre el uso de la tierra, el efecto aislante del calor urbano y los datos de satélite sobre las temperaturas en la troposfera.

«Oh, Dios mío», pensó Evans, pero se limitó a asentir con la cabeza.

—Muy bien...

—Uno de los temas que intentamos documentar atañe a la alteración de las temperaturas en la superficie debido al uso de la tierra. ¿Conoce ese tema?

—En realidad no. —Consultó su reloj—. La verdad, están ustedes trabajando a un nivel de detalle que no está a mi alcance. Yo no hago más que escuchar lo que dicen los científicos...

—Y nosotros estamos preparando una demanda basada en lo que dicen los científicos —adujo Jennifer—. A este nivel de detalle es donde se disputará el juicio.

—¿Disputarse? —Evans se encogió de hombros—. ¿Quién va a intentar rebatirlo? Nadie con una mínima talla. No hay en el mundo ningún científico de prestigio que no crea en el calentamiento del planeta.

—En eso se equivoca —respondió ella—. La defensa llamará a declarar a profesores del MIT, Harvard, Columbia, Duke, Virginia, Colorado, Berkeley y otras prestigiosas universidades. Llamará al anterior presidente de la Academia Nacional de las Ciencias. Puede que también llame a algún premio Nobel. Traerá a profesores de Inglaterra, del Instituto Max Planck de Alemania, de la Universidad de Estocolmo. Estos profesores afirmarán, en el mejor de los casos, que el calentamiento del planeta no está demostrado y, en el peor, que es pura fantasía.

—Sus investigaciones han sido financiadas por la industria, sin duda.

—En unos cuantos casos. No en todos.

—Archiconservadores. Neoconservadores.

—El litigio se centrará en los datos —afirmó ella.

Evans los miró y vio preocupación en sus rostros. Y pensó: «Realmente creen que podrían perder».

—Pero esto es ridículo —dijo Evans—. Basta con leer los periódicos o ver la televisión.

—Los periódicos y la televisión son susceptibles de campañas mediáticas cuidadosamente orquestadas. Los juicios no.

—Pues olvidemos los medios de comunicación de masas —repuso Evans— y leamos solo las publicaciones científicas.

—Eso hacemos, y no son necesariamente de gran ayuda a nuestra causa. Señor Evans, tenemos muchos puntos que abordar. Si deja de lado sus protestas, podemos seguir adelante.

En ese momento sonó el teléfono, y Balder lo libró de aquel tormento.

—Envía a mi despacho al hombre de Hassle & Black —dijo—. Dispongo de diez minutos para él.

EQUIPO DE VANUATU
MARTES, 24 DE AGOSTO
12.04 H.

Balder, cómodamente instalado en un despacho de mamparas de cristal con los pies sobre una mesa de vidrio, revisaba una pila de informes y artículos de investigación. No bajó los pies cuando entró Evans.

—¿Le ha parecido interesante? —preguntó. Se refería al interrogatorio.

—En cierto modo —contestó Evans—. Pero, perdone que le diga, tengo la impresión de que les preocupa perder.

—Yo no tengo la menor duda de que ganaremos el caso —aseguró Balder—. Ni la menor duda, pero no quiero que mis colaboradores piensen eso. Los quiero muy preocupados. Quiero que mi equipo se muera de miedo ante cualquier juicio, y en especial ante este. Presentamos esta demanda contra la EPA, y la Agencia, en previsión, ha solicitado asesoría externa a Barry Beckman.

—¡Vaya! —exclamó Evans—. Artillería pesada.

Barry Beckman era el litigante más famoso de su generación. Profesor de la facultad de derecho de Stanford a los veintiocho años, dejó la universidad poco después de cumplir los treinta para incorporarse a un bufete. Había representado ya a Microsoft, Toyota, Phillips y otras muchas multinacionales. Beckman poseía una mente de una agilidad increíble, unos modales encantadores, un vivo sentido del humor y una memoria fotográfica. Todo el mundo sabía que cuando exponía sus argumentos ante el Tribunal Supremo (como había hecho ya en tres ocasiones), citaba los números de página de los documentos al contestar a las preguntas de los jueces: «Su señoría, creo que encontrará eso en la nota 17 al pie de la página 237». Cosas así.

—Barry tiene sus defectos —afirmó Balder—. Maneja tal cantidad de información que incurre fácilmente en la irrelevancia. Le gusta oírse hablar. Tiende a irse por las ramas en sus argumentaciones. Le he derrotado una vez y he perdido con él una vez. Pero una cosa es segura: cabe esperar una oposición muy bien preparada.

—¿No es un tanto insólito contratar a un abogado antes de que se haya presentado la demanda?

—Es una táctica —respondió Balder—. La actual administración no desea defenderse en este juicio. Creen que ganarán, pero no quieren la publicidad negativa que se derivará de sus alegaciones contra el calentamiento del planeta. Así que esperan intimidarnos para que abandonemos el caso. Y naturalmente no vamos a hacerlo. Menos ahora que, gracias al señor Morton, contamos con la financiación necesaria.

—Eso está bien.

—Sin embargo, los desafíos son significativos. Barry aducirá que no existen pruebas suficientes del calentamiento del planeta. Aducirá que los datos científicos en los que eso se basa son poco sólidos. Aducirá que las predicciones de hace diez y quince años han resultado erróneas. Y aducirá que incluso los principales defensores de la hipótesis del calentamiento del planeta han manifestado públicamente sus dudas respecto a si puede predecirse, si es un problema grave y, de hecho, si realmente existe.

—¿Los principales defensores han dicho eso?

Balder dejó escapar un suspiro.

—En efecto. En las publicaciones especializadas.

—Yo nunca he leído nada así.

—Las declaraciones existen. Barry las sacará a la luz. —Movió la cabeza en un gesto de negación—. Algunos expertos han expresado opiniones distintas en distintos momentos. Algunos han dicho que el aumento de dióxido de carbono no es un gran problema; ahora dicen que sí lo es. Hasta el momento no contamos con un solo perito que no pueda desmentirse. O que no vaya a quedar como un estúpido durante las repreguntas.

Evans asintió en un gesto de comprensión. Conocía bien esa circunstancia. Una de las primeras cosas que se aprendían en la facultad de derecho era que la ley no trataba de la verdad. Trataba sobre la resolución de disputas. En la resolución de una disputa, la verdad podía surgir o no. A menudo no surgía. Los fiscales podían saber que un delincuente era culpable y, aun así, ser incapaces de condenarlo. Ocurría con mucha frecuencia.

—Por eso este caso dependerá de los niveles del mar registrados en el Pacífico —prosiguió Balder—. Estamos reuniendo todos los datos disponibles.

—¿Por qué depende de eso el caso?

—Porque creo que es necesario dorar la píldora. Este caso se centra en torno al calentamiento del planeta, pero no es ahí donde reside el impacto emocional de cara al jurado. A los jurados les incomoda interpretar gráficos. Y los traen sin cuidado todas esas disquisiciones sobre si una décima de grado centígrado arriba o abajo. Esos son detalles técnicos, sutilezas de expertos, y aburren a la gente normal.

»No, el jurado lo verá como un caso que atañe a personas empobrecidas, injustamente tratadas, impotentes, personas que van a verse expulsadas de sus hogares ancestrales por la subida de las aguas. Lo verá como un caso sobre el terror que supone un aumento del nivel del mar precipitado e inexplicable, sin una causa concebible a menos que se acepte que algo extraordinario y sin precedentes ha afectado a todo el mundo en los últimos años. Algo que está provocando la subida del nivel del mar y que amenaza las vidas de hombres, mujeres y niños inocentes.

—Y ese algo es el calentamiento del planeta.

Balder asintió.

—El jurado tendrá que extraer sus propias conclusiones. Si podemos mostrarles datos convincentes del aumento del nivel del mar, tendremos un argumento sólido. Cuando los jurados ven que se han producido daños, tienden a culpar a alguien.

—Muy bien. —Evans veía adónde quería ir a parar Balder—. Así pues, los datos sobre el nivel del mar son importantes.

—Sí, pero tienen que ser concluyentes, irrefutables.

—¿Son tan difíciles de obtener?

Balder enarcó una ceja.

—Señor Evans, ¿sabe algo sobre el estudio de los niveles del mar?

—No. Solo sé que el nivel del mar está aumentando en todo el mundo.

—Por desgracia, esa afirmación es más que discutible.

—Bromea.

—Es un hecho conocido que no tengo sentido del humor —replicó Balder.

—Pero el nivel del mar no puede ser un dato discutible —dijo Evans—. Es demasiado sencillo. Se pone una marca en un muelle durante la marea alta, se mide año tras año, se ve subir... o sea, ¿cómo puede ser eso tan difícil?

Balder suspiró.

—¿Piensa que el nivel del mar es algo sencillo? Pues no lo es, créame. ¿Ha oído hablar alguna vez del geoide? ¿No? El geoide es la superficie equipotencial del campo gravitacional de la tierra que se aproxima a la superficie media del mar. ¿Eso le aclara algo?

Evans negó con la cabeza.

—Bien, es un concepto básico en la medición de los niveles del mar. —Balder hojeó la pila de papeles que tenía delante—. ¿Y los modelos glacio-hidro-isostáticos? ¿Los efectos eustáticos y tectónicos en la dinámica de las costas? ¿Las secuencias sedimentarias del holoceno? ¿La distribución de foraminíferos entre mareas? ¿Los análisis de carbono de los paleoambientes costeros? ¿La aminostratigrafía? ¿No? ¿No le suenan? El nivel del mar es una especialidad sometida a un debate feroz, se lo aseguro.

—Echó a un lado el último de los artículos—. Eso estoy revisando ahora. Pero las disputas dentro de esta área dan una importancia añadida al hecho de encontrar datos irrefutables.

—¿Y están obteniendo esos datos?

—Esperamos que lleguen, sí. Los australianos cuentan con varias bases de datos. Los franceses tienen al menos una en Moorea y quizá otra en Papeete. Hay una financiada por la Fundación V. Allen Willy, pero puede que sea de duración demasiado corta. Y lo mismo ocurre con otras bases de datos. Habrá que ver.

Sonó el intercomunicador.

—Señor Balder —dijo la ayudante—, el señor Drake al teléfono, del NERF.

—Muy bien. —Balder se volvió hacia Evans y le tendió la mano—. Ha sido un placer hablar con usted, señor Evans. Reitero nuestro agradecimiento a George. Dígale que puede pasarse por aquí cuando quiera echar un vistazo. Siempre trabajamos intensivamente. Buena suerte. Cierre la puerta al salir.

Balder se dio la vuelta y cogió el teléfono. Evans lo oyó decir:

—¿Y bien, Nick? ¿Qué carajo pasa en el NERF? ¿Vas a resolverme esto o no?

Evans cerró la puerta.

Salió del despacho de Balder con una persistente sensación de inquietud. Balder era uno de los hombres más persuasivos del planeta. Sabía que Evans estaba allí en representación de George Morton. Sabía que Morton estaba a punto de hacer una gran aportación para financiar la demanda. Balder debería haber mostrado un total optimismo, una confianza palpable. Y en realidad así había sido al principio.

«Yo no tengo la menor duda de que ganaremos el caso.»

Pero después Evans había oído:

«Los desafíos son significativos.»

«Hasta el momento no contamos con un solo perito que no pueda desmentirse.»

«Este caso dependerá de los niveles del mar registrados...»

«Creo que es necesario dorar la píldora.»

«El nivel del mar es una especialidad sometida a un debate feroz.»

«Habrá que ver.»

Desde luego no era una conversación calculada para aumentar el nivel de confianza de Evans. Como tampoco lo había sido, de hecho, la sesión de vídeo con Jennifer Haynes para hablar de los problemas científicos a los que se enfrentaba la demanda.

Pero, pensando en ello, decidió que esas manifestaciones de duda eran en realidad una señal de confianza por parte del equipo legal. Evans era también abogado; conocía las circunstancias que rodeaban el proceso, y habían sido francos con él. Era un caso que iban a ganar, aunque no sería fácil, debido a la complejidad de los datos y el escaso margen de atención del jurado.

Así pues: ¿Recomendaría a Morton que siguiese adelante?

Por supuesto.

Jennifer lo esperaba frente al despacho de Balder.

—Peter, en la sala de reuniones aguardan tu regreso —dijo.

—Lo siento mucho, pero no me va a ser posible —respondió Evans—. Mis horarios…

—Lo comprendo —lo interrumpió ella—. Otra vez será. Me pregunto si realmente vas muy mal de horarios o si quizá tendrías un rato para comer conmigo.

—Ah, no —respondió Evans, sin alterarse—, no voy tan mal de horarios.

—Bien —dijo ella.

CULVER CITY
MARTES, 24 DE AGOSTO
12.15 H.

Comieron en un restaurante mexicano de Culver City. Era un sitio tranquilo: solo había unos cuantos montadores cinematográficos de la cercana sede de Sony Studios, un par de adolescentes besuqueándose y un grupo de ancianas con pamela.

Se sentaron en un reservado de un rincón y los dos pidieron el menú del día.

—Según parece —comentó Evans—, Balder opina que los datos sobre el nivel del mar son la clave.

—Eso es lo que él piensa. Para serte sincera, yo no estoy tan segura.

—¿Y eso por qué?

—Nadie ha visto todos los datos. Pero incluso si son fiables, tienen que mostrar un aumento del nivel considerable para impresionar a un jurado, y puede que no sea así.

—¿Cómo no va a ser así? —dijo Evans—. Si los glaciares se están fundiendo y la Antártida disgregándose…

—Aun así puede que no lo sea —insistió ella—. ¿Conoces las islas Maldivas, en el océano Índico? Les preocupaba el riesgo de inundación, así que un equipo de investigadores escandinavos fue a estudiar los niveles del mar. Según descubrieron, no se había producido el menor aumento en varios siglos, y sí un descenso en los últimos veinte años.

—¿Un descenso? ¿Se publicó?

—El año pasado —contestó ella. Llegó la comida. Jennifer hizo un gesto de hastío: ya estaba bien de hablar de trabajo por el momento. Comió su burrito con fruición, limpiándose la barbilla con el dorso de la mano. Evans le vio una cicatriz blanca e irregular que iba desde la palma hasta la cara interna del antebrazo—. Dios, me encanta esta comida. En Washington es imposible probar una comida mexicana aceptable.

—¿Tú eres de allí?

Jennifer asintió con la cabeza.

—He venido para ayudar a John.

—¿Te lo pidió él?

—No podía negarme. —Se encogió de hombros—. Veo a mi novio un fin de semana sí, uno no. Viene él aquí o yo voy allí. Pero si el juicio sigue adelante, se prolongará durante un año, quizá dos. No creo que nuestra relación lo resista.

—¿A qué se dedica? Me refiero a tu novio.

—Es abogado.

Evans sonrió.

—A veces pienso que todo el mundo es abogado.

—Todo el mundo lo es. Se dedica al derecho del mercado financiero. No es mi terreno.

—¿Cuál es tu terreno?

—Preparación de testigos y selección de jurados. Análisis psicológico de los recursos humanos. Por eso estoy a cargo de los grupos temáticos.

—Entiendo.

—Sabemos que la mayoría de la gente que podríamos incluir en el jurado habrá oído hablar del calentamiento del planeta, y probablemente casi todos estarán predispuestos a creer que es real.

—Eso cabe esperar —dijo Evans—. Al fin y al cabo, es un hecho establecido desde hace quince años.

—Pero necesitamos determinar qué creerá la gente al sometérsela a pruebas en sentido contrario.

—¿Como cuáles?

—Como los gráficos que te he enseñado antes. O los datos de los satélites. ¿Conoces los datos de los satélites?

Evans negó con la cabeza.

—La teoría del calentamiento del planeta predice que las capas superiores de la atmósfera se calentarán debido al calor condensado, igual que un invernadero. En la superficie terrestre, las temperaturas subirán después. Pero desde 1979 hay satélites en órbita que miden continuamente la atmósfera a ocho mil kilómetros de altitud. Demuestran que las capas superiores se calientan mucho menos que la tierra.

—Quizá haya algún problema con los datos…

—Créeme, los datos de los satélites se han analizado docenas de veces —aseguró Jennifer—. Con toda certeza son los datos sometidos a un escrutinio más riguroso en el mundo. Además, los datos de los globos sonda coinciden con los de los satélites. Muestran un calentamiento mucho menor al que prevé la teoría. —Se encogió de hombros—. Ese es otro problema para nosotros. Estamos trabajando en ello.

—¿Cómo?

—Pensamos que resultará demasiado complejo para un jurado. Los detalles de las sondas de microondas y los escanógrafos de desplazamiento lateral con análisis de radiancia de cuádruple canal; las dudas sobre si el Canal Dos ha sido rectificado para desviaciones diurnas y variaciones entre satélites; respuestas instrumentales no lineales variables en función del tiempo… Esperamos que eso los disuada. Pero ya está bien de todo esto. —Se enjugó la cara con la servilleta, y Evans vio otra vez la cicatriz blanca que le bajaba por el brazo.

—¿Cómo te hiciste eso? —preguntó.

Jennifer se encogió de hombros.

—En la facultad de derecho.

—Y yo que pensaba que mi facultad era peligrosa.

—Daba clases de karate en el campus —aclaró ella—. A veces acababan tarde. ¿Vas a comer más patatas fritas?

—No —contestó Evans.
—¿Pedimos la cuenta?
—Cuéntamelo —insistió él.
—No hay mucho que contar. Una noche entré en el coche para volver a casa, y un chico subió de un salto al asiento del acompañante y sacó un arma. Me ordenó que arrancase.
—¿Un chico de tu clase?
—No. Un chico mayor. De casi treinta años.
—¿Qué hiciste?
—Le dije que saliese. Él me ordenó que pusiese el coche en marcha. Así que arranqué, y le pregunté adónde quería ir. Y él fue tan estúpido que señaló la dirección con la pistola, así que le di un golpe en la tráquea. No le golpeé con fuerza suficiente, y él disparó a bulto; hizo añicos el parabrisas. Entonces le golpeé otra vez con el codo. Dos o tres veces.
—¿Qué le pasó? —preguntó Evans.
—Murió.
—Dios mío —dijo Evans.
—Hay personas que toman decisiones equivocadas. ¿Por qué me miras así? Medía un metro ochenta y cinco y pesaba más de cien kilos y tenía antecedentes de aquí a Nebraska. Atraco a mano armada, agresión con arma mortífera, intento de violación... lo que quieras. ¿Crees que debería sentir lástima por él?
—No —se apresuró a responder Evans.
—Sí lo crees, lo veo en tu mirada. Mucha gente piensa así. Dicen: «Era solo un chico. ¿Cómo pudiste hacerlo?». Te diré una cosa: la gente no sabe de qué habla. Esa noche uno de los dos iba a morir. Me alegro de no haber sido yo. Pero naturalmente me causa malestar.
—No lo dudo.
—A veces me despierto bañada en un sudor frío. Veo dispararse el arma contra el parabrisas delante de mi cara. Me doy cuenta de lo cerca que estuve de morir. Fui una estúpida. Debería haberlo matado del primer golpe.
Evans guardó silencio. No sabía qué decir.

—¿Te han apuntado alguna vez con un arma a la cabeza? —preguntó ella.

—No...

—Entonces no tienes la menor idea de qué se siente, ¿verdad?

—¿Tuviste problemas después? —Quiso saber Evans.

—Claro que tuve problemas. Durante un tiempo pensé que no podría ejercer derecho. Alegaron que lo induje a hacerlo. ¿Puedes creer semejante gilipollez? No había visto a ese individuo en mi vida. Pero un excelente abogado vino en mi rescate.

—¿Balder?

Jennifer asintió con la cabeza.

—Por eso estoy aquí.

—¿Y lo del brazo?

—Ah, el coche se estrelló y me corté con los cristales rotos —contestó Jennifer. Hizo una seña a la camarera—. ¿Qué te parece si pedimos la cuenta?

—Pago yo.

Minutos después estaban otra vez fuera. Evans parpadeó bajo la blanquecina luz del mediodía. Caminaron calle abajo.

—Así pues, supongo que se te da bien el karate.

—Bastante bien.

Llegaron al almacén. Él le estrechó la mano.

—Me gustaría comer contigo alguna otra vez —dijo ella. Lo planteó de manera tan directa que Evans se preguntó si era un deseo personal o si quería tenerlo al corriente de cómo evolucionaba la demanda, porque, como había ocurrido con Balder, la mayor parte de lo que había dicho no era muy alentador.

—Me parece buena idea.

—No dejemos que pase mucho tiempo.

—De acuerdo.

—¿Me llamarás?

—Cuenta con ello —dijo Evans.

BEVERLY HILLS
MARTES, 24 DE AGOSTO
17.04 H.

Casi había anochecido cuando llegó a casa y aparcó en el garaje situado frente al callejón. Subía ya por la escalera de atrás cuando la casera asomó la cabeza por la ventana.

—Se le han escapado por muy poco —dijo la mujer.

—¿Quiénes?

—Los técnicos del cable. Acaban de marcharse.

—Yo no he llamado a ningún técnico del cable —dijo Evans—. ¿Los ha dejado entrar?

—Claro que no. Han dicho que le esperarían. Se han ido hace un momento.

Evans no sabía de ningún técnico del cable que esperase a nadie.

—¿Cuánto tiempo han esperado?

—No mucho. Quizá diez minutos.

—Muy bien, gracias.

Llegó al rellano de la segunda planta. Un cartel colgaba del picaporte: «Lo sentimos pero no le hemos encontrado». Contenía una marca en la casilla: «Vuelva a llamar para solicitar otra hora».

Entonces advirtió el problema. La dirección que constaba era el 2119 de Roxbury. La suya era el 2129 de Roxbury. Pero la dirección estaba en la puerta delantera, no en la trasera. Simplemente se habían equivocado. Levantó el felpudo para comprobar que allí seguía guardada la llave. Estaba exactamente donde la había dejado. No se había movido. Incluso se veía el contorno del polvo alrededor.

Abrió la puerta y entró. Fue a la nevera y vio el yogur caducado. Tenía que ir al supermercado pero estaba muerto de cansancio. Verificó el contestador para ver si había algún mensaje de Janis o Carol. No habían llamado. Ahora, claro, estaba la perspectiva de Jennifer Haynes, pero tenía novio, vivía en Washington y... Evans sabía que no saldría bien.

Pensó en telefonear a Janis, pero descartó la idea. Se duchó y contempló la posibilidad de pedir una pizza por teléfono. Se tendió en la cama para relajarse un momento antes de llamar. Y le venció el sueño de inmediato.

CENTURY CITY
MIÉRCOLES, 25 DE AGOSTO
8.59 H.

La reunión se celebró en la gran sala de reuniones de la planta decimocuarta. Estaban presentes los cuatro contables de Morton; Sarah Jones, su ayudante; Herb Lowenstein, responsable de la gestión inmobiliaria; un tal Marty Bren, que se ocupaba de la asesoría fiscal del NERF, y Evans. Morton, que detestaba las reuniones para asuntos financieros, se paseaba inquieto.

—Empecemos ya —dijo—. Se supone que voy a donar diez millones de dólares al NERF, y hemos firmado los papeles, ¿no es así?

—Exactamente —contestó Lowenstein.

—Pero ¿ahora quieren añadir una cláusula adicional al acuerdo?

—Exactamente —dijo Marty Bren—. Para ellos es un procedimiento bastante corriente. —Revolvió sus papeles—. Todas las organizaciones benéficas quieren disponer de plena capacidad de gestión del dinero que reciben, incluso cuando se destina a un objetivo en particular. Puede ocurrir que ese objetivo implique un coste mayor o menor de lo previsto, o se atrase, o se vea envuelto en un litigio, o se deje de lado por alguna otra razón. En este caso, el dinero va destinado concretamente a la demanda de Vanuatu, y la frase pertinente que el NERF desea añadir es «dicha suma se empleará en sufragar el coste del litigio de Vanuatu, incluidas minutas y gastos administrativos concomitantes, etcétera, etcétera...

o para otros fines legales, o para todo aquello que el NERF considere oportuno en su facultad de organización ecologista».

—¿Esa es la frase que quieren? —preguntó Morton.

—Un procedimiento de rutina, como he dicho —repitió Bren.

—¿Constaba en los acuerdos de donación anteriores?

—Ahora mismo no lo recuerdo.

—Porque a mí me da la impresión —continuó Morton— de que quieren curarse en salud para retirarse de esta demanda y gastar el dinero en otra cosa.

—Ah, lo dudo —dijo Herb.

—¿Por qué? —preguntó Morton—. ¿Por qué iban a querer añadir esta cláusula de rutina? Teníamos un acuerdo firmado. Ahora quieren cambiarlo. ¿Por qué?

—En realidad no es un cambio —aclaró Bren.

—Claro que lo es, Marty.

—Si se fijan en el acuerdo original —explicó Bren con calma—, dice que cualquier suma de dinero que no se gaste en la demanda se destinará a otros proyectos del NERF.

—Pero solo si queda dinero después del juicio —dijo Morton—. No pueden gastarlo en ninguna otra cosa hasta que se dicte sentencia.

—Imaginan, sospecho, que puede haber largos aplazamientos.

—¿Por qué tendría que haber aplazamientos? —Morton se volvió hacia Evans—. ¿Peter? ¿Cómo están las cosas en Culver City?

—Parece que los preparativos de la demanda avanzan —respondió Evans—. Han organizado una operación de envergadura. Debe de haber cuarenta personas trabajando en el caso. Dudo que se propongan abandonarlo.

—¿Y hay algún problema con el proceso?

—Desde luego plantea desafíos —contestó Evans—. Se trata de un litigio complicado. Se enfrentan a una sólida asesoría en el bando opuesto. Están trabajando mucho.

—¿Por qué hay algo aquí que no me convence? —replicó

Morton—. Hace seis meses Nick Drake me dijo que este maldito juicio era cosa hecha y una excelente ocasión para conseguir publicidad, y ahora quieren una cláusula preventiva.

—Quizá deberíamos preguntarle a Nick.

—Tengo una idea mejor. Solicitemos una auditoría al NERF.

En la sala se oyeron murmullos.

—No creo que tengas derecho a eso, George.

—Que sea parte del acuerdo.

—No estoy muy seguro de que pueda hacerse.

—Ellos quieren una cláusula adicional. Yo quiero una cláusula adicional. ¿Cuál es la diferencia?

—No sé si puedes solicitar una auditoría de toda la organización.

—George —dijo Herb Lowenstein—, tú y Nick sois amigos desde hace mucho tiempo. Eres su Ciudadano Consciente del Año. Solicitar una auditoría no parece propio de vuestra relación.

—¿Quieres decir que da la impresión de que no confío en ellos?

—Hablando en plata, sí.

—Pues así es. —Morton se inclinó sobre la mesa y miró a todos los presentes—. ¿Sabéis qué pienso? Quieren abandonar el litigio y gastar todo el dinero en ese Congreso sobre el Cambio Climático Abrupto que tanto entusiasma a Nick.

—No necesitan diez millones para un congreso.

—No sé cuánto necesitan. Nick ya extravió doscientos cincuenta mil dólares míos. Acabaron en Vancouver. Ahora ya no sé a qué se dedica.

—En ese caso, deberías retirar tu aportación.

—Eh, eh —intervino Marty Bren—. No tan deprisa. Creo que ellos ya han contraído compromisos económicos basándose en la expectativa razonable de que llegaría el dinero.

—Entonces dales cierta cantidad y olvidémonos del resto.

—No —respondió Morton—. No voy a retirar la donación. Peter Evans, aquí presente, dice que los preparativos para el litigio siguen adelante, y yo le creo. Nick sostiene que el asunto de los doscientos cincuenta mil fue un error, y le creo. Quiero que solicitéis una auditoria y quiero saber qué ocurre. Pasaré fuera de la ciudad las próximas tres semanas.

—¿Ah, sí? ¿Dónde?

—Me voy de viaje.

—Pero tendremos que ponernos en contacto contigo, George.

—Quizá no sea posible. Llamad a Sarah. O pedidle a Peter que me localice.

—Pero, George...

—Eso es todo, chicos. Hablad con Nick, y a ver qué cuenta. Pronto estaremos en contacto.

Y salió de la sala, seguido apresuradamente por Sarah.

Lowenstein se volvió hacia los otros.

—¿A qué ha venido todo esto?

VANCOUVER
JUEVES, 26 DE AGOSTO
12.44 H.

Se oyó el amenazador retumbo de un trueno. Mirando por la ventana delantera de su despacho, Nat Damon dejó escapar un suspiro. Desde el principio sabía que el alquiler de ese submarino acarrearía problemas. Después de la devolución del cheque, había cancelado el pedido con la esperanza de poner fin al asunto. Pero no fue así.

Durante semanas no había vuelto a tener noticias, pero un día, inesperadamente, uno de los hombres, el abogado del traje lustroso, regresó y, señalándolo con un dedo, le recordó que había firmado un acuerdo de confidencialidad y no podía mencionar ningún aspecto del alquiler del submarino a nadie, o se arriesgaba a ser demandado.

—Quizá ganemos, quizá perdamos —dijo el abogado—. Pero en cualquier caso usted quedará fuera del negocio, amigo. Tiene la casa hipotecada. Está endeudado para el resto de su vida. Así que piénselo. Y mantenga la boca cerrada.

Durante esta conversación, Damon había tenido el corazón en un puño, porque de hecho ya se había puesto en contacto con él alguien de Hacienda, un tal Kenner, que lo visitaría en el despacho esa misma tarde. Para hacerle unas cuantas preguntas, había dicho.

Damon temía que el tal Kenner se presentase mientras el abogado estaba aún en el despacho, pero este se marchaba ya. Su coche, un Buick con matrícula de Ontario sin ningún rasgo distintivo, atravesó el varadero y se fue.

Damon comenzó a ordenar el despacho preparándose para irse a casa. Consideró la posibilidad de marcharse antes de que llegase Kenner, una especie de inspector de Hacienda. Damon no había cometido ninguna irregularidad. No tenía por qué recibir a ningún inspector de Hacienda. Y si lo recibía, ¿qué haría? ¿Decir que no podía contestar a ninguna pregunta?

Acto seguido le llegaría una citación judicial o algo así. Lo llevarían a juicio.

Damon decidió marcharse. Se oyó otro trueno y a lo lejos se vio un relámpago. Se avecinaba una gran tormenta.

Cuando se disponía a cerrar, vio que el abogado se había dejado el teléfono móvil en el mostrador. Se asomó para ver si el hombre volvía a buscarlo. Todavía no, pero sin duda se daría cuenta de que lo había olvidado y regresaría. Damon decidió irse antes de que apareciese.

Apresuradamente se metió el teléfono en el bolsillo, apagó las luces y cerró la puerta con llave. Las primeras gotas de lluvia salpicaban la acera mientras iba hacia el coche, aparcado justo enfrente. Había abierto la puerta y se disponía a entrar cuando sonó el teléfono móvil. Vaciló, sin saber bien qué hacer. El teléfono sonó con insistencia.

Un zigzagueante relámpago cayó en el mástil de uno de los barcos del varadero. Al cabo de un instante se produjo una explosión de luz junto al coche y una furiosa honda de calor derribó a Damon. Aturdido, intentó levantarse.

Pensó que el coche había estallado, pero no era así; el coche estaba intacto, con la puerta ennegrecida. Entonces vio que le ardía el pantalón. Sin moverse, se miró estúpidamente las piernas. Oyó otro trueno y en ese momento comprendió que le había caído un rayo.

«Dios mío —pensó—. Me ha caído un rayo.» Se incorporó e intentó apagar las llamas del pantalón con las palmas de las manos. No lo consiguió, y empezaba a sentir dolor en las piernas. Tenía un extintor en la oficina.

Tambaleándose, se puso en pie y se dirigió al despacho. Estaba abriendo la puerta con dedos torpes cuando se produjo otra explosión. Sintió un intenso dolor en los oídos, se llevó la mano a la cabeza y notó el contacto de la sangre. Se miró los dedos ensangrentados, se desplomó y murió.

CENTURY CITY
JUEVES, 2 DE SEPTIEMBRE
12.34 H.

En circunstancias normales, Peter Evans hablaba con George Morton a diario. En ocasiones dos veces al día. Así pues, después de una semana sin tener noticias suyas, telefoneó a su casa. Habló con Sarah.

—No tengo ni idea de qué está pasando —dijo ella—. Hace dos días estaba en Dakota del Norte. ¡Dakota del Norte! El día anterior en Chicago. Creo que hoy podría estar en Wyoming. Comentó vagamente que quizá iría a Boulder, Colorado, pero no lo sé.

—¿Qué hay en Boulder? —preguntó Evans.

—Ni idea. Aún es pronto para la nieve.

—¿Tiene una novia nueva?

A veces Morton desaparecía cuando iniciaba relaciones con una mujer.

—No que yo sepa —respondió Sarah.

—¿Qué ha estado haciendo?

—No lo sé. Parece que tiene una lista de la compra.

—¿Una lista de la compra?

—Bueno, algo así —contestó ella—. Quiso que le comprase una especie de unidad GPS especial. Para localizar la posición, ¿sabes? Luego quiso una videocámara especial que utilizase CCD o CCF o algo así. Hubo que encargarla a toda prisa en Hong

Kong. Y ayer me dijo que comprase un Ferrari nuevo a un tipo de Monterey y se lo mandase a San Francisco.

—¿Otro Ferrari?

—Sí, ya sé —dijo Sarah—. ¿Cuántos Ferraris puede usar un hombre? Y este no parece cumplir sus exigencias habituales. A juzgar por las fotos que llegaron por correo electrónico, está bastante maltrecho.

—Quizá va a hacerlo restaurar.

—Si fuese así, lo habría mandado a Reno. Allí está su restaurador de coches.

Evans advirtió preocupación en su voz.

—¿Ocurre algo, Sarah?

—Entre tú y yo, no lo sé —respondió ella—. El Ferrari que ha comprado es un Daytona Spyder 365 GTS de 1972.

—¿Y?

—Ya tiene uno, Peter. Es como si no lo supiera. Y lo noto extraño cuando hablo con él.

—¿Extraño en qué sentido?

—Simplemente... extraño. No es el de siempre.

—¿Con quién viaja?

—Que yo sepa, con nadie.

Evans frunció el entrecejo. Eso no era normal. A Morton no le gustaba viajar solo. El primer impulso de Evans fue no creerlo.

—¿Y qué sabes de ese tal Kenner y su amigo nepalí?

—La última noticia que tuve fue que iban a Vancouver y de allí a Japón. Así que no están con él.

—Ajá.

—Cuando sepa algo de él, le diré que has llamado.

Evans colgó, descontento. Instintivamente, marcó el número del móvil de Morton. Pero saltó el buzón de voz. «Soy George. Al oír la señal...» Y al instante la señal.

—George, soy Peter Evans, solo llamaba para saber si necesitas algo. Telefonéame al despacho si puedo ayudarte.

Colgó y miró por la ventana. Luego marcó otro número.

—Centro de Análisis de Riesgos.

—Con el despacho del profesor Kenner, por favor.

Al cabo de un momento lo pasaron con la secretaria.

—Soy Peter Evans. Busco al profesor Kenner.

—Ah, sí, señor Evans. El doctor Kenner dijo que quizá llamaría.

—¿Eso dijo?

—Sí. ¿Quiere ponerse en contacto con el señor Kenner?

—Sí.

—En estos momentos está en Tokio. ¿Le doy su número de móvil?

—Por favor.

La secretaria se lo dictó, y él lo anotó en su bloc. Se disponía a telefonear cuando su ayudante, Heather, entró para informarle de que, en el almuerzo, algo le había sentado mal y se marchaba ya a casa.

—Que te mejores —dijo, y suspiró.

Sin ella, se vio obligado a atender él mismo el teléfono, y la siguiente llamada fue de Margo Lane, la amante de George, que quería saber dónde demonios estaba George. Evans pasó casi media hora al teléfono con ella.

Y a continuación Nicholas Drake entró en su despacho.

—Estoy muy preocupado —dijo Drake, de pie junto a la ventana, con las manos entrelazadas detrás de la espalda y la mirada fija en el bloque de oficinas de enfrente.

—¿Por qué?

—Por ese Kenner con quien George pasa ahora tanto tiempo.

—No me consta que estén juntos.

—Claro que sí. No creerás en serio que George está solo, ¿verdad?

Evans guardó silencio.

—George nunca está solo. Los dos lo sabemos. Peter, esta situación no me gusta. No me gusta en absoluto. George es un buen hombre, de más está que te lo diga, pero es muy susceptible a influencias. Incluso a malas influencias.

—¿Crees que un profesor del MIT es una mala influencia?

—He investigado al profesor Kenner —dijo Drake—, y lo rodean ciertos misterios.

—¿Sí?

—Según su currículum, trabajó varios años para la administración. Departamento del Interior, Comisión Negociadora Intergubernamental, etcétera.

—¿Y?

—En el Departamento del Interior no existe constancia de que haya trabajado allí.

Evans se encogió de hombros.

—Hace más de diez años. Teniendo en cuenta cómo son los archivos de la administración...

—Es posible —dijo Drake—. Pero hay más. El profesor Kenner vuelve al MIT, y trabaja allí durante ocho años con mucho éxito. Asesor de la EPA, asesor del Departamento de Defensa, y Dios sabe qué más... y de pronto solicita la excedencia y nadie vuelve a saber de él desde entonces. Sencillamente se pierde el rastro.

—No sé qué decirte —contestó Evans—. Según su tarjeta, es director de Análisis de Riesgos.

—Pero está en excedencia. No sé a qué se dedica en estos momentos. No sé quién lo financia. Tengo entendido que os reunisteis con él.

—Brevemente.

—¿Y ahora él y George son grandes amigos?

—No lo sé, Nick. No he visto a George ni he hablado con él desde hace más de una semana.

—Se ha marchado con Kenner.

—Eso no lo sé.

—Pero sí sabes que Kenner y él fueron a Vancouver.

—En realidad tampoco me consta.

—Permíteme que te hable claro —continuó Drake—. Sé de muy buena fuente que John Kenner tiene contactos poco recomendables. El Centro de Análisis de Riesgos está financiado íntegramente por grupos de la industria. No necesito decir más. Por otra parte, el señor Kenner pasó varios años asesorando al Pentágono y, de hecho, su relación con ellos fue tan estrecha que incluso se sometió a algún tipo de adiestramiento durante un tiempo.

—¿Adiestramiento militar, quieres decir?

—Sí. Fort Bragg y Harvey Point, en Carolina del Norte —explicó Drake—. No cabe duda de que ese hombre tiene tratos con el ejército y la industria. Y me han contado que mantiene una actitud hostil hacia las principales organizaciones ecologistas. No me gusta la idea de que un hombre así esté influyendo en el pobre George.

—Yo no me preocuparía por George. Es perfectamente capaz de distinguir la propaganda.

—Eso espero. Pero, para serte sincero, no comparto tu confianza. Aparece ese hombre vinculado al ejército, y lo siguiente que sabemos es que George se propone solicitar una auditoría sobre nosotros. Por Dios, ¿para qué querrá hacer una cosa así? ¿No se da cuenta del derroche de recursos que representa? ¿El tiempo, el dinero, todo? A mí me exigirá horas y horas.

—No estaba enterado de que se hubiese solicitado una auditoría.

—Se ha hablado de ello. Por supuesto, no tenemos nada que esconder y pueden auditarnos cuando quieran. Siempre lo he dicho. Pero ahora estamos especialmente ocupados, con el juicio de Vanuatu a punto de empezar y los preparativos para el Congreso sobre el Cambio Climático Abrupto. Todo eso ocurrirá en las próximas semanas. Ojalá pudiese hablar con George.

Evans se encogió de hombros.

—Llámalo al móvil.

—Ya lo he hecho. ¿Y tú?

—Sí.

—¿Te ha devuelto la llamada?

—No —contestó Evans.

Drake negó con la cabeza.

—Ese hombre es mi Ciudadano Consciente del Año —dijo—, y ni siquiera puedo ponerme en contacto con él por teléfono.

BEVERLY HILLS
LUNES, 13 DE SEPTIEMBRE
8.07 H.

A las ocho de la mañana, Morton esperaba a Sarah en una mesa exterior de una cafetería de Beverly Drive. Por norma, su ayudante era puntual y no vivía lejos de allí. A menos que hubiese reanudado su relación con aquel actor. Los jóvenes tenían mucho tiempo que perder en malas relaciones.

Tomó un sorbo de café mientras hojeaba el *Wall Street Journal* sin gran interés. Su interés disminuyó aún más cuando una insólita pareja se sentó en la mesa contigua.

La mujer era menuda, de una belleza sorprendente, cabello oscuro y aspecto exótico. Quizá fuese marroquí, aunque no era fácil deducirlo por el acento. Vestía de una manera chic que desentonaba con la informalidad de Los Ángeles: falda ceñida, zapatos de tacón, una chaqueta de Chanel.

El hombre que la acompañaba no podría haber sido más distinto. Era un norteamericano fornido y rubicundo, de facciones ligeramente porcinas, con jersey, pantalones holgados de color caqui y zapatillas de deporte. Poseía la corpulencia de un jugador de fútbol. Se arrellanó junto a la mesa y dijo:

—Yo tomaré un café con leche, cariño. Desnatada. Grande.

—Pensaba que irías tú a buscarme uno —dijo ella—, como un caballero.

—No soy un caballero —replicó él—. Y tú no eres una damisela, joder. No después de darme plantón anoche. Así que dejemos el rollo de las damas y los caballeros, ¿vale?

La chica hizo un mohín.

—*Chéri*, no hagas una escena.

—Eh, yo solo te he pedido que me traigas un puto café con leche. ¿Quién está haciendo una escena?

—Pero *chéri*...

—¿Vas a traérmelo o no? —Le lanzó una mirada iracunda—. Ya estoy harto de ti, Marisa, ¿lo sabes?

—No eres mi dueño —contestó ella—. Yo hago lo que me da la gana.

—Eso ha quedado bastante claro.

Durante esta conversación Morton había ido bajando gradualmente el periódico. Lo plegó y alisó, se lo apoyó en la rodilla y fingió leer. Pero, de hecho, no podía apartar la mirada de la mujer. Era preciosa, decidió, pero no muy joven. Debía de rondar los treinta y cinco. Por alguna razón su madurez le daba un aspecto más manifiestamente sexual. Se sentía cautivado.

—William, eres muy aburrido —dijo ella al jugador de fútbol.

—¿Quieres que me vaya?

—Quizá sea lo mejor.

—Vete a la mierda —dijo él, y la abofeteó.

Morton no pudo contenerse.

—Eh —dijo—, cálmese.

La mujer le dirigió una sonrisa. El hombre fornido se puso en pie y apretó los puños.

—¡Métase en sus putos asuntos!

—No le pegue a la señora, amigo.

—¿Y si lo arreglamos entre usted y yo? —dijo, blandiendo el puño.

En ese momento pasó por allí un coche patrulla de Beverly Hills. Morton lo vio e hizo una seña. El coche patrulla se detuvo junto al bordillo.

—¿Todo en orden? —preguntó uno de los policías.

—No pasa nada, agente —dijo Morton.

—A la mierda —dijo el jugador de fútbol, se dio media vuelta y se alejó.

La mujer morena sonrió a Morton.

—Gracias —dijo.

—No hay de qué. ¿He oído que quería un café con leche?

Ella volvió a sonreír. Cruzó las piernas dejando a la vista sus rodillas morenas.

—Si es tan amable.

Morton se levantaba ya para ir a buscarlo cuando Sarah lo llamó:

—¡Eh, George! Disculpa el retraso. —Llegó trotando en chándal. Como siempre, estaba preciosa.

Una expresión de enojo asomó al semblante de la mujer morena. Fue muy pasajera, pero Morton la advirtió y pensó: «Aquí ocurre algo raro». No conocía a esa mujer. Ella no tenía motivo alguno para enfadarse. Probablemente, decidió, su intención era darle una lección al novio. El tipo seguía aún rondando en la esquina opuesta, simulando mirar un escaparate. Pero a esa hora tan temprana todas las tiendas estaban cerradas.

—¿Estás listo para marcharte? —preguntó Sarah.

Morton ofreció una breve disculpa a la mujer, que hizo un gesto de indiferencia. Ahora tenía la impresión de que era francesa.

—Quizá volvamos a vernos —dijo Morton.

—Sí —contestó ella—, pero lo dudo. Lo siento. *Ça va.*

—Buenos días.

Cuando se alejaban, Sarah preguntó:

—¿Quién era esa?

—No lo sé. Se ha sentado en la mesa de al lado.

—Es de lo más sexy.

Morton se encogió de hombros.

—¿He interrumpido algo? ¿No? Me alegro. —Entregó a Morton tres sobres marrones—. En este están todas tus donaciones al NERF hasta la fecha. Este es el acuerdo de la última donación, para que compares el texto. Y este es el cheque al portador que querías. Ve con cuidado. Es una suma importante.

—Bien. No es problema. Me marcho dentro de una hora.

—¿No quieres decirme adónde?

Morton negó con la cabeza.

—Es mejor que no lo sepas.

CENTURY CITY
LUNES, 27 DE SEPTIEMBRE
9.45 H.

Evans no sabía nada de Morton desde hacía casi dos semanas. No recordaba haber pasado nunca tanto tiempo sin mantener contacto con su cliente. Había comido con Sarah, visiblemente inquieta.

—¿Has tenido noticias de él? —preguntó.

—Ni una sola palabra.

—¿Qué dicen los pilotos?

—Están en Van Nuys. Ha alquilado otro avión. No sé dónde está.

—Y volverá... ¿cuándo?

Sarah se encogió de hombros.

—¿Quién sabe?

Y por eso Evans se llevó una sorpresa al recibir la llamada de Sarah aquel día.

—Mejor será que te pongas en marcha —dijo ella—. George quiere verte ahora mismo.

—¿Dónde?

—En la sede del NERF. En Berverly Hills.

—¿Ha vuelto?

—Eso parece.

El edificio del NERF no estaba a más de diez minutos en coche de las oficinas de Century City. La sede central del Fondo Nacional de Recursos Medioambientales se hallaba en Washington, por supuesto, pero recientemente había abierto una delegación en la costa Oeste, en Beverly Hills. Según los cínicos, el NERF lo había hecho con la intención de estar más cerca de las celebridades de Hollywood, que tan indispensables eran para su recaudación de fondos. Pero no eran más que habladurías.

Evans esperaba encontrar a Morton paseándose fuera, pero no lo vio por ninguna parte. Entró en la recepción y le informaron de que encontraría a Morton en la sala de reuniones de la tercera planta. Subió.

La sala de reuniones tenía mamparas de cristal en dos de sus lados. El mobiliario se componía de una gran mesa y dieciocho sillas. En el rincón había una unidad audiovisual para las presentaciones. Evans vio a tres personas en la sala, y una discusión en marcha. Morton, de pie en la parte delantera, gesticulaba enrojecido. Drake, también de pie, deambulaba de un lado a otro, señalando a Morton con el dedo en actitud iracunda y contestándole también a gritos. Evans vio asimismo a John Henley, el taciturno jefe de relaciones públicas del NERF. Inclinado, tomaba notas en un bloc amarillo. Era evidente que se trataba de una discusión entre Morton y Drake.

Evans, vacilante, se quedó allí inmóvil. Al cabo de un momento, Morton lo vio y, con un parco gesto, le indicó que esperase fuera. Evans así lo hizo. Y observó el altercado a través del cristal.

Resultó que en la sala había una cuarta persona. En un primer momento Evans no había advertido su presencia porque se hallaba encorvado detrás del podio, pero cuando se irguió, vio que era un operario; vestía un mono limpio y recién planchado y llevaba un par de medidores electrónicos prendidos del cinturón, una caja de herramientas y un maletín. En el bolsillo del pecho se leía el logotipo AV NETWORK SYSTEMS.

El operario parecía desconcertado. Por lo visto, Drake no lo quería presente en la sala durante la discusión. En tanto que a Morton, al parecer, le gustaba la idea de tener público. Drake quería que aquel hombre se fuese; Morton insistía en que se quedase.

Atrapado entre ambos, el operario, incómodo, volvió a agacharse detrás del podio. Pero poco después Drake impuso su voluntad y el hombre salió.

Cuando pasó junto a Evans, este le dijo:

—¿Un mal día?

El operario se encogió de hombros.

—En este edificio tienen muchos problemas con la red —comentó—. Personalmente, creo que el cable de Ethernet es defectuoso, o los routers se han recalentado... —Dicho esto, se fue.

Dentro de la sala, la discusión se enconó aún más. Continuó durante otros cinco minutos. El cristal insonorizaba el interior casi por completo, pero a veces, cuando levantaban la voz, Evans oía una frase. Oyó gritar a Morton:

—¡Maldita sea, quiero ganar!

—Es demasiado arriesgado —contestó Drake, lo cual enfureció más todavía a Morton.

Y poco después Morton dijo:

—¿No debemos luchar por el problema más grave al que se enfrenta nuestro planeta?

Y Drake contestó algo sobre la necesidad de mantener una actitud práctica o afrontar la realidad. Morton respondió:

—¡A la mierda la realidad!

En ese momento el jefe de relaciones públicas, Henley, alzó la vista y comentó algo así como:

—Eso mismo opino yo.

Evans tuvo la clara impresión de que el motivo de la discusión era la demanda de Vanuatu, pero parecía extenderse también a otras cuestiones.

Y de repente Morton salió y dio tal portazo que temblaron las mamparas de cristal.

—¡Qué se vayan a la mierda!

Evans se acercó a su cliente. A través del cristal, vio a los otros dos hombres acercarse y hablar en susurros.

—¡Que se vayan a la mierda! —exclamó George otra vez. Se detuvo y volvió la vista atrás—. Si tenemos la razón de nuestro lado, ¿no estamos obligados a decir la verdad?

Dentro, Drake se limitó a mover la cabeza en un pesaroso gesto de negación.

—¡Que se vayan a la mierda! —repitió Morton, y se alejó.

—¿Querías que viniese? —preguntó Evans.

—Sí. —Morton señaló con el dedo—. ¿Sabes quién era ese otro tipo?

—Sí —contestó él—. John Henley.

—Exacto. Esos dos son el NERF —dijo George—. Da igual cuántos miembros famosos del consejo directivo aparezcan en el membrete, o cuántos abogados tengan en plantilla. Esos dos son los amos del cotarro, y los demás simples comparsas. Ningún miembro del consejo sabe qué ocurre realmente. De lo contrario, se negarían a formar parte de esto. Y permíteme decirte que yo no voy a formar parte de esto. No más.

Empezaron a bajar por la escalera.

—¿Y eso qué implica? —preguntó Evans.

—Implica que no voy a donar esos diez millones de dólares para la demanda.

—¿Se lo has dicho?

—No —contestó Morton—, no se lo he dicho. Y tampoco tú se lo dirás. Prefiero que sea una sorpresa, para más adelante. —Esbozó una sombría sonrisa—. Pero redacta ya lo papeles.

—¿Estás seguro, George?

—Chico, no me cabrees.

—Solo lo preguntaba...

—Y yo he dicho que redactes los papeles, así que hazlo.

Evans respondió que así lo haría.

—Hoy.

Evans prometió que se pondría manos a la obra de inmediato.

Evans esperó hasta que llegaron al aparcamiento antes de volver a hablar. Acompañó a Morton hasta su coche. El chófer, Harry, le abrió la puerta.

—George, la semana próxima tienes ese banquete que ha organizado el NERF en tu honor. ¿Sigue en pie?

—Por supuesto —respondió Morton—. No me lo perdería por nada del mundo.

Subió al coche, y Harry cerró la puerta.

—Buenos días —saludó Harry a Evans.

Y el coche se alejó bajo la luz de la mañana.

Telefoneó desde el coche.

—Sarah.

—Lo sé, lo sé.

—¿Qué está pasando?

—No me lo ha dicho. Pero está furioso, Peter. Muy furioso.

—Esa impresión me ha dado.

—Y acaba de marcharse otra vez.

—¿Cómo?

—Se ha ido. Ha dicho que volvería dentro de una semana. A tiempo de llevar a todo el mundo en avión a San Francisco para el banquete.

Drake llamó a Evans al móvil.

—¿Qué esta pasando, Peter?

—No tengo la menor idea, Nick.

—Ese hombre delira. Las cosas que ha dicho… ¿lo has oído?

—La verdad es que no.

—Delira. Me tiene muy preocupado. Como amigo, quiero decir. Por no hablar del banquete de la semana que viene. ¿Estará en condiciones?

—Creo que sí. Va a llevar allí un avión lleno de amigos.

—¿Estás seguro?

—Eso dice Sarah.

—¿Puedo hablar con George? ¿Puedes organizar una reunión?

—Según tengo entendido —dijo Evans—, acaba de marcharse de la ciudad otra vez.

—Es ese maldito Kenner. Él está detrás de todo esto.

—No sé qué le pasa a George, Nick. Solo sé que irá al banquete.

—Quiero que me prometas que nos lo traerás.

—Nick, George hace lo que quiere.

—Eso me temo.

CAMINO DE SAN FRANCISCO
LUNES, 4 DE OCTUBRE
13.38 H.

A bordo de su Gulfstream, Morton llevaba a algunas de las más destacadas celebridades que daban apoyo al NERF. Incluían dos estrellas del rock, la esposa de un cómico, un actor que hacía el papel de presidente en una serie de televisión, un escritor que recientemente se había presentado a las elecciones para gobernador y dos abogados especializados en medio ambiente de otros bufetes. Ante unos canapés de salmón ahumado y vino blanco, la animada conversación giró en torno a lo que Estados Unidos, como mayor potencia económica del mundo, debía hacer para promover la sensatez ecológica.

Contra lo que tenía por costumbre, Morton no participó. En lugar de eso, permaneció repantigado al fondo del avión con expresión sombría e irascible. Evans se sentó a su lado para hacerle compañía. Morton bebía vodka solo. Iba ya por el segundo.

—He traído los papeles para cancelar la donación —dijo Evans mientras los sacaba del maletín—. Si es que aún quieres hacerlo.

—Eso es lo que quiero. —Morton plasmó la firma sin apenas mirar los documentos—. Guárdalos a buen recaudo hasta mañana.

Miró a sus invitados, que en ese momento intercambiaban datos estadísticos sobre la desaparición de especies a medida que se talaban las selvas tropicales del mundo. A un lado, Ted Bradley, el actor que hacía el papel de presidente, comentaba que él prefería su coche eléctrico —que, añadió, tenía desde hacía muchos años— a los nuevos híbridos que tan de moda se estaban poniendo.

—No hay comparación —decía—. Los híbridos están bien pero no son lo auténtico.

En la mesa del centro, Ann Garner, que pertenecía a los consejos directivos de varias organizaciones ecologistas, afirmaba que Los Ángeles necesitaba más transporte público para que la gente prescindiese del coche. Los estadounidenses, explicó, despedían más dióxido de carbono que cualquier otra nación del planeta, y era vergonzoso. Ann era la bella esposa de un famoso abogado y se mostraba siempre muy vehemente, sobre todo en cuestiones ecologistas.

Morton dejó escapar un suspiro y se volvió hacia Evans.

—¿Sabes cuánta contaminación estamos creando en este preciso momento? Consumiremos mil setecientos litros de carburante de aviación para llevar a doce personas a San Francisco. Solo con este viaje están generando más contaminación por cabeza de la que generarán la mayoría de las personas de este planeta en un año.

Apuró el vodka e, irritado, hizo tintinear los cubitos en el vaso antes de entregárselo a Evans. Este, servicialmente, dirigió una seña a la auxiliar de vuelo para que le sirviese más.

—Si hay algo peor que un liberal en limusina —dijo Morton—, es un ecologista en un Gulfstream.

—Pero, George, tú eres un ecologista en un Gulfstream —señaló Evans.

—Lo sé, y ojalá me molestase más. Pero, ¿sabes?, no me molesta. Me gusta ir de un lado a otro en mi propio avión.

—Me he enterado de que estuviste en Dakota del Norte y Chicago.

—Allí estuve, sí —contestó Morton.

—¿Qué hiciste?

—Gasté dinero. Mucho dinero. Mucho.

—¿Compraste alguna obra de arte? —preguntó Evans.

—No. Compré algo mucho más caro que el arte. Compré integridad.

—Siempre has tenido integridad.

—Ah, no mi integridad —respondió Morton—. Compré la integridad de otra persona.

Evans no supo qué contestar a eso. Por un momento pensó que Morton bromeaba.

—Iba a contártelo —prosiguió Morton—. Tengo una lista de cifras, muchacho, y quiero que se la hagas llegar a Kenner. Es muy... Luego seguimos. ¡Hola, Ann!

Ann Garner se acercaba a ellos.

—¿Y bien, George? ¿Has vuelto para quedarte una temporada? Porque ahora te necesitamos aquí. Están la demanda de Vanuatu, que gracias a Dios tú respaldas, y el Congreso sobre el Cambio Climático que Nick ha organizado, y es tan importante... Dios mío, George. Es un momento crucial.

Evans hizo ademán de levantarse para cederle el asiento a Ann, pero Morton lo obligó a seguir sentado.

—Ann, debo decir que estás más encantadora que nunca, pero Peter y yo mantenemos una conversación de trabajo.

Ella echó un vistazo a los papeles y al maletín abierto de Evans.

—Ah, no me había dado cuenta de que interrumpía.

—No, no, basta con que nos dejes un minuto.

—No faltaría más. Perdonad. —Sin embargo no se fue—. Estás irreconocible, George, tú trabajando en el avión.

—Ya lo sé —contestó Morton—, pero, si quieres que te diga la verdad, últimamente yo mismo no me reconozco.

Ante esto, Ann Garner parpadeó. No supo cómo tomarlo, así que sonrió, asintió y se marchó.

—Está magnífica —comentó Morton—. Me pregunto quién le habrá hecho el trabajo.

—¿El trabajo?

—Le han hecho otros en los últimos meses. Creo que los ojos. Quizá la barbilla. En fin, da igual —dijo, agitando la mano—. En cuanto a esa lista de cifras… no debes contárselo a nadie, Peter. A nadie. Tampoco a nadie del bufete. Y menos a nadie de…

—Maldita sea, George, ¿qué haces escondido aquí detrás?

Evans miró por encima del hombro y vio a Ted Bradley acercarse a ellos. Ted bebía ya sin control, pese a que era solo mediodía.

—No ha sido lo mismo sin ti, George. Dios mío, el mundo sin Bradley es un mundo aburrido. ¡Eps! Quería decir, sin George Morton. Vamos, George. Levántate de ahí. Ese hombre es abogado. Ven a tomar una copa.

Morton, dejándose arrastrar, lanzó una mirada a Evans por encima del hombro y dijo:

—Luego.

SAN FRANCISCO
LUNES, 4 DE OCTUBRE
21.02 H.

El gran salón de baile del hotel Mark Hopkins había quedado en penumbra para los discursos posteriores a la cena. Los asistentes vestían con elegancia: los hombres con esmoquin, las mujeres con traje de noche. Bajo las recargadas arañas de luces, la voz de Nicholas Drake resonó desde el podio.

—Señoras y señores, no es exagerado afirmar que nos enfrentamos a una crisis medioambiental de una magnitud sin precedentes. Nuestros bosques desaparecen. Nuestros lagos y ríos se contaminan. Las plantas y animales que componen nuestra biosfera se extinguen a un ritmo nunca visto. Cada año se pierden cuarenta mil especies. Eso equivale a cincuenta especies al día. A este paso, habremos perdido la mitad de las especies del planeta en cuestión de décadas. Es la mayor extinción en la historia de la Tierra.

»¿Y cuál es la textura de nuestras propias vidas? Los alimentos nos llegan contaminados de pesticidas letales. Nuestros cultivos no rinden a causa del calentamiento del planeta. El clima empeora y se vuelve cada vez más severo. Inundaciones, sequías, huracanes, tornados. En todas partes del mundo. El nivel del mar sube... ocho metros a lo largo del siglo que acaba de empezar, y quizá más. Y lo más temible de todo, las nuevas pruebas científicas señalan el espectro del cambio climático abrupto como consecuencia de nuestra conducta destructiva. En pocas palabras, señoras y señores, nos hallamos ante una autentica catástrofe global.

Sentado en la zona central de la mesa, Peter Evans echó un vistazo a los presentes. Mantenían la mirada fija en el plato, bostezaban o se inclinaban para charlar. Drake no recibía mucha atención.

—Ya lo han oído antes —gruñó Morton. Cambió de posición su pesado cuerpo y contuvo un eructo. Había bebido sin cesar durante toda la velada y estaba ya bastante borracho.

—... la pérdida de la biodiversidad, la reducción del hábitat, la destrucción de la capa de ozono...

Nicholas Drake parecía demasiado alto y desgarbado y le sentaba mal el esmoquin. El cuello de la camisa se le había vuelto hacia arriba en torno de la descarnada garganta. Como siempre, ofrecía la imagen de un académico dedicado pero empobrecido, una réplica actual del maestro de escuela Ichabod Crane, el personaje de Washington Irving. Evans pensó que nadie adivinaría que Drake cobraba un tercio de millón de dólares al año por dirigir el fondo, más otros cien mil en concepto de dietas. O que no poseía el menor bagaje científico. Nick Drake era un abogado procesal, uno de los cinco que habían fundado el NERF muchos años antes. Y como todos los abogados procesales conocía la importancia de no vestir demasiado bien.

—... la erosión de los biodepósitos, la propagación de enfermedades cada vez más exóticas y letales.

—Ojalá se dé prisa —dijo Morton. Tamborileó con los dedos en la mesa. Evans permaneció en silencio. Había asistido a suficientes actos como aquel para saber que Morton siempre se ponía tenso cuando tenía que hablar.

En el podio Drake decía:

—... destellos de esperanza, leves rayos de energía positiva, y ninguno más positivo y esperanzador que el hombre cuya larga dedicación honramos aquí esta noche...

—¿Puedo tomar otra copa? —preguntó Morton, apurando el martini. Era el sexto. Dejó el vaso en la mesa con un ruidoso golpe. Evans se volvió para buscar al camarero y levantó la mano. Tenía la esperanza de que el camarero tardase en acercarse. George ya había bebido lo suficiente.

—... durante tres décadas ha dedicado sus considerables recursos y energía a convertir nuestro mundo en un lugar mejor, más saludable, más cuerdo. Señoras y señores, el Fondo Nacional de Recursos Medioambientales se enorgullece...

—Bah, ni caso —comentó Morton. Tensó el cuerpo, dispuesto a apartarse de la mesa—. Detesto ponerme en ridículo, aunque sea por una buena causa.

—¿Por qué ibas a ponerte en...? —empezó a decir Evans.

—... mi buen amigo y colega y Ciudadano Consciente de este año... el señor George Morton.

Una salva de aplausos llenó la sala y un foco iluminó a Morton cuando se levantó y se encaminó hacia el podio, un hombre encorvado con aspecto de oso, físicamente fuerte, solemne, con la cabeza gacha. Evans se alarmó cuando Morton tropezó en el primer peldaño, y por un momento temió que su jefe cayese de espaldas, pero Morton recuperó el equilibrio, y cuando subió al escenario, parecía en buen estado. Estrechó la mano a Drake y se acercó al podio, donde se sujetó a ambos lados con sus grandes manos. Morton, volviendo la cabeza, recorrió la sala con la mirada y observó a los presentes. No habló.

Se limitó a permanecer allí, sin decir nada.

Ann Garner, sentada al lado de Evans, le dio un codazo.

—¿Se encuentra bien?

—Sí, está perfectamente —contestó Evans, asintiendo con la cabeza. Pero en realidad no estaba muy seguro.

Finalmente George Morton empezó a hablar.

—Me gustaría dar las gracias a Nicholas Drake y el Fondo Nacional de Recursos Medioambientales por este galardón, aunque no creo merecerlo. No con tanto trabajo como queda por hacer. ¿Saben ustedes, amigos míos, que conocemos mejor la Luna que los océanos de la Tierra? Ese sí es un verdadero problema medioambiental. Poseemos un conocimiento insuficiente del planeta del que dependen nuestras vidas. Pero como dijo Montaigne hace trescientos años: «En nada se deposita una fe tan firme como en aquello que menos se conoce».

Evans pensó: «¿Montaigne? ¿George Morton citando a Montaigne?».

Bajo el resplandor del foco, Morton se balanceaba perceptiblemente, agarrándose al podio para mantener el equilibrio. La sala permanecía en absoluto silencio. Nadie se movía. Incluso los camareros permanecían inmóviles entre las mesas. Evans contuvo la respiración.

—Cuantos nos hemos comprometido con el movimiento ecologista —continuó Morton— hemos vivido muchas victorias extraordinarias a lo largo de los años. Hemos presenciado la creación de la EPA. Hemos visto cómo se ha conseguido un aire y un agua más limpios, cómo se ha mejorado el tratamiento de las aguas residuales, cómo se han depurado los vertidos tóxicos, y cómo han aparecido normativas destinadas a regular el uso de venenos tan corrientes como el plomo para la seguridad de todos. Estas son victorias auténticas, amigos míos. Nos enorgullecemos de ellas, y con razón. Y conocemos otras necesidades que deben afrontarse.

El público empezaba a relajarse. Morton entraba en un terreno conocido.

—Pero ¿se llevará a cabo el trabajo necesario? No estoy seguro. Sé que no he estado bien de ánimo desde la muerte de mi querida esposa, Dorothy.

Evans se irguió de pronto en su silla. En la mesa contigua, Herb Lowenstein parecía atónito. George Morton no tenía esposa. O mejor dicho, tenía seis ex esposas, y ninguna se llamaba Dorothy.

—Dorothy me instó a gastar el dinero sabiamente. Siempre he pensado que eso había hecho. Ahora ya no estoy tan seguro. He dicho antes que nuestros conocimientos son insuficientes. Pero me temo que hoy día la consigna del NERF es: «No demandamos lo suficiente».

Se oyeron exclamaciones ahogadas en toda la sala.

—El NERF es un bufete. No sé si se han dado ustedes cuenta de eso. Lo fundaron abogados y lo dirigen abogados. Sin embargo, ahora yo considero que es mejor gastar el dinero en investigación que en litigios. Y por eso voy a retirar mi financiación al NERF, y por eso...

Durante los momentos siguientes las palabras de Morton dejaron de oírse a causa del agitado parloteo de la gente. Todo el mundo hablaba en voz alta. Se produjo un disperso abucheo; algunos invitados se levantaron para marcharse. Morton continuó con su discurso, en apariencia ajeno al efecto que suscitaba. Evans captó unas cuantas frases:

—... una organización ecologista está siendo investigada por el FBI... total ausencia de control...

Ann Garner se inclinó hacia Evans y susurró:

—Llévatelo de aquí.

—¿Qué quieres que haga? —preguntó él.

—Ve a buscarlo. Es evidente que está borracho.

—Es posible, pero no puedo...

—Tienes que acabar con esto.

Pero en el escenario, Drake se dirigía ya hacia Morton, diciendo:

—Muy bien, George, gracias...

—Porque, a decir verdad, en estos precisos momentos...

—Gracias, George —repitió Drake, acercándose a él. Empujó a Morton intentando apartarlo del podio.

—De acuerdo, de acuerdo —contestó Morton, aferrado al podio—. He dicho lo que acabo de decir por Dorothy. Mi querida difunta esposa...

—Gracias, George. —Drake había empezado a aplaudir, con las manos a la altura de la cabeza, indicando con gestos al público que lo imitase—. Gracias.

—... a quien echo mucho de menos...

—Señoras y señores, demos las gracias…

—Sí, de acuerdo, ya me voy.

En medio de apagados aplausos, Morton abandonó el escenario arrastrando los pies y Drake ocupó el podio de inmediato e hizo una seña a la banda. Los músicos acometieron una briosa versión de «You May Be Right» de Billy Joel, porque alguien les había dicho que era la canción preferida de Morton. Lo era, pero no parecía una elección muy acertada dadas las circunstancias.

Herb Lowenstein se inclinó hacia Evans desde la mesa contigua y, agarrándolo del hombro, lo atrajo hacia sí.

—Oye —susurró con vehemencia—. Sácalo de aquí.

—Enseguida —respondió Evans—. No te preocupes.

—¿Sabías que iba a ocurrir esto?

—No, te lo juro.

Lowenstein soltó a Evans en cuanto George Morton regresó a la mesa. Los asistentes no salían de su asombro. Pero Morton tarareaba alegremente al son de la música:

—«Puede que tú tengas razón y yo esté loco…»

—Vamos, George —dijo Evans, poniéndose en pie—. Salgamos de aquí.

Morton no le prestó atención.

—«… pero quizá sea un chiflado lo que buscas…»

—¿George? ¿Qué dices? —Evans lo cogió del brazo—. Vamos.

—«… apaga la luz, no intentes salvarme…»

—No pretendo salvarte —dijo Evans.

—¿Y entonces por qué no nos tomamos otro maldito martini? —preguntó Morton, dejando de cantar. Tenía una mirada fría, un tanto dolida—. Creo que me lo he ganado, joder.

—Harry te servirá uno en el coche —contestó Evans, alejando a Morton de la mesa—. Si te quedas aquí, tendrás que esperar a que te lo traigan. Y en este momento no te conviene esperar para una bebida… —Evans continuó hablando, y Morton se dejó guiar afuera de la sala.

—«… demasiado tarde para luchar» —cantó—, «demasiado tarde para cambiarme…»

Antes de que saliesen de la sala, los focos de una cámara de televisión les iluminaron las caras y dos periodistas plantaron pequeñas grabadoras frente a Morton. Todo el mundo hacía preguntas a gritos. Evans agachó la cabeza y dijo:

—Discúlpennos, lo siento, nos vamos, discúlpennos...

Morton no dejó de cantar. Se abrieron paso a través del vestíbulo del hotel. Los periodistas corrían frente a ellos, tratando de situarse a cierta distancia por delante para filmarlos mientras avanzaban. Evans sujetó a Morton con firmeza del codo mientras él canturreaba:

—Solo estaba pasándomelo bien, no hacía mal a nadie, y todos nos hemos divertido este fin de semana para variar...

—Por aquí —dijo Evans, dirigiéndose hacia la puerta.

—Me quedé aislado en la zona de combate...

Finalmente cruzaron las puertas de vaivén y salieron a la noche. Al notar el aire frío, Morton dejó de cantar repentinamente. Aguardaron a que llegase la limusina. Sarah salió y se colocó junto a Morton. Sin hablar, le apoyó la mano en el brazo.

A continuación salieron los periodistas y los focos se encendieron otra vez. Y entonces irrumpió Drake a través de las puertas, diciendo:

—Maldita sea, George...

Se interrumpió al ver las cámaras. Lanzó una mirada de ira a Morton, se dio media vuelta y entró de nuevo. Las cámaras siguieron grabando, pero los tres permanecieron allí inmóviles. La espera resultó incómoda. Después de lo que se les antojó una eternidad, la limusina se detuvo ante ellos. Harry rodeó el coche y le abrió la puerta a George.

—Adelante, George —dijo Evans.

—No, esta noche no.

—Harry espera, George.

—He dicho que esta noche no.

Se oyó un ronco gruñido en la oscuridad y un Ferrari descapotable plateado paró junto a la limusina.

—Mi coche —dijo Morton. Empezó a bajar por la escalera, tambaleándose un poco.

—George, no creo... —dijo Sarah.

Pero él empezó a cantar otra vez:

—Y me aconsejaste que no condujese, pero llegué vivo a casa, y tú dijiste que eso solo demuestra que estoy loooooooco.

—Está loco, desde luego —mascculló uno de los periodistas.

Evans, muy preocupado, siguió a Morton.

Morton dio cien dólares de propina al mozo del aparcamiento, diciendo:

—Uno de veinte para usted, buen hombre. —Manipuló torpemente la puerta del Ferrari—. Estos coches de importación italianos tan pequeños... —Se sentó al volante, revolucionó el motor y sonrió—. Vaya, un sonido viril.

Evans se inclinó junto al coche.

—George, deja conducir a Harry. Además —añadió—, ¿no tenemos que hablar de algo?

—No.

—Pero pensaba...

—Muchacho, sal de mi camino. —Los focos de las cámaras seguían iluminándolos, pero Morton se apartó para quedar a la sombra que proyectaba el cuerpo de Evans—. No sé si sabes que los budistas tienen un dicho.

—¿Cuál?

—Recuérdalo, muchacho. Es este: «Lo que importa no está a mucha distancia de donde se encuentra el Buda».

—George, de verdad creo que no deberías conducir.

—¿Recordarás lo que acabo de decirte?

—Sí.

—Sabiduría ancestral. Adiós, muchacho.

Y aceleró, abandonando con un rugido el aparcamiento mientras Evans retrocedía de un salto. El Ferrari chirrió en la esquina, haciendo caso omiso a un stop, y desapareció.

—Vamos, Peter.

Evans se dio la vuelta y vio a Sarah de pie junto a la limusina.

Harry se sentaba ya al volante. Evans ocupó el asiento trasero con Sarah, y siguieron a Morton.

El Ferrari torció a la izquierda al pie de la cuesta y se perdió de vista. Harry aceleró, manejando la enorme limusina con pericia.

—¿Sabes adónde va? —preguntó Evans.

—Ni idea —contestó Sarah.

—¿Quién le escribió el discurso?

—Él mismo.

—¿De verdad?

—Ayer estuvo trabajando en casa todo el día y no me dejó ver qué hacía...

—Dios santo —dijo Evans—. ¿Montaigne?

—Tenía un libro de citas.

—¿De dónde sacó eso de Dorothy?

—No tengo la menor idea —contestó ella, negando con la cabeza.

Dejaron atrás el Golden Gate Park. El tráfico era fluido; el Ferrari avanzaba deprisa, serpenteando entre los coches. Delante se hallaba el puente del Golden Gate, vivamente iluminado. Morton aceleró. El Ferrari iba casi a ciento cuarenta kilómetros por hora.

—Va a Marin —dijo Sarah.

Sonó el móvil de Evans. Era Drake.

—¿Quieres decirme a qué ha venido eso?

—Lo siento, Nick, pero no lo sé.

—¿Lo ha dicho en serio? ¿Eso de que iba a retirar el apoyo?

—Me parece que sí.

—Es increíble. Obviamente ha sufrido una crisis nerviosa.

—No sabría decirte.

—Ya me lo temía —dijo Drake—. Me temía que algo así podía ocurrir. ¿Recuerdas el viaje en avión desde Islandia? Yo te lo dije, y me contestaste que no debía preocuparme. ¿Mantienes la misma opinión? ¿No debo preocuparme?

—No entiendo tu pregunta, Nick.

—Ann Garner dice que George firmó unos papeles en el avión.

—Así es.

—¿Tienen relación con esta repentina e inexplicable retirada del apoyo a la organización que amaba y respetaba?

—Parece haber cambiado de idea —respondió Evans.

—¿Y por qué no me lo has dicho?

—Porque esas eran sus órdenes.

—Vete a la mierda, Peter.

—Lo siento.

—No tanto como deberías.

La línea quedó en silencio. Drake había colgado. Evans cerró el teléfono.

—¿Drake se ha enfadado? —preguntó Sarah.

—Está furioso.

Tras cruzar el puente, Morton se dirigió al oeste, alejándose de las luces de la autopista por una carretera oscura que bordeaba los acantilados. Conducía a mayor velocidad.

—¿Sabe dónde estamos? —preguntó Evans a Harry.

—Creo que es un parque estatal.

Harry procuraba no rezagarse, pero en aquella carretera estrecha y tortuosa la limusina no era rival para el Ferrari. Sacaba cada vez más ventaja. Pronto ya solo verían las luces de posición que desaparecían en las curvas quinientos metros por delante de ellos.

—Vamos a perderlo —dijo Evans.

—Lo dudo —contestó Harry.

Pero la limusina perdió terreno gradualmente. Cuando Harry tomó una curva demasiado deprisa, la enorme parte trasera derrapó y se desplazó hacia el borde del acantilado; se vieron obligados a reducir la marcha. Aquella era una zona despoblada. La noche era oscura y los acantilados estaban desiertos. Una luna naciente proyectaba una veta de plata en las negras aguas.

Delante, no veían ya las luces de posición. Daba la impresión de que estaban solos en la carretera oscura.

Al doblar un recodo, vieron la curva siguiente a unos cien metros, desdibujada por una nube de humo gris.

—¡Oh, no! —exclamó Sarah, y se llevó una mano a la boca.

El Ferrari había derrapado, chocado contra un árbol y dado una vuelta de campana. Volcado, era ahora una masa arrugada y humeante. No se había despeñado por muy poco. El morro del coche asomaba sobre el borde del acantilado.

Evans y Sarah corrieron hacia allí. Evans se agachó y, avanzando de rodillas por el borde del acantilado, intentó distinguir algo en el interior del compartimento del conductor. Apenas se veía nada; el parabrisas se había aplastado y el bastidor del Ferrari yacía casi a ras de la calzada. Harry se acercó con una linterna, y Evans la utilizó para escrutar dentro.

El compartimento estaba vacío. La pajarita negra de Morton colgaba del tirador de la puerta, pero él había desaparecido.

—Debe de haber salido despedido.

Evans dirigió el haz de luz acantilado abajo, una escarpada pendiente de unos veinticinco metros hasta el mar formada por rocas amarillas desprendidas. No vio el menor rastro de Morton.

Sarah lloraba en silencio. Harry había ido a buscar un extintor a la limusina. Evans recorrió una y otra vez la pared rocosa con la luz. No vio el cuerpo de George, no vio indicio alguno de George. Ninguna alteración, ningún sendero, ningún trozo de ropa. Nada. A sus espaldas oyó el ruido del extintor. Se apartó del borde del acantilado.

—¿Lo ha visto? —preguntó Harry con semblante afligido.

—No. No he visto nada.

—Quizá... por allí. —Harry señaló hacia el árbol. Y estaba en lo cierto; si Morton había salido despedido en el impacto inicial, podía hallarse veinte metros más atrás, en la carretera.

Evans retrocedió y volvió a iluminar el precipicio con la linterna. Se agotaban las pilas y el haz era cada vez más débil. Pero casi de inmediato vio el reflejo de un zapato de charol, encajado entre las rocas a la orilla del mar.

Se sentó en la carretera y apoyó la cabeza en las manos. Y lloró.

POINT MOODY
MARTES, 5 DE OCTUBRE
3.10 H.

Cuando la policía acabó de hablar con ellos y un equipo de rescate hubo descendido en rappel por el acantilado para recuperar el zapato, eran las tres de la madrugada. No hallaron ningún otro rastro del cuerpo, y los agentes, hablando entre sí, coincidieron en que las corrientes dominantes probablemente arrastrarían el cuerpo hacia el norte hasta Pismo Beach.

—Lo encontraremos dentro de una o dos semanas —dijo uno—. O al menos lo que dejen los tiburones blancos.

Estaban ya retirando los restos del coche y cargándolos en la plataforma de un camión. Evans deseaba marcharse, pero el policía de carretera que le había tomado declaración volvía una y otra vez a pedir más detalles. Era un chico de poco más de veinte años. Al parecer, no había rellenado muchos de esos formularios.

La primera vez que volvió a acercarse a Evans, preguntó:

—¿Cuánto tiempo cree que había pasado desde el accidente cuando ustedes llegaron al lugar?

—No estoy seguro —respondió Evans—. El Ferrari nos llevaba unos quinientos metros de ventaja, quizá más. Probablemente íbamos a unos sesenta y cinco kilómetros por hora, así que... tal vez un minuto.

El chico pareció alarmado.

—¿Iban a sesenta y cinco kilómetros en esa limusina? ¿Por esta carretera?

—Bueno, no me haga mucho caso.

Más tarde, regresó y preguntó:

—Me ha dicho que ha sido usted el primero en llegar. ¿Me ha comentado que se ha acercado de rodillas al borde de la carretera?

—Así es.

—Siendo así, habrá pisado cristales rotos en la calzada.

—Sí. El parabrisas estaba hecho añicos. También lo he notado en las manos al agacharme.

—Eso explica porque la hierba estaba alterada.

—Sí.

—Es una suerte que no se haya cortado las manos.

—Sí.

La tercera vez preguntó:

—Según sus cálculos, ¿a qué hora se ha producido el accidente?

—¿A qué hora? —Evans consultó su reloj—. No tengo la menor idea. Pero déjeme ver… —Intentó remontarse en el tiempo. El discurso había empezado a eso de las ocho y media. Morton debía de haber salido del hotel a las nueve. Había cruzado primero San Francisco y luego el puente…—. Quizá a las diez menos cuarto o las diez de la noche.

—¿Hace unas cinco horas, pues? ¿Poco más o menos?

—Sí.

—Ah —dijo el chico como si se sorprendiese.

Evans dirigió la mirada hacía el camión, donde se encontraban ya los restos deformes del Ferrari. Había un policía de pie en lo alto de la plataforma junto al coche. En la carretera, otros tres conversaban animadamente. Un cuarto hombre, en esmoquin, hablaba con los agentes. Cuando el hombre se volvió, Evans advirtió, para su asombro, que era John Kenner.

—¿Qué pasa? —preguntó Evans al chico.

—No lo sé. Simplemente me han pedido que compruebe la hora del accidente.

A continuación, el conductor del camión subió a la cabina y puso el motor en marcha. Uno de los policías gritó al chico:

—¡Déjalo ya, Eddie!

—Bueno, da igual —dijo el chico a Evans—. Parece que todo está en orden.

Evans miró a Sarah para ver si había advertido la presencia de Kenner. Estaba apoyada en la limusina, hablando por teléfono. Evans volvió la vista atrás a tiempo de ver a Kenner entrar en una berlina oscura conducida por el nepalí y alejarse.

La policía se marchaba. El camión cambió de sentido y enfiló la carretera en dirección al puente.

—Parece que es hora de irse —dijo Harry.

Evans entró en la limusina. Regresaron hacia las luces de San Francisco.

CAMINO DE LOS ÁNGELES
MARTES, 5 DE OCTUBRE
12.02 H.

El avión de Morton volvió a Los Ángeles a mediodía. Los ánimos eran sombríos. Iban a bordo las mismas personas, y unas cuantas más, pero permanecían sentadas en silencio. Las últimas ediciones de los periódicos habían publicado la historia de que el filántropo millonario George Morton, deprimido por la muerte de su amada esposa Dorothy, había pronunciado un discurso deshilvanado (calificado de «tortuoso e ilógico» por el *San Francisco Chronicle*) y unas horas después había muerto en un trágico accidente de automóvil mientras ponía a prueba su nuevo Ferrari.

En el tercer párrafo, el periodista comentaba que las muertes en coches conducidos por una sola persona se debían con frecuencia a depresiones no diagnosticadas y a menudo eran suicidios disfrazados. Y esta era, según un psiquiatra interrogado al respecto, la explicación más probable de la muerte de Morton.

Cuando llevaban unos diez minutos en el aire, el actor Ted Bradley propuso:

—Creo que deberíamos brindar en memoria de George y guardar un minuto de silencio.

Y ante el general consenso, se repartieron copas de champán.

—Por George Morton —dijo Ted—. Un gran americano, un gran amigo y un gran defensor del medio ambiente. Nosotros y el planeta lo echaremos de menos.

Durante los siguientes diez minutos las celebridades reunidas a bordo mantuvieron una relativa moderación, pero poco a poco la conversación subió de volumen y al final empezaron a charlar y discutir como de costumbre. Evans viajaba en la parte de atrás, en el mismo asiento que había ocupado en el vuelo de ida. Observó la acción en torno a la mesa situada en el centro, donde Bradley explicaba que Estados Unidos obtenía solo el dos por ciento de su energía de fuentes sostenibles y que se necesitaba un programa de choque para construir miles de estaciones eólicas costa afuera, como hacían Inglaterra y Dinamarca. La conversación derivó hacia las células de combustible, los coches de hidrógeno y las viviendas fotovoltaicas desconectadas de la red de suministro. Algunos hablaron de lo mucho que les gustaban sus automóviles híbridos, que habían comprado para sus empleados.

Escuchándolos, Evans recobró el ánimo. Pese a la pérdida de George Morton, quedaban aún muchas personas como esas —personas destacadas y famosas comprometidas con el cambio— que guiarían a la siguiente generación hacia un futuro más ilustrado.

Empezaba a vencerle el sueño cuando Nicholas Drake ocupó el asiento contiguo. Drake se inclinó a través del pasillo.

—Oye, te debo una disculpa por lo de anoche —dijo.

—No te preocupes —contestó Evans.

—Me pasé de la raya. Y quiero que sepas que lamento mi comportamiento. Estaba tenso, y muy preocupado. Ya sabes que George actuaba de manera muy rara desde hacía un par de semanas. Dejaba caer comentarios extraños, provocaba discusiones. En retrospectiva, da la impresión de que empezaba a entrar en una crisis nerviosa. Pero yo no lo sabía. ¿Y tú?

—No estoy muy seguro de que haya sido una crisis nerviosa.

—Tiene que haberlo sido —insistió Drake—. ¿Qué podría ser si no? Dios mío, reniega de la obra de su vida, y va y se mata. Por cierto, puedes olvidarte de los documentos que firmó ayer. Dadas las circunstancias, es evidente que no estaba en su sano juicio. Y ya sé —añadió— que ese será también tu planteamiento. Para ti, es ya bastante conflictivo trabajar para él y para nosotros. En realidad, deberías haberte declarado no apto para el trabajo y ocuparte de que cualquier papel fuese redactado por un abogado neutral. No voy a acusarte de negligencia, pero has demostrado un juicio más que discutible.

Evans no dijo nada. La amenaza era muy clara.

—Bueno, en todo caso —continuó Drake, apoyando la mano en la rodilla de Evans—, solo quería disculparme. Sé que hiciste lo que estaba a tu alcance en una situación difícil, Peter, y... creo que vamos a salir bien librados de esta.

El avión aterrizó en Van Nuys. Una docena de limusinas todoterreno negras, la última moda, aguardaban en fila a los pasajeros en la pista. Las celebridades se abrazaron, se lanzaron besos y se separaron.

Evans fue el último en marcharse. No tenía rango para disponer de coche y chófer. Subió a su pequeño Prius híbrido, que había dejado allí aparcado el día anterior, cruzó la verja y salió a la autovía. Pensó que debía ir a la oficina, pero unas imprevistas lágrimas asomaron a sus ojos mientras avanzaba entre el tráfico de mediodía. Se las enjugó y decidió que estaba demasiado cansado para ir a trabajar. En lugar de eso regresaría a su apartamento y dormiría un rato.

Casi había llegado a casa cuando sonó el móvil. Era Jennifer Haynes, del equipo litigante de Vanuatu.

—Siento lo de George —dijo—. Ha sido terrible. Como puedes imaginar, aquí todo el mundo está muy inquieto. Retiró la financiación, ¿verdad?

—Sí, pero Nick luchará por conservarla. Tendréis vuestra financiación.

—Tenemos que quedar para comer —dijo ella.

—Bueno, creo...

—¿Hoy?

Algo en su voz lo indujo a contestar:

—Lo intentaré.

—Telefonéame cuando estés aquí.

Evans cortó la comunicación. El teléfono volvió a sonar casi de inmediato. Era Margo Lane, la amante de Morton. Estaba furiosa.

—¿Qué carajo pasa?

—¿Qué quieres decir? —preguntó Evans.

—¿Iba a avisarme alguien, joder?

—Perdona, Margo...

—Acabo de verlo por televisión. Desaparecido en San Francisco y dado por muerto. Salían imágenes del coche.

—Iba a llamarte al llegar a la oficina —dijo Evans, aunque la verdad era que Margo se le había olvidado por completo.

—¿Y cuándo habría sido eso, la semana que viene? Eres peor que esa ayudante enferma tuya. Eres el abogado de George, Peter. Haz tu puto trabajo. Porque, afrontémoslo, esto no ha sido una sorpresa. Sabía que acabaría pasando. Todos los sabíamos. Quiero que vengas aquí.

—Tengo un día muy ajetreado.

—Solo un momento.

—De acuerdo —dijo Evans—. Solo un momento.

LOS ÁNGELES OESTE
MARTES, 5 DE OCTUBRE
15.04 H.

Margo Lane vivía en la decimoquinta planta de un bloque de rascacielos del Wilshire Corridor. El portero tuvo que avisar antes de permitir a Evans entrar en el ascensor. Margo sabía que subía, y aun así abrió la puerta envuelta en una toalla.

—¡Ah! No esperaba que llegases tan pronto. Pasa; acabo de salir de la ducha.

Tendía a hacer esas cosas, a exhibir su cuerpo. Evans entró en el apartamento y se sentó en el sofá. Ella se acomodó enfrente. La toalla apenas le cubría el torso.

—¿Y bien? —preguntó—. ¿A qué viene todo eso de George?

—Lo lamento —dijo Evans—, pero George se estrelló con su Ferrari a gran velocidad y salió lanzado. Cayó al mar; encontraron un zapato al pie del precipicio. No se ha recuperado el cuerpo, pero prevén que aparezca dentro de una semana más o menos.

Evans esperaba que Margo, con su afición al melodrama, se echase a llorar, pero no fue así. Simplemente se quedó mirándole.

—Tonterías —dijo.

—¿Por qué dices eso, Margo?

—Porque se ha escondido o algo así. Tú lo sabes.

—¿Escondido? ¿Por qué?

—Seguramente por nada en particular. Supongo que te diste cuenta de lo paranoico que andaba.

Mientras hablaba, cruzó las piernas. Evans procuró mantener la mirada fija en su cara.

—¿Paranoico? —repitió.

—No hagas como si no lo supieras, Peter. Era evidente.

Evans negó con la cabeza.

—No para mí.

—Vino aquí por última vez hace un par de días —explicó Margo—. Fue derecho a la ventana y, desde detrás de la cortina, miró la calle. Estaba convencido de que lo seguían.

—¿Había hecho eso antes alguna vez?

—No lo sé. En los últimos tiempos apenas lo veía; estaba de viaje. Pero siempre que le llamaba y le preguntaba cuándo iba a pasarse por aquí, decía que no era seguro venir a esta casa.

Evans se levantó y se acercó a la ventana. Se quedó a un lado y miró la calle.

—¿También a ti te siguen? —preguntó Margo.

—No lo creo.

En Wilshire Boulevard el tráfico era intenso, el principio de la hora punta de la tarde. Tres hileras de coches avanzaban rápidamente en ambos sentidos. Incluso desde allí arriba se oía el ruido del tráfico. Pero no había sitio donde aparcar, donde dejar de circular. Un Prius híbrido azul había parado junto al bordillo al otro lado de la calle, y los otros coches formaban cola detrás, haciendo sonar sus bocinas. Al cabo de un momento el Prius arrancó de nuevo.

No era lugar para detenerse.

—¿Ves algo sospechoso? —quiso saber Margo.

—No.

—Yo tampoco he visto nunca nada. Pero George sí, o eso pensaba él.

—¿Dijo quién le seguía?

—No. —Margo volvió a cambiar de posición en el sofá—. Pensé que le convenía medicarse, y así se lo dije.

—¿Y qué opinó él?

—Contestó que también yo corría peligro. Me aconsejó que

abandonase la ciudad por una temporada, que fuese a casa de mi hermana en Oregon. Pero me negué. —Se le estaba soltando la toalla. Se la ciñó, dejando más a la vista sus pechos firmes y realzados—. Por eso te digo que George se ha escondido. Y creo que mejor será que lo encuentres cuanto antes, porque necesita ayuda.

—Entiendo —respondió Evans—. Pero cabe la posibilidad de que no se haya escondido, de que se estrellase realmente con el coche... y en ese caso, Margo, debes ocuparte de ciertas cosas.

Le explicó que si George seguía desaparecido, podían ordenar la inmovilización de todos sus bienes. Eso implicaba que a ella le convenía retirar el dinero de la cuenta bancaria en la que él le ingresaba una cantidad mensual. Así se aseguraría lo necesario para seguir viviendo.

—Pero eso es una estupidez —objetó ella—. Sé que volverá dentro de unos días.

—Por si acaso —insistió Evans.

Margo frunció el entrecejo.

—¿Me ocultas algo?

—No —contestó Evans—. Solo digo que este asunto podría tardar un tiempo en aclararse.

—Oye, George está enfermo. Se supone que eres su amigo. Encuéntralo.

Evans dijo que lo intentaría. Cuando salió del apartamento, Margo, indignada, se dirigía al dormitorio para vestirse dispuesta a ir al banco.

Fuera, bajo el blanquecino sol de la tarde, lo invadió una sensación de fatiga. Su único deseo era volver a casa y acostarse. Entró en el coche y se puso en marcha. Veía ya su apartamento cuando sonó otra vez el teléfono.

Era Jennifer, que quería saber dónde estaba.

—Lo siento, pero hoy no puedo ir —dijo Evans.

—Es importante, Peter. De verdad.

Evans se disculpó y dijo que la telefonearía más tarde.

Después llamó Lisa, la secretaria de Herb Lowenstein, para comunicarle que Nicholas Drake llevaba toda la tarde intentando ponerse en contacto con él.

—Le urge hablar contigo.

—De acuerdo —dijo Evans—, le llamaré.

—Parece que está furioso.

—Muy bien.

—Pero mejor será que antes telefonees a Sarah.

—¿Por qué?

Se cortó la línea. Siempre ocurría en el callejón trasero que daba a su apartamento; allí el móvil no tenía cobertura. Guardó el teléfono en el bolsillo de la camisa con la idea de llamar unos minutos después. Recorrió el callejón y dejó el coche en su plaza del aparcamiento.

Subió por la escalera de atrás hasta su apartamento y abrió la puerta.

Y se quedó mirando atónito.

El apartamento estaba patas arriba. Los muebles rotos, los cojines rajados, papeles por todas partes, los libros esparcidos por el suelo.

Permaneció de pie en el umbral de la puerta, estupefacto. Al cabo de un momento entró, enderezó una silla volcada y se sentó. Pensó que debía llamar a la policía. Se levantó, localizó el teléfono en el suelo y marcó. Pero casi de inmediato empezó a sonar el móvil en su bolsillo. Colgó el fijo y contestó.

—¿Sí?

Era Lisa.

—Se ha cortado —dijo—. Mejor será que llames a Sarah enseguida.

—¿Por qué?

—Está en casa de Morton. Han entrado a robar.

—¿Cómo?

—Sí, ya sé. Mejor llámala. Parecía muy alterada.

Evans cerró el teléfono. Entró en la cocina. También allí estaba todo revuelto. La única idea que acudió a su cabeza fue que la mujer de la limpieza no iría hasta el martes siguiente. ¿Cómo iba a poner aquello en orden él solo?

Marcó el número en su teléfono.

—¿Sarah?

—¿Eres tú, Peter?

—Sí. ¿Qué ha pasado?

—Por teléfono no. ¿Estás ya en casa?

—Acabo de llegar.

—¿Y... te ha pasado a ti también?

—Sí, también.

—¿Puedes venir?

—Sí.

—¿Cuánto tardarás? —preguntó Sarah. Parecía asustada.

—Diez minutos.

—De acuerdo. Hasta luego.

Colgó.

Evans accionó la llave de contacto de su Prius y el motor cobró vida. Le complacía tener el híbrido; en esos momentos la lista de espera en Los Ángeles para conseguir uno era de más de seis meses. Se había visto obligado a aceptar uno gris claro, que no era su color preferido, pero el coche le encantaba. Y veía con callada satisfacción que circulaban ya muchos por las calles.

Salió a Olympic desde el callejón. Al otro lado, vio un Prius azul, igual que el que había parado frente al edificio de Margo. Era azul eléctrico, un color chillón. Pensó que le gustaba más su gris. Dobló a la derecha y luego a la izquierda, encaminándose hacia el norte por Beverly Hills. Sabía que a esa hora del día se encontraría con el tráfico de hora punta y le convenía más subir hasta Sunset, donde la circulación era un poco más fluida.

Cuando llegó al semáforo de Wilshire, vio otro Prius azul detrás de él. Del mismo color poco afortunado. Con dos ocupantes, ninguno de ellos joven. Cuando recorrió el trecho hasta el semáforo de Sunset, el mismo automóvil seguía detrás de él. A dos coches de distancia.

Dobló a la izquierda hacia Holmby Hills.

El Prius giró también a la izquierda. Lo seguía.

Evans se detuvo ante la verja de la casa de Morton y pulsó el timbre del portero electrónico. La cámara de seguridad instalada sobre el buzón parpadeó.

—¿En qué puedo ayudarle?

—Soy Peter Evans. Vengo a ver a Sarah Jones.

Una breve pausa y después un zumbido. La verja se abrió lentamente, revelando una carretera curva. Desde allí aún no se veía la casa.

Mientras Evans aguardaba, echó un vistazo a su izquierda. En la calle, a una manzana, vio acercarse el Prius azul. Pasó de largo sin aminorar la marcha y desapareció tras una curva.

Quizá no le seguían.

Respiró hondo y dejó escapar el aire poco a poco.

La verja se abrió por completo, y Evans entró.

HOLMBY HILLS
MARTES, 5 DE OCTUBRE
15.54 H.

Eran casi las cuatro cuando Evans recorrió el camino de acceso hasta la casa de Morton. Numerosos guardias de seguridad pululaban por la finca. Varios buscaban entre los árboles cerca de la verja de entrada y había más en el camino, agrupados en torno a unas cuantas furgonetas con el rótulo SERVICIO DE SEGURIDAD ANDERSON.

Evans aparcó junto al Porsche de Sarah y fue hacia la puerta delantera. Le abrió un guardia de seguridad.

—La señorita Jones le espera en la sala de estar.

Atravesó el amplio vestíbulo y dejó atrás la escalera curva que ascendía a la planta superior. Entró en la sala de estar, previendo encontrarse con el mismo desorden que había presenciado en su propio apartamento, pero allí todo parecía en su sitio. Daba la impresión de que la habitación continuaba tal como Evans la recordaba.

La disposición de la sala se había concebido con el propósito de exhibir la amplia colección de antigüedades asiáticas de Morton. Por encima de la chimenea había un gran panel chino con relucientes nubes doradas. Junto al sofá se alzaba un pedestal sobre el que descansaba un gran busto de piedra del yacimiento camboyano de Angkor, con una media sonrisa dibujada en los gruesos labios; contra una pared, se hallaba un *tansu* japonés del siglo XVII, de lustrosa madera noble. Tallas sumamente raras de doscientos años de antigüedad realizadas por Hiroshige colgaban de la pared del fondo. Un Buda birmano, labrado en madera descolorida, montaba guardia a la entrada de la habitación contigua, la sala de audiovisual.

En el centro, rodeada de estas antigüedades, estaba Sarah, repantigada en el sofá, con la mirada fija en la ventana y semblante inexpresivo. Se volvió hacia Evans en cuanto entró.

—¿Han forzado tu apartamento?

—Sí. Es un caos.

—También en esta casa han entrado por la fuerza. Debió de ser anoche. Los de seguridad intentan averiguar cómo pudo ocurrir. Fíjate en esto.

Se levantó y empujó el pedestal que sostenía la cabeza camboyana. Teniendo en cuenta el peso de la cabeza, el pedestal se desplazó con sorprendente facilidad y dejó a la vista una caja fuerte empotrada en el suelo. La puerta estaba abierta. Apilados ordenadamente en el interior, Evans vio unos sobres marrones.

—¿Qué se han llevado? —preguntó.

—Que yo sepa, nada —respondió Sarah—. En apariencia, todo sigue en su sitio. Pero no sé qué guardaba George exactamente en estas cajas fuertes. Eran sus cajas. Yo rara vez tenía acceso.

Se acercó al *tansu* y, tras correr primero un panel central y luego un falso panel posterior, dejó a la vista otra caja en la pared de detrás. También estaba abierta.

—Hay seis cajas en la casa —dijo ella—. Tres aquí abajo, una en el despacho del piso de arriba, una en el sótano y otra en el armario de su dormitorio. Las abrieron todas.

—¿Por la fuerza?

—No. Alguien conocía las combinaciones.

—¿Lo has denunciado a la policía? —quiso saber Evans.

—No.

—¿Por qué no?

—Antes quería hablar contigo.

Sarah tenía la cabeza muy cerca de la suya. Evans olía su suave perfume. Preguntó:

—¿Por qué?

—Es evidente. Alguien conocía las combinaciones, Peter.

—Quieres decir que ha sido alguien cercano.

—Forzosamente.

—¿Quién hay en la casa por la noche?

—Dos amas de llaves duermen en el lado opuesto. Pero anoche libraban, así que no estaban aquí.

—¿No había nadie en la casa, pues?

—No.

—¿Y la alarma?

—La conecté yo misma antes de salir ayer hacia San Francisco.

—¿La alarma no se activó?

Sarah negó con la cabeza.

—Es decir que alguien conocía el código —dedujo Evans—. O sabía cómo eludirla. ¿Y las cámaras de seguridad?

—Las hay por toda la finca, dentro y fuera de la casa. Las imágenes se graban en un disco duro guardado en el sótano.

—¿Las has visto?

Ella asintió.

—Solo se ve estática. Borraron el disco. Los de seguridad están intentando recuperar algo, pero... —Se encogió de hombros—. No creo que lo consigan.

Borrar un disco duro no estaba al alcance de un ladrón cualquiera.

—¿Quién tiene los códigos de la alarma y las combinaciones de las cajas fuertes?

—Que yo sepa, solo George y yo. Pero salta a la vista que también los conocía alguien más.

—Creo que deberías avisar a la policía —sugirió Evans.

—Buscan algo. Algo que George tenía. Algo que creen que ahora tiene uno de nosotros. Piensan que George nos lo dio.

Evans arrugó la frente.

—Pero si eso es verdad, ¿por qué actúan con tan poca discreción? Arrasaron mi apartamento, así que inevitablemente tenía que darme cuenta. E incluso aquí han dejado las cajas abiertas, para asegurarse de que tú supieses que habían entrado a robar.

—Así es —dijo Sarah—. Quieren que sepamos qué están haciendo. —Se mordió el labio—. Quieren asustarnos para que corramos a recuperar eso, sea lo que sea, y luego nos seguirán y nos lo quitarán.

Evans se quedó pensando.

—¿Tienes idea de qué podría ser?

—No —contestó Sarah—. ¿Y tú?

Evans se acordó de la lista de la que George le había hablado en el avión. La lista cuya explicación no llegó a darle antes de su muerte. Pero sin duda cabía deducir que Morton había pagado mucho dinero por esa lista. Sin embargo, por alguna razón, Evans no se decidió a mencionarla.

—No —dijo.

—¿Te dio algo George?

—No.

—A mí tampoco. —Sarah volvió a morderse el labio—. Creo que deberíamos irnos.

—¿Irnos?

—Marcharnos de la ciudad durante un tiempo.

—Es lógico sentirse así después de un robo —dijo él—. Pero creo que en este momento lo correcto sería avisar a la policía.

—A George no le gustaría.

—Sarah, George ya no está entre nosotros.

—George detestaba a la policía de Beverly Hills.

—Sarah...

—Nunca los llamaba. Siempre utilizó un servicio de seguridad privado.

—Es posible, pero...

—No harán más que tomar nota de la denuncia.

—Quizá, pero...

—¿Tú has avisado a la policía por lo de tu apartamento?

—Todavía no, pero lo haré.

—Muy bien, pues llámalos. Es una pérdida de tiempo, ya lo verás.

El teléfono de Evans emitió un pitido. Era un mensaje de texto. Miró el visor. Rezaba: VEN AL DESPACHO INMED. URGENTE. N. DRAKE.

—Oye —dijo—, tengo que ir a ver a Nick.

—No te preocupes por mí.

—Volveré en cuanto pueda —aseguró Evans.

—No te preocupes —repitió Sarah.

Evans se puso en pie, y ella se levantó también. Dejándose llevar por un impulso, la abrazó. Era casi tan alta como él.

—Todo irá bien —dijo—. Descuida. Todo irá bien.

Ella le devolvió el abrazo, pero cuando él la soltó, dijo:

—No vuelvas a hacer eso, Peter. No estoy histérica. Nos veremos cuando vuelvas.

Evans se apresuró a marcharse, se sentía como un estúpido. Cuando llegaba a la puerta, ella preguntó:

—Por cierto, Peter, ¿tienes un arma?

—No. ¿Y tú?

—Solo una Beretta de nueve milímetros, pero es mejor que nada.

—Ah, bien.

Mientras salía, pensó: «Eso lo dice todo sobre la necesidad de una tranquilizadora presencia masculina para la mujer moderna».

Entró en el coche y se dirigió hacia el despacho de Drake.

Solo cuando ya había aparcado y se encaminaba hacia la puerta de entrada del bloque de oficinas, reparó en el Prius azul estacionado al final de la manzana con dos hombres dentro.

Lo observaban.

BEVERLY HILLS
MARTES, 5 DE OCTUBRE
16.45 H.

—¡No, no, no!

Nicholas Drake estaba de pie en la sala audiovisual del NERF, rodeado por media docena de diseñadores gráficos con semblante atónito. En las paredes y mesas había carteles, banderines, folletos, tazas de café y numerosos comunicados de prensa y material para los medios. Todo llevaba estampado un emblema verde y rojo donde se leían, superpuestas, las palabras: CAMBIO CLIMÁTICO ABRUPTO: LOS PELIGROS DEL FUTURO.

—No me gusta —declaró Drake—. Esta mierda no me gusta.

—¿Por qué?

—Porque es aburrido. Parece un programa especial de la televisión pública. Aquí necesitamos un poco de garra, un poco de dinamismo.

—En fin —respondió uno de los diseñadores—, no sé si lo recuerda, pero en un principio usted deseaba evitar todo tipo de exageración.

—¿Ah, sí? Pues no, no es verdad. Era Henley quien quería evitar la exageración. Henley pensaba que debía presentarse exactamente como cualquier congreso académico normal. Pero si hacemos eso, los medios no nos prestarán atención. Joder, ¿saben cuántos congresos sobre el cambio climático se celebran cada año? ¿En todo el mundo?

—No. ¿Cuántos?

—Pues, mmm, cuarenta y siete. Pero la cuestión no es esa. —Drake golpeó el emblema con los nudillos—. Fíjese en esto: «Peligros». Es muy vago. Podría hacer referencia a cualquier cosa.

—Pensaba que era eso lo que usted quería: que hiciese referencia a cualquier cosa.

—No, yo quiero «crisis» o «catástrofe». «La crisis del futuro.» «La catástrofe del futuro.» Eso es mejor. La «catástrofe» es mucho mejor.

—Ya utilizó «catástrofe» en el último congreso, el de la extinción de las especies.

—Me da igual. Lo usamos porque es eficaz. Este congreso debe llamar la atención sobre una catástrofe.

—Señor Drake —dijo uno de ellos—, con el debido respeto, ¿es exacto decir que el cambio climático abrupto nos llevará a una catástrofe? Porque el material de fondo que nos dieron...

—Sí, maldita sea —prorrumpió Drake—, nos llevará a una catástrofe, créame. Y ahora introduzcan los cambios.

Los artistas gráficos examinaron el material reunido en la mesa.

—Señor Drake, el congreso empieza dentro de cuatro días.

—¿Cree que no lo sé? —repuso Drake—. ¿Cree que no lo sé, joder?

—No estoy muy seguro de hasta qué punto seremos capaces...

—¡Catástrofe! Quiten «peligros»; añadan «catástrofe». Solo les pido eso. No puede ser tan difícil.

—Señor Drake, podemos rehacer el material visual y los emblemas del material para los medios, pero las tazas de café son un problema.

—¿Por qué son un problema?

—Nos las hacen en China, y...

—¿Hechas en China? ¿El país de la contaminación? ¿De quién ha sido la idea?

—Siempre hemos encargado en China las tazas de café para...

—Pues desde luego no podemos utilizarlas. Esto es el NERF, por amor de Dios. ¿Cuántas tazas tenemos?

—Trescientas. Se entregan a los corresponsales asistentes, junto con el material para la prensa.

—Pues consiga tazas ecoaceptables —ordenó Drake—. ¿No fabrican tazas en Canadá? Nadie se queja nunca de lo que llega de Canadá. Consiga tazas canadienses y estampe en ellas «catástrofe». Eso es todo.

Los diseñadores cruzaron miradas.

—Hay un proveedor en Vancouver —dijo uno.

—Pero sus tazas son de color crema...

—Por mí como si son de color verde manzana —replicó Drake levantando la voz—. Ustedes háganlo. ¿Y qué pasa con los comunicados de prensa?

Otro diseñador levantó una hoja.

—Vienen en banderines de cuatro colores impresos con tintas biodegradables en papel reciclado.

Drake cogió una hoja.

—¿Esto es papel reciclado? Tiene muy buen aspecto.

—En realidad es papel nuevo. —El diseñador parecía nervioso—. Pero nadie se dará cuenta.

—Eso no me lo ha dicho, yo no sé nada —repuso Drake—. Es esencial que los materiales reciclados tengan buen aspecto.

—Y lo tienen, señor Drake. No se preocupe.

—Sigamos adelante, pues. —Se volvió hacia los relaciones públicas—. ¿Cuál es la agenda de la campaña?

—Es el habitual lanzamiento explosivo para despertar la conciencia del público ante el cambio climático abrupto —dijo el primer relaciones públicas, poniéndose en pie—. La aparición en prensa inicial será en los programas de entrevistas del domingo por la mañana y en los suplementos dominicales de los periódicos. Hablarán sobre la ceremonia inaugural del congreso el próximo miércoles y entrevistarán a la gente más fotogénica: Stanford, Levine, y otros que ofrecen una buena imagen ante las cámaras. Nos han concedido espacio suficiente en los principales semanarios de todo el mundo: *Time*, *Newsweek*, *Der Spiegel*, *Paris Match*, *Oggi*, *The Economist*. En conjunto, cincuenta revistas para informar a los líderes de opinión. Hemos solicitado reportajes de fondo, accediendo a contratar publicidad en hojas centrales con el emblema y un gráfico. Por menos de eso, no querían saber nada. Esperamos reportajes al menos en veinte.

—Muy bien —dijo Drake moviendo la cabeza en un gesto de asentimiento.

—El congreso empezará el miércoles. Está prevista la aparición de ecologistas carismáticos y muy conocidos y de importantes políticos de naciones industrializadas. Tenemos delegados de todo el mundo, para que las imágenes con las reacciones del público presenten una satisfactoria mezcla de razas. Hoy día los países industrializados incluyen India, Corea y Japón, naturalmente. La delegación china participará pero no tendrá ponentes.

»Los doscientos periodistas de televisión invitados se alojarán en el Hilton, y dispondremos de salas para entrevistas tanto allí como en el palacio de congresos a fin de que los ponentes puedan difundir el mensaje a las audiencias televisivas de todo el mundo. También contamos con numerosos corresponsales de los medios impresos para transmitir el contenido a los líderes de opinión de la élite, los que leen pero no ven la televisión.

—Estupendo —dijo Drake. Parecía complacido.

—El tema de cada uno de los días se identificará mediante un icono característico, poniendo de relieve las inundaciones, el fuego, el aumento del nivel del mar, la sequía, los icebergs, los tifones, los huracanes, etcétera. Cada día asistirá un nuevo contingente de políticos de todo el mundo y concederá entrevistas para explicar su gran entrega y preocupación ante este problema naciente.

—Bien, bien —dijo Drake, y asintió con la cabeza.

—Los políticos estarán aquí solo un día, algunos unas horas, y no tendrán tiempo de asistir a las conferencias salvo para una breve sesión fotográfica que los muestre entre el público, pero están bien informados y serán eficaces. Además, tenemos a los colegiales de la ciudad, entre los cursos cuarto y séptimo, que vendrán a diario para conocer los peligros… perdón, la catástrofe… que amenaza su futuro, y tenemos material educativo para los maestros, a fin de que puedan explicar a los niños la crisis provocada por el cambio climático abrupto.

—¿Cuándo saldrá ese material?

—Iba a salir hoy, pero lo retendremos para sustituir el emblema.

—De acuerdo —dijo Drake—. ¿Y qué tenemos para la enseñanza secundaria?

—Aquí nos hemos encontrado con un problema —contestó el relaciones públicas—. Enseñamos el material a una muestra de profesores de ciencias de instituto y… esto…

—¿Y qué? —preguntó Drake.

—Por la reacción observada, es posible que no encaje tan bien.

El semblante de Drake se ensombreció.

—¿Y por qué no?

—Bueno, el programa de estudios de secundaria tiene una orientación muy universitaria, y no hay mucho espacio para optativas…

—Esto no es precisamente una *optativa*…

—Y… esto… opinaron que era todo especulativo y poco consistente. Escuchamos una y otra vez comentarios como: «¿Dónde están aquí los datos científicos sólidos?». Me limito a informarle, señor Drake.

—Maldita sea —protestó Drake—. Esto no tiene nada de especulativo. Está ocurriendo.

—Quizá no disponíamos de la documentación adecuada para demostrar lo que usted dice.

—Joder. En fin, ya da igual —dijo Drake—. Usted confíe en mí: está ocurriendo. Delo por hecho. —Se volvió y, sorprendido, dijo—: Peter, ¿cuánto hace que estás aquí?

Evans llevaba en la puerta al menos dos minutos y había oído buena parte de la conversación.

—Acabo de llegar, Nick.

—Está bien. —Drake se volvió hacia los demás—. Creo que ya hemos acabado con esto. Acompáñame, Peter.

Drake cerró la puerta de su despacho.

—Necesito consultarte algo, Peter —dijo con calma. Rodeó su mesa, cogió unos papeles y los deslizó hacia Evans—. ¿Qué carajo es esto?

Evans los miró.

—Es la retirada de apoyo de George.

—¿La redactaste tú?

—Sí.

—¿De quién fue idea el párrafo 3a?

—¿El párrafo 3a?

—Sí. ¿Añadiste tú esta pequeña muestra de sensatez?

—La verdad es que no recuerdo...

—Entonces permíteme que te refresque la memoria —lo interrumpió Drake. Cogió el documento y empezó a leer—: «En el caso de que se afirme que no estoy en pleno uso de mis facultades mentales, cabe la posibilidad de que se intente obtener un mandamiento de anulación de las condiciones de este documento. Por tanto, por este documento se autoriza el pago de cincuenta mil dólares semanales al NERF en espera de la sentencia judicial. Dicha suma se considerará suficiente para cubrir los costes en curso en que incurra el NERF y mediante dicho pago se invalidará el mandamiento de anulación». ¿Escribiste tú esto, Peter?

—Sí.

—¿De quién fue la idea?

—De George.

—George no es abogado. Recibió ayuda.

—No de mí —contestó Evans—. Prácticamente me dictó la cláusula. A mí no se me habría ocurrido.

Drake dejó escapar un resoplido de indignación.

—Cincuenta mil a la semana —dijo—. A ese ritmo, tardaremos cuatro años en recibir la ayuda de diez millones de dólares.

—Eso es lo que George quería hacer constar en el documento —dijo Evans.

—Pero ¿de quién salió la idea? —insistió Drake—. Si no fue tuya, ¿de quién fue?

—No lo sé.

—Averígualo.

—No sé si será posible —respondió Evans—. George ha muerto, e ignoro a quién consultó...

Drake lanzó una mirada iracunda a Evans.

—Peter, ¿estás con nosotros en esto o no? —empezó a pasearse de un lado a otro—. Porque el litigio de Vanuatu es sin duda la demanda más importante que hemos presentado jamás. —Se dejó llevar por la oratoria—. Es mucho lo que hay en juego, Peter. El calentamiento del planeta es la mayor crisis a la que se enfrenta la humanidad. Tú lo sabes. Yo lo sé. La mayor parte del mundo civilizado lo sabe. Debemos actuar para salvar la Tierra antes de que sea demasiado tarde.

—Sí —contestó Evans—. Lo sé.

—¿Lo sabes? —dijo Drake—. Tenemos una demanda, una demanda vital, que precisa de nuestra colaboración. Y cincuenta mil dólares semanales la estrangularán.

Evans sabía con certeza que eso no era verdad.

—Cincuenta mil dólares es mucho dinero —dijo—; no veo por qué tendrían que estrangularla.

—¡Por qué así será! —prorrumpió Drake—. ¡Por qué yo te digo que así será! —Pareció sorprenderse de su propio exabrupto. Se agarró al escritorio para recuperar el control—. Oye, aquí no podemos olvidarnos del adversario. Las fuerzas de la industria son poderosas, extraordinariamente poderosas. Y la industria quiere quedarse a sus anchas para contaminar. Quiere contaminar aquí, y en México, y en China, y en todas partes donde lleva a cabo sus actividades. Es mucho lo que hay en juego.

—Lo entiendo —dijo Evans.

—Poderosas fuerzas muestran interés en este caso, Peter.

—Sí, estoy seguro.

—Fuerzas que no se detendrán ante nada para asegurarse de que perdemos.

Evans frunció el entrecejo. ¿Qué pretendía decirle Drake?

—Su influencia está en todas partes, Peter. Pueden influir en los miembros de tu bufete. O en otras personas que conoces. Personas en quienes crees que puedes confiar, pero no puedes. Porque están en el otro bando, y ni siquiera lo saben.

Evans guardó silencio, se limitó a mirar a Drake.

—Sé prudente, Peter. Guárdate las espaldas. No hables de lo que estás haciendo con nadie... con nadie... excepto conmigo. Procura no usar el móvil. Evita el correo electrónico. Y estate atento por si te siguen.

—Bien... pero en realidad ya me han seguido —dijo Evans—. Hay un Prius azul...

—Esos son nuestros hombres. No sé qué están haciendo. Los retiré hace días.

—¿Vuestros hombres?

—Sí. Es una empresa de seguridad nueva que hemos estado probando. Resulta obvio que no son muy competentes.

—Estoy confuso —dijo Evans—. ¿El NERF tiene una empresa de seguridad?

—Por supuesto. Desde hace años. Por el peligro al que nos enfrentamos. Por favor, Peter, compréndeme: todos corremos peligro. ¿No te das cuenta de lo que significará esta demanda si ganamos? Billones y billones de dólares que la industria deberá pagar en los años venideros para interrumpir las emisiones que están causando el calentamiento del planeta. Billones. Con eso en juego, unas cuantas vidas poco importan. Así que vete con mucho cuidado.

Evans dijo que así lo haría. Drake le estrechó la mano.

—Quiero saber quién aconsejó a George ese párrafo —dijo Drake—. Y quiero ese dinero liberado para usarlo como consideremos oportuno. Todo eso ahora depende de ti. Buena suerte, Peter.

Al salir del edificio, Evans se tropezó con un joven que corría escalera arriba. Chocaron con tal fuerza que Evans casi se cayó al suelo. El joven se apresuró a disculparse y prosiguió su camino. Parecía uno de los muchachos contratados para el congreso. Evans se preguntó cuál sería la crisis en ese momento.

Cuando volvió a salir, miró calle abajo. El Prius azul había desaparecido.

Entró en el coche y volvió a casa de Morton para ver a Sarah.

HOLMBY HILLS
MARTES, 5 DE OCTUBRE
17.57 H.

La circulación era densa. Avanzando lentamente por Sunset, tuvo tiempo de sobra para pensar. La conversación con Drake le había dejado una extraña sensación. De hecho, la reunión en sí había tenido algo de raro. Como si en realidad fuese innecesaria, como si Drake simplemente desease asegurarse de que podía solicitar la presencia de Evans y contar con ella. Como si reafirmase su autoridad. O algo por el estilo.

En todo caso, Evans tenía la impresión de que algo se le escapaba.

Y también le causaba cierta extrañeza esa empresa de seguridad. Sencillamente no parecía encajar. Al fin y al cabo, el NERF estaba entre «los buenos». Ellos no deberían andar por ahí a escondidas, siguiendo a otras personas. Y por alguna razón las paranoicas advertencias de Drake eran poco convincentes. Drake estaba reaccionando de manera desproporcionada, como era propio de él.

Tendía a la teatralidad por naturaleza. No podía evitarlo. Para él, todo era una crisis, todo era desesperado, todo era de vital importancia. Vivía en un mundo de urgencia extrema, pero ese no era necesariamente el mundo real.

Evans telefoneó a su oficina, pero Heather había dado por concluida la jornada. Telefoneó al despacho de Lowenstein y habló con Lisa.

—Oye —dijo—, necesito tu ayuda.

—Claro, Peter —contestó ella, bajando la voz y adoptando un tono de complicidad.

—Han entrado a robar en mi apartamento.

—No me digas. ¿En tu casa también?

—Sí, también. Necesito hablar con la policía...

—Pues sí, desde luego. ¡Dios mío! ¿Se han llevado algo?

—No lo creo —contestó Evans—; es solo por presentar la denuncia y todo eso. Ahora estoy ocupado, con Sarah... y esto puede alargarse hasta entrada la noche...

—Ah, claro, ¿necesitas que denuncie yo el robo a la policía?

—¿Podrías? —preguntó Evans—. Sería una gran ayuda para mí.

—Por supuesto, Peter. Déjalo en mis manos. —Lisa hizo una pausa. Cuando volvió a hablar, fue casi en un susurro—: ¿Hay algo que... esto... prefieres que la policía no encuentre?

—No.

—O sea, a mí me da igual, pero en Los Ángeles todo el mundo tiene algún que otro mal hábito, o si no, no estaríamos aquí...

—No, Lisa —dijo Evans—. No tomo drogas, si es eso lo que quieres decir.

—Ah, no —se apresuró a rectificar Lisa—. No estaba suponiendo eso. ¿Ni fotos, ni nada por el estilo?

—No, Lisa.

—¿Nada... ya sabes... con menores de edad?

—Me temo que no.

—De acuerdo, solo quería asegurarme.

—Bueno, gracias por encargarte. Y para abrir la puerta...

—Ya lo sé —dijo ella—, la llave está debajo del felpudo.

—Sí. —Evans se interrumpió—. ¿Cómo lo sabías?

—Peter —dijo ella, al parecer un poco ofendida—. Puedes dar por hecho que yo sé ciertas cosas.

—Está bien. Bueno, gracias.

—No hay de qué. ¿Y qué sabes de Margo? ¿Cómo lo lleva? —preguntó Lisa.

—Está bien.

—¿Has ido a verla?

—Esta mañana, sí, y…

—No, quería decir al hospital. ¿No te has enterado? Margo volvía hoy del banco y ha entrado en su apartamento mientras lo robaban. ¡Tres robos en un día! Tú, Margo, Sarah. ¿Qué está pasando? ¿Tú sabes algo?

—No —contestó Evans—. Resulta muy misterioso.

—Desde luego.

—Pero ¿y Margo…?

—Ah, sí —respondió Lisa—. Supongo que ha decidido enfrentarse a esos tipos, que era lo que no debía hacer, y le han dado una paliza, la han golpeado hasta dejarla inconsciente. Tenía un ojo morado, he oído decir, y mientras la policía la interrogaba se ha desmayado. Se ha quedado totalmente paralizada, incapaz de moverse. Incluso ha dejado de respirar.

—No hablas en serio.

—Sí. He mantenido una larga conversación con el inspector de policía que estaba presente. Me ha dicho que le ha ocurrido de repente, que era incapaz de moverse, y se ha puesto de color azul oscuro antes de que los auxiliares médicos aparecieran y la llevaran al hospital. Ha estado toda la tarde en cuidados intensivos. Los médicos están esperando que se recupere para preguntarle por el anillo azul.

—¿Qué anillo azul?

—Antes de quedar paralizada apenas balbuceaba, pero ha dicho algo sobre un anillo azul, o el anillo azul de la muerte.

—El anillo azul de la muerte —repitió Evans—. ¿Qué significa eso?

—No lo saben. Aún no puede hablar. ¿Toma alguna droga?

—No, es una obsesa de la salud —contestó Evans.

—Bueno, según he oído, los médicos dicen que se pondrá bien. Ha sido una parálisis pasajera.

—Luego iré a verla —dijo Evans.

—Cuando vayas, ¿podrás llamarme después? Yo me encargo de tu apartamento, descuida.

Cuando llegó a la casa de Morton, ya había oscurecido. Los guardias de seguridad se habían marchado; el único coche aparcado delante era el Porsche de Sarah. Ella misma abrió la puerta cuando Evans llamó. Se había puesto un chándal.

—¿Todo en orden? —preguntó él.

—Sí —contestó Sarah.

Atravesaron el vestíbulo y la sala de estar. Las luces estaban encendidas, y la sala era cálida y acogedora.

—¿Dónde están los guardias de seguridad?

—Se han ido a cenar. Volverán.

—¿Se han ido *todos*?

—Volverán. Quiero enseñarte una cosa —dijo ella. Sacó una varilla con un medidor electrónico acoplado. Recorrió con ella el cuerpo de Evans como en el control de un aeropuerto. Le tocó el bolsillo izquierdo—. Vacíalo.

En ese bolsillo solo llevaba las llaves del coche. Las dejó en la mesita de centro. Sarah le pasó la varilla por el pecho, por la chaqueta. Le tocó el bolsillo derecho de la chaqueta y, con una seña, le indicó que lo vaciase.

—¿A qué viene esto? —preguntó Evans.

Sarah, sin hablar, movió la cabeza en un gesto de negación.

Evans extrajo un centavo y lo puso en la mesa.

Ella hizo otra seña con la mano: ¿más?

Evans se palpó otra vez, nada.

Sarah acercó la varilla a las llaves del coche. El llavero tenía un rectángulo de plástico, el mando con el que abría las puertas. Ella lo desmontó haciendo palanca con una navaja.

—Eh, oye…

Evans vio en el interior circuitos electrónicos y una pila de reloj. Sarah sacó un minúsculo dispositivo electrónico no mayor que la punta de un lápiz.

—Bingo.

—¿Es eso lo que creo que es?

Sarah cogió el dispositivo electrónico y lo echó a un vaso de agua. Luego se concentró en el centavo. Lo examinó con atención y después lo retorció entre los dedos. Para sorpresa de Evans, se partió por la mitad dejando al descubierto una pequeña unidad electrónica central. La echó también al vaso de agua.

—¿Dónde has dejado el coche? —preguntó.

—Delante de la casa.

—Luego lo examinaremos.

—¿Qué es todo esto? —preguntó Evans.

—Los guardias de seguridad me han encontrado micrófonos encima —contestó Sarah—. Y por toda la casa. Suponen que esa fue la razón del robo, colocar micrófonos. ¿Y adivina qué? Tú también llevas micrófonos.

Evans miró alrededor.

—¿Ya no hay problema en la casa?

—La han barrido y verificado electrónicamente. Han encontrado una docena de micrófonos. Es de suponer que está limpia.

Se sentaron en el sofá.

—Quienquiera que haya hecho esto, piensa que sabemos algo —dijo Sarah—. Y empiezo a creer que están en lo cierto.

Evans le mencionó los comentarios de Morton acerca de la lista.

—¿Compró una lista?

Evans asintió con la cabeza.

—Eso me dijo.

—¿Te explicó qué clase de lista era?

—No. Iba a contarme algo más, pero no tuvo ocasión de hacerlo.

—¿No te dijo nada más cuando estabais solos?

—No que yo recuerde.

—¿Al subir al avión?

—No…

—¿En la mesa, durante la cena?

—No, creo que no.

—¿Cuando lo acompañaste al coche?

—No, se pasó el rato cantando. Me resultó un tanto violento, para serte sincero… y luego subió al coche. Un momento. —Evans se irguió en el asiento—. Me dijo algo raro.

—¿Qué?

—Un dicho filosófico budista. Me pidió que lo recordase.

—¿Qué era?

—No me acuerdo —respondió Evans—. O al menos no exactamente. Era algo así como «Lo que importa está cerca de donde se encuentra el Buda».

—A George no le interesaba el budismo. ¿Por qué te diría una cosa así?

—Lo que importa está cerca de donde se encuentra el Buda —repitió Evans. Tenía la mirada fija al frente, en la sala audiovisual contigua—. Sarah…

Justo delante de ellos, bajo una espectacular iluminación cenital, se alzaba una enorme escultura en madera de un Buda sentado. Birmano, del siglo XIV.

Evans se puso en pie y entró en la sala audiovisual. Sarah lo siguió. La escultura medía un metro veinte de altura y se hallaba sobre un elevado pedestal. Evans rodeó la estatua.

—¿Tú crees? —preguntó Sarah.

—Es posible.

Evans recorrió con los dedos la base de la estatua. Bajo las piernas cruzadas había un estrecho hueco, pero no notó nada. Se agachó, miró: nada. Se advertían en la madera anchas grietas, pero no contenían nada.

—¿Y si movemos la base? —sugirió Evans.

—Lleva ruedas —dijo Sarah.

La desplazaron a un lado dejando a la vista nada más que la alfombra blanca.

Evans dejó escapar un suspiro.

—¿Hay por aquí algún otro Buda? —preguntó, mirando alrededor.

Sarah se había arrodillado.

—Peter —dijo.

—¿Qué?

—Mira.

Se agachó. Una brecha de algo más de dos centímetros separaba la base del pedestal del suelo. Apenas visible en esa brecha asomaba el ángulo de un sobre, adherido al interior del pedestal.

—Vaya, vaya.

—Es un sobre.

Sarah introdujo los dedos.

—¿Llegas?

—Eso... creo... ¡Ya lo tengo! —Lo extrajo. Era un sobre de tamaño carta, cerrado y sin membrete—. Podría ser esto —dijo, entusiasmada—. Peter, me parece que quizá lo hemos encontrado.

Se apagaron las luces y la casa se sumió en la oscuridad.

Se pusieron de pie al instante.

—¿Qué ha pasado? —preguntó Evans.

—No te preocupes —dijo ella—. El generador de emergencia se activará enseguida.

—En realidad no se activará —aseguró una voz en la oscuridad.

Dos potentes linternas les iluminaron las caras. Evans entornó los ojos ante la áspera luz; Sarah se los tapó con la mano.

—¿Puede darme el sobre, por favor? —preguntó la voz.

—No —contestó Sarah.

Se oyó un chasquido mecánico, como si hubiesen amartillado un arma.

—Nos haremos con ese sobre —dijo la voz—. Por las buenas o por las malas.

—Ni hablar —insistió Sarah.

De pie junto a ella, Evans susurró:

—Sarah...

—Cállate, Peter. No voy a dárselo.

—Dispararemos si no queda más remedio —advirtió la voz.

—Sarah, entrégales el puto sobre —exigió Evans.

—Que lo cojan ellos —dijo Sarah con tono desafiante.

—Sarah...

—¡Zorra! —gritó la voz, y se oyó un disparo.

Evans se vio envuelto en el caos y la negrura. Siguió otro grito. Una de las linternas rebotó en el suelo, rodó y quedó enfocada hacia un rincón. En las sombras, Evans vio una silueta enorme y oscura atacar a Sarah, que lanzó un chillido y golpeó con el pie. Sin pensar, Evans se arrojó contra el agresor y le agarró un brazo enfundado en la manga de una cazadora de cuero. Olió el aliento a cerveza del hombre, lo oyó gruñir. Acto seguido, alguien tiró de él, lo derribó y le asestó un puntapié en las costillas.

Evans rodó por el suelo y chocó contra un mueble. En ese momento una voz distinta, grave, dijo desde detrás de una linterna:

—Apártate.

De inmediato el agresor dejó de luchar contra ellos y se volvió hacia esta nueva voz. Evans miró atrás y vio a Sarah en el suelo. Otro hombre se levantó y se volvió hacia la linterna.

Se oyó una leve detonación y el hombre gritó y cayó de espaldas. El haz de la linterna giró hacia el individuo que había golpeado a Peter.

—Tú, al suelo.

El hombre se tendió al instante en la alfombra.

—Boca abajo.

El hombre se dio la vuelta.

—Así está mejor —dijo la nueva voz—. ¿Estáis los dos bien?

—Yo sí —contestó Sarah, jadeando, con la mirada fija en la luz—. ¿Quién demonios eres?

—Sarah —dijo la voz—, me decepciona que no me reconozcas.

En ese preciso momento volvió a encenderse la luz en la sala.

—¡John! —exclamó Sarah.

Y para asombro de Evans, ella pasó por encima del cuerpo del agresor caído para dar un abrazo de agradecimiento a John Kenner, profesor de ingeniería geoambiental del MIT.

HOLMBY HILLS
MARTES, 5 DE OCTUBRE
20.03 H.

—Creo que merezco una explicación —dijo Evans.

Kenner, agachado, esposaba a los dos hombres tendidos en el suelo. El primer hombre seguía inconsciente.

—Es una pistola Taser modulada —respondió Kenner—. Dispara un dardo de quinientos megahercios y este transmite una descarga de cuatro milisegundos que anula el funcionamiento del cerebelo. La víctima se desploma. La pérdida de conocimiento es inmediata. Pero solo dura unos minutos.

—No —dijo Evans—. Me refiero a...

—¿Por qué estoy aquí? —dijo Kenner mirándolo con un amago de sonrisa.

—Sí —confirmó Evans.

—Es un buen amigo de George —aclaró Sarah.

—¿Lo es? —preguntó Evans—. ¿Desde cuándo?

—Desde que nos conocimos todos nosotros, hace un tiempo —contestó Kenner—. Y creo que recordarás también a mi socio, Sanjong Thapa.

Entró en la sala un joven robusto y musculoso de piel oscura y pelo muy corto. Como la vez anterior, Evans se fijó en su porte vagamente militar y su acento británico.

—Ya hay luz en todas partes —dijo Sanjong Thapa—. ¿Aviso a la policía?

—Todavía no —respondió Kenner—. Échame una mano, Sanjong. —Juntos, Kenner y su amigo, registraron los bolsillos de los hombres esposados—. Como pensaba —dijo Kenner, irguiéndose por fin—, no llevan identificación.

—¿Quiénes son?

—Eso será una pregunta para la policía —contestó Kenner. El hombre inconsciente empezó a toser y despertó—. Sanjong, llevémoslos a la puerta de entrada.

Levantaron a los intrusos y, medio arrastrándolos, los condujeron afuera.

Evans se quedó solo con Sarah.

—¿Cómo ha entrado Kenner en la casa?

—Estaba en el sótano. Ha estado registrando la casa casi toda la tarde.

—¿Y por qué no me lo has dicho?

—Yo se lo pedí —dijo Kenner, regresando a la sala—. No estaba totalmente seguro respecto a usted. Esto es un asunto complicado. —Se frotó las manos—. Y ahora, ¿echamos un vistazo a ese sobre?

—Sí. —Sarah se sentó en el sofá y lo abrió. Contenía una sola hoja, cuidadosamente plegada. La miró con incredulidad. El desánimo se reflejó en su rostro.

—¿Qué es? —preguntó Evans.

Sin pronunciar palabra, Sarah le entregó el papel.

Era un factura de Edwards Fine Art Display Company de Torrance, California, por la construcción de un pedestal de madera para colocar la estatua de un Buda, con fecha de tres años atrás.

Abatido, Evans se sentó en el sofá al lado de Sarah.

—¿Qué? —dijo Kenner—. ¿Ya os dais por vencidos?

—No sé qué más hacer —respuso Evans.

—Puedes empezar por contarme qué te dijo exactamente George Morton.

—No lo recuerdo exactamente.

—Dime lo que recuerdes.

—Me dijo que era un dicho filosófico. Algo así: «Lo que importa está cerca de donde se encuentra el Buda».

—No. Eso es imposible —dijo Kenner con tono categórico.

—¿Por qué?

—Nunca diría una cosa así.

—¿Por qué?

Kenner suspiró.

—Me parece evidente. Si estaba dando instrucciones, como suponemos, nunca habría sido tan impreciso. Tuvo que añadir algo más.

—Eso es lo único que recuerdo —replicó Evans, a la defensiva. La actitud exigente de Kenner le resultaba descortés, casi insultante. Aquel hombre empezaba a inspirarle antipatía.

—¿Es lo único que recuerdas? —dijo Kenner—. Intentémoslo otra vez. ¿Dónde hizo George esa afirmación? Debió de ser cuando salisteis del vestíbulo.

Evans quedó desconcertado. De pronto se acordó.

—¿Tú estabas allí?

—Sí, estaba allí. En el aparcamiento, a un lado.

—¿Por qué? —preguntó Evans.

—Ya hablaremos de eso más tarde —respondió Kenner—. Me decías que tú y George salisteis...

—Sí —dijo Evans—. Salimos. Hacía frío, y George dejó de cantar al sentir el frío. Estábamos de pie en la escalinata del hotel, esperando el coche.

—Ajá.

—Y cuando llegó, George montó en el Ferrari, y a mí me preocupó que condujese, y se lo comenté, y George dijo: «Esto me recuerda un dicho filosófico». Y yo pregunté: «¿Qué dicho?», y el respondió: «Lo que importa no está lejos de donde se encuentra el Buda».

—¿«No está lejos»? —repitió Kenner.

—Eso dijo.

—De acuerdo. Y en ese momento tú estabas...

—Inclinado junto al coche.

—El Ferrari.

—Sí.

—Inclinado. Y cuando George citó ese dicho filosófico, ¿qué contestaste?

—Simplemente le pedí que no condujese.

—¿Repetiste la frase?

—No —respondió Evans.

—¿Por qué no?

—Porque estaba preocupado por él. No debía conducir. En todo caso, recuerdo que pensé que no estaba bien expresado. «No a mucha distancia de donde se encuentra el Buda».

—¿A mucha distancia? —repitió Kenner.

—Sí —confirmó Evans.

—¿Te dijo «a mucha distancia»?

—Sí.

—Mucho mejor —dijo Kenner. Se movía inquieto por la sala, y su mirada saltaba de un objeto a otro. Tocaba algo, lo dejaba, seguía adelante.

—¿Por qué te parece mucho mejor? —preguntó Evans, airado.

Kenner abarcó la sala con un gesto.

—Mira alrededor, Peter. ¿Qué ves?

—Veo una sala audiovisual.

—Exacto.

—Pues no entiendo...

—Siéntate en el sofá, Peter.

Evans, todavía indignado, se sentó. Cruzó los brazos ante el pecho y dirigió una mirada colérica a Kenner.

Sonó el timbre de la puerta. Los interrumpió la llegada de la policía.

—Dejad que me ocupe yo de esto —propuso Kenner—. Será más fácil si no os ven.

Volvió a salir de la sala. Procedentes del vestíbulo, llegaron varias voces apagadas que hablaban de los dos intrusos capturados. Parecía percibirse una gran confianza entre todos ellos.

—¿Tiene Kenner algo que ver con las fuerzas del orden? —preguntó Evans.

—No exactamente.

—¿Qué significa eso?

—Según parece, simplemente conoce a cierta gente.

—Conoce a cierta gente —repitió Evans, mirándola de hito en hito.

—A gente de distinta clase, sí. Mandó a George a ver a muchos de ellos. Kenner tiene una gama de contactos muy amplia. Sobre todo en el terreno del medio ambiente.

—¿Es eso a lo que se dedica el Centro de Análisis de Riesgos? ¿A los riesgos medioambientales?

—No estoy segura.

—¿Por qué se ha tomado unos años sabáticos?

—Eso deberías preguntárselo a él.

—De acuerdo.

—No te cae bien, ¿verdad? —preguntó Sarah.

—No me cae mal. Solo pienso que es un gilipollas engreído.

—Está muy seguro de sí mismo.

—Los gilipollas suelen estarlo.

Evans se levantó y fue hasta un lugar desde donde veía el vestíbulo. Kenner, hablando con los policías, firmó unos documentos y les entregó a los intrusos. Los agentes bromeaban con él. De pie a un lado estaba el hombre moreno, Sanjong.

—¿Y qué me dices del hombrecillo que lo acompaña?

—Sanjong Thapa —dijo Sarah—. Kenner lo conoció en Nepal mientras escalaba una montaña. Sanjong era un oficial del ejército nepalí con la misión de ayudar a un equipo de científicos que estudiaba la erosión del terreno en el Himalaya. Kenner lo invitó a colaborar con él en Estados Unidos.

—Ahora me acuerdo. Kenner también es alpinista. Y estuvo a punto de entrar en el equipo olímpico de esquí. —Evans no pudo disimular su enojo.

—Es un hombre excepcional, Peter —dijo Sarah—. Aunque no te inspire simpatía.

Evans regresó al sofá, se sentó y cruzó los brazos.

—Bueno, en eso tienes razón. No me inspira simpatía.

—Presiento que en eso no estás solo. La lista de personas que no aprecian a John Kenner es muy larga.

Evans resopló y guardó silencio.

Seguían sentados en el sofá cuando Kenner regresó a la sala con andar brioso. Se frotaba otra vez las manos.

—Muy bien —dijo—. Lo único que esos dos chicos tienen que decir es que quieren hablar con un abogado, y parece que conocen a uno. Imaginaos. Pero sabremos algo más dentro de unas horas. —Se volvió hacia Peter—. Así pues, ¿misterio resuelto respecto al Buda?

Evans lo miró con inquina.

—No.

—¿En serio? Está bastante claro.

—¿Por qué no nos lo explicas? —preguntó Evans.

—Tiende la mano derecha hacia el extremo de la mesa —indicó Kenner.

Evans alargó la mano. En la mesa había cinco mandos a distancia.

—¿Sí? —dijo—. ¿Y?

—¿Para qué son?

—Estamos en una sala audiovisual —dijo Evans—. Creo que de eso no hay duda.

—No —dijo Kenner—. Pero ¿para qué son?

—Obviamente —dijo Evans—, para controlar la televisión, la antena parabólica, el DVD, el vídeo y demás.

—¿Para qué sirve cada uno? —preguntó Kenner.

Evans miró la mesa. Y de pronto cayó en la cuenta.

—Dios mío —exclamó—. Tienes toda la razón.

Estaba accionándolos uno tras otro.

—Este es el del televisor de pantalla plana... DVD... parabólca… alta def… —Se interrumpió. Había uno más—. Parece que hay dos mandos de DVD. —El segundo era negro y más grueso; tenía los botones habituales, pero pesaba un poco menos que el otro.

Evans abrió el compartimento de las pilas. Solo había una pila. En el lugar de la otra se encontraba un trozo de papel apretadamente enrollado.

—Bingo —dijo.

Extrajo el papel.

«Lo que importa no está a mucha distancia de donde se encuentra el Buda.» Eso había dicho George. De donde se deducía que ese papel era lo que importaba.

Con cuidado, Evans desenrolló la pequeña hoja y la aplanó sobre la mesa de centro con la base de la mano, alisando las arrugas.

Y a continuación la observó.

El papel solo contenía columnas de números y palabras.

662262	3982293	24FXE 62262 82293	**TERROR**
882320	4898432	12FXE 82232 54393	**SNAKE**
774548	9080799	02FXE 67533 43433	**LAUGHER**
482320	5898432	22FXE 72232 04393	**SCORPION**

ALT

662262	3982293	24FXE 62262 82293	**TERROR**
382320	4898432	12FXE 82232 54393	**SEVER**
244548	9080799	02FXE 67533 43433	**CONCH**
482320	5898432	22FXE 72232 04393	**SCORPION**

ALT

662262	3982293	24FXE 62262 82293	**TERROR**
382320	4898432	12FXE 82232 54393	**BUZZARD**
444548	7080799	02FXE 67533 43433	**OLD MAN**
482320	5898432	22FXE 72232 04393	**SCORPION**

ALT

662262	3982293	24FXE 62262 82293	**TERROR**
382320	4898432	12FXE 82232 54393	**MESA NEGRA**
344548	9080799	02FXE 67533 43433	**SNARL**
482320	5898432	22FXE 72232 04393	**SCORPION**

—¿Esto es tras lo que va todo el mundo? —preguntó Evans.

Sarah miraba el papel por encima de su hombro.

—No lo entiendo. ¿Qué significa?

Evans entregó el papel a Kenner. Apenas mirarlo, dijo:

—No me extraña que estuvieran tan desesperados por recuperarlo.

—¿Sabes qué es?

—Sin lugar a dudas —contestó Kenner, pasándole el papel a Sanjong—. Es una lista de lugares geográficos.

—¿Lugares? ¿Dónde?

—Eso tendremos que calcularlo —intervino Sanjong—. Están registrados en UTM, lo cual puede querer decir que la lista iba dirigida a pilotos.

Kenner advirtió las expresiones de incomprensión en sus rostros.

—El mundo es una esfera —dijo—. Y los mapas son planos. Por tanto, todos los mapas son proyecciones de una esfera en una superficie plana. Una proyección es la cuadrícula universal transversa de Mercator, que divide el planeta en columnas de seis grados. Originalmente fue una proyección militar pero algunos planos de navegación aérea la utilizan.

—Así pues, ¿estos números son latitudes y longitudes de una forma distinta? —dijo Evans.

—Correcto. Una forma militar. —Kenner recorrió la página con el dedo—. Según parece, hay varias series alternas de cuatro lugares. Pero en todos los casos el primer lugar y el último son el mismo. Por la razón que sea... —Frunció el entrecejo y miró al vacío.

—¿Eso es malo? —preguntó Sarah.

—No estoy seguro —respondió Kenner—. Pero podría serlo, sí. —Miró a Sanjong.

Sanjong asintió con expresión grave.

—¿Hoy qué día es? —preguntó.

—Martes.

—Entonces... tenemos muy poco tiempo.

—Sarah —dijo Kenner—, vamos a necesitar el avión de George. ¿De cuántos pilotos disponemos?

—Dos, normalmente.

—Necesitaremos al menos cuatro. ¿Cuánto tardarás en conseguirlos?

—No lo sé. ¿Adónde quieres ir?

—A Chile.

—¡A Chile! ¿Y cuándo quieres salir?

—Cuanto antes. A las doce de la noche como muy tarde.

—Me llevará un tiempo organizar...

—Entonces empieza ya —ordenó Kenner—. Tenemos poco tiempo, Sarah. Muy poco.

Evans observó a Sarah salir de la habitación. Se volvió hacia Kenner.

—Muy bien —dijo—. Me rindo. ¿Qué hay en Chile? Un aeródromo adecuado, supongo. Con suficiente combustible para avión.

Kenner chasqueó los dedos.

—Bien observado, Peter. Sarah —gritó en dirección a la sala contigua—, ¿qué clase de avión es?

—Un G-5 —contestó ella levantando la voz.

Kenner se volvió hacia Sanjong Thapa, que había sacado un pequeño ordenador de mano y tecleaba en él.

—¿Has conectado con Akamai?

—Sí.

—¿Tenía yo razón?

—De momento solo he comprobado el primer lugar —respondió Sanjong—. Pero sí. Tenemos que ir a Chile.

—Entonces, ¿terror es Terror? —preguntó Kenner.

—Eso creo, sí.

Evans miró alternativamente a uno y otro hombre.

—¿Terror es Terror? —repitió, perplejo.

—Así es —contestó Kenner.

—Peter lo ha captado, ¿sabes? —dijo Sanjong.

—¿Vais a explicarme qué está pasando? —preguntó Evans.

—Sí —contestó Kenner—. Pero antes, dime: ¿tienes el pasaporte?

—Siempre lo llevo encima.

—Buen chico. —Kenner se volvió hacia Sanjong—. ¿Qué?

—Es UTM. Es una cuadrícula de seis grados.

—¡Claro! —exclamó Kenner, chasqueando los dedos otra vez—. ¿Qué me está pasando?

—Me rindo —dijo Evans—. ¿Qué te está pasando?

Pero Kenner no contestó; ahora parecía casi hiperactivo. Sus dedos se contrajeron nerviosamente cuando cogió el mando a distancia de la mesa junto a Peter y lo miró con atención, haciéndolo girar a la luz. Finalmente habló:

—Una cuadrícula de seis grados significa que las coordenadas de estos lugares solo son precisas a mil metros. Eso sencillamente no nos basta.

—¿Por qué? ¿Con qué grado de precisión las necesitamos?

—Tres metros —dijo Sanjong.

—Suponiendo que estén utilizando PPS —continuó Kenner, mirando aún el mando a distancia con los ojos entornados—. En cuyo caso… Ah. Eso pensaba. Es el truco más viejo del manual.

Retiró toda la parte posterior del mando, dejando a la vista la placa de circuitos. La levantó, revelando una segunda hoja plegada. Era fina, poco más que un pañuelo de papel. Contenía hileras de números y símbolos.

-2147483640,8,0*x°%ÁgKÀ__^O#_QÀ__cÁ«aaaaaÚ?_ ___ÿÿ__å
-2147483640,8,0%h°â#KÀ_O¸__@BÀ__cÁ«aaaaaÚ?ÿÿÿÿ___ÿÿÿ__
-2147483640,8,0ã'»^$PNÀ_N__éxFÀ__cÁ¬aaaaaÚ¿___ÿÿÿ__Â
-2147483640,8,0óW»1/4_OÀ ò°q_IMÀ__cÁ«aaaaaÚ?ÿÿÿÿ___ÿÿÿ__¥
-2147483640,8,0%ₒœ/Ñ_LÀøø_8_ÔPÀ__cÁ«aaaaaÚ¿?____ÿÿÿ__

-2147483640,8,0*x°%ÁgKÀ__^O#_QÀ__cÁ«aaaaaÚ?_ ___ÿÿÿ__å
-2147483640,8,0%h° â#KÀ_O¸__@BÀ__cÁ«aaaaaÚ?ÿÿÿÿ___ÿÿÿ__
-2147483640,8,0óW»1/4_OÀ ò°q_IMÀ__cÁ«aaaaaÚ?ÿÿÿÿ___ÿÿÿ__¥
-2147483640,8,0ë{»l_´OÀã°°"d,LÀ__cÁ¬aaaaaÚ¿___ÿÿ
-2147483640,8,0%ₒœ/Ñ_LÀøø_8_ÔPÀ__cÁ«aaaaaÚ¿?____ÿÿÿ__

-2147483640,8,0*x°%ÁgKÀ__^O#_QÀ__cÁ«aaaaaÚ?_ ___ÿÿÿ__å

-2147483640,8,0%h° â#KÀ_O¸__@BÀ__cÁ«aaaaaÚ?ÿÿÿÿ___ÿÿÿ__

-2147483640,8,0óW»1/4_OÀ ò°q_IMÀ__cÁ«aaaaaÚ?ÿÿÿÿ___ÿÿÿ__¥

-2147483640,8,0ë{»1_´OÀã°°"d,LÀ__cÁ¬aaaaaÚ¿___ÿÿÿ

-2147483640,8,0%‰œ/Ñ_LÀøø_8_ÔPÀ__cÁ«aaaaaÚ?____ÿÿÿ__

—Bien —dijo Kenner—. Esto ya está mejor.

—¿Y qué es? —preguntó Evans.

—Coordenadas auténticas. De los mismos lugares, cabe suponer.

—¿Terror es Terror? —repitió Evans. Empezaba a sentirse como un estúpido.

—Sí —contestó Kenner—. Hablamos del monte Terror, Peter. Un volcán apagado. ¿Has oído a hablar de él?

—No.

—Pues allí vamos.

—¿Dónde está?

—Pensaba que a estas alturas ya lo habrías adivinado —dijo Kenner—. En la Antártida.

SEGUNDA PARTE

TERROR

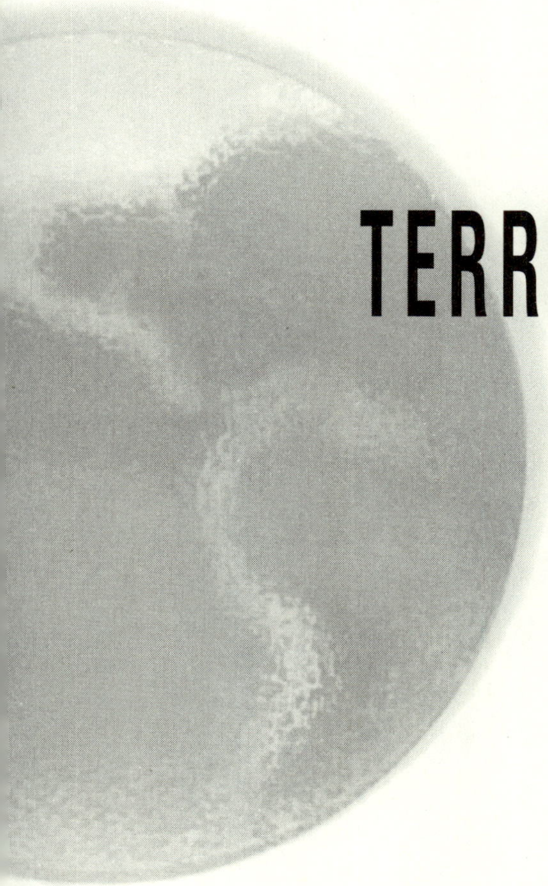

CAMINO DE PUNTA ARENAS
MARTES, 5 DE OCTUBRE
21.44 H.

El aeropuerto de Van Nuys se alejó bajo ellos. El avión viró hacia el sur y cruzó la extensión llana y reluciente de la cuenca de Los Ángeles. La auxiliar de vuelo llevó un café a Evans. En la pequeña pantalla se indicaba que faltaban 9.984 kilómetros para llegar a destino. El tiempo de vuelo era de casi doce horas.

La auxiliar les preguntó si deseaban ya la cena y se marchó para prepararla.

—Veamos —dijo Evans—. Hace tres horas acudí para ayudar a Sarah con el robo y ahora voy a bordo de un avión con rumbo a la Antártida. ¿No va siendo hora de que alguien me explique a qué viene todo esto?

Kenner asintió.

—¿Has oído hablar del Frente Ecologista de Liberación? ¿El FEL?

—No —contestó Evans moviendo la cabeza en un gesto de negación.

—Yo tampoco —dijo Sarah.

—Es un grupo extremista clandestino, compuesto en teoría de ex miembros de Greenpeace y Earth First, individuos que consideraron que estas organizaciones eran demasiado blandas. El FEL lleva a cabo acciones violentas en nombre de causas ecologistas. Han incendiado hoteles en Colorado, casas en Long Island y coches en California y han introducido clavos en los troncos de los árboles en Michigan para impedir la tala.

Evans asintió.

—He leído algo sobre ellos. El FBI y otros cuerpos de policía no pueden infiltrarse porque la organización se compone de células aisladas que nunca se comunican entre sí.

—Sí —afirmó Kenner—. En teoría. Pero se han grabado conversaciones por móvil. Desde hacía un tiempo sabíamos que el grupo se proponía empezar a actuar a escala mundial y planeaba una serie de acciones importantes en todo el planeta, de aquí a unos días.

—¿Qué clase de acciones?

Kenner negó con la cabeza.

—Eso no lo sabemos. Pero tenemos razones para pensar que serán grandes y destructivas.

—¿Qué tiene eso que ver con George Morton? —preguntó Sarah.

—Financiación —respondió Kenner—. Si el FEL prepara acciones en todo el mundo, necesita mucho dinero. La cuestión es dónde lo consiguen.

—¿Estás diciendo que George ha dado apoyo a un grupo extremista?

—No intencionadamente. El FEL es una organización criminal, y aun así, lo financian grupos radicales como PETA. Es vergonzoso, la verdad. Pero la duda era si los financiaban también otros grupos ecologistas más conocidos.

—¿Grupos más conocidos? ¿Por ejemplo?

—Cualquiera de ellos —dijo Kenner.

—Un momento —intervino Sarah—. ¿Insinúas que la Sociedad Audubon o el Club Sierra financian a grupos terroristas?

—No —contestó Kenner—. Pero sí digo que nadie sabe a qué dedican exactamente su dinero, porque el gobierno ejerce escaso control sobre las fundaciones y organizaciones benéficas. No son auditadas. Los libros de contabilidad no se someten a inspección. Los grupos ecologistas de Estados Unidos generan quinientos mil millones de dólares al año. Lo que hacen con este dinero no está sujeto a supervisión.

Evans frunció el entrecejo.

—¿Y George lo sabía?

—Cuando nos conocimos —explicó Kenner—, empezaba a preocuparle el NERF, en qué empleaba su dinero. Gasta cuarenta y cuatro millones de dólares al año.

—¿No irás a decir que el NERF...? —preguntó Evans.

—No directamente —contestó Kenner—. Pero el NERF destina casi el sesenta por ciento de su dinero a campañas de recaudación de fondos. Naturalmente, no lo puede admitir; quedaría mal. Camufla estas cifras contratando externamente casi todo su trabajo a empresas de publicidad por correo y grupos de petición de ayuda por teléfono. Estos grupos tienen nombres engañosos, como Fondo Internacional para la Conservación de la Fauna..., esta es una organización con sede en Omaha, que desarrolla su actividad por correo y, a su vez, externaliza el trabajo a Costa Rica.

—No hablas en serio —dijo Evans.

—Sí. Muy en serio. Y el año pasado el Fondo Internacional para la Conservación de la Fauna gastó seiscientos cincuenta mil dólares en reunir información sobre cuestiones medioambientales, incluidos trescientos mil destinados a algo que se llama Coalición de Apoyo y Acción en los Bosques Tropicales, CAABT, que casualmente tiene un apartado de correos en Elmira, Nueva York, y una cantidad idéntica a Servicios Sísmicos de Calgary, otro apartado de correos.

—Quieres decir...

—Un apartado de correos. Un callejón sin salida. Ese fue el verdadero motivo de las discrepancias entre Morton y Drake. Morton tuvo la sensación de que Drake estaba desatendiendo el negocio. Por eso exigió una auditoría externa de la organización, y cuando Drake se negó, Morton empezó a preocuparse seriamente. Morton forma parte del consejo directivo del NERF; tiene una responsabilidad. Así que contrató a un equipo de investigadores privados para hacer indagaciones sobre el NERF.

—¿Eso hizo? —preguntó Evans.

Kenner asintió.

—Hace dos semanas.

Evans se volvió hacia Sarah.

—¿Tú lo sabías?

Sarah desvió la mirada por un momento y luego dijo:

—Me pidió que no se lo contase a nadie.

—¿George te pidió eso?

—Se lo pedí yo —terció Kenner.

—¿Así que tú estabas detrás de todo esto?

—No, yo simplemente consulté a George. Era su terreno. Pero la cuestión es que cuando cedes el dinero a una entidad externa, ya no controlas el gasto, y tienes la posibilidad de negar cualquier implicación al respecto.

—Dios mío —dijo Evans—, y yo que pensaba que a George le preocupaba la demanda de Vanuatu.

—No —dijo Kenner—. La demanda probablemente no tiene ningún futuro. Es muy difícil que llegue a juicio.

—Pero Balder dijo que cuando disponga de datos fiables sobre el nivel del mar...

—Balder ya dispone de datos fiables. Desde hace meses.

—¿Cómo?

—Los datos demuestran que no se ha producido el menor aumento en los niveles del Pacífico sur en los últimos treinta años.

—¿Cómo?

Kenner se volvió hacia Sarah.

—¿Peter siempre es así?

La auxiliar de vuelo colocó los manteles, las servilletas y los cubiertos.

—Tengo fusilli con pollo, espárragos y tomates secados al sol —dijo— y a continuación ensalada variada. ¿Les apetece vino?

—Vino blanco —contestó Evans.

—Tengo un Puligny-Montrachet. Creo que del año noventa y ocho, pero no estoy muy segura. El señor Morton solía llevar a bordo el del noventa y ocho.

—Me basta con que traiga la botella entera —dijo Evans, intentando hacer un chiste. Kenner lo había puesto nervioso. Horas antes lo había visto inquieto, casi crispado. En cambio ahora, sentado en el avión, parecía muy tranquilo. Implacable. Mantenía la actitud de un hombre que plantea verdades evidentes, pese a que para Evans ninguna de ellas era en absoluto evidente. Por fin dijo—: Lo había entendido todo mal. Si lo que dices es cierto...

Kenner se limitó a mover la cabeza en un lento gesto de asentimiento.

Evans pensó: «Está dejando que me haga una composición de lugar». Se volvió hacia Sarah.

—¿Esto también lo sabías?

—No —contestó ella—. Pero sabía que algo andaba mal. Venía notando a George muy alterado desde hacía dos semanas.

—¿Crees que por eso pronunció ese discurso y se suicidó?

—Quería incomodar al NERF —explicó Kenner—. Quería un examen a fondo de la organización por parte de los medios. Porque pretendía impedir lo que está a punto de ocurrir.

Llegó el vino en copas de cristal tallado. Evans apuró la suya de un trago y la tendió para que le sirvieran más.

—¿Y qué está a punto de ocurrir? —preguntó.

—Según esa lista, se producirán cuatro acciones —contestó Kenner—. En cuatro lugares del mundo. Con un día de diferencia poco más o menos.

—¿Qué clase de acciones?

—Por el momento tenemos tres pistas útiles —dijo Kenner cabeceando.

Sanjong acarició la servilleta.

—Es de hilo auténtico —comentó, impresionado—. Y cristal auténtico.

—Bonitas, ¿no? —dijo Evans, y volvió a vaciar la copa.

—¿Cuáles son esas pistas? —preguntó Sarah.

—La primera es que no se ha fijado el momento exacto. Cabría pensar que una acción terrorista se planea con toda precisión, al minuto. No es este el caso.

—Quizá el grupo no esté muy bien organizado.

—Dudo que sea esa la explicación. La segunda pista la hemos descubierto esta noche, y es de vital importancia —prosiguió Kenner—. Como habéis observado en la lista, se han previsto varios lugares alternativos para las acciones. También aquí cabría pensar que una organización terrorista elegiría un lugar y se atendría a eso. Pero este grupo no lo ha hecho así.

—¿Por qué no?

—Supongo que eso refleja la clase de acciones planeadas. Debe de existir un grado de incertidumbre inherente a las propias acciones o a las condiciones necesarias para llevarlas a cabo.

—Eso es muy vago.

—Es más de lo que sabíamos hace doce horas.

—¿Y la tercera pista? —preguntó Evans, haciendo una seña a la auxiliar de vuelo para que volviese a llenarle la copa.

—La tercera pista la tenemos desde hace un tiempo. Ciertos organismos estatales siguen el rastro a la venta de alta tecnología de uso restringido que podría ser útil a terroristas. Por ejemplo, a todo aquello que puede emplearse en la producción de armas nucleares, como centrifugadores, determinados metales y demás; a los explosivos convencionales de gran potencia; a ciertas biotecnologías de vital importancia; y a todo equipo que pudiese usarse para alterar redes de comunicación, por ejemplo, todo aquello que genera impulsos electromagnéticos o frecuencias de radio de alta intensidad.

—Sí…

—Realizan este trabajo con procesadores para el soporte de redes neurales aplicables al reconocimiento de pautas, que buscan regularidades en grandes cantidades de datos; en este caso, básicamente miles de facturas. Hace unos ocho meses los procesadores detectaron una tenue pauta que parecía indicar un origen común en la venta muy dispersa de cierto equipo electrónico y de investigación.

—¿Cómo llegó a esa conclusión el ordenador?

—El ordenador eso no lo dice; simplemente informa de la pauta, y después esta es investigada por agentes sobre el terreno.

—¿Y?

—La pauta se confirmó. El FEL estaba comprando alta tecnología muy avanzada a empresas de Vancouver, Londres, Osaka, Helsinki y Seúl.

—¿Qué clase de equipo? —preguntó Evans.

Kenner empezó a enumerar con la ayuda de los dedos.

—Depósitos de fermentación para bacterias oxidantes del amonio. Unidades de dispersión de partículas de nivel medio, de uso militar. Generadores de impulsos tectónicos. Unidades magnetohidrodinámicas transportables. Cavitadores hipersónicos. Procesadores de impactos resonantes.

—No sé qué es nada de eso —dijo Evans.

—Casi nadie lo sabe —dijo Kenner—. Parte de eso es tecnología medioambiental bastante corriente, como las bacterias oxidantes del amonio. Se utilizan en el tratamiento industrial de las aguas residuales. Otra parte es de uso militar, pero está a la venta en el mercado abierto. Y otra parte es material experimental de alto nivel. Pero todo es caro.

—Pero ¿cómo va a utilizarse? —preguntó Sarah.

Kenner negó con la cabeza.

—Nadie lo sabe. Eso es lo que vamos a averiguar.

—¿Y cómo *crees* que va a utilizarse?

—No me gustan las especulaciones —respondió Kenner. Cogió una canasta de panecillos—. ¿Alguien quiere pan?

CAMINO DE PUNTA ARENAS
MIÉRCOLES, 6 DE OCTUBRE
3.01 H.

El avión surcó el cielo nocturno.

La parte delantera estaba a oscuras; Sarah y Sanjong dormían en camas improvisadas, pero Evans no podía conciliar el sueño. Sentado en la parte de atrás, miraba por la ventanilla la alfombra de nubes, que despedía un resplandor plateado a la luz de la luna.

Kenner ocupaba el asiento de enfrente.

—Es un mundo hermoso, ¿no? —preguntó—. El vapor de agua es uno de los rasgos característicos de nuestro planeta. Crea una gran belleza. Resulta sorprendente que la ciencia tenga un conocimiento tan limitado del comportamiento del vapor de agua.

—¿En serio?

—Aunque nadie lo admita, la atmósfera es un gran misterio. Un sencillo ejemplo: nadie puede afirmar con certeza si el calentamiento del planeta dará como resultado más nubes o menos.

—Un momento —dijo Evans—. El calentamiento del planeta elevará las temperaturas, así que se evaporará más humedad de los mares, y a mayor humedad, más nubes.

—Esa es una teoría. Pero el aumento de las temperaturas implica también más vapor de agua en el aire y por tanto menos nubes.

—¿Y cuál se impondrá?

—Nadie lo sabe.

—Si es así, ¿cómo se crean modelos del clima por ordenador? —preguntó Evans.

Kenner sonrió.

—Por lo que a la capa de nubes se refiere, extraen conjeturas.

—¿Conjeturas?

—Bueno, no suelen llamarse conjeturas. Se llaman estimación, o parametrización o aproximación. Pero si algo no se comprende, es imposible aproximarse a ello, así que en realidad son solo conjeturas.

Evans sintió el principio de un dolor de cabeza.

—Creo que para mí ya es hora de dormir un rato —dijo.

—Buena idea —contestó Kenner echando un vistazo a su reloj—. Aún faltan ocho horas para aterrizar.

La auxiliar de vuelo entregó un pijama a Evans. Fue a cambiarse al baño. Al salir, Kenner seguía allí sentado, contemplando las nubes iluminadas por la luna a través de la ventanilla. Aun sabiendo que no le convenía, Evans dijo:

—Por cierto, antes has comentado que la demanda de Vanuatu no llegará a juicio.

—Así es.

—¿Por qué no? ¿Por los datos sobre el nivel del mar?

—En parte, sí. Es difícil sostener que tu país corre peligro de inundación a causa del calentamiento del planeta si no sube el nivel del mar.

—Cuesta creer que el nivel del mar no esté subiendo —dijo Evans—. No he leído un solo texto donde no se afirme lo contrario. Todos los informes que se emiten por televisión...

—¿Te acuerdas de las abejas asesinas africanas? —preguntó Kenner—. Se habló de ellas durante años. Ahora están aquí, y al parecer no hay ningún problema. ¿Te acuerdas del Y2K? Todo lo que uno leía por aquel entonces inducía a pensar que el desastre era inminente. Aquello duró meses. Pero al final no era verdad.

Evans pensó que el Y2K no demostraba nada en cuanto al nivel del mar. Sintió el impulso de plantearlo, pero a la vez tuvo que reprimir un bostezo.

—Es tarde —dijo Kenner—. Ya hablaremos de todo eso mañana.

—¿No vas a dormir?

—Todavía no. Tengo que trabajar.

Evans se dirigió hacia la parte delantera, donde dormían los otros. Se acostó al lado de Sarah, pasillo por medio, y se tapó hasta la barbilla con la manta. Le quedaron los pies al descubierto, se incorporó, se envolvió los pies con la manta y volvió a tenderse. La manta no le llegaba ni a los hombros. Pensó en levantarse y pedirle otra a la auxiliar de vuelo.

Pero antes le venció el sueño.

Lo despertó el intenso resplandor del sol. Oyó el tintineo de los cubiertos y percibió olor a café. Se frotó los ojos y se sentó. Los demás desayunaban en la parte de atrás del avión.

Consultó su reloj. Había dormido más de seis horas.

Fue a la parte posterior.

—Será mejor que comas —aconsejó Sarah—. Aterrizamos dentro de una hora.

Temblando a causa del aire helado que soplaba desde el océano, salieron a la pista de aterrizaje de Marso del Mar. Alrededor, el paisaje era llano, verde, pantanoso y gélido. A lo lejos, Evans vio los chapiteles nevados y desiguales de la sierra de El Fogara, en el sur de Chile.

—Pensaba que aquí era verano —comentó.

—Lo es —confirmó Kenner—. O más bien finales de la primavera.

El aeródromo se componía de una pequeña terminal de madera y una hilera de hangares de acero ondulado, como chozas

Quonset de enorme tamaño. Había siete u ocho aviones, todos cuatrimotores con hélices. Algunos tenían patines retráctiles sobre el tren de aterrizaje.

—Justo a tiempo —dijo Kenner señalando las colinas más allá del aeródromo. Un Land Rover avanzaba hacia ellos bamboleándose—. Vamos.

Dentro de la pequeña terminal, que era poco más que una sala con las paredes cubiertas de cartas de navegación aérea manchadas y descoloridas, todos se pusieron parkas, botas y demás equipo llegado en el Land Rover. Las parkas eran de vivo color rojo o naranja.

—He intentado conseguir las tallas adecuadas para todos —dijo Kenner—. No os olvidéis de coger también calzoncillos largos y chalecos de forro polar.

Evans echó una mirada a Sarah. Estaba sentada en el suelo calzándose unos calcetines gruesos y unas botas. Después, con toda naturalidad, se quedó en sujetador y se puso un forro polar

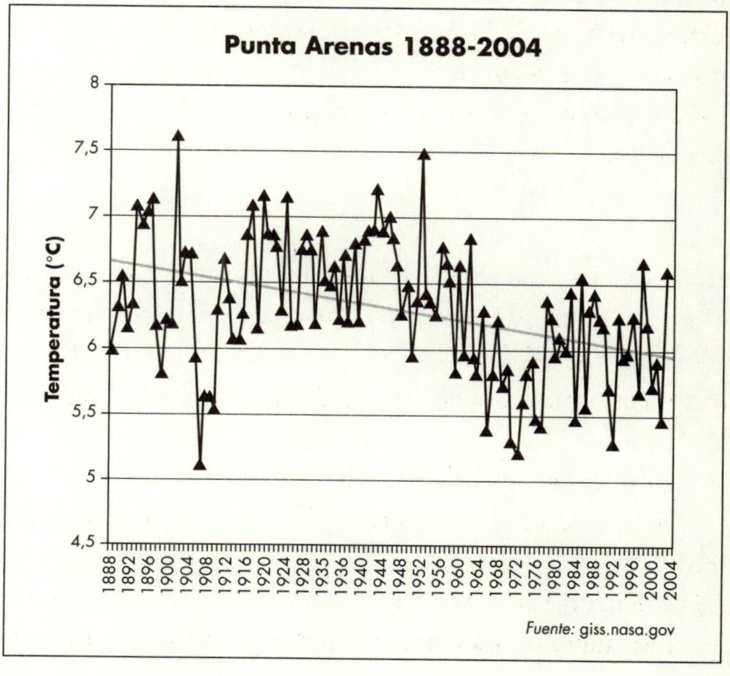

por la cabeza. Se movía con rapidez y eficacia. No miraba a ninguno de los hombres.

Sanjong observaba los gráficos y cartas de navegación aérea de la pared y pareció interesarse en uno en particular. Evans se acercó.

—¿Qué es?

—Es el registro de la estación meteorológica de Punta Arenas, cerca de aquí. Es la ciudad más cercana a la Antártida de todo el mundo. —Golpeteó el gráfico con el dedo y se echó a reír—. He ahí el calentamiento del planeta.

Evans miró el gráfico con expresión ceñuda.

—Id acabando —dijo Kenner echando un vistazo a su reloj—. Nuestro avión sale dentro de quince minutos.

—¿Adónde vamos exactamente? —preguntó Evans.

—A la base más próxima al monte Terror. Se llama Estación Weddell, supervisada por los neozelandeses.

—¿Qué hay allí?

—No gran cosa, amigo —contestó el conductor del Land Rover, y soltó una risotada—. Pero con el tiempo que hemos tenido en los últimos días, tendrán suerte si llegan.

CAMINO DE LA ESTACIÓN WEDDELL
MIÉRCOLES, 6 DE OCTUBRE
8.04 H.

Evans miró por le estrecha ventanilla del Hercules. La vibración de las hélices lo adormecía, pero le fascinaba el paisaje: kilómetros y kilómetros de hielo gris, panorama interrumpido solo por la niebla intermitente y algún que otro afloramiento de roca negra. Era un mundo sin sol, monocromático. E inmenso.

—Es enorme —comentó Kenner—. La gente no tiene una perspectiva de la Antártida, porque aparece como una orla al pie de lo mayoría de los mapas. Pero de hecho la Antártida es uno de los elementos principales de la superficie terrestre y uno de los factores básicos de nuestro clima. Es un gran continente con una extensión equivalente a una vez y media el tamaño de Europa o Estados Unidos y contiene el noventa por ciento de todo el hielo del planeta.

—¿El noventa por ciento? —repitió Sarah—. ¿Quiere eso decir que en el resto del mundo solo hay un diez por ciento?

—En realidad, puesto que Groenlandia tiene el cuatro por ciento, los demás glaciares del mundo... el Kilimanjaro, los Alpes, el Himalaya, Suecia, Noruega, Canadá, Siberia... suman el seis por ciento del hielo del planeta. La abrumadora mayoría del agua helada de la Tierra se encuentra en el continente antártico. En muchos lugares el hielo alcanza un grosor de entre ocho y diez kilómetros.

—No es raro, pues, que a todo el mundo le preocupe tanto que aquí se funda el hielo —comentó Evans.

Kenner guardó silencio.

Sanjong movía la cabeza en un gesto de negación.

—Vamos —dijo Evans—. La Antártida se está fundiendo.

—En realidad no es así —corrigió Sanjong—. Si quiere, puedo darle las referencias.

—Mientras dormíais —dijo Kenner—, Sanjong y yo hemos hablado de cómo aclararte las cosas, ya que, según parece, estás muy mal informado.

—¿Mal informado? —dijo Evans, poniéndose tenso.

—No se me ocurre otra manera de expresarlo—repuso Kenner—. Es posible, Peter, que el corazón te lleve al lugar correcto, pero sencillamente no sabes de qué hablas.

—Eh —replicó Evans, conteniendo la ira—. La Antártida está fundiéndose.

—¿Crees que una cosa es más verdad por repetirla? Los datos muestran que una zona relativamente pequeña llamada península Antártica está deshelándose y que de ella se desprenden grandes icebergs. Eso es de lo que informan año tras año. Pero el continente en su conjunto está enfriándose y el grosor del hielo es cada vez mayor.

—¿La Antártida está enfriándose?

Sanjong había sacado un ordenador portátil y estaba conectándolo a una pequeña impresora de inyección por burbuja. Levantó la pantalla del ordenador.

—Hemos decidido —continuó Kenner— que de ahora en adelante te proporcionaremos referencias, porque resulta muy aburrido explicártelo todo.

Una hoja empezó a salir de la impresora con un zumbido. Sanjong se la entregó a Evans.

Doran, P. T., Priscu, J. C., Lyons, W. B., Walsh, J. E., Fountain, A. G., McKnight, D. M., Moorhead, D. L., Virginia, R. A., Wall, D. H., Clow, G. D., Fritsen, C. H., McKay, C. P., y Parsons, A. N., 2002, «El enfriamiento del clima antártico y la respuesta del ecosistema terrestre», *Nature* 415: 517-520.

Desde 1986 hasta 2000 los valles centrales de la Antártida se enfriaron 0,7 °C por década con un grave deterioro del ecosistema a causa del frío.

Comiso, J. C., 2000, «Variabilidad y tendencias en las temperaturas de superficie de la Antártida a partir de mediciones *in situ* y por infrarrojos vía satélite», *Journal of Climate* 13: 1.674-1.696.

Tanto los datos del satélite como los de las estaciones en tierra revelan un ligero enfriamiento en los últimos veinte años.

Joughin, I., y Tulaczyk, S., 2002, «Balance de masa positivo de la barrera de hielo de Ross, Antártida Oeste», *Science* 295: 476-480.

Las mediciones con radar de banda lateral revelan que el hielo en la Antártida Oeste está aumentando a un ritmo de 26,8 gigatones/año. Inversión de la tendencia al deshielo de los últimos seis mil años.

Thompson, D. W. J., y Solomon, S., 2002, «Interpretación del reciente cambio climático en el hemisferio sur», *Science* 296: 895-899.

La temperatura en la península Antártica ha aumentado varios grados mientras el interior presenta cierto enfriamiento. Las cornisas de hielo han retrocedido pero el hielo marino se ha incrementado.

Petit, J. R., Jouzel, J., Raynaud, D., Barkov, N. I., Barnola, J.-M., Basile, I., Bender, M., Chappellaz, J., Davis, M., Delaygue, G., Delmotte, M., Kotlyakov, V. M., Legrand, M., Lipenkov, V. Y., Lorius, C., Pepin, L., Ritz, C., Saltzman, E., y Stievenard, M., 1999, «Historia climática y atmosférica del núcleo del hielo de Vostok, Antártida, en los últimos 420.000 años», *Nature* 399: 429-436.

Durante los cuatro últimos períodos interglaciales, que se remontan a 420.000 años atrás, la Tierra tenía una temperatura mayor que en la actualidad.

Anderson, J. B., y Andrews, J. T., 1999, «Las restricciones del radiocarbono en la capa de hielo avanzan y retroceden en el mar de Weddell, Antártida», *Geology* 27: 179-182.

Hoy día se funde menos hielo antártico que en el último período interglacial.

Liu, J., Curry, J. A., y Martinson, D. G., 2004, «Interpretación de la reciente variabilidad del hielo marino antártico», *Geophysical Research Letters* 31: 10.1029/2003 GL018732.

El hielo marino antártico ha aumentado desde 1979.

Vyas, N. K., Dash, M. K., Bhandari, S. M., Khare, N., Mitra, A., y Pandey, P. C., 2003, «Sobre las tendencias seculares de la extensión del hielo marino en la región antártica basadas en las observaciones del OCEANSAT-1 MSMR», *International Journal of Remote Sensing* 24: 2.277-2.287.

La tendencia al aumento del hielo marino puede estar acelerándose.

Parkinson, C. L., 2002, «Tendencias en la duración de la temporada del hielo marino en el océano meridional 1979-1999», *Annals of Glaciology* 34: 435-440.

La mayor parte de la Antártida experimenta una temporada de hielo marino más prolongada, que dura ahora 21 días más que en 1979.

—Bueno, aquí veo que se hace referencia a un *ligero* enfriamiento —dijo Evans—. También veo un aumento de la temperatura de *varios grados* en la península. Sin duda eso parece muy significativo. Y esa península es buena parte del continente, ¿no? —Echó a un lado el papel—. Francamente, no me impresiona.

—La península es el dos por ciento del continente —corrigió Sanjong—. Y francamente me sorprende que no comentes siquiera el aspecto más significativo de esos datos.

—¿Que es?

—Cuando antes has dicho que la Antártida está fundiéndose —contestó Sanjong—, ¿eras consciente de que lleva deshelándose seis mil años?

—No concretamente.

—Pero en términos generales, ¿lo sabías?

—No —contestó Evans—. No estaba enterado.

—¿Pensabas que el deshielo de la Antártida era algo nuevo?

—Pensaba que se estaba deshelando más deprisa que antes —respondió Evans.

—Quizá no vale la pena que sigamos molestándonos —dijo Kenner.

Sanjong asintió con la cabeza y se dispuso a guardar el ordenador.

—No, no —lo interrumpió Evans—. Me interesa lo que estoy oyendo. No soy estrecho de miras. Estoy dispuesto a escuchar cualquier información nueva.

—Acabas de escucharla —dijo Kenner.

Evans volvió a coger la hoja, la plegó cuidadosamente y se la metió en el bolsillo.

—Probablemente estos estudios están financiados por la industria del carbón —comentó.

—Probablemente —repitió Kenner—. Seguro que esa es la explicación. Pero todo el mundo cobra de alguien. ¿Quién paga tu salario?

—Mi bufete.

—¿Y quién les paga a ellos?

—Los clientes. Tenemos varios cientos de clientes.

—¿Trabajas para todos ellos?

—¿Yo personalmente? No.

—De hecho, la mayor parte de tu trabajo se centra en clientes ecologistas —precisó Kenner—. ¿No es así?

—En su mayoría. Sí.

—¿Sería correcto decir que los clientes ecologistas pagan tu salario? —preguntó Kenner.

—Podría plantearse así.

—Solo pregunto, Peter. ¿Sería correcto decir que los ecologistas pagan tu salario?

—Sí.

—De acuerdo. En ese caso, ¿sería correcto decir que tus opiniones son esas porque trabajas para ecologistas?

—Claro que no...

—¿Quieres decir que no eres un lacayo pagado del movimiento ecologista?

—No. El hecho es...

—¿No eres un títere ecologista? ¿Un picapleitos al servicio de una gran máquina de propaganda mediática y recaudación de fondos, una industria multimillonaria por derecho propio, con su propia agenda privada que no redunda necesariamente en interés público?

—Maldita sea...

—¿Esto te saca de quicio? —preguntó Kenner.

—Te aseguro que sí.

—Bien —continuó Kenner—. Ahora sabes cómo se sienten los científicos legítimos cuando su integridad se pone en entredicho mediante caracterizaciones falsas como la que acabas de hacer. Sanjong y yo te hemos dado una interpretación de los datos cuidadosa y contrastada, quizá por varios grupos de científicos de varios países distintos. Y tu reacción ha sido primero pasarla por alto y luego hacer un ataque *ad hominem*. No has respondido a los datos, no has proporcionado pruebas en sentido contrario. Te has limitado a desacreditarlos con tus insinuaciones.

—Bah, vete a la mierda —replicó Evans—. Crees que tienes respuesta para todo. Pero solo hay un problema: nadie está de acuerdo contigo. Nadie en el mundo cree que la Antártida se está enfriando.

—Los científicos sí —contestó Kenner—. Ellos han publicado esos datos.

Evans levantó las manos.

—Al diablo. No quiero hablar más de esto.

Fue a la parte delantera del avión, se sentó, cruzó los brazos y miró por la ventanilla.

Kenner dirigió la vista a Sanjong y Sarah.

—¿A alguien le apetece un café?

Sarah había observado a Kenner y Evans con cierta inquietud. Aunque trabajaba desde hacía dos años para Morton, nunca había compartido el fervor de su jefe por las cuestiones ecologistas. Durante todo ese tiempo Sarah había mantenido una relación tempestuosa y excitante con un atractivo actor. Su época juntos había consistido en una interminable serie de apasionadas veladas, curiosos enfrentamientos, portazos, lacrimosas reconciliaciones, celos e infidelidades... y la había consumido más de lo que ella quería admitir. La verdad era que no había prestado al NERF ni a los otros intereses medioambientales de Morton más atención que la que su empleo exigía. Al menos hasta que el cabrón del actor apareció en la revista *People* con una joven actriz de su serie de televisión, y Sarah decidió por fin que ya había tenido suficiente, lo borró de la memoria de su teléfono móvil y se entregó plenamente a su trabajo.

Pero desde luego tenía la misma concepción general sobre la situación del mundo que Evans. Quizá él exponía sus puntos de vista de una manera más agresiva y tenía más fe en sus suposiciones, pero en esencia ella coincidía con él. Y ahí estaba Kenner, planteando una duda tras otra.

No pudo menos que preguntarse si todo lo que decía Kenner

era correcto. Y también se preguntaba si él y Morton habían llegado a ser amigos.

—¿Tenías estas mismas conversaciones con George? —preguntó Sarah a Kenner.

—En las últimas semanas de su vida, sí.

—¿Y discutía contigo como Evans?

—No. —Kenner negó con la cabeza—. Porque entonces ya lo sabía.

—¿Qué sabía?

Los interrumpió la voz del piloto por el intercomunicador.

—Buena noticia —anunció—. El cielo está despejado sobre Weddell y tomaremos tierra dentro de diez minutos. Para quienes nunca han aterrizado sobre hielo, les advierto que los cinturones deben ir bien ceñidos y todo el equipo debe estar bien guardado. Va muy en serio.

El avión inició un lento descenso curvo. Sarah contempló por la ventanilla una límpida extensión de hielo blanco cubierto de nieve. A lo lejos vio una serie de edificios de vivos colores —rojo, azul, verde— construidos sobre un acantilado con vistas al océano gris y encrespado.

—Esa es la estación de Weddell —informó Kenner.

ESTACIÓN DE WEDDELL
MIÉRCOLES, 6 DE OCTUBRE
11.04 H.

Avanzando con dificultad hacia unas estructuras que parecían gigantescas piezas de una arquitectura de juguete, Evans apartó un trozo de hielo de un puntapié. Estaba de muy mal humor. Se sentía acusado implacablemente por Kenner, en quien ahora reconocía uno de esos permanentes espíritus de la contradicción que siempre se oponían a cualquier saber convencional por el mero hecho de ser convencional.

Pero como Evans se hallaba atado a aquel loco —al menos durante los días siguientes— decidió eludirlo lo máximo posible. Y desde luego no estaba dispuesto a entablar ninguna conversación más con él. No tenía sentido discutir con extremistas.

Miró a Sarah, que caminaba por la pista de hielo del aeródromo junto a él. Tenía las mejillas enrojecidas por el aire frío. Estaba preciosa.

—Opino que este tipo es un chiflado —declaró Evans.

—¿Kenner?

—Sí. ¿Tú qué crees?

Ella se encogió de hombros.

—Es posible.

—Seguro que esas referencias que me ha dado son falsas.

—Es fácil comprobarlo —dijo Sarah.

Tras sacudirse la nieve de los pies dando patadas al suelo, entraron en el primer edificio.

La estación de investigación de Weddell albergaba a treinta y tantos científicos, estudiantes de posgrado, técnicos y personal de apoyo. A Evans le sorprendió gratamente descubrir que el interior era bastante confortable, con una alegre cafetería, una sala de juegos y un gran gimnasio con una hilera de cintas de andar. Había amplias ventanas con vistas panorámicas del mar embravecido. Otras ventanas daban a la vasta y blanca superficie de la plataforma de hielo de Ross, que se extendía hacia el oeste.

El jefe de la estación les brindó una cálida bienvenida. Era un científico robusto y barbudo llamado MacGregor que parecía Papá Noel con un chaleco de la Patagonia. Molesto, Evans advirtió que MacGregor conocía a Kenner, al menos de oídas. Los dos entablaron de inmediato una cordial conversación.

Evans se disculpó, aduciendo que deseaba consultar su correo electrónico. Lo llevaron a una habitación con varios terminales de ordenador. Se identificó como usuario en uno de ellos y fue directamente a la página de la revista *Science*.

Tardó solo unos minutos en verificar las referencias que le había dado Sanjong. Evans leyó primero los extractos y luego el texto completo. Empezó a sentirse un poco mejor. Kenner había resumido correctamente los datos en bruto, pero había extraído una interpretación distinta a la de los autores. Estos defendían firmemente la hipótesis del calentamiento del planeta, y así lo manifestaban en el texto.

Al menos, la mayoría de ellos.

Era un poco complicado. En un artículo, resultaba obvio que si bien los autores hablaban ampliamente de la amenaza del calentamiento del planeta, sus datos parecían indicar lo contrario de lo que decían en el texto. Pero esa aparente confusión, sospechó Evans, se debía probablemente a que el trabajo era obra conjunta de media docena de autores. En resumidas cuentas, respaldaban la idea del calentamiento del planeta, y eso era lo que contaba.

Más perturbador era el artículo sobre el aumento del grosor del hielo en la plataforma de Ross. Allí Evans encontró ciertos puntos inquietantes. En primer lugar, el autor sostenía que la plataforma venía fundiéndose desde hacía seis mil años, desde el holoceno (dato que Evans no recordaba haber leído en ningún texto sobre el deshielo de la Antártida). Si eso era cierto, no podía considerarse precisamente una novedad. Por el contrario, el autor afirmaba que la verdadera novedad consistía en el final de esa larga tendencia al deshielo, y la aparición de las primeras pruebas del aumento del grosor del hielo. El autor insinuaba que eso podía ser el primer indicio del principio de la siguiente glaciación.

¡Dios santo!

¿La siguiente glaciación?

Llamaron a la puerta a sus espaldas. Sarah asomó la cabeza.

—Kenner nos reclama —dijo—. Ha descubierto algo. Parece que vamos a salir al hielo.

El mapa cubría toda la pared y mostraba el enorme continente en forma de estrella. En el ángulo inferior derecho aparecía la estación de Weddell y el arco curvo de la plataforma de hielo de Ross.

—Hemos averiguado que hace cinco días atracó un barco con un cargamento de material de investigación para un científico norteamericano llamado James Brewster, de la Universidad de Michigan. Brewster es un recién llegado a quien se permitió venir en el último momento porque las condiciones de su beca eran anormalmente generosas respecto a la partida para gastos de estructura, lo cual significaba que la estación obtendría un dinero muy necesario para su funcionamiento.

—¿Así que pagó por su admisión? —dijo Evans.

—En efecto.

—¿Cuándo llegó aquí?

—La semana pasada.

—¿Dónde está ahora?

—Explorando el terreno. —Kenner señaló el mapa—. En algún lugar al sur de las laderas del monte Terror. Y allí vamos a ir nosotros.

—¿Decías que ese hombre es un científico de Michigan? —preguntó Sarah.

—No —contestó Kenner—. Acabamos de ponernos en contacto con la universidad para comprobarlo. Tienen a un profesor James Brewster, eso sí. Es un geofísico de la Universidad de Michigan, y en estos precisos momentos está en Ann Arbor esperando a que su mujer dé a luz.

—¿Y quién es este individuo?

—Nadie lo sabe.

—¿Y qué contiene el equipo descargado? —preguntó Evans.

—Tampoco se sabe. Lo transportaron en helicóptero a la zona de exploración, todavía embalado. Ese hombre lleva allí una semana con dos supuestos estudiantes de posgrado. Sea lo que sea lo que tiene entre manos, por lo visto trabaja en una amplia zona, y traslada con frecuencia su campamento base. Aquí nadie sabe exactamente dónde está. —Kenner bajó la voz—. Uno de los estudiantes volvió ayer para trabajar con los ordenadores. Pero, por razones obvias, no lo utilizaremos para que nos lleve hasta allí. Recurriremos a uno de los empleados de Weddell, Jimmy Bolden. Está muy bien informado.

»El tiempo es demasiado imprevisible para viajar en helicóptero, así que tendremos que usar los vehículos oruga. El campamento está a veintisiete kilómetros. Con los vehículos tardaremos unas dos horas en llegar. La temperatura exterior es perfecta para una primavera en la Antártida: menos treinta y un grados centígrados. Así que abrigaos. ¿Alguna pregunta?

Evans consultó su reloj.

—¿No oscurecerá pronto?

—Ahora que ha llegado la primavera, tenemos mucho menos

tiempo nocturno. Será de día continuamente mientras estemos ahí fuera. El único problema al que nos enfrentamos está justo aquí —dijo Kenner, señalando el mapa—. Tenemos que cruzar la zona de corrimiento.

LA ZONA DE CORRIMIENTO
MIÉRCOLES, 6 DE OCTUBRE
12.09 H.

—¿La zona de corrimiento? —dijo Jimmy Bolden mientras avanzaban hacia el cobertizo—. No hay el menor problema. Solo es cuestión de andarse con cuidado.

—Pero ¿qué es? —pregunto Sarah.

—Es una zona donde el hielo está sometido a fuerzas laterales, fuerzas de corrimiento, más o menos como la tierra en California. Pero en lugar de producirse terremotos aparecen grietas. Muchas. Y muy profundas.

—¿Tenemos que cruzar eso?

—No pasa nada —contestó Bolden—. Hace dos años construyeron una carretera por la que cruzar la zona sin peligro. Rellenaron todas las grietas a lo largo de la carretera.

Entraron en el cobertizo de acero ondulado. Evans vio una hilera de vehículos de forma cuadrada con cabinas rojas y llantas articuladas en lugar de ruedas.

—Estos son los vehículos oruga —dijo Bolden—. Usted y Sarah irán en uno; el doctor Kenner en otro, y yo en el tercero, encabezando la marcha.

—¿Por qué no podemos ir todos en uno?

—Elemental precaución. Debe reducirse el peso al mínimo. No conviene que un vehículo caiga en una grieta.

—¿No decía que hay una carretera donde se han rellenado las grietas?

—La hay. Pero la carretera está sobre un campo de hielo, y el hielo se desplaza unos cinco centímetros al día, lo que significa que la carretera se mueve. No se preocupen; está claramente marcada por banderines. —Bolden subió al pescante—. Permítanme enseñarles las características de estos vehículos. Se conducen como un coche corriente: allí está el embrague y ahí el freno de mano, el acelerador, el volante. La calefacción se enciende con este interruptor —lo señaló— y hay que dejarla encendida siempre. Mantendrá la cabina a unos diez grados bajo cero. Este voluminoso indicador naranja en el salpicadero es el transpondedor. Se activa al apretar este botón y también automáticamente si el vehículo se inclina más de treinta grados respecto a la horizontal.

—Es decir, si caemos en una grieta —dijo Sarah.

—Eso no va a pasar, créame —aseguró Bolden—. Simplemente les enseño las características básicas. El transpondedor emite una señal con un código único para cada vehículo, a fin de que podamos localizarlos. Si por alguna razón es necesario rescatarlos, conviene que sepan que el tiempo medio de rescate es de dos horas. Aquí tienen comida; aquí agua; hay suficiente para diez días. Aquí está el botiquín, que incluye morfina y antibióticos. Aquí tienen el extintor. Esta caja contiene el equipo de expedición: crampones, cuerdas, arneses, todo eso. Aquí están las mantas térmicas, provistas de minicalefactores; los mantendrán por encima de cero grados durante una semana si se envuelven con ellas. Más o menos, eso es todo. Nos comunicamos por radio. El altavoz está en la cabina, el micrófono encima del salpicadero. Se activa por voz; solo tienen que hablar. ¿Entendido?

—Entendido —contestó Sarah, y subió a la cabina.

—Pongámonos en marcha, pues. Profesor, ¿queda todo claro?

—Sí —respondió Kenner a la vez que montaba en el vehículo contiguo.

—Muy bien —dijo Bolden—. Recuerden que siempre que

salgan del vehículo estarán a treinta y cinco bajo cero. Protéjanse las manos y la cara. Cualquier porción de piel al descubierto se congela en menos de un minuto. Después de cinco minutos, corren el riesgo de perder una parte de su anatomía. No queremos que vuelvan a casa sin los dedos de las manos o los pies. O sin nariz.

Bolden se dirigió al tercer vehículo.

—Avanzaremos en fila —anunció—. A una distancia equivalente a tres vehículos. No más cerca en ninguna circunstancia; tampoco más lejos. Si se levanta tormenta y disminuye la visibilidad, mantendremos la misma distancia pero reduciremos la velocidad. ¿Está claro?

Todos asintieron.

—Entonces vamos.

Al fondo del cobertizo se elevó una puerta acanalada entre los chirridos del metal helado. Fuera lucía el sol.

—Por lo visto, hace buen día —comentó Bolden. Y acompañado de un petardeo del tubo de escape del motor diésel, cruzó la puerta a bordo del primer vehículo oruga.

Durante el viaje, el traqueteo y las violentas sacudidas eran continuos. El campo de hielo, en apariencia tan llano y uniforme a lo lejos, era sorprendentemente irregular al experimentarlo de cerca, salpicado de largas hondonadas y escarpados montículos. Evans tuvo la sensación de ir en un barco a través de un mar encrespado, solo que allí, claro, ese mar estaba helado y avanzaban despacio por él.

Conducía Sarah, sujetando con mano firme y segura el volante. Evans ocupaba el asiento del acompañante, aferrado al salpicadero para no perder el equilibrio.

—¿A qué velocidad vamos?

—A menos de quince kilómetros por hora.

Evans dejó escapar un gruñido cuando descendieron bruscamente por una corta zanja y volvieron a subir.

—¿Y esto va a durar dos horas?

—Eso ha dicho Bolden. Por cierto, ¿has comprobado las referencias de Kenner?

—Sí —respondió Evans, malhumorado.

—¿Se las había inventado?

—No.

Su vehículo era el tercero de la fila. Los precedía el de Kenner, y Bolden encabezaba la marcha.

Se oyó el susurro de la radio.

—Bueno —dijo Bolden por el altavoz—. Nos acercamos a la zona de corrimiento. Mantengan las distancias y permanezcan entre los banderines.

Evans no vio diferencia alguna —seguía pareciendo un campo de hielo resplandeciente bajo el sol—, pero unos banderines rojos enarbolados en postes de un metro ochenta de altura delimitaban los márgenes de la ruta.

—¿Cuál es la profundidad de las grietas? —preguntó Evans.

—La más profunda que hemos encontrado tiene un kilómetro —informó Bolden por la radio—. Algunas son de trescientos metros. La mayoría no llega a los cien metros.

—¿Todas tienen ese color?

—Sí. Pero no le conviene acercarse a mirar.

Pese a las advertencias de peligro, atravesaron el campo sanos y salvos y dejaron atrás los banderines. Desde allí se veían a la izquierda la pendiente de una montaña y nubes blancas.

—Ese es el Erebus —dijo Bolden—. Un volcán activo. Lo que se ve es vapor procedente de la cumbre. A veces lanza lava pero nunca llega hasta aquí. El monte Terror está inactivo. Pueden verlo al frente, aquella pequeña ladera.

Evans se sintió decepcionado. El nombre, monte Terror, lo había inducido a imaginar algo temible, y no aquella colina de suaves laderas con un afloramiento de roca en lo alto. Si no le hubieran señalado la montaña, quizá ni siquiera habría reparado en ella.

—¿Por qué se llama monte Terror? —preguntó—. No es aterrador.

—No tiene nada que ver con eso. Los primeros puntos de referencia de la Antártida recibieron el nombre de los barcos que los descubrían —explicó Bolden—. Por lo visto, *Terror* era el nombre de un barco del siglo XIX.

—¿Dónde está el campamento de Brewster? —preguntó Sarah.

—Debería verse de un momento a otro —contestó Bolden—. ¿Son ustedes inspectores, pues?

—Somos de la IADG, la agencia internacional de inspección —dijo Kenner—. Se nos exige que nos aseguremos de que ningún proyecto de investigación estadounidense viola los acuerdos internacionales sobre la Antártida.

—Ajá...

—El doctor Brewster se presentó aquí tan deprisa que ni siquiera sometió su propuesta de investigación a la aprobación de la IADG. Así que nosotros lo comprobaremos sobre el terreno. Es simple rutina.

Bamboleándose, avanzaron en silencio entre los crujidos del hielo durante varios minutos. Seguían sin ver el campamento.

—Vaya —dijo Bolden—. Quizá se han trasladado.

—¿Qué clase de investigación lleva a cabo Brewster? —preguntó Kenner.

—No estoy muy seguro —respondió Bolden—, pero he oído que estudia la mecánica de los desprendimientos de hielo, ya saben, cuando el hielo fluye hasta el borde y se desprende de la plataforma. Brewster ha colocado unidades de GPS en el hielo para registrar su desplazamiento hacia el mar.

—¿Estamos cerca del mar? —quiso saber Evans.

—A unos diecisiete o dieciocho kilómetros —respondió Bolden—. Al norte.

—Si estudia la formación de icebergs —intervino Sarah—, ¿por qué trabaja tan lejos de la costa?

—En realidad no estamos tan lejos —dijo Kenner—. Hace

dos años se desprendió un iceberg de la plataforma de Ross con unas dimensiones de seis kilómetros y medio de anchura por sesenta y cinco de longitud. Era del tamaño de Rhode Island, uno de los más grandes que se han visto.

—Aunque no debido al calentamiento del planeta —comentó Evans a Sarah con un resoplido de disgusto—. El calentamiento del planeta nunca provocaría algo así. No, ni hablar.

—En efecto, no lo provocó —dijo Kenner—. Se debió a condiciones climáticas locales.

Evans dejó escapar un suspiro.

—¿Por qué no me sorprende?

—La idea de condiciones locales, Peter, no tiene nada de raro —dijo Kenner—. Esto es un continente. Lo raro sería que no tuviese sus propias pautas meteorológicas, independientes de las tendencias globales que puedan o no existir.

—Y eso es muy cierto —confirmó Bolden—. Aquí se dan sin duda pautas locales. Como los vientos catabáticos.

—¿Los qué?

—Los vientos catabáticos. Son vientos gravitacionales. Seguramente observarán que esta zona es mucho más ventosa que el interior. El interior del continente es relativamente tranquilo.

—¿Qué es un viento gravitacional? —preguntó Evans.

—La Antártida es en esencia una gran bóveda de hielo —explicó Bolden—. El interior se halla a mayor altura que la costa. Y es más frío. El aire frío sopla pendiente abajo y gana velocidad a medida que avanza. Puede alcanzar entre ochenta y ciento treinta kilómetros por hora cuando llega a la costa. Sin embargo hoy no hace mal día.

—Es un alivio.

—Allí lo tiene, justo enfrente —anunció en ese momento Bolden—. Ese es el campamento de investigación del profesor Brewster.

CAMPAMENTO DE BREWSTER
MIÉRCOLES, 6 DE OCTUBRE
14.04 H.

No había mucho que ver: un par de tiendas abovedadas de color naranja, una pequeña, una grande, ondeando al viento. Daba la impresión de que la grande era para el equipo; los bordes de las cajas se dibujaban en la tela de la tienda. Desde el campamento, Evans vio banderines de color naranja que indicaban la colocación de unidades en el hielo, espaciadas a varios cientos de metros, formando una fila que se perdía de vista a lo lejos.

—Pararemos ya —dijo Bolden—. Me temo que el doctor Brewster no está en este momento. No veo su vehículo oruga.

—Echaré un vistazo —contestó Kenner.

Apagaron los motores y se apearon. Pese a que Evans ya tenía frío en la cabina, cuando pisó el hielo y entró en contacto con el aire gélido, sintió una fuerte impresión. Ahogó una exclamación y tosió. Kenner no exteriorizó reacción alguna. Fue derecho a la tienda de material y desapareció dentro.

Bolden señaló la fila de banderines.

—¿Ven ahí las huellas de su vehículo, paralelas a las unidades sensoras? El doctor Brewster debe de haber salido a comprobarlas. La fila se extiende a unos ciento cincuenta kilómetros al este.

—¿Ciento cincuenta kilómetros? —repitió Sarah.

—Así es. Ha instalado unidades de radio GPS a esa distancia.

Le transmiten los datos, y él registra su desplazamiento junto con el hielo.

—Pero no puede haber un desplazamiento muy grande…

—No en el transcurso de unos días, no. Pero estos sensores permanecerán ahí durante un año o más, enviando los datos por radio a Weddell.

—¿El doctor Brewster se quedará aquí todo ese tiempo?

—Ah, no, volverá, estoy seguro. Resulta demasiado caro mantenerlo aquí. Su beca cubre solo una estancia inicial de veintiún días y después visitas de control de una semana cada pocos meses. Pero nosotros le remitiremos los datos. En realidad, acabamos de introducirlos en internet; los recibe dondequiera que esté.

—¿Le han asignado, pues, una página web segura?

—Exactamente.

Evans golpeó el suelo con los pies en medio del frío.

—¿Y Brewster va a volver o qué?

—Debería, pero no puedo decirle cuándo.

Desde el interior de la tienda, Kenner gritó:

—¡Evans!

—Parece que me reclama.

Evans fue a la tienda. Bolden dijo a Sarah:

—Vaya con él si quiere. —Señaló hacia el sur, donde las nubes se oscurecían—. No nos conviene quedarnos aquí mucho tiempo. Por lo visto, se avecina tormenta. Disponemos de unas dos horas, y si el cielo descarga no será divertido. La visibilidad se reduce a unos tres metros o menos. Tendríamos que parar hasta que despejase. Y podrían pasar dos o tres días.

—Les avisaré —dijo Sarah.

Evans apartó la cortina de la tienda. El interior se hallaba bañado por un resplandor anaranjado a causa de la tela. Contenía los restos de cajas de embalaje de madera, rotas y amontonadas en el suelo. En lo alto había docenas de cajas de cartón, todas con la misma marca estampada: el logotipo de la Universidad de Michigan y un rótulo verde:

Universidad de Michigan
Departamento de Ciencias Medioambientales
Contenido: Material de investigación
Muy frágil
MANIPULAR CON CUIDADO
Arriba

—Parece oficial —decía Evans—. ¿Seguro que este tipo no es un científico de verdad?

—Míralo con tus propios ojos —dijo Kenner, y abrió una caja de cartón. Dentro, Evans vio una pila de conos de plástico, aproximadamente del mismo tamaño que los que se utilizaban en las carreteras. Solo que eran de color negro, no naranja—. ¿Sabes qué es esto?

—No —contestó Evans, negando con la cabeza.

Sarah entró en la tienda.

—Dice Bolden que se avecina mal tiempo y no debemos quedarnos aquí mucho rato.

—No te preocupes, no tardaremos —respondió Kenner—. Sarah, necesito que vayas a la otra tienda y mires si hay allí algún ordenador. Cualquier clase de ordenador, portátil, para el control del laboratorio, PDA, cualquier cosa con un microprocesador. Y a ver si encuentras equipo de radio.

—¿Te refieres a transmisores o radios para escuchar?

—Cualquier cosa con una antena.

—De acuerdo. —Sarah se dio media vuelta y salió.

Evans seguía revisando las cajas de cartón. Abrió tres y luego una cuarta. Todas contenían aquellos mismos conos negros.

—No lo entiendo.

Kenner cogió un cono y lo volvió bajo la luz. En un rótulo en relieve se leía: UNIDAD PTBC-XX-904/8776-AW203 US DOD.

—¿Esto es material militar? —preguntó Evans.

—Exacto —contestó Kenner.

—Pero ¿qué son?

—Son contenedores protectores de BSP.

—¿BSP?

—Barrenos sincronizados de precisión. Son explosivos que se detonan con un milisegundo de diferencia a fin de producir efectos resonantes por inducción. Cada una de las cargas por separado no es especialmente destructiva, pero la sincronización crea ondas permanentes en la materia que las rodea. Ahí está su poder destructivo, en la onda permanente.

—¿Qué es una onda permanente? —quiso saber Evans.

—¿Has visto alguna vez a las niñas saltar a la comba? ¿Sí? Pues bien, si en lugar de hacer girar la cuerda la sacuden de arriba abajo, generan ondas sinuosas que se desplazan a lo largo de la cuerda, de un lado a otro.

—Entiendo.

—Pero si las niñas la sacuden sin cesar, las ondas parecen dejar de moverse de un lado a otro. La cuerda adquiere una única forma curva y la conserva. ¿Lo has visto alguna vez? Pues eso es una onda permanente. Se refleja de un lado a otro en perfecta sincronización, de manera que parece inmóvil.

—¿Y eso es lo que hacen estos explosivos?

—Sí. En la naturaleza, las ondas permanentes poseen una fuerza extraordinaria. Pueden hacer añicos un puente colgante. Pueden destruir un rascacielos. Los efectos más destructivos de un terremoto son causados por ondas permanentes generadas en la corteza terrestre.

—Así que Brewster consiguió estos explosivos... y los ha colocado en fila... ¿a lo largo de unos ciento cincuenta kilómetros? ¿No es eso lo que Bolden ha dicho? ¿Ciento cincuenta kilómetros?

—Así es. Y me parece que no hay duda de cuáles son sus intenciones. Nuestro amigo Brewster espera romper el hielo en una distancia de ciento cincuenta kilómetros y provocar el desprendimiento del mayor iceberg en la historia del planeta.

Sarah asomó la cabeza en la entrada.

—¿Has encontrado algún ordenador? —preguntó Kenner.

—No —respondió ella—. Allí no hay nada. Nada en absoluto. Ni sacos de dormir, ni comida, ni efectos personales. Nada excepto la tienda vacía. Ese hombre se ha marchado.

Kenner lanzó un juramento.

—Muy bien —dijo—. Ahora escuchadme con atención. Esto es lo que vamos a hacer.

CAMINO DE LA ESTACIÓN DE WEDDELL
MIÉRCOLES, 6 DE OCTUBRE
14.22 H.

—Ni hablar —dijo Jimmy Bolden negando con la cabeza—. Perdone, doctor Kenner, pero eso no puedo permitirlo. Es demasiado peligroso.

—¿Por qué es peligroso? —preguntó Kenner—. Usted los lleva a ellos dos a la estación, y yo seguiré a los vehículos de Brewster hasta que lo alcance.

—No, permaneceremos juntos.

—Jimmy —dijo Kenner con firmeza—, no vamos a hacer eso.

—Con el debido respeto, doctor Kenner, usted no conoce esta parte del planeta...

—Olvida que soy inspector de la IADG. Fui residente en la estación de Vostok durante seis meses en invierno de 1999. Y fui residente en Morval durante tres meses en 1991. Sé muy bien lo que hago.

—En fin, no sé...

—Póngase en contacto con Weddell. El jefe de la estación se lo confirmará.

—Bueno, planteado así...

—Así es como lo planteo —dijo Kenner con firmeza—. Ahora lleve a estas dos personas de regreso a la base. Estamos perdiendo el tiempo.

—De acuerdo, si no va a correr usted peligro... —Bolden se

giró hacia Evans y Sarah—. Nos vamos, pues. Monten, amigos, y nos marcharemos.

Minutos después Evans y Sarah daban tumbos por el hielo siguiendo al vehículo oruga de Bolden. Detrás de ellos, Kenner se alejaba hacia el este, avanzando en paralelo a la línea de banderines. Evans volvió la vista atrás justo a tiempo de ver a Kenner detenerse, salir, inspeccionar por un instante uno de los banderines para después volver a montar y continuar su camino.

Bolden lo vio también.

—¿Qué está haciendo? —preguntó con nerviosismo.

—Simplemente echando un vistazo a la unidad, supongo.

—No debería salir del vehículo —dijo Bolden—. Y no debería estar solo en la plataforma. Lo prohíbe el reglamento.

Sarah presintió que Bolden se disponía a dar media vuelta y advirtió:

—Le diré una cosa sobre el doctor Kenner, Jimmy.

—¿Qué?

—No le conviene sacarlo de sus casillas.

—¿En serio?

—De verdad, Jimmy. No le conviene.

—Bueno..., pues nada.

Siguieron adelante, ascendiendo por una larga elevación y bajando por el lado opuesto. El campamento de Brewster se perdió de vista, y también el vehículo de Kenner. Frente a ellos el inmenso campo blanco de la plataforma de hielo de Ross se extendía hasta el horizonte gris.

—Dos horas, amigos —anunció Bolden—. Y después una ducha caliente.

La primera hora transcurrió sin incidentes. Evans empezó a adormecerse, y de vez en cuando lo despertaban con un sobresalto los bruscos movimientos del vehículo. Luego se adormilaba de nuevo y daba cabezadas hasta la siguiente sacudida.

Conducía Sarah.

—¿No estás cansada?

—No, en absoluto.

El sol estaba bajo en el horizonte, oscurecido por la niebla. El paisaje era una combinación de tonos gris claro, sin apenas separación entre la tierra y el cielo. Evans bostezó.

—¿Quieres que te releve?

—Estoy bien, gracias.

—Soy buen conductor.

—Ya lo sé.

Evans pensaba que Sarah, pese a su encanto y su belleza, tenía sin duda un lado marimandón. Era la clase de mujer que desearía controlar el mando a distancia.

—Seguro que eres de las que se apropian del mando a distancia —comentó.

—¿Eso crees? —Sarah sonrió.

En cierto modo, pensó él, resultaba irritante que no lo tomara en serio como hombre. Al menos, no como hombre en el que podía llegar a interesarse. A decir verdad, la encontraba un poco demasiado fría para su gusto. Un poco demasiado rubia impasible. Un poco demasiado controlada bajo aquel hermoso exterior.

Se oyó el chasquido de la radio y Bolden dijo:

—No me gusta esa tormenta que se avecina. Mejor será que tomemos un atajo.

—¿Qué atajo?

—Es menos de un kilómetro, pero nos ahorrará veinte minutos. Síganme. —Se desvió a la izquierda y, dejando atrás la pista de nieve apisonada, se adentró por los campos de hielo.

—Muy bien —dijo Sarah—. Detrás de usted.

—Buen trabajo —observó Bolden—. Aún estamos a una hora de Weddell. Conozco bien esta ruta, es coser y cantar. Basta con que sigan siempre justo detrás de mí. Ni a la izquierda ni a la derecha, justo detrás, ¿está claro?

—Entendido —contestó Sarah.

—Bien.

En cuestión de minutos, se habían alejado varios centenares

de metros de la carretera. Allí el terreno era hielo duro y desnudo, y las orugas de los vehículos chirriaban sobre él.

—Ahora estamos sobre hielo —anunció Bolden.

—Ya lo he notado.

—No tardaremos.

Evans miraba por la ventanilla. Ya no veía la carretera. De hecho, ya no sabía siquiera en qué dirección había quedado. Todo parecía igual. De pronto sintió inquietud.

—Estamos literalmente en medio de ninguna parte.

El vehículo se deslizó un poco a un lado por el hielo. Evans tendió las manos hacia el salpicadero. Sarah recuperó el control de inmediato.

—¡Dios santo! —exclamó Evans aferrándose al salpicadero.

—¿Eres un pasajero nervioso? —preguntó Sarah.

—Quizá un poco.

—Es una lástima que no podamos oír música. ¿Hay alguna manera de poner música? —preguntó Sarah a Bolden.

—Debería —contestó Bolden—. Weddell emite las veinticuatro horas del día. Un momento. —Detuvo su vehículo y, a pie, retrocedió hasta el de ellos. Subió al pescante y abrió la puerta, dejando entrar una ráfaga de aire gélido—. A veces esto produce interferencias —dijo, y desprendió el transpondedor del salpicadero—. Pruebe la radio ahora.

Sarah giró el botón del receptor. Bolden regresó a su cabina roja con el transpondedor. Su motor de gasoil expulsó una nube de humo negro por el escape cuando puso el vehículo en marcha.

—Habría cabido pensar que les preocupaba más la ecología —comentó Evans, contemplando los gases de escape del vehículo de Bolden mientras avanzaba.

—No encuentro música —dijo Sarah.

—Da igual —respondió Evans—. Tampoco me apetece tanto.

Recorrieron otros cien metros y Bolden se detuvo de nuevo.

—¿Y ahora qué? —protestó Evans.

Bolden se apeó del vehículo, fue a la parte trasera y echó un vistazo a las orugas.

Sarah seguía manipulando la radio. Pulsando los botones de las distintas frecuencias de transmisión, consiguió ráfagas de estática en cada una de ellas.

—No estoy muy seguro de que eso mejore las cosas —comentó Evans—. Déjalo. ¿Por qué nos habremos parado?

—No lo sé —contestó Sarah—. Parece que está examinando algo.

Bolden se dio media vuelta y los miró. Permaneció inmóvil, observándolos.

—¿Debemos salir? —pregunto Evans.

La radio crepitó y oyeron:

—CM... aquí Weddell CM a... 401. ¿Está ahí, doctor Kenner? Weddell CM a... Kenner. ¿Me oye?

—Eh —dijo Sarah, sonriendo. Parece que por fin hemos encontrado algo.

La radio silbó y crepitó.

—... acabamos de encontrar a Jimmy Bolden inconsciente en... cuarto de mantenimiento. No sabemos quién es... ahí con... pero no es...

—Mierda —dijo Evans, fijando la mirada en el hombre que estaba frente a ellos—. ¿Ese no es Bolden? ¿Quién es?

—No lo sé, pero nos está cortando el paso —dijo Sarah—. Y espera...

—Espera ¿qué?

Se produjo un sonoro chasquido bajo ellos. Dentro de la cabina el ruido resonó como una detonación. El vehículo se desplazó ligeramente.

—A la mierda —dijo Sarah—. Nos vamos de aquí, aunque tenga que embestir a ese cabrón.

Puso el vehículo en movimiento y empezó a retroceder. Cambió la marcha y avanzó de nuevo.

Otro chasquido.

—¡Vamos! —exclamó Evans—. ¡Vamos!

Más chasquidos. El vehículo dio un bandazo y se ladeó. Evans miró al individuo que se hacía pasar por Bolden.

—Es el hielo —dijo Sarah—. Ese hombre está esperando a que nos hundamos por nuestro propio peso.

—Embístele —dijo Evans señalando al frente. Aquel cabrón les dirigía un gesto con la mano. Evans tardó un momento en entenderlo. Por fin lo captó.

Les estaba diciendo adiós.

Sarah pisó el acelerador y avanzaron con un rugido del motor, pero al cabo de un instante el suelo cedió por completo y el vehículo descendió de morro. Evans vio la pared azul de una grieta en el suelo. El vehículo comenzó a despeñarse, y por un instante los envolvió un sobrecogedor mundo azul, antes de sumergirse en la negrura.

ZONA DE CORRIMIENTO
MIÉRCOLES, 6 DE OCTUBRE
15.51 H.

Sarah abrió los ojos y vio una enorme forma estrellada de color azul cuyos brazos irradiaban en todas direcciones. Tenía la frente helada y un espantoso dolor en el cuello. Con cuidado, comprobó la movilidad de cada uno de sus miembros. Le dolían, pero podía moverlos todos excepto la pierna derecha, que le había quedado atrapada debajo de algo. Tosió y quedó inmóvil por un momento, intentando orientarse. Estaba tendida de costado, con la cara contra el parabrisas, que había roto con la frente. Tenía los ojos a unos centímetros del cristal resquebrajado. Se separó con cuidado y miró alrededor lentamente.

Estaba oscuro, como en una especie de crepúsculo. Una tenue luz llegaba de alguna parte a su izquierda. Pero veía que toda la cabina del vehículo yacía sobre un lado, con las orugas contra la pared de hielo. Debían de haber caído sobre un saliente. Miró hacia arriba; la boca de la grieta se hallaba sorprendentemente cerca, quizá a unos treinta o cuarenta metros. Eso le bastó para darle aliento.

A continuación miró hacia abajo, buscando a Evans. Pero en ese dirección la oscuridad era total. No lo vio. La vista se le acostumbró poco a poco. Ahogó un gritó. Comprendió su verdadera situación.

No se encontraban en un saliente.

El vehículo había caído en una grieta cada vez más estrecha, quedando encajonado de lado entre las paredes de la grieta. Las orugas estaban contra una pared, el techo de la cabina contra la otra, y la propia cabina se hallaba suspendida sobre la negra brecha. La puerta de Evans se había abierto.

Evans no estaba en la cabina.

Había caído.

En la negrura.

—Peter.

No hubo respuesta.

—Peter, ¿me oyes?

Aguzó el oído. Nada. Ningún sonido ni movimiento.

Nada en absoluto.

Y de pronto cayó en la cuenta: estaba sola ahí abajo. En una grieta helada a treinta metros de profundidad, en medio de un campo de hielo sin caminos, lejos de la carretera, a kilómetros de cualquier parte.

Y comprendió, con un escalofrío, que aquella sería su tumba.

Bolden —o quienquiera que fuese— lo había planeado muy bien, pensó Sarah. Se había llevado el transpondedor. Podía alejarse unos cuantos kilómetros, arrojarlo a la grieta más profunda que encontrase y luego regresar a la base. Cuando las partidas de rescate saliesen, se encaminarían hacia el transpondedor, que no estaría cerca de donde ella se encontraba. La búsqueda quizá se prolongaría durante días en una grieta profunda hasta que el grupo desistiese.

¿Y si ampliaban el radio de la búsqueda? Tampoco encontrarían el vehículo. Pese a estar solo a unos cuarenta metros de profundidad, era como si estuviese a cuatrocientos. Allí no lo vería un helicóptero, ni siquiera otro vehículo que pasase por al lado. Y de hecho no pasaría ninguno. Pensarían que el vehículo se había desviado de la ruta señalada, y buscarían en las inmediaciones de la carretera. No lejos, en medio de aquel campo de hielo. La carretera tenía una longitud de veintisiete kilómetros. Pasarían días buscando.

No, pensó Sarah. Nunca la encontrarían.

Y aun si conseguía llegar a la superficie, ¿después qué? No tenía brújula, ni mapa, ni GPS. Ni radio, porque había quedado aplastada bajo su rodilla. Ni siquiera sabía en qué dirección se hallaba la estación de Weddell desde su actual posición.

Aunque llevaba una parka de vivo color rojo que se vería a lo lejos, pensó, y tenía provisiones, comida, equipo... todo aquello de lo que el supuesto Bolden les había hablado antes de salir. ¿Qué sería exactamente? De una manera vaga recordó algo sobre material de escalada. Crampones y cuerdas.

Sarah se inclinó y consiguió liberar el pie de una caja de herramientas que la tenía inmovilizada contra el suelo. A continuación se arrastró hasta la parte trasera de la cabina, procurando a toda costa mantener el equilibrio para no caer por la puerta abierta bajo ella. En el perpetuo crepúsculo de la grieta, vio el armario de las provisiones. Se había aplastado un poco a causa del impacto, y no pudo abrirlo.

Regresó hasta la caja de herramientas, la abrió, sacó un martillo y un destornillador, y se pasó casi media hora haciendo palanca para intentar abrir el armario. Por fin, con un chirrido metálico, la puerta cedió. Miró dentro.

El armario estaba vacío.

No había comida, ni agua, ni material de escalada. Ni mantas térmicas, ni calefactores.

Nada.

Sarah respiró hondo y dejó escapar el aire lentamente. Permaneció serena, negándose a sucumbir al pánico. Consideró sus opciones. Sin cuerdas ni crampones, no podía llegar a la superficie. ¿Qué podía utilizar en su lugar? Tenía una caja de herramientas. ¿Podía emplear el destornillador a modo de piolet? Probablemente era demasiado pequeño. Quizá podría desmontar la palanca de cambios y construir un piolet con las piezas. O quizá podía desprender una sección de la oruga y usar las partes.

No disponía de crampones, pero si encontraba objetos afilados, tornillos o algo así, podía clavárselos en las suelas de las botas. ¿Y a modo de cuerda? Algo de tela, tal vez… miró alrededor. Quizá podía arrancar el tapizado de los asientos y cortarlo a tiras. Eso tal vez sirviese.

Así, mantuvo la moral alta. No se dio por vencida. Aunque las probabilidades de éxito fuesen mínimas, existía una opción. Una opción.

Se centró en eso.

¿Dónde estaba Kenner? ¿Qué haría al oír el mensaje de radio? Seguramente lo habría escuchado ya. ¿Regresaría a Weddell? Casi con toda seguridad. Y buscaría a aquel tipo, el que llamaban Bolden. Pero Sarah tenía casi la total certeza de que ese individuo había desaparecido, y con él, sus esperanzas de rescate.

Se le había roto el cristal del reloj. No sabía cuánto tiempo llevaba allí abajo, pero notó que la oscuridad era mayor. Sobre ella, la brecha no se veía ya tan iluminada. O bien había cambiado el tiempo en la superficie, o el sol estaba bajo en el horizonte. Eso significaría que ya llevaba allí dos o tres horas.

Tomó conciencia de un creciente entumecimiento en todo el cuerpo. No solo por la caída, sino también, comprendió, por el frío. La cabina había perdido calor.

Se le ocurrió entonces que quizá podía poner el motor en marcha y recuperar la calefacción. Valía la pena intentarlo. Encendió los faros, y el único que funcionaba alumbró la pared de hielo. La batería producía aún electricidad.

Hizo girar la llave. El generador chirrió. El motor no se puso en marcha.

Entonces oyó una voz:

—¡Eh!

Sarah alzó la vista hacia la superficie. Solo vio la brecha y, más allá, la franja de cielo gris.

—¡Eh!

Entornó los ojos. ¿De verdad había alguien allí?

—¡Eh! —gritó Sarah—. Estoy aquí.

—Sé donde estás —dijo la voz.

Y en ese momento comprendió que la voz procedía de abajo. Miró en esa dirección, hacia las profundidades de la grieta.

—¿Peter? —preguntó.

—Me estoy congelando, joder —dijo él. Su voz flotaba desde la oscuridad.

—Estás herido.

—No, no lo creo. No lo sé. No puedo moverme. Estoy atrapado en una especie de hendidura o algo así.

—¿Estás muy abajo?

—No lo sé. No puedo volver la cabeza hacia arriba para mirar. Estoy atascado, Sarah. —Le temblaba la voz. Parecía asustado.

—¿Puedes moverte mínimamente? —preguntó ella.

—Solo un brazo.

—¿Ves algo?

—Hielo. Veo una pared de hielo. La tengo a un metro de distancia más o menos.

Sarah, a horcajadas en la puerta abierta, aguzaba la vista para escudriñar en el fondo de la grieta. Allí la oscuridad era mucho mayor. Aun así, daba la impresión de que se estrechase rápidamente. En tal caso, Evans no podía estar mucho más abajo.

—Peter, mueve el brazo. ¿Puedes mover el brazo?

—Sí.

—Agítalo.

—Eso hago.

Sarah no vio nada. Solo oscuridad.

—Bien, para —dijo.

—¿Me has visto?

—No.

—Mierda. —Evans tosió—. Hace mucho frío, Sarah.

—Lo sé. Aguanta.

Tenía que encontrar la manera de ver el fondo de la grieta. Miró bajo el salpicadero, cerca de donde el extintor se hallaba prendido a la pared del vehículo. Si había un extintor, seguramente habría también una linterna. Sin duda tenían una linterna... en alguna parte.

No debajo del salpicadero.

Quizá en la guantera. La abrió, introdujo la mano y buscó a tientas en la oscuridad. Crujidos de papel. Sus dedos se cerraron en torno a un grueso cilindro. Lo sacó.

Era una linterna.

La encendió. Funcionaba. Alumbró las profundidades de la grieta.

—Eso lo veo —dijo Peter—. Veo la luz.

—Bien. Ahora vuelve a agitar el brazo.

—Lo estoy haciendo.

—¿Ahora?

—Sí, ahora.

Sarah miró con atención.

—Peter, no veo... sí, un momento. —Por fin lo vio, solo las puntas de los guantes rojos, asomando por un instante más allá de las orugas y el hielo.

—Peter.

—¿Qué?

—Estás muy cerca de mí —dijo Sarah—. Un metro y medio por debajo o poco más.

—Estupendo. ¿Puedes sacarme?

—Podría si tuviese una cuerda.

—¿No hay cuerda? —preguntó Evans.

—No. He abierto el armario de las provisiones. No hay nada.

—Pero no están en el armario —dijo él—. Están debajo del asiento.

—¿Cómo?

—Sí, lo he visto. Las cuerdas y lo demás están debajo del asiento del acompañante.

Sarah miró allí. El asiento iba montado sobre una base de acero firmemente anclada al suelo del vehículo. En la base no había puertas ni compartimentos. Era difícil moverse en torno al asiento para ver debajo, pero estaba segura: ninguna puerta.

En un repentino impulso, levantó el cojín del asiento y vio debajo un compartimento. La luz de la linterna reveló cuerdas, garfios, piolets, crampones.

—Lo he encontrado —anunció—. Tenías razón. Aquí está todo.

—¡Uf! —exclamó él.

Sarah extrajo el equipo con cuidado para que nada cayese por la puerta abierta.

Empezaban a entumecérseles los dedos, y se sintió torpe al sostener la cuerda de nailon de quince metros con un garfio de tres púas en un extremo.

—Peter, si descuelgo una cuerda, ¿podrás agarrarla?

—Quizá. Creo que sí.

—¿Puedes sujetar la cuerda con fuerza para que yo te saque de ahí tirando?

—No lo sé. Solo me queda un brazo libre. El otro lo tengo atrapado debajo del cuerpo.

—¿Tienes fuerzas suficientes para agarrarte a la cuerda con un solo brazo?

—No lo sé. No lo creo. O sea, si consigo salir parcialmente y me suelto… —Se le quebró la voz. Parecía al borde del llanto.

—De acuerdo —dijo ella—. No te preocupes.

—¡Sarah, estoy atrapado!

—No, no lo estás.

—¡Lo estoy, estoy atrapado! ¡Atrapado, joder! —El pánico se había adueñado de él—. Voy a morir aquí.

—Peter, basta ya. —Mientras hablaba, se enrollaba la cuerda a la cintura—. Todo saldrá bien. Tengo un plan.

—¿Qué plan?

—Voy a hacerte llegar el garfio del extremo de la cuerda —explicó ella—. ¿Puedes engancharlo a algo? ¿Al cinturón, por ejemplo?

—Al cinturón no… no. Estoy aquí encajonado, Sarah. No me puedo mover. La mano no me llega al cinturón.

Sarah trataba de visualizar la situación de Evans. Debía de estar atrapado en una hendidura del hielo. Asustaba solo imaginarlo. No le extrañaba que tuviese miedo.

—Peter, ¿puedes engancharlo a algo?

—Lo intentaré.

—Muy bien, allá va —dijo Sarah, bajando la cuerda. El garfio desapareció en la oscuridad—. ¿Lo ves?

—Lo veo.

—¿Llegas a cogerlo?

—No.

—De acuerdo, lo haré oscilar hacia ti.

Girando la muñeca con suavidad, empezó a balancear la cuerda. El garfio se perdió de vista, volvió a aparecer y se perdió de vista nuevamente.

—No llego… sigue haciéndolo, Sarah.

—Sí.

—No llego, Sarah.

—Sigue intentándolo.

—Tienes que bajarlo más.

—De acuerdo. ¿Cuánto más?

—Unos dos palmos.

—Muy bien. —Sarah bajó el garfio—. ¿Así qué tal?

—Bien, ahora balancéalo.

Sarah lo hizo oscilar. Oyó gruñir a Evans, pero el gancho volvía a aparecer cada vez.

—No puedo, Sarah.

—Sí puedes. Sigue intentándolo.

—No puedo. Tengo los dedos demasiado fríos.

—Sigue intentándolo —insistió ella—. Allá va otra vez.

—No puedo, Sarah, no puedo... ¡eh!

—¿Qué?

—Casi lo he cogido.

Sarah vio girar el garfio cuando apareció de nuevo en su línea de visión. Evans lo había tocado.

—Una vez más —dijo—. Lo conseguirás, Peter.

—Lo intento; es solo que tengo tan poca... lo tengo, Sarah. ¡Lo tengo!

Ella dejó escapar un largo suspiro de alivio.

Evans tosía en la oscuridad. Sarah esperó.

—Muy bien —dijo él—. Lo tengo enganchado en la chaqueta.

—¿Dónde?

—Delante. En el pecho.

Visualizando la situación, Sarah imaginó que si el garfio se desprendía, se le clavaría en la barbilla.

—No, Peter. Engánchatelo en la axila.

—No puedo, a menos que consigas levantarme medio metro.

—De acuerdo. Di cuándo.

Evans tosió.

—Oye, Sarah. ¿Eres lo bastante fuerte como para tirar de mí?

Ella había evitado hasta el momento pensar en eso. Sencillamente había dado por supuesto que de un modo u otro lo conseguiría. Desde luego no sabía si estaba muy encajonado, pero...

—Sí —contestó—. Puedo hacerlo.

—¿Seguro? Peso setenta y cinco kilos. —Evans volvió a toser—. Quizá un poco más, quizá ochenta.

—Te he atado al volante.

—Bien, pero… no me sueltes.

—No te soltaré, Peter.

Se produjo un silencio.

—¿Cuánto pesas?

—Peter nunca le hagas esa pregunta a una mujer, y menos en Los Ángeles.

—No estamos en Los Ángeles.

—No sé cuánto peso —contestó. Lo sabía con toda exactitud, por supuesto. Pesaba sesenta y dos kilos, unos quince menos que él—. Pero sé que puedo levantarte. ¿Estás listo?

—Mierda.

—Peter, ¿estás listo o no?

—Sí. Vamos.

Sarah tensó la cuerda y luego se agachó, plantando los pies firmemente a ambos lados de la puerta abierta. Se sentía como un luchador de sumo al principio del combate. Pero sabía que sus piernas eran mucho más fuertes que sus brazos. Solo así podía hacerlo. Respiro hondo.

—¿Preparado? —preguntó.

—Supongo.

Sarah comenzó a erguirse, notando en las piernas el dolor del esfuerzo. La cuerda se tensó más aún y luego ascendió, primero despacio, solo unos centímetros. Pero se movía.

Se movía.

—Bien, para. ¡Para!

—¿Cómo?

—¡Para!

—De acuerdo. —Seguía parcialmente agachada—. Pero no puedo aguantar mucho tiempo así.

—No es necesario que aguantes. Déjala ir. Despacio. Alrededor de un metro. —Sarah comprendió que debía de haberlo sacado ya en parte de la hendidura. Su voz reflejaba mucho menos miedo, pero tosía casi sin cesar.

—¿Peter?

—Un momento. Estoy enganchándome el garfio en el cinturón.

—De acuerdo…

—Ahora ya puedo mirar hacia arriba —dijo Evans—. Veo la oruga. Está a algo menos de dos metros por encima de mi cabeza.

—Muy bien.

—Pero cuando tires, la cuerda rozará con el borde de la oruga.

—Resistirá —aseguró ella.

—Y yo quedaré colgando justo encima de, esto…

—No te soltaré, Peter.

Él pasó un rato tosiendo. Sarah esperó.

—Avísame cuando estés lista —dijo Evans.

—Ya lo estoy.

—Entonces acabemos con esto antes de que me entre el miedo.

Solo hubo un momento difícil. Lo había levantado ya más de un metro, y él había salido por completo de la hendidura, y de pronto Sarah tuvo que soportar todo el peso de su cuerpo. La cogió por sorpresa; la cuerda se deslizó casi un metro hacia abajo. Evans gritó.

—¡Sarah!

Ella agarró la cuerda con fuerza y la detuvo.

—Lo siento.

—¡Joder!

—Lo siento.

Se adaptó al peso adicional y empezó a tirar de nuevo. Gemía por el esfuerzo, pero no tardó en ver aparecer la mano de Evans por encima de la oruga. En cuanto se agarró, comenzó a izarse él mismo. Siguió la otra mano, y después apareció la cabeza. Eso también sorprendió a Sarah. Tenía la cara cubierta de espesa sangre, el pelo rojo y apelmazado. Pero sonreía.

—Sigue tirando, hermana.

—Eso hago, Peter. Eso hago.

Solo cuando por fin Evans se encaramó a la cabina, Sarah se desplomó en el suelo. Empezaron a temblarle las piernas violentamente. Tenía convulsiones en todo el cuerpo. Evans, tendido de costado, tosiendo y resollando junto a ella, apenas se dio cuenta. Al final, los temblores pasaron. Sarah encontró el botiquín y empezó a limpiarle la cara.

—Es solo una herida superficial —dijo—. Pero necesitarás unos puntos.

—Si llegamos a salir de aquí…

—Saldremos, no te quepa duda.

—Me alegra verte tan segura de ti misma. —Evans miró por la ventanilla el hielo que se elevaba por encima de ellos—. ¿Has escalado mucho en hielo?

Sarah negó con la cabeza.

—Pero he escalado bastante en roca. ¿Puede haber mucha diferencia?

—¿Será más resbaladizo, quizá? ¿Y qué pasará cuando lleguemos arriba? —preguntó él.

—No lo sé. No tenemos la menor idea de hacia dónde ir.

—Seguiremos las huellas del otro vehículo.

—Si aún están ahí. Si no se han borrado.

—Y ya sabes que nos encontramos como mínimo a doce o trece kilómetros de Weddell.

—Peter.

—Si se avecina tormenta, quizá estemos mejor aquí abajo.

—No pienso quedarme aquí —contestó Sarah—. Si voy a morir, moriré a la luz del día.

La escalada de la pared de la grieta en sí no fue tan difícil una vez que Sarah descubrió cómo tenía que pisar con los crampones y cuál era la fuerza necesaria para hundir el piolet en el hielo. Tardó solo siete u ocho minutos en cubrir la distancia y salir a la superficie.

Fuera todo parecía exactamente igual que antes. La misma luz tenue, el mismo horizonte gris que se confundía con la tierra. El mismo mundo gris y sin rasgos distintivos.

Ayudó a subir a Evans. Volvía a sangrarle la herida. Tenía la máscara teñida de rojo, rígida sobre la cara por el frío.

—¡Joder, qué frío! —exclamó él—. ¿Hacia dónde crees que tenemos que ir?

Sarah miraba en dirección al sol. Estaba bajo en el horizonte, pero ¿se ponía o se levantaba? ¿Y qué dirección indicaba el sol, en todo caso, cuando uno estaba en el Polo Sur? Frunció el entrecejo: no conseguía deducirlo, y no se atrevía a cometer un error.

—Seguiremos las huellas —declaró por fin. Se quitó los crampones y comenzó a andar.

Tuvo que admitir que Peter había tenido razón en un detalle: allí en la superficie el frío era mucho más intenso. Al cabo de media hora se levantó un viento fuerte; tendrían que inclinarse para avanzar. Peor aún, la nieve empezó a deslizarse bajo sus pies. Lo que significaba...

—Estamos perdiendo las huellas —dijo Evans.

—Ya lo sé.

—Se están borrando.

—Lo sé.

A veces Evans era como un niño pequeño, pensó Sarah. ¿Qué esperaba que hiciese ella con el viento?

—¿Qué hacemos? —preguntó él.

—No lo sé, Peter. Nunca me había perdido en la Antártida.

—Pues yo tampoco.

Continuaron adelante penosamente.

—Pero ha sido idea tuya subir.

—Peter, cálmate.

—¿Que me calme? Hace un frío de muerte, Sarah. No me siento la nariz, ni las orejas ni los dedos de manos y pies. Ni...

—Peter. —Lo agarró por los hombros y lo sacudió—. ¡Cállate!

Evans guardó silencio. A través de las rendijas de su máscara, la miró fijamente. Tenía las pestañas blancas por el hielo.

—Yo tampoco me siento la nariz —dijo Sarah—. Tenemos que conservar el control.

Dando un giro completo y tratando de ocultar su creciente desesperación, miró alrededor. Ahora el viento arrastraba más nieve. La visibilidad empeoraba. El mundo era más llano y gris, y apenas se tenía sensación de profundidad. Si las condiciones meteorológicas continuaban así, pronto ni siquiera verían el suelo con claridad suficiente para evitar las grietas.

Llegado ese punto, tendrían que detenerse allí donde estuviesen.

En medio de ninguna parte.

—Estás muy guapa cuando te enfadas, ¿sabías? —dijo él.

—Peter, por Dios.

—Es así.

—Sarah siguió caminando, con la mirada fija en el suelo para no perder las huellas.

—Vamos, Peter.

Quizá el rastro los llevase pronto a la carretera, y esta sería más fácil de seguir en la tormenta. Y más segura.

—Creo que estoy enamorándome, Sarah.

—Peter…

—Tenía que decírtelo. Esta puede ser mi última oportunidad. —Empezó a toser de nuevo.

—Ahorra el aliento, Peter.

—Estoy congelado, joder.

Continuaron avanzando a trompicones, ya sin hablar. El viento silbaba. A Sarah se le adhería la parka al cuerpo. Era cada vez más difícil seguir adelante. Pero no se rindió. No sabía cuánto tiempo llevaban así cuando de pronto levantó una mano y paró. Evans no debió de verla, porque tropezó con ella, gruñó y se detuvo.

Tuvieron que acercar las cabezas y hablar a gritos para oírse con aquel viento.

—¡Tenemos que parar! —vociferó Sarah.

—¡Lo sé!

Entonces, como no sabía qué hacer, se sentó en el suelo, encogió las piernas y apoyó la cabeza en las rodillas, intentando contener el llanto. El estruendo del viento era cada vez mayor. Ahora producía un sonido chirriante. El aire estaba colmado de nieve.

Evans se sentó junto a ella.

—Joder, vamos a morir —dijo.

ZONA DE CORRIMIENTO
MIÉRCOLES, 6 DE OCTUBRE
17.02 H.

Sarah empezó a temblar, al principio a rachas, luego de manera casi ininterrumpida. Se sintió como si estuviera a punto de tener un ataque. Por su experiencia como esquiadora, sabía qué significaba eso. Su temperatura interior había descendido peligrosamente, y el temblor era un reflejo fisiológico automático para intentar calentar el cuerpo.

Le castañeteaban los dientes. Era difícil hablar. Pero su cerebro seguía en funcionamiento, seguía buscando una escapatoria.

—¿No hay una manera de construir una casa de nieve?

Evans dijo algo. El viento se llevó sus palabras.

—¿Sabes cómo? —preguntó ella.

Él no contestó.

En todo caso, ya era demasiado tarde, pensó. Empezaba a perder el control del cuerpo. Apenas podía mantener los brazos alrededor de las rodillas de tanto como temblaba.

Y empezaba a invadirla una sensación de somnolencia.

Miró a Evans. Yacía de costado en el hielo.

Le dio un codazo para que se irguiese, lo golpeó con el pie. Él no se movió. Deseó gritarle, pero no pudo debido al descontrolado castañeteo de los dientes.

Sarah se esforzó por permanecer consciente, pero el deseo de dormir era cada vez más poderoso. Procuró mantener los ojos abiertos y, para su asombro, comenzó a ver rápidas escenas de su vida: su infancia, su madre, su clase del parvulario, las clases de ballet, el baile de graduación del inst...

Toda su vida desfilaba ante ella. Tal como ocurría poco antes de morir, según decían los libros. Y cuando alzó la vista, vio una luz a lo lejos, tal como decían también. Una luz al final de un túnel largo y oscuro...

No podía seguir resistiéndose. Se tendió. En todo caso no sentía el suelo. Estaba abstraída en su propio mundo de dolor y agotamiento. Y ante ella la luz era cada vez más intensa. Y ahora se habían sumado otras dos luces intermitentes de colores amarillo y verde...

¿Amarillo y verde?

Combatió la somnolencia. Intentó erguirse otra vez pero no pudo. Sus músculos se habían debilitado en exceso, sus brazos eran bloques de hielo. No podía moverse. Luces amarillas y verdes, cada vez mayores. Y una luz blanca en el centro. Muy blanca, como una lámpara halógena. Empezaba a ver detalles a través de la nieve arremolinada. Una bóveda plateada, ruedas, grandes letras brillantes. Las letras eran...

NASA.

Tosió. El objeto surgió de la nieve. Era una especie de vehículo pequeño, de alrededor de un metro de altura, no mayor que esos cortacéspedes en que la gente se montaba los domingos. Tenía unas ruedas enormes y una bóveda achatada, y emitía un pitido mientras avanzaba directamente hacia ella.

De hecho, iba a pasar por encima de ella, pensó sin preocupación. No podía hacer nada para evitarlo. Siguió tendida en el suelo, aturdida, indiferente. Las ruedas se hicieron cada vez más grandes. Lo último que recordó fue una voz mecánica que decía: «Hola. Hola. Apártese del camino, por favor. Muchas gracias por su cooperación. Hola. Hola. Apártese del camino...».

Y luego nada.

ESTACIÓN DE WEDDELL
MIÉRCOLES, 6 DE OCTUBRE
20.22 H.

Oscuridad. Dolor. Voces ásperas.

Dolor.

Alguien le frotaba. Por todo el cuerpo, los brazos y las piernas. Como si le restregasen el cuerpo con fuego.

Gimió.

Oyó una voz, ronca y lejana. Parecía decir: «Posos de café».

Siguieron frotándole, de manera enérgica, brusca e insoportable. Y sonaba como papel de lija: un roce chirriante, áspero, terrible.

Algo le golpeó la cara, la boca. Se lamió las labios. Era nieve. Nieve helada.

—¿Taya nsciente? —dijo una voz.

—Nod el odo.

Era una lengua extranjera, chino o algo así. Ahora Sarah oía varias voces. Intentó abrir los ojos pero no pudo. Algo pesado sobre la cara le mantenía cerrados los párpados, como una máscara, o...

Intentó llevarse las manos a la cara pero no pudo. Tenía todos los miembros inmovilizados. Y continuaban frotándole, frotándole, frotándole...

Gimió. Intentó hablar.

—¿Nok res yas ueve?

—Nok cro.

—Sig ehsin arar.

Dolor.

Le frotaban, quienquiera que fuese, mientras yacía inmovilizada en la oscuridad, y gradualmente recuperó la sensibilidad en los miembros y la cara. No se alegró de ello. El dolor se intensificó. Sintió como si le abrasara todo el cuerpo.

Las voces parecían flotar alrededor, incorpóreas. Ahora había más. Cuatro, cinco... ya no estaba segura. Todas mujeres, parecían.

Y ahora le hacían algo más, advirtió. La violaban. Le metían algo en el cuerpo. Romo y frío. No doloroso. Frío.

Las voces flotaban, se deslizaban alrededor. Junto a su cabeza, junto a sus pies. La tocaban con brusquedad.

Era un sueño. O la muerte. Quizá estaba muerta, pensó con una actitud extrañamente distante. El dolor la distanciaba. Y de pronto oyó una voz de mujer que le hablaba al oído, muy cerca y muy clara. Dijo:

—Sarah.

Movió los labios.

—Sarah, ¿estás despierta?

Movió la cabeza en un ligero gesto de asentimiento.

—Voy a quitarte la bolsa de hielo de la cara, ¿de acuerdo?

Ella asintió. El peso, la máscara, se levantó.

—Abre los ojos. Muy despacio.

Sarah obedeció. Estaba en una habitación de paredes blancas tenuemente iluminada. Un monitor a un lado, una maraña de cables verdes. Parecía una habitación de hospital. Una mujer la observaba con preocupación. Vestía un uniforme blanco de enfermera y un chaleco. Hacía frío en la habitación. Sarah veía su aliento condensado.

—No intentes hablar —dijo la mujer.

Sarah no lo intentó.

—Estás deshidratada. Esto se alargará durante unas horas. Estamos aumentando tu temperatura lentamente. Has tenido mucha suerte, Sarah. No vas a perder nada.

No iba a perder nada, pensó.

Se alarmó. Movió los labios. Se notaba la lengua seca y pastosa. Un sonido sibilante salió de su garganta.

—No hables —insistió la mujer—. Aún es pronto. ¿Te duele mucho? ¿Sí? Te daré un calmante. —Levantó una jeringuilla—. Tu amigo te ha salvado la vida, ¿sabes? Ha conseguido ponerse en pie y abrir el radioteléfono del robot de la NASA. Así es como os hemos encontrado.

Sarah movió la boca.

—Está en la habitación de al lado. Creemos que él también se recuperará. Ahora descansa.

Notó algo frío en las venas.

Se le cerraron los ojos.

ESTACIÓN DE WEDDELL
JUEVES, 7 DE OCTUBRE
19.34 H.

Las enfermeras dejaron solo a Peter Evans para que se vistiese. Se puso la ropa lentamente, evaluando su propio estado. Se encontraba bien, decidió, aunque las costillas le dolían al respirar. Tenía un hematoma enorme en el lado izquierdo del pecho, otro en el muslo y un desagradable verdugón morado en el hombro. Más una fila de puntos de sutura en el cuero cabelludo. Tenía todo el cuerpo entumecido y dolorido. Ponerse los calcetines y los zapatos fue un suplicio.

Pero estaba bien. Más aún, por alguna razón se sentía renovado, casi renacido. Fuera, en el hielo, había tenido la convicción de que iba a morir. Ignoraba cómo había reunido fuerzas para levantarse. Había notado los puntapiés de Sarah, pero no le respondió. Luego había oído el pitido. Y al alzar la vista, vio el rótulo NASA.

Vagamente, se dio cuenta de que era una especie de vehículo. Así que debía de haber un conductor. La ruedas delanteras se detuvieron a unos centímetros de su cuerpo. Consiguió ponerse de rodillas y, agarrándose al bastidor, izarse sobre las ruedas. No entendió por qué el conductor no salía a ayudarle.

Finalmente, de rodillas en medio de los aullidos del viento, tomó conciencia de que era un vehículo bajo y bulboso, de poco más de un metro de altura. Era demasiado pequeño para alojar a un operario humano; era una especie de robot. Retiró la nieve de la cápsula en forma de bóveda. El rótulo rezaba VEHÍCULO A CONTROL REMOTO PARA LA INSPECCIÓN DE METEORITOS, NASA.

El vehículo hablaba, repitiendo una y otra vez una voz grabada. Evans no entendía las palabras a causa del viento. Apartó la nieve pensando que debía de incluir algún sistema de comunicación, una antena, una...

De pronto tocó con los dedos un panel con un orificio. Tiró de él y lo abrió. Dentro vio un teléfono: un aparato corriente, de color rojo. Se lo acercó a la máscara congelada. No oyó nada, pero dijo: «¿Hola? ¿Hola?».

Nada más.

Volvió a desplomarse.

Pero, según le explicaron las enfermeras, eso bastó para mandar una señal a la base de la NASA en Patriot Hills. La NASA lo notificó a Weddell, que mandó una partida de búsqueda y los encontró al cabo de diez minutos. Los dos estaban aún vivos, pero por poco.

Eso había ocurrido hacía más de veinticuatro horas.

El equipo médico había necesitado doce horas para devolverles la temperatura corporal normal, porque, le explicó una enfermera, tenía que hacerse despacio. Le dijeron a Evans que se pondría bien pero quizá perdiese un par de dedos de los pies. Tendrían que esperar para verlo. Tardaría unos días. Tenía los pies vendados con una especie de tablillas en los dedos. No podía calzarse sus zapatos corrientes, pero le habían conseguido unas zapatillas de deporte de talla mayor. Parecían de un jugador de baloncesto. En Evans quedaban como los enormes pies de un payaso. Pero podía llevarlas, y apenas le dolía.

Con cautela, se levantó. Temblaba, pero se encontraba bien.

Regresó la enfermera.

—¿Tienes hambre?

Él negó con la cabeza.

—Todavía no.

—¿Te duele?

Volvió a negar con la cabeza.

—Solo todo el cuerpo, ya sabes.

—Empeorará —dijo ella. Le entregó un frasco con pastillas—. Tómate una de estas cada cuatro horas si es necesario. Y probablemente necesites dormir más durante los próximos días.

—¿Y Sarah?

—Sarah tardará aún una media hora o así.

—¿Dónde está Kenner?

—Creo que en la sala de ordenadores.

—¿En qué dirección?

—Quizá sea mejor que te apoyes en mi hombro...

—Estoy bien —dijo él—. Solo dime cómo se llega.

Ella le señaló la dirección, y Evans empezó a caminar. Pero sus movimientos eran más vacilantes de lo que había previsto. Los músculos no le respondían bien. Le temblaba todo el cuerpo. Hizo amago de desplomarse. La enfermera, agachándose, se apresuró a colocarle el hombro bajo el brazo.

—Haremos una cosa —dijo ella—. Yo misma te llevaré.

Esta vez él no puso ningún reparo.

Kenner estaba sentado en la sala de ordenadores con MacGregor, el jefe de la estación, y con Sanjong Thapa. Todos tenían una expresión sombría.

—Lo hemos encontrado —dijo Kenner, señalando un monitor—. ¿Reconoces a tu amigo?

Evans miró la pantalla.

—Sí. Ese es el cabrón.

El monitor mostraba una foto del hombre a quien Evans conocía como Bolden. Pero la ficha de identificación daba como nombre David R. Kane. Veintiséis años. Nacido en Mineápolis. Licenciado en Notre-Dame, doctorado por la Universidad de Michigan. Situación actual: profesor adjunto en oceanografía, Universidad de Michigan, Ann Arbor. Proyecto de investigación: dinámica de flujo de la plataforma de Ross según las mediciones de sensores GPS. Director de tesis/supervisor del proyecto: James Brewster, Universidad de Michigan.

—Se llama Kane —dijo el jefe de la estación—. Lleva aquí una semana, junto con Brewster.

—¿Dónde está ahora? —preguntó Evans lúgubremente.

—Ni idea. Hoy no ha regresado a la estación. Tampoco Brewster. Pensamos que quizá hayan ido a McMurdo y tomado el transporte de la mañana. Hemos hablado con McMurdo para que hagan un recuento de vehículos, pero aún no se han puesto en contacto con nosotros.

—¿Está seguro de que no siguen aquí? —preguntó Evans.

—Totalmente. Aquí se requiere una placa de identificación para abrir las puertas exteriores, así que siempre sabemos dónde está todo el mundo. Ni Kane ni Brewster han abierto ninguna puerta en las últimas doce horas. No están aquí.

—¿Cree, pues, que pueden ir a bordo del avión?

—En la torre de control de McMurdo no estaban seguros. No llevan mucho control con el transporte diario; si alguien quiere utilizarlo, simplemente sube y se va. Es un C-130, así que siempre hay espacio de sobra. Compréndalo, muchas becas de investigación no conceden permisos durante el período de trabajo, pero la gente tiene en sus casas cumpleaños y acontecimientos familiares. Así que simplemente se marchan y vuelven. No queda registrado.

—Si no recuerdo mal, Brewster llegó con dos estudiantes de posgrado —comentó Kenner—. ¿Dónde está el otro?

—Interesante pregunta. Salió de McMurdo ayer, el día que llegaron ustedes.

—Así que se han marchado todos —dijo Kenner—. Debe admitirse que son listos. —Consultó su reloj—. Ahora veamos qué han dejado atrás, si es que han dejado algo.

El letrero en la puerta rezaba: DAVE KANE, U. MICH. Evans abrió de un empujón y vio una habitación reducida, una cama sin hacer, un pequeño escritorio con un montón de papeles en desorden y cuatro latas de Cola-Cola Light. En el rincón había una maleta abierta.

—Empecemos —propuso Kenner—. Yo me ocuparé de la cama y la maleta. Tú mira en el escritorio.

Evans comenzó a examinar los papeles. Todos parecían copias de artículos de investigación. Algunos llevaban el sello U MICH BIB GEO, seguido de un número.

—Puro escaparate —dijo Kenner cuando le enseñó los papeles—. Todo eso se lo trajo ya impreso. ¿Alguna otra cosa? ¿Algo personal?

Evans no encontró nada de interés. Algunos de los textos contenían frases resaltadas con rotulador amarillo. Había una pila de fichas con anotaciones de siete centímetros por doce, con notas escritas, pero parecían auténticas, y relacionadas con los artículos.

—¿No crees que este hombre es realmente estudiante de posgrado?

—Podría ser, pero lo dudo. Normalmente los ecoterroristas tienen poca formación.

Se incluían fotografías del movimiento de los glaciares e imágenes de satélite diversas. Evans las examinó por encima. De pronto se detuvo en una:

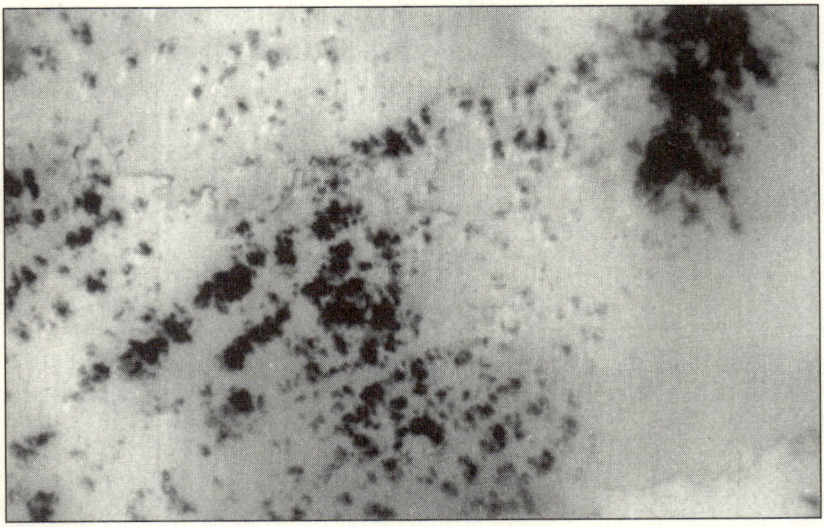

ISS006.ESC1.03003375 SCORPION B

Fue el pie de foto lo que atrajo su atención.

—Oye —dijo—, en aquella lista de cuatro lugares, ¿no aparecía uno llamado Scorpion?

—Sí...

—Está aquí, en la Antártida —dijo Evans—. Fíjate en esto.

—Pero no puede ser... —Kenner se interrumpió—. Esto es muy interesante, Peter. Bien hecho. ¿Estaba en esa pila? Bien. ¿Algo más?

A su pesar, Evans recibió complacido la aprobación de Kenner. Se apresuró a seguir con su registro. Un momento después dijo:

—Sí. Aquí hay otra.

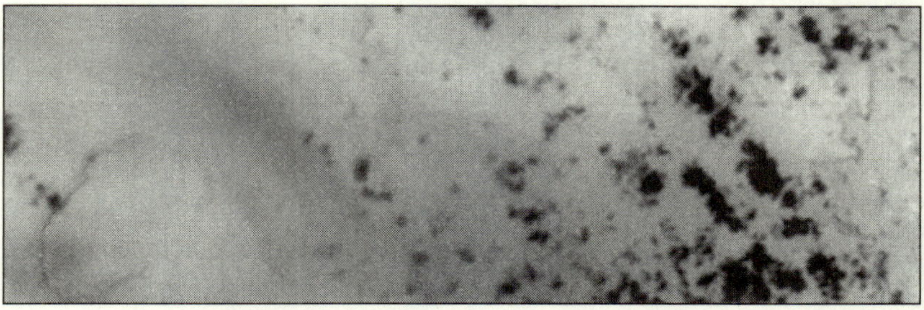

ISS006.ESC1.03003375 SCORPION B

»En esencia es el mismo dibujo de afloramientos rocosos en la nieve —comentó Evans con entusiasmo—. Y en cuanto a estas líneas finas, no sé... ¿carreteras? ¿Carreteras cubiertas de nieve?

—Sí —convino Kenner—. Casi seguro.

—Y si son fotografías aéreas, debe de haber una manera de seguirles el rastro. ¿Crees que estos números son referencias de algún tipo?

—Indudablemente. —Kenner sacó una pequeña lupa de bolsillo y examinó la imagen detenidamente—. Sí, Peter. Muy bien.

Evans exhibió una radiante sonrisa.

Desde la puerta, MacGregor preguntó:

—¿Han encontrado algo? ¿Puedo ayudarles?

—No lo creo —dijo Kenner—. Nos ocuparemos de esto nosotros mismos.

—Pero quizá él reconozca... —empezó a decir Evans.

—No —atajó Kenner—. Identificaremos el lugar a partir del archivo de imágenes de la NASA. Sigamos.

Registraron la habitación en silencio aún durante varios minutos. Kenner extrajo una navaja de bolsillo y empezó a cortar el forro de la maleta abierta en el rincón.

—Ah. —Se irguió. Entre los dedos sostenía dos arcos curvos de goma clara.

—¿Qué es eso? —preguntó Evans—. ¿Silicona?

—O algo muy parecido. En todo caso, una especie de plástico blando. —Kenner parecía muy satisfecho.

—¿Para qué sirven? —quiso saber Evans.

—No tengo la menor idea —contestó Kenner.

Continuó registrando la maleta. En sus adentros, Evans se preguntó qué complacía tanto a Kenner. Seguramente prefería no decir lo que sabía delante de MacGregor. Pero ¿qué podían ser esos dos trozos de goma? ¿Qué utilidad tenían?

Evans revisó por segunda vez los documentos del escritorio, pero no encontró nada más. Levantó la lámpara y miró bajo la base. Se agachó y escrutó el lado inferior de la mesa por si habían pegado algo con cinta adhesiva. No encontró nada.

Kenner cerró la maleta.

—Como preveía, nada más. Hemos tenido ya mucha suerte encontrando lo que hemos encontrado. —Se volvió hacia MacGregor—. ¿Dónde está Sanjong?

—En la sala del servidor, haciendo lo que le ha pedido: impidiendo acceso al sistema a Brewster y su equipo.

La «sala del servidor» era poco mayor que un armario. Había hileras idénticas de procesadores desde el suelo hasta el techo, y el habitual techo de rejilla para el cableado. Contenía un ordenador maestro sobre una pequeña mesa de acero. Sanjong estaba allí apretujado con cara de frustración, al lado de un técnico de Weddell a su lado.

Kenner y Evans se quedaron fuera, en el pasillo. Evans comprobó satisfecho que ya era capaz de tenerse en pie. Estaba recobrando las fuerzas rápidamente.

—No ha sido fácil —dijo Sanjong a Kenner—. Aquí el procedimiento es dar a cada investigador de Weddell espacio de almacenamiento privado y también conexiones directas de radio e internet. Y esos tres tipos sabían cómo sacarle provecho. Según parece, el otro acompañante de Brewster era el experto en informática. En menos de un día desde su llegada, entró en el sistema como usuario raíz e instaló puertas traseras y troyanos por todas partes. No sabemos cuántos. Intentamos eliminarlos.

—También añadió varias cuentas de usuario fantasma —explicó el técnico.

—Unas veinte —aclaró Sanjong—. Pero esas no me preocupan. Probablemente son solo eso, cuentas fantasma. Si ese tipo era listo, y desde luego lo era, debió de darse acceso al sistema a través de un usuario existente, para no ser detectado. Ahora buscamos a todos los usuarios que hayan añadido una contraseña secundaria en la última semana. Pero este sistema no tiene muchas utilidades de mantenimiento. El proceso es lento.

—¿Y los troyanos? —preguntó Kenner—. ¿Cuándo se activarán?

En la jerga informática un troyano era un programa de aspecto inocuo instalado en el sistema. Estaba diseñado para despertar en un momento posterior y llevar a cabo alguna acción. Debía su nombre a la manera en que los griegos ganaron la guerra de Troya: introduciendo un caballo enorme y presentándolo a los troyanos como un obsequio. Cuando el caballo estuvo dentro de las murallas de Troya, los soldados griegos que iban ocultos dentro salieron y atacaron la ciudad.

Un troyano clásico era el que instalaba un empleado descontento. Borraba todos los discos duros de una empresa tres meses después de ser despedido. Pero existían muchas variantes.

—En todos los que he encontrado, el plazo es corto —contestó Sanjong—. Un día o dos a partir de ahora. Hemos encontrado uno a tres días vista. Nada posterior.

—Tal como sospechábamos —dijo Kenner.

—Exactamente —convino Sanjong, asintiendo con la cabeza—. Lo tenían previsto para pronto.

—¿Qué tenían previsto? —preguntó Evans.

—El desprendimiento del enorme iceberg —respondió Kenner.

—¿Por qué tan pronto? Ellos aún habrían estado aquí.

—De eso no estoy muy seguro. Pero en cualquier caso el plazo venía determinado por alguna otra cosa.

—¿Sí? ¿Qué? —dijo Evans.

Kenner le lanzó una mirada.

—Hablaremos de eso más tarde. —Se volvió hacia Sanjong—. ¿Y qué hay de las conexiones de radio?

—Hemos deshabilitado todas las conexiones directas de inmediato. Y supongo que tú has hecho tu trabajo sobre el propio terreno.

—En efecto —contestó Kenner.

—¿Qué has hecho en el terreno? —preguntó Evans.

—Desconexiones aleatorias.

—¿De qué?

—Te lo diré después.

—Entonces, hemos sido redundantes —dijo Sanjong.

—No. Porque no podemos estar seguros de que no hay aquí alguien más que eche a perder nuestro trabajo.

—Me gustaría saber de qué demonios estáis hablando.

—Después —dijo Kenner, esta vez con mirada severa.

Evans calló, un poco dolido.

—La señorita Jones ha despertado y se está vistiendo —anunció MacGregor.

—Muy bien —dijo Kenner—. Creo que nuestro trabajo aquí ha terminado. Nos pondremos en marcha dentro de una hora.

—¿Para ir adónde? —preguntó Evans.

—Pensaba que eso era evidente —comentó Kenner—. A Helsinki, en Finlandia.

EN CAMINO
VIERNES, 8 DE OCTUBRE
6.04 H.

El avión regresó a través de la cegadora luz matutina. Sarah dormía. Sanjong trabajaba en su ordenador portátil. Kenner miraba por la ventana.

—Muy bien —dijo Evans—, ¿qué desconectaste aleatoriamente?

—Las cargas cónicas —contestó Kenner—. Estaban espaciadas a una distancia exacta, cuatrocientos metros. Desconecté cincuenta al azar, en su mayoría del extremo este de la hilera. Eso bastará para impedir que se genere la onda permanente.

—¿Y no habrá iceberg, pues?

—Esa es la idea.

—¿Y por qué vamos a Helsinki?

—No vamos. Lo dije solo en atención al técnico. Vamos a Los Ángeles.

—Bien. ¿Y por qué vamos a Los Ángeles?

—Porque allí celebra el NERF el Congreso sobre el Cambio Climático Abrupto.

—¿Todo esto guarda relación con el congreso?

Kenner asintió.

—¿Esa gente pretende que el desprendimiento de un iceberg coincida con el congreso?

—Exactamente. Esos sucesos forman parte de cualquier plan

mediático de gran difusión. Se organiza un acontecimiento con un buen material visual para reforzar el contenido del congreso.

—Se te ve muy tranquilo al respecto —comentó Evans.

—Así son las cosas, Peter. —Kenner se encogió de hombros—. Las cuestiones ecológicas no salen a la luz pública por casualidad, ¿sabes?

—¿Qué quieres decir?

—Bueno, pongamos por ejemplo tu temor preferido, el calentamiento del planeta. La aparición de este fenómeno fue anunciada a bombo y platillo por un destacado climatólogo, James Hansen, en 1988. Prestó declaración ante una comisión conjunta del Congreso y el Senado encabezada por el senador Wirth de Colorado. Las comparecencias se programaron para junio a fin de que Hansen declarase durante una abrasadora ola de calor. Fue un montaje desde el principio.

—Eso no me inquieta —dijo Evans—. Es lícito utilizar una comparecencia oficial para despertar la conciencia del público.

—¿Ah, sí? Entonces estás diciendo que, desde tu punto de vista, no existe diferencia entre una comparecencia oficial y una rueda de prensa.

—Estoy diciendo que las comparecencias se han utilizado con ese fin ya muchas veces.

—Cierto —contestó Kenner—. Pero es incuestionablemente una manipulación. La declaración de Hansen no ha sido el único caso de manipulación mediática en el transcurso de la campaña de ventas del calentamiento del planeta. No olvides los cambios de última hora en el informe del PICC de 1995.

—¿El PICC? ¿Qué cambios de última hora?

—Las Naciones Unidas constituyeron el Panel Intergubernamental sobre el Cambio Climático a finales de la década de los ochenta. Eso es el PICC, como sabes, un gran grupo de burócratas, y de científicos bajo el control de burócratas. La idea era que, como el problema incidía a escala mundial, las Naciones Unidas supervisarían las investigaciones sobre el clima y los informes específicos cada pocos años. En el primer informe de evaluación de

1990 se puso de manifiesto que sería muy difícil detectar una influencia humana en el clima, si bien a todo el mundo le preocupaba que pudiese existir. Sin embargo, el informe de 1995 anunció con convicción que en ese momento se daba una «influencia humana discernible» en el clima. ¿Lo recuerdas?

—Vagamente.

—Pues bien, la afirmación de que existía una «influencia humana discernible» se añadió al informe abreviado de 1995 cuando los científicos ya se habían ido a casa. El documento original decía que los científicos no podían detectar con certeza una influencia humana en el clima, ni sabían cuándo sería eso posible. Escribieron explícitamente: «No lo sabemos». Esa declaración se suprimió y se sustituyó por la afirmación de que en efecto existía una influencia humana discernible. Fue una modificación considerable.

—¿Eso es verdad? —preguntó Evans.

—Sí. La alteración del documento provocó en su día gran revuelo entre los científicos, manifestándose en un sentido u otro tanto los opositores como los partidarios de la modificación. Si se leen sus declaraciones y sus réplicas, es imposible saber con seguridad quién dice la verdad. Pero vivimos en la era de internet. Uno puede encontrar los documentos originales y la lista de modificaciones en la red y decidir por sí mismo. La revisión de las modificaciones al texto deja medianamente claro que el PICC no es una organización científica sino política.

Evans frunció el entrecejo. No sabía qué contestar. Sin duda había oído hablar del PICC, claro, pero desconocía en qué medida...

—Pero mi pregunta es más sencilla, Peter. Si algo es real, si es un problema auténtico que requiere intervención, ¿por qué tienen todos que exagerar sus afirmaciones? ¿Por qué tiene que haber campañas mediáticas cuidadosamente elaboradas?

—Te daré una respuesta sencilla —dijo Evans—. Los medios de comunicación son un mercado saturado. Se bombardea a la gente con miles de mensajes cada minuto. Es necesario hablar alto... y, sí, quizá exagerar un poco... si se quiere captar la atención del público. E intentar movilizar al mundo entero para que firme el Tratado de Kioto.

—Bien, consideremos ese punto de vista. Cuando Hansen anunció en el verano de 1988 que se había iniciado el calentamiento del planeta, predijo un aumento de cero coma treinta y cinco grados centígrados en las temperaturas a lo largo de la década siguiente. ¿Sabes cuál fue el aumento real?

—Sin duda me dirás que fue inferior.

—Muy inferior, Peter. El doctor Hansen hizo una sobreestimación del trescientos por ciento. El incremento real fue de cero coma once grados.

—Sí, pero aumentó.

—Y diez años después de su declaración, afirmó que las fuerzas que rigen el cambio climático se conocen tan poco que las previsiones a largo plazo son imposibles.

—No dijo eso.

Kenner dejó escapar un suspiro.

—¿Sanjong?

Sanjong tecleó en su ordenador: «Actas de la Academia Nacional de Ciencias, octubre de 1998».*

—Hansen no dijo que las previsiones fuesen imposibles.

—Literalmente dijo: «Los factores que inciden en el cambio climático a largo plazo no se conocen con precisión suficiente para determinar el futuro cambio climático». Fin de la cita. Y argumentó que, en el futuro, los científicos deberían utilizar múltiples escenarios para establecer un espectro de posibles resultados climáticos.

—Bueno, eso no es exactamente...

—Deja de poner peros —atajó Kenner—. Lo dijo. ¿Por qué crees que a Balder le preocupan los testigos en el caso Vanuatu?

* James E. Hansen, Makiko Sato, Andrew Lacis, Reto Ruedy, Ina Tegen, y Elaine Matthews, «Factores que inciden en el clima en la era industrial», *Proceedings of the National Academy of Sciences* 95 (octubre de 1998): 12.753-12.758.

Por declaraciones como esta. Por más que intentes reformularla, es una clara admisión de conocimientos limitados. Y esta no es precisamente la única. El propio PICC ha hecho muchas declaraciones restrictivas.*

—Aun así, Hansen cree en el calentamiento del planeta.

—Sí, así es —dijo Kenner—. Y en su predicción de 1988 se equivocó en un trescientos por ciento.

—¿Y qué?

—Pasas por alto las implicaciones de un error de esa magnitud —contestó Kenner—. Compáralo con otros terrenos. Por ejemplo, cuando la NASA lanzó el cohete que transportaba el Rover a Marte, anunciaron que el vehículo aterrizaría en la superficie de Marte doscientos cincuenta y tres días más tarde a las veinte horas y once minutos, hora de California. De hecho, aterrizó a las veinte horas treinta y cinco minutos. Eso es un error de unas cuantas milésimas por ciento. La gente de la NASA sabía de qué hablaba.

—Muy bien, sí, pero en algunas cosas es necesaria una estimación.

—Tienes toda la razón —dijo Kenner—. La gente hace estimaciones continuamente. Estimaciones de ventas, estimaciones de beneficios, estimaciones de fecha de entrega, estimaciones... A propósito, ¿tú haces una estimación de tu contribución a Hacienda?

—Sí. Trimestralmente.

—¿Con qué precisión debes hacer esa estimación?

—Bueno, no hay una regla fija...

—Peter, ¿con qué precisión, sin penalización?

* PICC. *Climate Change 2001: The Scientific Basis*. Cambridge, UK: Cambridge University Press, 2001, p. 774: «En la investigación y la creación de modelos climáticos, debemos reconocer que nos enfrentamos con un sistema caótico no lineal, y por tanto las predicciones a largo plazo de los estados climáticos futuros no son posibles». Véase también: PICC. *Climate Change 1995: The Science of Climate Change*, p. 330. «La variabilidad climática natural en escalas a largo plazo seguirá siendo problemática para el análisis y la detección del cambio climático relacionado con el CO_2».

—Quizá un quince por ciento.

—Así pues, si te desviases en un trescientos por ciento, ¿pagarías una multa?

—Sí.

—Hansen se equivocó en un trescientos por ciento.

—El clima no es una declaración de renta.

—En el mundo real del conocimiento humano —respondió Kenner—, un error del trescientos por ciento se considera indicio de que uno no comprende bien aquello que está estimando. Si tomases un avión y el piloto dijese que el vuelo era de tres horas pero llegases al cabo de una hora, ¿pensarías que el piloto estaba bien informado o no?

Evans suspiró.

—El clima es más complicado que eso.

—Sí, Peter. El clima es más complicado. Tan complicado es que nadie ha podido predecir el clima futuro con precisión. Pese a que se gastan miles de millones de dólares y cientos de personas lo intentan en todo el mundo. ¿Por qué te resistes a la incómoda verdad?

—Ahora los pronósticos meteorológicos son mucho más fiables —adujo Evans—, y eso es gracias a los ordenadores.

—Sí, los pronósticos meteorológicos han mejorado. Pero nadie intenta predecir el tiempo a más de diez días vista. Y sin embargo los creadores de modelos informáticos predicen la temperatura con cien años de antelación. A veces incluso mil y tres mil años.

—Y lo hacen cada vez mejor.

—Posiblemente no —dijo Kenner—. Fíjate, el mayor acontecimiento en el clima global es El Niño. Este fenómeno se produce aproximadamente cada cuatro años. Sin embargo los modelos climáticos no pueden predecirlo, ni su fecha, ni su duración, ni su intensidad. Y si no es posible predecir El Niño, el valor predictivo del modelo en otras áreas es más que dudoso.

—Yo he oído decir que sí puede predecirse El Niño.

—Eso se afirmó en 1998. Pero no es verdad.* —Kenner negó con la cabeza—. La ciencia del clima todavía no ha llegado allí, Peter, así de simple. Algún día llegará. Pero aún no ha llegado.

* C. Landsea, *et al.*, 2000, «¿Cuánta aptitud intervino en la previsión del poderoso El Niño de 1997-1998?», *Bulletin of the American Meteorological Society* 81: 2.107-2.119: «... cabría confiar incluso menos en los estudios sobre el calentamiento del planeta antropogénico por la falta de aptitud para predecir El Niño... el nivel de acierto en los pronósticos de El Niño se ha exagerado (a veces drásticamente) y aplicado erróneamente en otras áreas».

CAMINO DE LOS ÁNGELES
VIERNES, 8 DE OCTUBRE
14.22 H.

Pasó otra hora. Sanjong trabajaba sin cesar en el ordenador. Kenner permanecía inmóvil en su asiento mirando por la ventanilla. Sanjong estaba acostumbrado a eso. Sabía que Kenner era capaz de estar quieto y en silencio durante varias horas. Solo apartó la vista de la ventanilla al oír jurar a Sanjong.

—¿Qué ocurre? —preguntó Kenner.

—He perdido la conexión vía satélite a internet. Va y viene desde hace un rato.

—¿Has podido localizar las imágenes?

—Sí, eso no ha sido problema. Ya he determinado el lugar. ¿De verdad Evans pensaba que eran imágenes de la Antártida?

—Sí. Según él, eran afloramientos de roca negra en la nieve. No le he llevado la contraria.

—El lugar real se llama Resolution Bay —dijo Sanjong—. Se encuentra al nordeste de Gareda.

—¿A qué distancia está de Los Ángeles?

—Seis mil millas marinas, poco más o menos.

—El tiempo de propagación es, pues, de doce o trece horas.

—Sí.

—Ya nos preocuparemos de eso más tarde —dijo Kenner—. Antes tenemos otros problemas.

Peter Evans durmió a ratos. Su cama consistía en un mullido asiento de avión extendido, con una costura en el centro, justo donde apoyaba la cadera. Dio vueltas y más vueltas, despertándose brevemente, oyendo retazos de conversación entre Kenner y Sanjong en la parte de atrás del avión. No pudo escuchar toda la conversación debido al zumbido de los motores, pero sí lo suficiente.

«Por lo que necesito que haga.»

«Se negará, John.»

«... le guste o no... Evans está en el centro de todo.»

Peter Evans despertó de pronto por completo. Aguzó el oído. Levantó la cabeza de la almohada para oír mejor.

«No le he llevado la contraria.»

«... lugar real... Resolution Bay... Gareda.»

«¿A qué distancia... ?»

«... mil millas...»

«... el tiempo de propagación... trece horas.»

Pensó: «¿Tiempo de propagación? ¿De qué demonios están hablando?». Impulsivamente, se levantó de un salto, fue derecho a la parte de atrás y se encaró con ellos.

Kenner ni pestañeó.

—¿Has dormido bien?

—No —contestó Evans—, no he dormido bien. Creo que me debes una explicación.

—¿Sobre qué?

—Las imágenes del satélite, para empezar.

—No podía decírtelo allí en la sala, delante de los demás —respondió Kenner—. Y no me gustaba la idea de interrumpir tu entusiasmo.

Evans fue a servirse una taza de café.

—Bien, ¿y qué muestran realmente las imágenes?

Sanjong dio vuelta a su ordenador para enseñarle a Evans la pantalla.

—No te sientas decepcionado. No tenías la menor razón para sospecharlo. Las imágenes eran negativos. Se utilizan así a menudo para aumentar el contraste.

—Negativos...

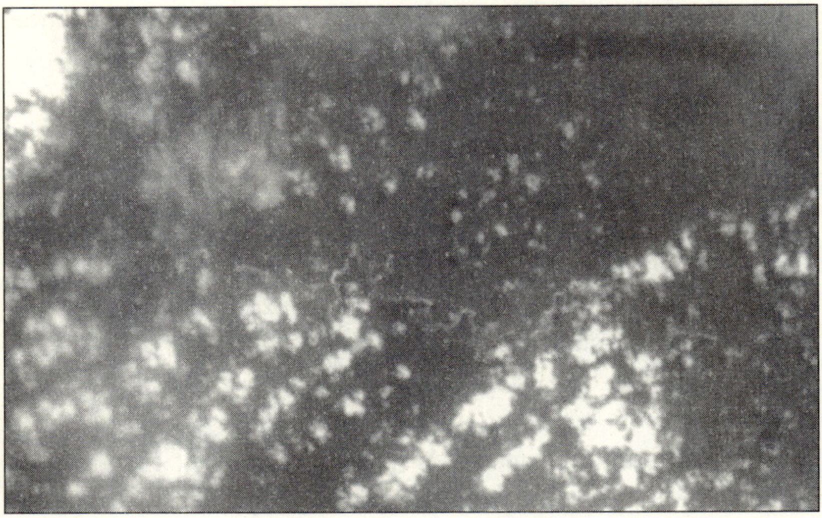

—Las rocas negras son en realidad blancas. Son nubes.

Evans lanzó un suspiro.

—¿Y qué es la masa de tierra?

—Una isla llamada Gareda, en la zona sur del archipiélago de Salomón.

—¿Que está...?

—Frente a la costa de Nueva Guinea, en el norte de Australia.

—Así que es una isla del Pacífico sur —dijo Evans—. Ese tipo de la Antártida tenía una imagen de una isla del Pacífico.

—Correcto.

—Y la referencia «Scorpion» es...

—No lo sabemos —respondió Sanjong—. En los mapas el lugar real se llama Resolution Bay, pero quizá el nombre local sea Scorpion Bay.

—¿Y qué planean allí?

—Tampoco lo sabemos —dijo Kenner.

—Os he oído hablar de tiempos de propagación. Tiempos de propagación ¿de qué?

—De hecho, has oído mal —dijo Kenner sin inmutarse—. Hablaba de tiempos de interrogación.

—¿Tiempos de interrogación? —repitió Evans.

—Sí. Teníamos la esperanza de identificar al menos a uno de los tres hombres de la Antártida, puesto que disponemos de buenas fotografías de los tres. Y sabemos que las fotografías son fiables porque la gente de la base los vio. Pero me temo que no nos acompaña la suerte.

Sanjong explicó que habían transmitido las fotografías de Brewster y los dos estudiantes de posgrado a varias bases de datos de Washington, donde los ordenadores de reconocimiento las contrastaban con individuos con antecedentes penales. A veces había suerte y el ordenador encontraba una coincidencia. Pero esta vez no había sido así.

—Ya han pasado varias horas, así que creo que no hemos tenido suerte.

—Como preveíamos —añadió Kenner.

—Sí —convino Sanjong—. Como preveíamos.

—¿Porque estos hombres no tienen antecedentes penales? —dijo Evans.

—No. Es muy probable que sí tengan.

—Entonces, ¿por qué no ha aparecido una coincidencia?

—Porque esto es una guerra en la red —respondió Kenner—. Y de momento la estamos perdiendo.

CAMINO DE LOS ÁNGELES
VIERNES, 8 DE OCTUBRE
15.27 H.

Según las versiones de los medios de comunicación, explicó Kenner, el Frente Ecologista de Liberación era una asociación de ecoterroristas muy poco rígida, compuesta por pequeños grupos que actuaban por propia iniciativa y empleaban medios relativamente rudimentarios para sembrar el caos: incendios, destrucción de todoterrenos en aparcamientos y demás.

La verdad era muy distinta. Solo se había detenido a un miembro del FEL, un estudiante de posgrado de veintinueve años de la Universidad de California en Santa Cruz. Fue sorprendido saboteando una torre de perforación en El Segundo, California. Negó toda relación con el grupo e insistió en que actuaba solo.

Pero lo que inquietó a las autoridades fue el hecho de que llevaba en la frente una prótesis que le cambiaba la forma del cráneo y daba prominencia a las cejas. Llevaba también unas orejas falsas. Como disfraz, no era gran cosa, pero resultaba preocupante, ya que inducía a pensar que conocía bastante bien los programas de identificación utilizados por la policía.

Dichos programas estaban ajustados para pasar por alto los cambios en el vello facial —pelucas, barbas y bigotes—, dado que era el método de disfraz más corriente. Estaban preparados asimismo para compensar los cambios de edad, tales como el aumento de peso reflejado en la cara, las facciones caídas, las entradas en el pelo.

Pero las orejas no cambiaban. La forma de la frente no cambiaba. Por tanto, los programas se basaban en gran medida en la configuración de las orejas y la forma de la frente. La alteración de estas partes del rostro daría un resultado negativo en un ordenador.

El individuo de Santa Cruz lo sabía. Sabía que las cámaras de seguridad lo fotografiarían cuando se acercase a la torre de perforación. Así que cambió su aspecto de un modo que previniese la identificación por ordenador.

Análogamente, los tres extremistas de Weddell contaban sin duda con un formidable respaldo para llevar a cabo su acción terrorista de alta tecnología. Requería meses de planificación. El coste era alto. Y obviamente disponían de apoyo en profundidad para obtener credenciales académicas, sellos universitarios en sus cajas de embalaje, compañías fantasma para sus envíos a la Antártida, falsas páginas web y otras docenas de detalles necesarios para la misión. Ni en su plan ni en la manera de ejecutarlo se advertía nada rudimentario.

—Y lo habrían conseguido —dijo Kenner—, a no ser por la lista que George Morton obtuvo poco antes de morir.

Todo lo cual indicaba que si el FEL había sido en otro tiempo una asociación poco rígida de aficionados, ya no lo era. Ahora era una red muy organizada, que utilizaba tantos canales de comunicación entre sus miembros (correo electrónico, teléfonos móviles, radio, mensajes de texto) que la red en su conjunto escapaba a la detección. Los gobiernos de todo el mundo se preocupaban desde hacía tiempo por cómo hacer frente a estas redes, y las «guerras en la red» que resultarían del intento de luchar contra ellas.

—Durante mucho tiempo el concepto de guerra en la red fue meramente teórico —prosiguió Kenner—. Llegaron estudios del RAND, pero en el ejército nadie se concentró en ello realmente. La idea de un enemigo, o grupo terrorista o incluso delictivo, organizado en forma de red, era demasiado amorfa para tomarse la molestia.

Pero era ese carácter amorfo de la red —fluido, en rápido desarrollo— la razón por la que era tan difícil combatirla. Era imposible infiltrarse en ella. Era imposible someterla a escuchas, salvo por accidente. Era imposible localizarla geográficamente porque no estaba en ninguna parte. A decir verdad, la red representaba una clase de adversario radicalmente nueva, que requería técnicas de combate radicalmente nuevas.

—Los militares no lo entendieron —declaró Kenner—. Pero, nos guste o no, ahora estamos en una guerra en la red.

—¿Y cómo se libra una guerra en la red? —preguntó Evans.

—La única manera de enfrentarse a una red es mediante otra red. Se amplían los puestos de escucha. Se decodifica las veinticuatro horas del día. Se emplean técnicas de engaño y trampas.

—¿Como cuáles?

—Es una cuestión técnica —dijo Kenner con vaguedad—. Hemos dejado a los japoneses al frente de ese esfuerzo. En eso son los mejores del mundo. Y por supuesto extendemos nuestras antenas en múltiples direcciones al mismo tiempo. A partir de lo que hemos averiguado en Weddell, tenemos muchos hierros en el fuego.

Kenner había solicitado registros en bases de datos. Había exigido la movilización de organizaciones estatales. Había realizado indagaciones para descubrir cómo habían obtenido los terroristas sus credenciales académicas, sus transmisores de radio encriptados, sus cargas explosivas, sus detonadores con temporizador informatizado. Nada de eso era material corriente y, con el debido tiempo, podía seguírsele el rastro.

—¿Nos queda tiempo? —preguntó Evans.

—No estoy seguro.

Evans advirtió que Kenner estaba preocupado.

—¿Y qué es lo que quieres que yo haga?

—Una cosa muy sencilla —respondió Kenner.

—¿Qué?

Kenner sonrió.

TERCERA PARTE

ÁNGEL

LOS ÁNGELES
SÁBADO, 9 DE OCTUBRE
7.04 H.

—¿De verdad es necesario? —preguntó Peter Evans con cara de preocupación.

—Lo es —contestó Kenner.

—Pero es ilegal.

—No lo es —aseguró Kenner con firmeza.

—¿Porque eres agente de las fuerzas del orden? —dijo Evans.

—Por supuesto. No te preocupes por eso.

Sobrevolaban Los Ángeles, aproximándose ya a la pista de Van Nuys. El sol de California penetraba por las ventanillas. Sanjong se hallaba encorvado sobre la mesa situada en el centro del avión. Enfrente tenía el teléfono móvil de Evans, del que había retirado la tapa posterior. Sanjong acoplaba sobre la pila una fina placa gris del tamaño de una uña.

—Pero ¿qué es exactamente? —quiso saber Evans.

—Memoria flash —contestó Sanjong—. Grabará cuatro horas de conversación en formato comprimido.

—Entiendo —dijo Evans—. ¿Y qué se supone que debo hacer?

—Sencillamente, llevar el teléfono en la mano y ocuparte de tus asuntos.

—¿Y si me descubren? —preguntó Evans.

—No te descubrirán —respondió Kenner—. Puedes llevarlo

a cualquier parte. Pasarás por cualquier control de seguridad sin problema.

—Pero si usan detectores de micrófonos…

—No lo detectarán, porque no estás transmitiendo nada. Lleva un transmisor por ráfagas. Transmite durante dos segundos cada hora. El resto del tiempo, nada. —Kenner suspiró—. Oye, Peter. Es solo un teléfono móvil. Todo el mundo tiene uno.

—No sé… —dijo Evans—. Esto me incomoda. Es decir, no soy un soplón.

Sarah, bostezando, se acercó.

—¿Quién es un soplón?

—Así me siento —afirmó Evans.

—Esa no es la cuestión —dijo Kenner—. ¿Sanjong?

Sanjong sacó un listado y se lo entregó a Evans. Era la hoja original de Morton, ahora con algunos añadidos.

662262	3982293	24FXE 62262 82293	**TERROR**	**Mt. Terror, Antártida**
882320	4898432	12FXE 82232 54393	**SNAKE**	**Snake Butte, Arizona**
774548	9080799	02FXE 67533 43433	**LAUGHER**	**Cayo Laugher, Bahamas**
482320	5898432	22FXE 72232 04393	**SCORPION**	**Resolution, Is. Salomón**
ALT				
662262	3982293	24FXE 62262 82293	**TERROR**	**Mt. Terror, Antártida**
382320	4898432	12FXE 82232 54393	**SEVER**	**Sever City, Arizona**
244548	9080799	02FXE 67533 43433	**CONCH**	**Cayo Conch, Bahamas**
482320	5898432	22FXE 72232 04393	**SCORPION**	**Resolution, Is. Salomón**
ALT				
662262	3982293	24FXE 62262 82293	**TERROR**	**Mt. Terror, Antártida**
382320	4898432	12FXE 82232 54393	**BUZZARD**	**Buzzard Gulch, Utah**
444548	7080799	02FXE 67533 43433	**OLD MAN**	**Is. Old Man, Turks y Caicos**
482320	5898432	22FXE 72232 04393	**SCORPION**	**Resolution, Is. Salomón**
ALT				
662262	3982293	24FXE 62262 82293	**TERROR**	**Mt. Terror, Antártida**
382320	4898432	12FXE 82232 54393	**BLACK MESA**	**Mesa Negra, Nuevo México**
344548	9080799	02FXE 67533 43433	**SNARL**	**Cayo Snarl, BWI**
482320	5898432	22FXE 72232 04393	**SCORPION**	**Resolution, Is. Salomón**

—Como ves, Sanjong ha identificado las coordenadas GPS exactas —dijo Kenner—. Sin duda habrás notado una pauta en la lista. Del primer incidente ya estamos enterados. El segundo se producirá en algún lugar del desierto estadounidense, bien en Utah, bien en Arizona, bien en Nuevo México. El tercer incidente tendrá lugar en alguna parte del Caribe, al este de Cuba, y el cuarto en las islas Salomón.

—¿Sí? ¿Y?

—Ahora mismo nuestra principal preocupación es el segundo incidente —explicó Kenner—. Y el problema es que entre Utah, Arizona y Nuevo México tenemos ciento treinta mil kilómetros cuadrados de desierto. A menos que consigamos más información, no encontraremos a esos tipos.

—Pero tenéis las coordenadas GPS exactas.

—Que sin duda ellos cambiarán ahora que están al corriente del tropiezo en la Antártida.

—¿Crees que ya han cambiado de planes?

—Por supuesto. Su red supo que algo andaba mal en cuanto llegamos ayer a Weddell. Creo que por eso se marchó el primero de ellos. Casi con toda seguridad, es el jefe de los tres. Los otros eran simples soldados de a pie.

—Y por eso queréis que vaya a ver a Drake —dijo Evans.

—Así es. Y averigües todo lo que puedas.

—Esto no me gusta.

—Lo comprendo, pero es necesario que lo hagas —insistió Kenner.

Evans miró a Sarah, que, todavía somnolienta, se frotaba los ojos. Le molestó ver que se había levantado de la cama perfectamente compuesta, sin arrugas en la cara, tan hermosa como siempre.

—¿Cómo estás? —le preguntó.

—Necesito lavarme los dientes —contestó ella—. ¿Cuánto falta para aterrizar?

—Diez minutos.

Sarah se levantó y se dirigió a la parte trasera del avión.

Evans miró por la ventanilla. El sol resplandecía, intenso. No había dormido suficiente. Los puntos en el cuero cabelludo le tiraban. Le dolía todo el cuerpo por haber pasado tanto tiempo encajonado en aquella maldita grieta. Solo apoyar el codo en el brazo del asiento ya era doloroso.

Dejó escapar un suspiro.

—Peter —dijo Kenner—, esos individuos han intentado matarte. Yo que tú no me andaría con muchas contemplaciones a la hora de contraatacar.

—Es posible, pero soy abogado.

—Y podrías acabar siendo un abogado muerto —replicó Kenner—. No te lo aconsejo.

Con una sensación de irrealidad, Peter Evans, al volante de su híbrido, se fundió con el tráfico de la autopista de San Diego, doce carriles de ruidosa circulación sobre una franja de cemento con una anchura equivalente a medio campo de fútbol. El sesenta y cinco por ciento de la superficie de Los Ángeles estaba dedicado a los coches. Las personas debían apiñarse en el poco espacio que quedaba. Era un diseño inhumano, y absurdo desde el punto de vista medioambiental. Todo estaba tan alejado que era imposible ir a pie a ninguna parte, y los índices de contaminación eran increíbles.

Y la gente como Kenner no hacía más que criticar la buena labor de las organizaciones ecologistas, sin cuyos esfuerzos el medio ambiente de una ciudad como Los Ángeles sería mucho peor.

«Afrontémoslo», pensó. El mundo necesitaba ayuda. Necesitaba desesperadamente una perspectiva ecologista. Y nada en la artera manipulación de datos de Kenner cambiaría esa verdad.

Sus pensamientos siguieron en esa línea durante otros diez minutos. Hasta que cruzó Mulholland Pass y empezó a descender hacia Beverly Hills.

Lanzó una mirada al asiento del acompañante. El teléfono

móvil adaptado relucía bajo el sol. Decidió llevarlo a la oficina de Drake de inmediato. Quería acabar con aquello cuanto antes.

Telefoneó y preguntó por Drake; le dijeron que estaba en el dentista y regresaría más tarde. La secretaria no sabía exactamente a qué hora.

Evans decidió ir a su apartamento y ducharse.

Aparcó en el garaje y cruzó el pequeño jardín hacia el bloque. El sol lucía entre los edificios; los rosales estaban en flor, preciosos. Lo único que empañaba la imagen, pensó, era el olor a tabaco que flotaba en el aire. Resultaba desagradable pensar que alguien había fumado un puro y lo que quedaba era…

—¡Pssst! ¡Evans!

Se detuvo. Miró alrededor. No vio nada.

Evans oyó un apremiante susurro, como un siseo:

—Vuélvase a la derecha. Coja una rosa.

—¿Cómo?

—No hable, idiota. Y deje de mirar alrededor. Acérquese y coja una rosa.

Evans se dirigió hacia la voz. Allí el olor a tabaco era más intenso. Tras la maraña de arbustos, vio un viejo banco de piedra en el que nunca se había fijado. Tenía algas incrustadas. Sentado en el banco, encorvado, había un hombre con una chaqueta sport. Fumaba un puro.

—¿Quién es…?

—No hable —susurró el hombre—. ¿Cuántas veces tengo que decírselo? Coja la rosa y huélala. Eso le dará una excusa para quedarse ahí un momento. Ahora atiéndame. Soy investigador privado. Me contrató George Morton.

Evans olió la rosa, inhalando humo de puro.

—Tengo algo importante que darle —dijo el tipo—. Se lo llevaré al apartamento antes de dos horas. Pero quiero que vuelva a salir, así le seguirán. No cierre la puerta con llave.

Evans hizo girar la rosa entre sus dedos, fingiendo examinarla. En realidad, miraba más allá de la rosa, al hombre sentado en el banco. Su cara le sonaba de algo. Evans estaba seguro de haberlo visto antes...

—Sí, sí —dijo el hombre, como si le leyese el pensamiento. Se volvió la solapa para enseñarle una placa—. AV Network Systems. Estaba trabajando en el edificio del NERF. Ahora lo recuerda, ¿verdad? No haga ningún gesto, por amor de Dios. Solo suba al apartamento, cámbiese de ropa y salga un rato. Vaya al gimnasio o a donde quiera, pero váyase. Esos gilipollas —señaló con la cabeza hacia la calle— estaban esperándolo. Así que no los decepcione. Y ahora váyase.

Su apartamento volvía a estar en orden. Lisa había hecho un buen trabajo: había dado la vuelta a los cojines rajados; había colocado los libros en la estantería. Estaban desordenados, pero ya se ocuparía de eso más tarde.

Desde la ancha ventana de la sala de estar, Evans miró la calle. No vio nada excepto la verde superficie del Roxbury Park. Pese a que aún era temprano, ya había niños jugando y algunas niñeras chismorreaban en corrillos. No había la menor señal de vigilancia.

Todo parecía normal.

Sintiéndose observado, empezó a desabrocharse la camisa y se dio media vuelta. Fue a la ducha. Y dejó que los chorros de agua caliente lo aguijoneasen. Se miró los dedos de los pies, de un color morado oscuro, poco natural y preocupante. Los movió. Apenas los sentía, pero por lo demás parecían en buen estado.

Se secó y comprobó sus mensajes. Tenía una llamada de Janis preguntándole si estaba libre esa noche. Luego otra también de ella, que, nerviosa, le decía que su novio acababa de volver a la ciudad y estaría ocupada (lo cual significaba que no debía telefonearla). Había una llamada de Lisa, la ayudante de Herb Lowenstein, preguntándole dónde estaba. Lowenstein quería repasar ciertos documentos con él; era importante. Una llamada de Heather para avisarle de que Lowenstein lo buscaba. Una llamada de

Margo Lane para decirle que seguía en el hospital y preguntarle por qué no la había llamado. Una llamada del concesionario de BMW cliente suyo para saber cuándo pasaría por su tienda.

Y unas diez llamadas sin mensaje. Muchas más que de costumbre.

Estas le produjeron un escalofrío.

Se vistió deprisa, con traje y corbata. Regresó a la sala de estar y, con cierta inquietud, encendió el televisor justo a tiempo de ver empezar las noticias locales. Se dirigía a la puerta cuando oyó: «Dos nuevos datos ponen de relieve una vez más los peligros del calentamiento del planeta. El primer estudio, realizado en Inglaterra, sostiene que el calentamiento del planeta está alterando literalmente la velocidad de rotación de la Tierra, reduciendo la duración de nuestro día».

Evans se volvió parar mirar. Vio a dos locutores, un hombre y una mujer. El hombre explicaba que más espectacular aún era un estudio que demostraba que el casquete de hielo de Groenlandia se fundiría por completo. Eso provocaría un aumento de seis metros y medio en el nivel del mar.

«¡Así que tendremos que despedirnos de Malibú, supongo!», comentó el locutor alegremente. Por supuesto eso tardaría aún unos años en ocurrir. «Pero llegará... a menos que cambiemos de hábitos.»

Evans apartó la vista del televisor y se encaminó hacia la puerta. Se preguntó qué tendría Kenner que decir sobre estas últimas noticias. ¿Cambiar la velocidad de rotación de la Tierra? Movió la cabeza en un gesto de negación ante semejante enormidad. ¿Y fundirse todo el hielo de Groenlandia? Evans imaginó la turbación de Kenner.

Pero probablemente lo negaría todo, como tenía por costumbre.

Evans abrió la puerta y la cerró sin echar la llave. Luego se dirigió a su oficina.

CENTURY CITY
SÁBADO, 9 DE OCTUBRE
9.08 H.

Se encontró con Herb Lowenstein en el pasillo camino de la sala de reuniones.

—Por Dios —exclamó Lowenstein—. ¿Dónde demonios te habías metido, Peter? No había forma de encontrarte.

—He estado ocupándome de un trabajo confidencial para un cliente.

—Pues la próxima vez dile a tu secretaria cómo localizarte. Tienes un aspecto lamentable. ¿Qué te ha pasado? ¿Te has metido en una pelea o algo así? ¿Y qué es eso que tienes encima de la oreja? Dios mío, ¿son puntos?

—Me caí.

—Ya. ¿Para qué cliente era ese trabajo confidencial?

—Nick Drake.

—Es curioso. No lo ha mencionado.

—¿No?

—No, y acaba de marcharse. He pasado toda la mañana con él. Está muy disgustado por el documento de rescisión del donativo de diez millones de dólares de la Fundación Morton. Especialmente por esa cláusula.

—Lo sé —dijo Evans.

—Quiere saber de dónde ha salido la cláusula.

—Lo sé.

—¿De dónde ha salido?

—George me pidió que no lo divulgara.

—George está muerto.

—No oficialmente.

—Eso es una estupidez, Peter. ¿De dónde salió esa cláusula?

Evans negó con la cabeza.

—Lo siento, Herb. Tengo instrucciones concretas del cliente.

—Trabajamos en el mismo bufete. Y también es mi cliente.

—Me lo ordenó por escrito, Herb.

—¿Por escrito? Gilipolleces. George no escribía nada.

—En una nota a mano —añadió Evans.

—Nick quiere incumplir las condiciones del documento.

—No me cabe duda.

—Y le he dicho que nos encargaríamos de eso por él —dijo Lowenstein.

—No veo cómo.

—Morton no estaba en su sano juicio.

—Sí lo estaba, Herb —repuso Evans—. Retirarás diez millones de su patrimonio. Y si alguien susurra al oído de su hija...

—Es una cocainómana sin remedio...

—... a quien le dura tan poco el dinero como a un mono los plátanos. Y si alguien le susurra al oído, este bufete será responsable de los diez millones, y los prejuicios causados por complicidad en un fraude. ¿Has hablado con otros socios mayoritarios acerca de ese cauce de acción?

—Estás poniendo obstáculos.

—Estoy siendo cauto. Quizá debería expresarte mis preocupaciones por correo electrónico.

—No es así como se progresa en este bufete, Peter.

—Creo que actúo en interés del bufete —afirmó Evans—. Desde luego, no veo cómo puedes abrogar ese documento sin, como mínimo, obtener primero las opiniones por escrito de otros abogados externos al bufete.

—Pero ningún abogado externo aceptaría... —se interrumpió. Lanzó una mirada iracunda a Evans—. Drake querrá hablar contigo de esto.

—Por mí no hay inconveniente.

—Le diré que le llamarás.

—Bien.

Lowenstein se alejó. De pronto se dio media vuelta.

—¿Y qué es eso de la policía y tu apartamento?

—Entraron a robar.

—¿Qué buscaban? ¿Drogas?

—No, Herb.

—Mi secretaria tuvo que dejar la oficina para ayudarte en un asunto con la policía.

—Así es. Como favor personal. Y fue después del horario de oficina si no recuerdo mal.

Lowenstein resopló y se alejó por el pasillo con paso enérgico.

Evans tomó nota mentalmente de que debía telefonear a Drake. Y dejar atrás todo aquel asunto.

LOS ÁNGELES
SÁBADO, 9 DE OCTUBRE
11.04 H.

Bajo el abrasador sol de mediodía, Kenner dejó el coche en el aparcamiento del centro y salió a la calle con Sarah. El calor reverberaba en el asfalto. Allí los letreros estaban todos en español, excepto unas cuantas frases en inglés: SE CAMBIAN CHEQUES y PRÉSTAMOS. Chirriantes altavoces reproducían música mariachi a todo volumen.

—¿Preparada? —preguntó Kenner.

Sarah comprobó la pequeña bolsa de deporte que llevaba al hombro. Tenía los extremos de redecilla de nailon. La redecilla ocultaba la lente de la videocámara.

—Sí —contestó—. Estoy lista.

Juntos, caminaron hacia la gran tienda de la esquina: EXCEDENTES DEL EJÉRCITO Y LA MARINA BRADER.

—¿Qué vamos a hacer aquí? —preguntó Sarah.

—El FEL compró una gran cantidad de misiles —informó Kenner.

Sarah frunció el entrecejo.

—¿Misiles?

—Pequeños. De peso ligero. Poco más de medio metro de longitud. Son versiones desfasadas de un dispositivo llamado Hotfire que utilizaba el Pacto de Varsovia en la década de los ochenta. Misiles de mano, guiados por cable, con propergol sólido, unos mil metros de alcance.

Sarah no sabía muy bien qué significaba todo aquello.

—Entonces, ¿son armas?

—Dudo que las comprasen por eso.

—¿Cuántos compraron?

—Quinientos. Con lanzadores.

—Guau.

—Digamos que probablemente no sean simples aficionados.

Sobre la puerta, un cartel desconchado de colores amarillo y verde rezaba: EQUIPO DE ACAMPADA, PAINTBALL, CAZADORAS DE PARACAIDISTA, BRÚJULAS, SACOS DE DORMIR Y MUCHO, MUCHO MÁS.

Cuando entraron, sonó una campanilla en la puerta delantera. Era una tienda grande y desordenada, repleta de material militar colocado en estantes y apilado de cualquier manera en el suelo. El aire olía a moho, como a lona vieja. A esa hora solo había unas cuantas personas. Kenner fue derecho al chico de la caja, le enseñó el billetero y preguntó por el señor Brader.

—En la trastienda.

El chico sonrió a Sarah. Kenner fue a la parte de atrás. Sarah se quedó delante.

—Bien —dijo ella—. Necesito un poco de ayuda.

—Haré lo que esté en mis manos. —El chico sonrió. Tenía diecinueve o veinte años, llevaba el pelo cortado al rape y una camiseta negra donde se leía: EL CUERVO. A juzgar por sus brazos, levantaba pesas.

—Busco a un hombre —dijo Sarah, y deslizó una hoja de papel hacia él.

—Habría dicho que más bien cualquier hombre te buscaría a ti —comentó el chico.

Cogió el papel. Era una fotografía del supuesto Brewster, el individuo que había plantado su campamento en la Antártida.

—Ah, sí —dijo el chico de inmediato—. Claro que lo conozco. Viene a veces.

—¿Cómo se llama?

—No lo sé, pero está en la tienda ahora.

—¿Ahora? —Miró alrededor buscando a Kenner, pero este estaba en las trastienda, con el propietario. No quería llamarlo ni hacer nada que atrajese la atención.

El chico, de puntillas, miraba alrededor.

—Sí, está aquí. O estaba hace unos minutos. Ha venido a comprar unos temporizadores.

—¿Dónde tenéis los temporizadores?

—Te lo enseñaré.

Salió de detrás del mostrador y la guió entre las pilas de ropa verde y las cajas amontonadas hasta una altura de casi dos metros. Sarah no veía por encima de ellas. Ya no veía a Kenner.

El chico la miró por encima del hombro.

—¿Qué eres, una especie de detective?

—Algo así.

—¿Quieres salir conmigo?

Se adentraban cada vez más en la tienda cuando oyeron la campanilla de la puerta. Sarah se volvió para mirar. Sobre las pilas de chalecos antibalas vislumbró una cabeza castaña, una camisa blanca de cuello rojo y la puerta al cerrarse.

—Se marcha...

Sin pensárselo dos veces, Sarah se dio media vuelta y corrió hacia la puerta, con la bolsa golpeteándole en la cadera. A toda prisa, saltó por encima de unas cantimploras amontonadas.

—Eh —gritó el chico—. ¿Volverás?

Ella salió por la puerta como una exhalación.

Estaba en la calle. Un sol intenso y cegador y una muchedumbre en movimiento. Miró a derecha e izquierda. No vio la camisa blanca de cuello rojo por ninguna parte. El hombre no había tenido tiempo material de cruzar la calle. Sarah fue a la esquina, y lo vio alejarse despreocupadamente en dirección a la calle Cinco. Lo siguió.

Era un hombre de unos treinta y cinco años vestido con ropa barata de golfista. Llevaba los pantalones arrugados y unas botas sucias de montañismo. Tenía gafas de sol y un bigote pequeño y recortado. Ofrecía todo el aspecto de una persona que pasaba mucho tiempo al aire libre, pero no de un albañil, sino más bien de supervisor. Quizá un contratista. Un inspector de obras. Algo así.

Sarah procuró fijarse en los detalles, grabárselos en la memoria. Redujo la distancia que lo separaba de él, pero decidió que no era buena idea y volvió a rezagarse. Brewster se detuvo frente a un escaparate y lo miró atentamente durante un momento. Luego reanudó su camino.

Sarah llegó al escaparate. Era una tienda de loza, con platos baratos expuestos. Se preguntó entonces si aquel hombre sabía ya que alguien iba tras sus pasos.

Seguir a un terrorista por una calle del centro parecía una escena salida de una película, pero Sarah sintió más miedo del que había previsto. La tienda de excedentes militares parecía ya muy lejos. No sabía dónde estaba Kenner. Deseó que estuviese allí. Además, ella no pasaba precisamente inadvertida; en la acera, la gente era en su mayor parte hispana, y la cabeza rubia de Sarah sobresalía por encima de casi todas las demás.

Bajó de la acera y continuó caminando junto al bordillo. De ese modo perdía quince centímetros de altura. Aun así tenía la incómoda sensación de que su cabello era llamativamente rubio. Pero a ese respecto nada podía hacer.

Dejó que Brewster se adelantara unos veinte metros. No quería distanciarse más porque temía perderlo.

Brewster cruzó la calle Cinco y siguió adelante. Recorrió otra media manzana y luego dobló a la izquierda por un callejón. Sarah llegó a la entrada del callejón y se detuvo. Había bolsas de basura apiladas a intervalos. Le llegó un olor a podrido. Un enorme camión de reparto obstruía el extremo opuesto del callejón.

Y Brewster no estaba.

Se había esfumado.

No era posible, a menos que hubiese entrado por alguna de las puertas traseras que daban al callejón. Las puertas se sucedían cada seis o siete metros, muchas de ellas hundidas en la pared de ladrillo.

Se mordió el labio. No le gustaba la idea de no verlo. Pero había repartidores junto al camión...

Empezó a avanzar por el callejón.

Miraba a cada una de las puertas al pasar por delante. Algunas estaban tapiadas, otras simplemente cerradas. Unas cuantas tenían mugrientos letreros donde se leía, junto con el nombre de la empresa: UTILICE LA ENTRADA DELANTERA O LLAME AL TIMBRE Y LE ATENDEREMOS.

Ni rastro de Brewster.

Había recorrido medio callejón cuando algo la indujo a mirar atrás, justo a tiempo de ver a Brewster salir de una puerta y encaminarse de nuevo a la calle, alejándose de ella rápidamente.

Sarah echó a correr.

Al pasar por delante de la puerta, vio a una anciana en el umbral. El rótulo rezaba SEDAS Y TEJIDOS MUNRO.

—¿Quién es ese hombre? —preguntó a gritos.

La anciana se encogió de hombros y movió la cabeza en un gesto de negación.

—Se equivocaba de puerta. Todos se...

Dijo algo más, pero Sarah ya no la oyó.

Estaba otra vez en la acera, todavía corriendo. En dirección a la calle Cuatro. Vio a Brewster a media manzana. Caminaba a paso ligero, casi al trote.

Brewster cruzó la calle Cuatro. Una furgoneta azul y destartalada, con matrícula de Arizona, se detuvo a un lado, unos metros más adelante. Él subió de un salto al asiento del acompañante y la furgoneta arrancó con un rugido.

Sarah anotaba el número de matrícula cuando el coche de Kenner paró con un chirrido junto a ella.

—Sube.

Ella obedeció, y él aceleró.

—¿Dónde estabas? —preguntó Sarah.

—He ido a buscar el coche. Te he visto salir. ¿Lo has grabado?

Sarah se había olvidado por completo de la bolsa que llevaba al hombro.

—Sí, creo que sí.

—Bien. El dueño de la tienda me ha dado un nombre para este individuo.

—¿Sí?

—Pero probablemente es un alias. David Poulson. Y una dirección postal para los envíos.

—¿De los misiles?

—No, de los lanzadores.

—¿Dónde es?

—Flagstaff, Arizona —dijo Kenner.

Delante, vieron la furgoneta azul.

Siguieron a la furgoneta primero por la calle Dos, dejando atrás el edificio del *Los Angeles Times* y los juzgados, y luego por la autopista. Kenner era un experto; consiguió permanecer a cierta distancia sin perderlo de vista en ningún momento.

—Tú ya has hecho esto antes —comentó Sarah.

—En realidad no.

—¿Qué es esa tarjeta que le enseñas a todo el mundo?

Kenner sacó el billetero y se lo entregó. Contenía una insignia plateada —poco más o menos como una placa de policía, solo que en ella se leía NSIA— y un carnet oficial de la Agencia de Inteligencia para la Seguridad Nacional, con su fotografía.

—Nunca he oído hablar de la Agencia de Inteligencia para la Seguridad Nacional.

Kenner asintió y cogió el billetero.

—¿A qué se dedica esa agencia?

—Permanece por debajo del radar —contestó Kenner—. ¿Has sabido algo de Evans?

—¿No quieres decírmelo?

—No hay nada que decir —respondió Kenner—. El terrorismo interior incomoda a las agencias interiores. Son demasiado duras o demasiado tolerantes. En la NSIA todo el mundo tiene una preparación especial. Ahora telefonea a Sanjong y dale la matrícula de esa furgoneta para ver si puede identificarla.

—¿Te dedicas, pues, al terrorismo interior?

—A veces.

Delante, la furgoneta se desvió por la Interestatal 5, dirección este, y atrás quedó el grupo de edificios amarillentos del Hospital General del Condado.

—¿Adónde van? —preguntó Sarah.

—No lo sé —dijo él—. Pero esta es la carretera de Arizona.

Sarah cogió el teléfono y llamó a Sanjong.

Sanjong anotó la matrícula y tardó menos de cinco minutos en volver a llamar.

—Está registrada a nombre del rancho Lazy-Bar, en las afueras de Sedona —dijo a Kenner—. Por lo visto es un rancho convertido en hotel. La furgoneta no consta como vehículo robado.

—De acuerdo. ¿De quién es el rancho?

—De una sociedad de cartera: Great Western Environmental Associates. Tienen una cadena de ranchos rehabilitados en Arizona y Nuevo México.

—¿De quién es la sociedad de cartera?

—Eso estoy indagando ahora, pero me llevará un rato.

Sanjong colgó. Delante de ellos, la furgoneta se situó en el carril de la derecha y puso el intermitente.

—Va a dejar la carretera —anunció Kenner.

Siguieron a la furgoneta por una zona de decrépitos polígonos industriales. En algunos casos los letreros rezaban PLANCHISTERÍA O MÁQUINAS HERRAMIENTAS, pero la mayoría de los edificios eran cuadrados y anónimos. El aire era denso, casi una bruma ligera.

Al cabo de tres kilómetros, la furgoneta volvió a doblar a la derecha, justo después de un cartel donde se leía SERRI CORP encima de un pequeño símbolo de aeropuerto con una flecha.

—Debe de ser un aeródromo privado —comentó Kenner.

—¿Qué es SERRI? —preguntó Sarah.

—No lo sé —dijo él cabeceando.

Más adelante se veía el pequeño aeródromo, con varias avionetas de hélices, Cessnas y Pipers estacionadas a un lado. La furgoneta se acercó y aparcó junto a un bimotor.

—Un Twin Otter —observó Kenner.

—¿Eso es importante?

—Despegue en corto, gran carga útil. Es un aparato de transporte. Utilizado para apagar incendios y para toda clase de cosas.

Brewster salió de la furgoneta y se acercó a la cabina del avión. Habló brevemente con el piloto. Luego volvió a entrar en la furgoneta y recorrió unos cien metros por la carretera hasta detenerse frente a un enorme cobertizo rectangular de acero acanalado. Había allí otras dos furgonetas. El cartel del cobertizo rezaba SERRI en grandes letras azules.

Brewster salió de la furgoneta y se dirigió a la parte de atrás mientras el conductor se apeaba.

—Hijo de puta —dijo Sarah.

El conductor era el hombre a quien conocían como Bolden. No llevaba vaqueros, ni gorra de béisbol, ni gafas de sol, pero su identidad no dejaba lugar a dudas.

—Tranquila —dijo Kenner.

Observaron a Brewster y Bolden entrar en el cobertizo por una puerta estrecha. A continuación la puerta se cerró con un ruido metálico.

Kenner se volvió hacia Sarah.

—Tú quédate aquí.

Salió del coche, fue rápidamente hacia el cobertizo y entró.

Sarah aguardó en el asiento del pasajero, protegiéndose los ojos del sol. Transcurrieron los minutos. Forzando la vista, miró con atención el cartel de la pared lateral del cobertizo, porque veía unas letras pequeñas y blancas debajo de la sigla SERRI. Pero estaba demasiado lejos para leerlas.

Pensó en telefonear a Sanjong, pero no lo hizo. Le preocupaba la posibilidad de que Brewster y Bolden saliesen, y Kenner se quedase dentro. En tal caso, tendría que seguirlos ella sola. No podía dejarlos escapar.

Al concebir tal perspectiva, decidió ocupar el asiento del conductor. Apoyó las manos en el volante. Consultó su reloj. Sin duda habían pasado ya nueve o diez minutos. Recorrió el cobertizo con la mirada en busca de cualquier indicio de actividad, pero obviamente el edificio estaba concebido para ofrecer el aspecto más discreto y anónimo posible.

Volvió a consultar su reloj. Empezó a sentirse como una cobarde, sentada allí de brazos cruzados. Toda su vida había hecho frente a las cosas que la asustaban. Así había aprendido a practicar el esquí extremo, la escalada en roca (pese a ser demasiado alta), el buceo entre restos de naufragios.

Y ahora estaba sentada en un coche, con un calor sofocante, dejando pasar los minutos.

Y un cuerno, pensó, y salió del coche.

En la puerta del cobertizo había dos letreros pequeños. En uno se leía SERRI SISTEMAS DE ENSAYO DE RESISTENCIA A LOS RAYOS INTERNACIONAL, y en el otro PELIGRO: NO ENTRAR EN EL BANCO DE PRUEBAS DURANTE LOS INTERVALOS DE DESCARGA.

Fuera lo que fuese lo que aquello significase.

Sarah abrió la puerta con cautela. Encontró una zona de recepción, pero no había nadie. En un sencillo escritorio de madera vio un rótulo escrito a mano y un intercomunicador: PULSE EL BOTÓN Y LE ATENDEREMOS.

Sarah prescindió del intercomunicador y abrió la puerta interior, donde un amenazador cartel advertía:

PROHIBIDO EL PASO
ALTO VOLTAJE
SOLO PERSONAL AUTORIZADO

Cruzó la puerta y entró en un espacio industrial abierto y poco iluminado: tuberías en el techo, una pasarela, pavimento de caucho.

Todo estaba a oscuras excepto una cámara de paredes de cristal y dos pisos de altura, situada en el centro, que se hallaba bien iluminada. Era un espacio bastante amplio, poco más o menos del tamaño de su sala de estar. Dentro de la cámara vio algo semejante a un motor de avión, montado sobre una pequeña sección de ala. A un lado de la cámara, contra la pared, había una gran lámina de metal, y fuera un panel de control. Un hombre ocupaba el asiento frente al panel. No se veía por ninguna parte ni a Brewster ni a Bolden.

Dentro de la cámara, un monitor empotrado indicó de manera intermitente: DESPEJEN LA ZONA. Una voz sintetizada dijo: «Por favor, despejen la zona de ensayo. Las pruebas empezarán dentro de... treinta segundos». Sarah oyó un zumbido, que aumentó lentamente de volumen, y el tableteo de una bomba. Pero, por lo que ella veía, no sucedía nada.

Movida por la curiosidad, avanzó hacia allí.

—¡Pssst!

Sarah miró alrededor, pero no vio de dónde procedía el sonido.

—¡Pssst!

Alzó la vista. Kenner estaba encima de ella, en la pasarela. Le indicó que se reuniese con él señalando una escalera en el ángulo del cobertizo.

La voz sintetizada anunció: «Las pruebas empezarán dentro de... veinte segundos».

Subió por la escalera y se agachó junto a Kenner. El zumbido se había convertido ya en un agudo chirrido, y el tableteo era más rápido, casi continuo. Kenner señaló el motor de avión y susurró:

—Están sometiendo a ensayo piezas de avión.

Le explicó rápidamente que los aviones recibían con frecuencia el impacto de rayos, y todos sus componentes tenían que estar diseñados a prueba de descargas eléctricas. Dijo algo más, pero Sarah no lo oyó a causa del creciente ruido.

Dentro de la cámara central se apagaron las luces y quedó solo un tenue resplandor azul sobre el motor y su cubierta curva. La voz sintetizada había iniciado la cuenta atrás desde diez.

«Las pruebas empezarán... ahora.»

Se oyó un chasquido tan estridente que pareció la detonación de un arma, y un rayo zigzagueante surgió de la pared y cayó en el motor. De inmediato siguieron más rayos procedentes de las otras paredes, impactando en el motor desde todos los ángulos. Los rayos crepitaban sobre la cubierta del motor como dedos incandescentes e irregulares y luego se dirigían hacia el suelo, donde Sarah vio una pieza de metal abovedada de unos treinta centímetros de diámetro.

Advirtió que eran pocos los rayos que impactaban directamente en esta bóveda sin tocar antes el motor.

Conforme proseguía la prueba, los rayos eran más numerosos e intensos. Surcaban el aire con prolongados chasquidos y dejaban vetas negras en la cubierta metálica. Un rayo golpeó las palas del ventilador, que empezó a girar en silencio.

Mientras Sarah observaba, le dio la impresión de que cada vez eran más los rayos que no iban a parar al motor sino a la pequeña bóveda del suelo, hasta que finalmente se formó una telaraña blanca de rayos procedentes de todas partes dirigidos a la bóveda.

Y de pronto el ensayo terminó. Se interrumpió el zumbido y se encendieron las luces de la cámara. Un tenue humo se elevaba de la cubierta del motor. Sarah miró hacia la consola y vio a Brewster y Bolden de pie detrás del técnico sentado. Los tres entraron en la cámara, donde se agacharon bajo el motor e inspeccionaron la bóveda metálica.

—¿Qué es? —susurró Sarah.

Kenner se llevó un dedo a los labios y negó con la cabeza. Parecía disgustado.

Dentro de la cámara los hombres dieron la vuelta a la bóveda, y Sarah atisbó su complejidad: placas verdes de circuitos integrados y lustrosos componentes metálicos. Pero los hombres, apiñados alrededor, hablaban con entusiasmo, y Sarah no pudo ver bien el interior. Volvieron a colocar la bóveda en el suelo y salieron de la cámara.

Se reían y se daban palmadas en la espalda, al parecer muy satisfechos con el resultado de la prueba. Oyó a uno de ellos decir que invitaba a una ronda de cerveza, y se produjeron aún más carcajadas; acto seguido, salieron por la puerta delantera. La zona de pruebas quedó en silencio.

Oyeron cerrarse la puerta exterior.

Sarah miró a Kenner. Este aguardó, inmóvil durante todo un minuto, escuchando. Luego, cuando ya no se oía nada, dijo:

—Echémosle un vistazo a eso.

Bajaron de la pasarela.

Ya en el suelo, no vieron ni oyeron nada. En apariencia, la nave industrial estaba vacía. Kenner señaló en dirección a la cámara. Abrieron la puerta y entraron.

El interior estaba bien iluminado. Flotaba en el aire un penetrante olor.

—Ozono —dijo Kenner—. A causa de los rayos.

Fue derecho a la bóveda.

—¿Qué crees que es? —preguntó Sarah.

—No lo sé, pero debe de ser un generador de carga portátil. —Se agachó y volvió la bóveda del revés—. Verás, si generas una carga negativa de fuerza suficiente… —se interrumpió. La bóveda estaba vacía. Le habían extraído las entrañas electrónicas.

La puerta se cerró a sus espaldas ruidosamente.

Sarah giró sobre los talones. Bolden estaba al otro lado de la puerta, echando un candado sin prisa.

—¡Mierda! —exclamó Sarah. Detrás de la consola vio a Brewster accionando mandos e interruptores. Conectó un intercomunicador.

—Amigos, está prohibido el paso a estas instalaciones. Fuera lo indica bien claro. Supongo que no habéis leído los carteles.

Brewster se apartó de la consola. Las luces de la cámara se oscurecieron y adquirieron una tonalidad azul, Sarah oyó el inicio del zumbido, cada vez más alto. En la pantalla del monitor apareció el rótulo intermitente DESPEJEN LA ZONA, y oyó decir a la voz sintetizada: «Por favor, despejen la zona de ensayo. Las pruebas empezarán dentro de… treinta segundos».

Brewster y Bolden se marcharon sin mirar atrás.

—No me gusta el olor a carne quemada —oyó Sarah decir a Bolden.

Y con un portazo, desaparecieron.

La voz sintetizada advirtió: «Las pruebas empezarán dentro de… quince segundos».

Sarah se volvió hacia Kenner.

—¿Qué hacemos?

Fuera de la nave, Bolden y Brewster entraron en su furgoneta. Bolden puso el motor en marcha. Brewster apoyó una mano en el hombro de su compañero.

—Esperemos un momento.

Observaron la puerta. Una luz roja empezó a parpadear, primero despacio, luego cada vez más deprisa.

—Ha comenzado el ensayo —dijo Brewster.

—Una lástima —dijo Bolden—. ¿Cuánto tiempo crees que sobrevivirán?

—Un rayo, quizá dos. Pero al tercero habrán muerto con toda seguridad. Y probablemente arderán.

—Una lástima —repitió Bolden. Puso la marcha, y se encaminaron hacia el avión que los esperaba.

CUARTA PARTE

DESTELLO

CIUDAD DEL COMERCIO
SÁBADO, 9 DE OCTUBRE
12.13 H.

Dentro de la cámara de ensayo, el aire se tornó eléctrico y crepitante, como la atmósfera antes de una tormenta. Sarah vio que se le erizaba el vello de los brazos. La ropa, aplanada por la carga eléctrica, se le adhería al cuerpo.

—¿Llevas cinturón? —preguntó Kenner.

—No...

—¿Alguna horquilla?

—No.

—¿Algo de metal?

—¡No! ¡Por Dios, no!

Kenner se abalanzó contra la pared de cristal, pero simplemente rebotó. La golpeó con el tacón; fue en vano. Embistió la puerta con todo su peso, pero el candado resistió.

«Las pruebas empezarán dentro de... diez segundos», anunció la voz sintetizada.

—¿Qué vamos a hacer? —preguntó Sarah, presa del pánico.

—Quítate la ropa.

—¿Cómo?

—Ya. Hazlo. —Kenner estaba despojándose de la camisa, arrancándosela de hecho, y los botones salieron volando—. Vamos, Sarah. Sobre todo el suéter.

Sarah llevaba un suave y sedoso suéter de angora, y extrañamente recordó que había sido regalo de su novio, una de las primeras cosas que le compró. Se lo quitó, y también la camiseta.

—La falda —dijo Kenner. Se encontraba ya en calzoncillos, estaba descalzándose.

—¿A qué viene...?

—¡Tiene cremallera!

Torpemente, Sarah se quitó la falda. Se había quedado ya en sujetador y bragas. Se estremeció. La voz sintetizada iniciaba la cuenta atrás. «Diez... nueve... ocho...»

Kenner cubría el motor con la ropa. Cogió la falda de Sarah y la colocó también. Puso el suéter de angora encima de todo lo demás.

—¿Qué haces?

—Túmbate —dijo él—. Tiéndete tan pegada al suelo como puedas y no te muevas.

Sarah apretó su cuerpo contra el frío cemento. El corazón le latía con fuerza. El aire chisporroteaba. Sintió un escalofrío en la nuca.

«Tres... dos... uno...»

Kenner se arrojó al suelo junto a ella y el primer rayo surcó la cámara. A Sarah le sorprendió su violencia, la ráfaga de aire que azotó su cuerpo. El pelo se le levantó, lo notó alzarse sobre el cuello. Siguieron más rayos. Los estampidos eran aterradores y emitían una luz azul tan intensa que la veía incluso a través de los párpados cerrados. Se apretó más aún contra el suelo, obligándose a permanecer totalmente plana, exhalando el aire, y pensó: «Ha llegado el momento de rezar».

Pero de pronto iluminó la cámara una luz distinta, más amarilla, parpadeante, acompañada de un olor penetrante y acre.

Fuego.

Un trozo de su jersey en llamas le cayó en el hombro desnudo. Sintió un dolor abrasador.

—Es fuego...

—¡No te muevas! —gruñó Kenner.

Los rayos seguían crepitando, cada vez más rápidos, por toda la cámara, pero de reojo Sarah vio que la ropa amontonada sobre el motor había prendido y el espacio empezaba a llenarse de humo.

Pensó: «Me arde el pelo». Y sintió de pronto calor en la base del cuello, en el cuero cabelludo...

Y de repente empezaron a caer chorros de agua del techo de la cámara, se oía el siseo de los rociadores del sistema contraincendios, y cesaron los rayos. Sarah sintió frío; el fuego se apagó; el cemento se encharcó.

—¿Ya puedo levantarme?

—Sí —dijo Kenner—. Ya puedes levantarte.

Kenner pasó varios minutos más intentando en vano romper el cristal. Finalmente desistió y miró alrededor, con el pelo pegoteado a causa del agua.

—No lo entiendo —dijo—. No es posible que una cámara como esta no tenga un mecanismo de seguridad para salir.

—Han atrancado la puerta, tú mismo lo has visto.

—Exacto. La han atrancado desde fuera con un candado. El candado debe de estar ahí para que nadie entre en la cámara cuando las instalaciones están cerradas. Aun así, tiene que haber una forma de salir desde dentro.

—Si la hay, yo no la veo. —Sarah se estremeció. Le dolía el hombro por la quemadura. Llevaba la ropa interior empapada. No era pudorosa, pero tenía frío. Y él estaba parloteando sobre...

—Tiene que haber una manera —insistió Kenner, volviéndose lentamente y mirando con atención.

—No se puede romper el cristal...

—No. No se puede. —Pero eso pareció sugerirle algo. Se agachó y examinó el cristal. Con la vista fija en la juntura entre el panel y la pared, la recorrió con el dedo.

Temblando, Sarah lo observó. Los rociadores seguían en funcionamiento y el agua alcanzaba ya una altura de ocho centímetros. No podía entender cómo Kenner era capaz de concentrarse tanto, de fijar tanto la atención...

—Vaya por Dios —dijo él. Había cerrado los dedos en torno a un pequeño pestillo, a ras del marco. Encontró otro en el lado opuesto de la ventana, y los abrió. A continuación empujó la ventana, que estaba articulada en el centro, y la hizo girar para abrirla.

Salió de la cámara.

—No tenía ningún secreto —dijo. Le tendió la mano—. ¿Puedo ofrecerte ropa seca?

—Gracias —dijo ella, y le cogió la mano.

El vestuario de SERRI no era digno de mención, pero Sarah y Kenner se secaron con toallas de papel y encontraron unos monos con los que abrigarse; Sarah empezó a encontrarse mejor. Al mirarse en el espejo, vio que había perdido cinco centímetros de pelo en el lado izquierdo. Tenía las puntas ennegrecidas, irregulares, retorcidas.

—Podría haber sido peor —dijo, pensando: «Tendré que llevar coleta durante un tiempo».

Kenner le curó el hombro, donde, según dijo, tenía solo una quemadura de primer grado con unas cuantas ampollas. Le aplicó hielo y le explicó que las quemaduras no eran en realidad una lesión térmica sino una respuesta nerviosa dentro del cuerpo, y que la aplicación de hielo durante los primeros diez minutos reducía la gravedad de la quemadura porque adormecía el nervio e impedía, por tanto, la respuesta. Así pues, si iban a aparecer ampollas, el hielo lo prevenía.

Sarah dejó de prestarle atención. Como no podía verse la zona quemada, tenía que aceptar su palabra. Empezaba a dolerle. Kenner fue a buscar un botiquín y le llevó una aspirina.

—¿Aspirina? —preguntó Sarah.

—No hay nada mejor. —Colocó dos pastillas en su mano—. La mayoría de la gente no lo sabe, pero la aspirina es una medicina milagrosa; tiene más poder calmante que la morfina, y además es un antiinflamatorio, un antipirético…

—Ahora no, por favor —protestó Sarah. No se veía con ánimos de escuchar otro de sus sermones.

Kenner calló, se limitó a vendarle la herida. Parecía que se le daba bien.

—¿Hay algo que no sepas hacer? —preguntó Sarah.

—Por supuesto.

—¿Como qué? ¿Bailar?

—No, sé bailar. Pero se me dan muy mal los idiomas.

—Es un consuelo. —A ella personalmente se le daban bien los idiomas. Había pasado su tercer curso de carrera en Italia y hablaba italiano y francés con una fluidez aceptable. Y había estudiado chino.

—¿Y a ti qué se te da mal?

—Las relaciones —contestó ella, mirándose en el espejo y tirándose de unos mechones de pelo chamuscados.

BEVERLY HILLS
SÁBADO, 9 DE OCTUBRE
13.13 H.

Mientras Evans subía por la escalera a su apartamento, oyó el televisor. Parecía que estaba a un volumen más alto que antes. Oyó ovaciones y risas. Algún programa con público en directo.

Abrió la puerta y entró en la sala de estar. El investigador privado del jardín estaba sentado en el sofá, viendo la televisión de espaldas a Evans. Había dejado la chaqueta colgada de una silla cercana. Tenía el brazo sobre el respaldo del sofá y tamborileaba, impaciente, con los dedos.

—Veo que se ha puesto cómodo —dijo Evans—. Está muy alta, ¿no le parece? ¿Le importaría bajarla?

Sin contestar, el hombre mantuvo la mirada fija en el televisor.

—¿Me ha oído? —preguntó Evans—. Bájela, ¿quiere?

El hombre no se movió, excepto por los dedos, que seguían tamborileando, inquietos en el respaldo del sofá.

Evans lo circundó para situarse frente al hombre.

—Perdone, no sé cómo se llama, pero…

Se interrumpió. El investigador no se había vuelto a mirarlo, sino que continuaba con la vista fija en el televisor. De hecho, no movía ni una sola parte de su cuerpo. Estaba inmóvil, rígido. No movía los ojos. Ni siquiera parpadeaba. Los dedos eran la única parte de su cuerpo en movimiento, en lo alto del sofá. Parecían contraerse. En espasmos.

Evans se situó justo enfrente del hombre.

—¿Se encuentra bien?

El investigador mantuvo el rostro inexpresivo. Su mirada parecía traspasar a Evans.

—¿Oiga?

El investigador respiraba con inhalaciones poco profundas, su pecho apenas se hinchaba. Tenía la piel de color gris.

—¿No puede moverse? ¿Qué le ha pasado?

Nada. El hombre siguió rígido.

«Tal como describieron a Margo», pensó Evans. La misma rigidez, el mismo semblante inexpresivo. Evans descolgó el auricular del teléfono y marcó el 911; pidió que enviasen una ambulancia.

—La ayuda está en camino —dijo al hombre.

El detective no dio respuesta visible; aun así, Evans tuvo la impresión de que le oía, de que permanecía plenamente consciente dentro de su cuerpo paralizado. Pero era imposible saberlo con certeza.

Evans miró alrededor con la esperanza de encontrar alguna pista de lo que le había ocurrido a aquel hombre. Pero el apartamento parecía intacto. Daba la impresión de que, en un ángulo de la sala, una silla había sido ligeramente desplazada. El puro maloliente estaba en el suelo, en el rincón, como si hubiese rodado hasta allí. Había quemado un poco el borde de la alfombra.

Evans lo cogió. Lo llevó a la cocina, lo puso bajo el grifo y lo tiró a la basura. De pronto tuvo una idea. Regresó junto al hombre.

—Iba usted a traerme algo…

Evans no percibió movimiento alguno. Solo el de los dedos en el respaldo del sofá.

—¿Está aquí?

Los dedos se quedaron quietos. O casi. Aún se movían ligeramente. Pero era obvio que el hombre estaba haciendo un esfuerzo.

—¿Puede controlar los dedos? —preguntó Evans.

El movimiento se reanudó y volvió a interrumpirse.

—O sea que sí puede. Muy bien. Veamos. ¿Está aquí lo que quería que yo viese?

Los dedos se movieron. Dejaron de moverse.

—Interpretaré eso como un sí. De acuerdo. —Evans retrocedió. A lo lejos oyó acercarse una sirena. La ambulancia llegaría en cuestión de minutos—. Voy a ir en una dirección, y si es la correcta, mueva los dedos.

Los dedos se movieron y dejaron de moverse, para indicar «sí».

—Muy bien —dijo Evans. Se volvió y dio varios pasos a la derecha, hacia la cocina. Miró atrás.

Los dedos no se movieron.

—Así que no es por aquí.

Se dirigió hacia el televisor, justo enfrente del hombre.

Los dedos no se movieron.

—De acuerdo. —Evans se volvió hacia la izquierda y fue hacia las ventanas panorámicas. Los dedos siguieron sin moverse. Solo quedaba una dirección: se situó detrás del investigador y se encaminó hacia la puerta. Como el hombre no podía verle, dijo—: Ahora me alejo de usted, hacia la puerta…

Los dedos no se movieron.

—Quizá no me ha entendido —dijo Evans—. Quería que moviese los dedos si yo iba en la dirección correcta…

Los dedos se movieron, arañando el sofá.

—Sí, de acuerdo, pero ¿en qué dirección? He ido en las cuatro direcciones y…

Sonó el timbre de la puerta. Evans abrió, y entraron apresuradamente dos auxiliares médicos con una camilla. De pronto todo se aceleró. Empezaron a hacerle preguntas rápidas y a colocar al hombre en la camilla. La policía llegó poco después con más preguntas. Era la policía de Beverly Hills, así que se mostraron corteses pero insistentes. Aquel hombre estaba paralizado en el apartamento de Evans, y Evans no parecía saber nada al respecto.

Por último, apareció un inspector. Vestía traje marrón y se

presentó como Ron Perry. Entregó a Evans su tarjeta. Evans le dio la suya. Perry la examinó y luego miró a Evans y dijo:

—¿No he visto antes esta tarjeta? Me suena de algo. Ah, sí, ya me acuerdo. Fue en aquel apartamento de Wilshire, donde encontramos a la mujer paralizada.

—Era mi clienta.

—Y ahora vuelve a ocurrir esa misma parálisis —comentó Perry—. ¿Es una coincidencia?

—No lo sé —contestó Evans—, porque yo no estaba aquí. No sé qué ha pasado.

—¿Por alguna razón la gente queda paralizada allí donde usted va?

—No —respondió Evans—. Ya le he dicho que no sé qué ha pasado.

—¿Este hombre también es cliente suyo?

—No.

—¿Quién es, pues?

—No tengo la menor idea.

—¿No? ¿Cómo ha entrado en su apartamento?

Evans estuvo a punto de decir que él mismo le había dejado la puerta abierta, pero cayó en la cuenta de que eso requeriría una explicación larga y difícil.

—No lo sé. Esto... a veces no cierro la puerta con llave.

—Debería echar siempre la llave, señor Evans. Es elemental sentido común.

—Tiene razón, desde luego.

—¿No se cierra su puerta automáticamente cuando usted se marcha?

—Ya se lo he dicho: no sé cómo ha entrado en mi apartamento —insistió Evans mirando al inspector a los ojos.

El policía le sostuvo la mirada.

—¿A qué se deben esos puntos que lleva en la cabeza?

—Me caí.

—Debió de ser una caída considerable.

—Lo fue.

El inspector movió la cabeza en un lento gesto de asentimiento.

—Señor Evans, nos ahorraría muchas complicaciones si nos dijese quién es este hombre. Tiene a una persona en su apartamento, y no sabe quién es ni cómo ha llegado aquí. Perdóneme, pero me da la sensación de que omite algo.

—Así es.

—Muy bien. —Perry sacó su bloc—. Adelante.

—Ese hombre es detective privado.

—Eso ya lo sé.

—¿Lo sabe? —preguntó Evans.

—Los auxiliares médicos le han mirado en los bolsillos y han encontrado el permiso en su billetero. Siga.

—Me ha contado que lo contrató un cliente mío.

—Ajá. ¿Quién era el cliente? —Perry tomaba nota.

—Eso no puedo decírselo —respondió Evans.

El inspector apartó la vista del bloc.

—Señor Evans...

—Lo siento. Es confidencial.

El inspector dejó escapar un largo suspiro.

—Muy bien, así que este hombre es un investigador privado contratado por un cliente suyo.

—En efecto —respondió Evans—. El investigador se ha puesto en contacto conmigo y me dicho que quería verme, para darme algo.

—¿Darle algo?

—Sí.

—¿No quería dárselo al cliente?

—No podía.

—¿Por...?

—El cliente... esto... no está localizable.

—Entiendo. ¿Y por eso ha acudido a usted?

—Sí. Y estaba un poco paranoico, y quería verme en mi apartamento.

—Por tanto, usted le ha dejado la puerta abierta.

—Sí.

—¿A un tipo que no había visto en la vida?

—Sí, bueno, sabía que trabajaba para mi cliente.

—¿Cómo lo sabía?

Evans negó con la cabeza.

—Es información confidencial.

—Muy bien. Así que ese hombre ha entrado en su apartamento. ¿Y usted dónde estaba?

—En la oficina.

Evans resumió sus movimientos durante las últimas dos horas.

—¿Lo ha visto alguien en la oficina?

—Sí.

—¿Ha mantenido alguna conversación?

—Sí.

—¿Con más de una persona?

—Sí.

—¿Ha visto a alguien aparte de la gente del bufete?

—He parado a llenar el depósito.

—¿Cree que el empleado lo reconocerá?

—Sí. He tenido que pagar con tarjeta de crédito.

—¿En qué gasolinera?

—La Shell de Pico.

—Muy bien. Así que ha estado fuera dos horas, ha vuelto y ha encontrado a ese hombre…

—Como usted lo ha visto. Paralizado.

—¿Y qué iba a darle?

—No tengo la menor idea.

—¿No ha encontrado nada en el apartamento?

—No.

—¿Hay algo más que quiera decirme?

—No.

Otro largo suspiro.

—Oiga, señor Evans. Si dos conocidos míos apareciesen misteriosamente paralizados, yo me preocuparía un poco. Usted, en cambio, no parece preocupado.

—Estoy preocupado, créame —contestó Evans.

El inspector lo miró con expresión ceñuda.

—Muy bien —dijo por fin—. Se acoge usted al secreto profesional. Debo decirle que he recibido llamadas de la Universidad de California en Los Ángeles y el Centro para el Control de Enfermedades por este asunto de la parálisis. Ahora que hay un segundo caso, tendré más llamadas. —Cerró el bloc—. Será necesario que pase usted por la comisaría y nos deje una declaración firmada. ¿Le será posible hoy mismo?

—Creo que sí.

—¿A las cuatro?

—Sí.

—De acuerdo.

—La dirección consta en la tarjeta. Pregunte por mí en recepción. El aparcamiento está debajo del edificio.

—Entendido —respondió Evans.

—Hasta luego —dijo el inspector, y se dio media vuelta para marcharse.

Evans cerró la puerta y se apoyó en ella. Se alegraba de quedarse solo por fin. Se paseó lentamente por el apartamento intentando poner en orden sus ideas. El televisor seguía encendido, pero sin sonido. Observó el sofá donde había estado sentado el detective. Seguía viéndose el hueco dejado por su cuerpo en el asiento.

Aún faltaba media hora para su entrevista con Drake. Pero quería saber qué le había llevado el investigador privado. ¿Dónde estaba? Evans se había desplazado en todas direcciones y en cada caso el hombre le había indicado con los dedos que iba desencaminado.

¿Qué significaba eso? ¿No le había llevado el objeto? ¿Estaba en otra parte? ¿O quienquiera que le hubiese provocado la parálisis se había apropiado de él, y por tanto ya no estaba allí?

Evans suspiró. La pregunta clave —¿está aquí?— era la que no le había formulado al detective. Evans simplemente había dado por sentado que sí estaba.

¿Y en el supuesto de que estuviese? ¿Dónde?

Norte, sur, este, oeste. Ninguna de esas.

Lo cual significaba...

¿Qué?

Movió la cabeza en un gesto de negación. Le costaba concentrarse. La verdad era que la parálisis del investigador privado le había causado mayor inquietud de la que quería admitir. Miró el sofá, y el hueco en el cojín. Aquel hombre no podía moverse. Debía de haber sido aterrador para él. Y los auxiliares médicos lo habían levantado a peso, como un saco de patatas, y lo habían puesto en la camilla. Los cojines del sofá estaban revueltos, un recordatorio de sus esfuerzos.

Por matar el rato, Evans arregló el sofá, colocó los cojines en su sitio, los ahuecó...

Notó algo. Dentro de un cojín rajado. Hundió la mano en el relleno.

—¡Vaya, vaya! —exclamó.

En retrospectiva, era evidente, claro. Desplazarse en todas direcciones no era correcto, porque el investigador quería que Evans avanzase hacia él. Estaba sentado sobre el objeto, que había escondido en el cojín del sofá.

Resultó ser un reluciente DVD.

Evans lo colocó en el reproductor y observó el menú, una lista de fechas. Eran todas de las últimas semanas.

Evans pulsó la primera fecha.

Vio una imagen de la sala de reuniones del NERF. Era un enfoque lateral, desde el rincón de la sala, a la altura de la cintura. Debía de haber sido tomada desde una cámara oculta en el podio o algo así, pensó Evans. Sin duda el investigador había instalado la cámara el día que Evans lo vio en la sala de reuniones del NERF.

Al pie de la pantalla aparecía el tiempo de grabación, los números en continuo cambio. Pero Evans se concentró en la propia imagen, que mostraba a Nicholas Drake en conversación con John Henley, el relaciones públicas. Drake, alterado, levantaba las manos.

—Detesto el calentamiento del planeta —dijo Drake, casi a pleno pulmón—. Lo detesto, joder; es un desastre.

—Es un hecho establecido —contestó Henley con calma—. Desde hace muchos años. Con eso tenemos que trabajar.

—¿Con eso tenemos que trabajar? —repitió Drake—. Pero no sirve, ese el problema. Es imposible recaudar un centavo con eso, y menos en invierno. En cuanto nieva, la gente se olvida del calentamiento del planeta. O peor aún, deciden que no vendría mal un poco de calentamiento. Están con la nieve hasta las rodillas, anhelando un poco de calentamiento del planeta. No es como la contaminación, John. La contaminación sí servía. Todavía sirve. La contaminación mete el miedo en el cuerpo a la gente. Les dices que tendrán cáncer, y empieza a entrar dinero a espuertas. Pero el calentamiento no asusta a nadie. Y menos si no va a ocurrir antes de cien años.

—Hay maneras de plantearlo —insistió Henley.

—Ya no. Las hemos probado todas. Especies en extinción a causa del calentamiento del planeta... a nadie le importa un carajo. Han oído decir que la mayoría de las especies que se extinguirán son insectos. No es posible recaudar dinero con la extinción de insectos, John. Enfermedades exóticas a causa del calentamiento del planeta... eso a nadie le importa. Aún no ha ocurrido. El año pasado organizamos aquella gran campaña relacionando el calentamiento del planeta con los virus ébola y hanta. Nadie se lo tragó. Aumento del nivel del mar a causa del calentamiento del planeta... ya sabemos todos en qué parará eso. La demanda de Vanuatu es una calamidad, joder. Todo el mundo acabará pensando que el nivel del mar no crece en ninguna parte. Y ese escandinavo, el experto en nivel del mar... se está convirtiendo en un tormento. Incluso ha acusado al PICC de incompetencia.

—Sí —dijo Henley con paciencia—. Todo eso es verdad...

—Dime, pues, cómo demonios tengo que plantear el calentamiento del planeta. Porque ya sabes cuánto debo recaudar para mantener en marcha esta organización, John. Necesito cuarenta y dos millones de dólares al año. Este año las fundaciones solo me darán una cuarta parte de esa cantidad. Las celebridades se dejan ver en los actos de recaudación de fondos, pero no aportan ni un centavo. Son tan ególatras que consideran que ya pagan de sobra con su presencia. Por supuesto demandamos a la EPA todos los años, y puede que aflojen tres o cuatro millones. Cinco en total, si a eso sumamos sus donaciones. La diferencia aún es muy grande, John. Con el calentamiento del planeta no vamos a reducirla. Necesito una buena causa, joder. Una causa que sirva.

—Lo entiendo —contestó Henley, aún tranquilo—. Pero te olvidas del congreso.

—Ah, sí, el congreso, por Dios —dijo Drake—. Estos gilipollas ni siquiera son capaces de hacer bien los carteles. Bendix es nuestro mejor portavoz; tiene un problema familiar. Su mujer está recibiendo tratamiento de quimioterapia. Se programó la participación de Gordon, pero lo han demandado por su investigación. Según parece, sus anotaciones eran falsas…

—Eso son detalles, Nicholas —adujo Henley—. Te pido que veas las cosas en toda su amplitud…

En ese momento sonó el teléfono. Drake contestó y escuchó por un momento. A continuación tapó el auricular con la mano y se volvió hacia Henley.

—Tendremos que continuar más tarde, John. Ha surgido una emergencia.

Henley se levantó y abandonó la sala.

Se interrumpió la grabación.

La pantalla quedó en negro.

Evans permaneció con la vista fija en la pantalla. Sintió náuseas, un mareo, y se le revolvió el estómago. Tenía el mando a distancia en la mano, pero no pulsó ningún botón.

El mal momento pasó. Respiró hondo. Reflexionando, comprendió que, en realidad, lo que acababa de ver no era sorprendente. Quizá Drake era más explícito en privado —todo el mundo lo era— y obviamente padecía la presión del dinero. Pero la frustración que expresaba era comprensible. Desde el principio, el movimiento había tenido que luchar contra la apatía de la sociedad. Los seres humanos no pensaban a largo plazo. No veían la lenta degradación del medio ambiente. Siempre había sido una labor ardua inducir al público a hacer algo que, en suma, redundaba en su propio beneficio.

Esa lucha no había acabado ni remotamente. De hecho, estaba apenas en sus albores.

Y probablemente era cierto que no resultaba fácil recaudar fondos para prevenir el calentamiento del planeta. Así que Nicholas Drake veía su trabajo condicionado.

Y en realidad las organizaciones ecologistas contaban con escasa financiación. Cuarenta y cuatro millones para el NERF, lo mismo para el Consejo de Defensa de los Recursos Naturales, quizá cincuenta para el Club Sierra. La más grande era Conservación de la Naturaleza, que recibía setecientos cincuenta mil millones. Pero ¿qué era eso comparado con los billones de dólares que podían movilizar las empresas? Eran David y Goliat. Y Drake era David, como él mismo había dicho con frecuencia.

Evans consultó su reloj. En todo caso, era hora de ir a ver a Drake.

Sacó el DVD del reproductor, se lo metió en el bolsillo y salió del apartamento. En el camino, repasó lo que iba a decir. Lo ensayó una y otra vez para perfeccionarlo. Tenía que hacerlo con sumo cuidado, porque todo lo que Kenner le había pedido que dijese era mentira.

BEVERLY HILLS
SÁBADO, 9 DE OCTUBRE
14.12 H.

—Peter, Peter —dijo Nicholas Drake, estrechándole la mano afectuosamente—. ¡Cuánto me alegro de verte! ¿Has estado fuera?

—Sí.

—Pero no has olvidado mi petición.

—No, Nick.

—Siéntate.

Evans tomó asiento, y Drake se acomodó detrás de su escritorio.

—Adelante —dijo Drake.

—He localizado el origen de esa cláusula.

—¿Sí?

—Sí. Tenías razón. George sacó la idea de un abogado.

—¡Lo sabía! ¿Quién?

—Un abogado externo, no de nuestro bufete. —Evans habló con cuidado, repitiendo lo que Kenner le había ordenado.

—¿Quién?

—Por desgracia, Nick, existe documentación. Borradores subrayados en rojo con los comentarios de George a mano.

—¡Mierda! ¿De cuándo?

—Hace seis meses.

—¡Seis meses!

—Según parece, George llevaba un tiempo preocupado por... la situación. Los grupos a los que daba apoyo.

—No me dijo nada.

—Ni a mí —contestó Evans—. Eligió a un abogado externo.

—Quiero ver esa correspondencia —exigió Drake.

Evans negó con la cabeza.

—El abogado no lo permitirá.

—George está muerto.

—El compromiso de confidencialidad continúa después de la muerte. «Swidler y Berlin contra Estados Unidos.»

—Eso son gilipolleces, Peter, y tú lo sabes.

Evans se encogió de hombros.

—Pero ese abogado se atiene al reglamento. Y posiblemente yo me he excedido ya diciéndote lo que te he dicho.

Drake tamborileó con los dedos sobre el escritorio.

—Peter, la demanda de Vanuatu necesita con urgencia ese dinero.

—He oído que la demanda podría abandonarse.

—Tonterías.

—Porque los datos no revelan ningún aumento en el nivel del Pacífico.

—Yo que tú me andaría con cuidado al afirmar cosas como esa —advirtió Drake—. ¿Dónde lo has oído? Porque eso, Peter, tiene que ser desinformación procedente de la industria. No existe la menor duda de que el nivel del mar aumenta en todo el mundo. Se ha demostrado científicamente una y otra vez. Da la casualidad de que el otro día consulté las mediciones del nivel del mar obtenidas mediante satélite, que es un método de cálculo relativamente nuevo. Los satélites detectan un aumento de varios milímetros solo en el último año.

—¿Eran datos publicados? —preguntó Evans.

—Así de pronto, no me acuerdo —respondió Drake, lanzándole una extraña mirada—. Aparecían en uno de los resúmenes informativos que me llegan.

Evans no tenía previsto hacer preguntas como esa. Simplemente se le habían escapado, de manera espontánea. E, incómodo, tomó conciencia de que había empleado un tono de escepticismo. No era raro que Drake lo mirase con extrañeza.

—No lo digo por nada en particular —se apresuró a rectificar Evans—. Son solo rumores que he oído.

—Y querías llegar al fondo del asunto —dijo Drake asintiendo con la cabeza—. Como es natural. Me alegra que me hayas llamado la atención al respecto, Peter. Pasaré el aviso a Henley y averiguaré qué andan difundiendo. Es una batalla interminable, desde luego. Ya sabes que nos las vemos con esos hombres de Neanderthal del Instituto de la Empresa Competitiva, y la Fundación Hoover y el Instituto Marshall. Grupos financiados por radicales de extrema derecha y fundamentalistas descerebrados. Pero, por desgracia, disponen de muchísimo dinero.

—Sí, lo comprendo. —Evans se volvió para marcharse—. ¿Me necesitas para algo más?

—Te seré franco —dijo Drake—, no estoy contento. ¿Volvemos a los cincuenta mil por semana?

—Dadas las circunstancias, creo que no nos queda otra opción.

—Si es así, tendremos que arreglárnoslas. Por cierto, la demanda va bien. Pero ahora debo concentrar mis energías en el congreso.

—Ah, claro. ¿Cuándo empieza?

—El miércoles —contestó Drake—, dentro de cuatro días. Y ahora si me disculpas...

—Naturalmente —dijo Evans. Al salir del despacho, dejó su teléfono móvil en la mesa supletoria, frente al escritorio.

Evans estaba ya en la planta baja cuando cayó en la cuenta de que Drake no le había preguntado por los puntos de sutura. Toda la gente que había visto ese día le había hecho algún comentario, pero no Drake.

Aunque en esos momentos Drake, con los preparativos del congreso, tenía muchas cosas en la cabeza, desde luego. Justo enfrente, Evans vio la sala de reuniones de la planta baja, convertida en un hervidero de actividad. La pancarta colgada en la pared rezaba: CAMBIO CLIMÁTICO ABRUPTO: LA CATÁSTROFE DEL FUTURO. Unas veinte personas jóvenes se apiñaban en torno a la mesa, sobre la que se alzaba una maqueta del interior del auditorio y los aparcamientos de alrededor. Evans se detuvo un momento a observar.

Uno de los jóvenes colocaba bloques de madera en los aparcamientos para simular los coches.

—Eso no va a gustarle —previno otro—. Quiere que se reserven las plazas más cercanas al edificio a las unidades móviles de los medios de comunicación, no a los autobuses.

—He dejado tres plazas aquí para la prensa —contestó el primero—. ¿No basta con eso?

—Quiere diez.

—¿Diez plazas? ¿Cuántos equipos cree que van a presentarse para esto?

—No lo sé, pero quiere diez plazas y nos ha dicho que encarguemos más potencia eléctrica y líneas telefónicas.

—¿Para un congreso académico sobre el cambio climático abrupto? No lo entiendo. ¿Qué puede decirse de los huracanes y las sequías? Tendrá suerte si aparecen tres unidades móviles.

—Oye, el jefe es él. Marca diez plazas y acabemos.

—Eso significa que los autobuses tienen que ir a la parte de atrás.

—Diez plazas, Jake.

—Está bien, está bien.

—Al lado del edificio. Porque los alimentadores son muy caros. El auditorio nos cobra un ojo de la cara por el material complementario.

En el extremo opuesto de la mesa, una chica decía:

—¿Cómo estarán iluminados los espacios de exposición? ¿La luz permitirá proyectar vídeos o será demasiado intensa?

—No, los vídeos se han restringido a pantallas planas.

—Algunos de los expositores tienen proyectores integrados.

—Ah, con eso debería bastar.

Una joven se acercó a Evans mientras este, inmóvil, contemplaba la sala.

—¿Puedo ayudarle? —Parecía una recepcionista. Tenía esa clase de belleza anodina.

—Sí —contestó él señalando con la cabeza en dirección a la sala de reuniones—. Querría saber cómo puedo asistir a este congreso.

—Sintiéndolo mucho, solo mediante invitación —explicó ella—. Es un congreso académico; en realidad, no está abierto al público.

—Acabo de salir del despacho de Nick Drake —dijo Evans—, y me he olvidado de pedirle...

—Ah. Bueno, tengo unas cuantas entradas de acompañante en la mesa de recepción. ¿Sabe ya qué día asistirá?

—Todos —respondió Evans.

—A eso se le llama compromiso —dijo ella sonriendo—. Si me acompaña...

En coche se tardaba un momento en llegar desde el NERF hasta el palacio de congresos, en el centro de Santa Mónica. En lo alto de una grúa, unos operarios colocaban las letras del enorme cartel; hasta el momento se leía: CAMBIO CLIMÁTICO ABR, y debajo: LA CATÁSTR.

Hacía calor dentro del coche bajo el sol del mediodía. Evans llamó a Sarah por el teléfono del coche.

—Ya está. He dejado el móvil en su despacho.

—Muy bien. Esperaba que llamases antes. No creo que eso importe ya.

—¿No? ¿Por qué?

—Parece que Kenner ya ha averiguado lo que necesitaba.

—¿Ah, sí?

—Ten, habla con él.

Evans pensó: «¿Está con él?».

—Kenner al habla.

—Soy Peter.

—¿Dónde estás?

—En Santa Mónica.

—Vuelve a tu apartamento y pon en la maleta ropa de montaña. Luego espera allí.

—¿Para qué?

—Cámbiate toda la ropa. No te dejes puesta ni una sola de las prendas que llevas ahora.

—¿Por qué?

—Más tarde.

Un chasquido. La comunicación se cortó.

Ya en el apartamento, se apresuró a preparar una bolsa de viaje. Después volvió a la sala de estar. Mientras esperaba, colocó de nuevo el DVD en el reproductor y aguardó a que apareciese el menú de fechas.

Eligió la segunda fecha de la lista.

En la pantalla vio otra vez a Drake y Henley. Debía de ser el mismo día, porque ambos vestían igual. Pero era más tarde. Drake se había quitado la chaqueta y la había colgado del respaldo de una silla.

—Ya te he escuchado antes —decía Drake, al parecer molesto—. No sirvió.

—Piénsalo de manera estructural —recomendó Henley, recostándose en su silla, fijando la mirada en el techo y juntando las yemas de los dedos de ambas manos.

—¿Qué demonios significa eso? —preguntó Drake.

—Piénsalo de manera estructural, Nicholas. Desde el punto de vista de cómo funciona la información. Qué contiene y qué la contiene.

—Eso son tonterías de relaciones públicas.

—Nicholas —replicó Henley con aspereza—. Intento ayudarte.

—Lo siento. —Drake agachó un poco la cabeza y pareció recapacitar.

Viendo el DVD, Evans pensó: «¿Es Henley quien manda aquí?». Por un momento esa impresión había dado, desde luego.

—Y ahora permíteme que te explique cómo vamos a resolver tu problema —prosiguió Henley—. La solución es muy simple. Tú ya me la has dicho…

Alguien aporreó la puerta de Evans. Evans paró el DVD y, solo para mayor seguridad, lo sacó del reproductor y se lo guardó en el bolsillo. Los golpes continuaron, impacientes, mientras se dirigía a la puerta.

Era Sanjong Thapa. Su expresión era severa.

—Tenemos que irnos —dijo—. De inmediato.

QUINTA PARTE

SERPIENTE

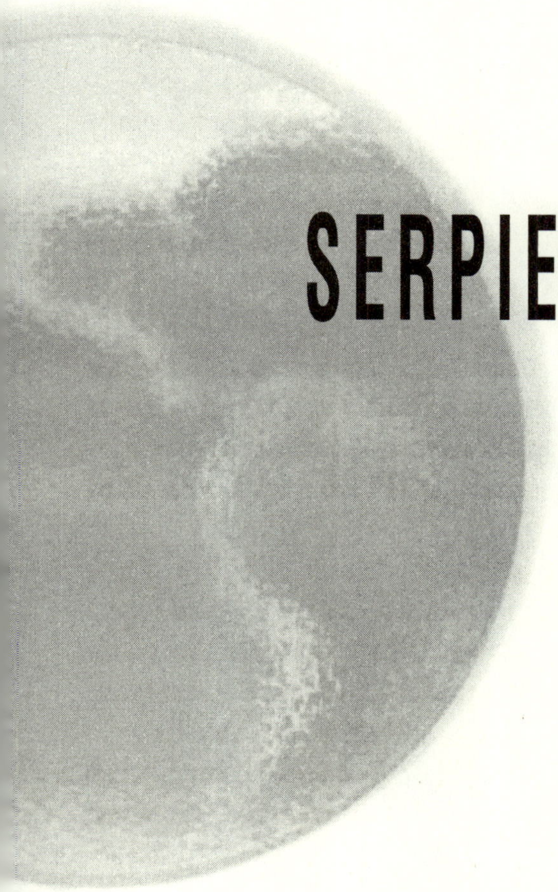

DIABLO
DOMINGO, 10 DE OCTUBRE
14.43 H.

El helicóptero sobrevolaba el desierto de Arizona a unos treinta kilómetros al este de Flagstaff, no lejos del cañón del Diablo. En el asiento trasero, Sanjong entregó a Evans fotografías y listados. Hablando del Frente Ecologista de Liberación, dijo:

—Suponemos que sus redes están activas, pero también las nuestras. Tenemos todas nuestras redes en funcionamiento, y una de ellas nos proporcionó una pista inesperada. Curiosamente, la Administración de Parques del Sudoeste.

—¿Y eso qué es?

—Un organismo que reúne a todos los responsables de los parques públicos de los estados del Oeste. Descubrieron que ocurría algo muy extraño.

Un alto porcentaje de los parques estatales de Utah, Arizona y Nuevo México habían recibido reservas con antelación, y los correspondientes pagos, para picnics de empresa, celebraciones de colegios, fiestas de aniversario institucionales y demás, concentradas en ese fin de semana. En todos los casos eran acontecimientos para familias, e incluían por tanto a padres e hijos, y a veces también a los abuelos.

Era cierto que se trataba de un fin de semana de tres días. Pero casi todas las reservas por adelantado eran para el lunes. Solo había unas cuantas para el sábado y el domingo. Ninguno de los superintendentes de parques recordaba nada semejante.

—No lo entiendo —dijo Evans.

—Ellos tampoco —contestó Sanjong—. Pensaron que podía estar relacionado con algún culto, y como los parques no pueden utilizarse con fines religiosos, se pusieron en contacto telefónico con algunas de las organizaciones. Y averiguaron que dichas organizaciones, de la primera a la última, habían recibido donativos especiales para financiar el acto en este fin de semana en particular.

—¿Donativos de quiénes?

—Organizaciones benéficas. La situación era la misma en todos los casos. Les había llegado una carta que decía: «Gracias por su reciente solicitud de financiación. Nos complace anunciarles que podemos contribuir a su reunión en tal o cual parque el lunes 11 de octubre. Hemos enviado ya el cheque a su nombre. Disfruten de la ocasión».

—Pero ¿esos grupos no habían solicitado las reservas?

—No. Así que llamaban a la organización benéfica, y alguien les explicaba que debía de tratarse de una confusión, pero como los cheques ya estaban enviados, bien podían seguir adelante y utilizar el parque ese día. Y muchos grupos decidieron que así lo harían.

—¿Y qué organizaciones benéficas eran esas?

—No va a sonarte ninguna. El Fondo Amy Rossiter. El Fondo para una Nueva América. La Fundación Roger V. y Eleanor T. Malkin. La Fundación Conmemorativa Joiner. En total, unas doce.

—¿Y son auténticas organizaciones benéficas?

Sanjong se encogió de hombros.

—Suponemos que no. Pero estamos comprobándolo.

—Sigo sin entenderlo —dijo Evans.

—Alguien quiere que los parques se utilicen este fin de semana.

—Sí, pero ¿por qué?

Sanjong le entregó una fotografía. Era una instantánea aérea, en colores falsos, que mostraba un bosque: los árboles de rojo intenso sobre una tierra azul oscuro. Sanjong tocó el centro de la imagen con el dedo. Allí, en un claro del bosque, Evans vio en el suelo una serie de líneas concéntricas unidas en determinados puntos, como una telaraña.

—¿Qué es?

—Es una alineación de misiles. Los lanzadores son los puntos. Las líneas son los cables eléctricos para controlar el lanzamiento. —Deslizó el dedo sobre la fotografía—. Aquí verás otra alineación y aquí una tercera. Las tres forman un triángulo de unos ocho kilómetros de lado.

Evans lo vio. Tres telarañas independientes, colocadas en los claros del bosque.

—Tres alineaciones de misiles...

—Sí. Sabemos que han comprado quinientos misiles con semiconductores. Los misiles en sí son muy pequeños. El análisis de los elementos de la imagen indica que los lanzadores tienen entre diez y quince centímetros de diámetro, lo que indica que los misiles pueden alcanzar una altura de unos trescientos metros o así. No más. Cada alineación se compone de unos cincuenta misiles, todos conectados. Probablemente no está previsto que se disparen al mismo tiempo. Y fíjate en que los lanzadores se encuentran situados a bastante distancia entre sí...

—Pero ¿con qué fin? —preguntó Evans—. Eso está en medio de ninguna parte. ¿Se alzarán trescientos metros y volverán a caer? ¿Es así? ¿Qué sentido tiene?

—No lo sabemos —contestó Sanjong—. Pero disponemos de otra pista. La fotografía que tienes en las manos se tomó ayer. Pero aquí tienes otra a baja altura de esta mañana. —Entregó a Evans una segunda fotografía del mismo lugar.

Las telarañas habían desaparecido.

—¿Qué ha pasado? —preguntó Evans.

—Lo recogieron todo y se marcharon. En la primera fotografía se ven camionetas aparcadas en la periferia de los claros. Por lo visto, simplemente lo metieron todo en las camionetas y se lo llevaron.

—¿Porque habían sido localizados?

—Es poco probable que lo supieran.

—¿Y entonces?

—Pensamos que se vieron obligados a trasladarse a un escenario más propicio.

—Más propicio ¿para qué? —preguntó Evans—. ¿Qué está pasando?

—Puede ser significativo el hecho de que, al comprar los misiles, adquiriesen también ciento cincuenta kilómetros de cable de microfilamento.

Miró a Evans asintiendo con la cabeza, como si aquello lo explicase todo.

—Ciento cincuenta kilómetros...

Sanjong lanzó una ojeada furtiva al piloto del helicóptero y negó con la cabeza.

—Ya entraremos en detalles más tarde, Peter. —Y a continuación miró por la ventanilla.

Evans miró por la ventanilla opuesta. Vio un kilómetro tras otro de erosionado paisaje desértico, despeñaderos marrones con vetas de colores naranja y rojo. El helicóptero avanzaba hacia el norte y su sombra se deslizaba rápidamente sobre la arena, distorsionada, deformada, y luego otra vez reconocible.

Misiles, pensó. Sanjong le había dado esa información como si él tuviese que extraer conclusiones por sí solo. Quinientos misiles. Grupos de cincuenta lanzadores, muy espaciados. Ciento cincuenta kilómetros de cable de microfilamento.

Quizá eso tenía algún significado, pero Peter Evans no se lo veía ni remotamente. Grupos de misiles pequeños, ¿para qué?

Microfilamento, ¿para qué?

No le fue difícil calcular que si ese microfilamento iba conectado a los misiles, a cada uno correspondería más o menos un tercio de kilómetro de cable, unos trescientos metros o poco más.

Y esa era la altura que, según Sanjong, alcanzarían los misiles.

Así que los misiles se elevarían trescientos metros en el aire, arrastrando un cable detrás. ¿Con qué objeto? ¿O la finalidad del cable era recuperarlos después? Pero no, pensó, eso no podía ser. Los misiles caerían en el bosque, y el microfilamento se rompería.

¿Y por qué estaban los misiles tan espaciados? Si tenían solo unos cuantos centímetros de diámetro, ¿no podían acercarlos más?

Le pareció recordar que los militares tenían lanzamisiles donde los proyectiles se hallaban tan cerca que las aletas casi se tocaban. Entonces, ¿por qué separarlos tanto?

«Un misil se eleva... arrastrando un cable delgado... y asciende a una altura de trescientos metros... y...», pensó.

¿Y qué?

Quizá, se dijo, cada misil contenía instrumentos en el morro, y el cable era una manera de transmitir información. Pero ¿qué instrumentos?

¿Qué sentido tenía todo aquello?

Volvió a mirar a Sanjong, que ahora estaba encorvado sobre otra fotografía.

—¿Qué haces?

—Intento deducir adónde se han ido.

Evans frunció el entrecejo al ver la fotografía que Sanjong tenía en la mano. Era un mapa meteorológico de satélite.

Sanjong sostenía un mapa meteorológico.

¿Todo aquello tenía que ver con la meteorología?

FLAGSTAFF
DOMINGO, 10 DE OCTUBRE
20.31 H.

—Sí —dijo Kenner, echándose hacia delante en el reservado.

Estaban al fondo de un restaurante de Flagstaff. En la gramola colocada junto a la barra sonaba el viejo Elvis Presley: *Don't Be Cruel.* Kenner y Sarah habían llegado hacía solo unos minutos. Sarah, pensó Evans, parecía exhausta y preocupada, no la persona jovial de costumbre.

—Pensamos que todo esto tiene que ver con la meteorología —continuó Kenner—. Estamos seguros, de hecho. —Guardó silencio mientras la camarera servía las ensaladas y luego prosiguió—: Existen dos razones para pensarlo: primero, el FEL ha comprado una cantidad considerable de tecnología cara que, conjuntamente, no tiene en apariencia ninguna utilidad, excepto, quizá, influir en la meteorología; y segundo…

—Un momento, un momento —lo interrumpió Evans—. ¿Has dicho «influir en la meteorología»?

—Exacto.

—Influir ¿cómo?

—Controlarla —aclaró Sanjong.

Evans se recostó en el reservado.

—Esto es un disparate —dijo—. O sea, ¿estáis diciéndome que esos individuos se creen capaces de controlar la meteorología?

—Son capaces —precisó Sarah.

—Pero ¿cómo? —preguntó Evans—. ¿Cómo es posible?

—La mayor parte de la investigación es información reservada.

—Entonces, ¿cómo la han conseguido?

—Buena pregunta —dijo Kenner—. Y nos gustaría conocer la respuesta. Pero la cuestión es que, según suponemos, esas alineaciones de misiles tienen la finalidad de provocar grandes tormentas, o aumentar la potencia de las tormentas existentes.

—Haciendo ¿qué?

—Producen un cambio en los potenciales eléctricos de los estratos de infracúmulos.

—Me alegro de haberlo preguntado —contestó Evans—. Ha quedado muy claro.

—En realidad, no conocemos los detalles —prosiguió Kenner—, aunque sin duda los averiguaremos pronto.

—La prueba más sólida —terció Sanjong— se desprende de la distribución de los espacios alquilados en los parques. Estos individuos han previsto muchos picnics en una amplia área, en tres estados, para ser exactos. Eso significa que probablemente decidirán dónde actuar en el último minuto, en función de las condiciones meteorológicas existentes.

—Decidirán ¿qué? —preguntó Evans—. ¿Qué van a hacer?

Nadie habló.

Evans los miró de uno en uno.

—¿Y?

—Una cosa sí sabemos —dijo Kenner—. Lo quieren documentado. Porque si algo puede presuponerse en la excursión de un colegio o en una salida de empresa con las familias y los niños, es la presencia de numerosas cámaras. Mucho vídeo, muchas fotografías.

—Y también, claro está, acudirán los equipos de televisión —añadió Sanjong.

—¿Acudirán? ¿Por qué?

—La sangre siempre atrae a las cámaras —dijo Kenner.

—¿Queréis decir que van a hacer daño a esa gente?

—Creo que está claro que al menos van a intentarlo —contestó Kenner.

Una hora después se hallaban todos sentados en los desiguales colchones de las camas de un motel —un miserable tugurio de Shoshone, Arizona, a treinta kilómetros al norte de Flagstaff— mientras Sanjong conectaba un reproductor de DVD portátil al televisor de la habitación.

En la pantalla, Evans volvió a ver a Henley hablar con Drake.

«Ya te he escuchado antes —decía Drake, al parecer molesto—. No sirvió.»

«Piénsalo de manera estructural», recomendó Henley, recostándose en su silla, fijando la mirada en el techo y juntando las yemas de los dedos de ambas manos.

«¿Qué demonios significa eso?», preguntó Drake.

«Piénsalo de manera estructural, Nicholas. Desde el punto de vista de cómo funciona la información. Qué contiene y qué la contiene.»

«Eso son tonterías de relaciones públicas.»

«Nicholas —replicó Henley con aspereza—. Intento ayudarte.»

«Lo siento.» Drake agachó un poco la cabeza y pareció recapacitar.

Viendo el DVD, Evans preguntó:

—¿No da la impresión de que es Henley quien manda?

—Siempre ha mandado —contestó Kenner—. ¿No lo sabías?

En la pantalla Henley decía:

«Y ahora permíteme que te explique cómo vas a resolver tu problema, Nicholas. La solución es muy simple. Tú ya me has dicho que el calentamiento del planeta no resulta satisfactorio porque cada vez que hay una ola de frío, la gente se olvida.»

«Sí, ya te lo he dicho...»

«Lo que necesitas, pues —continuó Henley—, es estructurar

la información para que, sea cual sea el tiempo meteorológico, confirme siempre tu mensaje. Esa es la ventaja de desviar la atención hacia el cambio climático abrupto. Te permite utilizar todo lo que ocurra. Siempre habrá inundaciones, ventiscas, ciclones y huracanes. Estos fenómenos siempre captarán titulares y tiempo en el aire. Y en todos los casos puedes afirmar que se trata de ejemplos de cambio climático abrupto provocado por el calentamiento del planeta. Así, el mensaje se refuerza, la urgencia aumenta.»

«No lo sé —contestó Drake con poca convicción—. Ya lo hemos intentado durante los últimos dos o tres años.»

«Sí, de manera aislada y dispersa. Algún que otro político haciendo declaraciones sobre alguna que otra tormenta o inundación. Lo hizo Clinton, lo hizo Gore, lo hizo aquel imbécil de ministro de Ciencias inglés. Pero no hablamos de políticos aislados, Nicholas. Hablamos de una campaña orquestada en todo el mundo para que la gente comprenda que el calentamiento del planeta es la causa de los sucesos meteorológicos bruscos y extremos.»

Drake negaba con la cabeza.

«Ya sabes cuántos estudios demuestran que los sucesos meteorológicos extremos no han aumentado.»

«Por favor. —Henley resopló—. Desinformación de los escépticos.»

«No es fácil hacerlo creer. Hay demasiados estudios...»

«¿De qué hablas, Nicholas? Eso se vende solo. El público ya cree que la industria está detrás de cualquier opinión contraria. —Suspiró—. En todo caso, te prometo que pronto habrá más modelos informáticos que demostrarán que la meteorología extrema va en aumento. Los científicos lo respaldarán y se pronunciarán como convenga. Ya lo sabes.»

Drake se paseó de un lado a otro. Se lo veía abatido.

«Pero no tiene sentido —insistió—. No es lógico decir que las heladas se deben al calentamiento del planeta.»

«¿Qué tiene esto que ver con la lógica? A nosotros nos basta con que los medios informen de ello. Al fin y al cabo, la mayoría de los estadounidenses creen que la delincuencia en el país está aumentando cuando en realidad desciende desde hace doce años. El índice de homicidios en Estados Unidos es ahora el mismo que a principios de la década de los setenta, pero los norteamericanos tienen más miedo que nunca porque la cantidad de espacio televisivo que se dedica a la delincuencia es tal que dan por supuesto que también se ha incrementado en la vida real. —Henley se levantó de la silla—. Piensa en lo que te digo, Nicholas. Una tendencia de doce años, y siguen sin creérselo. No existe prueba mayor de que la única realidad es la que muestran los medios de comunicación.»

«Los europeos son más sutiles…»

«Créeme, será más fácil vender el cambio climático abrupto en Europa que en Estados Unidos. Solo tienes que hacerlo desde Bruselas, porque a los burócratas les interesará, Nicholas. Verán las ventajas de este desplazamiento de la atención.»

Drake no contestó. Siguió paseándose con las manos en los bolsillos y la mirada fija en el suelo.

«¡Solo tienes que pensar lo lejos que hemos llegado! —dijo Henley—. En la década de los setenta, todos los especialistas del clima creían que se acercaba una glaciación. Pensaban que el mundo se estaba enfriando. Pero en cuanto se planteó la idea del calentamiento del planeta, vieron de inmediato las ventajas. El calentamiento del planeta provoca una crisis, una llamada a la acción. Una crisis necesita estudiarse, necesita financiarse, necesita estructuras políticas y burocráticas en todo el mundo. Y en poco tiempo un gran número de meteorólogos, geólogos y oceanógrafos se convirtieron en "especialistas del clima" dedicados al control de esta crisis. Ahora ocurrirá lo mismo, Nicholas.»

«El cambio climático abrupto ya se ha abordado antes, y nunca ha despertado interés.»

«Por eso organizas un congreso —adujo Henley con paciencia—. Organizas un congreso con mucha publicidad y casualmente coincide con varias pruebas espectaculares de los peligros del cambio climático abrupto, y al final del congreso este se habrá establecido como un problema auténtico.»

«No sé...»

«Deja de lamentarte. ¿No recuerdas cuánto tiempo llevó establecer la amenaza mundial del invierno nuclear, Nicholas? Cinco días. Un sábado de 1983 nadie en el mundo había oído hablar del invierno nuclear. Se celebró un congreso con gran presencia de los medios y al miércoles siguiente el invierno nuclear preocupaba al mundo entero. Se estableció como una amenaza incuestionable para el planeta. Sin haberse publicado un solo informe científico.»

Drake dejó escapar un largo suspiro.

«Cinco días, Nicholas —repitió Henley—. Ellos lo consiguieron. Tú lo conseguirás también. Este congreso va a cambiar las normas básicas referentes al clima.»

La pantalla quedó en negro.

—Dios mío —dijo Sarah.

Evans, sin apartar la vista de la pantalla, guardó silencio.

Sanjong había dejado de prestar atención hacía unos minutos. Trabajaba en su ordenador portátil.

Kenner se volvió hacia Evans.

—¿Cuándo se grabó este segmento?

—No lo sé. —Evans salió lentamente de su bruma y miró alrededor, aturdido—. No tengo la menor idea de cuándo se grabó. ¿Por qué?

—Tienes el mando a distancia en la mano —recordó Kenner.

—Ah, perdón. —Evans pulsó los botones, hizo aparecer el menú y vio la fecha—. Es de hace dos semanas.

—Así pues, Morton tenía bajo vigilancia las oficinas de Drake desde hacía dos semanas —concluyó Kenner.

—Eso parece.

Evans volvió a ver las imágenes, esta vez sin sonido. Observó a los dos hombres: Drakepaseándose y preocupado; Henley allí sentado, seguro de sí mismo. Evans intentaba asimilar lo que había oído. La primera grabación le había parecido relativamente razonable. En ella, Drake se quejaba de los problemas de hacer pública una auténtica amenaza para el medio ambiente, el calentamiento del planeta, cuando todo el mundo se olvidaba del tema en medio de una nevada. Eso tenía sentido para Evans.

Pero esta conversación... Cabeceó. Esta le inquietaba. Sanjong dio una palmada y anunció:

—¡Lo tengo! ¡Tengo el lugar! —Dio la vuelta al ordenador para que todos viesen la pantalla—. Este es el radar de la red NEXRAD en Flagstaff-Pulliam. Ahí se ve formarse el centro de una precipitación al nordeste de Payson. Debería producirse una tormenta mañana al mediodía en esa zona.

—¿A qué distancia está de aquí? —preguntó Sarah.

—A unos ciento treinta kilómetros.

—Creo que mejor será que subamos al helicóptero —dijo Kenner.

—¿Para qué? —quiso saber Evans—. Por Dios, son las diez de la noche.

—Conviene abrigarse —contestó Kenner.

A través de las lentes el mundo se veía verde y negro, y los árboles un poco borrosos. Las gafas de visión nocturna le apretaban en la frente. Pasaba algo con las correas: se le clavaban en las orejas y le hacían daño. Pero todos las llevaban para observar por las ventanillas del helicóptero los kilómetros de bosque que se extendían bajo ellos.

Buscaban claros, y ya habían dejado atrás una docena o más. Algunos estaban habitados, las casas eran rectángulos oscuros con ventanas resplandecientes. En un par de claros, los edificios estaban sumidos en la mayor negrura: pueblos fantasma, comunidades mineras abandonadas.

Pero aún no habían encontrado lo que buscaban.

—Ahí hay uno —dijo Sanjong señalando.

Evans miró a su izquierda y vio un amplio claro. La ya familiar telaraña de lanzadores y cables quedaba parcialmente oculta entre la hierba. A un lado había un enorme tráiler del tamaño de los que se utilizaban para el reparto a los supermercados. Y en efecto vio, en letras negras, el rótulo A&P en los paneles laterales.

—Terroristas de la alimentación —dijo Sarah, pero nadie se rió.

Y de inmediato el claro quedó atrás. El piloto del helicóptero tenía instrucciones expresas de no reducir la velocidad ni circundar ningún claro.

—Sin duda ese era uno —dijo Evans—. ¿Dónde estamos ahora?

—En el bosque Tonto, al oeste de Prescott —contestó el piloto—. He marcado las coordenadas.

—Deberíamos encontrar dos más en un triángulo de ocho kilómetros —dijo Sanjong.

El helicóptero siguió adelante en la noche. Tardaron otra hora en localizar la restantes telarañas, y pusieron rumbo a casa.

PARQUE ESTATAL DE MCKINLEY
LUNES, 11 DE OCTUBRE
10.00 H.

Era una mañana clara y soleada, aunque unos negros nubarrones amenazaban por el norte. En el parque estatal de McKinley la escuela secundaria Lincoln celebraba su salida anual. Había globos atados a las mesas, las barbacoas humeaban y unos trescientos niños acompañados por sus familias jugaban en el prado junto a la cascada lanzando frisbees y pelotas de béisbol. Otros jugaban en las orillas del cercano río Cavender, que serpenteaba plácidamente a través del parque. El río bajaba con poca agua en esos momentos y había en las márgenes playas arenosas y pequeñas charcas entre las rocas donde chapoteaban los niños de menor edad.

Kenner y los otros habían aparcado a un lado y observaban.

—Cuando el río se desborde —dijo Kenner—, se llevará todo el parque y a la gente que hay en él.

—Es un parque muy grande —repuso Evans—. ¿De verdad se desbordará hasta ese punto?

—No hace falta mucho. El agua bajará turbia e impetuosa. Quince centímetros de agua rápida bastan para derribar a una persona. Luego resbala y no puede volver a levantarse. El agua arrastra rocas y restos; el barro la ciega, se golpea contra algo, pierde el conocimiento. La mayoría de los ahogamientos se producen porque la gente intenta atravesar cauces pocos profundos.

—Pero quince centímetros…

—El agua lodosa tiene mucha fuerza —explicó Kenner—. Quince centímetros de barro arrastran un coche sin mayor problema. Pierde tracción y se sale de la carretera. Ocurre continuamente.

A Evans le costó creerlo, pero Kenner hablaba de una famosa riada de Colorado, la del Big Thompson, donde murieron ciento cuarenta personas en cuestión de minutos.

—Los coches quedaron aplastados como latas de cerveza —añadió—. El barro arrancó la ropa a la gente. No te engañes.

—Pero aquí —adujo Evans, señalando hacia el parque—, si el agua empieza a subir, habrá tiempo suficiente para salir...

—No, si es una riada. Aquí nadie se dará cuenta hasta que sea demasiado tarde. Por eso vamos a asegurarnos de que no hay riada.

Consultó su reloj, alzó la vista para observar el cielo cada vez más oscuro y luego regresó hacia los coches. Había tres todoterrenos en fila. Kenner conduciría uno; Sanjong llevaría otro, y Peter y Sarah irían en el tercero.

Kenner abrió la puerta trasera de su vehículo y preguntó a Peter:

—¿Tienes un arma?

—No.

—¿Quieres una?

—¿Crees que la necesito?

—Es posible. ¿Cuánto hace que no vas a un campo de tiro?

—¿Pues... bastante tiempo? —En realidad Evans no había disparado un arma en su vida y hasta ese momento se había enorgullecido de ello. Movió la cabeza en un gesto de negación—. No soy muy aficionado a las armas.

Kenner tenía un revolver en las manos. Había abierto el tambor y estaba examinándolo. Sanjong, al lado de su todoterreno, comprobaba un rifle de aspecto malévolo, con la culata de color negro mate y mira telescópica. Actuaba de manera rápida y experta. Un militar. Con inquietud, Evans pensó: «¿Esto qué es? ¿El OK Corral?».

—No hay problema —dijo Sarah a Kenner—. Yo llevo un arma.

—¿Sabes usarla?

—Claro.

—¿Qué es?

—Una Beretta de nueve milímetros.

Kenner negó con la cabeza.

—¿Te las arreglarías con una treinta y ocho?

—Desde luego.

Le entregó un arma y una funda. Sarah se prendió la funda de la cinturilla del vaquero. Parecía saber lo que hacía.

—¿De verdad esperas que disparemos contra alguien? —preguntó Evans.

—No a menos que sea necesario —contestó Kenner—. Pero quizá tengáis que defenderos.

—¿Crees que irán armados?

—Podría ser, sí.

—Dios mío.

—No te preocupes. Yo personalmente tirotearé encantada a esos cabrones —afirmó Sarah con tono severo e iracundo.

—Muy bien, pues —dijo Kenner—. Listos. Montemos.

Evans pensó: «Montemos». Dios santo. Aquello sí era el OK Corral.

Kenner fue al otro extremo del parque y habló por un momento con un agente de la policía del estado cuyo coche patrulla blanco y negro se hallaba al borde de un claro. Kenner había establecido contacto por radio con el agente. De hecho, todos mantendrían contacto por radio, ya que el plan exigía un alto grado de coordinación. Tendrían que atacar las tres telarañas simultáneamente.

Como Kenner explicó, el objetivo de los misiles era provocar algo conocido como «amplificación de carga» de la tormenta. Era una idea surgida en la última década, cuando empezaron a estudiarse los rayos sobre el terreno, con tormentas reales. Antiguamente se creía que con cada rayo disminuía la intensidad de la tormenta, porque se reducía la diferencia de carga eléctrica entre las nubes y la tierra. Pero algunos investigadores habían llegado a la conclusión de que los rayos tenían el efecto opuesto: aumentaban de manera espectacular la fuerza de las tormentas. El mecanismo de este fenómeno se desconocía, pero se suponía que guardaba relación con el repentino calor del rayo, o con la onda expansiva creada, que añadía turbulencia al centro de la tormenta, ya de por sí turbulento. En todo caso, corría en la actualidad la teoría de que si podía incrementarse el aparato eléctrico de una tormenta, esta empeoraría.

—¿Y las telarañas? —preguntó Evans.

—Son misiles pequeños con microfilamentos acoplados. Se elevan trescientos metros en la capa de nubes, y allí el cable proporciona un conductor de baja resistencia y crea un rayo.

—¿Así que los misiles provocan más aparato eléctrico? ¿Para eso son?

—Sí. Esa es la idea.

Evans no se quedó muy convencido.

—¿Quién paga toda esa investigación? —dijo—. ¿Las compañías de seguros?

Kenner negó con la cabeza.

—Es todo confidencial —contestó.

—¿Quieres decir que es militar?

—Exacto.

—¿Los militares pagan la investigación meteorológica?

—Piénsalo bien —sugirió Kenner.

Evans no tenía la menor intención de hacerlo. Sentía un profundo escepticismo en cuanto a todo lo militar. La idea de que pagasen investigaciones meteorológicas le parecía la misma clase de absurdo despilfarro que las tazas de váter de seiscientos dólares y las llaves inglesas de mil dólares que tan triste fama habían adquirido.

—Si quieres saber mi opinión, es tirar el dinero.

—El FEL no piensa lo mismo —contestó Kenner.

Fue entonces cuando Sanjong habló, con notable vehemencia. Evans había olvidado que era soldado. Sanjong dijo que quienquiera que controlase la meteorología controlaría el campo de batalla. Era un antiguo sueño militar. El ejército sin duda gastaría dinero en eso.

—Estás diciendo que da resultado realmente.

—Sí —respondió Sanjong—. ¿Por qué crees que estamos aquí?

El todoterreno se adentró en los boscosos montes al norte del parque de McKinley por la tortuosa carretera. En la zona se intercalaban las densas arboledas y los prados abiertos. Desde el asiento del acompañante, Sarah miró a Peter. Era apuesto, y tenía el físico robusto de un atleta. Pero a veces se comportaba como un pelele.

—¿Haces algún deporte? —preguntó.

—Claro.

—¿Qué?

—Squash. Un poco de balompié.

—Ah.

—Eh —protestó Evans—. Solo porque no uso armas… Por Dios, soy abogado.

Sarah se sentía decepcionada y ni siquiera sabía por qué. Probablemente, pensó, se debía al nerviosismo y el deseo de tener al lado a alguien competente. Le gustaba estar cerca de Kenner, que poseía vastos conocimientos y notables aptitudes. Él sabía qué pasaba a su alrededor. Respondía con presteza a cualquier situación.

Mientras que Peter era un tipo agradable, pero…

Observó sus manos en el volante. Conducía bien. Y aquel día eso era importante.

Ya no lucía el sol. Se aproximaban a los nubarrones. El día era oscuro, tétrico, amenazador. Frente a ellos la carretera desierta serpenteaba a través del bosque. No habían visto un solo coche desde que abandonaron el parque.

—¿Estamos aún muy lejos? —preguntó Evans.

Sarah consultó el GPS.

—Parece que faltan otros ocho kilómetros.

Evans asintió. Sarah cambió de posición en el asiento para que el arma enfundada no se le clavase en la cadera. Echó un vistazo al retrovisor de su lado.

—¡Mierda!

—¿Qué pasa?

Los seguía una destartalada furgoneta azul. Con matrícula de Arizona.

AURORAVILLE
LUNES, 11 DE OCTUBRE
10.22 H.

—Tenemos problemas —anunció Sarah.

—¿Por qué? —preguntó Evans. Echó un vistazo al retrovisor y vio la furgoneta—. ¿Qué pasa?

Sarah tenía la radio en la mano.

—Kenner, nos han localizado.

—¿Quiénes? —preguntó Evans—. ¿Quiénes son?

La radio emitió un chasquido.

—¿Dónde estáis? —quiso saber Kenner.

—En la carretera 95. A unos seis kilómetros de distancia.

—De acuerdo —contestó Kenner—. Seguid con el plan. Haced lo que podáis.

—¿Quiénes son? —repitió Evans mirando por el espejo.

La furgoneta azul avanzaba deprisa. Muy deprisa. Al cabo de un momento, los embistió por detrás. Evans, sobresaltado, viró con brusquedad pero recuperó el control.

—¡Pero qué carajo...! —exclamó.

—Concéntrate en conducir, Peter.

Sarah desenfundó el revólver. Sosteniéndolo sobre el regazo, miró por el retrovisor lateral.

La furgoneta azul se había rezagado, pero ya volvía a acelerar.

—Ahí viene.

Quizá porque Peter pisó el acelerador, el impacto fue sorprendentemente suave. Poco más que un ligero empujón. Peter tomó las curvas a toda velocidad, lanzando vistazos al retrovisor.

La furgoneta volvía a quedarse atrás. Los siguió a lo largo de un kilómetro, pero se mantuvo a una distancia equivalente a cinco o seis coches.

—No lo entiendo —dijo Evans—. ¿Van a embestirnos o no?

—Supongo que no —contestó Sarah—. Veamos qué pasa si reduces.

Evans aminoró la marcha, bajando la velocidad a sesenta por hora.

La furgoneta azul también aminoró, alejándose aún más.

—Solo nos siguen —dijo Sarah.

¿Por qué?

Las primeras gotas dispersas salpicaron el parabrisas y la carretera. Pero aún no era un aguacero.

La furgoneta azul se rezagó más aún. Doblaron una curva y delante de ellos vieron un enorme tráiler plateado. Avanzaba lentamente a no más de cuarenta y cinco kilómetros por hora. En las puertas de atrás se leía A&P.

—Mierda —exclamó Evans. Por el retrovisor, vieron que la furgoneta azul aún los seguía—. Nos han rodeado.

Cambió de carril con la intención de adelantar al tráiler, pero en cuanto lo hizo, el camionero se desplazó hacia el centro de la carretera. Evans se distanció de inmediato.

—Estamos atrapados.

—No lo sé —dijo Sarah—. No lo entiendo.

El tráiler les obstruía el paso por delante, pero por detrás la furgoneta azul estaba más lejos que nunca, a cientos de metros.

Seguía sin explicarse la situación cuando un rayo cayó junto a la carretera a no más de diez metros, un deslumbrante estallido de luz y sonido. Los dos se sobresaltaron.

—Dios santo, ese ha caído cerca —comentó Evans.

—Sí...

—Nunca había visto uno tan cerca.

Antes de que ella pudiese contestar, cayó un segundo rayo

justo delante de ellos con un ruido explosivo. Evans giró involuntariamente, como para esquivar el rayo, pese a que este ya se había desvanecido.

—Joder.

Para entonces Sarah albergaba ya una sospecha, y en ese preciso momento el tercer rayo cayó en el propio vehículo, un estallido de luz blanca que los envolvió y un estruendo ensordecedor acompañado de un repentino aumento de la presión que les provocó un penetrante dolor en los oídos. Evans lanzó un grito de miedo y soltó el volante; Sarah lo agarró y mantuvo el coche en la carretera.

Un cuarto rayo cayó a unos centímetros del coche, justo al lado del conductor. La ventanilla de ese lado se agrietó y se hizo añicos.

—¡Joder! —repitió Evans—. ¡Joder! ¿Esto qué es?

Para Sarah, la respuesta era evidente.

Atraían los rayos.

Cayó el siguiente y otro inmediatamente después, que impactó en el capó, extendiendo unos dedos blancos y ardientes por todo el coche, y desapareció. Quedó una enorme hendidura negra en el capó.

—No puedo hacer esto —decía Evans—. No puedo, no puedo hacerlo.

—Conduce, Peter —instó Sarah, agarrándole el brazo y apretándoselo—. Conduce.

Sobre ellos cayeron dos rayos más en rápida sucesión. Sarah percibió un olor a quemado, aunque no sabía bien de dónde procedía. Sin embargo, comprendió de pronto por qué los habían embestido con tanta suavidad.

La furgoneta azul había adherido algo al todoterreno. Algún dispositivo electrónico. Y este atraía los rayos.

—¿Qué hacemos? ¿Qué hacemos? —gimoteaba Evans. Aullaba a cada nuevo rayo.

Pero estaban atrapados en una carretera estrecha, delimitada a ambos lados por tupidos pinares.

«Hay algo que debería recordar», pensó Sarah.

Bosque...

¿Qué pasaba con el bosque?

Un rayo fulminó la luna trasera con fuerza explosiva. Otro descargó en el todoterreno con tal violencia que se sacudió sobre el asfalto como si hubiese recibido un mazazo.

—Al diablo —dijo Evans, y de un volantazo abandonó la carretera y enfiló un camino de tierra a través del bosque. Sarah vio pasar un letrero, el nombre de un pueblo colgado de un poste decrépito. Se sumergieron en la penumbra bajo los enormes pinos verdes. Pero los rayos se interrumpieron de inmediato.

«Claro —pensó—. Los árboles.»

Incluso si el vehículo atraía los rayos, estos irían a parar a los árboles más altos.

Al cabo de un momento eso fue lo que ocurrió. Oyeron un agudo chasquido justo detrás de ellos, y un rayo recorrió de arriba abajo un alto pino, abriendo el tronco e incendiándolo.

—Vamos a provocar un incendio forestal.

—Me da igual —contestó Evans. Conducía deprisa. El vehículo se bamboleaba por el camino de tierra. Pero era un todoterreno y tenía el chasis muy alto, así que Sarah estaba tranquila a ese respecto.

Al mirar atrás, vio arder el árbol y propagarse las llamas lateralmente por el terreno.

Por la radio, Kenner preguntó:

—Sarah, ¿qué ocurre?

—Hemos tenido que dejar la carretera. Nos ha caído algún rayo.

—¡Muchos! —gritó Evans—. ¡Continuamente!

—Buscad el atractor —dijo Kenner.

—Creo que está adherido al coche —contestó Sarah. Mientras hablaba, un rayo zigzagueó en la carretera justo enfrente de ellos. El resplandor fue tan intenso que vio vetas verdes ante los ojos.

—Entonces abandonad el coche —ordenó Kenner—. Salid lo más agachados posible.

Cortó la comunicación. Evans siguió a toda velocidad, con el todoterreno dando tumbos a causa de las roderas.

—No quiero salir —declaró—. Creo que estamos más seguros dentro. Siempre dicen que no hay que salir del coche porque se está más seguro dentro. Los neumáticos son aislantes.

—Pero se está quemando algo —advirtió Sarah, olfateando.

El coche se sacudía sin cesar. Sarah intentó mantenerse en equilibrio, agarrándose solo al asiento, sin tocar el metal de las puertas.

—Me da igual, creo que debemos quedarnos —insistió Evans.

—El depósito podría estallar…

—No quiero salir. No voy a salir. —Evans, aferrado al volante, tenía los nudillos blancos.

Delante, Sarah vio un claro en el bosque. Era un claro amplio, con hierba alta y amarilla.

Un rayo cayó con un restallido temible e hizo añicos el retrovisor lateral, que estalló como una bomba. Un momento después oyeron un suave silbido y el vehículo se ladeó.

—Mierda —exclamó Evans—. Ha reventado una rueda.

—Ahí tienes el aislamiento —dijo Sarah.

El todoterreno, chirriando, arrastraba los bajos por el camino de tierra.

—Peter —dijo Sarah.

—Muy bien, muy bien, déjame llegar hasta el claro.

—No creo que podamos esperar.

Pero las roderas terminaron, el camino se hizo más llano y Evans continuó adelante hasta el claro, con la llanta rechinando. Las gotas de lluvia salpicaban el parabrisas. Por encima de la hierba Sarah vio tejados de edificios de madera blanqueados por el sol. Tardó un momento en darse cuenta de que aquello era un pueblo abandonado. O un pueblo de mineros.

Justo enfrente se leía un letrero: AURORAVILLE, 82 HAB. Cayó otro rayo, y Evans chocó contra el letrero y lo derribó.

—Peter, creo que ya es el momento.

—De acuerdo, sí. Deja que me acerque un poco...

—Ya, Peter.

Paró el vehículo, y abrieron las puertas de par en par al unísono. Sarah se echó cuerpo a tierra, y otro rayo descargó tan cerca de ella que la onda de aire caliente le golpeó en el costado y la hizo rodar por el suelo. El rugido fue ensordecedor.

Apoyándose en las manos y las rodillas, rodeó a gatas el vehículo hasta la parte de atrás. Evans, al otro lado del todoterreno, gritaba algo, pero ella no lo oía. Sarah examinó el parachoques trasero. No tenía nada adherido. Ningún dispositivo. Allí no había nada.

Pero no tuvo tiempo para pensar, porque otro rayo impactó en la parte de atrás del todoterreno y la luna se hizo añicos, salpicándola de esquirlas de cristal. Movida por el pánico, siguió adelante sin despegarse del suelo y, rodeando el vehículo, se dirigió por la hierba hacia el edificio más cercano.

Evans la precedía y le gritaba. Pero ella no lo oyó a causa del trueno. No quería otro rayo, ahora no, si podía seguir unos segundos más... tocó madera con las manos. Una tabla.

Un peldaño.

Avanzó a rastras rápidamente, apartando la hierba, y de pronto vio un porche, un edificio ruinoso; del tejado colgaba un cartel tan descolorido y gris que no entendió las palabras del rótulo. Evans estaba dentro, y ella siguió a gatas, ajena a las astillas que se le clavaban en las manos, y él gritaba, gritaba.

Y finalmente oyó lo que decía:

—¡Cuidado con los escorpiones!

Pululaban por todo el porche de madera: pequeños, amarillentos, con los aguijones en alto. Debía de haber dos docenas. Se movían a una velocidad sorprendente, caminando de lado como los cangrejos.

—¡Levántate!

Sarah se puso en pie y echó a correr, sintiendo el crujido de los arácnidos bajo los pies. Otro rayo cayó en el tejado del edificio, arrancando el cartel, que cayó al porche en medio de una nube de polvo.

Pero ella ya había entrado. Y Evans estaba allí de pie y, con los puños en alto, exclamaba:

—¡Sí! ¡Sí! ¡Lo hemos conseguido!

—Al menos no eran serpientes —dijo Sarah con la respiración entrecortada y el pecho agitado.

—¿Cómo? —preguntó Evans.

—En estos edificios viejos siempre hay serpientes de cascabel.

—Dios mío.

Fuera retumbó un trueno.

Y los rayos comenzaron de nuevo.

Sarah contemplaba el todoterreno por la ventana rota y mugrienta, pensando que ahora que lo habían dejado ya no le caían rayos... Pensando... Si no había nada en el parachoques... ¿Por qué los había embestido la furgoneta? ¿Qué sentido tenía? Se volvió para preguntarle a Evans si se había fijado...

Y un rayo atravesó el tejado. Abrió un boquete que dejó a la vista el cielo oscuro, lanzando tablas en todas direcciones, y fue a impactar en el suelo justo donde ella estaba hacía un momento. Dejó un dibujo negro compuesto de vetas irregulares, como la sombra de un espino. El olor a ozono era intenso. Volutas de humo se elevaban de los tablones secos.

—Podría arder todo el edificio —dijo Evans, abriendo ya una puerta lateral para salir.

—Agáchate —aconsejó Sarah, y lo siguió afuera.

La lluvia arreciaba, gruesas gotas que le azotaron la espalda y los hombros mientras corría hacia el siguiente edificio. Tenía una chimenea de ladrillo y, en general, parecía mejor construido. Pero las ventanas, rotas y cubiertas de una espesa capa de polvo y mugre, ofrecían el mismo aspecto.

Probaron con la puerta más cercana, pero estaba atrancada, así que lo rodearon para ir a la parte delantera, donde encontraron la puerta abierta de par en par. Sarah entró a la carrera. Un rayo cayó justo detrás de ella. Hundió el tejadillo del porche y levantó astillas en uno de los postes laterales al descender hasta el suelo. La onda expansiva hizo estallar las ventanas delanteras en medio de una lluvia de cristales sucios. Sarah se dio la vuelta y se tapó la cara. Cuando volvió a mirar, advirtió que estaba en una herrería. En el centro había una gran fragua empotrada en el suelo con revestimiento de mampostería y, encima, toda clase de herramientas de hierro colgadas del techo.

En las paredes vio herraduras, tenazas, piezas de metal de todo tipo.

«Esta habitación está llena de metal», pensó. Sonó un trueno amenazador.

—Tenemos que salir de aquí —gritó Evans—. Este es el peor sitio para…

No pudo acabar. Se vio abatido por el siguiente rayo, que traspasó el techo, hizo girar las herramientas de hierro y fue a descargar en la fragua, arrojando ladrillos en todas direcciones. Tapándose la cabeza y los oídos, Sarah se agachó y notó el impacto de los ladrillos en los hombros, la espalda, las piernas, hasta que la derribaron. Entonces notó un estallido de dolor en la frente y vio estrellas por un instante, antes de que la negrura la envolviese y el retumbo del trueno se desvaneciese hasta sumirse en un silencio eterno.

EL BOSQUE
LUNES, 11 DE OCTUBRE
11.11 H.

Mientras escuchaba la radio de Sarah, Kenner avanzaba en dirección este por la carretera 47 a veinticinco kilómetros de distancia. Ella aún tenía el transmisor encendido, prendido del cinturón. Era difícil saber con certeza qué ocurría, porque cada rayo producía una ráfaga de estática que se prolongaba quince segundos. No obstante, comprendió lo más importante: Evans y Sarah habían abandonado el todoterreno pero los rayos no habían cesado. De hecho, daba la impresión de que los seguían.

Kenner había vociferado por su aparato, intentando captar la atención de Sarah, pero obviamente ella tenía el volumen bajado o estaba demasiado ocupada haciendo frente a lo que sucedía en el pueblo fantasma. Una y otra vez, Kenner decía:

—¡Os siguen!

Pero ella no contestó.

En ese momento se produjo una larga ráfaga de estática, seguida de silencio. Kenner cambió de canales.

—¿Sanjong?

—¿Sí?

—¿Has oído?

—Sí.

—¿Dónde estás? —preguntó Kenner.

—En la carretera 190, dirección norte. Calculo que me encuentro a cinco kilómetros de la telaraña.

—¿Aún no hay aparato eléctrico?

—No, pero aquí acaba de empezar a llover. Las primeras gotas en el parabrisas.

—De acuerdo. No cortes.

Regresó al canal de Sarah. Aún se oía estática, pero disminuía.

—¡Sarah! ¿Estás ahí? ¡Sarah! ¡Sarah!

Kenner oyó una tos, una tos lejana.

—¡Sarah!

Un chasquido. Un golpe. Alguien toqueteaba la radio. Una tos.

—Soy Peter.

—¿Qué pasa ahí?

—... muerta.

—¿Cómo?

—Está muerta. Sarah está muerta. La ha golpeado un ladrillo, y se ha desplomado. Luego la ha fulminado un rayo, y está muerta. Estoy a su lado, está muerta, mierda, muerta...

—Prueba el boca a boca.

—¿Cómo tengo que decirlo? Está muerta.

—Peter. El boca a boca.

—Dios mío... Está azul...

—Eso significa que está viva.

—... como un cadáver, un... cadáver.

—Peter, atiéndeme.

Pero Evans no oía nada. El muy idiota tenía el dedo en el botón de la radio. Kenner lanzó un juramento de frustración. Y de pronto otra ráfaga de estática. Kenner supo qué significaba.

Había caído otro rayo. Uno potente.

—¿Sanjong?

Ahora Kenner tampoco oía nada en el canal de Sanjong, aparte de estática. Duró diez segundos, quince. Así que también Sanjong había recibido un impacto. Solo entonces Kenner comprendió cuál debía de ser la causa.

Sanjong volvió a comunicarse, tosiendo.

—¿Estás bien?

—Ha caído un rayo muy cerca del coche. Tan cerca que cuesta imaginarlo.

—Sanjong —dijo Kenner—. Creo que son las radios.

—¿Tú crees?

—¿De dónde nos llegaron?

—Las hice mandar desde Washington a través de FedEx.

—¿Te entregaron el paquete en mano?

—No. Lo dejaron en el motel. El dueño me lo dio cuando llegué a registrarme... pero la caja estaba cerrada.

—Tira tu radio —ordenó Kenner.

—No hay cobertura para móviles, no estaremos en contac...

Nada más. Solo una ráfaga de estática.

—Peter.

No hubo respuesta. Solo silencio en la radio. Ya ni siquiera estática.

—Peter. Contéstame. Peter, ¿estás ahí?

Nada. La comunicación estaba cortada. Kenner aguardó un momento. Evans no contestó.

Cayeron las primeras gotas de lluvia en el parabrisas. Bajó la ventanilla y arrojó la radio. Rebotó por el asfalto y desapareció entre la hierba al otro lado de la carretera.

Kenner había recorrido cien metros cuando un rayo cayó por detrás de él en el lado opuesto de la calzada.

Eran las radios, en efecto.

Alguien había tenido acceso a las radios. ¿En Washington? ¿O en Arizona? Era difícil saberlo, y a esas alturas ya no importaba. Ya era imposible llevar a cabo su plan minuciosamente coordinado. De pronto la situación era muy peligrosa. Habían planeado atacar las tres alineaciones de misiles simultáneamente. Eso ya no sería posible. Por supuesto, Kenner podía atacar la suya. Y si Sanjong aún vivía, tal vez llegase a la segunda, pero no sería una maniobra coordinada. Si uno de ellos llegaba más tarde que el otro, el segundo equipo de misiles sin duda habría sido informado por radio, y estaría esperando con las armas listas. Kenner no albergaba la menor duda al respecto.

Y Sarah y Evans habían muerto o no estaban en condiciones de actuar. En el mejor de los casos, tenían el vehículo averiado. Con toda seguridad, no llegarían a la tercera telaraña.

Así pues, solo eliminarían una alineación de misiles. Quizá dos.

¿Bastaría con eso?

Tal vez, pensó.

Kenner fijó la vista en la carretera, una cinta clara bajo el cielo oscuro. No pensó en si sus amigos estaban vivos o no. Quizá habían muerto los tres. Pero si Kenner no impedía la tormenta, morirían centenares de personas. Niños, familias. Platos de papel en el barro mientras las partidas de búsqueda desenterraban los cuerpos.

De un modo u otro tenía que impedirlo. Siguió adelante, adentrándose en la tormenta.

MCKINLEY
LUNES, 11 DE OCTUBRE
11.29 H.

—¡Mamá! ¡Mamá! Brad me ha pegado, mamá. Dile que pare.

—Niños, ya está bien...

—¿Bradley? ¿Cuántas veces tengo que decírtelo? Deja en paz a tu hermana.

De pie en la periferia del parque de McKinley, el agente Miguel Rodríguez, de la policía de carretera de Arizona, permanecía junto a su coche y observaba el picnic. Eran las once y media de la mañana, y los niños ya tenían hambre. Empezaban a pelearse. En todo el parque, las barbacoas estaban encendidas y el humo se elevaba hacia el cielo cada vez más oscuro. Algunos padres miraban hacia arriba con preocupación, pero nadie abandonaba el parque. Allí aún no llovía, pese a que habían oído restallar los rayos y retumbar los truenos a unos cuantos kilómetros al norte.

Rodríguez echó un vistazo al megáfono que había dejado en el asiento de su coche. Durante la última media hora había aguardado con impaciencia la llamada por radio del agente Kenner para notificarle que debía evacuar el parque.

Pero aún no le había llamado.

Y el agente Kenner le había dado instrucciones claras. No debía evacuar el parque de McKinley antes de recibir la orden.

Rodríguez no comprendía la necesidad de esperar, pero Kenner se había mostrado inflexible. Dijo que era un asunto de seguridad nacional. Eso Rodríguez tampoco lo entendió. ¿Cómo iba a ser un asunto de seguridad nacional un picnic en el parque?

Pero reconocía una orden cuando la oía. Así que Rodríguez esperó, impaciente y nervioso, y observó el cielo. Incluso cuando oyó anunciar en el parte meteorológico riesgo de riadas en los condados del este desde Kayenta hasta Two Guns y Camp Payson —zona que incluía McKinley—, Rodríguez siguió esperando.

No sabía que la llamada de radio que esperaba nunca se produciría.

AURORAVILLE
LUNES, 11 DE OCTUBRE
11.40 H.

En retrospectiva, lo que salvó a Peter Evans fue el ligero hormigueo en la palma de la mano sudorosa mientras sostenía la radio. En los minutos previos había deducido que por algún motivo los rayos los seguían allí adonde iban. Sus conocimientos en ciencias eran escasos, pero supuso que la causa debía de ser algo mecánico o electrónico. Al hablar con Kenner había sentido ese leve hormigueo eléctrico en contacto con el aparato y, movido por un impulso, lo arrojó al extremo opuesto de la habitación. Fue a chocar contra un enorme artefacto de hierro semejante a un torno que parecía una trampa para osos.

El rayo descargó un instante después, resplandeciente y ensordecedor, y Evans se echó cuerpo a tierra, sobre el cadáver de Sarah. Allí tendido, aturdido por el miedo, zumbándole los oídos por la detonación, pensó que había notado algún movimiento en ella.

Se apresuró a levantarse y empezó a toser. La habitación estaba llena de humo. La pared opuesta ardía, con llamas aún pequeñas pero que ascendían ya por las tablas. Volvió a mirar a Sarah, azul y fría. No tuvo la menor duda de que estaba muerta. Debía de haber imaginado que se movía, pero…

Le tapó la nariz y empezó a practicarle el boca a boca. Tenía los labios fríos. Eso lo asustó. Estaba convencido de que había muerto. Vio ascuas y ceniza flotar en el aire cargado de humo.

Tendría que salir antes de que todo el edificio se desplomase sobre él. Estaba perdiendo la cuenta mientras introducía aire en los pulmones de Sarah.

En todo caso, de nada servía. Oyó crepitar las llamas alrededor. Alzó la vista y advirtió que los tablones del techo empezaban a prenderse.

Lo asaltó el pánico. Se levantó de un salto, corrió a la puerta, la abrió y salió.

Asombrado, notó la fuerza del aguacero, azotándolo, empapándolo de inmediato. Con la impresión, recobró la sensatez. Miró atrás y vio a Sarah tendida en el suelo. No podía dejarla.

Regresó corriendo, la agarró por los brazos y tiró de ella hacia fuera. Lo sorprendió el gran peso de su cuerpo inerte. La cabeza le colgaba, tenía los ojos cerrados y la boca abierta. Estaba muerta, sin duda.

De nuevo bajo la lluvia, la dejó entre la hierba amarillenta, se arrodilló y le practicó de nuevo el boca a boca. No supo muy bien durante cuánto tiempo mantuvo un ritmo uniforme. Un minuto, dos minutos. Quizá cinco. Obviamente, no servía de nada, pero continuó cuando ya no había razón alguna, porque ese ritmo atenuaba su propia sensación de pánico, le proporcionaba algo en qué concentrarse. Estaba allí bajo un torrencial aguacero, con un pueblo fantasma en llamas alrededor, y...

Sarah se sacudió, y Evans, atónito, la soltó. Le sobrevinieron arcadas secas y espasmódicas y luego un ataque de tos.

—Sarah...

Ella gimió. Se revolvió en el suelo. Evans la cogió entre sus brazos y la sostuvo. Respiraba. Pero parpadeaba sin control. No parecía consciente.

—Vamos, Sarah.

Ella tosía, su cuerpo se convulsionaba. Evans se preguntó si estaba muriendo de asfixia.

—Sarah...

Ella agitó la cabeza, como para despejarse. Abrió los ojos y lo miró fijamente.

—Oye —dijo—, qué dolor de cabeza.

Evans pensó que iba a echarse a llorar.

Sanjong consultó su reloj. Llovía con más intensidad y el limpiaparabrisas iba de un lado para otro. Estaba muy oscuro, y había apagado los faros.

Había tirado la radio hacía ya muchos minutos, y los rayos habían cesado cerca del vehículo. Pero seguían cayendo en otras partes; oyó un trueno lejano. Comprobando el GPS, vio que se hallaba solo a unos cientos de metros de la telaraña que debía desbaratar.

Escrutó la carretera frente a él, buscando el desvío. Fue entonces cuando vio el primer grupo de misiles ascender hacia el cielo, como pájaros negros derechos hacia las nubes oscuras y turbulentas.

Y al cabo de un momento descendió una serie de rayos, conducidos por los cables.

Quince kilómetros al norte, Kenner vio elevarse los misiles de la tercera telaraña. Calculó que había solo unos cincuenta en esa alineación, lo cual significaba que quedaban otros cien en tierra.

Llegó al camino adyacente, dobló a la derecha y llegó de inmediato a un claro. A un lado había estacionado un enorme tráiler. Vio a dos hombres con impermeables amarillos de pie junto a la cabina. Uno de ellos sostenía una caja entre las manos: el disparador.

Kenner no vaciló. Dio un volantazo y dirigió el todoterreno hacia la cabina. Los hombres permanecieron atónitos por un momento y en el último instante se apartaron de un salto, justo cuando Kenner pasó rozando el lado de la cabina con un chirrido metálico y torció hacia el campo de misiles.

Por el retrovisor, vio levantarse a los dos hombres, pero estaba ya en la telaraña, avanzando a lo largo de la línea de cables, intentando aplastar los tubos lanzadores con las ruedas. Oyó el golpeteo metálico mientras los embestía. Esperaba alterar así el desarrollo del lanzamiento, pero se equivocaba.

Justo enfrente vio otros cincuenta misiles despedir llamaradas y ascender raudos hacia el cielo.

Sanjong estaba en el segundo claro. Vio una cabaña de madera a la derecha, y un gran camión aparcado al lado. En la cabaña había luz, y unas siluetas se movían tras las ventanas. Dentro había hombres. Unos cables salían del interior por la puerta delantera y desaparecían entre la hierba.

Avanzó derecho hacia la cabaña y accionó el control de velocidad de crucero en la barra del volante.

Vio salir de la cabaña a un hombre con una metralleta. Un fogonazo surgió del cañón, y el parabrisas de Sanjong se hizo añicos. Abrió la puerta y saltó del todoterreno, manteniendo el rifle alejado del cuerpo. Al caer, rodó entre la hierba.

Alzó la vista justo a tiempo de ver el todoterreno estrellarse contra la cabaña. Se produjo una gran humareda y se oyeron gritos. Sanjong se hallaba solo a unos veinte metros. Esperó. Al cabo de un momento el hombre de la metralleta rodeó el vehículo corriendo, en busca del conductor. Vociferaba, exaltado.

Sanjong disparó una sola vez. El hombre cayó de espaldas.

Esperó. Salió un segundo hombre, gritando bajo la lluvia. Vio a su compañero caído y retrocedió de un salto para agazaparse detrás del parachoques delantero del todoterreno. Se inclinó hacia delante y llamó al hombre caído.

Sanjong le disparó. El hombre desapareció, pero Sanjong no estaba seguro de haberle acertado.

Tenía que cambiar de posición. La lluvia había aplanado la hierba, así que no disponía de tanta cobertura como habría deseado. Rodó rápidamente, desplazándose unos diez metros a un lado, y a continuación avanzó a rastras con cautela, intentando ver el interior de la cabaña. Pero el vehículo se había encajonado en la puerta delantera, y dentro las luces estaban apagadas. Tenía la certeza de que había más hombres en el interior, pero no veía a nadie. Los gritos se habían interrumpido. Se oían solo los truenos y el golpeteo de la lluvia.

Aguzó el oído. Le llegó el crepitar de las radios. Y voces.

Aún quedaban hombres en la cabaña.

Aguardó entre la hierba.

La lluvia le entraba a Evans en los ojos mientras hacía girar la llave para apretar las tuercas del neumático delantero del todoterreno. La rueda de repuesto estaba ya firmemente colocada. Se enjugó los ojos y luego apretó por turno cada tuerca una última vez. Solo para mayor seguridad. Los esperaba un difícil camino de regreso a la carretera, y con esa lluvia, estaría embarrado. No quería que la rueda se aflojase.

Sarah lo esperaba en el asiento del acompañante. Medio a rastras, medio en volandas, la había llevado hasta el vehículo. Seguía aturdida, grogui, así que le sorprendió oírla levantar la voz por encima del sonido de la lluvia.

Evans alzó la vista.

Vio unos faros a lo lejos. En el lado opuesto del claro.

Entornó los ojos.

Era una furgoneta azul.

—¡Peter!

Soltó la llave y corrió hacia el lado del conductor. Sarah ya había puesto el motor en marcha. Evans se sentó al volante y arrancó. La furgoneta azul se acercaba a ellos a través del claro.

—Vamos —dijo Sarah.

Evans pisó el acelerador, giró y se adentró en el bosque, volviendo por donde habían llegado. Detrás de ellos, la lluvia había sofocado el incendio del edificio. Este era ahora un montón de escombros humeante.

La furgoneta azul pasó frente al edificio sin detenerse. Y los siguió por el camino.

Kenner dio la vuelta y regresó hacia el tráiler. Los hombres estaban allí de pie con el disparador. Uno había sacado una pistola y descerrajó varios tiros en dirección a Kenner. Este, derecho hacia ellos, aceleró. Embistió al hombre de la pistola, que voló por el aire por encima del todoterreno. El segundo hombre había conseguido escapar.

Kenner giró el volante.

Al retroceder, vio al hombre que había atropellado ponerse en pie, vacilante, entre la hierba. El otro hombre se había perdido de vista. El primero alzó el arma justo cuando Kenner volvió a arrollarlo. Cayó y el todoterreno se sacudió al pasar por encima de su cuerpo. Kenner buscaba al otro hombre, el que tenía el disparador.

No lo veía por ninguna parte.

Giró el volante. Solo podía haber ido a un sitio.

Kenner enfiló derecho hacia el tráiler.

Mientras Sanjong esperaba entre la hierba, oyó el sonido de un motor de camión. Le obstruía la vista su propio todoterreno estrellado. El camión estaba más allá del todoterreno. Oyó que alguien lo ponía en marcha y retrocedía.

Sanjong se levantó y empezó a correr. Una bala silbó cerca de él. Volvió a echarse cuerpo a tierra.

Habían dejado a alguien en la cabaña.

Tendido entre la hierba, avanzó a rastras hacia el camión. Las balas cortaron la hierba alrededor. De algún modo, pese a estar entre la hierba, habían localizado su posición. Eso significaba...

Con una rápida contorsión, se volvió de cara a la cabaña. Se limpió la lluvia de los ojos y observó a través de la mira del rifle.

El hombre estaba en el tejado. Apenas visible excepto cuando se levantaba para abrir fuego.

Sanjong disparó justo por debajo de la línea del tejado. Sabía que la bala traspasaría la madera. No volvió a ver al hombre, pero su rifle resbaló por el tejado.

Se puso en pie y corrió hacia el camión, pero ya se alejaba, un par de luces rojas de posición bajo la lluvia que abandonaban el claro y desaparecían en la carretera principal.

Kenner había salido del todoterreno y yacía en tierra. Veía al último hombre, una silueta bajo el enorme tráiler.

—No dispare, no dispare —gritaba el hombre.

—Salga despacio y con las manos vacías —ordenó Kenner—. Quiero verle las manos.

—No dispare...

—Salga. Muy despacio y...

Una repentina ráfaga de fuego de metralleta cortó la hierba mojada alrededor.

Kenner apretó la cara contra la tierra húmeda y esperó.

—¡Más deprisa! —exclamó Sarah mirando por encima del hombro.

El todoterreno daba tumbos por el barro y los haces de los faros iban de un lado a otro descontroladamente.

—No creo que sea capaz... —dijo Evans.

—Se están acercando —exclamó Sarah—. Tienes que acelerar.

Casi habían salido del bosque. Evans veía la carretera a unas docenas de metros más adelante. Recordó que en el último tramo el camino estaba menos deteriorado, y aceleró hacia allí.

Al salir a la carretera, tomó en dirección sur.

—¿Qué haces? —preguntó Sarah—. Tenemos que ir al campo de misiles.

—Ya es demasiado tarde —contestó Evans—. Volvemos al parque.

—Pero le hemos prometido a Kenner...

—Es tarde. Fíjate en la tormenta. Ya se ha desatado por

completo. Tenemos que volver para ayudar a las familias del parque.

Puso el limpiaparabrisas a plena potencia y avanzó rápidamente por la carretera bajo la tormenta.

Detrás de ellos, la furgoneta giró y los siguió.

El agente Miguel Rodríguez había observado la cascada. Una hora antes era una bruma translúcida que resbalaba por el borde del precipicio. Ahora estaba teñida de marrón y tenía mayor caudal. También el río empezaba a crecer. Bajaba más rápido y comenzaba a adquirir un color barroso.

Pero aún no llovía en el parque. El aire era claramente más húmedo y durante unos minutos habían caído cuatro gotas, pero la lluvia había cesado. Unas cuantas familias habían abandonado sus barbacoas. Otra media docena guardaba sus cosas en los coches en previsión de la inminente tormenta. Pero en su mayoría habían decidido pasarla por alto. El director del colegio iba y venía entre la concurrencia, asegurando a la gente que el tiempo mejoraría e instándola a quedarse.

Rodríguez estaba nervioso. Se tiró del cuello del uniforme, incómodo con aquella humedad. Se paseó junto a la puerta abierta de su coche. Oyó los avisos de peligro de riadas por la radio de la policía para el condado de Clayton, que era donde se hallaba el parque de McKinley. Aunque no quería seguir esperando, vaciló.

No entendía por qué Kenner no lo había llamado ya. El parque se hallaba situado en un cañón, y se advertían todos los indicios de una posible riada. Rodríguez había pasado toda su vida en el norte de Arizona. Sabía que debía evacuar el parque inmediatamente.

¿Por qué no había llamado Kenner?

Tamborileó con los dedos en la puerta del coche.

Decidió concederle cinco minutos más.

Cinco minutos. Ni uno más.

En ese momento su mayor preocupación era la cascada. El

color pardusco había ahuyentado a la gente, y casi todos se habían alejado. Pero unos cuantos adolescentes jugaban aún en la charca al pie de la cascada. Rodríguez sabía que podían empezar a desprenderse peñascos de lo alto del precipicio en cualquier momento. Incluso una roca pequeña caería con fuerza suficiente para matar a una persona.

Rodríguez empezaba a plantearse la conveniencia de desalojar la zona de la cascada cuando se fijó en un detalle extraño. En lo alto del precipicio, allí donde el agua se deslizaba por el borde, vio una camioneta con una antena. Parecía una unidad móvil de televisión. No llevaba ningún rótulo en el costado, pero sí un logotipo. Aun así, no lo distinguía a aquella distancia. Vio a un técnico salir de la camioneta y tomar posiciones junto a la cascada, agachado con una cámara al hombro, mirando el parque. De pie junto a él, se colocó una mujer con falda y blusa, que señalaba en una u otra dirección. Por lo visto, le indicaba dónde filmar, porque él enfocaba la cámara según sus instrucciones.

Sin duda era el equipo de un noticiario.

Pensó: «¿El equipo de un noticiario para la excursión de un colegio?».

Rodríguez entrecerró los ojos en un esfuerzo por identificar el logotipo de la furgoneta. Era amarillo y azul, una especie de espiral de círculos entrelazados. No debía de ser una cadena local, porque no lo reconocía. Pero tenía algo de espeluznante que el equipo se presentase allí justo cuando la tormenta avanzaba hacia el parque. Decidió acercarse y mantener una charla con ellos.

Kenner no quería matar al hombre agazapado bajo el tráiler. Nunca se había capturado a ningún miembro del FEL, y este parecía un candidato con posibilidades. A juzgar por su voz, daba la impresión de que estaba asustado. Y parecía joven, probablemente de veintitantos años. Quizá estaba alterado por la muerte de su amigo. Desde luego, no manejaba bien la metralleta.

Temía morir también. Quizá empezaba a albergar alguna duda respecto a su causa.

—Sal —gritó Kenner—. Sal, y no te pasará nada.

—Vete a la mierda —dijo—. Por cierto, ¿quién carajo eres? ¿Qué problema tienes? ¿No lo entiendes, tío? Intentamos salvar el planeta.

—Estás violando la ley —repuso Kenner.

—La ley —repitió el hombre con desdén—. La ley es de las empresas que contaminan el medio ambiente y destruyen la vida humana.

—Aquí el único que está matando a gente eres tú —replicó Kenner. Tronaba y relampagueaba detrás de las nubes negras como la tinta. Era absurdo mantener aquella conversación en medio de la tormenta.

Pero merecía la pena capturar vivo a ese individuo.

—Eh, yo no estoy matando a nadie —protestó el hombre—. Ni siquiera a ti.

—Estás matando a niños en el parque. Estás matando a las familias reunidas para un picnic.

—Las bajas son inevitables para conseguir el cambio social. La historia lo demuestra.

Kenner no sabía si aquel hombre creía lo que decía, si se lo habían inculcado en la universidad, o si simplemente estaba afectado por el miedo. O quizá solo lo utilizaba a modo de distracción…

Miró a su derecha, por debajo de su propio vehículo. Y vio unos pies rodear el todoterreno en dirección a él.

«¡Demonios!», pensó, decepcionado. Apuntó bien y disparó una vez, alcanzando al hombre situado detrás del todoterreno en el tobillo. Este lanzó un alarido de dolor y cayó de espaldas. Kenner lo vio por debajo del vehículo. No era joven; tendría unos cuarenta o cuarenta y cinco años. Con barba. Llevaba una metralleta, y rodaba sobre sí mismo para disparar. Kenner disparó dos veces. La cabeza del hombre se sacudió hacia atrás. Soltó la metralleta y, desmadejado entre la hierba, dejó de moverse.

El hombre escondido bajo el tráiler abrió fuego con su arma.

Disparaba a bulto. Kenner oyó varios impactos en el todoterreno. Permaneció tendido en la hierba con la cabeza gacha.

Cuando cesó el tiroteo, previno:

—¡Última oportunidad!

—Vete a la mierda.

Kenner esperó. Siguió un largo silencio. Escuchó el sonido de la lluvia, ahora torrencial.

Esperó.

—¿No me has oído, gilipollas de mierda? —gritó el hombre.

—Te he oído —contestó Kenner, y disparó una vez.

Era un auténtico aguacero del desierto, pensó Evans agarrando con fuerza el volante. La lluvia era una densa cortina. Incluso con las varillas del limpiaparabrisas en la posición más rápida, le resultaba casi imposible ver la carretera. Había reducido la velocidad a setenta y cinco, luego a sesenta. Ahora avanzaba a cuarenta y cinco. Detrás de ellos, la furgoneta había aminorado también. No había elección.

Adelantó a otro par de automóviles, pero se hallaban detenidos en el arcén. Era lo sensato.

La carretera estaba anegada y en cada hondonada se formaba un lago o un impetuoso arroyo. A veces resultaba imposible saber cuál era la profundidad del agua, y Evans no quería que se mojase el encendido. Revolucionó el motor para mantenerlo seco. No veía indicadores de carretera. Fuera la oscuridad era tal que parecía de noche y los faros no servían de nada. Veía solo a unos cuantos metros por delante a través de la lluvia. Miró a Sarah, pero ella mantenía la vista al frente. Sin moverse, sin hablar. Se preguntó si estaba bien.

Echando ojeadas al retrovisor, veía a veces las luces de la furgoneta, y a veces no, de tanto como llovía.

—Creo que casi hemos llegado al parque —dijo—. Pero no estoy seguro.

El interior del parabrisas empezaba a empañarse. Lo limpió con el brazo y el codo, el roce produjo un chirrido en el cristal.

Así veía un poco mejor. Superaron una suave pendiente y empezaron a bajar hacia...

—Mierda.

—¿Qué? —preguntó Sarah.

—Mira.

Al pie de la pendiente, la carretera pasaba sobre una serie de grandes tuberías, de unos cinco metros de ancho en total, que canalizaban el agua de un pequeño torrente. Antes, el torrente era poco más que un hilo plateado en el lecho de roca. Pero se había ensanchado y crecido tanto que ahora el agua corría impetuosamente por encima de la calzada.

Evans era incapaz de adivinar la profundidad. No mucha, probablemente.

—Peter —dijo Sarah—. Has parado.

—Lo sé.

—No puedes parar.

—No sé si puedo cruzar eso —dijo—. No sé qué profundidad...

«Quince centímetros de agua bastan para arrastrar un coche.»

—No tienes alternativa.

Por el retrovisor, Evans vio las luces de la furgoneta. Descendió por la pendiente hacía el conducto subterráneo. Mantuvo la mirada en el retrovisor para ver qué hacía la furgoneta. También había reducido la velocidad, pero aún los seguía.

—Cruza los dedos —dijo Evans.

—Lo tengo todo cruzado.

Se adentró en el charco. El agua se alzó ruidosamente a los lados del vehículo, salpicando las ventanas y borboteando bajo el chasis. A Evans le asustaba la idea de perder el encendido, pero por el momento todo iba bien.

Dejó escapar un suspiro. Se acercaba ya a la mitad, y no era demasiado profundo. No tendría más de sesenta o setenta centímetros de hondo. Lo superarían.

—Peter... —Sarah señaló al frente.

Un gran tráiler avanzaba por la carretera hacia ellos, deslumbrándolos con los faros, sin reducir la velocidad.

—Es un idiota —dijo Evans.

Vadeando lentamente el charco, giró a la derecha, arrimándose a la cuneta para dejar espacio.

En respuesta, el tráiler invadió su carril.

No aminoró.

En ese momento Evans vio el logotipo sobre la cabina.

En letras rojas, se leía: A&P.

—¡Peter, haz algo!

—¿Como qué?

—¡Haz algo!

Varias toneladas de atronador acero avanzaban derechas hacia él. Echó un vistazo al retrovisor. La furgoneta azul seguía detrás y se acercaba.

Lo tenían rodeado.

Iban a sacarlo de la carretera. El tráiler penetraba ya en el charco estruendosamente. El agua se elevó a ambos lados.

—¡Peter!

No había elección.

Evans dio un volantazo, salió de la carretera y se sumergió en el impetuoso torrente.

El todoterreno se inclinó hacia delante, y el agua subió por el capó hasta el parabrisas, y por un momento Evans pensó que iban a hundirse allí mismo. Al cabo de unos segundos, el parachoques topó contra las rocas del lecho, las ruedas recuperaron la tracción y el vehículo se enderezó.

Durante un momento de euforia, Evans pensó que podría conducir por el lecho —el torrente no era demasiado profundo—, pero casi de inmediato el motor se caló, y Evans notó que la parte de atrás perdía contacto con el suelo y empezaba a girar.

El torrente los arrastró sin que pudiesen hacer nada para impedirlo.

Evans accionó la llave de contacto, intentando poner el motor en marcha, pero no funcionaba. El todoterreno avanzó suavemente, meciéndose y golpeando las rocas. De vez en cuando se detenía, y Evans contemplaba la posibilidad de salir, pero enseguida comenzaba a flotar de nuevo corriente abajo.

Miró por encima del hombro. La carretera había quedado atrás y se hallaba a una distancia sorprendente. Con el motor apagado, el interior se empañaba rápidamente. Tuvo que limpiar todos los cristales para ver.

Sarah guardaba silencio, sujeta a los brazos del asiento.

El vehículo quedó inmóvil una vez más al topar contra una roca.

—¿Salimos? —preguntó ella.

—Mejor será que no, creo —contestó él. Notaba estremecerse el vehículo en el agua en movimiento.

—Creo que deberíamos —afirmó ella.

El todoterreno empezó a desplazarse de nuevo. Evans hizo girar la llave de contacto, pero el motor no arrancó. El alternador zumbó y chisporroteó. De pronto Evans se acordó.

—Sarah —dijo—. Abre la ventana.

—¿Qué?

—Abre la ventana.

—Ah. —Sarah pulsó el interruptor—. No funciona.

Evans lo intentó con la suya en el lado del conductor. Tampoco bajó. El sistema eléctrico se había averiado por un cortocircuito. Por probar, pulsó los controles de las ventanillas posteriores. La del lado izquierdo se abrió sin dificultad.

—¡Eh, bravo!

Sarah no dijo nada. Miraba al frente. El torrente bajaba más deprisa y el vehículo cobraba velocidad.

Evans seguía limpiando las ventanas empañadas, pero no era

fácil. Y de pronto notaron una violenta sacudida y el movimiento cambió. Ahora el vehículo avanzaba deprisa y giraba lentamente en círculo. Las ruedas ya no entraban en contacto con la roca.

—¿Dónde estamos? ¿Qué ha pasado?

Simultáneamente, los dos frotaron el parabrisas con desesperación para mantenerlo limpio.

—Dios mío —dijo Sarah cuando lo vio.

Se hallaban en medio de un impetuoso río. Lodoso y rápido, con remolinos. Arrastraba consigo grandes ramas y desechos. El vehículo se movía cada vez más deprisa.

Y el agua entraba ya por el suelo. Tenían los pies mojados. Evans supo qué significaba eso.

Se estaban hundiendo.

—Creo que deberíamos salir, Peter.

—No.

Contemplaba los remolinos. Alrededor veía rápidos, grandes peñascos, pozas. Con casco y protección corporal, quizá habrían podido intentar dejarse llevar por la corriente. Pero sin casco, morirían.

El vehículo se ladeó a la derecha y volvió a enderezarse. Pero Evans presentía que tarde o temprano volcaría y se hundiría. Y tenía el presentimiento de que no tardaría.

Miró por la ventanilla y dijo:

—¿No te resulta familiar, el paisaje? ¿Qué río es este?

—¿Qué más da? —gritó Sarah.

—¡Mira! —dijo Evans de pronto.

El agente Rodríguez vio el todoterreno bambolearse y girar río abajo y de inmediato encendió la sirena del coche. Cogió el megáfono y se volvió hacia los asistentes al picnic.

—¡Despejen la zona, por favor! Tenemos una riada. Todo el mundo debe trasladarse a lugares más altos. De inmediato.

Volvió a encender la sirena.

—¡De inmediato! Dejen sus cosas aquí para más tarde. Váyanse ya.

Volvió a mirar hacia el todoterreno, pero ya casi se había perdido de vista, alejándose río abajo hacia el paso de McKinley. Y justo después del paso de McKinley estaba el borde del precipicio, una caída de treinta metros.

El coche y sus ocupantes no sobrevivirían.

Y no podían hacer nada para impedirlo.

Evans no podía pensar, no podía planear; no podía más que esperar. El todoterreno giraba y oscilaba en el agua revuelta. El vehículo se hundía cada vez más, y el agua les cubría ya hasta las rodillas. Estaba muy fría y hacía el vehículo más inestable, sus movimientos más imprevisibles.

En determinado momento él y Sarah se golpearon las cabezas; ella gruñó pero tampoco dijo nada. Después Evans se dio un testarazo contra el marco de la puerta y vio las estrellas. Más adelante avistó un paso, un tramo de carretera sostenido con grandes montantes de hormigón. Cada montante retenía parte de los desechos que flotaban río abajo; los pilares estaban envueltos por una maraña de ramas, troncos quemados, tablones viejos y basura, así que quedaba poco espacio para pasar.

—Sarah —gritó—, desabróchate el cinturón de seguridad. —Su propio cinturón tenía ya la hebilla bajo agua helada. Forcejeó con él mientras el vehículo se bamboleaba.

—No puedo —dijo ella—. No hay manera.

Evans se inclinó para ayudarla.

—¿Qué vamos a hacer?

—Vamos a salir —contestó él.

El vehículo avanzó rápidamente y chocó contra una masa de ramas. Se estremeció por el impulso de la corriente, pero permaneció inmóvil. Golpeteó contra una nevera vieja («¿Una nevera?», pensó Evans) que se mecía en el agua cerca de ellos. El pilar se cernía sobre ellos. El río bajaba tan crecido que la carretera se encontraba a solo tres metros por encima.

—Tenemos que salir, Sarah —dijo.

—Se me ha atascado el cinturón; no puedo.

Inclinándose de nuevo, Evans hundió las manos en el agua y buscó a tientas la hebilla. No la veía en medio del barro. Tenía que hacerlo palpando.

Y notó que el coche empezaba a moverse.

Iba a desprenderse.

Sanjong avanzaba por la carretera a todo gas. Vio a Peter y Sarah en su todoterreno, arrastrados por la corriente hacia la cascada. Los vio chocar contra el pilar y mantenerse allí precariamente.

Por el puente circulaban los automóviles que huían del parque, los pasajeros asustados, bocinazos, confusión. Sanjong cruzó el puente y se apeó del vehículo. Se echó a correr por la carretera en dirección al coche que flotaba en el agua.

Evans se agarraba con desesperación mientras el todoterreno se mecía y giraba en las tumultuosas aguas. Se oía el incesante golpeteo de la nevera contra el vehículo. Entraban ramas por las ventanas abiertas o rotas, sus puntas trémulas como dedos. El cinturón de Sarah se había atascado, el cierre se había aplastado o algo así. Evans tenía los dedos entumecidos por el frío. Sabía que el coche no seguiría allí por mucho tiempo. Notaba el tirón de la corriente, que los arrastraba lateralmente.

—No puedo soltarlo, Sarah —dijo.

El nivel del agua había subido; casi les llegaba al pecho.

—¿Qué hacemos? —preguntó ella. Tenía una expresión de pánico en la mirada.

Por un instante Evans no supo qué hacer, pero de repente pensó: «Soy un idiota». Se lanzó sobre ella, hundió la cabeza bajo el agua y buscó a tientas el marco de la puerta del lado del acompañante. Extrajo un metro de cinturón del punto de fijación y volvió a asomar la cabeza, tomando aire a bocanadas.

—¡Sal! —gritó—. ¡Sal!

Ella lo entendió de inmediato. Apoyando las manos en su hombro, se retorció para zafarse del cinturón. A Evans se le hundió de nuevo la cabeza bajo el agua, pero notó que ella se liberaba. Sarah pasó al asiento de atrás, dándole sin querer una patada en la cabeza.

Jadeando, Evans asomó de nuevo sobre el agua.

—¡Ahora sal del coche!

El todoterreno empezaba a moverse. Las ramas crujían. La nevera golpeteaba.

A Sarah le fue muy útil su buena forma física. Deslizándose a través de la ventana trasera, subió al techo del vehículo.

—¡Ve a las ramas! ¡Trepa! —indicó Evans. Temía que la corriente se la llevase si se aferraba al coche. Con dificultad pasó al asiento trasero y, forcejeando, salió también por la ventana. El todoterreno se desprendía; primero fue solo un temblor, luego empezó a moverse claramente, meciéndose alrededor de la pila de desechos, y Evans aún tenía medio cuerpo dentro del vehículo.

—¡Peter! —gritó Sarah.

Evans se lanzó hacia las ramas. Se arañó la cara, pero notó que sus manos se cerraron en torno a ramas gruesas y, tirando de ellas, logró sacar todo su cuerpo del todoterreno en el preciso instante en que la corriente lo arrancaba por completo y se lo llevaba bajo el puente.

El vehículo había desaparecido.

Vio a Sarah trepar por los desechos amontonados y alargar el brazo intentando alcanzar el pretil de hormigón de la carretera. Temblando de frío y miedo, la siguió. Al cabo de un momento, sintió que una mano fuerte lo agarraba y tiraba de él hacia arriba. Alzó la vista y vio la cara sonriente de Sanjong.

—Amigo mío, eres un hombre con suerte.

Evans se encaramó al pretil, saltó al suelo, y jadeando, exhausto, se desplomó.

A lo lejos, oyó la sirena de un coche de policía y las órdenes de una voz imperiosa a través de un megáfono. Tomó conciencia del tráfico en el puente, los bocinazos, el pánico.

—Vamos —dijo Sarah, y lo ayudó a levantarse—. Van a atropellarte si te quedas ahí.

El agente Rodríguez seguía obligando a los excursionistas a entrar en sus coches, pero el aparcamiento era un caos y en el puente se había producido un embotellamiento. Empezaba a llover torrencialmente. Eso inducía a la gente a actuar con mayor celeridad.

Rodríguez lanzó una mirada de preocupación a la cascada, advirtiendo que presentaba un color marrón más oscuro y vertía un caudal mayor. Vio que la unidad móvil de la televisión se había marchado. La furgoneta no estaba ya en lo alto del precipicio. Le pareció extraño. Lo lógico habría sido que se quedasen a filmar la evacuación de emergencia.

En el puente se oían las bocinas de los coches, y la circulación se había detenido. Vio a un grupo de personas allí de pie, mirando hacia abajo, lo cual solo podía significar que el todoterreno había caído por el precipicio.

Rodríguez se sentó tras el volante para pedir una ambulancia por radio. Fue entonces cuando oyó que ya se había solicitado una ambulancia en Dos Cabezas, veinticinco kilómetros al norte. Por lo visto, una cuadrilla de cazadores ebrios se había enzarzado en una pelea y se había producido un tiroteo. Había dos muertos y un herido. Rodríguez cabeceó. Aquellos tipos debían de haber salido con una escopeta y una botella de whisky cada uno, y luego habían tenido que sentarse a beber por culpa de la lluvia, y en un abrir y cerrar de ojos, dos de ellos estaban muertos. Ocurría todos los años. Sobre todo en días festivos.

FLAGSTAFF
LUNES, 11 DE OCTUBRE
16.03 H.

—No veo qué necesidad hay de esto —protestó Sarah incorporándose en la cama. Tenía electrodos adheridos al pecho y las piernas.

—No se mueva, por favor —ordenó la enfermera—. Intentamos registrar sus constantes.

Se hallaban en un pequeño cubículo delimitado por cortinas en el servicio de urgencias del hospital de Flagstaff. Kenner, Evans y Sanjong habían insistido en llevarla. Ellos esperaban fuera. Los oía hablar en voz baja.

—Pero tengo veintiocho años —dijo Sarah—. No voy a sufrir un infarto.

—El médico quiere examinar sus vías de conducción.

—¿Mis vías de conducción? —repitió Sarah—. A mis vías de conducción no les pasa nada.

—Señora, por favor, tiéndase y no se mueva.

—Pero esto es…

—Y no hable.

Sarah se tendió. Suspiró. Echó un vistazo al monitor, que mostraba serpenteantes líneas blancas.

—Esto es ridículo. Tengo el corazón perfectamente.

—Sí, eso parece —dictaminó la enfermera, contemplando el monitor con un gesto de asentimiento—. Ha tenido usted mucha suerte.

Sarah dejó escapar otro suspiro.

—Entonces, ¿puedo levantarme ya?

—Sí. Y no se preocupe por esas quemaduras —añadió la enfermera—. Se le irán con el tiempo.

—¿Qué quemaduras? —preguntó Sarah.

—Son muy superficiales —contestó la enfermera señalándole el pecho.

Sarah se sentó y se miró debajo de la blusa. Vio las ventosas blancas de los electrodos, pero advirtió asimismo unas vetas marrones, marcas irregulares que le cruzaban el pecho y el abdomen. Como líneas en zigzag o algo...

—¿Qué es esto? —preguntó.

—Se deben al rayo.

—¿Cómo?

—Le ha caído un rayo —aclaró la enfermera.

—¿De qué me habla?

Entró el médico, absurdamente joven y con una calvicie prematura. Parecía muy ajetreado e inquieto.

—No se preocupe por esas quemaduras —dijo—. Se le irán completamente con el tiempo.

—¿Se deben al rayo?

—Es algo muy común en realidad. ¿Sabe dónde está?

—En el hospital de Flagstaff.

—¿Sabe qué día es?

—Lunes.

—Exacto. Muy bien. Míreme el dedo, por favor. —Alzó el dedo frente a su cara y lo movió de izquierda a derecha, de arriba abajo—. Sígalo. Así. Gracias. ¿Le duele la cabeza?

—Antes sí —respondió ella—. Ya no. ¿Está diciéndome que me ha caído un rayo?

—Puede estar segura —dijo el médico, y se inclinó para golpearle las rodillas con un martillo de goma—. Pero no tiene síntomas de hipoxia.

—Hipoxia...

—Falta de oxígeno. Se produce cuando hay un paro cardíaco.

—¿De qué me está hablando?

—Es normal que no se acuerde —dijo el médico—. Pero, según sus amigos, se le ha parado el corazón y uno de ellos la ha resucitado. Dice que tardó cuatro o cinco minutos.

—¿Quiere decir que he estado muerta?

—Lo estaría sin la resucitación cardiopulmonar.

—¿Peter me ha resucitado? —Tenía que ser Peter, pensó.

—No sé quién de ellos ha sido. —Le golpeaba los codos con el martillo—. Pero es usted una mujer muy afortunada. En esta zona se producen tres o cuatro muertes al año a causa de los rayos. Y a veces quemaduras muy graves. Usted está bien.

—¿Ha sido el más joven? —preguntó Sarah—. ¿Peter Evans? ¿Él?

El médico se encogió de hombros y preguntó:

—¿Cuándo se puso por última vez la vacuna contra el tétanos?

—No lo entiendo —dijo Evans—. Según las noticias, eran cazadores. Un accidente de caza o una pelea.

—Así es —respondió Kenner.

—Pero ¿estáis diciéndome que les disparasteis vosotros? —Evans miró alternativamente a Kenner y Sanjong.

—Ellos dispararon primero —contestó Kenner.

—¡Dios mío! —exclamó Evans—. ¿Tres muertos? —Se mordió el labio.

Pero en realidad experimentaba una reacción contradictoria. Habría cabido esperar que entrase en funcionamiento su natural cautela: una serie de muertes, posiblemente asesinatos; él era cómplice o como mínimo testigo presencial; podía verse envuelto en un juicio, desacreditado, excluido del ejercicio de su profesión... Ese era el camino que seguía su cerebro normalmente. En eso hacía hincapié su formación jurídica.

Sin embargo, en ese momento no sentía la menor ansiedad. Se había descubierto y eliminado a los extremistas. La noticia no le sorprendía ni le perturbaba. Al contrario, la recibía con notable satisfacción.

Tomó conciencia entonces de que su experiencia dentro de la grieta en el hielo lo había cambiado... lo había cambiado de manera permanente. Alguien había atentado contra su vida. Nunca hubiese imaginado una cosa así durante su infancia y adolescencia en una zona residencial de Cleveland, ni en su época universitaria. Jamás hubiese imaginado una cosa así en su vida cotidiana, yendo a trabajar a su bufete de Los Ángeles.

Y por tanto no había podido prever el cambio que eso operaría en él. Se sentía como si lo hubiesen desplazado físicamente, como si alguien lo hubiese cogido y lo hubiese movido tres metros a un lado. No estaba ya en el mismo sitio. Pero también había cambiado internamente. Sentía una especie de impasibilidad palpable antes desconocida para él. En el mundo había realidades desagradables, y previamente había mirado en otra dirección, o cambiado de tema o presentado disculpas por lo ocurrido. Había imaginado que esa era una estrategia aceptable en la vida; de hecho, creía que era una estrategia más humana. Ya no era esa su opinión.

Si alguien intentaba matarte, no tenías la opción de mirar en otra dirección o cambiar de tema. Estabas obligado a hacer frente al comportamiento de esa persona. La experiencia provocaba, en última instancia, una pérdida de ciertas ilusiones.

El mundo no era como querías que fuese.

El mundo era como era.

En el mundo había mala gente. Había que detenerlos.

—Así es —decía Kenner, moviendo la cabeza en un lento gesto de asentimiento—. Tres muertos, ¿no, Sanjong?

—Así es —contestó Sanjong.

—Que se jodan —dijo Evans.

Sanjong asintió.

Kenner guardó silencio.

El avión regresó a Los Ángeles a las seis de la tarde. Sarah iba sentada en la parte delantera, mirando por la ventanilla. Escuchó la conversación de los hombres detrás de ella. Kenner hablaba de lo que ocurriría a continuación. Se identificaría a los muertos. Se seguiría el rastro a sus armas, sus vehículos y su ropa. Y la unidad móvil de televisión ya había sido localizada: era una camioneta de la KBBD, una emisora por cable de Sedona. Habían recibido una llamada anónima para avisarlos de que la policía de carretera había actuado con negligencia y autorizado un picnic pese a las alertas de riadas, y de que existían muchas probabilidades de que ocurriese un desastre. Por eso habían ido al parque.

Al parecer, a nadie se le había ocurrido plantearse por qué se había recibido una llamada anónima media hora antes de emitirse un aviso de posibles riadas desde el centro de la red NEXRAD. No obstante, se había localizado la llamada. La habían realizado desde un teléfono público de Calgary, Canadá.

—A eso se le llama organización —comentó Kenner—. Conocían el número de teléfono de la emisora de Arizona antes de poner esto en marcha.

—¿Por qué Calgary? —preguntó Evans—. ¿Por qué desde allí?

—Según parece, el grupo tiene allí uno de sus principales focos —respondió Kenner.

Sarah contempló las nubes. El avión sobrevolaba la tormenta. El sol se ponía, una cinta dorada al oeste. La vista era serena. Daba la impresión de que los acontecimientos del día hubiesen sucedido meses antes, años antes.

Se miró el pecho y vio las tenues marcas parduscas del rayo. Había tomado una aspirina, pero empezaban a dolerle un poco, a escocerle. Se sentía marcada. Una mujer marcada.

Ya no escuchaba lo que decían los hombres, sino solo el sonido de sus voces. En la voz de Evans no se advertía ya el vacilante tono juvenil de antes. Ya no protestaba ante cualquier comentario de Kenner. Por alguna razón, parecía mayor, más maduro, más sólido.

Al cabo de un rato, Evans fue a sentarse a su lado.

—¿Te molesta si te hago compañía?

—No —dijo ella señalando el asiento.

Evans se dejó caer en él con una ligera mueca de dolor y preguntó:

—¿Te encuentras bien?

—Sí. ¿Y tú?

—Un poco dolorido. Bueno, muy dolorido. Creo que me llevé más de un golpe en el todoterreno.

Sarah asintió y miró por la ventanilla durante un rato. Por fin, se volvió.

—¿Cuándo ibas a decírmelo? —preguntó.

—Decirte ¿qué?

—Que me salvaste la vida. Por segunda vez.

Evans se encogió de hombros.

—Pensaba que ya lo sabías.

—Pues no.

Sintió enojo al decirlo. No sabía por qué eso tenía que irritarla, pero así era. Quizá se debía a que ahora la invadía una sensación de obligación o… o… no sabía qué. Sencillamente sintió enojo.

—Lo siento —dijo Evans.

—Gracias.

—Me alegro de haberte sido útil. —Evans sonrió, se levantó y regresó a la parte trasera del avión.

Era extraño, pensó Sarah. Había algo en él. Una cualidad sorprendente en la que no se había fijado hasta el momento.

Cuando volvió a mirar por la ventanilla, el sol se había puesto. La cinta dorada adquirió una tonalidad más intensa, más oscura.

CAMINO DE LOS ÁNGELES
LUNES, 11 DE OCTUBRE
18.25 H.

En la parte trasera del avión, Evans bebía un martini y miraba el monitor instalado en la pared. Tenían conexión vía satélite con el canal de noticias de Phoenix. Los presentadores eran tres, dos hombres y una mujer, sentados tras una mesa curva. Detrás de ellos, el rótulo rezaba MATANZA EN CANYON COUNTRY y, por lo visto, se refería a las muertes de los hombres en Flagstaff, pero Evans había llegado demasiado tarde para oír la noticia.

«Tenemos otra noticia del parque estatal de McKinley, donde un aviso de riada salvó las vidas de los trescientos colegiales que asistían a un picnic. El agente Mike Rodríguez contó lo ocurrido a nuestra corresponsal Shelly Stone.»

Siguió una breve entrevista con el agente de la policía de carretera, oportunamente lacónico en sus declaraciones. No mencionó a Kenner ni a su equipo.

Después ofrecieron imágenes del todoterreno volcado de Evans, aplastado al pie del precipicio. Rodríguez explicó que, por suerte, no había ocupantes en el interior del vehículo cuando lo arrastró la riada.

Evans tomó un trago de martini.

Luego aparecieron de nuevo en la pantalla los presentadores y uno de los hombres dijo: «La situación de máxima alerta por el riesgo de riadas continúa, pese a que no son propias de esta época del año».

«Parece que el tiempo está cambiando», comentó la presentadora apartándose el pelo de la cara.

«Sí, Marla. No hay duda de que el tiempo está cambiando. Y de eso nos hablará Johnny Rivera.» Dieron paso a un hombre de menor edad, por lo visto el meteorólogo: «Gracias, Terry. Un cordial saludo a todos. Si residen ustedes desde hace tiempo en el estado del Gran Cañón, probablemente habrán notado que nuestra meteorología está cambiando, y los científicos han confirmado que la causa de eso es el culpable de siempre, el calentamiento del planeta. La riada de hoy es solo un ejemplo de los problemas que se avecinan: condiciones climáticas más extremas, como las inundaciones, los tornados y las sequías, todo ello como consecuencia del calentamiento del planeta».

Sanjong dio un suave codazo a Evans y le entregó una hoja. Era una copia sacada por impresora de un comunicado de prensa extraído de la página web del NERF. Sanjong señaló el texto: «... los científicos coinciden en que se avecinan problemas: situaciones climáticas más extremas, como inundaciones, tornados y sequías, todo ello como consecuencia del calentamiento del planeta».

—¿Ese tipo no hace más que leer un comunicado de prensa? —preguntó Evans.

—Así trabajan hoy día —respondió Kenner—. Ni siquiera se molestan en cambiar una frase aquí y allá. Se limitan a leer la copia tal cual. Y, por supuesto, lo que dicen no es verdad.

—¿Qué está causando pues la tendencia creciente a condiciones meteorológicas extremas en todo el mundo? —dijo Evans.

—No existe tal tendencia.

—¿Eso se ha estudiado?

—Reiteradamente. Pero los estudios no revelan el menor aumento en la frecuencia de sucesos meteorológicos extremos a lo largo del siglo pasado, ni en los últimos quince años. Y los modelos globales tampoco pronostican una climatología más extrema.

En el peor de los casos, la teoría del calentamiento del planeta predice una climatología menos extrema.

—Entonces, ¿todo lo que dice ese hombre es una sarta de mentiras? —preguntó Evans.

—Exacto. Y también el comunicado de prensa.

En la pantalla, el meteorólogo decía: «... está empeorando tanto que la última noticia es —oigan esto— que los glaciares de Groenlandia se están fundiendo y pronto desaparecerán por completo. Esos glaciares, amigos míos, tienen cinco kilómetros de grosor. Eso es mucho hielo. Un nuevo estudio calcula que los niveles del mar se elevarán siete metros o más. Así que vendan ya sus casas en la playa».

—¿Y eso? —preguntó Evans—. También lo dijeron ayer en el noticiario de Los Ángeles.

—Yo no lo llamaría noticia —contestó Kenner—. Los científicos de Reading llevaron a cabo simulaciones por ordenador que inducían a pensar que Groenlandia *podría* perder su capa de hielo en los próximos mil años.

—¿Mil años? —repitió Evans.

—*Podría.*

Evans señaló el televisor.

—No ha dicho que eso podría ocurrir dentro de mil años.

—Lo ha omitido —dijo Kenner—. Imagínate por qué.

—Pero dices que no es noticia...

—A ver, dime, ¿tú dedicas mucho tiempo a preocuparte por lo que podría ocurrir dentro de mil años?

—No.

—¿Y crees que alguien debería?

—No.

—Pues ahí lo tienes.

Cuando terminó su copa, lo invadió de pronto el sueño. Tenía todo el cuerpo dolorido; se sentara como se sentase, le dolía algo, la espalda, las piernas, la cadera. Estaba magullado y exhausto. Y un poco achispado.

Cerró los ojos, pensando en noticias de acontecimientos que se producirían pasados mil años.

Todas anunciadas como si se tratase de noticias de máxima actualidad y de vida o muerte.

Dentro de mil años.

Le pesaban los párpados. Dio una cabezada y de pronto se sobresaltó al activarse el intercomunicador.

—Abróchense los cinturones —dijo el capitán—. Aterrizamos en Van Nuys.

VAN NUYS
LUNES, 11 DE OCTUBRE
19.30 H.

Solo deseaba dormir. Pero al aterrizar comprobó los mensajes en el teléfono móvil y descubrió que había estado desaparecido, por decirlo suavemente:

«Señor Evans, soy Eleanor, del despacho de Nicholas Drake. Se olvidó el teléfono móvil. Se lo he guardado yo. Y al señor Drake le gustaría hablar con usted.»

«Peter, soy Jennifer Haynes, de la oficina de John Balder. Nos gustaría que pasases por aquí mañana no más tarde de las diez, por favor. Es muy importante. Llámame si por alguna razón no puedes venir. Hasta entonces.»

«Señor Evans, soy Ron Perry, del Departamento de Policía de Beverly Hills. Faltó a su cita de las cuatro para prestar declaración. No me gustaría pedir una orden de detención. Llámeme. Ya tiene mi número.»

«Soy Herb Lowenstein. ¿Dónde demonios te has metido? No contratamos socios comanditarios para que desaparezcan un día tras otro. Hay trabajo pendiente. La oficina de Balder ha estado llamando. Te quieren en Culver City mañana a las diez puntualmente. Te aconsejo que estés allí, o empieza a buscarte otro empleo.»

«Señor Evans, soy Ron Perry, de la policía de Beverly Hills. Devuélvame la llamada lo antes posible, por favor.»

«Peter, llámame. Margo.»

«Peter, ¿quieres que nos veamos esta noche? Soy Janis. Llámame.»

«Señor Evans, el señor Drake me ha pedido que le ponga con usted, en la oficina del NERF.»

«Peter, soy Lisa, del despacho del señor Lowenstein. La policía ha estado preguntando por ti. He pensado que te interesaría saberlo.»

«Peter, soy Margo. Cuando telefoneo a mi abogado, espero que me devuelva la llamada. No seas gilipollas. Llámame.»

«Soy Ron Perry, del Departamento de Policía de Beverly Hills. Si no tengo noticias suyas, tendré que solicitar al juez una orden de detención contra usted.»

«Evans, soy Herb Lowenstein. Estás hecho un verdadero imbécil. La policía va a pedir una orden de detención contra ti. Resuélvelo inmediatamente. Los socios de este bufete no son detenidos.»

Evans dejó escapar un suspiro y colgó.

—¿Algún problema? —preguntó Sarah.

—No. Pero no parece que vaya a poder dormir durante un buen rato.

Telefoneó al inspector, Ron Perry, y le dijeron que ya no volvería esa tarde y estaría en el juzgado a la mañana siguiente. Tendría el móvil apagado. Evans dejó un número para que lo llamase.

Telefoneó a Drake, pero ya se había ido.

Telefoneó a Lowenstein, pero no estaba en el bufete.

Telefoneó a Margo, pero no contestó.

Telefoneó a Jennifer Haynes y le dijo que estaría allí a la mañana siguiente a las diez.

—Ven vestido de manera formal —dijo ella.

—¿Por qué?

—Saldremos por televisión.

CULVER CITY
MARTES, 12 DE OCTUBRE
9.51 H.

Había dos camionetas blancas de la televisión aparcadas frente a las oficinas del equipo litigante de Vanuatu. Evans entró y halló a los técnicos instalando los focos y cambiando las bombillas fluorescentes del techo. Los miembros de cuatro equipos distintos se paseaban de un lado a otro, inspeccionando los distintos ángulos, pero nadie filmaba aún.

Las propias oficinas, advirtió Evans, se habían transformado notablemente. Los gráficos y tablas de las paredes ofrecían ahora un aspecto mucho más complejo y técnico. Se veían enormes ampliaciones fotográficas del país de Vanuatu, tomadas desde el aire y desde tierra. Varias mostraban la erosión de las playas y casas ladeadas, a punto de desplomarse en el agua. En una imagen de un colegio de Vanuatu, preciosos niños de piel oscura sonreían a la cámara. En el centro de la oficina se alzaba una maqueta tridimensional de la isla principal, con una iluminación especial para las cámaras. Jennifer vestía falda, blusa y zapatos de tacón. Estaba sorprendentemente guapa de un modo enigmático. Evans advirtió que todos vestían mejor que en su primera visita; los investigadores llevaban ahora chaqueta y corbata. Los vaqueros y camisetas habían desaparecido y el número de investigadores parecía mayor.

—¿Qué es todo esto?

—Metraje para cinta B —contestó Jennifer—. Vamos a filmar para que los canales de televisión lo utilicen como material de fondo y cuñas. Y naturalmente elaboraremos también un vídeo para la prensa.

—Pero si aún no habéis anunciado la demanda.

—Eso será esta tarde, aquí, delante del almacén. La rueda de prensa es a la una. Estarás presente, supongo.

—Pues... no...

—Me consta que John Balder te quiere aquí, en representación de George Morton.

Evans se sintió incómodo. Eso podía crearle un problema político en el bufete.

—Varios abogados con más antigüedad que yo se ocupaban también de los asuntos de George.

—Drake ha pedido que seas tú concretamente.

—¿Ah, sí?

—Por algo relacionado con tu participación en la firma de los papeles para financiar este juicio.

Así que era eso, pensó Evans. Se proponía sacarlo por televisión para que después no pudiese aducir nada sobre la donación de diez millones de dólares al NERF. Sin duda lo querían en segundo plano durante la ceremonia para anunciar el acontecimiento, y quizá incluso reconocerían brevemente su presencia. Entonces Drake diría que los diez millones estaban en camino, y a menos que Evans se levantase y lo contradijese, su silencio se interpretaría como asentimiento. Más tarde, si planteaba alguna queja, le dirían: «Pero tú estabas allí, Evans. ¿Por qué no hablaste entonces?».

—Entiendo —dijo Evans.

—Te noto preocupado.

—Estoy...

—Permíteme decirte una cosa: no tienes que preocuparte por eso.

—Pero si ni siquiera sabes...

—Tú escúchame. No te preocupes por eso. —Lo miraba a los ojos.

—De acuerdo…

Desde luego las intenciones de Jennifer eran buenas, pero, a pesar de sus palabras, Evans experimentaba una desagradable sensación de desánimo. La policía amenazaba con solicitar una orden de detención contra él. El bufete se quejaba de su absentismo. Y ahora este esfuerzo para obligarlo a guardar silencio… sacándolo por televisión.

—¿Por qué me queríais aquí tan temprano? —preguntó Evans.

—Te necesitamos otra vez en línea de fuego, como parte de nuestras pruebas de selección de jurado.

—Lo siento, no puedo…

—Sí. Tienes que hacerlo. Lo mismo que la otra vez. ¿Quieres un café?

—Sí.

—Se te ve cansado. Te llevaré a que te peinen y maquillen.

Media hora después volvía a estar en la sala de declaración, sentado a la cabecera de la larga mesa. De nuevo se hallaba bajo la mirada de un grupo de científicos jóvenes y ansiosos.

—Hoy —dijo Jennifer— nos gustaría plantear ciertas cuestiones sobre el calentamiento del planeta y el uso de la tierra. ¿Conoces esos temas?

—Solo un poco —contestó Evans.

Jennifer hizo una seña a uno de los investigadores del extremo opuesto.

—¿Raimundo? ¿Puedes ponerlo en antecedentes?

El investigador tenía un marcado acento, pero Evans lo entendía.

—Es sabido —dijo— que los cambios en el uso de la tierra causan alteraciones en la temperatura media del terreno. Las ciudades son más calurosas que las zonas rurales que las rodean, efecto que se conoce como «isla de calor urbano». Los campos de cultivo son más cálidos que las zonas de bosque, y así sucesivamente.

—Ajá —dijo Evans, y asintió con la cabeza. No había oído aquellos conceptos sobre el uso de la tierra, pero sin duda eran razonables.

—Un alto porcentaje de las estaciones meteorológicas que estaban en el campo hace cuarenta años —prosiguió Raimundo— se encuentran ahora rodeadas de hormigón, asfalto, rascacielos y demás. Por consiguiente, registran temperaturas más altas.

—Lo comprendo —dijo Evans.

Desvió la mirada y, a través del cristal, vio deambular por el almacén a los equipos de filmación, tomando imágenes aquí y allá. Esperó que no entrasen. No quería quedar como un idiota delante de ellos.

—Estos datos son muy conocidos en nuestro medio —explicó Raimundo—. Por tanto, los investigadores toman las temperaturas brutas de las estaciones cercanas a las ciudades y las reducen en cierta magnitud para compensar el efecto isla de calor urbano.

—¿Y cómo se calcula esa reducción? —preguntó Evans.

—De distintas maneras, según quien la haga. Pero la mayoría de los algoritmos se basan en el número de habitantes. A mayor población, mayor reducción.

Evans se encogió de hombros.

—Parece la manera correcta de hacerlo.

—Por desgracia, es probable que no lo sea. ¿Conoce el caso de Viena? Fue estudiado por Bohm hace unos años. La población de Viena no aumenta desde 1950, pero tiene un consumo de energía más de dos veces mayor y el espacio vital se ha ampliado considerablemente. El efecto isla de calor urbano se ha incrementado, pero la reducción calculada permanece intacta, porque solo refleja los cambios de población.*

—¿Así que el calentamiento de las ciudades se infravalora? —preguntó Evans.

* R. Bohm, «Sesgo urbano en las series temporales de temperatura: un estudio de la ciudad de Viena, Austria», *Climatic Change* 38 (1988): 113-128. Ian G. McKendry, «Climatología aplicada», *Progress in Physical Geography* 27, 4 (2003): 597-606. «Ajustes basados en la población para la UHI en Estados Unidos pueden estar infravalorando el efecto urbano.»

—Peor aún —contestó Jennifer—. Antes se suponía que el aumento de temperatura urbano carecía de importancia porque el efecto isla de calor era solo una fracción del calentamiento total. El planeta se ha calentado alrededor de cero coma tres grados centígrados en los últimos treinta años. Se da por supuesto que las ciudades, por término medio, han aumentado su temperatura alrededor de un grado centígrado.

—¿Sí? ¿Y?

—Estos supuestos son erróneos. Según los chinos, Shanghai se ha calentado un grado centígrado solo en los últimos veinte años.* Eso supera el calentamiento total del planeta en los últimos cien años. Y Shanghai no es un caso único. Houston ha aumentado cero coma ocho grados centígrados en los últimos doce años.** Las ciudades de Corea del Sur se calientan rápidamente.*** Manchester, Inglaterra, es ahora ocho grados más calurosa que los campos de los alrededores.**** Incluso en los pueblos la temperatura es mucho mayor que en los aledaños.

Jennifer alargó su mano para coger sus gráficos.

—En fin —dijo—, la cuestión es que los gráficos que ves no reflejan datos en bruto. Y han sido adaptados para compensar el calor urbano. Pero es probable que no lo suficiente.

En ese momento se abrió la puerta y entró uno de los cuatro equipos de filmación con la luz de la cámara encendida. Sin vacilar, Jennifer levantó unos gráficos. Susurró:

—La cinta B no incorpora sonido, así que debemos mostrar-

* L. Chen, *et al.*, 2003, «Características del efecto isla de calor en Shanghai y su posible mecanismo», *Advances in Atmospheric Sciencies* 20: 991-1.001.

** D. R. Streutker, «Crecimiento de la isla de calor urbano de Houston, Texas, medido vía satélite», *Remote Snesing of Environment* 85 (2003): 282-289. «Entre 1987 y 1999 la temperatura de superficie media nocturna de la isla de calor de Houston aumentó 0,82 ± 0,10 °C.»

*** Y. Choi, H. S. Jung, K. Y. Nam y W. T. Kwon, «El ajuste del sesgo urbano en la temperatura de superficie media regional de Corea del Sur, 1968-1999», *International Journal of Climatology* 23 (2003): 577-591.

**** http://news.bbc.co.uk/1/hi/in-depth/sci-tech/2002/leicester-2002/2253636.stm. La BBC no ofrece referencia científica de la afirmación de los ocho grados.

nos activos y proporcionar soporte visual. —Se volvió hacia la cámara y dijo—: Permíteme mostrarte unos ejemplos de datos de estaciones meteorológicas. Aquí tenemos el registro de las temperaturas medias de Pasadena desde 1930.*

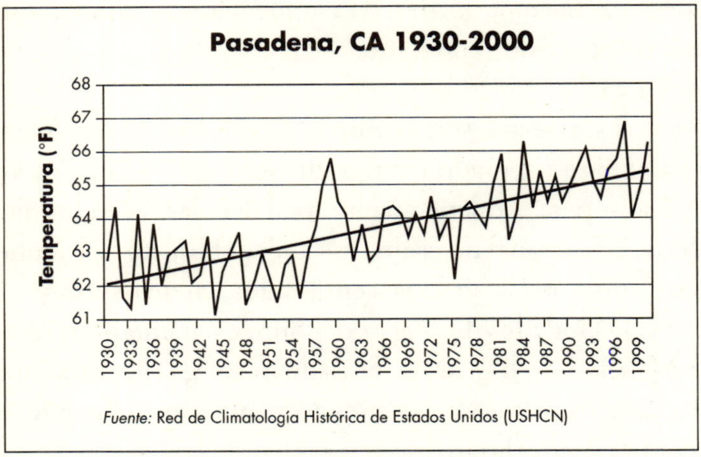

»Como ves —dijo Jennifer—, un espectacular aumento de temperatura. Y aquí tenemos Berkeley a partir de 1930.

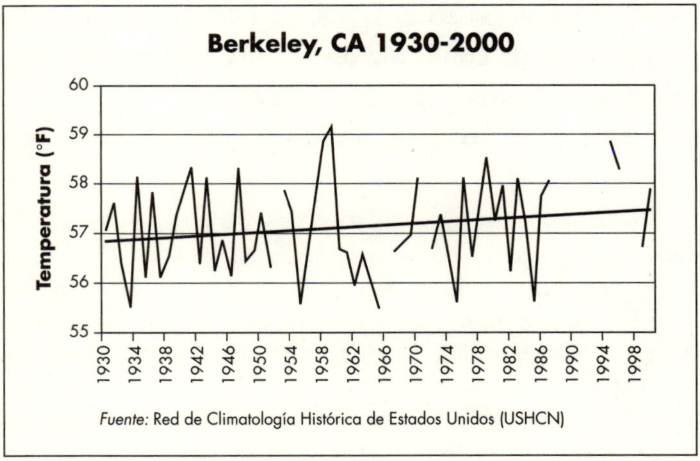

* La población de Los Ángeles es de 14.531.000; la de Berkeley es de 6.250.000; la de Nueva York es de 19.345.000.

»Un registro asombrosamente incompleto. Pero utilizamos datos en bruto, así que se ven los años perdidos. Y se observa una clara tendencia al calentamiento. Indiscutible, ¿no crees?

—Sí —contestó Evans, pensando que como tendencia no era nada extraordinario: menos de un grado.

—Ahora tenemos aquí el Valle de la Muerte, uno de los puntos más secos y calurosos de la Tierra. Esta zona nunca se ha poblado. De nuevo hay años perdidos.

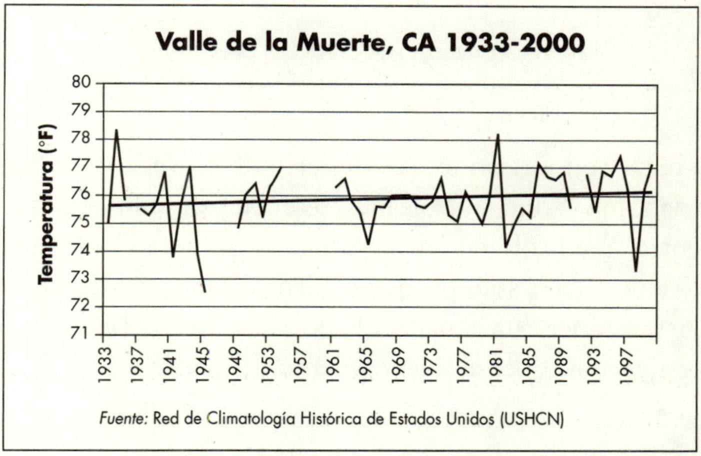

Fuente: Red de Climatología Histórica de Estados Unidos (USHCN)

Evans no dijo nada. Debía de ser una anomalía pensó. Jennifer levantó más gráficos:

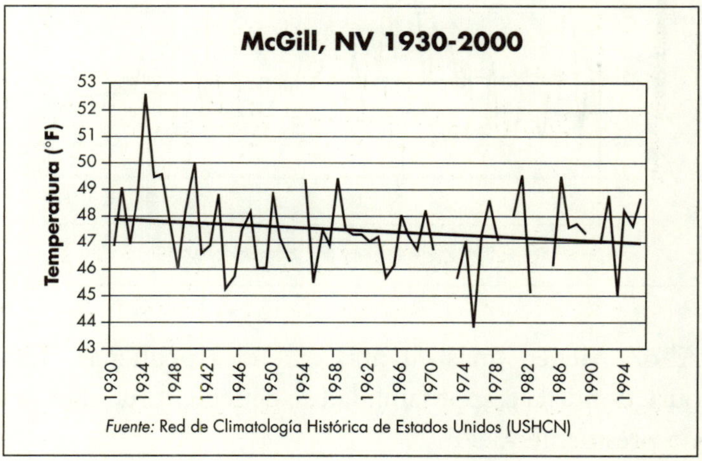

Fuente: Red de Climatología Histórica de Estados Unidos (USHCN)

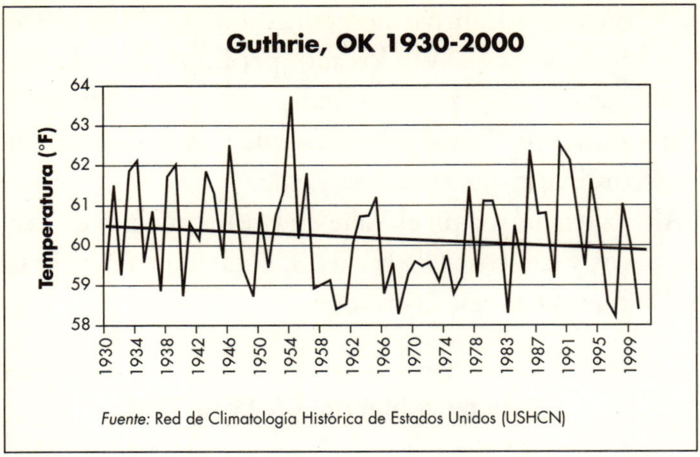

Fuente: Red de Climatología Histórica de Estados Unidos (USHCN)

—Estas son estaciones del desierto de Nevada y las llanuras de Oklahoma —dijo—. Muestran temperaturas uniformes o descendentes. Y no solo en zonas rurales. Aquí está Boulder, Colorado. Tiene interés solo porque el Centro Nacional de Investigación Atmosférica está situado allí, donde se realiza buena parte de la investigación sobre el calentamiento del planeta.

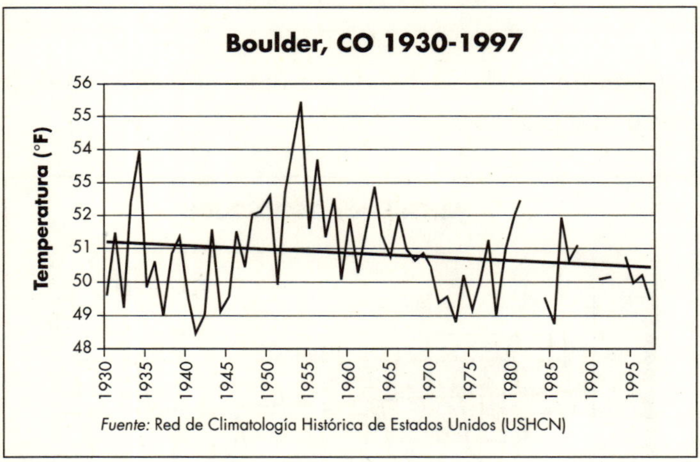

Fuente: Red de Climatología Histórica de Estados Unidos (USHCN)

»Ahora vienen unas cuantas ciudades pequeñas. Truman, Missouri, donde la responsabilidad se detiene, como dijo nuestro antiguo presidente…

Truman, MO 1931-2000

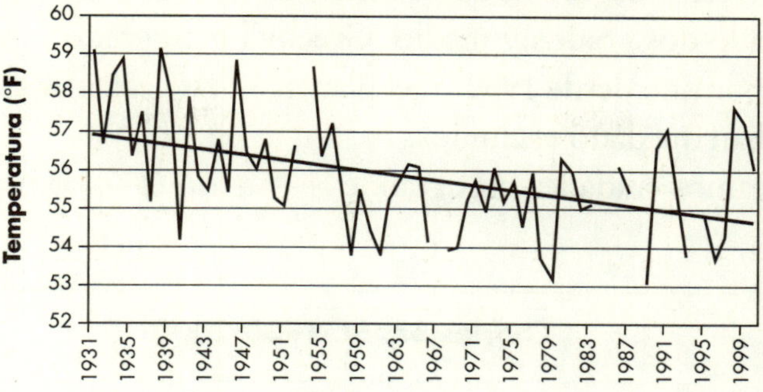

Fuente: Red de Climatología Histórica de Estados Unidos (USHCN)

Grennville, SC 1930-2000

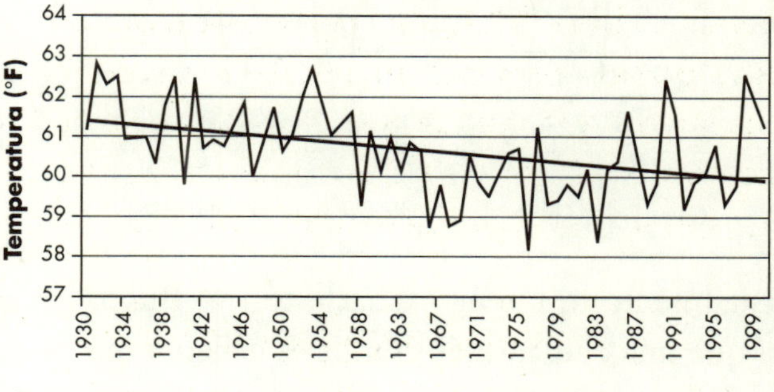

Fuente: Red de Climatología Histórica de Estados Unidos (USHCN)

Ann Arbor, MI 1930-2000

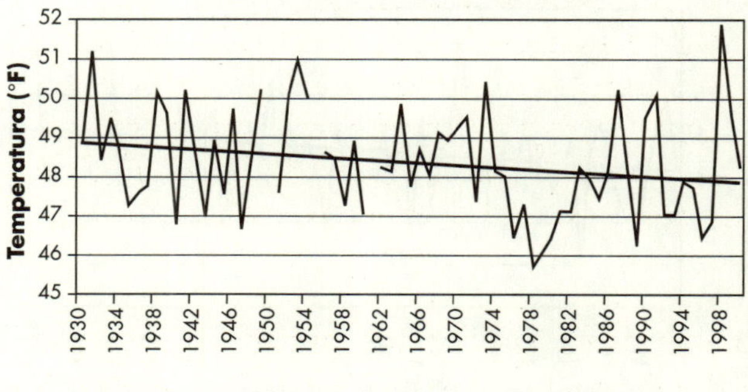

Fuente: Red de Climatología Histórica de Estados Unidos (USHCN)

—Bueno, debe admitirse que no es muy espectacular —dijo Evans.

—No estoy segura de qué consideras espectacular. Truman se ha enfriado dos grados y medio, Greenville un grado y medio y Ann Arbor uno desde 1930. Si el planeta se está calentando, estos lugares han quedado excluidos.

—Veamos ciudades más grandes —sugirió él—, como Charleston.

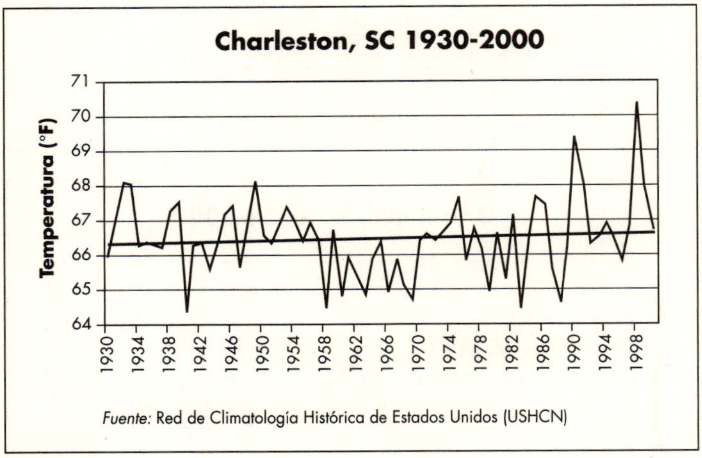

—Casualmente aquí tengo Charleston. —Buscó los gráficos.

—Así que una ciudad más grande se calienta más —comentó Evans—. ¿Y Nueva York?

—Tengo varios registros, de la ciudad y el estado.

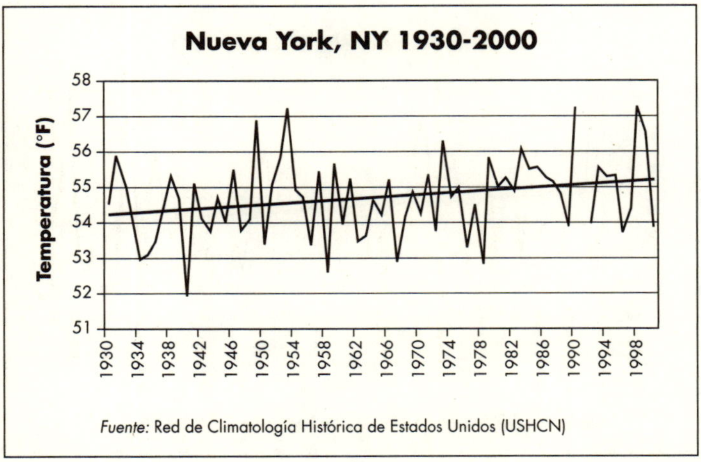

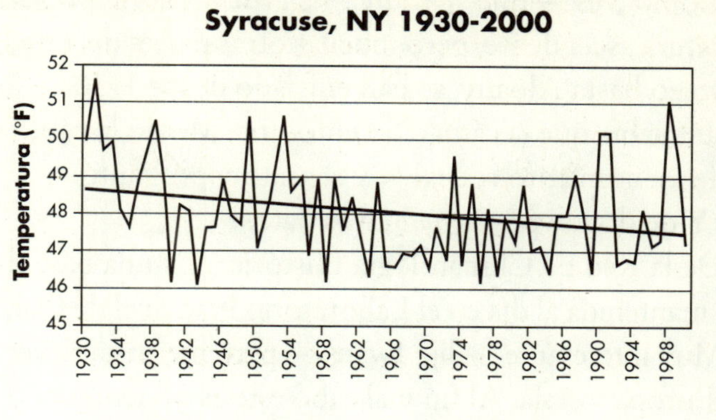

Fuente: Red de Climatología Histórica de Estados Unidos (USHCN)

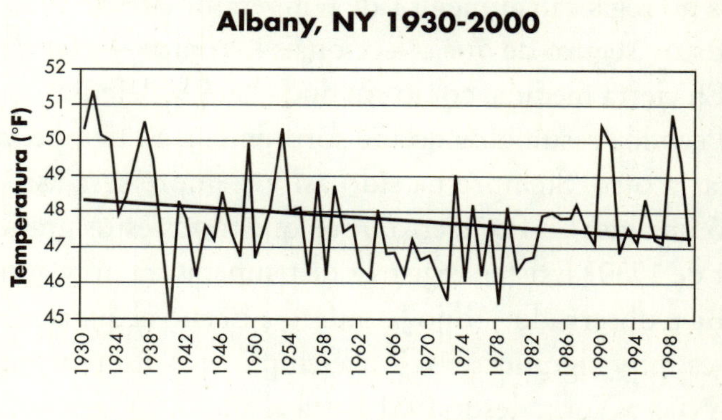

Fuente: Red de Climatología Histórica de Estados Unidos (USHCN)

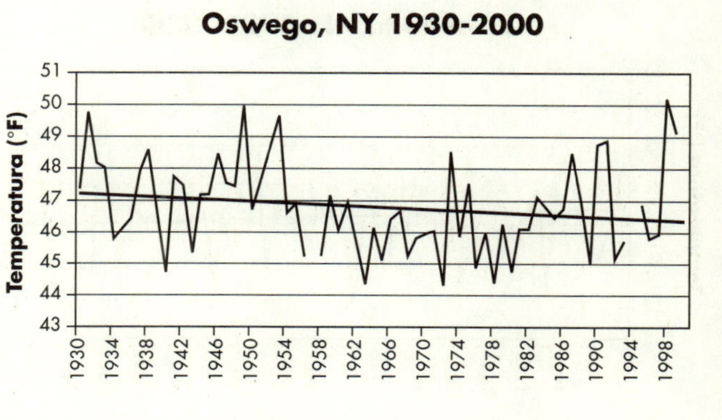

Fuente: Red de Climatología Histórica de Estados Unidos (USHCN)

—Como ves —dijo Jennifer—, Nueva York presenta una temperatura ascendente, pero muchas otras partes del estado, desde Oswego hasta Albany, se han enfriado desde 1930.

Evans sabía que la cámara lo enfocaba. Movió la cabeza en un gesto de asentimiento reflexivo y sensato y preguntó:

—¿Y de dónde provienen estos datos?

—De la Red de Climatología Histórica. Es una base de datos oficial, mantenida al día en el Laboratorio Nacional de Oak Ridge.

—Muy interesante —dijo Evans—, pero me gustaría ver los datos de Europa y Asia. Al fin y al cabo este es un fenómeno global.

—Cómo no. Pero antes querría conocer tu reacción a los datos hasta el momento. Como ves, muchos lugares de Estados Unidos no registran aumentos de temperatura desde 1930.

—Estoy seguro de que seleccionáis los datos —dijo Evans.

—En cierta medida, como sin duda hará la defensa.

—Pero los resultados no me sorprenden. El tiempo varía de un lugar a otro. Siempre ha sido así y siempre será así. —Se le ocurrió una idea—. Por cierto, ¿por qué todos estos gráficos son a partir de 1930? Existen registros de temperatura muy anteriores.

—Bien observado —dijo Jennifer—. El año al que nos remontamos es muy significativo. Por ejemplo... Aquí tenemos West Point, Nueva York, desde 1931 hasta el año 2000. Tendencia descendente. Y...

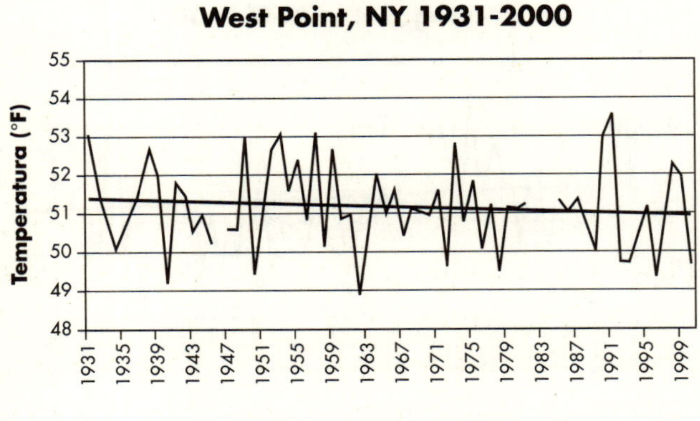

Fuente: Red de Climatología Histórica de Estados Unidos (USHCN)

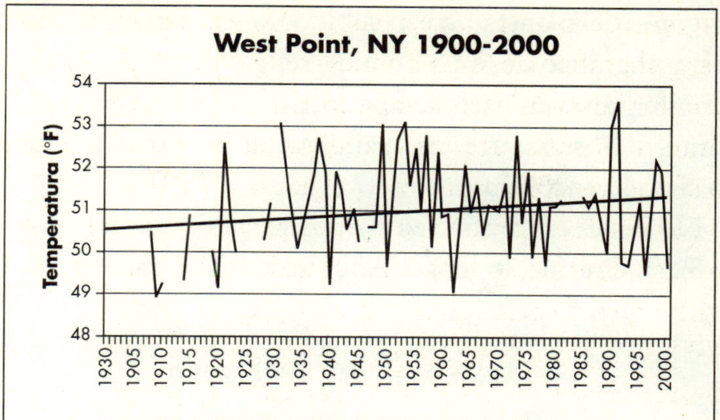

Fuente: Red de Climatología Histórica de Estados Unidos (USHCN)

»Aquí está West Point entre los años 1900 y 2000. Esta vez la tendencia es ascendente.

—Ajá —dijo Evans—. O sea, que vosotros estáis manipulando los datos. Elegís aquel intervalo de años que más os pueda favorecer.

—Por supuesto —contestó Jennifer, asintiendo—. Pero el truco solamente da resultado porque las temperaturas en muchas partes de Estados Unidos eran más altas en los años treinta que ahora.

—Aun así, es un truco.

—Sí, lo es. La defensa no perderá ocasión de mostrar al jurado numerosos ejemplos de este truco extraídos de la literatura ecologista destinada a recaudar fondos. Seleccionar años específicos que parecen revelar que la situación empeora.

Evans advirtió su ofensivo comentario respecto a los grupos ecologistas.

—En ese caso, no permitamos ningún truco. Utilizad el registro completo de temperaturas. ¿Hasta qué fecha se remonta?

—En West Point, hasta 1826.

—Muy bien. ¿Y si usáis ese? —Evans lo propuso con aplomo, porque era un hecho conocido que alrededor de 1850 se había iniciado una tendencia al calentamiento en todo el mundo. En todos los rincones del planeta habían subido las temperaturas desde entonces, y el gráfico de West Point lo reflejaría.

Jennifer también parecía saberlo, porque de pronto se la notó vacilante, y buscó entre los gráficos con el entrecejo fruncido, como si no lo encontrase.

—No tienes ese gráfico en particular, ¿eh? —dijo Evans.

—Sí, sí. Créeme, lo tengo. Aquí está. —Y lo sacó.

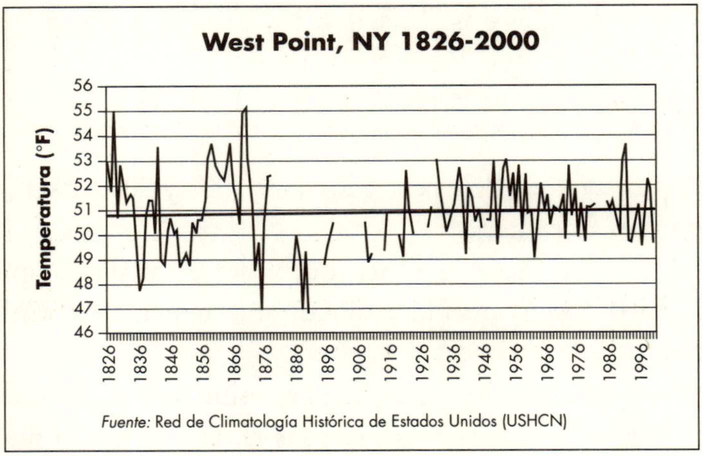

Fuente: Red de Climatología Histórica de Estados Unidos (USHCN)

Evans echó un vistazo y advirtió que ella lo había engañado.

—Como tú anticipabas, este gráfico es bastante revelador —dijo ella—. Durante los últimos ciento setenta y cuatro años no se han producido cambios en la temperatura media en West Point. Había cincuenta y un grados Fahrenheit en 1826 y hay cincuenta y uno en el año 2000.

—Pero ese es solo un registro —replicó Evans, recuperándose de inmediato—. Uno de tantos. Uno de centenares. De miles.

—¿Estás diciendo que otros registros mostrarán otras tendencias?

—Sin duda. Sobre todo si se utiliza el registro completo desde 1826.

—Y tienes razón —convino ella—. Distintos registros revelan distintas tendencias.

Evans se recostó, satisfecho de sí mismo, y cruzó las manos delante del pecho.

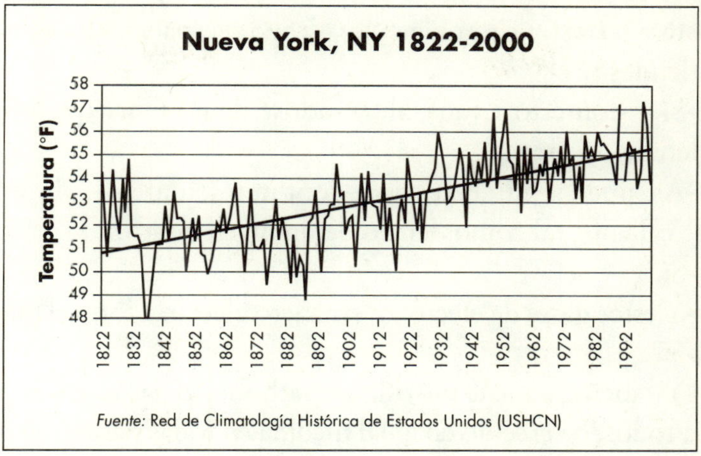

—Ciudad de Nueva York, un aumento de cinco grados Fahrenheit en ciento setenta y ocho años.

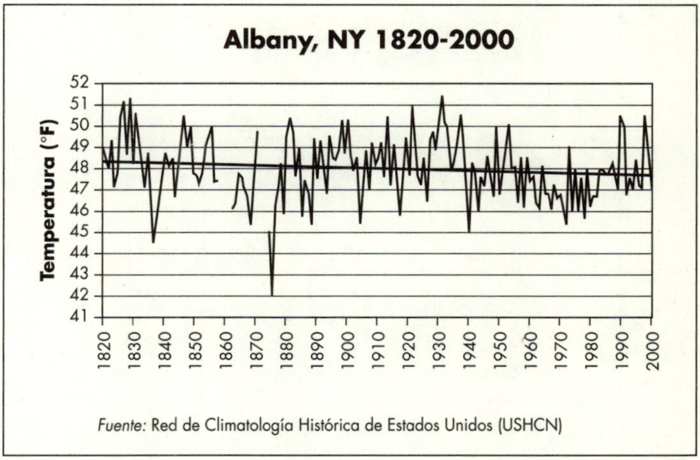

»Albany, un descenso de medio grado en ciento ochenta años.

Evans se encogió de hombros.

—Como he dicho antes, variaciones locales.

—Pero me pregunto —dijo Jennifer— cómo encajan estas variaciones locales en una teoría del calentamiento del planeta.

Tal como yo lo entiendo, el calentamiento global viene provocado por un incremento de los llamados gases de efecto invernadero, tales como el dióxido de carbono, que atrapan el calor en la atmósfera terrestre e impiden que escape al espacio. ¿Es así como lo entiendes tú?

—Sí —contestó Evans, alegrándose de no tener que ofrecer una definición propia.

—Así pues, según la teoría —continuó Jennifer—, ¿la atmósfera se calienta, tal como dentro de un invernadero?

—Sí.

—Y estos gases de efecto invernadero afectan a todo el planeta.

—Sí.

—Y sabemos que el dióxido de carbono, el gas que nos preocupa a todos, ha crecido en igual medida en todas partes del mundo... —Extrajo otro gráfico:*

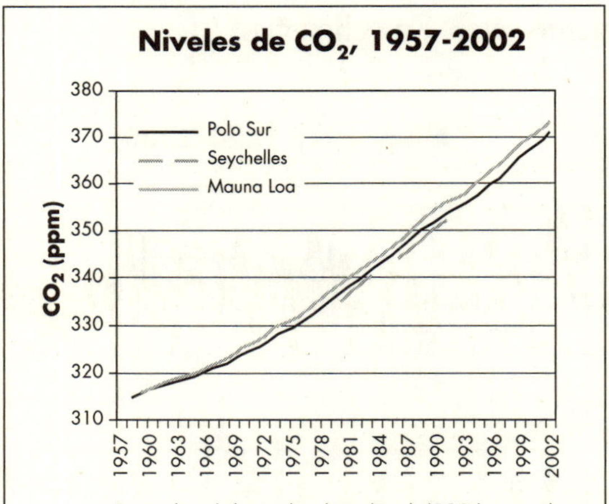

Fuente: http:/cdiac.esd.ornl.gov/trends/CO2/contents.htm

—Sí...

—Y cabe suponer que su efecto es el mismo en todo el mundo. Por eso se llama calentamiento del planeta.

—Sí...

* El Polo Sur, Mauna Loa: C. D. Keeling, T. P. Whorf, y el Carbon Dioxide Re-

—Sin embargo Nueva York y Albany están solo a doscientos veinticinco kilómetros de distancia, un viaje en coche de tres horas. Sus niveles de dióxido de carbono son idénticos. En cambio, una se ha calentado mucho y la otra se ha enfriado un poco. ¿Demuestra eso la existencia de una tendencia al calentamiento del planeta?

—La meteorología es local —respondió Evans—. Unos lugares son más calurosos o más fríos que otros. Siempre será así.

—Pero hablamos de clima, no de meteorología. El clima es la meteorología a lo largo de un período de tiempo prolongado.

—Sí...

—Así que estaría de acuerdo contigo si ambos lugares tendiesen a un aumento de temperatura, aunque la magnitud fuese distinta. Pero aquí uno se calienta y el otro se enfría, y como hemos visto, West Point, que está a medio camino, no presenta cambios.

—Creo que la teoría del calentamiento del planeta prevé que ciertos lugares se enfriarán —comentó Evans.

—¿Ah, sí? ¿Y eso por qué?

—No estoy seguro, pero lo he leído en algún sitio.

—Toda la atmósfera de la Tierra se calienta, ¿y a causa de ello algunos lugares se enfrían?

—Eso creo.

—Y si te paras a pensar en ello ahora, ¿le ves sentido?

—No —contestó Evans—, pero, como sabemos, el clima es un sistema complejo.

—¿Y eso para ti qué significa?

—Significa que es, esto, complejo. No siempre se comporta como uno espera.

—Eso desde luego es verdad —coincidió Jennifer—. Pero

search Group, Scripps Institute of Oceanography (SIO), Universidad de California, La Jolla, CA 92093, EE.UU.; Seychelles: Thomas J. Conway, Pieter Tans, Lee S. Waterman, National Oceanic and Atmospheric Administration, Climate Monitoring and Diagnostics Laboratory, 325 Broadway, Boulder CO 80303. Véase http://cdiac.esd.ornl.gov/trends/co2/contents.htm.

volviendo a Nueva York y Albany, el hecho de que estos dos lugares estén tan cerca y, sin embargo, presenten registros de temperatura tan distintos, ¿podría inducir a un jurado a preguntarse si en realidad estamos midiendo algo diferente de un efecto global? Estarás de acuerdo en que durante los últimos ciento ochenta y cinco años Nueva York se ha convertido en una ciudad de ocho millones de habitantes, en tanto que Albany ha crecido mucho menos.

—Sí.

—Y sabemos que debido al efecto isla de calor urbano las ciudades son más calurosas que las zonas rurales de alrededor.

—Sí...

—¿Y este efecto local del calor urbano no guarda relación con el calentamiento del planeta?

—Sí...

—Contéstame, pues: ¿Cómo sabes que el espectacular aumento de la temperatura en Nueva York se debe al calentamiento global y no simplemente al exceso de hormigón y rascacielos?

—Bueno... —Evans vaciló—. Ignoro la respuesta a eso. Pero doy por supuesto que es conocida.

—Porque si ciudades como Nueva York se hicieron más grandes y calientes, incrementaron la temperatura media global, ¿no?

—Supongo que sí.

—En cuyo caso, como las ciudades crecen en todo el mundo, podríamos asistir a un aumento de la temperatura media terrestre simplemente como resultado de la urbanización. Sin el menor efecto atmosférico global.

—Seguramente los científicos ya han pensado en eso —contestó Evans—. Sin duda tienen la respuesta.

—Sí, la tienen. La respuesta es que han sustraído un factor de los datos en bruto para compensar el efecto del calor urbano.

—Pues ahí lo ves.

—¿Cómo? Tú eres abogado. Lógicamente conoces el extraordinario esfuerzo que se lleva a cabo en un juicio para asegurarse de que las pruebas llegan intactas.

—Sí, pero…

—Uno no quiere que nadie las cambie.

—Sí…

—Pero en este caso la prueba son los datos en bruto sobre las temperaturas. Y han sido alterados por los propios científicos que sostienen que el calentamiento del planeta es una crisis mundial.

—¿Alterados? Simplemente se han ajustado a la baja.

—Pero la pregunta que hará la defensa es: ¿Se han ajustado a la baja *lo suficiente*?

—No lo sé —contestó Evans—. Esto me parece ya muy especializado y traído por los pelos.

—Ni mucho menos. Es una cuestión esencial. La urbanización o los gases de efecto invernadero como causa del aumento de la temperatura media de superficie. Y la defensa dispondrá de un buen argumento. Como he dicho antes, varios estudios recientes afirman que la reducción del sesgo urbano ha sido de hecho demasiado pequeña.* Al menos un estudio sostiene que la mitad del cambio observado en la temperatura se deriva exclusivamente del uso de la tierra. Si eso es cierto, el calentamiento global en el siglo pasado no llega a las tres décimas partes de un grado. No puede llamarse a eso crisis precisamente.

Evans permaneció en silencio. Intentó ofrecer un aspecto inteligente a la cámara.

—Naturalmente —prosiguió Jennifer— ese estudio también puede discutirse. Pero la cuestión sigue siendo que en cuanto alguien ajusta los datos se expone a la queja de que el ajuste ha sido incorrecto. Ese es el mejor argumento para la defensa. Y lo que la defensa esgrimirá es que hemos permitido que los datos sean ajustados por las mismas personas que tienen más que ganar con ese ajuste.

* Para un resumen, véase Ian G. McKendry, 2003, «Climatología aplicada», *Progress in Physical Geography* 27,4: 597-606. «Recientes estudios indican que los intentos por eliminar el "sesgo urbano" de los registros climáticos a largo plazo (y por tanto identificar la magnitud del efecto invernadero realzado) pueden ser sumamente simplistas.»

—¿Estás diciendo que los especialistas del clima no mantienen un comportamiento ético?

—Estoy diciendo que nunca es buena política dejar que el zorro vigile el gallinero. Tales procedimientos no se aceptan, por ejemplo, en medicina, donde se exigen experimentos de doble ciego.

—Es decir, sostienes que los especialistas del clima no tienen un comportamiento ético.

—No, sostengo que existen buenas razones para que se instituyan procedimientos de doble ciego. Verás, todo científico tiene cierta idea de cuál va a ser el resultado del experimento. Si no, ni siquiera lo llevaría a cabo. Tiene una expectativa. Pero la expectativa actúa de maneras misteriosas… y es totalmente inconsciente. ¿Conoces algunos de los estudios sobre el sesgo científico?

—No. —Evans negó con la cabeza.

—De acuerdo. Un ejemplo sencillo. Se envía un grupo de ratas genéticamente idénticas a dos laboratorios distintos para una serie de ensayos. A un laboratorio se le dice que las ratas se han criado para una mayor inteligencia y recorrerán un laberinto más deprisa de lo normal. Al otro laboratorio se le dice que las ratas son tontas y recorrerán un laberinto más despacio. Vuelven los resultados: mayor velocidad en un laboratorio, menor en el otro. Sin embargo las ratas son genéticamente idénticas.

—Bien, eso es que han amañado el resultado.

—Según ellos, no. En todo caso hay mucho más —prosiguió Jennifer—. Siguiente ejemplo. A un grupo de encuestadores se le dice: «Mirad, sabemos que los encuestadores pueden influir en los resultados de maneras sutiles. Queremos evitarlo. Así que llamaréis a la puerta, y en cuanto alguien os atienda, empezaréis a leer solo lo que dice en esta ficha: "Hola, estoy realizando una encuesta, y leo de esta ficha para no influir en usted, etcétera"». Los encuestadores solo dicen lo que viene en la ficha. A un grupo de encuestadores se le dice, este cuestionario recibirá el setenta por ciento de respuestas afirmativas. Al otro grupo se le dice que cabe esperar un treinta por ciento de respuestas afirmativas. Cuestionarios idénticos. Vuelven los resultados: setenta y treinta.

—¿Cómo? —preguntó Evans.

—Eso no importa —contestó Jennifer—. Lo único que importa es que centenares de estudios demuestran una y otra vez que las expectativas determinan el resultado. La gente encuentra lo que cree que encontrará. Esa es la razón por la que deben realizarse experimentos «de doble ciego». Para eliminar el sesgo, el experimento se divide entre distintas personas que no se conocen. La gente que prepara el experimento no conoce a la gente que lleva a cabo el experimento ni a la gente que analiza los resultados. Estos grupos no se comunican de ninguna manera. Sus esposas e hijos no se conocen. Los grupos están en distintas universidades y, preferiblemente, en distintos países. Así se ensayan los nuevos fármacos. Porque es la única manera de prevenir el sesgo.

—De acuerdo...

—Así que ahora hablamos de las temperaturas. Tienen que ajustarse por diversos motivos. No solo por el sesgo del calor urbano. Intervienen otros muchos factores. Las estaciones meteorológicas se trasladan. Actualizan su tecnología, y quizá el nuevo equipo ofrece una lectura mayor o menor. El equipo falla y hay que decidir si conviene excluir ciertos datos. Es necesario evaluar muchos aspectos a la hora de componer un registro de temperaturas. Y ahí es donde aparece el sesgo. Posiblemente.

—¿Posiblemente?

—No se sabe —dijo Jennifer—, pero cuando un mismo equipo realiza todas las tareas, existe el riesgo de que el resultado sea sesgado. Si un equipo desarrolla un modelo y también lo somete a ensayo y además analiza los resultados, existe un riesgo. Sencillamente existe.

—Entonces, ¿los datos sobre la temperatura no son válidos?

—Los datos sobre la temperatura son sospechosos. Un buen abogado los desecharía. Para defenderlos, lo que nos proponemos hacer es...

De pronto, el equipo de filmación se levantó y abandonó la sala. Jennifer le apoyó una mano en el brazo.

—No te preocupes por nada de esto, el metraje que han grabado no lleva sonido. Solo quería que pareciese una discusión animada.

—Me siento como un tonto.

—Has quedado muy bien. Para la televisión, eso es lo que cuenta.

—No —dijo Evans inclinándose hacia ella—. Me refiero a que, al dar esas respuestas, no decía lo que de verdad pienso. Estoy… estoy replanteándome… estoy cambiando de idea sobre muchas de estas cosas.

—¿En serio?

—Sí —dijo bajando la voz—. Esos gráficos de temperatura, por ejemplo. Suscitan dudas considerables sobre la validez del calentamiento del planeta.

Jennifer, mirándolo con atención, movió la cabeza en un lento gesto de asentimiento.

—¿A ti también? —preguntó Evans.

Ella siguió asintiendo.

Comieron en el mismo restaurante mexicano que la vez anterior. Como entonces, estaba casi vacío; los mismos montadores de Sony reían en la mesa del rincón. Debían de almorzar allí a diario, pensó Evans.

Sin embargo, de algún modo, todo era distinto, y no solo porque Evans estaba dolorido y a punto de quedarse dormido en cualquier momento. Tenía la sensación de haberse convertido en otra persona. Y la relación entre Jennifer y él también había cambiado.

Jennifer comió en silencio, sin hablar apenas. Evans tuvo la impresión de que esperaba a que él hablase primero. Al cabo de un rato, Evans dijo:

—¿Sabes?, sería un disparate imaginar que el calentamiento del planeta no es un fenómeno real.

—Un disparate —repitió ella, asintiendo.

—Es decir, todo el mundo lo cree.

—Sí. Todo el mundo. Pero en nuestro gabinete de crisis solo pensamos en el jurado. Y la defensa se lo pasará en grande con el jurado.

—¿Te refieres al ejemplo que me has dado?

—Ah, es mucho peor que eso. Prevemos que la defensa utilice argumentos como estos: Señoras y señores del jurado, todos habrán oído decir que está produciéndose algo llamado «calentamiento del planeta» a causa del aumento de dióxido de carbono y otros gases invernadero. Pero lo que nadie les ha dicho es que el dióxido de carbono se ha incrementado solo en una pequeñísima cantidad. Les mostrarán un gráfico de crecimiento del dióxido de carbono que parece la pendiente del monte Everest. Pero he aquí la realidad: el dióxido de carbono ha pasado de 316 partes por millón a 376 partes por millón. Sesenta partes por millón de aumento total. Es un cambio tan pequeño en nuestra atmósfera que resulta difícil imaginarlo. ¿Cómo lo visualizamos? —Jennifer se recostó y trazó un amplio gesto con la mano—. Luego sacarán un gráfico que muestre un campo de fútbol. Y dirán: Imaginen la composición de la atmósfera terrestre como un campo de fútbol. La mayor parte de la atmósfera es nitrógeno. Así pues, partiendo de la línea de meta, el nitrógeno llega hasta la línea de setenta y ocho yardas. Y la mayor parte de lo que queda es oxígeno. El oxígeno llega a la línea de noventa y nueve yardas. Solo falta una yarda, o sea un metro aproximadamente. Pero la mayor parte de eso es argón, un gas inerte. El argón llega a ocho centímetros y medio de la línea de meta. Eso es casi el grosor de la raya de tiza. ¿Y cuánto de los restantes siete centímetros y medio es dióxido de carbono? Dos centímetros y medio. Esa es la cantidad de CO_2 que tenemos en nuestra atmósfera. Dos centímetros y medio en un campo de fútbol de cien metros. —Hizo una pausa teatral y continuó—: Ahora bien, señoras y señores del jurado, se les dice que el dióxido de carbono ha aumentado en los últimos cincuenta años. ¿Saben cuánto ha aumento en nuestro campo de fútbol? Ha aumentado alrededor de un centímetro, poco más que el grosor de un lápiz. Es mucho más dióxido de carbono, pero es un cambio minúsculo en el conjunto de nuestra atmósfera. Sin embargo, se les pide que crean que este pequeño cambio ha llevado a todo el planeta a una peligrosa tendencia al calentamiento.

—Pero es fácil responder a eso... —adujo Evans.

—Espera. No han acabado. Primero, despiertan dudas. Luego ofrecen explicaciones alternativas. Así que ahora sacan el gráfico de las temperaturas de la ciudad de Nueva York que has visto antes. Un aumento de cinco grados desde 1822. Y dicen que en 1822 la población de Nueva York era de ciento veinte mil personas. Hoy es de ocho millones. La ciudad ha crecido un seis mil por ciento. Por no hablar de todos esos rascacielos, aparatos de aire acondicionado y hormigón. Y ahora te pregunto: ¿Es lógico creer que una ciudad que ha crecido un seis mil por ciento tiene una temperatura más alta por un pequeño aumento del dióxido de carbono? ¿O la temperatura es mayor porque la ciudad en sí es mucho más grande?

Se recostó en la silla.

—Pero es fácil contrarrestar ese argumento —contestó Evans—. Existen muchos ejemplos de cosas pequeñas que producen grandes efectos. Un gatillo representa una pequeña parte de un arma, pero basta para disparar. Y en todo caso la preponderancia de las pruebas...

—Peter —dijo ella negando con la cabeza—. Si fueses miembro del jurado y te hiciesen esa pregunta sobre Nueva York, ¿a qué conclusión llegarías? ¿El calentamiento del planeta o demasiado hormigón? De hecho, ¿qué opinas?

—Creo que probablemente la temperatura es más alta porque es una gran ciudad.

—Exacto.

—Pero aún disponéis del argumento del nivel del mar.

—Por desgracia, los niveles del mar en Vanuatu no han crecido de manera significativa. Según la base de datos que se utilice, o se mantienen o han aumentado cuarenta milímetros en treinta años. Casi nada.

—Siendo así, es imposible ganar el caso —dijo Evans.

—Exactamente. Aunque debo decir que tu argumento del gatillo no está nada mal.

—Y si no podéis ganar, ¿para qué es esta rueda de prensa?

—Gracias a todos por venir —saludó John Balder acercándose a un grupo de micrófonos frente a las oficinas. Destellaron los flashes de los fotógrafos—. Soy John Balder, y me acompaña Nicholas Drake, presidente del Fondo Nacional de Recursos Medioambientales. También están conmigo Jennifer Haynes, mi principal ayudante, y Peter Evans, del bufete Hassle & Black. Juntos les anunciamos que vamos a presentar una demanda contra la Agencia de Protección del Medio Ambiente de Estados Unidos en nombre de la nación insular de Vanuatu, en el Pacífico.

De pie al fondo, Peter Evans empezó a morderse el labio, pero enseguida se contuvo. No había motivo para mostrar una expresión facial que pudiese interpretarse como nerviosismo.

—El depauperado pueblo de Vanuatu —prosiguió Balder— está condenado a empobrecerse más aún debido a la mayor amenaza medioambiental de nuestra época, el calentamiento del planeta, y el peligro de cambios climáticos abruptos que sin duda seguirá.

Evans recordó que hacía solo unos días Drake había descrito el cambio climático abrupto como una posibilidad en el horizonte. En menos de una semana se había transformado en una certeza.

Balder se expresó con elocuencia sobre la subida de las aguas que estaba expulsando al pueblo de Vanuatu de su tierra ancestral, poniendo de relieve la tragedia de los niños cuyo patrimonio se veía arrasado por la impetuosa ola que había provocado el insensible gigante industrial del norte.

—Por una cuestión de justicia para con el pueblo de Vanuatu, y por el futuro de toda la humanidad ahora amenazada por una climatología extrema, anunciamos hoy esta demanda.

A continuación abrió la tanda de preguntas.

La primera fue:

—¿Cuándo presentarán la demanda exactamente?

—El caso es muy complejo desde un punto de vista técnico —contestó Balder—. En estos momentos trabajan en nuestras oficinas cuarenta científicos día y noche. Cuando culminen sus esfuerzos presentaremos la solicitud de imposición de medidas cautelares.

—¿Dónde la presentarán?

—En el juzgado del distrito federal de Los Ángeles.

—¿Qué indemnización solicitarán? —preguntó otro.

—¿Cuál es la respuesta de la administración?

—¿Verá la causa el tribunal?

Las preguntas se sucedían con mayor rapidez, y Balder estaba en su elemento. Evans miró a Jennifer, al otro lado del estrado. Ella se tocó el reloj. Evans asintió con la cabeza, consultó su propio reloj, hizo una mueca y abandonó el estrado. Jennifer lo siguió.

Entraron en el almacén y dejaron atrás a los guardias.

Y Evans miró asombrado.

CULVER CITY
MARTES, 12 OCTUBRE
13.20 H.

Las luces estaban apagadas. La mayoría de la gente que Evans había visto antes se había ido. Los que quedaban vaciaban las salas, amontonaban los muebles, guardaban los documentos jurídicos en cajas de almacenamiento. Los hombres de la compañía de mudanzas acarreaban pilas de cajas en plataformas rodantes.

—¿Qué pasa? —preguntó Evans.

—Expira nuestro contrato de alquiler —contestó Jennifer.

—¿Y os trasladáis?

Ella negó con la cabeza.

—No. Lo dejamos.

—¿Qué quieres decir?

—Quiero decir que lo dejamos, Peter. Buscaremos otros empleos. La demanda no se presentará.

Por un altavoz oyeron decir a Balder:

—Tenemos el firme propósito de solicitar una imposición de medidas cautelares en los tres próximos meses. Confío plenamente en los cuarenta brillantes hombres y mujeres que nos ayudan en este innovador caso.

Evans se apartó cuando dos hombres pasaron con una mesa junto a él. Era la misma en la que lo habían entrevistado hacía solo tres horas. Los seguía otro con cajas de equipo de vídeo.

—¿Cómo va a salir bien esto? —preguntó Evans mientras oía

a Balder por el altavoz—. La gente se enterará de lo que está ocurriendo…

—Lo que está ocurriendo es totalmente lógico —respondió Jennifer—. Presentaremos una solicitud para una imposición de medidas cautelares preliminar. Nuestro alegato tiene que seguir el proceso burocrático de costumbre. Prevemos que lo rechace el tribunal jurisdiccional del distrito y entonces lo llevaremos al Circuito Noveno, y luego esperamos elevarlo al Tribunal Supremo. El litigio no puede llevarse a efecto hasta que se resuelva la imposición de medidas cautelares, lo que puede tardar varios años. Por tanto, muy sensatamente, dejamos en espera a nuestro numeroso equipo de investigación y cerramos nuestras caras oficinas, manteniendo entretanto un equipo legal básico en funcionamiento.

—¿Existe ese equipo legal básico?

—No. Pero me has preguntado cómo iba a tratarse este asunto.

Evans observó mientras las cajas salían por la puerta trasera.

—Nadie ha tenido en ningún momento intención de presentar la demanda, ¿verdad?

—Digámoslo de esta manera. Balder tiene un notable historial de victorias en juicio. Solo hay una manera de forjarse un historial así: hay que desechar los casos perdidos mucho antes de que lleguen a los tribunales.

—¿Y está desechando este?

—Sí. Porque te aseguro una cosa: ningún tribunal va a conceder una imposición de medidas cautelares por el exceso de producción de dióxido de carbono de la economía estadounidense. —Jennifer señaló el altavoz—. Drake lo convenció para que pusiese de relieve el cambio climático abrupto. Encaja bien con su congreso, que empieza mañana.

—Sí, pero…

—Oye —dijo Jennifer—, sabes tan bien como yo que el objetivo de este caso era generar publicidad. Tienen su rueda de prensa. No hay necesidad de seguir adelante.

Los hombres del servicio de mudanzas preguntaron a Jennifer dónde debían colocar las cosas. Evans entró en la sala donde se había realizado la entrevista y vio en el rincón la pila de gráficos sobre placas de espuma de poliestireno. Se había quedado con las ganas de ver los que ella no le había enseñado, así que sacó unos cuantos. Mostraban los datos de estaciones meteorológicas de todo el mundo.

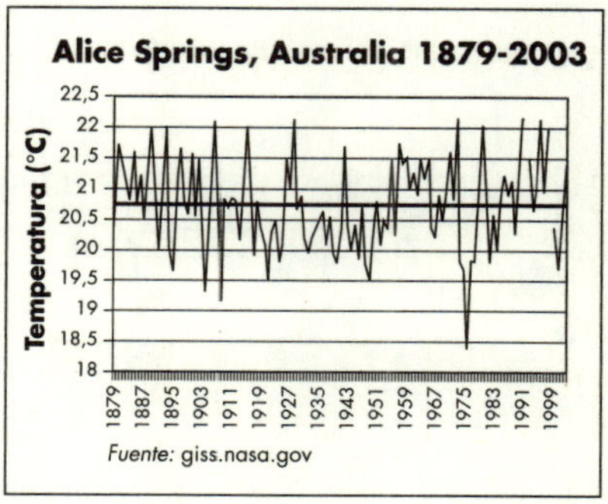

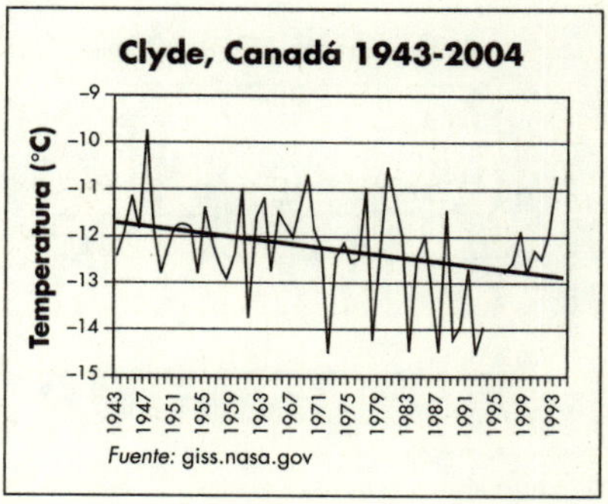

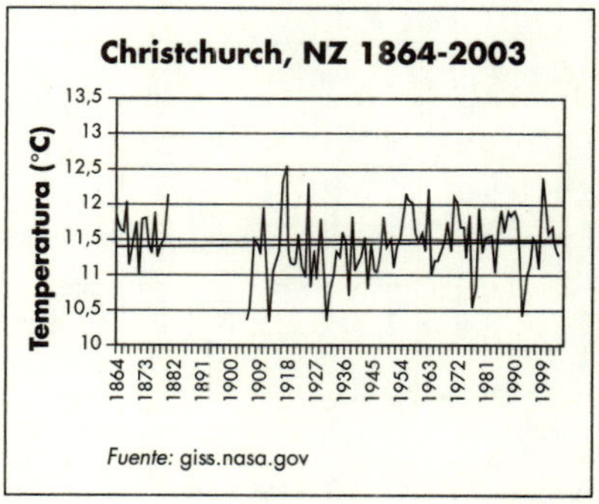

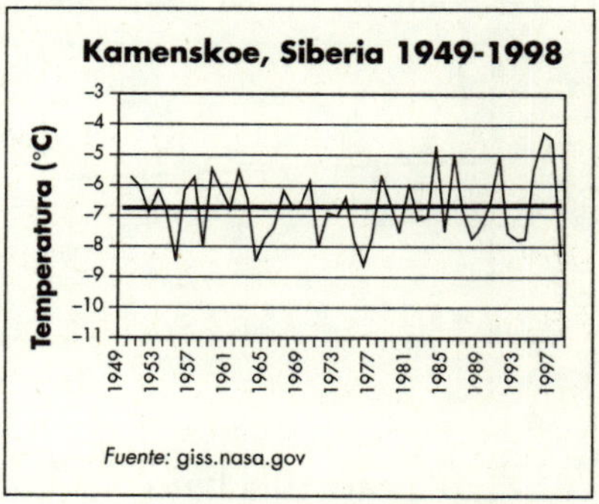

Sabía, por supuesto, que estos gráficos en particular se habían elegido para demostrar los argumentos de la oposición. Así pues, reflejaban un calentamiento escaso o nulo. Aun así, le preocupó que hubiese tantos, de todas partes del mundo.

Vio una pila con el rótulo EUROPA y los hojeó rápidamente:

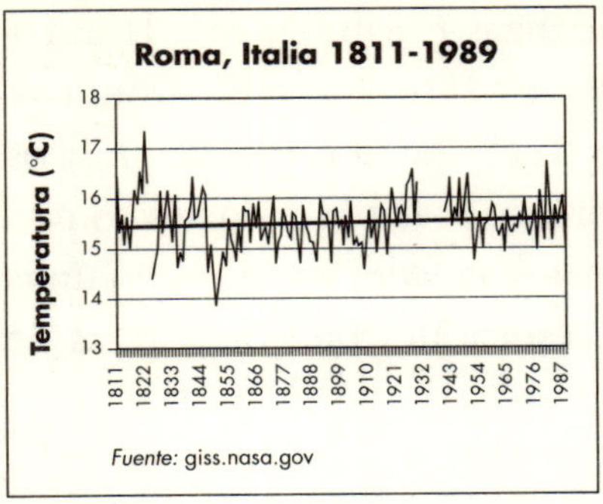

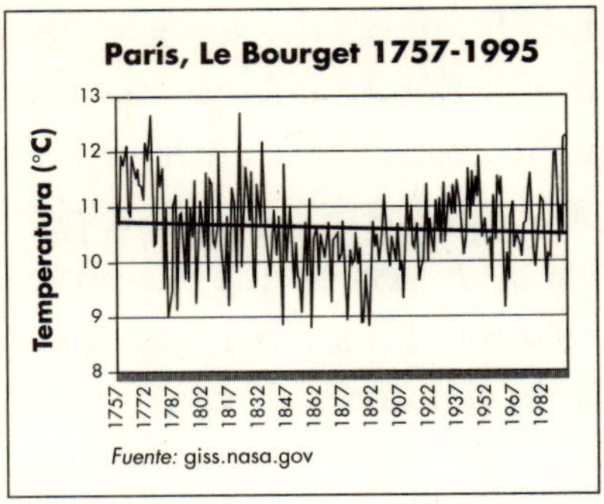

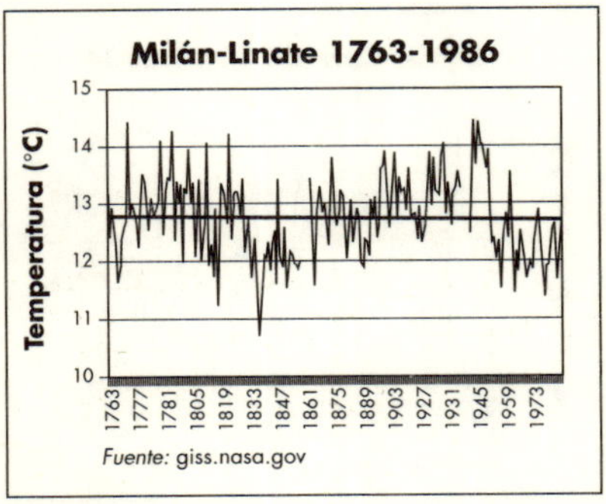

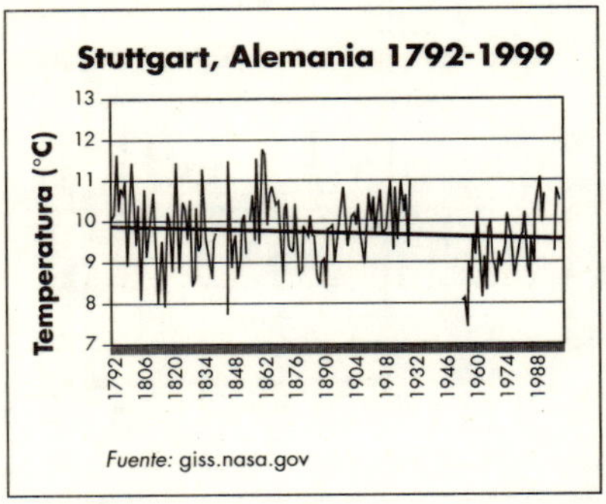

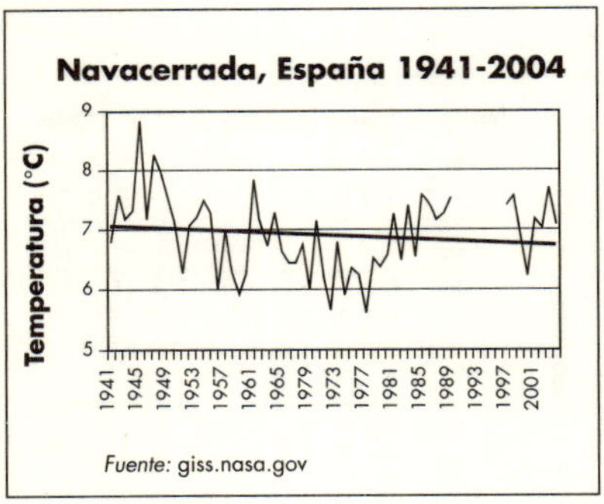

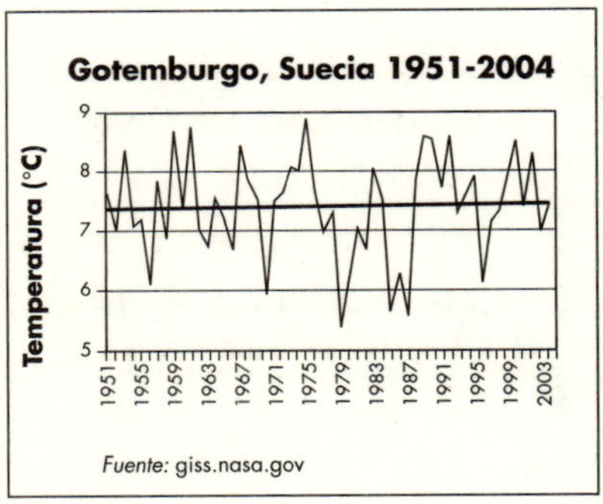

Había otra pila bajo el rótulo ASIA. Echó un vistazo.

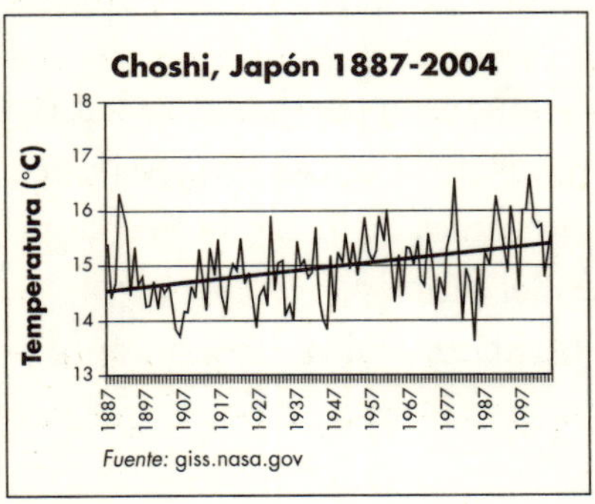

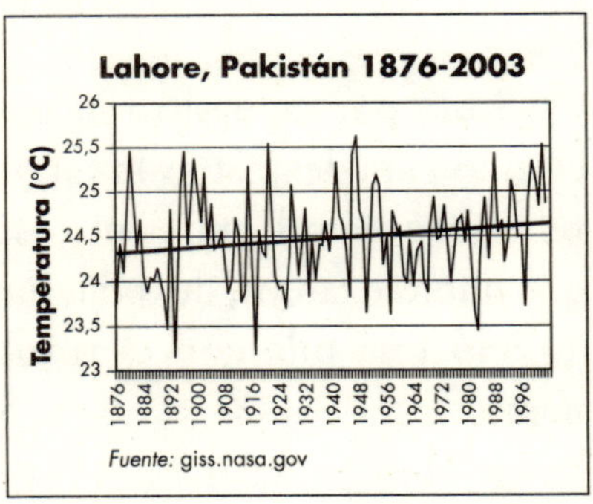

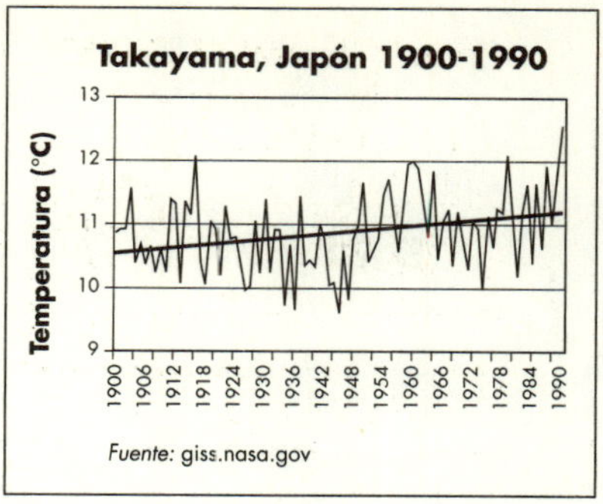

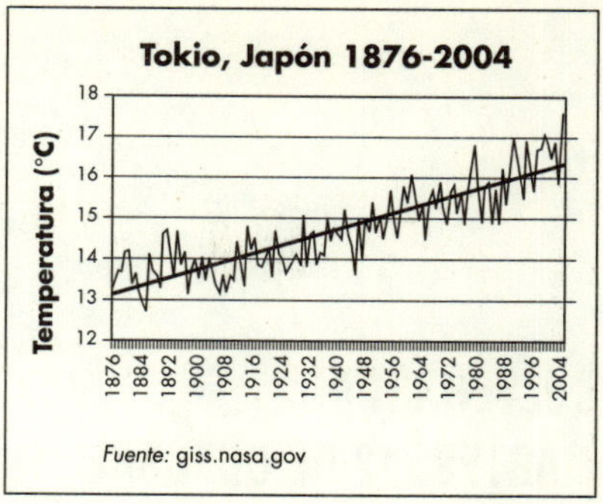

—¿Peter?

Jennifer lo llamaba.

Su propio despacho ya estaba recogido. Quedaban solo unas cuantas cajas de objetos personales. La ayudó a llevarlas a su coche.

—¿Y ahora qué vas a hacer? —preguntó Evans—. ¿Volver a Washington con tu novio?

—No lo creo.

—¿Y entonces?

—En realidad había pensado irme contigo.

—¿Conmigo?

—Trabajas con John Kenner, ¿no?

—¿Cómo lo sabes? —dijo Evans.

Ella se limitó a sonreír.

Al salir por la puerta trasera, oyeron la rueda de prensa por el altavoz. En ese momento hablaba Drake, y daba gracias a los periodistas por su presencia, los animaba a asistir al inminente congreso y declaraba que el verdadero peligro del calentamiento del planeta residía en el riesgo potencial de cambio climático abrupto. Y a continuación dijo:

—Discúlpenme, pero por desgracia me veo obligado a anunciar un hecho sumamente triste. Acaban de entregarme una nota donde se me comunica que se ha hallado el cuerpo de mi querido amigo George Morton.

CULVER CITY
MARTES, 12 DE OCTUBRE
14.15 H.

Los noticiarios de la tarde ofrecieron la noticia completa. El cadáver del financiero multimillonario George Morton había llegado a la costa arrastrado por el mar cerca de Pismo Beach. La identificación se llevó a cabo a partir de la ropa y el reloj encontrado en la muñeca de la víctima. El cuerpo estaba mutilado como consecuencia de los ataques de los tiburones, explicó el locutor.

La familia del filántropo había sido ya informada, pero no se había fijado aún la fecha del funeral. Incluyeron unas declaraciones de Nicholas Drake, íntimo amigo de Morton y director del NERF. Drake decía que Morton había consagrado su vida al movimiento ecologista y a la labor de organizaciones como el NERF, que recientemente lo había designado su Ciudadano Consciente del Año.

«Si alguien era consciente de los atroces cambios que se están experimentando en todo el planeta, ese era George Morton —dijo Drake—. Desde que supimos que había desaparecido, albergamos la esperanza contra todo pronóstico de que se lo encontrara con buena salud y buen ánimo. Me entristece saber que no ha sido así. Lamento la pérdida de mi querido y abnegado amigo. Sin él, el mundo es un lugar peor.»

Evans iba al volante de su coche cuando Lowenstein lo telefoneó.

—¿Qué estás haciendo?

—Vuelvo de la rueda de prensa a la que se me ordenó asistir.

—Bien, pues ahora irás a San Francisco.

—¿Por qué?

—Han encontrado a Morton. Alguien tiene que identificar el cuerpo.

—¿Y su hija?

—Está en rehabilitación.

—¿Y su ex mujer? ¿Y...?

—Evans, te han designado a ti oficialmente. Arréglatelas como puedas. El equipo forense no quiere retrasar la autopsia, así que necesitan una identificación antes de la cena.

—Pero...

—Mueve el culo y llega allí cuanto antes. No sé a qué viene tanta queja. Coge su avión, por Dios. Por lo que he oído, ya te has servido de él bastante en los últimos tiempos. Ahora que ha muerto, mejor será que te andes con cuidado. Ah, otra cosa. Como no eres de la familia, es necesario que lo identifiquen dos personas.

—Bueno, puedo llevar a Sarah, su secretaria...

—No. Drake quiere que lleves a Ted Bradley.

—¿Por qué?

—¿Y a mí qué me cuentas? Bradley quiere ir. Drake quiere complacerle, tenerlo contento. Seguramente Bradley piensa que allí habrá cámaras. Al fin y al cabo es actor. Y era íntimo amigo de George.

—Más o menos.

—En el banquete, estuvo en la mesa de cabecera contigo.

—Pero Sarah sería...

—Evans, ¿qué parte de esto no has entendido? Vas a ir a San Francisco y vas a llevar a Bradley. Punto.

Evans dejó escapar un suspiro.

—¿Dónde está Bradley?

—En Secuoya. Tienes que pasar a recogerlo.

—¿En Secuoya?

—El parque nacional. Te cae de camino.

—Pero...

—Bradley ya está avisado. Mi secretaria te dará el número del depósito de cadáveres de San Francisco. Adiós, Evans. No la cagues.

Un chasquido.

—¿Algún problema? —preguntó Jennifer.

—No. Pero tengo que ir a San Francisco.

—Te acompaño —propuso ella—. ¿Quién es Sarah?

—La secretaria particular de Morton. Su vieja ayudante.

—He visto fotos suyas. No parece muy vieja.

—¿Dónde has visto fotos?

—En una revista. Eran de un torneo de tenis. Ha jugado en campeonatos o algo así, ¿no?

—Supongo.

—Habría pensado que, como pasabas tanto tiempo con Morton, la conocerías bien.

—En realidad no —contestó él, encogiéndose de hombros—. Bueno, hemos pasado más tiempo juntos estos últimos días.

—Ajá. —Jennifer lo miró, sonriente—. Peter, no me importa. Es preciosa. Me parece natural.

—No, no —dijo Evans, y alargó la mano para coger el teléfono—. No es eso. —Impaciente por poner fin a esa conversación, marcó el número de la policía de Beverly Hills y preguntó por el inspector Perry. El inspector aún no había vuelto del juzgado. Evans dejó un mensaje y colgó. Se volvió hacia Jennifer—. ¿Cuál es el proceso cuando dictan una orden de detención contra ti?

—Derecho penal. No es mi especialidad. Lo siento.

—La mía tampoco.

—¿Van a detenerte?

—Espero que no.

A continuación telefoneó Lisa, la locuaz secretaria de Herb Lowenstein.

—Hola, Peter. Tengo los números del señor Bradley y del depósito de cadáveres de San Francisco. Cierran a las ocho. ¿Puedes llegar antes de esa hora? Herb quiere saberlo. Está muy nervioso.

—¿Por qué?

—Nunca lo he visto así. Es decir, no desde hacía unas semanas.

—¿Qué ocurre?

—Creo que está alterado por lo de George. Semejante conmoción. Y además Drake no deja de agobiarlo. Hoy debe de haber llamado cinco veces. Y creo que han hablado de ti.

—¿De mí?

—Sí. —Lisa bajó la voz y adoptó un tono de complicidad—. Herb tenía la puerta cerrada mientras hablaba pero... esto... he oído alguna que otra cosa.

—¿Como qué? —preguntó Evans.

—No digas nada.

—No te preocupes.

—Quiero decir que yo estaba muy... simplemente he pensado que te interesaría saberlo.

—Me interesa.

—Porque aquí se ha hablado mucho —dijo Lisa bajando aún más la voz— de si tendrías que irte.

—¿Irme del bufete?

—Esto... si convendría dejarte marchar. He pensado que querrías saberlo.

—Sí. Gracias. ¿Quién ha hablado de eso?

—Bueno, Herb. Y Don Blandings, y otro par de socios mayoritarios. Bob y Louise. Porque resulta que Nick Drake, por alguna razón, está furioso contigo y con alguien a quien tú has visto últimamente, un tal Kanner o Connor.

—Entiendo.

—El señor Drake está muy molesto con ese señor Connor.

—¿Y eso por qué?

—Dice que es un espía. Al servicio de la industria, de los contaminadores.

—Entiendo.

—El caso es que aquí se considera que el señor Drake es un cliente importante y tú lo has sacado de quicio. Aun así, no se atreverían a despedirte si Morton estuviese vivo. Pero ya no lo está. Además, no te dejas ver por aquí. Y la policía llama para preguntar por ti, cosa que, debo decirte, no es nada bueno. Pone nervioso a todo el mundo. Y… por cierto, ¿qué haces con ese señor Connor?

—Es una larga historia.

—Peter, yo te lo he contado. —Parecía ofendida.

Evans sabía que debía intercambiar información.

—Está bien —dijo, procurando mostrarse reacio—. Llevo a cabo un encargo que me hizo el señor Morton antes de morir.

—¿En serio? ¿Qué es?

—Es un secreto. Todavía no puedo decírtelo.

—¿George Morton te hizo un encargo?

—Por escrito —contestó Evans, pensando: «Eso la aplacará».

—Vaya. No se atreverán a despedirte si estás ocupándote de los asuntos del bufete.

—Lisa, tengo que dejarte.

—Y si lo hiciesen, sería un despido tan improcedente…

—Lisa…

—Está bien, está bien. Ya sé que no puedes hablar. Pero… ¡buena suerte!

Evans colgó. Jennifer sonreía.

—Has estado muy hábil —dijo.

—Gracias.

Pero no le devolvió la sonrisa. Desde su punto de vista, el mundo estrechaba su cerco en torno a él. No le gustaba. Y seguía muy, muy cansado.

Telefoneó a Sarah para que organizase el viaje en avión, pero le salió el buzón de voz. Llamó al piloto y le dijeron que estaba en el aire.

—¿Qué quiere decir?

—Está volando en este preciso momento.

—¿Dónde?

—Eso no se lo puedo decir. ¿Quiere dejarle un mensaje de voz?

—No —contestó Evans—. Necesito encargar un avión.

—¿Para cuándo?

—Dentro de media hora. Para ir a San Francisco, con una parada en el aeropuerto más cercano a Secuoya. Con regreso esta noche.

—Veré qué puedo hacer.

Y de pronto la fatiga venció a Evans. Se detuvo en el arcén de la carretera y salió del coche.

—¿Qué pasa? —preguntó Jennifer.

—¿Sabes cómo llegar a Van Nuys?

—Claro.

—Pues conduce tú.

Evans se dejó caer en el asiento del acompañante y se abrochó el cinturón de seguridad. La observó por un momento mientras se reincorporaba a la circulación y luego cerró los ojos y se durmió.

SECUOYA
MARTES, 12 DE OCTUBRE
16.30 H.

El lecho del bosque estaba oscuro y fresco. Los haces de luz se filtraban a través de los magníficos árboles que se alzaban alrededor. Olía a pino. La tierra se notaba blanda bajo los pies.

Era un lugar agradable, con el suelo moteado de sol; aun así, las cámaras de televisión tuvieron que encender sus focos para filmar a los colegiales de tercer curso sentados en círculos concéntricos en torno al famoso actor y activista Ted Bradley. Este vestía una camiseta negra que realzaba su maquillaje y su moreno natural.

—Estos maravillosos árboles son vuestro derecho inalienable —dijo, señalando alrededor—. Llevan aquí desde hace siglos, desde mucho antes de que vosotros nacieseis, de que naciesen vuestros padres, vuestros abuelos, vuestros bisabuelos. Algunos estaban ya antes de que Colón llegase a América. Antes de que llegasen los indios, antes de todo. Estos árboles son los seres vivos más viejos del planeta. Son los guardianes de la Tierra. Son sabios y tienen un mensaje que ofrecernos: dejad en paz al planeta. No lo estropeéis, y tampoco a nosotros. Y debemos escucharlos.

Los niños lo miraban boquiabiertos, inmóviles. Las cámaras enfocaban a Bradley.

—Pero ahora estos magníficos árboles, después de sobrevivir a la amenaza del fuego, la amenaza de la tala, la amenaza de la erosión del terreno, la amenaza de la lluvia ácida, se enfrentan a la mayor amenaza de todas: el calentamiento del planeta. Vosotros, niños, sabéis qué es el calentamiento del planeta, ¿no? —Se alzaron muchas manos en el círculo.

—¡Yo lo sé, yo lo sé!

—Me alegro —dijo Bradley, haciendo señas a los niños para que bajasen las manos. Allí el único que hablaría sería Ted Bradley—. Pero quizá no sepáis que el calentamiento del planeta va a provocar un cambio muy repentino en nuestro clima. Quizá pasen solo unos meses o unos años, y de pronto hará mucho más calor o mucho más frío, y llegarán hordas de insectos y enfermedades que acabarán con estos extraordinarios árboles.

—¿Qué clase de insectos? —preguntó un niño.

—Insectos malos —contestó Bradley—. De los que se comen los árboles, se meten dentro y los devoran. —Movió las manos imitando el avance de los parásitos.

—Un insecto tardaría mucho tiempo en comerse todo un árbol —dijo una niña.

—No, nada de eso —respondió Bradley—. He ahí el problema, porque el calentamiento del planeta implica que llegarán muchos insectos, una plaga de insectos, y se comerán los árboles deprisa.

De pie a un lado, Jennifer se inclinó hacia Evans.

—¿Puedes creerte esta mierda?

Evans bostezó. Había dormido durante el vuelo, y había vuelto a adormilarse en el viaje en coche desde el aeropuerto hasta esta arboleda del parque nacional de Secuoya. Mientras miraba a Bradley, se sentía amodorrado. Amodorrado y aburrido.

A esas alturas los niños empezaban a moverse inquietos, y Bradley se volvió de cara a las cámaras. Habló con la autoridad desenvuelta que había adquirido interpretando el papel de presidente durante largos años en la televisión.

—La amenaza del cambio climático abrupto —dijo— es tan devastadora para el género humano, y para la vida en este planeta, que en todas partes del mundo se celebran congresos para abordar el tema. Mañana empieza en Los Ángeles un congreso donde los científicos estudiarán cómo mitigar esta terrible amenaza, pero si no hacemos nada, la catástrofe es inminente. Y estos árboles poderosos y magníficos serán un recuerdo, una postal del pasado, una instantánea de la falta de humanidad del hombre para con la naturaleza. Somos responsables del cambio climático catastrófico. Y solo nosotros podemos impedirlo.

Concluyó, volviéndose un poco para mostrar su mejor perfil, y dirigió una penetrante mirada a la lente con sus ojos azules.

—Tengo pipí —dijo una niña.

El avión despegó y se elevó sobre el bosque.

—Perdona las prisas —dijo Evans—. Pero tenemos que llegar al depósito de cadáveres antes de las seis.

—No importa, no importa. —Bradley esbozó una sonrisa de condescendencia. Después de su charla, había dedicado unos minutos a firmar autógrafos para los niños. Las cámaras filmaron también eso. Se volvió hacia Jennifer y le dirigió su mejor sonrisa—. ¿Y usted a qué se dedica, señorita Haynes?

—Formo parte del equipo jurídico para el caso del calentamiento del planeta.

—Estupendo, es uno de los nuestros. ¿Cómo va la demanda?

—Bien —contestó ella, lanzando una mirada a Evans.

—Tengo la sensación de que es usted tan brillante como hermosa —dijo Bradley.

—La verdad es que no —respondió ella.

Evans advirtió que el actor la irritaba.

—Es usted muy modesta, rasgo que resulta encantador.

—Soy sincera, y debo decirle que no me gustan los halagos.

—En su caso no puede decirse que sea un halago.

—Y en el suyo, no puede decirse que sea sincero —replicó Jennifer.

—Créame cuando le digo que admiro sin reservas la labor que llevan a cabo —insistió Bradley—. Espero con impaciencia su embestida contra la EPA. Tenemos que mantener la presión. Por eso he dado la charla a esos niños. Es un segmento de audiencia televisiva infalible para cuestiones como el cambio climático abrupto. Y me parece que ha salido muy bien, ¿no le parece?

—Razonablemente bien, dadas las circunstancias.

—¿Qué circunstancias?

—Que era todo una sarta de gilipolleces —repuso Jennifer.

Bradley mantuvo la sonrisa, pero entornó los ojos.

—No sé bien a qué se refiere.

—Me refiero a todo, Ted. El discurso completo. ¿Las secuoyas son centinelas y guardianas del planeta? ¿Tienen un mensaje para nosotros?

—Bueno, son...

—Son árboles, Ted. Árboles grandes. Tienen el mismo mensaje para el género humano que una berenjena.

—Creo que se le escapa...

—¿Y han logrado sobrevivir a los incendios forestales? No exactamente. Dependen de los incendios, porque así es como se reproducen. Las secuoyas tienen unas semillas duras que solo se abren al calor del fuego. Los incendios son fundamentales para la salud de un bosque de secuoyas.

—Creo que no ha acabado de entenderme —dijo Bradley, un tanto crispado.

—¿Ah, no? ¿Qué no he entendido?

—Pretendía transmitir, quizá con cierto lirismo, el carácter eterno de estos grandes bosques primigenios, y...

—¿Eternos? ¿Primigenios? ¿Sabe algo de estos bosques?

—Sí, creo que sí. —Hablaba con voz tensa, ya visiblemente indignado.

—Mire por la ventanilla —indicó Jennifer, señalando el bosque que sobrevolaban—. ¿Desde cuándo cree que sus bosques primigenios tienen el aspecto que ahora ve?

—Obviamente desde hace cientos de miles de años...

—Falso, Ted. Los seres humanos estaban aquí muchos miles de años antes de que estos bosques apareciesen. ¿Lo sabía?

Bradley tenía la mandíbula apretada. No contestó.

—Entonces permíteme que se lo explique —dijo Jennifer.

Hace veinte mil años los glaciares abandonaron California, vaciando el valle de Yosemite y otros hermosos lugares. A medida que se retiraban las paredes de hielo, dejaban atrás una llanura húmeda e inmunda con muchos lagos alimentados por el deshielo pero sin vegetación. Eran básicamente un arenal encharcado.

Después de unos cuantos miles de años, la tierra se secó mientras los glaciares seguían retrocediendo hacia el norte. La región de California se convirtió en tundra ártica, poblada de hierba alta de la que vivían pequeños animales, como los ratones y las ardillas. Los seres humanos, ya instalados aquí por entonces, cazaban esos animales y encendían hogueras.

—¿Hasta aquí está claro? —preguntó Jennifer—. Aún no había ningún bosque primigenio.

—Escucho —gruñó Ted. Era evidente que se esforzaba por controlar el mal genio.

Jennifer continuó.

—Al principio la hierba y los arbustos árticos eran las únicas plantas que arraigaban en el yermo suelo glacial. Pero al morir se descomponían, y a lo largo de miles de años se formó una capa de humus. Y así se inició una secuencia de colonización vegetal que fue en esencia la misma en todas las zonas de la América del Norte posglacial.

»Primero llegó el pino torcido. De eso hace unos catorce mil años. Más tarde se sumaron la picea, la tsuga occidental y el aliso. Árboles que son resistentes pero no pueden ser los primeros. Estos árboles constituyen el verdadero bosque primario, y dominaron este paisaje durante los siguientes cuatro mil años. Entonces cambió el clima. Subieron mucho las temperaturas y se fundieron todos los glaciares de California. No quedó un solo glaciar en California. Era un territorio cálido y seco; se producían muchos incendios. Y el bosque primario se quemó. Lo sustituyó una vegetación propia de llanura a base de robles y hierbas de pradera. Y unos cuantos abetos, pero no muchos porque el clima era demasiado seco.

»Después, hace unos seis mil años, el clima volvió a cambiar. Aumentó la humedad, y el abeto, la tsuga y el cedro llegaron y se extendieron por todo el territorio, creando los grandes bosques de tupido ramaje que ahora ve. Pero algunos podrían considerar estos abetos una plaga vegetal, mala hierba de tamaño enorme, que invadió el paisaje y expulsó a las plantas autóctonas que estaban antes aquí. Porque estos grandes bosques privaban de luz al terreno e impedían la supervivencia de otros árboles. Y como se producían frecuentes incendios, los bosques de tupido ramaje se propagaron muy deprisa. No son eternos, Ted. Son solo los últimos de la cola.

Bradley resopló.

—Aun así, tienen seis mil años, por Dios.

Pero Jennifer era implacable.

—No es cierto. Los científicos han demostrado que los bosques cambiaron de composición continuamente. En cada período de mil años eran distintos de los anteriores. Los bosques cambiaron sin cesar, Ted. Y estaban también los indios, claro.

—¿Qué pasa con los indios?

—Los indios eran observadores expertos del mundo natural, y se dieron cuenta de que los bosques de crecimiento antiguo eran una mierda. Esos bosques quizá resulten imponentes, pero para la caza son un paisaje muerto. Así que los indios provocaban incendios, a fin de que los bosques ardiesen periódicamente. Se aseguraban así de que hubiese solo islas de bosque de crecimiento antiguo en medio de las llanuras y las praderas. Los bosques que vieron los primeros europeos no eran precisamente primigenios. Eran *cultivados*, Ted. Y no es de extrañar que hace ciento cincuenta años hubiese menos bosque de crecimiento antiguo que hoy día. Los indios eran realistas. Ahora todo es mitología romántica.*

* Alston Chase, *In a Dark Wood*, p. 157 y ss. Véase también p. 404 y ss.

Se reclinó en su asiento.

—Bien, un discurso muy bonito —dijo Bradley—. Pero son objeciones técnicas. A la gente no le interesan, y mejor así, porque está usted diciendo que estos bosques en realidad no son antiguos y por tanto no vale la pena conservarlos. Yo, por mi parte, digo que son un recordatorio de la belleza y el poder de la naturaleza y deben conservarse a toda costa. Especialmente ante la amenaza del calentamiento del planeta.

Jennifer parpadeó.

—Necesito una copa —dijo.

—En eso coincido con usted —añadió Bradley.

Para Evans —que de manera intermitente había intentado telefonear al inspector Perry durante esta conversación— el aspecto más perturbador era la implicación del cambio continuo. Evans nunca había reflexionado sobre la idea de que los indios vivieron en la época de los glaciares. Desde luego, sabía que era verdad. Sabía que los primeros indios cazaron mamuts y otros grandes mamíferos hasta la extinción. Pero nunca había contemplado la posibilidad de que también quemasen los bosques y alterasen el medio ambiente para acomodarlo a sus propósitos.

Pero naturalmente había sido así.

Le resultaba asimismo perturbadora la imagen de que tantos bosques distintos se sucediesen uno tras otro. Evans nunca se había preguntado qué existió antes de los bosques de secuoyas. También él los consideraba primigenios.

Tampoco había pensado en el paisaje que dejaron tras de sí los glaciares. Reflexionando sobre ello, comprendió que probablemente se parecía al terreno que en fecha reciente había visto en Islandia: frío, húmedo, rocoso y yermo. Parecía lógico que generaciones de plantas tuviesen que crecer allí para formar una capa de humus.

Pero en su cabeza siempre había imaginado una especie de película animada en la que los glaciares retrocedían y las secuoyas aparecían de inmediato, los glaciares se retiraban dejando atrás bosques de secuoyas.

Tomó consciencia en ese momento de lo estúpido que era ese punto de vista. Y de pasada Evans se fijó también en la frecuencia con que Jennifer hablaba de un clima cambiante. Primero era frío y húmedo, luego fue cálido y seco y los glaciares se fundieron, luego húmedo otra vez, y los glaciares regresaron. Cambió y volvió a cambiar.

Continuo cambio.

Al cabo de un rato, Bradley se disculpó y fue a la parte delantera del avión para telefonear a su agente. Evans preguntó a Jennifer:

—¿Cómo sabías todo eso?

—Por la razón que Bradley ha mencionado. La «grave amenaza del calentamiento del planeta». Teníamos un amplio equipo investigando esas amenazas, porque queríamos encontrar todo aquello que nos permitiese presentar el caso de la manera más impresionante posible.

—¿Y?

Jennifer negó con la cabeza.

—En esencia, la amenaza del calentamiento del planeta no existe. Incluso si fuese un fenómeno real, seguramente redundaría en un beneficio neto para la mayor parte el mundo.

El piloto pidió por el intercomunicador que ocupasen sus asientos porque se aproximaban a San Francisco.

SAN FRANCISCO
MARTES, 12 DE OCTUBRE
18.31 H.

La antesala, gris y fría, olía a desinfectante. Detrás de la mesa, un hombre en bata blanca escribió en su teclado.

—Morton... Morton... Sí. George Morton. De acuerdo. Y ustedes son...

—Peter Evans. Soy el abogado del señor Morton.

—Y yo soy Ted Bradley. —Hizo ademán de tender la mano pero se lo pensó mejor y la retiró.

—Ah —dijo el técnico—. Ya decía yo que me sonaba de algo. Usted es el secretario de Estado.

—Soy el presidente, de hecho.

—Eso, eso. El presidente. Ya sabía que lo había visto antes. Su esposa es alcohólica.

—No, de hecho la esposa del secretario de Estado es alcohólica.

—Ah. No veo la serie muy a menudo.

—Ya no se emite.

—Eso lo explica.

—Pero se distribuye en los principales mercados.

—Si pudiésemos hacer la identificación... —dijo Evans.

—De acuerdo. Firmen aquí, y les entregaré unas placas para visitantes.

Jennifer se quedó en la antesala. Evans y Bradley entraron en el depósito. Bradley volvió la vista atrás.

—¿Quién es esa en realidad?

—Una abogada que trabaja en el equipo que prepara la demanda sobre el calentamiento del planeta.

—Yo creo que es una infiltrada al servicio de la industria. Obviamente, una extremista de algún tipo.

—Está justo por debajo de Balder, Ted.

—Bueno, eso lo entiendo —comentó Bradley con sorna—. También a mí me gustaría tenerla debajo. Pero, por amor de Dios, ¿tú la has oído? ¿Los bosques de crecimiento antiguo «son una mierda»? Eso es palabrería de la industria. —Se inclinó hacia Evans—. Creo que deberías librarte de ella.

—¿Librarme de ella?

—No se propone nada bueno. Por cierto, ¿por qué está con nosotros?

—No lo sé. Ha querido venir. ¿Y tú por qué estás con nosotros, Ted?

—Tengo un trabajo que hacer.

La sábana que cubría el cadáver estaba salpicada de manchas grises. El técnico la retiró.

—¡Dios santo! —exclamó Ted Bradley, y se volvió de inmediato.

Evans se obligó a mirar el cuerpo. Morton había sido en vida un hombre corpulento, y ahora lo era aún más, tenía el torso hinchado y de un color morado grisáceo. El olor a descomposición era intenso. En torno a la muñeca, se veía en la carne tumefacta una marca circular de más de dos centímetros de anchura.

—¿El reloj? —preguntó Evans.

—Sí, se lo quitamos —dijo el técnico—. A duras penas pudimos hacerlo pasar alrededor de la mano. ¿Necesita verlo?

—Sí. —Evans se inclinó sobre el cuerpo y se tensó ante el olor. Quería examinarle las manos y las uñas. Morton tenía una herida de la infancia en el dedo meñique de la mano derecha, que le había dejado la uña hundida y deformada. Pero una de las manos de aquel cadáver había desaparecido, y la otra estaba roída y maltrecha. Era imposible estar seguro de lo que veía.

A sus espaldas, Bradley preguntó:

—¿Aún no has acabado?

—No del todo.

—Por Dios, tío.

—¿Y volverán a emitir la serie? —quiso saber el técnico.

—No, se ha cancelado.

—¿Por qué? A mí me gustaba.

—Tendrían que haberle consultado —contestó Bradley.

Evans observaba ahora el pecho, intentando recordar la forma del vello en el pecho de Morton. Lo había visto a menudo en bañador. Pero la hinchazón, la tirantez de la piel, lo dificultaban. Cabeceó. No tenía la total certeza de que fuese Morton.

—¿Aún no has acabado? —insistió Bradley.

—Sí —contestó Evans.

El técnico cubrió el cadáver con la sábana, y se marcharon.

—Los salvavidas de Pismo lo encontraron y avisaron a la policía —explicó el hombre—. La policía lo identificó por la ropa.

—¿Aún llevaba ropa?

—Sí. Una pernera del pantalón y la mayor parte de la chaqueta. A medida. Telefonearon al sastre de Nueva York, que confirmó que había hecho esas prendas para George Morton. ¿Se llevarán sus efectos personales?

—No lo sé —respondió Evans.

—Bueno, es usted su abogado.

—Sí, supongo que me los llevaré.

—Tiene que firmar el recibo de entrega.

Volvieron a la antesala, donde esperaba Jennifer hablando por su móvil.

—Sí, lo entiendo. Sí. De acuerdo, podemos hacerlo —dijo. Cerró el teléfono en cuanto los vio—. ¿Ya está?

—Sí.

—Y era…

—Sí —contestó Ted—. Era George.

Evans guardó silencio.

Se alejó por el pasillo y firmó el recibo de entrega de los efectos personales. El técnico sacó una bolsa y se la dio. Evans introdujo la mano y extrajo los jirones de un esmoquin. Tenía una pequeña insignia del NERF prendida en el bolsillo interior. Volvió a meter la mano en la bolsa y sacó el reloj, un Rolex Submariner. Era el reloj de Morton. Evans miró el dorso. Llevaba grabado GM 31-12-89. Asintió con la cabeza y lo guardó de nuevo en la bolsa.

Eran pertenencias de George. El solo hecho de tocarlas lo entristeció de una manera que no podía expresarse con palabras.

—Supongo que eso es todo —comentó—. Es hora de irse.

Todos regresaron al coche. Después de entrar, Jennifer dijo:

—Tenemos que hacer otra parada.

—¿Y eso? —preguntó Evans.

—Sí, tenemos que ir al garaje municipal de Oakland.

—¿Por qué?

—La policía nos espera.

OAKLAND
MARTES, 12 DE OCTUBRE
19.22 H.

Era una enorme estructura de hormigón, contigua a un extenso aparcamiento en las afueras de Oakland. Estaba iluminado por intensas luces halógenas. Tras la valla contra ciclones, la mayoría de los coches del aparcamiento eran cacharros, pero había también unos cuantos Cadillac y Bentley. La limusina se detuvo junto al bordillo.

—¿Qué hacemos aquí? —preguntó Bradley—. No lo entiendo.

—Un policía se acercó a la ventanilla.

—¿Señor Evans? ¿Peter Evans?

—Soy yo.

—Acompáñeme, por favor.

Empezaron a salir todos del coche, y el policía dijo:

—Solo el señor Evans.

—Pero somos… —farfulló Bradley.

—Disculpe, caballero. Solo quieren al señor Evans. Ustedes tendrán que esperar aquí.

Jennifer sonrió a Bradley.

—Yo le haré compañía.

—Estupendo.

Evans salió del coche y siguió al policía a través de la puerta metálica hasta el interior del garaje. Dentro el espacio se hallaba dividido en una hilera de compartimentos alargados, donde los mecánicos trabajaban en los coches. La mayoría de los compartimentos parecían destinados a la reparación de coches de policía. Evans percibió el penetrante olor de las lámparas de acetileno. Sorteó charcos de aceite de motor y manchas de grasa en el suelo.

—¿A qué se debe esto? —preguntó al policía.

—Están esperándole.

Se dirigían hacia el fondo del garaje. Pasaron junto a varios automóviles abollados y manchados de sangre. Asientos empapados de sangre, ventanillas rotas salpicadas de rojo intenso. Algunos coches siniestrados tenían alrededor trozos de cuerda que se extendían en varias direcciones. Uno de ellos estaba siendo medido por un par de técnicos con bata azul; otro era fotografiado por un hombre con una cámara en un trípode.

—¿Es policía, ese hombre? —preguntó Evans.

—No. Abogado. Tenemos que dejarlos entrar.

—¿Así que aquí se ocupan de los accidentes de coche?

—Cuando es necesario.

Doblaron el recodo y Evans vio a Kenner con tres policías vestidos de paisano y dos técnicos con bata azul. Estaban todos de pie alrededor de la carrocería aplastada del Ferrari Spyder de Morton, ahora colocado sobre una plataforma de elevación e iluminado con potentes focos.

—Ah, Peter —dijo Kenner—. ¿Has identificado a George?

—Sí.

—Buen chico.

Evans se situó bajo el coche. Varias secciones de los bajos estaban marcadas con etiquetas amarillas de tela.

—¿Y bien? ¿Qué ocurre?

Los policías cruzaron una mirada y a continuación uno de ellos empezó a hablar.

—Hemos examinado este Ferrari, señor Evans.

—Ya lo veo.

—¿Es este el coche que el señor Morton compró recientemente en Monterey?

—Eso creo.

—¿Cuándo se realizó esa compra?

—No lo sé con exactitud. —Evans intentó recordar—. No hace mucho. El mes pasado o algo así. Su ayudante, Sarah, me dijo que George lo había comprado.

—¿Quién lo encargó?

—Ella.

—¿Participó usted de algún modo?

—No. Simplemente ella me informó de que George había comprado el coche.

—¿Usted no efectuó la compra, ni contrató el seguro, ni nada?

—No. De eso se ocupaban los contables de George.

—¿Nunca vio los papeles del coche?

—No.

—¿Y cuándo vio por primera vez el coche?

—La noche que George se marchó en él del hotel Mark Hopkins —contestó Evans—. La noche que murió.

—¿Vio alguna vez el coche antes de esa noche?

—No.

—¿Contrató a alguien para realizar algún trabajo en el coche?

—No.

—El coche fue transportado de Monterey a un garaje privado de Sonoma, donde permaneció durante dos semanas, antes de llevarlo a San Francisco. ¿Se encargó usted de reservar el garaje privado?

—No.

—El alquiler de la plaza estaba a su nombre.

Evans movió la cabeza en un gesto de negación.

—No sé nada de eso. Pero a menudo Morton ponía los contratos de alquiler y arrendamiento a nombre de sus contables o abogados cuando no quería que se conociese públicamente la verdadera identidad del arrendatario.

—Pero si hacía eso, ¿le informaba?

—No necesariamente.

—¿No sabía usted, pues, que se utilizaba su nombre?

—No.

—¿Quién trabajo en el coche en San José?

—No tengo la menor idea.

—Porque debo decirle, señor Evans, que alguien llevó a cabo un trabajo exhaustivo en este Ferrari antes de que Morton subiera. El chasis fue debilitado en los puntos que ve marcados con etiquetas amarillas. El sistema antiderrape, rudimentario en un vehículo de esta antigüedad, estaba inutilizado, y los discos de freno se habían aflojado en la rueda izquierda de la parte delantera y la derecha de la parte trasera. ¿Me sigue?

Evans arrugó el entrecejo.

—Señor Evans, este coche era una trampa mortal. Alguien lo utilizó para matar a su cliente. En un garaje de Sonoma se realizaron modificaciones letales. Y su nombre figura en el contrato de alquiler del garaje.

Fuera, en el coche, Ted Bradley interrogaba a Jennifer Haynes. Podía ser guapa, pero todo en ella resultaba extraño: sus modales, su actitud de hombre duro y sobre todo sus opiniones. Había dicho que trabajaba en la demanda y que el NERF pagaba su salario, pero eso a Ted no le parecía posible. Para empezar, la vinculación de Ted Bradley al NERF era públicamente conocida, y ella, como empleada de la organización, debería haberlo sabido y debería haber tratado sus opiniones con respeto.

Calificar de «gilipolleces» la información que había transmitido a aquellos niños —una charla que no tenía por qué dar, un tiempo que había ofrecido por su gentileza natural y su entrega a la causa ecologista—, calificar eso de «gilipolleces» era indignante. Era en extremo agresivo y demostraba una absoluta falta de respeto. Además, Ted sabía que lo que había dicho era verdad porque, como siempre, el NERF le había facilitado un memorándum que enumeraba los puntos que debían ponerse de relieve, y el NERF no le habría pedido que dijese algo falso. Y los puntos incluidos no hacían la menor referencia a ninguna glaciación. Los comentarios de Jennifer no venían al caso.

Aquellos árboles eran magníficos. Eran los centinelas del medio ambiente, tal como se afirmaba en el memorándum. De hecho, lo sacó del bolsillo de la chaqueta para cerciorarse.

—Me gustaría ver eso —dijo Jennifer.

—No me cabe duda.

—¿Qué problema tiene? —preguntó ella.

«¿Lo ves? —pensó Ted—. Esa actitud. Agresiva.»

—Es usted una de esas estrellas de televisión que piensa que todo el mundo quiere tocarle la polla. Pues, ¿sabe qué le digo? Yo no. Creo que es usted un simple actor.

—Y yo creo que usted es una infiltrada. Una espía de la industria.

—Si usted me ha descubierto, no debo de ser muy buena.

—La he descubierto porque usted se ha ido de la lengua, por eso.

—Ese ha sido siempre mi problema.

En el transcurso de esta conversación Bradley había sentido que una peculiar tensión se acumulaba en su pecho. Las mujeres no discutían con Ted Bradley. A veces se mostraban hostiles durante un rato, pero solo porque él, con su apuesta presencia y su poder de estrella, las intimidaba. Querían follar con él, y a menudo él se lo permitía. Pero no discutían con él. Esta sí discutía, y eso lo excitaba y enfurecía en igual medida. La tensión que crecía dentro de él era casi insoportable. La calma de esa mujer, allí sentada tranquilamente, la manera de mirarle a los ojos, la total falta de intimidación… todo ello revelaba una indiferencia a su fama que lo enloquecía. Sí, desde luego era preciosa.

Le cogió la cara entre las manos y la besó con fuerza en la boca. Se dio cuenta de que a ella le gustaba. Para completar su dominación, le metió la lengua hasta la garganta.

De pronto sintió una cegadora punzada de dolor —en el cuello, la cabeza— y debió de perder el conocimiento por unos segundos, porque al cabo de un momento se encontró sentado en el suelo de la limusina, con la respiración entrecortada y la camisa machada de sangre. Ted no sabía muy bien cómo había llegado hasta allí. No sabía muy bien por qué sangraba, ni por qué le dolía la cabeza. Advirtió entonces que le sangraba la lengua.

Alzó la vista para mirarla. Ella cruzó las piernas con frialdad, permitiéndole echar un vistazo bajo su falda, pero a él no le interesó. Sentía resentimiento.

—¡Me has mordido la lengua!

—No, gilipollas, te la has mordido tú.

—¡Me has agredido!

Jennifer enarcó una ceja.

—¡Me has agredido, sí! —repitió Ted. Bajó la vista—. Dios santo, y además era una camisa nueva, de Maxfield's.

Ella lo miró fijamente.

—Me has agredido —volvió a decir él.

—Denúnciame.

—Creo que eso haré.

—Mejor será que consultes antes con tu abogado.

—¿Por qué?

Ella señaló con la cabeza en dirección a la parte delantera del coche.

—Te olvidas del conductor.

—¿Qué pasa con el conductor?

—Lo ha visto todo.

—¿Y qué? Tú me has incitado —dijo Ted con voz sibilante—. Me estabas seduciendo. Cualquier hombre conoce los indicios.

—Por lo visto, tú no.

—Tocapelotas. —Se volvió y cogió el vodka del botellero. Necesitaba enjuagarse la boca. Se sirvió un vaso y miró atrás. Ella estaba leyendo el memorándum. Sostenía el papel entre sus manos. Ted se abalanzó a por él—. Eso no es tuyo.

Jennifer apartó el papel con rapidez y levantó la mano libre, de canto, como un cuchillo de trinchar.

—¿Quieres probar suerte otra vez, Ted?

—Vete a la mierda —respondió él, y tomó un trago de vodka. Le ardió la lengua. «¡Qué mala zorra! —pensó—. ¡Qué mala zorra de mierda!» Pues al día siguiente tendría que buscarse otro empleo. Él se encargaría de eso. Aquella imbécil de abogada no podía andar jodiendo a Ted Bradley y quedar impune.

De pie bajo el Ferrari aplastado, Evans soportó otros diez minutos de interrogatorio por parte de los policías de paisano que lo rodeaban. En esencia no le veía el menor sentido a aquel asunto.

—George era un buen conductor —dijo Evans—. Si se hicieron todos esos cambios en el coche, ¿no tendría que haberse dado cuenta de que pasaba algo?

—Quizá. Pero no si había bebido mucho.

—Pues desde luego había bebido.

—¿Y quién le hizo beber, señor Evans?

—George bebió por su propia cuenta.

—Según el camarero del banquete, usted le ofreció a Morton una copa tras otra.

—Eso no es verdad. Intenté contenerlo con la bebida.

De pronto los policías cambiaron de dirección.

—¿Quién trabajó en el Ferrari, señor Evans?

—No tengo ni idea.

—Sabemos que alquiló usted un garaje privado a las afueras de Sonoma, en la carretera 54. Era un sitio bastante tranquilo y apartado. Cualquier persona o personas que trabajasen en el coche podían ir y venir a su antojo sin ser vistas. ¿Por qué eligió un garaje así?

—Yo no lo elegí.

—Su nombre figura en el contrato.

—¿Cómo se formalizó el alquiler?

—Por teléfono.

—¿Quién lo pagó?

—Se pagó en efectivo.

—¿Quién?

—La entrega se hizo por mensajero.

—¿Aparece mi firma en algún sitio? ¿O mis huellas?

—No. Solo su nombre.

Evans se encogió de hombros.

—Entonces, discúlpenme, pero yo no sé nada de esto. Es un hecho sabido que soy abogado de George Morton. Cualquiera pudo utilizar mi nombre. Si se hizo algo con este coche, se hizo sin mi conocimiento.

Pensó que deberían estar preguntándole a Sarah todo aquello, pero claro, si hacían bien su trabajo, ya debían de haber hablado con ella.

Y en efecto, Sarah dobló en ese momento el recodo hablando por un móvil y dirigió un gesto de asentimiento a Kenner.

Fue entonces cuando intervino Kenner.

—Muy bien, caballeros, a menos que tengan más preguntas, asumo la custodia del señor Evans y me hago plenamente responsable. No creo que exista el menor riesgo de que intente huir. Conmigo estará a buen recaudo.

Los policías, aunque a regañadientes, finalmente accedieron. Kenner les entregó su tarjeta y luego se encaminó hacia la entrada con el brazo firmemente apoyado en los hombros de Evans.

Sarah lo siguió a unos pasos de distancia. Los policías se quedaron con el Ferrari.

Cuando se aproximaron a la puerta, Kenner dijo:

—Lamento todo esto. Pero la policía ha omitido algunos detalles. El hecho es que fotografiaron el coche desde varios ángulos e introdujeron las imágenes en un ordenador que simula accidentes. Y la simulación generada no coincidió con las fotos del accidente real.

—No sabía que eso podía hacerse.

—Ah, sí. Hoy día todo el mundo utiliza modelos informáticos. Son de rigor para la organización moderna. Provista de esa simulación, la policía volvió al coche siniestrado y decidió que había sido manipulado. En los anteriores exámenes del vehículo, ni siquiera se les pasó por la cabeza. Un claro ejemplo de cómo una simulación por ordenador altera la versión que uno tiene de la realidad. Han dado crédito a la simulación y no a los datos sobre el terreno.

—Ajá.

—Y lógicamente su simulación se optimizó para las clases de automóvil más habituales en las carreteras de Estados Unidos. El ordenador no era capaz de crear un modelo del comportamiento de un coche de carreras italiano de producción limitada con cuarenta años de antigüedad. Llevaron a cabo la simulación de todos modos.

—Pero ¿qué es todo eso del garaje de Sonoma? —preguntó Evans.

Kenner se encogió de hombros.

—Tú no lo sabes. Sarah no lo sabe. Nadie puede verificar si el coche estuvo allí realmente. Pero el garaje se alquiló; supongo que fue el propio George. Aunque nunca lo sabremos con certeza.

Otra vez fuera, Evans abrió la puerta de la limusina y entró. Le asombró encontrar a Ted Bradley con el mentón y la pechera de la camisa cubiertos de sangre.

—¿Qué ha pasado?

—Ted ha resbalado —contestó Jennifer—. Y se ha hecho daño.

CAMINO DE LOS ÁNGELES
MARTES, 12 DE OCTUBRE
22.31 H.

En el vuelo de regreso, invadieron a Sarah confusos sentimientos. En primer lugar, la había afectado profundamente la recuperación del cadáver de George Morton; en algún rincón de su cabeza había albergado la vana esperanza de que apareciese vivo. Por otro lado, estaba la cuestión de Peter Evans, justo cuando empezaba a gustarle, cuando empezaba a ver en él, pese a su apariencia de debilidad, un lado fuerte y tenaz a su torpe manera, justo cuando, de hecho, empezaba a experimentar los primeros sentimientos hacia el hombre que le había salvado la vida, se presentaba de pronto aquella mujer, Jennifer algo, y saltaba a la vista que a Peter lo atraía.

Y además estaba la llegada de Ted Bradley. Sarah no se hacía ilusiones respecto a Ted; lo había visto en acción en innumerables reuniones del NERF, e incluso una vez le había permitido poner a prueba sus encantos con ella —tenía mucho gancho para los actores—, pero en el último momento decidió que le recordaba demasiado a su ex. ¿Qué tenían, por cierto, los actores? Eran tan afables, tan personales en el trato, tan intensos en los sentimientos, que resultaba difícil darse cuenta de que en realidad solo eran ególatras dispuestos a cualquier cosa con tal de despertar simpatía en los demás. Al menos Ted era así.

¿Y cómo se había herido? ¿Cómo se había mordido la lengua?

Sarah intuía que tenía algo que ver con aquella Jennifer. Sin duda Ted le había hecho alguna proposición. La mujer era bastante guapa a su manera, con cierto aire avispado; pelo oscuro, cara severa, cuerpo compacto, musculosa pero flaca. Una típica neoyorquina briosa; lo opuesto de Sarah en todos los sentidos.

Y Peter Evans la estaba adulando.

Adulando.

Resultaba un tanto bochornoso, pero Sarah debía admitir que también se sentía personalmente defraudada. Justo cuando empezaba a gustarle. Suspiró.

En cuanto a Bradley, hablaba con Kenner de cuestiones medioambientales exhibiendo sus vastos conocimientos. Y Kenner lo miraba como una pitón mira a una rata.

—¿Así que el calentamiento del planeta representa una amenaza para el mundo?

—Sin duda —contestó Bradley—. Una amenaza para todo el mundo.

—¿De qué clase de amenaza hablamos?

—Malas cosechas, desertización, nuevas enfermedades, extinción de especies, deshielo de los glaciares, el Kilimanjaro, aumento del nivel del mar, climatología extrema, tornados, huracanes, El Niño...

—Eso parece muy grave —dijo Kenner.

—Lo es —contestó Bradley—. Realmente lo es.

—¿Está seguro de esos datos?

—Por supuesto.

—¿Puede respaldar sus afirmaciones con referencias a la literatura científica?

—Bueno, yo personalmente no, pero los científicos sí.

—En realidad, los estudios científicos no apoyan nada de eso. Por ejemplo, las malas cosechas: el aumento del dióxido de carbono, si algo hace es estimular el crecimiento de las plantas. Existen pruebas de que eso está ocurriendo. Y los estudios por satéte más recientes demuestran que el Sáhara se ha reducido desde 1980.* En cuanto a las nuevas enfermedades, es falso. El índice de aparición de nuevas enfermedades no varía desde 1960.

—Pero enfermedades como la malaria vuelven a Estados Unidos y Europa.

—No según los expertos en malaria.**

Bradley resopló y cruzó las manos ante el pecho.

—Tampoco la extinción de las especies se ha demostrado. En los años setenta, Norman Myers predijo que un millón de especies se habrían extinguido en el año 2000. Paul Ehrlich predijo que el cincuenta por ciento de las especies se habría extinguido en el año 2000. Pero eran solo opiniones.*** ¿Sabe cómo llamamos a una opinión en ausencia de pruebas? Lo llamamos prejuicio. ¿Sabe cuántas especies hay en el planeta?

—No.

—Nadie lo sabe. Las estimaciones oscilan entre tres y cien millones. Una franja muy amplia, ¿no le parece? En realidad nadie tiene la menor idea.****

—¿Y qué pretende decir con eso?

—Difícil será saber cuántas especies se extinguen si, para em-

* Fred Pearce, «Los africanos vuelven a la tierra a medida que las plantas recuperan el desierto», *New Scientist* 175, 21 de septiembre de 2002, pp. 4-5. «Los desiertos de África están en retroceso... el análisis de las imágenes de satélite... revela que las dunas retroceden en la región del Sahel... la vegetación desbanca a la arena en una franja de terreno... de 6.000 kilómetros... los analistas dicen que el gradual reverdecimiento viene ocurriendo desde mediados de la década de 1980, aunque ha pasado en gran medida inadvertido.»

** Paul Reiter, *et al.*, «Calentamiento del planeta y malaria: una llamada a la precisión», *Lancet*, 4, n.° 1 (junio de 2004). «Muchas de estas predicciones tan difundidas están mal informadas e inducen a error.»

*** Discusión en Lomborg, p. 252.

**** Morjorie L. Reaka-Kudia, *et al.*, *Biodiversity II, Understanding and Protecting our Biological Resources*, Washington: National Academies Press, 1997. «Los biólogos hemos tenido que admitir lo poco que sabemos sobre los organismos con los que compartimos el planeta Tierra. En concreto, todos los intentos de establecer el número total de especies han sido sorprendentemente inútiles.» Myers: «Es imposible saber el índice real de extinción en las selvas tropicales, ni siquiera por aproximación». En Lomborg, p. 254.

pezar, no sabemos siquiera cuántas hay. ¿Cómo podría usted decir si le han robado sin saber cuánto dinero llevaba en la cartera? Y quince mil nuevas especies se describen cada año. A propósito, ¿sabe cuál es el índice conocido de extinción de especies?

—No.

—Eso es porque no se conoce el índice. ¿Sabe cómo se mide el número de especies y extinciones de especies? Un pobre desdichado delimita una hectárea de tierra y luego intenta contar todos los bichos y animales y plantas que contiene. Vuelve al cabo de diez años y los cuenta otra vez. Pero quizá entretanto los bichos se han trasladado a la hectárea contigua. Y en todo caso, ¿se imagina lo que es intentar contar a todos los bichos de una hectárea de tierra?

—Sería difícil.

—Por decir poco. En todo caso, sería muy impreciso —afirmó Kenner—, que es la cuestión. Veamos, sobre el deshielo de los glaciares: falso. Unos se funden, otros no.*

—Casi todos.

Kenner esbozó una parca sonrisa.

—¿De cuántos glaciares hablamos?

—Docenas.

—¿Cuántos glaciares hay en el mundo?

—No lo sé.

—Diga un número.

—Esto... unos doscientos, quizá.

—Solo en California ya hay más.** Existen ciento sesenta mil glaciares en el mundo, Ted. Se han inventariado sesenta y siete mil, pero solo se han estudiado con detenimiento unos cuantos. Se dispone de datos sobre el balance de masa de períodos de cin-

* Roger J. Braithwaite, «El balance de la masa de los glaciares, los primeros cincuenta años de supervisión internacional», *Progress in Physical Geography* 26, n.º 1 (2002): 76-95. «No se observa una tendencia global evidente a un mayor deshielo de los glaciares en años recientes.»

** California tiene 497 glaciares; Raub, *et al.*, 1980; Guyton: 108 glaciares y 401 glaciares menores, *Glaciers of California*, p. 115.

co años o más solo respecto a setenta y nueve glaciares de todo el mundo. ¿Cómo puede afirmarse, pues, que todos están fundiéndose? Nadie sabe si es así o no.*

—El Kilimanjaro se está deshelando.

—¿Y eso por qué?

—Por el calentamiento del planeta.

—En realidad, el Kilimanjaro sufre un rápido deshielo desde 1800, mucho antes del calentamiento del planeta. La pérdida del glaciar ha sido tema de interés científico durante más de cien años. Y siempre ha sido un misterio, porque, como sabe, el Kilimanjaro es un volcán ecuatorial, así que se encuentra en una región cálida. Las mediciones de satélite para esa región no revelan la menor tendencia al calentamiento a la altitud del glaciar del Kilimanjaro. Así pues, ¿por qué se deshiela?

—Dígamelo usted —contestó Bradley con expresión hosca.

—A causa de la deforestación, Ted. Se ha talado la selva tropical al pie de la montaña, y por tanto el aire que sopla hacia arriba ya no es húmedo. Según los expertos, si se replanta el bosque, el glaciar volverá a crecer.

—Eso es una tontería.

—Le daré las referencias en prensa.** Veamos... ¿el aumento del nivel del mar? ¿Era esa la siguiente amenaza que ha mencionado?

* H. Kieffer, *et al.*, 2000, «Nuevos ojos en el cielo miden los glaciares y las placas de hielo», *EOS, Transactions, American Geophysical Union* 81: 265, 270-271. Véase también R. J. Braithwaite y Y. Zhang, «Las relaciones entre la variabilidad anual del balance de masa de los glaciares y el clima», *Journal of Glaciology* 45 (2000): 456-462.

** Betsy Mason, «El hielo africano en secreto», *Nature*, 24, noviembre de 2003. «Aunque resulte tentador achacar la perdida del hielo al calentamiento del planeta, los investigadores piensan que la deforestación de las estribaciones de la montaña son la causa más probable.» http://www.nature.com/nsu/031117/ 031117-8.html.

Kaser, *et al.*, «El retroceso del glaciar del Kilimanjaro como prueba del cambio climático: observaciones y datos», *International Journal of Climatology* 24: (2004): 329-339. «En años recientes, el Kilimanjaro y sus glaciares en desaparición se han convertido en "icono" del calentamiento del planeta... [pero] procesos distintos a la temperatura del aire inciden en la recesión del hielo... una drástica caída de la humedad atmosférica a finales del siglo XIX y el posterior clima más seco están provocando muy probablemente el retroceso del glaciar.»

—Sí.

—El nivel del mar en efecto está subiendo.

—¡Ajá!

—Como ocurre desde hace seis mil años, desde el inicio del holoceno. El nivel del mar aumenta a un ritmo de entre diez y veinte centímetros cada cien años.*

—Pero ahora aumenta más deprisa.

—En realidad no.

—Los satélites lo demuestran.

—En realidad no.**

—Los modelos por ordenador demuestra que crece más deprisa.***

—Los modelos por ordenador no pueden demostrar nada, Ted. Una predicción nunca puede ser una prueba; aún no ha ocurrido. Y los modelos por ordenador no han conseguido predecir con precisión los últimos diez o quince años. Pero si quiere creer en ellos de todos modos, contra la fe no hay argumentación posible. ¿Qué era lo siguiente en la lista? Climatología extrema: también falso. Numerosos estudios demuestran que esos fenómenos no se han incrementado.****

* Véase, por ejemplo, http://www.csr.utexas.edu/gmsl/main.html. «En el último siglo, el cambio global del nivel del mar se ha calculado a partir de mediciones de las mareas con promedios a largo plazo. Las estimaciones más recientes del aumento medio global del nivel del mar a partir de las mediciones de las mareas oscilan entre 1,7 y 2,4 mm/año.»

** *Op. cit.* El aumento medio global del nivel del mar según las mediciones por satélite ha sido durante la última década 3,1 mm/año. Sin embargo, los satélites muestran una considerable variación. Así, el norte del Pacífico ha crecido, pero el sur del Pacífico ha disminuido varios milímetros en años recientes.

*** Lomborg, pp. 289-290 sobre la deficiencia de los modelos del nivel del mar del IPCC.

**** Véase Henderson-Sellers, *et al.*, 1997, «Ciclones tropicales y cambio climático global: una evaluación posterior al IPCC», *Bulletin of the American Meteorological Society* 79: 9-38. C. Nicholls Landsea, *et al.*, «Tendencia descendente en la frecuencia de huracanes intensos en el Atlántico durante las últimas cinco décadas», *Geophysical Research Letters* 23: 527-530, 1996. Según el Panel Intergubernamental sobre Cambio Climático de las Naciones Unidas, «el examen de los datos meteorológicos no respalda la percepción [de una

—Oiga —dijo Ted—, puede que se divierta dejándome en ridículo, pero el hecho es que mucha gente piensa que tendremos una climatología más extrema en el futuro, y eso incluye más huracanes, tornados y ciclones.

—Sí, ciertamente mucha gente lo piensa. Pero los estudios científicos no lo respaldan.* Por eso nos dedicamos a la ciencia, Ted. Para ver si nuestras opiniones pueden verificarse en el mundo real o si son simples fantasías.

—Todos esos huracanes no son fantasías.

Kenner suspiró y abrió su ordenador portátil.

—¿Qué está haciendo?

—Un momento —respondió Kenner—. Déjeme buscarlo.

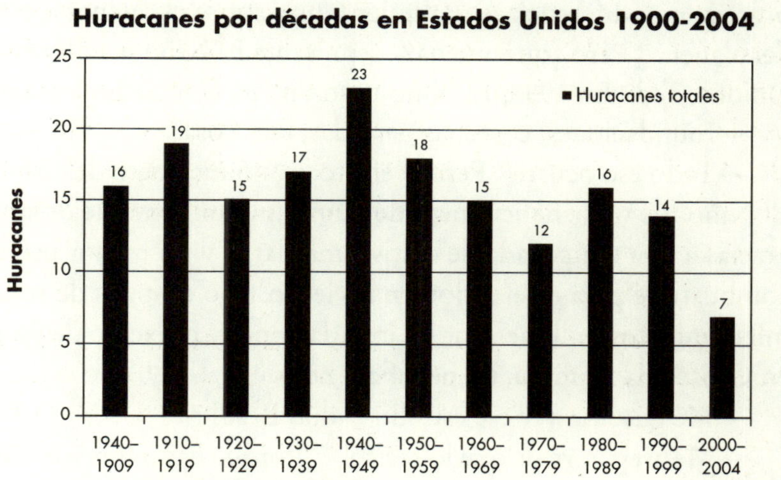

Fuente: http://www.nhc.noaa.gov/pastdec.shtml

mayor frecuencia y severidad de los fenómenos climáticos extremos] en el contexto de un cambio climático a largo plazo», IPCC, 1995, p. 11. «En conjunto no hay prueba de que los fenómenos meteorológicos extremos o la variabilidad del clima hayan aumentado, en sentido global, a lo largo del siglo XX...», IPCC, *Climate Change*, 1995. En el informe del IPCC del año 2001, «No hay tendencias evidentes a largo plazo» de tormentas tropicales y extratropicales, ni cambios sistemáticos en la «frecuencia de tornados, truenos o granizo». *Executive summary*, p. 2. Para un estudio completo, véase Lomborg, p. 292ff.

* Richard Feynman: «La ciencia es lo que hemos aprendido sobre la manera de no engañarnos».

—Estos son los datos reales, Ted —dijo Kenner—. Queda claro que los huracanes en Estados Unidos no han aumentado en los últimos cien años. Análogamente, la climatología extrema no es más frecuente a nivel global. Los datos no le dan la razón, así de simple. Veamos, también ha mencionado El Niño.

—Sí…

—Como sabe, El Niño es una pauta meteorológica global que comienza cuando las temperaturas oceánicas en la costa occidental de Sudamérica son superiores a las normales durante varios meses. Una vez desencadenado, El Niño dura alrededor de un año y medio y afecta a la climatología de todo el mundo. El Niño se produce poco más o menos cada cuatro años, veintitrés veces en el último siglo. Y se produce desde hace miles de años. Así que precede con diferencia a cualquier teoría sobre el calentamiento del planeta.* Pero ¿qué amenaza representa El Niño para Estados Unidos, Ted? En 1998, El Niño tuvo una incidencia importante.

—Inundaciones, cosechas perdidas, esas cosas.

—Todo eso ocurrió. Pero el efecto económico neto del último El Niño fue un beneficio neto de quince mil millones de dólares, gracias a una temporada de cultivo más larga y un menor uso de combustible para calefacción en invierno. Eso después de restar mil quinientos millones por las inundaciones y el exceso de lluvia en California. Aun así, un beneficio neto.

—Me gustaría ver ese estudio —dijo Bradley.

—Me aseguraré de que lo reciba.** Porque naturalmente también induce a pensar que si el calentamiento del planeta en realidad existe, es probable que beneficie a la mayoría de las naciones del mundo.

—Pero no a todas.

* Lomborg, p. 292.

** Stanley A. Changnon, 1999: «Impactos de la climatología generada por El Niño 1997-1998 en Estados Unidos», *Bulletin of the American Meteorological Society* 80, n.º 9: pp. 1.819-1.828. «El beneficio económico neto fue sorprendentemente positivo… las pérdidas directas a escala nacional fueron de alrededor de 4.000 millones y los beneficios de 19.000 millones.»

—No, Ted. No a todas.

—¿Y qué pretende decir exactamente? —preguntó Bradley—. ¿Insinúa que no es necesario prestar la menor atención al medio ambiente, que podemos desentendernos y permitir que la industria contamine y todo se haga de cualquier manera?

Por un momento Sarah tuvo la impresión de que Kenner iba a enfurecerse, pero no fue así. Se limitó a decir:

—Si uno se opone a la pena de muerte, ¿significa que está a favor de no actuar contra la delincuencia?

—No —respondió Ted.

—Uno puede oponerse a la pena de muerte y, aun así, estar a favor de que se castigue a los delincuentes.

—Sí, claro.

—En ese caso, puedo decir que el calentamiento del planeta no es una amenaza y, aun así, estar a favor de los controles del medio ambiente, ¿no?

—Pero no parece que sea eso lo que afirma.

Kenner suspiró.

Sarah escuchaba esta conversación pensando que en realidad Bradley no prestaba atención a lo que Kenner decía. Como para darle la razón, Bradley prosiguió:

—¿Y bien? ¿No está diciendo que el medio ambiente no necesita nuestra protección? ¿No es eso lo que está diciendo de hecho?

—No —contestó Kenner con un tono que daba a entender que la conversación había terminado.

Sarah pensó: «Ted es un verdadero cretino. Tiene una comprensión muy limitada de aquello de lo que habla». Ted era un actor con un guión y se perdía si la conversación se apartaba del texto escrito.

Se volvió y miró hacia la parte delantera de la cabina. Vio a

Peter hablar con Jennifer, con las cabezas muy juntas. En sus gestos se percibía al instante una especie de intimidad.

Se alegró cuando el piloto anunció que iban a aterrizar en Los Ángeles.

VAN NUYS
MARTES, 12 DE OCTUBRE
23.22 H.

Sanjong Thapa esperaba en el aeropuerto con aspecto preocupado. Él y Kenner subieron de inmediato en un coche y se alejaron. Sarah fue a su apartamento. Bradley montó en una limusina todoterreno y se marchó despidiéndose con un gesto de irritación. Hablaba ya por su móvil. Peter Evans llevó a Jennifer hasta su coche, que seguía aparcado en Culver City. Se produjo un momento incómodo cuando se despidieron. Él deseaba besarla pero percibió cierta reserva, y se abstuvo. Ella prometió telefonearlo por la mañana.

De regreso a casa en el coche, Evans pensó en ella, sin acordarse de Sarah.

Eran casi las doce de la noche cuando llegó a su apartamento. Estaba muy cansado y, cuando se quitaba ya la camisa, sonó el teléfono. Era Janis, la monitora.

—¿Dónde has estado, monada?

—De viaje —contestó él.

—Te he llamado todos los días. A veces más. A veces todas las horas.

—Ajá. ¿Ha pasado algo?

—Me ha dejado mi novio.

—Lamento oírlo —dijo Evans—. ¿Ha sido muy...?

—¿Puedo pasarme por ahí? —preguntó ella.

Evans lanzó un suspiro.

—Janis, estoy muy cansado…

—Necesito hablar contigo. Te prometo que no me quedaré si tú no quieres. Estoy solo a una manzana de ahí. ¿Cinco minutos?

Evans dejó escapar otro suspiro, esta vez más sonoro.

—Janis, esta noche no…

—De acuerdo, bien, nos vemos dentro de cinco minutos.

Un chasquido.

Evans suspiró. Se quitó la camisa y la echó al cesto de la ropa sucia. Janis nunca escuchaba, ese era el problema. Decidió que en cuanto llegase al apartamento le diría que se fuese. Así, sin más.

Aunque quizá no.

Janis era una mujer poco complicada. Evans estaba en condiciones para un intercambio sin complicaciones. Se quitó los zapatos y los tiró al suelo. Por otra parte, no quería allí a Janis por la mañana si llamaba Jennifer. ¿Llamaría Jennifer? Eso había dicho. ¿Sabía Jennifer su número particular? No estaba seguro. Quizá no.

Decidió ducharse. Tal vez no oyese a Janis desde la ducha. Así que le dejó la puerta abierta y se dirigió al baño. El pasillo estaba a oscuras y vislumbró solo muy fugazmente una sombra antes de que algo le golpease la cabeza con fuerza. Evans gritó. El intenso dolor le cortó la respiración, y cayó de rodillas. Gimió. Alguien volvió a golpearlo, esta vez en la oreja, y se desplomó de lado.

Desorientado, vio ante sus ojos unos pies con calcetines sucios. Lo arrastraron hacia la sala de estar. Lo dejaron sin ceremonias en el suelo. Tres hombres se movían alrededor. Llevaban pasamontañas de color oscuro. Uno de ellos le inmovilizó en el suelo, tendido de espaldas, pisándole los dos brazos con los pies. Otro se sentó sobre sus piernas y, con voz ronca y amenazadora, dijo:

—No hables. No te muevas.

En todo caso, Evans no podía moverse. Aún se sentía desorientado. Buscó alrededor al tercer hombre. Oyó un sonido acuoso. Vio lo que parecía una bolsita de plástico transparente.

—Aguantadlo bien —musitó el tercero. Se agachó junto al hombro de Evans, le subió la manga de la camisa, dejando a la vista la carne del brazo. Resollaba tras el pasamontañas negro. También en un susurro, preguntó—: ¿Sabes qué es esto?

El hombre levantó la bolsita. Contenía agua turbia. Evans vio dentro algo que parecía una bola de carne y, aterrorizado, pensó: «¡Dios mío, le han cortado las bolas a alguien!». Entonces vio que la bola se movía, ondulaba. Era marrón con machas blancas, más o menos del tamaño de una pelota de golf.

—¿Lo sabes? —preguntó el hombre.

Evans negó con la cabeza.

—Lo sabrás —susurró el individuo, y abrió la bolsita. La apretó contra la cara interior del brazo de Evans. Este percibió un contacto húmedo. El hombre manipulaba la bolsita, apretaba la bola. Evans intentó ver, pero era difícil saber qué era aquello exactamente.

La bola se movió. Extendió lo que parecían unas alas. No, alas no. ¡Era un pulpo pequeño! ¡Muy pequeño! No podía pesar más que unos cuantos gramos. Pardusco con anillos blancos. El hombre apretaba la bolsa, la comprimía, empujando al diminuto pulpo hacia el brazo de Evans.

Y entonces lo comprendió.

Evans gimió y empezó a forcejear, intentando defenderse de sus agresores, pero lo tenían firmemente sujeto, y notó el contacto del pulpo, una sensación pegajosa, como celo o masilla o algo así. Levantó la cabeza, horrorizado, y vio que el hombre golpeteaba la bolsita con el dedo, intentando incitar al pulpo, que se había aferrado a la piel de Evans. Al cabo de un segundo, los anillos del pulpo pasaron del blanco al azul.

El anillo azul de la muerte.

—Eso significa que está furioso —dijo el tercer hombre, el que sostenía la bolsita—. No lo notarás.

Pero Evans sí lo notó. Fue una mordedura, un único aguijonazo, casi como el pinchazo de una aguja.

—Sujetadlo bien —susurró el hombre.

Se marchó por un momento y regresó con un paño de cocina. Enjugó la cara interna del brazo a Evans y secó el agua del suelo. Aún susurrando dijo:

—No sentirás nada durante unos minutos. —Se acercó al teléfono—. No intentes llamar a nadie —advirtió. Arrancó el teléfono de la pared y lo estampó contra el suelo.

Los otros dos hombres lo soltaron. Se encaminaron rápidamente hacia la puerta, la abrieron y desaparecieron.

Tosió, y se apoyó en rodillas y manos. Se miró bajo el brazo; la mordedura parecía un grano, una pequeña mancha rosa justo al borde del vello de la axila. Nadie la vería.

No notaba nada, excepto una especie de hormigueo en la mordedura. Tenía la boca seca, pero eso se debía probablemente al miedo. Le dolía la cabeza. Se palpó, tocó sangre y se dio cuenta de que se le habían abierto los puntos de sutura.

Dios santo. Intentó ponerse en pie, pero le falló el brazo y, desplomándose, rodó por el suelo. Seguía desorientado. Miró las luces del techo. Su apartamento tenía uno de esos techos acústicos de textura granulada. Lo detestaba. Quería hacer algo con él, pero era demasiado caro, además, siempre había pensado que no tardaría en mudarse. Continuaba desorientado. Se apoyó en los codos. Ahora tenía la boca muy seca. Era efecto del veneno.

Una especie de sapo. No, pensó, no era eso. No era un sapo. Era un…

No lo recordaba.

Un pulpo.

Eso. Era un pulpo pequeño, poco mayor que una uña. Una monada.

Los indios del Amazonas los utilizaban para emponzoñar las puntas de sus flechas. No, pensó, eso lo hacían con sapos. En el Amazonas no había pulpos. ¿O sí los había?

Estaba confuso. Cada vez más confuso. Un sudor frío empezó a manar de sus poros. ¿También eso era parte del efecto? Tenía que llegar al teléfono. Quizá le quedasen solo unos minutos de conciencia.

Se arrastró hasta el objeto más cercano, que era una butaca... la tenía ya cuando estudiaba derecho, estaba bastante destartalada, había pensado deshacerse de ella al mudarse allí pero no se había decidido... la sala de estar necesitaba una butaca justo allí... la había hecho tapizar en el segundo año de carrera... estaba ya bastante sucia... ¿quién tenía tiempo para ir de compras? Con la mente acelerada, se irguió hasta apoyar el mentón en el asiento. Le costaba respirar, como si hubiese escalado una montaña. Pensó: «¿Qué hago aquí? ¿Por qué tengo la barbilla apoyada en la butaca?». Recordó entonces que intentaba levantarse, sentarse.

Sentarse en la butaca.

Apoyó el codo del brazo ileso en el asiento y empezó a hacer fuerza. Finalmente consiguió levantar el pecho hasta la silla y luego el resto del cuerpo. Tenía los miembros entumecidos, y fríos, y le pesaban cada vez más. Ya casi le pesaban demasiado para moverlos. Le pesaba todo el cuerpo. Consiguió mantenerse casi erguido en la butaca. Había un teléfono en la mesa junto a él, pero el brazo le pesaba tanto que no pudo cogerlo. Lo intentó, pero no logró siquiera extenderlo. Movía un poco los dedos pero nada más. Le pesaba el cuerpo y tenía frío.

Empezó a perder el equilibrio, al principio lentamente y después deslizándose de lado, hasta que el pecho acabó sobre el brazo de la butaca y la cabeza colgando a un lado. Y allí se quedó, incapaz de moverse. No podía levantar la cabeza. No podía mover los brazos. No podía mover siquiera los ojos. Miró fijamente el tapizado de la butaca y la alfombra del suelo y pensó: «Esto es lo último que veré antes de morir».

SEXTA PARTE

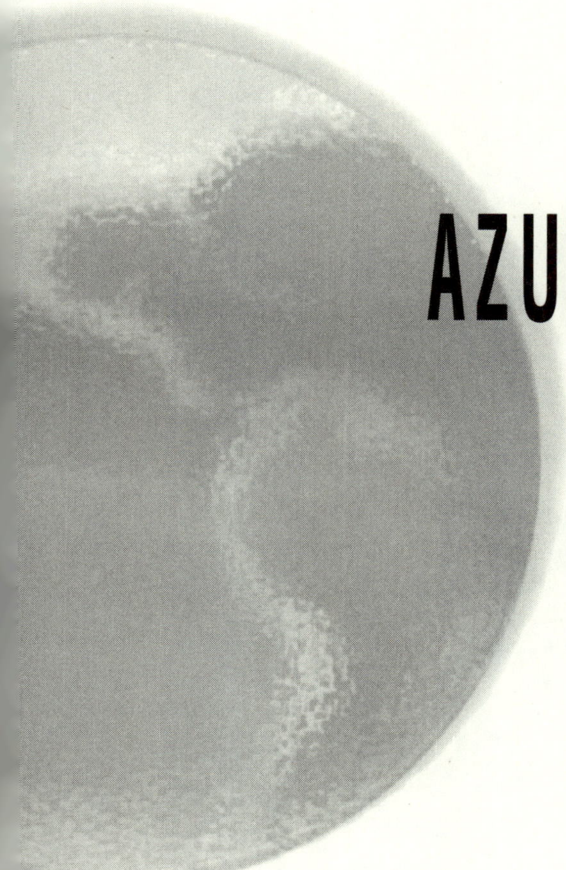

AZUL

BEVERLY HILLS
MIÉRCOLES, 13 DE OCTUBRE
01.02 H.

Peter Evans no sabía cuánto tiempo llevaba con la mirada fija en la alfombra. El brazo de la butaca le oprimía el pecho y le impedía respirar, pero en todo caso respirar le costaba cada vez más. Imágenes de su vida asomaron fugazmente a su conciencia: el sótano donde jugó con su primer ordenador; la bicicleta azul que le robaron el mismo día que se la compraron; la caja con el prendido de flores para la chica a quien acompañó al baile de fin de curso el último año en el instituto; él de pie, temblándole las piernas, en la clase de derecho constitucional del viejo profesor Whitson mientras este lo apabullaba —«¿Peter? ¿Hola? ¿Peter?»— y aterrorizaba (Whitson los aterrorizaba a todos); la cena que fue su última entrevista para el empleo en Los Ángeles, donde se derramó la sopa en la camisa y los socios fingieron no darse cuenta, y...

—¿Peter? ¡Peter! ¿Qué haces ahí? ¿Peter? Levántate, Peter.

Sintió unas manos en los hombros, unas manos abrasadoras, y alguien, con un gruñido, lo enderezó en la butaca.

—Así, eso ya está mejor. —Janis acercó la cara a unos centímetros de la suya y lo examinó—. ¿Qué te pasa? ¿Qué has tomado? Háblame.

Pero no podía hablar. No podía moverse en absoluto. Janis vestía una camiseta de malla, vaqueros y sandalias. Si se desplazaba a un lado, quedaba fuera del campo de visión de Evans.

—¿Peter? —Un tono de perplejidad—. Creo que te pasa algo grave. ¿Has tomado éxtasis? ¿Has tenido un derrame cerebral? Eres demasiado joven para un derrame. Pero podría ocurrir, supongo. Sobre todo con tu dieta. Ya te lo advertí: no más de sesenta y cinco gramos de grasa al día. Si fueras vegetariano, nunca tendrías un derrame. ¿Por qué no me contestas?

Janis le tocó la mandíbula con expresión interrogativa. A Evans lo invadía una clara sensación de desfallecimiento, porque ya apenas podía respirar. Era como si tuviese una piedra de veinte toneladas sobre el pecho. Pese a estar sentado con el tronco erguido, la enorme piedra lo aplastaba.

Pensó: «¡Llama al hospital!».

—No sé qué hacer, Peter —dijo Janis—. Esta noche yo solo quería hablar contigo, y te encuentro así. No es buen momento, ya veo. Para serte sincera, da miedo verte. Me gustaría que me contestases. ¿Puedes contestarme?

«¡Llama al hospital!»

—Quizá me odies por esto, pero como no sé qué has tomado para ponerte así, voy a pedir una ambulancia. Lo siento mucho y no quiero meterte en un lío, pero esto me horroriza, Peter.

Salió de su campo de visión, pero la oyó descolgar el teléfono de la mesita junto a la butaca. Pensó: «Bien. Deprisa».

—Este teléfono no va —dijo ella.

«Dios mío.»

Janis volvió a entrar en su campo de visión.

—Tu teléfono no funciona, ¿sabías?

«Utiliza tu móvil.»

—¿Tienes el móvil? He dejado el mío en el coche.

«Ve a buscarlo.»

—Quizá algún otro teléfono del apartamento sí funcione. Tienes que avisar a tu proveedor, Peter. No es seguro estar sin teléfono… ¿Qué es esto? ¿Alguien ha arrancado el teléfono de la pared? ¿Hemos tenido un ataque de despecho?

Unos golpes en la puerta. Al parecer, en la puerta de entrada.

—¿Hola? ¿Hay alguien? ¿Hola? ¿Peter? —Una voz de mujer. Evans no vio quién era.

Oyó decir a Janis:

—¿Y tú quién eres?

—¿Quién eres *tú*?

—Yo soy Janis. Una amiga de Peter.

—Yo soy Sarah. Trabajo con Peter.

—Eres alta.

—¿Dónde está Peter? —preguntó Sarah.

—Allí —respondió Janis—. Le pasa algo.

Evans no veía nada de esto porque no podía mover los ojos. Y empezaba ya a ver los primeros puntos grises que anunciaban la inminente pérdida de conocimiento. Necesitaba toda la energía que le quedaba para hinchar el pecho y llenar mínimamente los pulmones.

—¿Peter? —dijo Sarah.

Se situó en su campo de visión. Lo miró.

—¿Estás paralizado? —preguntó.

«¡Sí! Llama al hospital.»

—Estás sudando —comentó Sarah—. Un sudor frío.

—Ya estaba así cuando lo he encontrado —dijo Janis. Se volvió hacia Sarah—. Por cierto, ¿qué haces aquí? ¿Conoces mucho a Peter?

—¿Has llamado a una ambulancia? —preguntó Sarah.

—No, porque tengo el teléfono en el coche y…

—Ya llamaré yo.

Sarah abrió el teléfono móvil. Era lo último que Evans recordaba.

BRENTWOOD
MIÉRCOLES, 13 DE OCTUBRE
1.22 H.

Era tarde. La casa estaba a oscuras. Nicholas Drake se hallaba sentado tras su escritorio en su casa de Brentwood, cerca de Santa Mónica. De allí a la playa había una distancia de 4,6 kilómetros (la había medido recientemente con el coche), y por tanto se sentía seguro. Era mejor así, además, porque la casa se la había comprado el NERF hacía un año. Había sido objeto de largas deliberaciones porque también le habían comprado una casa en Georgetown. Pero Drake había aducido que necesitaba una residencia en la costa Oeste en la que agasajar a las celebridades y los principales donantes.

Al fin y al cabo, California era el estado con mayor conciencia ecológica del país. Había sido el primero en aprobar leyes contra el consumo de tabaco, casi diez años antes que Nueva York o cualquier otro estado del Este. Y ni siquiera cuando un tribunal federal desestimó en 1998 el informe de la EPA respecto a los fumadores pasivos, aduciendo que esta agencia había infringido sus propias normas sobre el valor probatorio y prohibido una sustancia sin haber demostrado de manera concluyente su nocividad —el juez federal era de un estado tabaquero, *obviamente*—, ni siquiera entonces California cambió de opinión. Las leyes contra el tabaco se mantuvieron. De hecho, Santa Mónica se disponía a promulgar la prohibición de fumar al aire libre en todas partes, incluso en la playa. ¡Eso sí era un avance!

Aquí era fácil.

Pero en cuanto a conseguir financiación en serio… en fin, ese era otro cantar. Podía contarse con unos cuantos millonarios de la industria del espectáculo, pero en California los ricos de verdad —los accionistas mayoritarios de los bancos de inversión, los gestores de cartera, los presidentes de grandes empresas, los agentes inmobiliarios, los rentistas, la gente que tenía entre quinientos y dos mil millones, los ricos en el sentido pleno—, en fin, esos no eran tan asequibles. Esa gente habitaba una California distinta. Esa gente pertenecía a clubes de golf que no admitían a actores. El dinero de verdad estaba en manos de los innovadores y los empresarios del sector tecnológico, y eran muy listos e inflexibles. Muchos de ellos tenían conocimientos científicos. De hecho, muchos *eran* científicos. Por eso representaban tal desafío para Drake, si deseaba conseguir la suma necesaria para cuadrar los números del año. Con la mirada fija en la pantalla, pensó que ya era hora de tomar un whisky cuando de pronto se abrió una ventana y el cursor parpadeó:

SCORPIO_L: ¿Tienes un momento?

Hablando de imbéciles, pensó. Tecleó:

Sí, tengo.

Drake cambió de posición en el asiento y ajustó la lámpara del escritorio para que le iluminase la cara. Miró la lente de la cámara montada sobre el monitor.

La ventana se abrió. Vio a Ted Bradley, sentado tras su mesa en su casa del Valle de San Fernando.

—¿Y bien? —preguntó Drake.

—Es como tú decías. Evans se ha pasado al lado oscuro.

—¿Y?

—Estaba con esa chica, Jennifer, la que trabaja en la preparación de la demanda…

—¿Jennifer Haynes?

—Sí. Es una zorra y va de lista.

Drake guardó silencio. Escuchaba con atención el sonido de su voz. Bradley había vuelto a beber.

—Ted, ya hemos hablado antes de esto —dijo—. No a todas las mujeres les gusta que un hombre se pase de la raya.

—Sí les gusta. Es decir, a la mayoría.

—Ted, no es esa la impresión que deseamos dar.

—Bueno, me ha insultado.

—Está bien. Así que Jennifer Haynes estaba allí...

—Es un títere de la industria del carbón y el petróleo. Tiene que serlo.

—¿Y quién más había?

—Sarah Jones.

—Ajá. ¿Fue allí a ver el cadáver?

—No sé qué hacía allí. Estaba con un tal Kenner, un auténtico gilipollas. Otro sabelotodo.

—Descríbelo.

—Más de cuarenta, moreno, bastante fornido. Diría que es militar.

—Ajá. ¿Alguien más?

—No.

—¿Ningún extranjero? ¿Ninguna otra persona?

—No, solo los que te he dicho.

—¿Te pareció que Peter Evans conocía ya a Kenner?

—Sí, bastante bien, diría.

—¿Te dio, pues, la impresión de que trabajaban juntos?

—Sí. Diría que muy juntos.

—Muy bien, Ted. Confiaré en tu intuición. —Drake observó a Bradley ufanarse en el monitor—. Quizá hayas descubierto algo. Evans podría convertirse en un problema para nosotros.

—No me extrañaría.

—Ha sido uno de nuestros abogados de confianza. ¡Pero si estuvo en mi despacho hace solo unos días y le encargué una tarea! Si se ha vuelto contra nosotros, podría perjudicarnos.

—Renegado de mierda —dijo Ted—. Otro Bennett Arnold.

—Quiero que lo acompañes a todas partes durante los próximos días.

—Por mí, encantado.

—No te separes de él, quédate a su lado. Ya sabes, como dos buenos colegas.

—Entendido, Nick. Me pegaré a él como una lapa.

—Estoy seguro de que asistirá a la sesión inaugural del congreso esta mañana —dijo Drake. Y pensó: «Aunque quizá no lo consiga».

WESTWOOD
MIÉRCOLES, 13 DE OCTUBRE
3.40 H.

—Debo decir que fue una excelente elección —comentó Kenner—. *Hapalochlaena fasciata*. La más letal de las tres especies de pulpo de anillos azules, así llamado porque ante una amenaza cambia de color y aparecen en su piel anillos de un vivo color azul. Se encuentra en todas las aguas costeras de Australia. Es un animal diminuto; su mordedura es minúscula, casi indetectable, y el envenenamiento suele ser mortal. No existe antídoto. Y es poco probable que una mordedura se reconozca rápidamente en un hospital de Los Ángeles. Ciertamente una elección magistral.*

Evans, que yacía en la sala de urgencias de la UCLA con una máscara de oxígeno en la cara, se limitaba a mirarlo. Aún era incapaz de hablar. Pero ya no estaba asustado. Janis se había ido a casa enfurruñada, pretextando que tenía que dar una clase por la mañana temprano. Sarah estaba sentada junto a la cama, preciosa, y le frotaba la mano suavemente.

—¿Dónde habrán conseguido uno?

—Imagino que tienen varios —dijo Kenner—. Son delicados, y no viven mucho tiempo. Pero los australianos los capturan en

* Véase S. K. Sutherland, *et. al*, «Tóxinas y forma de envenenamiento del pulpo común de anillos azules», *Med. J. Aust.* 1 (1969): 883-898. También H. Flecker, *et. al*, «Mordedura fatal del pulpo», *Med. J. Aust.* 2 (1955): 329-331.

grandes cantidades porque intentan elaborar un antídoto. Seguramente ya sabréis que Australia es el país del mundo con más animales venenosos de mordedura mortal. La serpiente más venenosa, el molusco más venenoso, el pez más venenoso... todos se encuentran en Australia o proceden de allí.

Evans pensó: «Estupendo».

—Pero ahora, claro, la UCLA ha tenido tres casos. Están en ello.

—Sí, estamos en ello —confirmó un interno que en ese momento entraba en la habitación. Comprobó la vía intravenosa de Evans y la máscara de oxígeno—. Tenemos el resultado preliminar de los análisis de sangre. Se trata de una tetrodotoxina, como en los otros dos casos. Debería estar en pie y recuperado dentro de unas tres horas. Un hombre con suerte. —Dirigió una encantadora sonrisa a Sarah y volvió a salir.

—En todo caso, me alegro de que estés bien —continuó Kenner—. Habría sido un engorro perderte.

Evans pensó: «¿De qué habla?». Recuperaba gradualmente la movilidad de los músculos de los ojos, y miró a Sarah. Pero ella solo sonrió.

—Sí, Peter —dijo Kenner—, te necesito vivo. Al menos durante un tiempo.

Sentado en un rincón con el teléfono móvil, Sanjong anunció:

—Bueno, vamos a tener un poco de acción.

—¿Es donde pensábamos? —preguntó Kenner.

—Sí.

—¿Qué ha pasado?

—Acaba de llegarnos la información referente al recibo. Alquilaron un avión de transporte el mes pasado, un C-57.

—Uf —dijo Kenner.

—¿Qué significa eso? —quiso saber Sarah.

—Un aparato grande. Probablemente lo necesitan para rociar.

Ella lo miró perpleja.

—¿Rociar?

—Está bastante claro que van a diseminar bacterias oxidantes del amonio en grandes cantidades. Y quizá también nanopartículas hidrofílicas.

—¿Para qué?

—Para controlar el rumbo de una tormenta —contestó Kenner—. Existen pruebas de que las bacterias oxidantes del amonio, diseminadas a cierta altitud, pueden alterar la trayectoria de un huracán o un ciclón. Las nanopartículas hidrofílicas potencian el efecto. Al menos, en teoría. Ignoro si se han probado en sistemas grandes.

—¿Van a controlar un huracán?

—Van a intentarlo.

—Quizá no —intervino Sanjong—. Según Tokio, el tráfico reciente por internet y teléfono móvil induce a pensar que el proyecto tal vez se ha cancelado.

—¿No disponen de las condiciones iniciales?

—No, parece que no.

Evans tosió.

—Ah, estupendo —dijo Kenner—. Estás recuperándote. —Le dio unas palmadas en el brazo—. Ahora descansa, Peter. Procura dormir si puedes. Porque, como sabes, hoy es el gran día.

—¿El gran día? —preguntó Sarah.

—El congreso empieza dentro de cinco horas y media aproximadamente —respondió Kenner. Se levantó para marcharse, pero antes de salir se volvió hacia Evans—. Voy a dejar aquí a Sanjong el resto de la noche. No creo que corras peligro, pero ya han atentado una vez contra tu vida, y no quiero que vuelvan a intentarlo.

Sanjong sonrió y se sentó en la silla junto a la cama con una pila de revistas al lado. Abrió el último número de *Time*. El artículo de cabecera era «El catastrófico futuro del cambio climático». Tenía también *Newsweek*: «El cambio climático abrupto: ¿Un nuevo escándalo para la Administración?». Y *The Economist*: «El cambio climático alza su horrenda cabeza». Y *Paris-Match*: «*Climat: le nouveau péril américain*».

Sanjong sonrió jovialmente.

—Ahora descansa —dijo.

Evans cerró los ojos.

SANTA MÓNICA
MIÉRCOLES, 13 DE OCTUBRE
09.00 H.

A las nueve de esa mañana, los asistentes invitados al congreso pululaban por la sala, sin ocupar aún sus asientos. Evans tomaba café cerca de la entrada. Sentía un extraordinario cansancio, pero por lo demás se encontraba bien. Un rato antes todavía le temblaban un poco las piernas, pero ya no.

Los delegados presentaban un evidente aspecto académico, muchos de ellos vestían de una manera informal que indicaba una forma de vida al aire libre: pantalones caqui y camisas de campaña, botas de montaña, chalecos Patagonia.

—Parece una convención de leñadores, ¿no? —comentó Jennifer, de pie al lado de Evans—. Nadie diría que esta gente se pasa casi todo el tiempo delante de un ordenador.

—¿Eso es verdad? —preguntó Evans.

—En muchos casos, sí.

—¿Y el calzado de montaña?

Jennifer se encogió de hombros.

—La imagen rústica está de moda en estos momentos.

En el estrado, Nicholas Drake golpeó el micrófono con el dedo.

—Buenos días a todos —saludó—. Empezaremos dentro de diez minutos.

A continuación se apartó y se acercó a Henley.

—Esperan a las cámaras de televisión —explicó Jennifer—. Esta mañana ha habido problemas eléctricos. Los equipos de las unidades móviles aún no han acabado de instalarse.

—Y todo tiene que supeditarse a la televisión, claro.

En la entrada de la sala de congresos se organizó un alboroto. Evans miró en esa dirección y vio a un hombre con chaqueta de tweed y corbata forcejear con dos guardias de seguridad.

—¡Pero si estoy invitado! —exclamó—. Debo estar aquí.

—Disculpe, caballero —decían los guardias—, su nombre no figura en la lista.

—¡Pero les digo que estoy invitado!

—¡Vaya, vaya! —dijo Jennifer cabeceando.

—¿Quién es ese?

—El profesor Norman Hoffman. ¿No has oído hablar de él?

—No, ¿por qué?

—¿La ecología del pensamiento? Es un sociólogo famoso, o tristemente famoso, para ser más exactos. Muy crítico con las tesis ecologistas. Tiene algo de perro rabioso. Lo llevamos al gabinete de crisis para conocer sus opiniones. Fue un error. Nunca calla. Habla por los codos y se va por la tangente sin cesar, en cualquier dirección, y es imposible cortarle. Es como un televisor que cambia de canal cada pocos segundos, y sin mando a distancia con que controlarlo.

—No me extraña que no lo quieran aquí.

—Desde luego, causaría problemas. Ya lo está haciendo.

Junto a la entrada, el anciano forcejeaba con los guardias de seguridad.

—¡Suéltenme! ¿Cómo se atreven? ¡Estoy invitado! Por el mismísimo George Morton. Él y yo somos amigos íntimos. Me invitó George Morton.

La mención de George Morton despertó algo en Evans, que se encaminó hacia el anciano.

—Te arrepentirás... —previno Jennifer.

Evans se encogió de hombros.

—Disculpen —dijo acercándose a los guardias—. Soy el abogado del señor Morton. ¿Puedo ayudar en algo?

El anciano se revolvía entre las manos de los guardias.

—Soy el profesor Norman Hoffman, y me invitó George Morton —insistió. De cerca, Evans vio que el anciano iba mal afeitado, desaliñado y con el pelo revuelto—. ¿Por qué, si no, iba a venir a este horrible cónclave? Pues por una única razón: me lo pidió George. Quería conocer mi impresión al respecto. Aunque ya podría habérsela dicho hace semanas: aquí no habrá sorpresas. Todo se desarrollará con la majestuosa ceremonia de un funeral barato.

Evans empezaba a pensar que Jennifer tenía razón al prevenirlo contra aquel hombre.

—¿Tiene una invitación?

—No, no tengo invitación. No la necesito. ¿Qué es lo que no ha entendido, joven? Soy el profesor Norman Hoffman, amigo personal de George Morton. Además, me han quitado la invitación.

—¿Quién?

—Uno de esos guardias.

Evans se dirigió a los guardias:

—¿Le han quitado la invitación?

—No traía.

—¿Tiene un resguardo? —preguntó Evans a Hoffman.

—No, maldita sea, no tengo un resguardo. No necesito un resguardo. No necesito nada de esto, francamente.

—Perdone, profesor, pero...

—Sin embargo, he conseguido quedarme con esto.

Entregó a Evans la esquina arrancada de una invitación. Era auténtica.

—¿Dónde está el resto?

—Ya se lo he dicho, me lo han quitado.

Un guardia situado a un lado hizo una seña a Evans. Este se acercó a él. El guardia volvió la palma de la mano ahuecada y le mostró el resto de la invitación.

—Disculpe —dijo—, pero el señor Drake ha dado instrucciones concretas de que no se permita entrar a este caballero.

—Pero tiene invitación —dijo Evans.

—Quizá quiera discutirlo con el señor Drake.

Para entonces, se había aproximado un equipo de televisión, atraído por el alboroto. Hoffman, forcejeando de nuevo, actuó de inmediato para las cámaras.

—¡No se moleste con Drake! —gritó Hoffman a Evans—. Drake no permitirá que la verdad asome en este acto. —Se volvió hacia la cámara—. Nicholas Drake es un impostor inmoral, y este acto es una farsa para los pobres del mundo. ¡Doy fe de ello a los niños agonizantes de África y Asia, que exhalan su último aliento por culpa de congresos como este! ¡Gente que se dedica a infundir temor! ¡Gente inmoral que se dedica a infundir temor! —Forcejeó como un maníaco. Tenía mirada de loco y saliva en los labios. Sin duda parecía un demente, y las cámaras dejaron de grabar; los equipos se dieron media vuelta, al parecer abochornados. Hoffman puso fin a su forcejeo de inmediato—. Da igual, ya he dicho lo que tenía que decir. Como de costumbre, a nadie le interesa. —Se volvió hacia los guardias—. Ya pueden soltarme. He tenido bastante de este fraude. No soporto quedarme aquí ni un minuto más. ¡Suéltenme!

—Suéltenlo —dijo Evans.

Los guardias dejaron libre a Hoffman. De inmediato, este corrió al centro de la sala, donde un equipo entrevistaba a Ted Bradley. Hoffman se plantó delante de Bradley y declaró:

—¡Este hombre es un chulo! Un ecochulo al servicio de instituciones corruptas que viven de difundir falsos temores. ¿Es que no lo entienden? Los falsos temores son una plaga, una plaga moderna.

Los guardias se abalanzaron de nuevo sobre Hoffman y lo sacaron de la sala a rastras. Esta vez no se resistió. Se quedó inerte y se dejó llevar en volandas, rozando el suelo con los tacones.

—Vayan con cuidado —se limitó a decir—, tengo problemas de espalda. Si me hacen daño los demandaré por agresión.

Lo dejaron en la acera, le arreglaron la ropa y lo soltaron.

—Que tenga un buen día, caballero.

—Eso me propongo. Tengo ya los días contados.

Evans se quedó atrás con Jennifer, observando a Hoffman.

—No dirás que no te lo he advertido —recordó Jennifer.

—Pero ¿quién es?

—Un profesor emérito de la Universidad del Sur de California. Fue uno de los primeros en estudiar con rigurosas estadísticas los medios de comunicación y sus efectos en la sociedad. Es muy interesante, pero, como ves, ha desarrollado... esto... opiniones muy radicales.

—¿Crees que de verdad lo invitó Morton?

—Peter, necesito tu ayuda —dijo una voz.

Al volverse, Evans vio acercarse a Drake a zancadas.

—¿Qué pasa?

—Ese chalado irá derecho a la policía y nos denunciará por agresión —afirmó Drake, señalando a Hoffman con la cabeza—. Esta mañana no nos conviene. Ve a hablar con él, a ver si puedes tranquilizarlo.

—No sé qué puedo hacer —respondió Evans con cautela.

—Pídele que te explique sus absurdas teorías —sugirió Drake—. Eso lo mantendrá ocupado durante horas.

—Pero entonces me perderé el con...

—No te necesitamos aquí. Te necesitamos allí. Con el chiflado.

Se había congregado una gran multitud frente al palacio de congresos. La gente veía el acto en una gran pantalla de televisión, con subtítulos bajo la imagen del ponente. Evans se abrió paso entre la muchedumbre.

—Ya sé por qué me sigue —dijo Hoffman al ver a Evans—. Y no le dará resultado.

—Profesor...

—Usted es el joven y brillante embaucador que manda Nick Drake para disuadirme de mi propósito.

—Nada de eso.

—Sí, lo es. No me mienta. No me gustan las mentiras.

—Muy bien, es verdad —contestó Evans—. Me envía Drake.

Hoffman se detuvo, sorprendido al parecer por su sinceridad.

—Lo sabía. ¿Y qué le ha pedido que haga?

—Impedirle que vaya a la policía.

—Muy bien, pues ya lo ha conseguido. Vaya a decírselo: no iré a la policía.

—A mí me parece que sí irá.

—Ah. Le *parece*. Es usted una de esas personas a quienes les preocupan las apariencias.

—No, pero usted...

—A mí me traen sin cuidado las apariencias. Me interesa la esencia. ¿Sabe de qué le hablo?

—Creo que no le sigo.

—¿A qué se dedica?

—Soy abogado.

—Debería haberlo adivinado. Hoy día todo el mundo es abogado. Si extrapolamos el crecimiento estadístico de la profesión jurídica, en el año 2035 todas los habitantes de Estados Unidos serán abogados, incluidos los recién nacidos. Serán abogados natos. ¿Cómo cree que será vivir en una sociedad así?

—Profesor, en la sala ha hecho unos comentarios interesantes.

—¿Interesantes? Los he acusado de inmoralidad manifiesta, ¿y usted llama a eso interesante?

—Perdone —dijo Evans intentando llevar la conversación hacia las opiniones de Hoffman—. No ha explicado porque cree...

—Yo no *creo* nada, joven; lo sé. Ese es el objetivo de mi investigación: saber cosas, no conjeturarlas. No teorizar. No concebir hipótesis. Sino saber a partir de la investigación directa sobre el terreno. Ese es un arte perdido en el mundo académico actual, joven... aunque, la verdad, no es usted tan joven... por cierto, ¿cómo se llama?

—Peter Evans.

—¿Y trabaja para Drake, señor Evans?

—No, para George Morton.

—¡Vaya! ¿Por qué no lo ha dicho antes? —exclamó Hoffman—. George Morton era un gran hombre. Venga, señor Evans, le invitaré a un café y charlaremos. ¿Sabe a qué me dedico?

—Lamento decir que no.

—Estudio la ecología del pensamiento —dijo Hoffman—. Y cómo se ha llegado a un Estado de miedo.

SANTA MÓNICA
MIÉRCOLES, 13 DE OCTUBRE
9.33 H.

Estaban sentados en un banco de la calle frente al palacio de congresos, poco más allá de donde la muchedumbre se arremolinaba cerca de la entrada. Reinaba un gran bullicio, pero Hoffman permanecía ajeno a cuanto ocurría alrededor. Hablaba rápidamente, con vivacidad, y movía las manos con tal desenfreno que a menudo daba una palmada a Evans en el pecho, aunque no parecía darse cuenta.

—Hace diez años empecé con la moda y el argot —explicó—, siendo este último, claro, una especie de moda verbal. Deseaba conocer los factores que determinan los cambios en la moda y el habla. Enseguida descubrí que no existían factores identificables. Las modas cambian por razones arbitrarias, y si bien existen ciertos aspectos regulares… ciclos, periodicidades y correlaciones… son meramente descriptivos, no explicativos. ¿Me sigue?

—Eso creo —dijo Evans.

—En todo caso, me di cuenta de que esas periodicidades y correlaciones podían considerarse sistemas en sí mismas. O si lo prefiere, ecosistemas. Verifiqué esta hipótesis y averigüé que era heurísticamente valiosa. Del mismo modo que existe una ecología del mundo natural, en los bosques, montañas y mares, hay también una ecología del mundo de las abstracciones mentales, las ideas y el pensamiento creado por el hombre. Eso es lo que yo he estudiado.

—Entiendo.

—En el seno de la cultura moderna, las ideas llegan a su auge y decaen continuamente. Durante un tiempo todo el mundo cree en algo y luego, poco a poco, deja de creer en ello. Al final, nadie recuerda la idea antigua, como tampoco recuerda nadie el argot antiguo. Las ideas, en sí mismas, son una especie de moda pasajera, ¿se da cuenta?

—Lo comprendo, profesor, pero ¿por qué...?

—¿Por qué las ideas caen en desgracia, se pregunta? —dijo Hoffman. Hablaba solo—. Sencillamente, porque así es. En la moda, como en la ecología natural, se producen trastornos. Bruscas revisiones del orden establecido. Un repentino incendio arrasa un bosque. Una especie distinta surge en la tierra chamuscada. Un cambio accidental, azaroso, inesperado, abrupto. Eso es lo que nos enseña el mundo en todas sus facetas.

—Profesor...

—Pero del mismo modo que las ideas pueden cambiar repentinamente, también pueden perdurar más allá de su época. Algunas ideas siguen gozando de la aceptación del público mucho después de haber sido abandonadas por los científicos. El cerebro izquierdo, el cerebro derecho, he ahí un ejemplo perfecto. En la década de los setenta, se popularizó a partir del trabajo de Sperry en el Caltech, que estudió un grupo específico de pacientes sometidos a intervenciones quirúrgicas en el cerebro. Sus hallazgos no tienen alcance más allá de esos pacientes. El propio Sperry lo declaró. En 1980 está ya claro que la idea de cerebro izquierdo y cerebro derecho es errónea: las dos partes del cerebro no actúan por separado en una persona sana. Pero en la cultura popular el concepto no desaparece hasta pasados otros veinte años. La gente habla de ello, cree en ello, escribe libros sobre ello durante décadas después de descartarlo los científicos.

—Sí, todo muy interesante...

—Análogamente, en el ámbito del pensamiento ecologista, en 1960 se aceptaba comúnmente que existe algo llamado «equilibrio de la naturaleza»: es decir, si dejásemos la naturaleza a su aire, alcanzaría un estado de equilibrio autosostenible. Una encantadora idea con un largo historial. Los griegos lo creían ya hace tres mil años, sin basarse en nada. Solo porque quedaba bien. Sin embargo, en 1990 ningún científico cree ya en el equilibrio de la naturaleza. Los ecologistas lo han abandonado por incorrecto. Falso. Una fantasía. Ahora hablan de desequilibrio dinámico, de múltiples estados de equilibrio. Pero comprenden que la naturaleza nunca ha estado en equilibrio. Nunca lo ha estado, nunca lo estará. Por el contrario, la naturaleza siempre está en desequilibrio, y eso significa...

—Profesor —dijo Evans—, me gustaría preguntarle...

—Eso significa que el género humano, que antes se definía como el gran perturbador del orden natural, no es eso ni mucho menos. El medio ambiente en su conjunto es perturbado de todos modos sin cesar.

—Pero George Morton...

—Sí, sí, se pregunta de qué hablaba con George Morton. A eso voy. No nos hemos desviado del tema. Porque Morton, claro está, deseaba conocer ideas sobre el medio ambiente... Y en especial la idea de crisis del medio ambiente.

—¿Qué le dijo usted?

—Si estudia usted los medios de comunicación, como hacemos mis alumnos de posgrado y yo, buscando los cambios en la conceptualización normativa, descubrirá algo de sumo interés. Nosotros examinamos transcripciones de nuevos programas de las principales cadenas: NBC, ABC, CBS. También nos fijamos en los artículos de los periódicos de Nueva York, Washington, Miami, Los Ángeles y Seattle. Contamos la frecuencia con que aparecen ciertos conceptos y términos utilizados por los medios. Los resultados fueron sorprendentes. —Hizo una pausa.

—¿Qué averiguaron? —preguntó Evans siguiéndole la corriente.

—Se produjo un cambio importante en otoño de 1989. Antes de esa fecha los medios no hacían un uso excesivo de términos tales como «crisis», «catástrofe», «cataclismo», «plaga» o «desastre». Por ejemplo, en la década de los ochenta la palabra «crisis» aparecía en los noticiarios casi tan a menudo como la palabra «presupuesto». Igualmente, antes de 1989, adjetivos tales como «funesto», «inaudito», «temido» no eran comunes en los informativos de televisión ni en los titulares de los periódicos. Pero de pronto todo cambió.

—¿En qué forma?

—Estos términos pasaron a ser cada vez más comunes. La palabra «catástrofe» se empleó con una frecuencia cinco veces mayor en 1995 que en 1985. Su utilización volvió a duplicarse en el año 2000. Y las noticias cambiaron también. Se puso mayor énfasis en el miedo, la preocupación, el peligro, la incertidumbre, el pánico.

—¿Por qué tuvo que cambiar en 1989?

—Ah. Buena pregunta. La pregunta clave. En casi todos los sentidos 1989 parecía un año normal: el hundimiento de un submarino soviético en Noruega; la plaza de Tiananmen en China; el *Exxon Valdez*; Salman Rushdie sentenciado a muerte; Jane Fonda, Mike Tyson y Bruce Springsteen se divorciaron; la Iglesia episcopaliana nombró a una mujer obispo; Polonia autorizó las huelgas sindicales; el *Voyager* llegó a Neptuno; un terremoto en San Francisco destruyó carreteras; y Rusia, Estados Unidos, Francia y el Reino Unido realizaron ensayos nucleares. Un año como cualquier otro. Pero de hecho el aumento en el uso del término «crisis» puede situarse con cierta precisión en otoño de 1989. Y parecía sospechoso que prácticamente coincidiese con la caída del Muro de Berlín, hecho que ocurrió el 9 de noviembre de ese año.

Hoffman volvió a quedar en silencio y, muy satisfecho de sí mismo, dirigió a Evans una expresiva mirada...

—Lo siento, profesor —dijo Evans—, pero no lo entiendo.

—Tampoco nosotros lo entendíamos. Al principio pensamos que era una correlación espuria. Pero no lo era. La caída del Muro de Berlín marca el hundimiento del imperio soviético, así como el final de la guerra fría que se había prolongado durante medio siglo en Occidente.

Otro silencio. Otra mirada satisfecha.

—Lo siento —dijo Evans por fin—. Yo tenía entonces trece años y... —Se encogió de hombros—. No veo adónde quiere ir a parar.

—Quiero ir a parar a la idea de control social, Peter. A la necesidad de todo Estado soberano de ejercer control sobre el comportamiento de sus ciudadanos, de mantenerlos dentro de un orden y fomentar en ellos una actitud razonablemente sumisa: de obligarlos a conducir por el lado derecho de la carretera, o por el izquierdo, según sea el caso; de exigirles el pago de impuestos. Y naturalmente sabemos que el control social se administra mejor mediante el miedo.

—El miedo —repitió Evans.

—Exactamente. Durante cincuenta años las naciones occidentales mantuvieron a sus ciudadanos en un estado de miedo perpetuo. Miedo al otro bando. Miedo a la guerra nuclear. La amenaza comunista. El telón de acero. El imperio del mal. Y en el ámbito de los países comunistas, lo mismo pero a la inversa: miedo a nosotros. Y de pronto, en otoño de 1989, todo eso se acabó. Desapareció, se esfumó. Fin. La caída del Muro de Berlín creó un vacío de miedo. La naturaleza detesta el vacío. Algo tenía que llenarlo.

Evans frunció el entrecejo.

—¿Está diciendo que las crisis ecológicas sustituyeron a la guerra fría?

—Eso demuestran los datos. Es cierto, desde luego, que ahora tenemos el fundamentalismo radical y el terrorismo posterior al 11-S para asustarnos, y esas son sin duda razones muy reales para el miedo, pero no va por ahí mi argumentación. Mi idea es que hay siempre una causa para el miedo. La causa puede cambiar a lo largo del tiempo, pero el miedo siempre nos acompaña. Antes de temer al terrorismo, temíamos el medio ambiente tóxico. Antes estaba la amenaza comunista. La cuestión es que, si bien la causa concreta de nuestro miedo puede variar, nunca vivimos sin miedo. El miedo impregna la sociedad en todos sus aspectos. Permanentemente. —Cambió de posición en el banco de cemento, apartando la mirada de la muchedumbre—. ¿Se ha parado alguna vez a pensar en lo asombrosa que es la cultura de la sociedad occidental? Las naciones industrializadas proporcionan a sus ciudadanos una seguridad, una salud y un bienestar sin precedentes. La esperanza de vida ha aumentado en un cincuenta por ciento en el último siglo. Sin embargo la gente vive hoy día inmersa en un miedo cerval. Les asustan los extranjeros, la enfermedad, la delincuencia, el medio ambiente. Les asustan las casas donde viven, los alimentos que ingieren, la tecnología que los rodea. Especial pánico les producen cosas que ni siquiera pueden ver: los gérmenes, las sustancias químicas, los adictivos, los contaminantes. Son tímidos, nerviosos, asustadizos y depresivos. Y, lo que es aún más asombroso, viven convencidos de que se está destruyendo el medio ambiente de todo el planeta. ¡Increíble! Eso es, al igual que la fe en la brujería, una falsa ilusión extraordinaria, una fantasía global digna de la Edad Media. Todo se va al infierno y debemos vivir con miedo. Asombroso.

»¿Cómo se ha inculcado en todos nosotros esta visión del mundo? Porque si bien imaginamos que vivimos en naciones distintas... Francia, Alemania, Japón, Estados Unidos... de hecho, habitamos en el mismo estado, el Estado de miedo. ¿Cómo se ha llegado a este punto?

Evans no dijo nada. Sabía que no era necesario.

—Pues se lo diré. Antiguamente, antes de que usted naciera, los ciudadanos de Occidente creían que sus naciones-estado se hallaban dominadas por algo que se dio en llamar «complejo industrial-militar». Eisenhower previno a los norteamericanos contra él en la década de los sesenta, y después de dos guerras mundiales los europeos sabían muy bien qué significaba eso en sus propios países. Pero el complejo industrial-militar no es ya el principal impulsor de la sociedad. En realidad, durante los últimos quince años nos hallamos bajo el control de un complejo totalmente nuevo, mucho más poderoso y omnipresente. Yo lo llamo «complejo político-jurídico-mediático», PJM. Y está destinado a fomentar el miedo en la población, aunque en apariencia se plantee como fomento de la seguridad.

—La seguridad es importante.

—Por favor. Las naciones occidentales son de una seguridad fabulosa. Sin embargo la gente no tiene esa sensación debido al PJM. Y el PJM es poderoso y estable precisamente porque aúna diversas instituciones de la sociedad. Los políticos necesitan los temores para controlar a la población. Los abogados necesitan los peligros para litigar y ganar dinero. Los medios necesitan historias de miedo para capturar al público. Juntos, estos tres estados son tan persuasivos que pueden desarrollar su labor incluso si el miedo es totalmente infundado, si no tiene la menor base real. Por ejemplo, pensemos en los implantes mamarios de silicona.

Moviendo la cabeza, Evans dejó escapar un suspiro.

—¿Los implantes mamarios?

—Sí. Recordará que durante un tiempo se dijo que los implantes mamarios provocan cáncer y enfermedades autoinmunes. Pese a que los datos estadísticos lo desmentían, vimos sonados reportajes, sonadas demandas, sonadas sesiones parlamentarias. El fabricante, Dow Corning, se vio obligado a abandonar el negocio después de desembolsar tres mil doscientos millones de dólares, y los jurados concedieron cuantiosos pagos a los demandantes y a sus abogados.

»Cuatro años después, unos estudios epidemiológicos concluyentes demostraron más allá de toda duda que los implantes mamarios no causaban ninguna enfermedad. Pero para entonces la crisis ya había cumplido su objetivo, y el PJM había seguido su curso, una voraz maquinaria en busca de nuevos miedos, nuevos terrores. Se lo aseguro, así funciona la sociedad moderna, mediante la creación continua de miedo. Y no existe ninguna fuerza compensatoria. No existe ningún mecanismo de control y equilibrio de poderes, ninguna limitación al fomento perpetuo de un miedo tras otro...

—Porque tenemos libertad de expresión, libertad de prensa.

—Esa es la respuesta clásica del PJM. Así es como siguen en activo —repuso Hoffman—. Pero piénselo. Si no es correcto gritar falsamente «¡Fuego!» en un teatro abarrotado, ¿por qué habría de ser correcto gritar «¡Cáncer!» en las páginas del *New Yorker* cuando no es verdad? Hemos gastado más de veinticinco mil millones de dólares en esclarecer la falaz afirmación de que los cables de alto voltaje producían cáncer.* «¿Y qué?», me dirá. Se lo veo en la cara. Está pensando: «Somos ricos, nos lo podemos permitir. Son solo veinticinco mil millones de dólares». Pero el hecho es que veinticinco mil millones de dólares son más del total del PIB de las cincuenta naciones más pobres del mundo *juntas*. La mitad de la población mundial vive con dos dólares al día. Así que veinticinco mil millones de dólares bastarían para mantener a treinta y cuatro millones de personas durante un año. O podríamos haber ayudado a toda la gente que ha muerto de sida en África. En lugar de eso, lo derrochamos en una fantasía publicada en una revista cuyos lectores se la toman muy en serio. Créame, es un tremendo despilfarro de dinero. En otro mundo, sería un despilfarro criminal. Uno podría imaginar fácilmente otro juicio de Nuremberg, esta vez por la implacable dilapidación de riqueza occidental en trivialidades, junto con imágenes de bebés muertos en África y Asia como resultado de eso. —Se interrumpió apenas para tomar aire—. Como mínimo, estamos hablando de una atrocidad moral. Así, cabría esperar que nuestros líderes religiosos y nuestras grandes figuras humanitarias clamasen contra este derroche y las innecesarias muertes resultantes en todo el mundo. Pero ¿lo denuncia algún líder religioso? No. Muy al contrario, se suman al coro. Promueven lemas como «¿Qué coche conduciría Jesús?». Como si olvidasen que el cometido de Jesús sería expulsar del

* Estimación de la Oficina de la Ciencia de la Casa Blanca para todos los costes relacionados con el miedo, incluida la devaluación de la propiedad y la reubicación de las líneas de alto voltaje. Citado en Park, *Voodoo Science*, p. 151 (Park participó en la controversia).

templo a los falsos profetas y a quienes infunden temor. —Se acaloraba cada vez más—. Estamos hablando de una situación que es profundamente inmoral. A decir verdad, es repugnante. El PJM pasa por alto sin la menor contemplación la penosa situación de los seres humanos más pobres y desesperados de nuestro planeta a fin de mantener a políticos gordos en el cargo, a presentadores de televisión ricos en el aire y a abogados maquinadores en Mercedes Benz descapotables. Ah, y a profesores universitarios en Volvo. No nos olvidemos de ellos.

—¿Y eso? —preguntó Evans—. ¿Qué tienen que ver con esto los profesores universitarios?

—Bueno, eso sería tema de otra conversación.

—¿No existe una versión abreviada? —preguntó Evans.

—La verdad es que no. Por eso, Peter, los titulares no son la noticia. Pero intentaré resumirlo —respondió Hoffman—. He aquí la cuestión: el mundo ha cambiado en los últimos cincuenta años. Ahora vivimos en la sociedad del conocimiento, la sociedad de la información, o como quieras llamarlo. Y tiene un gran impacto en nuestras universidades.

»Hace cincuenta años, quienes querían llevar lo que entonces se conocía como "la vida del espíritu", es decir, ser intelectuales, vivir de la inteligencia, debían trabajar en una universidad. La sociedad en general no tenía cabida para ellos. Podía considerarse que unos cuantos periodistas vivían de su inteligencia, pero ahí se acababa. Las universidades atraían a aquellos que voluntariamente renunciaban a los bienes mundanos para llevar una vida intelectual enclaustrada, enseñar los valores eternos a las generaciones más jóvenes. La labor intelectual se desarrollaba exclusivamente en la universidad.

»Pero hoy día amplios sectores de la sociedad se dedican a la vida del espíritu. Toda nuestra economía se basa en el trabajo intelectual. El treinta y seis por ciento de los trabajadores dependen de sus conocimientos, muchos más de los que encuentran empleo en el sector manufacturero. Y cuando los profesores decidieron que ya no enseñarían a los jóvenes, sino que dejarían la tarea a sus alumnos de posgrado, que sabían mucho menos que ellos y hablaban mal el inglés, cuando eso ocurrió, las universidades entraron en crisis. ¿De qué servían ya? Habían perdido su control exclusivo de la vida del espíritu. Ya no enseñaban a los jóvenes. En un año solo podía publicarse determinado número de textos teóricos sobre la semiótica de Foucault. ¿En qué se convertirían nuestras universidades? ¿Qué función cumplirían en la era moderna?

Se puso en pie como si la pregunta lo hubiese vigorizado y de pronto volvió a sentarse.

—Lo que ocurrió —prosiguió— es que en la década de los ochenta las universidades se transformaron. Antes bastiones de libertad intelectual en un mundo mercantilista, antes lugar de experimentación y libertad sexual, se convirtieron en los entornos más restrictivos de la sociedad moderna. Porque tenían que desempeñar un nuevo papel. Se convirtieron en las creadoras de nuevos miedos al servicio del PJM. Hoy día las universidades son fábricas de miedo. Inventan los nuevos terrores y las nuevas angustias sociales. Los códigos restrictivos nuevos. Palabras que no pueden pronunciarse. Ideas que no pueden concebirse. Producen una corriente continua de nuevas ansiedades, peligros y terrores sociales para uso de los políticos, los abogados y los periodistas. Alimentos nocivos para el organismo. Comportamientos inadmisibles. No se puede fumar, no se puede decir tacos, no se puede follar, no se puede *pensar*. Estas instituciones han cambiado por completo en una generación. Es verdaderamente extraordinario.

»El Estado de miedo moderno no podría existir si las universidades no lo alimentasen. Para sostener todo esto, ha surgido una peculiar línea de pensamiento neoestalinista, y solo puede prosperar en un marco restrictivo, a puerta cerrada, sin el debido proceso. En nuestra sociedad solo las universidades han creado eso hasta el momento. La idea de que estas instituciones son *progresistas* es una broma cruel. Son fascistas hasta la médula, se lo aseguro. —Se interrumpió y señaló hacia la entrada del palacio de congresos—. ¿Quién es ese que se abre paso entre la gente? Me suena de algo.

—Es Ted Bradley, el actor —dijo Evans.

—¿Dónde lo he visto?

—Hace el papel de presidente en la televisión.

—Ah, sí. Ese.

Jadeando, Ted se detuvo ante ellos.

—Peter —dijo—, he estado buscándote por todas partes. ¿Tienes el móvil encendido?

—No, porque...

—Sarah te ha estado llamando. Dice que es importante. Tenemos que marcharnos de inmediato. Y trae el pasaporte.

—¿Marcharnos? —repitió Evans—. ¿Qué tiene esto que ver contigo?

—Yo os acompaño —dijo Ted.

Cuando se disponían a marcharse, Hoffman agarró a Evans de la manga y lo retuvo. Tenía una nueva idea.

—No hemos hablado de la involución —dijo.

—Profesor...

—Es el paso siguiente en el desarrollo de las naciones-estado. De hecho, ya se ha iniciado. Fíjese en la ironía. Al fin y al cabo, veinticinco mil millones de dólares y diez años después, los mismos elitistas ricos que estaban aterrorizados por el cáncer provocado por las líneas de alto voltaje compran ahora imanes para sujetárselos a los tobillos o colocarlos sobre sus colchones... los imanes japoneses de importación son los mejores, los más caros... a fin de disfrutar de los efectos beneficiosos para la salud de los campos magnéticos. Los mismos campos magnéticos... solo que ahora, por lo visto, nunca se cansan de ellos.

—Profesor —dijo Evans—, tengo que irme.

—¿Por qué esa gente no se recuesta contra la pantalla del televisor sin más? ¿Se arrima a un electrodoméstico de cocina? ¿A cualquiera de esos objetos que antes los aterrorizaban?

—Luego hablaremos —dijo Evans, y retiró el brazo.

—¡Venden imanes incluso en las revistas de salud! ¡Una vida sana gracias a los campos magnéticos! ¡Qué locura! Nadie se acuerda siquiera de unos años atrás. George Orwell. La ausencia de memoria.

—¿Quién es ese tipo? —preguntó Bradley cuando se alejaban—. Parece un poco chiflado, ¿no?

SANTA MÓNICA
MIÉRCOLES, 13 DE OCTUBRE
10.33 H.

—El registro de catástrofe está contenido en los núcleos de hielo —dijo el ponente, hablando con voz monótona desde el podio. Era ruso y tenía un marcado acento—. Los núcleos de hielo de Groenlandia demuestran que en los últimos cien mil años se han producido cuatro cambios climáticos abruptos. Algunos han ocurrido muy deprisa, en cuestión de años. Si bien los mecanismos por los que se producen estos fenómenos aún están estudiándose, revelan que puede haber en el clima efectos «detonantes», debido a los cuales pequeños cambios (incluidos cambios provocados por el hombre) pueden tener consecuencias de dimensiones catastróficas. Hemos presenciado un anticipo de tales efectos en fechas recientes con el desprendimiento del iceberg más grande del mundo y la terrible pérdida de vidas humanas causada por las riadas en el sudoeste de Estados Unidos, y no es difícil predecir que veremos más...

Se interrumpió cuando Drake subió apresuradamente al estrado y se acercó a susurrarle algo al oído. A continuación bajó de nuevo consultando su reloj.

—Esto, les pido disculpas —dijo el ponente—. Según parece he traído una versión desfasada de mis comentarios. ¡Estos ordenadores! Eso formaba parte de la charla del año 2001. Quería decir que el desprendimiento del iceberg de ese año, mayor que muchos estados de Norteamérica, y las peligrosas anomalías en la climatología de todo el mundo, incluido el soleado sudoeste, presagian una futura inestabilidad climática. Es solo el principio.

Sarah Jones, de pie al fondo, hablaba con Ann Garner, esposa de un destacado abogado de Hollywood e importante donante del NERF. Como siempre, Ann hablaba sin parar y con tono muy categórico.

—No sabes de qué me he enterado —decía Ann—. He oído que hay una campaña orquestada por la industria para desacreditar a las ONG. La industria teme el creciente poder del movimiento ecologista y está desesperada, *desesperada*, por impedirlo. Hemos tenido nuestros modestos logros en los últimos años, y eso los está enloqueciendo, y…

—Disculpa, Ann —dijo Sarah—. Un momento. —Se volvió para mirar al ponente ruso en el podio. «¿Qué ha dicho?», pensó.

Se acercó rápidamente a la mesa de prensa, donde estaban los periodistas con sus ordenadores portátiles abiertos. Recibían transcripciones de las ponencias en tiempo real.

Miró por encima del hombro de Ben López, el reportero de *Los Ángeles Times*. A Ben no le importó; iba detrás de ella desde hacía meses.

—Hola, encanto.

—Hola, Ben. ¿Te importa si consulto algo?

Sarah tocó el ratón y desplazó el texto en la pantalla hacia arriba.

—Ni mucho menos, tú misma. Un agradable perfume.

Sarah leyó:

PUEDE HABER EN EL CLIMA EFECTOS «DETONANTES», DEBIDO A LOS CUALES PEQUEÑOS CAMBIOS (INCLUIDOS CAMBIOS PROVOCADOS POR EL HOMBRE) PUEDEN TENER CONSECUENCIAS DE DIMENSIONES CATASTRÓFICAS. HEMOS PRESENCIADO UN ANTICIPO DE TALES EFECTOS ~~EN FECHAS RECIENTES CON EL DESPRENDIMIENTO DEL ICEBERG MÁS GRANDE DEL MUNDO Y LA TERRIBLE PÉRDIDA DE VIDAS HUMANAS CAUSADA POR LAS RIADAS EN EL SUDOESTE DE ESTADOS UNIDOS, Y NO ES DIFÍCIL PREDECIR QUE VEREMOS MÁS…~~

Mientras observaba, el texto cambió, desapareció la parte tachada y fue sustituida por el nuevo texto:

PUEDE HABER EN EL CLIMA EFECTOS «DETONANTES», DEBIDO A LOS CUALES PEQUEÑOS CAMBIOS (INCLUIDOS CAMBIOS PROVOCADOS POR EL HOMBRE) PUEDEN TENER CONSECUENCIAS DE DIMENSIONES CATASTRÓFICAS. HEMOS PRESENCIADO UN ANTICIPO DE TALES EFECTOS CON EL DESPRENDIMIENTO DEL ICEBERG DEL AÑO 2001, MAYOR QUE MUCHOS ESTADOS DE NORTEAMÉRICA, Y CON LAS PELIGROSAS ANOMALÍAS EN LA CLIMATOLOGÍA DE TODO EL MUNDO, INCLUIDO EL SOLEADO SUDOESTE, FENÓMENOS QUE PRESAGIAN UNA FUTURA INESTABILIDAD CLIMÁTICA.

—Joder —exclamó.

—¿Pasa algo? —preguntó Ben.

—¿Has visto lo que ha dicho?

—Sí. Pobre tipo. Probablemente arrastra un jet-lag de mil demonios. Y obviamente tiene problemas con el inglés…

Los comentarios originales habían desaparecido. El texto se había corregido. Pero no cabía duda: el ruso conocía por adelantado los sucesos del iceberg y la riada. Estaba escrito en su ponencia. Y alguien había olvidado decirle, cuando bajó del avión, que nada de eso había ocurrido.

Lo sabía por adelantado.

Pero ahora el texto estaba corregido, los comentarios alterados. Echó un vistazo a la videocámara de la parte de atrás, que grababa las sesiones. Sin duda esas palabras desaparecerían también de la cinta.

El hijo de puta lo conocía por adelantado.

—Eh —dijo Ben—, no sé qué te preocupa tanto. Dame una pista, ¿quieres?

—Después —dijo ella—. Te lo prometo. —Le dio una palmada en el hombro y regresó con Ann.

—Así pues —prosiguió Ann—, nos enfrentamos a una campaña de la industria, bien orquestada, bien financiada, omnipresente y ultraderechista, que pretende aniquilar el movimiento ecologista que se interpone en su camino.

Después de lo que acababa de ver, Sarah no estaba de humor para seguir la corriente a semejantes tonterías.

—Ann —dijo—. ¿Nunca se te ha pasado por la cabeza que a lo mejor estás paranoica?

—No. Además, incluso los paranoicos tienen enemigos.

—¿Cuántos ejecutivos de la industria pertenecen ahora al consejo directivo del NERF? —preguntó Sarah.

—Ah, no muchos.

Sarah sabía que el consejo se componía de treinta miembros, de los cuales doce procedían de la industria. Lo mismo ocurría con todos los grupos ecologistas actuales. Todos incluían representantes de la industria desde hacía veinte años.

—¿Has preguntado a esos miembros del consejo acerca de esta campaña secreta de la industria?

—No —contestó Ann. Miraba a Sarah con extrañeza.

—¿Crees que podrían ser ONG como el NERF las que llevan a cabo una campaña secreta?

—¿De qué me hablas? —dijo Ann, más tensa—. Sarah, somos los buenos.

—¿Lo somos?

—Sí. Lo somos —dijo Ann—. ¿Qué te pasa, Sarah?

En el aparcamiento, junto al palacio de congresos, Sanjong Thapa estaba sentado en el coche con el ordenador portátil sobre el regazo. Había accedido sin dificultad a la red WiFi utilizada por los periodistas y recibía la transcripción de las ponencias, que quedaba guardada en el disco duro al instante. Lo había hecho así porque temía que lo descubriesen y restringiesen el acceso de un momento a otro, pero gracias a esa precaución ahora disponía de la transcripción completa, incluidas las rectificaciones. A Kenner iba a encantarle aquello, pensó.

En otra pantalla, Sanjong comprobaba las imágenes de satélite del Atlántico oeste, frente a la costa de Florida. Una gran masa de altas presiones empezaba a girar, formando los desiguales comienzos de un huracán.

Sin duda estaba prevista una acción con un huracán, pero por alguna razón el plan se había abandonado. Y ahora seguía el rastro a otras pistas. A Kenner le inquietaba en particular la gabarra *AV Scorpio*, que transportaba un pequeño submarino de investigación conocido como DOEV/2. El submarino y la gabarra habían sido alquilados por CanuCo, una compañía de gas natural con sede en Calgary, para buscar depósitos de gas submarinos en el Pacífico sur. La gabarra había navegado hasta Port Moresby, Nueva Guinea, hacía un par de meses y, tras zarpar de allí, había sido detectada cerca de Bougainville, en las islas Salomón.

Nada de especial interés, hasta que se supo que CanuCo no era una compañía canadiense registrada, y no poseía más activos que una página web y una dirección de correo electrónico. La propietaria de la página era CanuCo Leasing Corp, otra empresa inexistente. Los pagos del alquiler se habían realizado en euros desde una cuenta de una de las islas Caimán. La cuenta estaba a nombre de Servicios Sísmicos, también de Calgary y con la misma dirección postal que CanuCo.

Obviamente eran la misma entidad. Y era la empresa Servicios Sísmicos la que había intentado alquilar el submarino inicialmente. Y había causado después, cabía suponer, la muerte de Nat Damon en Vancouver.

Ahora varias agencias de Washington escrutaban los mapas de los satélites intentado localizar a la gabarra *AV Scorpio* en algún lugar de las islas Salomón. Pero una capa de nubes dispersas cubría el archipiélago, y las pasadas del satélite no habían revelado aún la posición del barco.

Eso era preocupante en sí mismo. Inducía a pensar que la gabarra se había escondido ya en algún sitio, quizá refugiándose en un muelle a cubierto.

En algún lugar del Pacífico sur.

Y era un vasto océano.

Igual de preocupante resultaba el hecho de que la gabarra hubiese navegado primero hasta Vancouver, donde había cargado treinta toneladas de «equipo industrial» en cajas de cinco toneladas. El gobierno canadiense había sospechado que la empresa transportaba ilegalmente automóviles en las cajas. Así que abrieron una. Los agentes de aduanas encontraron sin embargo un complejo equipo que clasificaron como «generadores diésel».

¡Generadores!

Sanjong ignoraba qué contenían esas cajas, pero estaba seguro de que no eran generadores diésel. Porque no hacía falta ir a Vancouver para recoger unos cuantos generadores. Así que era preocupante...

—¡Eh! ¡Usted!

Alzó la vista y vio a dos guardias de seguridad atravesar el aparcamiento en dirección a su coche. Obviamente habían detectado el acceso a la red WiFi. Era hora de marcharse. Accionó la llave de contacto, arrancó y saludó alegremente con la mano a los guardias de seguridad al pasar junto a ellos.

—¿Sarah? ¿Qué pasa? Tienes la mirada perdida.

—Nada, Ann. —Sarah movió la cabeza en un gesto de negación—. Estaba pensando.

—¿Sobre qué? ¿Y qué querías decir con eso de si estoy paranoica? —Ann apoyó la mano en el brazo de Sarah—. La verdad, me tienes un poco preocupada.

«Y tú me tienes preocupada a mí», pensó Sarah.

De hecho, era Sarah quien sentía un claro escalofrío paranoico. Recorrió la sala con la mirada, y se topó con los ojos de Drake. La observaba desde el otro extremo. ¿Cuánto hacía? ¿Había visto su rápida visita a la mesa de prensa? ¿Había deducido la razón? ¿Sabía que ella lo sabía?

—Sarah —dijo Ann sacudiéndole el brazo.

—Escucha —dijo Sarah—. Lo siento mucho, pero tengo que irme.

—Sarah, me preocupas —repitió Ann.

—No pasa nada. —Se dispuso a abandonar la sala.

—Te acompaño —dijo Ann, y se situó junto a ella.

—Preferiría que no.

—Me preocupa tu bienestar.

—Creo que necesito estar sola un rato —dijo Sarah.

—¿Esa es manera de tratar a una amiga? —preguntó Ann—. Insisto, querida. Necesitas que te mimen un poco, ya lo veo. Y yo me encargaré de eso.

Sarah suspiró.

Nicholas Drake vio salir de la sala a Sarah. Ann no se separó de ella, tal como él le había pedido. Ann era una mujer tenaz y entregada a la causa. Sarah no sería rival para ella, a menos que decidiese dar media vuelta y echar a correr literalmente. Pero si hacía eso... en fin, tendrían que tomar medidas más drásticas. Era un momento crítico, y a veces las medidas drásticas eran esenciales. Como en tiempo de guerra.

Pero Drake sospechaba que no sería necesaria una actuación extrema. Era cierto que Kenner había conseguido impedir las dos primeras acciones, pero solo porque los miembros del FEL eran un hatajo de aficionados. Aquella espontaneidad infantil suya no era apta para las exigencias de los medios de comunicación modernos. Drake se lo había advertido a Henley una docena de veces. Henley le quitaba importancia; a él le preocupaba la posibilidad de negar cualquier implicación. El NERF desde luego negaría cualquier conexión con aquellos payasos. ¡Pandilla de inútiles!

Pero esta última acción era distinta. Se había planeado con mucho más esmero —no podía ser de otro modo— y estaba en manos de profesionales. Kenner no sería capaz de impedirla. Ni siquiera llegaría allí a tiempo, pensó Drake. Y con la ayuda de Ted Bradley y Ann, Drake tenía ojos y oídos en el equipo mientras actuaba. Y para mayor seguridad, le había reservado también otras sorpresas a Kenner.

Abrió el teléfono y marcó el número de Henley.

—Los tenemos cubiertos —informó.

—Bien.

—¿Dónde estás?

—A punto de dar la noticia a V. —contestó Henley—. Ahora estoy aparcando delante de su casa.

Con los prismáticos, Kenner observó cómo entraba el Porsche plateado descapotable en el camino de la casa de la playa. Salió un hombre alto y moreno con un polo azul y pantalón de color tostado. Llevaba una gorra de béisbol y gafas de sol, pero Kenner lo reconoció de inmediato: era Henley, el jefe de relaciones públicas del NERF.

Con eso se cerraba el círculo, pensó. Dejó los prismáticos en la cerca y se paró a extraer conclusiones.

—¿Sabe quién es? —preguntó el joven agente del FBI, de pie a su lado. No tendría más de veinticinco años.

—Sí —respondió Kenner—. Sé quien es.

Se hallaban en los acantilados de Santa Mónica, desde donde se veía la playa y el mar. Entre la orilla y el carril bici, la playa tenía una anchura de varios cientos de metros. Seguía una hilera de casas, construidas muy juntas a lo largo de la autopista de la costa. Después los seis carriles de estruendoso tráfico.

Pese a estar a pie de carretera, eran casas extraordinariamente caras: entre veinte o treinta millones de dólares cada una, se decía, quizá más. Las ocupaban algunas de las personas más ricas de California. Henley levantaba la capota de tela del Porsche. Actuaba con movimientos precisos, casi obsesivos. Luego se acercó a la verja y llamó por el intercomunicador. La casa en la que entraba era una construcción ultramoderna a base de formas curvas de cristal. Resplandecía como una joya bajo el sol de la mañana.

Henley entró. La verja se cerró a sus espaldas.

—Pero a usted no le preocupa quién entra en la casa —dijo el agente del FBI.

—Exacto —contestó Kenner—. No me preocupa.

—No quiere una lista, ni una grabación de quiénes...

—No.

—Pero así podría demostrar...

—No —atajó Kenner. El chico intentaba mostrarse servicial pero incordiaba—. Todo eso me da igual. Solo quiero saber cuándo salen todos.

—¿Cómo si se fueran de vacaciones o algo así?

—Sí.

—¿Y si dejan a una criada?

—No dejarán a nadie —aseguró Kenner.

—Pues estoy casi seguro de que sí. Esta gente siempre deja a alguien para vigilar la casa.

—No. Esta casa quedará vacía. Se irán todos.

El chico arrugó la frente.

—Por cierto, ¿de quién es la casa?

—De un tal V. Allen Willy —contestó Kenner. No había inconveniente en decírselo—. Es un filántropo.

—Ajá. ¿Tiene tratos con la mafia o algo así?

—Podría decirse que sí. Es una especie de tinglado para vender protección.

—Encaja —comentó el chico—. Nadie gana tanto dinero sin una historia turbia detrás, no sé si me entiende.

Kenner lo entendía. De hecho, la historia de V. Allen Willy era tan típicamente americana como la de Horatio Alger. Al Willy había fundado una cadena de tiendas de ropa barata, importando prendas confeccionadas en fábricas del Tercer Mundo y vendiéndolas en ciudades occidentales por un precio treinta veces superior a su coste. Al cabo de dos años, vendió la compañía por cuatrocientos millones de dólares. Poco después se convirtió (según su propia definición) en socialista radical, paladín del mundo sostenible, y defensor de la justicia ecológica.

Ahora atacaba las formas de explotación que tan rentables le habían sido utilizando el dinero que había ganado con ellas. Era feroz e intolerante y, una vez añadida la V a su nombre, también memorable. Sin embargo, sus ataques a menudo inducían a las compañías a abandonar sus fábricas del Tercer Mundo, que caían entonces bajo el control de empresas chinas que pagaban a la mano de obra local menos incluso que antes. De este modo, se mirase por donde se mirase, V. Allen Willy explotaba a los obreros dos veces: primero, para amasar su fortuna; segundo, para aliviar su mala conciencia a costa de ellos. Era un hombre muy apuesto y nada tonto; sencillamente un benefactor egocéntrico y falto de sentido práctico. Se decía que en la actualidad escribía un libro sobre el principio de precaución.

Había creado asimismo la Fundación V. Allen Willy, que daba apoyo a la causa de la justicia ecológica mediante docenas de organizaciones, incluido el NERF. Y era lo bastante importante para justificar una visita de Henley en persona.

—¿Así que es un ecologista rico? —dijo el chico del FBI.

—Así es —contestó Kenner.

El muchacho asintió con la cabeza.

—Bien —dijo—, pero aún no lo entiendo. ¿Qué le hace pensar que un hombre rico dejará la casa vacía?

—Eso no te lo puedo decir. Pero lo hará. Y quiero saberlo en cuanto ocurra. —Kenner entregó una tarjeta al agente—. Telefonea a este número.

El chico miró la tarjeta.

—¿Eso es todo?

—Eso es todo —contestó Kenner.

—¿Y cuándo va a ocurrir?

—Pronto —contestó Kenner.

Sonó su teléfono. Lo abrió. Era un mensaje de texto de Sanjong: HAN ENCONTRADO EL *AV SCORPIO*.

—Tengo que irme —dijo Kenner.

AUTOVÍA 405
MIÉRCOLES, 13 DE OCTUBRE
0.22 H.

—Tonterías —dijo Ted Bradley, sentado en el asiento del acompañante mientras Evans conducía con destino a Van Nuys—. No vas a ser tú el único que se divierta, Pietro. Sé que la semana pasada estuviste haciendo excursiones secretas. Ahora iré yo también.

—Ted, no puedes venir —contestó Evans—. No te lo permitirán.

—Deja que me preocupe yo por eso, vale —dijo Bradley sonriendo.

Evans pensó: «¿Qué está pasando?». Bradley se había pegado de tal modo a él que prácticamente lo llevaba cogido de la mano. Se negaba a dejarlo solo.

Sonó el teléfono móvil de Evans. Era Sarah.

—¿Dónde estás? —preguntó ella.

—Llegando al aeropuerto. Ted está conmigo.

—Ajá —dijo ella en un tono vago que daba a entender que no podía hablar—. Bien, nosotras acabamos de llegar al aeropuerto, y parece que hay un problema.

—¿Qué clase de problema?

—Legal —respondió Sarah.

—¿Qué significa eso? —quiso saber Evans. Pero mientras hablaba, salió de la autovía en dirección a la verja de acceso a la pista y lo vio con sus propios ojos.

Allí estaba Herb Lowenstein con ocho guardias de seguridad. Aparentemente estaban precintando las puertas del avión de Morton.

Evans cruzó la verja y salió del coche.

—¿Qué pasa, Herb?

—Precintamos el aparato —explicó Herb—, tal como exige la ley.

—¿Qué ley?

—La herencia de George Morton está pendiente de autenticación, por si lo has olvidado, y el contenido de dicha herencia, incluidas las cuentas bancarias y las propiedades materiales, deben precintarse hasta que se lleven a cabo la evaluación federal y la estimación del gravamen por transmisión de bienes. Este aparato permanecerá precintado hasta que concluya esa evaluación. Entre seis y nueve meses a partir de ahora.

En ese momento apareció Kenner en una limusina. Se presentó y estrechó la mano a Lowenstein.

—Así que es un asunto de autenticación —comentó.

—Así es —respondió Lowenstein.

—Me sorprende oírlo —dijo Kenner.

—¿Por qué? George Morton ha fallecido.

—¿Ah, sí? No tenía noticia.

—Encontraron el cadáver ayer. Evans y Bradley fueron a identificarlo.

—¿Y el forense dio su visto bueno?

Lowenstein vaciló por un instante.

—Supongo.

—¿Supone? Sin duda habrá recibido la documentación del forense a tal efecto. La autopsia se practicó anoche.

—Supongo... creo que tenemos esa documentación.

—¿Puedo verla?

—Creo que está en la oficina.

—¿Puedo verla? —insistió Kenner.

—Eso simplemente acarrearía un retraso innecesario en la tarea que hemos venido a realizar. —Lowenstein se volvió hacia

Evans—. ¿Hiciste o no una identificación positiva del cadáver de Morton?

—Sí, la hice —contestó Evans.

—¿Y tú, Ted?

—Sí —respondió Bradley—. Era él, sin duda. Era George, el pobre.

—Aun así me gustaría ver la notificación del forense —insistió Kenner.

Lowenstein resopló.

—No tiene usted ninguna razón de peso para plantear esa petición, y me niego formalmente. Soy el abogado mayoritario responsable de su herencia. Soy el albacea testamentario designado, y ya le he dicho que la documentación está en mi oficina.

—Le he oído. Pero si no recuerdo mal, declarar en falso un proceso de autenticación es fraude. Ese podría ser un delito muy grave para un miembro de la profesión legal como usted.

—Oiga, no sé qué se propone...

—Solo quiero ver ese documento —dijo Kenner con calma—. En las oficinas del aeropuerto hay un fax, ahí mismo. —Señaló el edificio, cerca del avión—. Puede pedir que le envíen el documento en cuestión de segundos y resolver este asunto sin problema. O si no, puede telefonear al forense de San Francisco y confirmar que en efecto se ha hecho una identificación positiva.

—Pero estamos en presencia de dos testigos que...

—Hoy día existe la prueba del ADN —atajó Kenner consultando su reloj—. Le recomiendo que haga esas llamadas. —Se volvió hacia los agentes de seguridad—. Pueden abrir el aparato.

Los agentes parecieron confusos.

—¿Señor Lowenstein?

—Solo un momento, maldita sea, un momento —contestó Lowenstein, y se alejó hacia las oficinas llevándose ya el móvil al oído.

—Abran el avión —repitió Kenner. Abrió el billetero y mostró su placa a los agentes.

—Sí, señor —dijeron.

Llegó otro coche, y de dentro salió Sarah acompañada de Ann Garner.

—¿Qué alboroto es este? —preguntó Ann.

—Un pequeño malentendido —respondió Kenner, y se presentó.

—Yo ya sé quién es usted —dijo ella, sin disimular apenas su hostilidad.

—Lo suponía —dijo Kenner, sonriente.

—Y debo decir —continuó ella— que son los hombres como usted, listos, inmorales, sin escrúpulos, quienes han convertido nuestro medio ambiente en el nido de contaminación que ahora es. Así que dejemos las cosas claras de buen principio. Usted no me gusta, señor Kenner. No me gusta usted como persona, y no me gusta lo que hace en el mundo, y no me gusta nada de lo que representa.

—Interesante —dijo Kenner—. Quizá algún día usted y yo podamos mantener una conversación detallada y concreta sobre lo que está mal en nuestro medio ambiente, y quiénes son los responsables de haberlo convertido en un nido de contaminación.

—Cuando usted quiera —replicó ella, airada.

—Bien. ¿Tiene formación jurídica?

—No.

—¿Formación científica?

—No.

—¿Cuál ha sido su trayectoria?

—Trabajé como productora de documentales hasta que lo dejé para cuidar de mi familia.

—Ah.

—Pero estoy plenamente dedicada a la causa ecologista, y lo he estado toda la vida. Lo leo todo. Leo la sección de ciencias del *New York Times* todos los martes de pe a pa, y por supuesto el *New Yorker* y el *New York Review*. Soy una persona muy bien informada.

—Bien —dijo Kenner—. Esperaré con impaciencia nuestra conversación.

Los pilotos se acercaron en coche a la verja y aguardaron hasta que se abrió.

—Creo que podremos salir dentro de unos minutos —informó Kenner. —Se volvió hacia Evans—. ¿Por qué no compruebas que el señor Lowenstein no tiene inconveniente?

—De acuerdo —respondió Evans, y se encaminó hacia las oficinas.

—Solo para que lo sepa —dijo Ann—, vamos a acompañarle. Yo, y también Ted.

—Será un placer —contestó Kenner.

En las oficinas del aeropuerto, Evans encontró a Lowenstein encorvado sobre un teléfono en una sala trasera reservada a los pilotos.

—Pero te estoy diciendo que ese tipo no va a aceptarlo; quiere la documentación —decía Lowenstein. Después de una pausa—: Oye, Nick, no voy a perder la licencia para ejercer por esto. Ese individuo es titulado en derecho por Harvard.

Evans llamó a la puerta.

—¿Podemos marcharnos sin problema?

—Un momento —dijo Lowenstein al teléfono. Tapó el micrófono con la mano—. ¿Os vais ya?

—Sí. A menos que tengas los documentos…

—Según parece, no está clara la situación exacta del testamento de Morton.

—En ese caso, nos vamos, Herb.

—Bien, bien.

Se volvió de nuevo hacia el teléfono.

—Se marchan, Nick —dijo—. Si quieres impedírselo, hazlo tú mismo.

En el avión, todos ocupaban ya sus asientos y Kenner repartía unas hojas.

—¿Qué es esto? —preguntó Bradley, lanzando una mirada a Ann.

—Es un descargo de responsabilidad —informó Kenner.

Ann leía en voz alta:

—«... no se hará responsable en caso de muerte, pérdida grave de la integridad física, incapacidad, desmembramiento...» ¿Desmembramiento?

—Así es —confirmó Kenner—. Deben comprender que vamos a un lugar en extremo peligroso. Les recomiendo encarecidamente a los dos que no vengan. Pero si insisten en desoír mi consejo, tienen que firmar eso.

—¿Adónde vamos? —preguntó Bradley.

—Eso no puedo decírselo hasta que el avión despegue.

—¿Por qué es peligroso?

—¿Tiene algún inconveniente en firmar el impreso? —dijo Kenner.

—No, demonios. —Bradley estampó su firma.

—¿Ann? —Ann vaciló, se mordió el labio y firmó.

El piloto cerró las puertas. En medio de los zumbidos de los motores, empezaron a rodar por la pista. La auxiliar de vuelo les preguntó si deseaban una copa.

—Un Puligny-montrachet —dijo Evans.

—¿Adónde vamos? —quiso saber Ann.

—A una isla frente a la costa de Nueva Guinea.

—¿Por qué?

—Ha surgido un problema que debemos resolver —contestó Kenner.

—¿Quiere ser más concreto?

—De momento no.

El avión se elevó por encima de la capa de nubes de Los Ángeles y viró hacia el oeste, sobrevolando el Pacífico.

EN CAMINO
MIÉRCOLES, 13 DE OCTUBRE
16.10 H.

Sarah sintió alivio cuando Jennifer Haynes fue a echar la siesta a la parte delantera del avión. Se quedó dormida de inmediato. Pero le incomodaba tener a Ann y Ted a bordo. La conversación era poco natural; Kenner apenas hablaba. Ted bebía sin control. Dijo a Ann:

—Para que lo sepas, el señor Kenner no cree en nada de lo que creen las personas normales. Ni siquiera en el calentamiento del planeta, o en Kioto.

—Claro que no cree en Kioto —repuso Ann—. Está al servicio de la industria. Representa los intereses del carbón y el petróleo.

Kenner no dijo nada. Se limitó a entregarles su tarjeta.

—Instituto de Análisis de Riesgos —leyó Ann en voz alta—. Este es nuevo. Lo añadiré a la lista de fachadas de grupos ultraderechistas.

Kenner siguió en silencio.

—Porque todo es desinformación —continuó Ann—. Los estudios, los comunicados de prensa, los folletos, las páginas web, las campañas organizadas, las calumnias de los poderosos. Permítame decirle que la industria saltó de alegría cuando Estados Unidos se negó a firmar el acuerdo de Kioto.

Kenner se frotó el mentón y siguió sin hablar.

—Somos el principal contaminador del mundo, y a nuestro gobierno le importa un comino.

Kenner esbozó una lánguida sonrisa.

—Así que ahora Estados Unidos es un paria internacional, aislado del resto del mundo y despreciado con razón por no firmar el Protocolo de Kioto para hacer frente a un problema global.

Siguió aguijoneándolo en esta línea, y finalmente, por lo visto, él se cansó.

—Hábleme de Kioto, Ann. ¿Por qué deberíamos haberlo firmado?

—¿Por qué? Porque tenemos la obligación moral de colaborar con el resto del mundo civilizado en la disminución de emisiones de carbono para reducir los niveles de 1990.

—¿Qué efecto tendría ese tratado?

—Todo el mundo lo sabe. Disminuiría las temperaturas globales hacia el año 2100.

—¿En cuánto?

—No sé adónde quiere ir a parar.

—¿No? La respuesta es de sobra conocida. El efecto de Kioto sería una reducción del calentamiento de cero coma cero cuatro grados centígrados para el año 2100, las cuatro centésimas partes de un grado. ¿Niega ese resultado? —preguntó Kenner.

—Por supuesto. ¿Cuatro qué? ¿Centésimas de grado? Eso es ridículo.

—¿No cree, pues, que ese sería el efecto del Protocolo de Kioto?

—Bueno, quizá porque Estados Unidos no lo firmó…

—No, ese sería el efecto si lo hubiésemos firmado. Cuatro centésimas de grado.

—No —insistió ella, cabeceando—. No me lo creo.

—La cifra se ha publicado repetidas veces en revistas científicas. Puedo proporcionarle las referencias.*

Levantando su copa, Bradley dijo a Ann:

* Más recientemente, *Nature* 22 (octubre de 2003): pp. 395-741, con Rusia incluida, el efecto de Kioto en la temperatura sería de 0,02 °C hacia el año 2050. Los modelos del PICC dan una estimación mayor, pero ninguno supera los 0,15 °C. Lomborg, p. 302. Wigley, 1998: «La reducciones del calentamiento del planeta son pequeñas, 0,08-0,28 °C».

—Este tipo es de lo que no hay con las referencias.

—En oposición a la retórica —replicó Kenner asintiendo con la cabeza—. Sí, lo soy.

—¿Cuatro centésimas de grado? ¿En cien años? —prorrumpió Bradley—. ¡Qué gilipollez!

—Eso podríamos decir.

—Acabo de decirlo —repuso Bradley.

—Pero Kioto es un primer paso —dijo Ann—, esa es la cuestión. Porque si cree usted en el principio de precaución, como creo yo…

—No pensaba que el propósito de Kioto fuese dar un primer paso —contestó Kenner—. Pensaba que la intención era reducir el calentamiento del planeta.

—Bueno, lo es.

—Entonces, ¿por qué establecer un tratado que no lo conseguirá, que no servirá para nada, de hecho?

—Es un primer paso, como he dicho.

—Dígame: ¿le parece posible reducir el dióxido de carbono?

—Desde luego. Existen numerosas fuentes de energía alternativas esperando a ser adoptadas. La eólica, la solar, la geotermal, los residuos…

—Tom Wigley y un grupo de diecisiete científicos e ingenieros de todo el mundo realizaron un minucioso estudio y llegaron a la conclusión de que no es posible. Su informe se publicó en la revista *Science*. Declararon que no existe ninguna tecnología conocida capaz de reducir las emisiones de carbono, ni de impedir que se alcancen niveles muy superiores a los de hoy. Afirmaron que, para resolver el problema, no bastarán la energía eólica, ni la solar, ni siquiera la nuclear. Según ellos, se requiere una tecnología totalmente nueva aún por descubrir.*

* Martin Hoffert *et al.*, «Los caminos de una tecnología avanzada hacia la estabilidad del clima global: la energía para un planeta invernadero», *Science* (1 de noviembre de 2002): pp. 981-987: «Las fuentes de energía capaces de producir de un 100 a un 300% del actual consumo mundial de energía sin emisiones invernadero no existen».

—Eso es un disparate —dijo Ann—. Amory Lovins lo planteó todo hace veinte años. Eólica y solar, conservación, aprovechamiento eficaz de la energía. No hay ningún problema.

—Por lo visto, sí lo hay. Lovins predijo que para el año 2000 el treinta y cinco por ciento de la energía estadounidense procedería de fuentes alternativas. La cifra real resultó ser el seis por ciento.

—No hay suficientes subvenciones.

—Ningún país del mundo produce el treinta y cinco por ciento de energía renovable, Ann.

—Pero países como Japón nos superan considerablemente en ese sentido.

—Japón utiliza un cinco por ciento de energías renovables —informó Kenner—. Alemania, un cinco. Inglaterra, un dos.

—Dinamarca.

—Un ocho por ciento.

—Bueno, eso significa que tenemos que trabajar más —afirmó Ann.

—De eso no hay duda. Los parques eólicos cortan en pedazos a las aves, así que quizá no fuesen muy populares. Pero los paneles solares sí darían resultado. Silenciosos, eficaces...

—La energía solar es extraordinaria.

—Sí —convino Kenner—. Y solo necesitamos unos veintisiete mil kilómetros cuadrados de paneles para conseguirlo. Basta con cubrir de paneles solares el estado de Massachusetts, y estará resuelto. En el año 2050 nuestras necesidades de energía se habrán triplicado, claro está, así que quizá sería mejor cubrir el estado de Nueva York.

—O Texas. No conozco a nadie a quien le preocupe Texas —dijo Ann.

—Pues ahí tiene. Cubra el diez por ciento de Texas, y listo. Aunque —añadió Kenner— es probable que los texanos prefieran empezar por cubrir Los Ángeles.

—Lo dice en broma.

—Ni mucho menos. Dejémoslo en Nevada. De todos modos,

solo hay desierto. Pero siento curiosidad por conocer su experiencia personal con las energías alternativas. ¿Qué me dice, Ann? ¿Ha adoptado fuentes alternativas?

—Sí. Tengo un calentador solar para mi piscina. La criada conduce un híbrido.

—¿Y usted qué conduce?

—Bueno, yo necesito un coche más grande por los niños.

—¿Muy grande?

—Pues llevo un todoterreno. A veces.

—¿Qué me dice de su residencia? ¿Tiene paneles solares para el consumo eléctrico?

—Bueno, hice venir a casa a unos técnicos para que me asesorasen. Solo que Jerry, mi marido, dice que la instalación es demasiado cara. Pero hago campaña para convencerlo.

—Y sus electrodomésticos...

—Todos son Energystar. Todos.

—Muy bien. ¿Y su familia es muy numerosa?

—Tengo dos hijos. De siete y nueve años.

—Estupendo. ¿Es muy grande su casa?

—No conozco la superficie exacta.

—¿Cuántos metros cuadrados aproximadamente?

Ann vaciló.

—Vamos, Ann, díselo —instó Bradley—. Tiene una pasada de casa. Deben de ser mil o mil doscientos metros cuadrados. Es preciosa. ¡Y qué jardines! Más de media hectárea. Los aspersores funcionan día y noche. Y todo tan bien cuidado... Organiza allí actos benéficos para recaudación de fondos continuamente. Siempre magníficos.

—Mil cien —admitió Ann—. Metros cuadrados.

—¿Para cuatro personas? —preguntó Kenner.

—Bueno, a veces tenemos con nosotros a mi suegra. La criada vive en la parte de atrás, claro está.

—¿Y tiene una segunda residencia? —preguntó Kenner.

—Joder, tiene dos —dijo Bradley—. Una mansión fabulosa en Aspen y también una casa grande en Maine.

—Esa la heredamos —precisó Ann—. Mi marido...

—Y el apartamento en Londres —añadió Bradley—. ¿Es tuyo o de la empresa de tu marido?

—De la empresa.

—¿Y viajan? —preguntó Kenner—. ¿Usan aviones privados?

—Bueno, no tenemos avión, pero aprovechamos los de otras personas. Viajamos cuando hay alguien que ha de viajar de todos modos. Llenamos el avión, lo cual es bueno.

—Desde luego —dijo Kenner—. Pero debo admitir que esa filosofía me confunde un poco...

—Eh —protestó Ann, de pronto indignada—. Vivo en un entorno en el que debo mantener cierto nivel. Es necesario por los negocios de mi marido y... a propósito, ¿usted dónde vive?

—Tengo un apartamento en Cambridge.

—¿Cómo es de grande?

—Ochenta y tres metros cuadrados. No tengo coche. Vuelo en clase turista.

—No le creo —repuso Ann.

—Pues deberías —dijo Bradley—. Este tipo sabe lo que se...

—Cállate, Ted. Estás borracho.

—No, todavía no —contestó él, al parecer dolido.

—No le estoy juzgando, Ann —dijo Kenner tranquilamente—. Me consta que es usted una abnegada defensora de la ecología. Solo pretendo aclarar cuál es su verdadera posición respecto al medio ambiente.

—Mi posición es que los seres humanos están calentando y envenenando el planeta y tenemos, para con la biosfera, para con todos los animales y plantas que están siendo aniquilados y para con las futuras generaciones de seres humanos, la obligación moral de impedir que estos cambios catastróficos se produzcan. —Se reclinó asintiendo con la cabeza.

—Así pues, nuestra obligación moral es para con otros... otras plantas, otros animales y otras personas.

—Exactamente.

—¿Debemos actuar en beneficio de ellos?

—Lo cual redunda en nuestro beneficio.

—Cabe la posibilidad de que sea beneficioso para ellos y no lo sea para nosotros. El conflicto de intereses es lo habitual.

—Todas las criaturas tienen derecho a vivir en el planeta.

—Seguramente no es eso lo que cree —dijo Kenner.

—Sí. No rechazo a ninguna especie, a ninguna criatura viva.

—¿Ni siquiera al parásito de la malaria?

—Bueno, forma parte de la naturaleza.

—¿Se opone, pues, a la erradicación de la polio y la viruela? También formaban parte de la naturaleza.

—Bueno, debería decir que esa actitud, cambiar el mundo para acomodarlo a los intereses propios, forma parte del comportamiento arrogante del género humano. Un impulso inducido por la testosterona, que las mujeres no compartimos...

—No me ha contestado —la interrumpió Kenner—. ¿Se opone a la erradicación de la polio y la viruela?

—Está jugando con las palabras.

—No precisamente. ¿Es antinatural cambiar el mundo para acomodarlo a nuestros intereses?

—Por supuesto. Es interferir en la naturaleza.

—¿Has visto alguna vez un termitero? ¿Una presa de castor? Esas criaturas alteran de manera notable el medio ambiente, y eso tiene una incidencia en muchas otras criaturas. ¿Interfieren en la naturaleza?

—El mundo no está en peligro a causa de los termiteros —adujo Ann.

—Posiblemente sí lo está. El peso total de las termitas supera el peso de todos los humanos del mundo. Es mil veces mayor, de hecho. ¿Sabe qué cantidad de metano producen las termitas? Y el metano es un gas de efecto invernadero más potente que el dióxido de carbono.

—No puedo seguir con esto. Le gusta discutir. A mí no. A mí solo me interesa que el mundo sea un lugar mejor. Ahora me voy a leer una revista. —Se marchó a la parte delantera del avión y se sentó, de espaldas a Kenner.

Sarah se quedó donde estaba.

—Su intención es buena —comentó.

—Y su información mala —añadió Kenner—. Una receta para el desastre.

Ted Bradley se enfureció. Había observado la discusión. Ann le caía bien. Estaba casi seguro de que se había acostado con ella; cuando estaba borracho, a veces no se acordaba, pero siempre recordaba a Ann con un vago afecto, y suponía que esa era la razón.

—Creo que está siendo grosero —dijo Bradley con su tono presidencial—. ¿Cómo puede llamar «receta para el desastre» a una persona como Ann? Le preocupan mucho estas cuestiones. En realidad, ha consagrado su vida a ellas. Le preocupan.

—¿Y qué? —preguntó Kenner—. La preocupación no viene al caso. Los buenos deseos no vienen al caso. Lo único que cuenta son los conocimientos y los resultados. Ella no tiene conocimientos, y peor aún, no lo sabe. Los seres humanos no saben cómo hacer ciertas cosas que, según ella, deberían hacerse.

—¿Como por ejemplo?

—Supervisar el medio ambiente. Eso no sabemos cómo hacerlo.

—¿De qué está hablando? —preguntó Bradley levantando las manos—. Eso es absurdo. Claro que podemos supervisar el medio ambiente.

—¿En serio? ¿Sabe usted algo de la historia del parque de Yellowstone? ¿El primer parque nacional?

—He estado allí.

—No es eso lo que le he preguntado.

—¿Podría ir al grano? —repuso Bradley—. Es bastante tarde para un examen, profesor, no sé si me entiende

—Muy bien, pues —contestó Kenner—. Se lo contaré.

El parque de Yellowstone, explicó, fue el primer espacio natural que se convirtió en reserva en todo el mundo. La región de Wyoming colindante con el río Yellowstone se conocía desde hacía tiempo por la extraordinaria belleza de sus paisajes. Lewis y Clark cantaron sus prodigios. Artistas como Bierstadt y Moran la pintaron. Y la nueva línea férrea de Northern Pacific quería una atracción espectacular para llevar a los turistas al Oeste. Así que en 1872, en parte por la presión del ferrocarril, el presidente Ulysses Grant delimitó ochocientas mil hectáreas y creó el parque nacional de Yellowstone.

Solo había un problema, desconocido entonces y posteriormente. Nadie tenía la menor experiencia en conservación de espacios naturales. Hasta ese momento nunca se había presentado la necesidad. Y se dio por supuesto que sería mucho más fácil de lo que finalmente fue.

Cuando Theodore Roosevelt visitó el parque en 1903, vio un paisaje repleto de caza. Había miles de alces, búfalos, osos negros, ciervos, pumas, osos pardos, coyotes, lobos y borregos cimarrones. Por entonces se aplicaban ya normativas para mantener las cosas como estaban. Poco después se constituyó el Servicio de Parques, una nueva burocracia cuya exclusiva función era mantener el parque en su estado original.

Sin embargo, el paisaje rebosante de vida animal que Roosevelt vio había desaparecido para siempre. Y ello se debía a que los supervisores de parques —encargados de mantener el parque en perfecto estado— habían tomado una serie de medidas que consideraron beneficiosas para la conservación del parque y su fauna. Pero se equivocaron.

—Bueno —dijo Bradley—, nuestros conocimientos han aumentado con el tiempo...

—No, no es así —replicó Kenner—. Ahí quería yo llegar. Siempre se afirma que hoy día sabemos más, y ese supuesto no se ve respaldado por lo que ocurrió.

Que fue lo siguiente: los primeros supervisores del parque creyeron erróneamente que el alce estaba en peligro de extinción.

Así pues, intentaron aumentar las manadas de alces dentro del parque eliminando a los depredadores. Con esa finalidad, abatieron a tiros o envenenaron a todos los lobos del parque. Y prohibieron a los indios cazar en el parque, pese a que Yellowstone era un territorio de caza tradicional.

Protegidas, las manadas de alces experimentaron una explosión demográfica y devoraron tal cantidad de ciertos árboles y plantas que la ecología de la zona empezó a cambiar. Los alces se comían los árboles utilizados por los castores para construir sus presas, así que desaparecieron los castores. Fue entonces cuando los supervisores descubrieron que los castores eran vitales para el control general de los espacios acuáticos de la región.

Cuando los castores desaparecieron, se secaron las praderas; se extinguieron la trucha y la nutria; aumentó la erosión del suelo; y la ecología del parque se alteró aún más.

En la década de los veinte estaba ya más que claro que había demasiados alces, así que los guardabosques empezaron a cazarlos a miles. Pero el cambio en la ecología de la flora parecía ya permanente; la antigua combinación de árboles y hierba no se recuperó.

También se puso cada vez más de manifiesto que los cazadores indios de antaño ejercían una valiosa influencia ecológica en el territorio del parque impidiendo el aumento de la población de alces y bisontes. Esta tardía toma de conciencia formó parte de una comprensión más amplia de cómo los aborígenes americanos habían modelado considerablemente la «naturaleza intacta» que vieron los primeros hombres blancos —o creyeron ver— al llegar al Nuevo Mundo. La «naturaleza intacta» no era eso ni mucho menos. Los seres humanos del continente norteamericano habían ejercido una gran influencia en el medio ambiente durante miles de años: quemando la hierba de las llanuras, alterando los bosques, reduciendo determinadas poblaciones animales y cazando otras hasta la extinción.

En retrospectiva, la prohibición de la caza se consideró un error. Pero fue solo uno más de los muchos que siguieron cometiendo los supervisores de parques. Los osos pardos se protegieron; luego se mataron. Los lobos se aniquilaron; luego se reintrodujeron. La investigación de la fauna que exigía estudios de campo y collares con indicadores radiofónicos se interrumpió y se reanudó más tarde cuando se declaró en peligro a ciertas especies. Se aplicaron medidas para la prevención de incendios, sin comprenderse los efectos regenerativos del fuego. Cuando por fin estas medidas se abandonaron, miles de hectáreas ardieron de tal manera que el terreno quedó estéril y los bosques no volvieron a crecer sin replantación. La trucha arco iris se introdujo en la década de los setenta y pronto eliminó a la trucha de garganta cortada, una especie autóctona.

Y así sucesivamente.

—Lo que tenemos, pues —añadió Kenner—, es una historia de intervención ignorante, incompetente y desastrosamente intrusiva, seguida de intentos de reparar el daño causado por la intervención, seguidos de intentos por reparar los daños causados por las reparaciones, tan atroces como los de cualquier vertido tóxico o de petróleo. Solo que en este caso no hay ninguna empresa malévola o economía basada en la explotación de combustibles fósiles a la que culpar. Este desastre lo provocaron los ecologistas encargados de proteger la naturaleza, que cometieron un espantoso error tras otro... y de paso demostraron lo poco que entendían el medio ambiente que pretendían proteger.

—Eso es absurdo —dijo Bradley—. Para preservar un medio natural, simplemente se lo preserva. Hay que dejarlo en paz y permitir que el equilibrio de la naturaleza se imponga. Basta con eso.

—Está muy equivocado —repuso Kenner—. La protección pasiva, dejar las cosas en paz, no preserva el estado existente de un espacio natural, como no lo preserva en su jardín. El mundo está vivo, Ted. Todo fluye continuamente. Las especies ganan, pierden, crecen, decaen, se imponen, se ven apartadas. Aislar un espacio natural no lo detiene en su estado presente, de la misma manera que encerrar a sus hijos en una habitación no les impide crecer. El nuestro es un mundo cambiante, y si quiere preservar un trozo de tierra en un estado determinado, primero debe decidir cuál es ese estado, y luego controlarlo activamente, incluso agresivamente.

—Pero usted mismo ha dicho que no sabemos cómo hacerlo.

—Correcto. No sabemos. Porque cualquier actuación provoca alteraciones en el medio ambiente, Ted. Y toda alteración daña a una planta o animal. Es inevitable. Preservar un bosque antiguo para ayudar al cárabo californiano implica que el gorjeador de Kirtland y otras especies se ven privadas del bosque nuevo que prefieren. Todo tiene un precio.

—Pero...

—Nada de peros, Ted. Dígame una actuación que tenga solo consecuencias positivas.

—Muy bien, se lo diré. Prohibir los CFC para proteger la capa de ozono.

—Eso causó un perjuicio al Tercer Mundo al eliminar los refrigerantes baratos, de manera que sus alimentos se estropeaban más a menudo y más gente moría por intoxicación.

—Pero la capa de ozono es más importante...

—Quizá para usted. Es posible que ellos no estén de acuerdo. Pero hablamos de si es posible una actuación sin consecuencias dañinas.

—Muy bien. Los paneles solares. Los sistemas de reciclaje de agua para las casas.

—Permiten a la gente construir casas en remotos espacios naturales donde antes no era posible debido a la falta de agua y energía. Invade la naturaleza y, por consiguiente, pone en peligro a especies que previamente vivían sin perturbación alguna.

—La prohibición del DDT.

—Sin duda la mayor tragedia del siglo XX. El DDT era el mejor agente contra los mosquitos, y pese a toda la retórica nunca ha existido nada ni remotamente tan bueno y seguro. Desde la prohibición, mueren de malaria dos millones de personas al año innecesariamente, en su mayoría niños. En conjunto, la prohibición ha causado más de cincuenta millones de muertes.* La prohibición del DDT ha matado más personas que Hitler. Y el movimiento ecologista presionó mucho para conseguirla.**

—Pero el DDT era cancerígeno.

—No, no lo era. Y todo el mundo lo sabía cuando se prohibió.***

—No era seguro.

—En realidad, era tan seguro que podía comerse. Eso hizo cierto número de gente durante dos años en un experimento.**** Después de la prohibición, fue sustituido por el paratión, que era de verdad peligroso. Más de cien trabajadores agrícolas murieron durante los meses posteriores a la prohibición del DDT porque no estaban acostumbrados a manipular pesticidas realmente tóxicos.*****

—En todo eso, discrepamos.

—Solo porque usted desconoce los datos pertinentes, o no está dispuesto a afrontar las consecuencias de las acciones llevadas a cabo por organizaciones a las que usted da apoyo. Algún día la prohibición del DDT se verá como un error escandaloso.

—El DDT no llegó a prohibirse.

—Tiene razón. Simplemente se dijo a los países que si lo usaban no recibirían ayuda exterior. —Kenner negó con la cabeza—. Pero lo indiscutible, basado en las estadísticas de las Naciones Unidas, es que antes de la prohibición del DDT la malaria se había convertido casi en una enfermedad menor. Cincuenta mil muertes al año en todo el mundo. Unos años después volvía a ser un plaga en todo el planeta. Cincuenta millones de personas han

* Algunas estimaciones fijan la cifra en treinta millones de muertes.

** Análisis completo del DDT, Wildavsky, 1994, pp. 55-80.

*** Comité Sweeney, 25 de abril, 1972, «El DDT no es un riesgo cancerígeno para el hombre». Ruckelshaus lo prohibió dos meses después, aduciendo que el DDT «presenta un riesgo cancerígeno para el hombre». No leyó el informe Sweeney.

**** Hayes, 1969.

***** John Noble Wilford, «Las muertes causadas por el sucesor del DDT despiertan precupación», *New York Times*, 21 de agosto, 1970, p. 1; Wildavsky, 1996, p. 73.

muerto desde la prohibición, Ted. Una vez más, no puede haber una actuación sin perjuicio.

Siguió un largo silencio. Ted cambió de posición en su asiento, empezó a hablar y volvió a cerrar la boca. Finalmente dijo:

—Está bien. De acuerdo. —Adoptó su actitud más presidencial y altiva —. Me ha convencido. Le doy la razón. ¿Y?

—Y la duda real ante cualquier actuación ecologista es: ¿Son superiores los beneficios a los perjuicios? Porque siempre hay un perjuicio.

—Está bien, está bien. ¿Y?

—¿Cuándo se oye a un grupo ecologista hablar de esa manera? Nunca. Son todos absolutistas. Pueden presentarse ante los jueces aduciendo que deben aplicarse regulaciones sin tener en cuenta los costes que generan.* El requisito de que toda regulación mostrase una buena relación beneficio-coste lo impusieron los tribunales después de un período de excesos lamentables. Los ecologistas protestaron contra ese requisito y protestan todavía. No quieren que la gente sepa cuánto cuestan realmente a la sociedad y al mundo sus incursiones en políticas reguladoras. El más destacado ejemplo fue la regulación del benceno a finales de los años ochenta, cuyos beneficios fueron tan escasos que cada año de vida salvado acabó costando veinte mil millones de dólares.** ¿Está usted de acuerdo con esa regulación?

—Bueno, si lo plantea en esos términos, no.

—¿Qué otros términos hay, Ted, aparte de la verdad? Veinte mil millones de dólares para salvar un año de vida. Ese fue el coste de la regulación. ¿Deben sus organizaciones de ayuda presionar para que se apliquen normativas que representen tal despilafarro?

* Referencias a casos en Sunstein, pp. 300-301.

** Véase el estudio del centro de análisis de riesgos de Harvard: Tengs *et al.*, 1995. Para una discusión completa, véase Lambert, p. 318 y ss. Concluye: «Cuando pasamos por alto el coste de las decisiones ecologistas... en otras áreas... conseguimos en realidad cometer un asesinato estadístico». Facilita el número de muertes innecesarias en sesenta mil por año solo en Estados Unidos.

—No.

—En el asunto del benceno, el principal grupo de presión en el Congreso fue el NERF. ¿Va usted a dimitir del consejo directivo?

—Claro que no.

Kenner se limitó a asentir lentamente.

—Y ahí lo tenemos.

Sanjong señalaba la pantalla del ordenador, Kenner se acercó y ocupó el asiento contiguo. La pantalla mostraba una imagen aérea de una isla tropical, densamente poblada de árboles, y una amplia bahía curva de aguas azules. La fotografía parecía tomada desde un avión a baja altura. En la bahía se veían cuatro desgastadas chozas de madera.

—Esas son nuevas —dijo Sanjong—. Las han levantado en las últimas veinticuatro horas.

—Parecen viejas.

—Sí, pero no lo son. Observadas con detenimiento, se advierte que son artificiales. Puede que sean de plástico en lugar de madera. En apariencia, la más grande sirve de alojamiento y las otras tres contienen el equipo.

—¿Qué clase de equipo? —preguntó Kenner.

—Las fotografías no han revelado nada. Probablemente se descargó de noche. Pero me remonté unos días atrás y conseguí una descripción aceptable de las aduanas de Hong Kong. El equipo se compone de tres generadores de cavitación hipersónica. Montados en bastidores de matriz de carbono de impacto resonante.

—¿El equipo de cavitación hipersónica está a la venta?

—Lo han conseguido. No sé cómo.

Kenner y Sanjong, muy juntos, hablaban en susurros. Evans se aproximó y se inclinó sobre ellos.

—¿Qué es un generador de... como se diga... hipersónica? —preguntó en voz baja.

—Un generador de cavitación —dijo Kenner—. Es un dispositivo acústico de gran potencia del tamaño de un camión pequeño que produce un campo de cavitación radialmente simétrico.

Evans lo miró con cara de incomprensión.

—Cavitación es la formación de burbujas en una sustancia —explicó Sanjong—. Cuando se hierve agua, se produce cavitación. También puede hervirse agua con sonido, pero en este caso los generadores están diseñados para inducir campos de cavitación en un sólido.

—¿Qué sólido? —preguntó Evans.

—La tierra —contestó Kenner.

—No lo entiendo —dijo Evans—. ¿Van a producir burbujas bajo el suelo, como si fuese agua hirviendo?

—Algo así, sí.

—¿Por qué?

Los interrumpió la llegada de Ann Garner.

—¿Esto es un reunión solo para chicos? —preguntó—. ¿Puede participar alguien más?

—Por supuesto —respondió Sanjong, tecleando. La pantalla mostró un denso despliegue de gráficos—. Solo estábamos revisando los niveles de dióxido de carbono de los núcleos de hielo extraídos de Vostok y de North Grip en Groenlandia.

—Pueden dejarme en la ignorancia si quieren —dijo Ann—. Tarde o temprano este avión aterrizará, y entonces averiguaré qué se traen entre manos.

—Eso es cierto —concedió Kenner.

—¿Por qué no me lo cuentan ya?

Kenner se limitó a negar con la cabeza.

El piloto accionó la radio.

—Comprueben sus cinturones, por favor. Prepárense para aterrizar en Honolulú.

—¡Honolulú! —exclamó Ann.

—¿Adónde pensaba que íbamos?

—Creía...

Y entonces se interrumpió.

Sarah pensó: «Sabe adónde vamos».

Mientras repostaban en Honolulú, un inspector de aduanas subió a bordo y les pidió los pasaportes. Pareció hacerle gracia la presencia de Ted Bradley, a quien llamó «señor presidente»; a Bradley, por su parte, le complació la atención de un hombre de uniforme.

Cuando el inspector hubo examinado sus pasaportes, dijo al grupo:

—Según he visto, su destino es Gareda, en las islas Salomón. Solo quiero asegurarme de que están enterados de las advertencias para quienes viajan a esa zona. En vista de las actuales circunstancias, la mayoría de las embajadas han desaconsejado las visitas.

—¿Qué circunstancias? —preguntó Ann.

—En la isla hay rebeldes en lucha. Se han producido numerosos asesinatos. El ejército australiano intervino el año pasado y capturó a la mayoría, pero no a todos. La semana pasada murieron tres personas asesinadas, entre ellas dos extranjeros. Uno de los cadáveres estaba mutilado, y se habían llevado la cabeza.

—¿Cómo?

—Se habían llevado la cabeza. No mientras estaba vivo.

Ann se volvió hacia Kenner.

—¿Es allí adonde vamos? ¿A Gareda?

Kenner asintió lentamente.

—¿Qué quiere decir eso de que se llevaron la cabeza?

—Para quedarse el cráneo, cabe suponer.

—¿El cráneo? —repitió ella—. Así que... está hablando de cazadores de cabezas...

Kenner asintió.

—Yo me bajo de este avión —dijo Ann, y tras recoger su bolsa de mano, descendió por la escalerilla.

Jennifer acababa de despertar.

—¿Qué problema hay?

—No le gustan las despedidas —bromeó Sanjong.

Ted Bradley se acariciaba el mentón en lo que él consideraba un gesto pensativo.

—¿Decapitaron a un extranjero? —preguntó.

—Según parece, fue aún peor —contestó el inspector de aduanas.

—Dios mío. ¿Qué hay peor que eso? —dijo Bradley, y se echó a reír.

—La situación allí no es del todo clara —explicó el inspector—. Los informes son contradictorios.

Bradley dejó de reír.

—No. En serio, quiero saberlo. ¿Qué es peor que una decapitación?

Se produjo un breve silencio.

—Se lo comieron —informó Sanjong.

Bradley se recostó en su asiento.

—¿Se lo comieron?

—El inspector asintió.

—Partes de él. Al menos, eso dice el informe.

—Joder —exclamó Bradley—. ¿Qué partes? Da igual, no quiero saberlo. Santo cielo. Se comieron a ese hombre.

Kenner lo miró.

—No es necesario que vaya, Ted. Usted también puede marcharse.

—Debo admitir que me lo estoy planteando —dijo con su juicioso tono presidencial—. Ser devorado no es un colofón distinguido a una carrera. Pensemos en cualquiera de los grandes. Pensemos en Elvis: devorado. John Lennon: devorado. Es decir, no es como quiere uno quedar en la memoria. —Guardó silencio y, bajando el mentón hacia el pecho, se sumió en una profunda reflexión; al cabo de un momento volvió a levantarlo. Era un gesto que había interpretado cien veces en televisión. Por fin dijo—: Pero no. Aceptaré el riesgo. Si ustedes van, yo voy.

—Nosotros vamos —respondió Kenner.

CAMINO DE GAREDA
MIÉRCOLES, 13 DE OCTUBRE
21.30 H.

El vuelo hasta el aeropuerto de Kotak, en Gareda, duraba nueve horas. El avión estaba a oscuras; casi todos dormían. Kenner, como de costumbre, permanecía despierto, sentado en la parte de atrás con Sanjong. Hablaban en susurros.

Peter Evans despertó más o menos a las cuatro horas del vuelo. Aún le escocían los dedos de los pies desde el episodio en la Antártida y le dolía la espalda desde el bamboleo de la riada. Pero las molestias de los dedos le recordaban que debía examinárselos a diario por si se le infectaban. Se levantó y fue a la parte trasera del avión, donde Kenner se hallaba sentado. Se quitó los calcetines y se inspeccionó los dedos.

—Huélelos —recomendó Kenner.

—¿Cómo?

—Olfatéatelos. Si tienes gangrena, notarás el olor. ¿Te duelen?

—Me escuecen. Sobre todo de noche.

Kenner movió la cabeza en un gesto de asentimiento.

—Te recuperarás. Creo que los conservarás todos.

Evans se recostó, pensando en lo extraño que era mantener una conversación sobre la posible pérdida de los dedos de los pies. Por alguna razón, eso le provocó un mayor dolor de espalda. Entró en el cuarto de baño de la parte trasera del avión y revolvió los cajones buscando unos calmantes. Solo tenían Advil, así que se tomó uno y regresó.

—Una treta ingeniosa, la que habéis preparado en Honolulú —comentó—. Lástima que no haya dado resultado también con Ted.

Kenner lo miró, sorprendido.

—No era una treta —contestó Sanjong—. Ayer se produjeron tres asesinatos.

—Ah. ¿Y se comieron a alguien?

—Eso decía el informe.

—Ah —dijo Evans.

Al ir a la parte delantera del avión a oscuras, Evans vio a Sarah sentada.

—¿No puedes dormir? —susurró ella.

—No. Estoy un poco dolorido. ¿Y tú?

—Sí. Me duelen los dedos de los pies. Por la congelación.

—A mí también.

Sarah señaló con la cabeza en dirección a la cocina.

—¿Hay comida allí?

—Creo que sí.

Sarah se levantó y se dirigió hacia la cola. Evans la siguió.

—También me duelen las puntas de las orejas —comentó Sarah.

—A mí no.

Rebuscando, Sarah encontró un poco de pasta fría. Ofreció un plato a Evans; él negó con la cabeza. Se sirvió y empezó a comer.

—¿Y desde cuándo conoces a Jennifer?

—En realidad no la conozco —contestó Evans—. Nos vimos por primera vez hace poco, en las oficinas del equipo litigante.

—¿Por qué viene con nosotros?

—Creo que conoce a Kenner.

—Sí, me conoce —dijo Kenner desde su asiento.

—¿Cómo?

—Es mi sobrina.

—¿En serio? —preguntó Sarah—. ¿Desde cuándo es tu sob…? Da igual. Lo siento. Es tarde.

—Es hija de mi hermana. Sus padres murieron en un accidente de avión cuando ella tenía once años.

—Ah.

—Ha pasado mucho tiempo sola.

—Ah.

Evans miró a Sarah y pensó una vez más que ese buen aspecto con que se levantaba después de dormir, tan compuesta, debía de ser algún truco. Además, llevaba el perfume que lo había vuelto calladamente loco desde el instante en que lo olió.

—Bueno —dijo Sarah—. Parece muy simpática.

—Yo no… esto… no hay nada…

—Tranquilo —lo interrumpió Sarah—. No es necesario que finjas conmigo, Peter.

—No estoy fingiendo —contestó él, inclinándose un poco hacia ella para oler su perfume.

—Sí, sí finges. —Ella se apartó de él y fue a sentarse frente a Kenner—. Y cuando lleguemos a Gareda, ¿qué?

El problema con ella, pensó Evans, era que tenía la escalofriante habilidad de pasar a comportarse en un instante como si él no existiera. En ese momento no lo miraba; tenía toda su atención puesta en Kenner, hablaba con él con evidente concentración y se comportaba como si no hubiese allí nadie más.

¿Se suponía que eso era una provocación?, se preguntó. ¿Se suponía que era un estímulo, para incitarlo a iniciar la cacería? Porque no era esa la sensación que tenía. A él más bien lo sacaba de quicio.

Deseó dar una palmada en la encimera, hacer mucho ruido y exclamar: «¡Hola, saludos a Sarah!» o algo así.

Pero pensó que eso empeoraría las cosas. Podía imaginar su mirada de enfado. «Eres tan infantil», le diría, o algo así. Lo inducía a desear la compañía de alguien poco complicado, como Janis. Un cuerpo magnífico y una voz que no era necesario escuchar. Eso era precisamente lo que necesitaba en ese momento.

Dejó escapar un largo suspiro.

Ella lo oyó, le lanzó una mirada y dio unas palmadas en el asiento junto a ella.

—Ven aquí, Peter, y participa en la conversación. —Y le dedicó una sonrisa amplia y deslumbrante.

Evans pensó: «Estoy muy confuso».

—Esto es la bahía de Resolución —dijo Sanjong manteniendo abierta la pantalla de su ordenador. A continuación, la imagen se alejó para mostrar un mapa de toda la isla—. Está en el lado nordeste de la isla. El aeropuerto se encuentra en la costa oeste. A unos cuarenta kilómetros.

La isla de Gareda parecía un gran aguacate de contornos desiguales hundido en el agua.

—Hay una cadena montañosa que pasa por el centro de la isla —continuó Sanjong—. En algunos puntos alcanza los mil metros de altura. La selva en el interior de la isla es muy densa, prácticamente impenetrable, a menos que se sigan las carreteras o alguno de los senderos que atraviesan la selva. Pero no podemos cruzarla campo a través.

—Pues iremos por la carretera —dijo Sarah.

—Quizá —respondió Sanjong—. Pero se sabe que los rebeldes ocupan esta zona de aquí —trazó un círculo en el centro de la isla con el dedo— y se han dividido en dos o quizá tres grupos. Sus posiciones exactas se desconocen. Han tomado esta aldea, Pavutu, cerca de la costa norte. Según parece, tienen allí su cuartel general. Y probablemente han puesto controles en las carreteras y patrullas en los senderos de la selva.

—Entonces, ¿cómo llegaremos a la bahía de Resolución?

—Si es posible, en helicóptero —contestó Kenner—. He encargado uno, pero esta no es la parte más fiable del mundo. Si eso no es posible, iremos en coche. Ya veremos hasta dónde podemos llegar. Pero en este momento no sabemos cómo va a ser.

—¿Y cuando lleguemos a la bahía? —preguntó Evans.

—En la playa hay cuatro estructuras nuevas. Tenemos que derribarlas y desmantelar la maquinaria que contienen. Inutilizarla. También tenemos que encontrar la gabarra y desmantelar su submarino.

—¿Qué submarino? —dijo Sarah.

—Alquilaron un pequeño submarino biplaza de investigación. Lleva en la zona desde hace dos semanas.

—¿Y qué hace?

—Estamos ya casi seguros de saberlo. El archipiélago de Salomón se compone de más de novecientas islas y está situado en una parte geológica del mundo muy activa desde el punto de vista de las placas tectónicas. Estas islas pertenecen a esa zona del mundo donde las placas chocan. Por eso aquí hay tantos volcanes y terremotos. Es una región muy inestable. La placa del Pacífico entra en colisión con la plataforma de Oldowan Java y se desliza bajo ella. El resultado es la fosa de Salomón, una gran característica del lecho marino que traza un arco al norte del archipiélago. Es muy profunda. Entre ochocientos y dos mil metros. La fosa está también al norte de la bahía de Resolución.

—Así que es una región geológica activa con una profunda fosa —repitió Evans—. Sigo sin ver la jugada.

—Muchos volcanes submarinos, muchos derrubios, y por tanto la posibilidad de corrimientos de tierra —explicó Kenner.

—Corrimientos de tierra. —Evans se frotó los ojos. Era tarde.

—Corrimientos de tierra bajo el mar —añadió Kenner.

—¿Intentan provocar un corrimiento bajo el mar? —dijo Sarah.

—Eso sospechamos. En algún punto de la fosa de Salomón. Probablemente a una profundidad de entre cien y trescientos metros.

—¿Y eso qué efecto tendría? ¿Un corrimiento submarino? —preguntó Evans.

—Enséñales el mapa grande —indicó Kenner a Sanjong.

Sanjong mostró en pantalla un mapa de toda la cuenca del Pacífico, desde Siberia hasta Chile, desde Australia hasta Alaska.

—Bien —dijo Kenner—. Ahora traza una línea recta desde la bahía de Resolución y veamos adónde te lleva.

—California.

—Exacto. Dentro de unas once horas.

Evans frunció el entrecejo.

—Un corrimiento submarino...

—Desplaza un enorme volumen de agua muy rápidamente. Es como suele formarse un tsunami. Una vez propagada, la ola atravesará el Pacífico a ochocientos kilómetros por hora.

—¡Joder! —exclamó Evans—. ¿De que tamaño es la ola de la que estamos hablando?

—En realidad se trata de una serie de olas, lo que se conoce como tren de olas. El corrimiento de tierra submarino de Alaska ocurrido en 1952 generó una ola de catorce metros. Pero en este caso es imprevisible, porque la altura de una ola depende del litoral contra el que arremete. En algunas partes de California podría elevarse hasta veinte metros, un edificio de seis plantas.

—Dios mío —dijo Sarah.

—¿Y cuánto tiempo falta para eso? —preguntó Evans.

—Aún quedan dos días de congreso. La ola tardará un día en cruzar el Pacífico. Así que...

—Tenemos un día.

—A lo sumo, sí. Un día para aterrizar, abrirnos paso hasta la bahía de Resolución y detenerlos.

—¿Detener a quiénes? —preguntó Ted Bradley, bostezando y acercándose a ellos—. ¡Dios, vaya dolor de cabeza! ¿Qué tal una copa para quitar la resaca? —Se interrumpió, miró al grupo y luego a cada uno de ellos—. Eh, ¿qué pasa aquí? Parece que he interrumpido un funeral.

CAMINO DE GAREDA
JUEVES, 14 DE OCTUBRE
5.30 H.

Tres horas después salió el sol y el avión inició su descenso. Ahora volaba bajo, sobre islas boscosas y verdes orladas de un azul claro sobrenatural. Vieron unas cuantas carreteras y unos cuantos pueblos, en su mayoría aldeas.

Ted Bradley miró por la ventanilla.

—¿No es precioso? —comentó—. Un paraíso verdaderamente intacto. Esto es lo que está desapareciendo en nuestro mundo.

Sentado frente a él, Kenner no dijo nada. También él miraba por la ventana.

—¿No cree que el problema es que hemos perdido el contacto con la naturaleza? —preguntó Bradley.

—No —respondió Kenner—. Creo que el problema es que no veo muchas carreteras.

—¿No cree que eso se debe a que es el hombre blanco, y no los nativos, quien quiere conquistar la naturaleza, someterla?

—No, no lo creo.

—Yo sí —afirmó Bradley—. Considero que la gente que vive más cerca de la tierra, en sus aldeas, en medio de la naturaleza, posee un sentido ecológico espontáneo y un conocimiento intuitivo del valor de todo ello.

—¿Ha pasado mucho tiempo en las aldeas, Ted? —preguntó Kenner.

—Pues de hecho, sí. Rodé una película en Zimbabue y otra un Botswana. Sé de lo que hablo.

—Ajá. ¿Y vivió en las aldeas todo ese tiempo?

—No, me alojé en hoteles. Era necesario, por razones de seguridad. Pero tuve muchas experiencias en las aldeas. No hay duda de que la vida en una aldea es mejor y ecológicamente más sensata. Sinceramente, creo que todo el mundo debería vivir así. Y desde luego no deberíamos alentar a los aldeanos a industrializarse. Ese es el problema.

—Entiendo. Así que usted quiere alojarse en un hotel pero que el resto del mundo se quede en una aldea.

—No, no me escucha...

—¿Dónde vive ahora, Ted? —preguntó Kenner.

—En Sherman Oaks.

—¿Es una aldea?

—No. Bueno, es más o menos una aldea, podría decirse... pero tengo que ir a trabajar a Los Ángeles —explicó Bradley—. No me queda elección.

—Ted, ¿se ha hospedado alguna vez en una aldea del Tercer Mundo? ¿Aunque solo sea por una noche?

Bradley cambió de posición en el asiento.

—Como he dicho antes, pasé mucho tiempo en las aldeas mientras rodábamos. Sé de lo que hablo.

—Si la vida en las aldeas es tan maravillosa, ¿por qué cree que la gente quiere marcharse?

—No deberían marcharse, ahí es donde quiero yo llegar.

—¿Usted lo sabe mejor que ellos?

Bradley guardó silencio por un momento y luego prorrumpió:

—Pues la verdad, si quiere saberlo, sí. Yo lo sé mejor. Tengo la ventaja de la educación y una experiencia más amplia. Y conozco de primera mano los peligros de la sociedad industrial y el deterioro que está causando en todo el mundo. Así pues, sí, creo que sé lo que es mejor para ellos. Y sin duda sé lo que es mejor para el planeta desde un punto de vista ecológico.

—Tengo un problema —dijo Kenner— con la gente que decide qué es lo que más me conviene cuando ellos no viven donde yo vivo, cuando ellos no conocen la situación local ni los problemas locales a los que me enfrento, cuando ni siquiera viven en el mismo país que yo, y aun así creen... en alguna lejana ciudad occidental, tras un escritorio en algún rascacielos de cristal de Bruselas, Berlín o Nueva York... aun así creen conocer la solución a mis problemas y saben cómo debo vivir mi vida. Tengo un problema con eso.

—¿Cuál es su problema? —preguntó Bradley—. Oiga, ¿no creerá en serio que todo el mundo en el planeta debe hacer lo que se le antoje, no? Eso sería espantoso. Esa gente necesita ayuda y orientación.

—¿Y es usted quien se la va a dar? ¿A «esa gente»?

—De acuerdo, no es políticamente correcto hablar así. Pero ¿quiere usted que toda esa gente tenga el increíble nivel de vida que tenemos en Estados Unidos y, en menor medida, en Europa?

—Yo no me lo imagino a usted renunciando a eso.

—No —admitió Ted—, pero ahorro energía todo lo que puedo. Reciclo. Apoyo una forma de vida libre de carbono. La cuestión es que si toda esa otra gente se industrializa, añadirá una carga extraordinaria a la contaminación global del planeta. Eso no debería ocurrir.

—Yo tengo la mía, pero ¿vosotros no podéis tener la vuestra?

—Se trata de hacer frente a las realidades —dijo Bradley.

—Las realidades de usted. No las de ellos.

En ese momento, Sanjong hizo una seña a Kenner.

—Disculpe —dijo Kenner, y se levantó.

—Váyase si quiere —dijo Bradley—, pero sabe que he dicho la verdad. —Llamó con un gesto a la auxiliar de vuelo y levantó su copa—. Solo una más, encanto. Una más para el camino.

—El helicóptero todavía no está allí —informó Sanjong.

—¿Cuál es el problema?

—Venía de otra isla. Han cerrado el espacio aéreo porque les preocupa que los rebeldes tengan misiles tierra-aire.

Kenner arrugó la frente.

—¿Cuánto falta para aterrizar?

—Diez minutos.

—Crucemos los dedos.

Abandonado, Ted Bradley pasó al otro lado del avión para sentarse con Peter Evans.

—¿No es fantástico? —comentó—. Fíjate en esa agua. Pura y cristalina. Fíjate en la intensidad de ese azul. Fíjate en esas aldeas preciosas, en plena naturaleza.

Evans miraba por la ventana pero solo veía pobreza. Las aldeas eran grupos de barracas de chapa ondulada; las carreteras, sendas de barro rojo. La gente iba pobremente vestida y se movía despacio. Se percibía en ellos depresión y desconsuelo. Imaginó enfermedades, muertes infantiles...

—Fantástico —repitió Bradley—. Prístino. Estoy impaciente por bajar. Esto es mejor que unas vacaciones. ¿Alguien sabía que las islas Salomón eran tan hermosas?

Desde delante, Jennifer dijo:

—Habitadas por cazadores de cabezas durante la mayor parte de su historia.

—Sí, bueno, todo eso forma parte del pasado —dijo Bradley—. Si es que ha existido de verdad. Eso del canibalismo, quiero decir. Todo el mundo sabe que no es verdad. Leí un libro de no sé qué profesor.* Nunca ha habido caníbales en ningún lugar del mundo. Es todo un mito. Un ejemplo más de cómo el hombre blanco demoniza a los pueblos de color. Cuando Colón llegó a las Indias Occidentales pensó que le dijeron que allí había caníbales, pero no era cierto. He olvidado los detalles. No hay caníbales en ninguna parte. No es más que un mito. ¿Por qué me mira así?

Evans se volvió. Bradley hablaba a Sanjong, que en efecto lo miraba fijamente.

* William Arens, *The Man-Eating Mith*.

—¿Y bien? —preguntó Bradley—. Me está mirando. Muy bien. ¿Quién osa decir que no está de acuerdo conmigo?

—Es usted un auténtico necio —respondió Sanjong, sin salir de su asombro—. ¿Ha estado alguna vez en Sumatra?

—No puedo decir que sí.

—¿Y en Nueva Guinea?

—No. Siempre he tenido ganas de ir para comprar algo de arte tribal. Es maravilloso.

—¿En Borneo?

—No, pero también he tenido siempre ganas de ir. Ese sultán, como se llame, hizo un excelente trabajo cuando remodeló el hotel Dorchester en Londres...

—Pues si va a Borneo —dijo Sanjong—, verá las casas de los dayak, donde todavía se exhiben los cráneos de las personas que mataron.

—Ah, eso es solo una atracción turística.

—En Nueva Guinea se da una enfermedad llamada *kuru*, transmitida a través de la ingestión de los cerebros de los enemigos.

—Eso no es verdad.

—El descubrimiento le valió el premio Nobel a Gajdusek. No hay duda de que comían cerebros.

—Pero de eso hace mucho tiempo.

—En los sesenta. Los setenta.

—A ustedes les gusta contar historias de miedo —repuso Bradley— a costa de los pueblos indígenas del planeta. Vamos, afronten los hechos: los seres humanos no son caníbales.*

* El canibalismo en el sudoeste americano: http://www.nature.com/nature/fow/000907.html; Richard A. Marlar, Leonard L. Banks, Brian R. Billman, Patricia M. Lambert, y Jennifer Marlar, «Pruebas bioquímicas de canibalismo en un yacimiento prehistórico de los indios pueblo en el sudoeste de Colorado», *Nature* 407, 74078 (7 de septiembre de 2000). Entre los celtas en Inglaterra: http://www.bris.ac.uk/Depts/Info-Office/news/archive/cannibal.htm. Entre los Neandertales: http://news.bbc.co.uk/1/hi/sci/tech/462048.stm; mismo tema, Jared M. Diamond, «Arqueología, charla sobre el canibalismo» («Una irrefutable prueba de canibalismo se ha hallado en un yacimiento de novecientos años de antigüedad en el sudoeste de Estados Unidos. ¿Por qué algunos críticos, horrorizados, niegan que muchas sociedades hayan considerado aceptable el canibalismo?»).

Sanjong parpadeó. Miró a Kenner. Este se encogió de hombros.

—Esto es absolutamente maravilloso —comentó Bradley mirando por la ventanilla—. Me parece que vamos a aterrizar.

SÉPTIMA PARTE

RESOLUCIÓN

GAREDA
JUEVES, 14 DE OCTUBRE
6.40 H.

En el aeropuerto de Kotak hacía un calor húmedo y pegajoso. Se encaminaron hacia la aduana, un pequeño cobertizo sin paredes con el rótulo KASTOM toscamente pintado. A un lado se alzaban una cerca de madera y una verja donde se veía la huella roja de una mano y un letrero que rezaba NOGOT ROT.

—«Nogot rot» —leyó Bradley—. Debe de ser una marca autóctona de algo.

—En realidad —explicó Sanjong—, la mano roja significa *kapu*, «prohibido». El letrero indica «No tienes derecho», que en pidgin es «No estás autorizado a pasar».

—Ah, entiendo.

A Evans aquel calor le resultaba casi insoportable. Estaba cansado después del largo viaje en avión y nervioso por lo que los esperaba allí. Junto a él, Jennifer caminaba con aire despreocupado, en apariencia fresca y vigorosa.

—¿No estás cansada? —preguntó Evans.

—He dormido en el avión.

Evans se volvió para mirar a Sarah. También ella avanzaba con andar brioso, rebosante de energía.

—Pues yo estoy agotado.

—Puedes dormir en el coche —dijo Jennifer, sin mostrar especial interés por el estado de Evans.

Él encontró un poco irritante su actitud. Y desde luego el calor y la humedad debilitaban. Cuando llegaron a la aduana, Evans tenía la camisa empapada y el pelo mojado. De la nariz y el mentón le caían gotas de sudor en los papeles que debía rellenar. La tinta de la pluma se corría en charcos de sudor. Miró al agente de aduanas, un hombre musculoso de piel oscura y pelo rizado con pantalón blanco planchado y camisa blanca. Se lo veía totalmente seco, casi fresco. Cruzó una mirada con Evans y sonrió.

—*Oh, waitman, dis no taim bilong san. You tumas hotpela.*

Evans asintió con la cabeza.

—Sí, cierto —contestó sin tener la menor idea de qué le había dicho aquel hombre.

—«Ni siquiera es la época más calurosa del verano» —tradujo Sanjong—. «Pero tú tienes mucho calor.»

—En eso ha acertado. ¿Dónde aprendiste pidgin?

—En Nueva Guinea. Trabajé allí un año.

—¿Y qué hacías allí?

Pero Sanjong se alejaba ya apresuradamente con Kenner, quien hacía señas a un joven de piel oscura que acababa de llegar al volante de un Land Rover. El hombre saltó del vehículo. Llevaba pantalón corto y una camiseta de color tostado que dejaba a la vista los hombros cubiertos de tatuajes. Su sonrisa era contagiosa.

—¡Eh, Jon Kanner! *Hamamas klok!*

Se golpeó el pecho con el puño y abrazó a Kenner.

—Tiene el corazón feliz —explicó Sanjong—. Se conocen.

El recién llegado se presentó como Henry, sin apellido. «*Hanri!*», dijo con una amplia sonrisa mientras les estrechaba las manos vigorosamente. Luego se volvió hacia Kenner.

—Tengo entendido que hay problemas con el helicóptero —dijo Kenner.

—¿Cómo? No hay *trabel. Me got klostu long*. —Se echó a reír—. Está allí, amigo mío —dijo en perfecto inglés con acento británico.

—Bien —contestó Kenner—, estábamos preocupados.

—Sí, pero en serio, John, mejor será *hariyap. Mi yet harim planti yangpelas, krosim, pasim birua, got plenti masket stap gut, ya?*

Evans tuvo la impresión de que Henry hablaba en pidgin solo para que los demás no lo entendiesen.

Kenner asintió con la cabeza.

—Eso mismo he oído yo —dijo—. Hay aquí muchos rebeldes. ¿Son muchachos en su mayoría? ¿Y rabiosos? Y bien armados. Todo encaja.

—Me preocupa el helicóptero, amigo mío.

—¿Por qué? ¿Sabes algo del piloto?

—Sí.

—¿Quién es el piloto?

Henry ahogó la risa y dio una palmada a Kenner en la espalda.

—¡Soy yo!

—Pues pongámonos en marcha.

Enfilaron la carretera, dejando atrás el aeródromo. La selva se alzaba a ambos lados. En el aire se oía el zumbido de las cigarras. Evans lanzó una mirada de añoranza al hermoso Gulfstream blanco, cuya silueta se recortaba en la pista contra el cielo azul. Los pilotos, con sus camisas blancas y sus pantalones negros, comprobaban las ruedas. Se preguntó si volvería a ver el avión.

—Henry, hemos sabido que han matado a gente —decía Kenner.

Henry hizo una mueca.

—No solo matado, John. *Olpela*. ¿Sí?

—Eso hemos oído.

—Sí. *Distru*.

Así que era verdad.

—¿Fue obra de los rebeldes?

Henry asintió con la cabeza.

—¡Ah! Este nuevo jefe, llamado Sambuca, es aficionado a la bebida. No me preguntes por qué se llama así. Está loco, John. *Longlong man tru*. Para este individuo, todo es otra vez *olpela*. Las viejas tradiciones son lo mejor. *Allatime*, *allatime*.

—Pues las tradiciones son lo mejor —intervino Ted Bradley, caminando penosamente detrás de ellos—, si quieren saber mi opinión.

Henry se volvió.

—Ustedes tienen teléfonos móviles, ordenadores, antibióticos, medicinas, hospitales. ¿Y dice que las tradiciones son lo mejor?

—Sí, porque lo son —insistió Bradley—. Eran más humanas. Permitían que la textura humana se acomodase mejor a la vida. Créame, si alguna vez tiene ocasión de experimentar los supuestos milagros modernos, sabrá que no son tan extraordinarios...

—Me licencié en la Universidad de Melbourne —lo interrumpió Henry—. Así que estoy bastante familiarizado.

—Ah, bien —dijo Bradley. Y en un susurro masculló—: Podrías habérmelo dicho, capullo.

—Por cierto —dijo Henry—, le daré un consejo: aquí no haga eso. No hable en voz baja.

—¿Por qué no?

—En este país, algunos *pelas* ven en eso un síntoma de que está poseído por el demonio y se asustan. Y podrían matarle.

—Entiendo. Encantador.

—Así que, en este país, si tiene algo que decir, dígalo alto y claro.

—Lo recordaré.

Sarah caminaba junto a Bradley, pero no escuchaba la conversación. Henry era todo un personaje, atrapado entre dos mundos, hablando a veces con el más puro acento inglés y pasando a veces al pidgin. A ella no le molestaba.

Miraba la selva. En la carretera el aire, caliente y quieto, quedaba encerrado entre los enormes árboles, de quince o veinte metros de altura y cubiertos de enredaderas. Y abajo, en la penumbra creada por el espeso ramaje, crecían grandes helechos, tan tupidos que formaban una barrera impenetrable, un muro verde macizo.

Pensó: «Uno podría adentrarse dos metros ahí y perderse para siempre. Jamás encontraría el camino de salida».

Junto a la carretera había restos herrumbrosos de coches abandonados hacía mucho tiempo, con los parabrisas rotos, las carrocerías abolladas y corroídas de colores pardusco y amarillo. Al pasar por su lado, vio la tapicería hecha jirones, viejos salpicaderos con agujeros donde antes estuvieron los relojes y los cuentakilómetros.

Doblaron a la derecha por un camino y vieron ante ellos el helicóptero. Sarah ahogó una exclamación. Era precioso, pintado de verde con una nítida raya blanca, con las aspas y las riostras metálicas resplandecientes. Todos lo comentaron.

—Sí, por fuera tiene buen aspecto —convino Henry—. Pero me temo que por dentro, el motor, quizá no esté tan bien. —Movió la mano a uno y otro lado—. Así, así.

—Estupendo —dijo Bradley—. Personalmente, preferiría que fuera al revés.

Abrieron las puertas para entrar. En la parte de atrás había pilas de cajas de madera con serrín. Olían a grasa.

—He traído el material que querías —dijo Henry a Kenner.

—¿Y munición suficiente?

—Ah, sí. Todo lo que pedías.

—Entonces en marcha —ordenó Kenner.

En la parte de atrás, Sarah se abrochó el cinturón y se puso los auriculares. Los motores zumbaron y las aspas giraron cada vez más deprisa. El helicóptero empezó a elevarse con un estremecimiento.

—Somos muchos a bordo —dijo Henry—, así que esperemos que haya suerte. ¡Cruzad los dedos!

Y riéndose como un maníaco, ascendió hacia el cielo azul.

HACIA RESOLUCIÓN
JUEVES, 14 DE OCTUBRE
9.02 H.

La selva se deslizaba bajo ellos, kilómetro tras kilómetro de espeso ramaje. En algunos lugares se adherían a los árboles volutas de bruma, sobre todo a mayores altitudes. A Sarah le sorprendió lo montañosa que era la isla, lo irregular que era el terreno. No vio una sola carretera. De vez en cuando pasaban sobre una aldea en medio de un claro. Por lo demás, nada aparte de árboles. Henry había tomado rumbo norte con la intención de dejarlos en la costa a unos kilómetros al oeste de la bahía de Resolución.

—Unas aldeas encantadoras —comentó Ted Bradley cuando sobrevolaban una de ellas—. ¿Qué cultiva aquí la gente?

—Nada. Aquí la tierra no es buena. Trabajan en las minas de cobre —contestó Henry.

—Es una lástima.

—No para quienes viven aquí. En la vida han visto tanto dinero. La gente mata por trabajar en las minas. Y digo mata literalmente. Todos los años se producen asesinatos.

Bradley meneaba la cabeza.

—Terrible. Realmente terrible. Pero miren ahí —dijo señalando—. Ahí hay una aldea con chozas de juncos. ¿Es ese el estilo antiguo, la manera antigua de hacer las cosas, aún viva?

—Ni mucho menos —respondió Henry—. Eso es una aldea

rebelde. Ese es el nuevo estilo. Una *haus* grande de juncos, impresionante, una casa grande para el *chif*.

Explicó que Sambuca había dado orden a los moradores de todas las aldeas de que construyesen enormes estructuras de juncos de tres pisos, provistas de escalerillas para acceder a las pasarelas de la tercera planta. El objetivo era proporcionar a los rebeldes una amplia panorámica de la selva para ver la llegada de las tropas australianas.

Pero antiguamente, añadió Henry, la gente de Gareda no tenía edificios como esos. La arquitectura se componía de construcciones bajas y abiertas, concebida básicamente para proteger de la lluvia y dejar salir el humo. No había necesidad de edificios altos, que además eran poco prácticos, ya que en todo caso el siguiente ciclón los derribaría.

—Pero ahora Sambuca los quiere así, y obliga a los *yangpelas*, los jóvenes, a construirlos. Hay en la isla seis u ocho, en territorio rebelde.

—Entonces, ¿estamos sobrevolando territorio rebelde? —preguntó Bradley.

—Hasta ahora sí —dijo Henry, y volvió a reír—. Pero ya no por mucho tiempo. Dentro de cuatro o cinco minutos veremos la costa y... ¡Mierda!

—¿Qué?

Volaban casi rozando las copas de los árboles.

—He cometido un grave error.

—¿Qué error? —preguntó Bradley.

—*Tumas longwe es.*

—¿Estamos demasiado al este? —tradujo Kenner.

—Mierda. Mierda, mierda. ¡Agarraos!

Henry viró bruscamente, pero no antes de que todos alcanzasen a ver un extenso claro con cuatro de aquellas enormes estructuras de juncos entre las casas más corrientes de madera y chapa ondulada. En el centro del claro había un grupo de media docena de camiones, algunos con ametralladoras en la parte de atrás.

—¿Qué es esto? —preguntó Bradley mirando abajo—. Es mucho mayor que las otras...

—Es Pavutu. El cuartel general de los rebeldes.

Y enseguida se alejaron y el claro se perdió de vista. Henry tenía la respiración agitada. Lo oían respirar por los auriculares.

Kenner guardó silencio. Miraba fijamente a Sanjong.

—Bueno, parece que no hay peligro —comentó Bradley—. Creo que no nos han visto.

—Como deseo, no está mal, nada mal —dijo Henry.

—¿Por qué lo dice? —preguntó Bradley—. Aunque nos hayan visto, ¿qué pueden hacernos?

—Tienen radios. No son idiotas, esos *yangpelas*.

—¿A qué se refiere?

—Quieren este helicóptero.

—¿Por qué? ¿Saben pilotarlo?

—*Orait orait!* ¡Sí! Porque me quieren a mí también.

Henry explicó que desde hacía meses no se permitía la presencia de helicópteros en la isla. Este había llegado solo porque Kenner había movido hilos en las altas esferas. Pero bajo ningún concepto podía caer en manos rebeldes.

—Bueno, probablemente piensen que vamos al sur —dijo Bradley—. Porque es así, ¿no?

—Estos chicos saben lo que hacen —contestó Henry—. Lo saben.

—¿Qué saben? —dijo Bradley.

—El FEL habrá tenido que pagar a los rebeldes para desembarcar en la isla —explicó Kenner—. Así que los rebeldes saben que ocurre algo en la bahía de Resolución. Si han visto este helicóptero, saben adónde se dirige. Esos chicos no son idiotas —repitió Henry.

—Yo no he dicho que lo fuesen —protestó Bradley.

—Ya. Pero lo piensa. Yo le conozco, *waitman*. Lo tiene en la lengua. Lo piensa.

—Le aseguro que no —insistió Bradley—. De verdad. No tengo esos prejuicios. Sencillamente no me ha entendido.

—Ya —dijo Henry.

Sarah iba sentada en el centro del segundo asiento, encajonada entre Ted y Jennifer. Peter y Sanjong ocupaban el pequeño asiento trasero, junto a las cajas. Sarah apenas veía por las ventanillas, así que le costaba seguir la discusión. No estaba muy segura de a qué venía aquello. Así que preguntó a Jennifer:

—¿Entiendes qué está pasando?

Jennifer movió la cabeza en un gesto de asentimiento.

—En cuanto los rebeldes han visto el helicóptero, han sabido que iba a Resolución. Ahora, hagamos lo que hagamos, esperan vernos aparecer en esa zona. Tienen radios, y están dispersos por toda la isla en distintos grupos. Pueden vigilarnos, y estarán allí cuando aterricemos.

—Lo siento mucho —dijo Henry—. Lo siento mucho.

—No te preocupes —dijo Kenner con tono neutro.

—¿Qué hacemos ahora? —preguntó Henry.

—Continuar según lo previsto —respondió Kenner—. Ve al norte y déjanos en la costa.

Su tono de apremio era inconfundible.

En el asiento trasero, comprimido contra Sanjong, oliendo la grasa que recubría las metralletas, Peter Evans se preguntó a qué se debía ese apremio. Consultó su reloj. Eran las nueve de la mañana, lo que significaba que, de las veinticuatro horas iniciales, solo quedaban veinte. Sin embargo la isla era pequeña, y con ese tiempo tenían de sobra... Pero de pronto cayó en la cuenta.

—Un momento —dijo—. ¿Qué hora es en Los Ángeles?

—Están al otro lado de la línea del cambio de fecha —respondió Sanjong—. Veintisiete horas antes.

—No me refiero al tiempo transcurrido, sino a la verdadera diferencia horaria.

—Seis horas.

—Y has calculado un tiempo de tránsito de... ¿cuánto?

—Trece horas —respondió Sanjong.

—Creo que nos hemos equivocado —dijo Evans, y se mordió el labio. No sabía hasta qué punto podía hablar en presencia de Henry. Y de hecho Sanjong movió la cabeza en un gesto de negación, indicándole «ahora no».

Pero se habían equivocado. No había duda. Suponiendo que Drake quisiese el maremoto para el último día del congreso, desearía que ocurriese durante la mañana. Eso daría mayor cobertura al desastre. Y dejaría toda la tarde para la discusión y las entrevistas de los medios posteriores. Todas las cámaras de televisión de Estados Unidos estarían en el congreso, hablando con los científicos que casualmente estaban allí. Crearía un acontecimiento mediático colosal.

Así pues, pensó Evans, cabía suponer que la ola debía arremeter contra Los Ángeles no más tarde de las doce de la mañana del día siguiente.

A eso debían restarse la trece horas que el maremoto tardaría en atravesar el Pacífico.

Eso significaba que la ola se generaría a las once de la noche. Hora de Los Ángeles. Y la hora local en Gareda sería... las cinco de la tarde.

Las cinco de ese mismo día.

No disponían de un día entero para impedirlo.

Les quedaban solo ocho horas.

Esa era, pues, la razón del apremio de Kenner. Por eso seguía adelante con el plan, pese al nuevo obstáculo. No tenía otra opción, y lo sabía. Debían aterrizar en la costa no muy lejos de Resolución. No había tiempo para nada más.

Aun así, posiblemente iban derechos a una trampa.

Al dejar atrás el bosque, el helicóptero voló sobre el agua azul y viró hacia el este. Evans vio una estrecha playa arenosa con porciones desiguales de roca volcánica y manglares ceñidos a la orilla del mar. El helicóptero descendió y siguió la playa.

—¿A cuánto está de aquí Resolución? —preguntó Kenner.

—A cinco o seis kilómetros —contestó Henry.

—¿Y a qué distancia está de Pavutu?

—Quizá a unos diez kilómetros por un camino embarrado.

—Muy bien —dijo Kenner—. Busquemos un lugar donde aterrizar.

—Conozco un buen sitio quizá a un kilómetro de aquí.

—Bien. Vamos allá.

Evans seguía pensando. Tardarían a lo sumo una hora y media en recorrer cinco kilómetros a pie por una playa. Podían llegar a Resolución bastante antes de las doce. Eso les dejaría...

—Es aquí —anunció Henry. Un brazo de rugosa lava se adentraba en el océano. Siglos de oleaje lo habían alisado lo suficiente para permitir el aterrizaje.

—Adelante —indicó Kenner.

El helicóptero trazó un círculo, preparándose para descender. Evans miraba la densa cortina de selva lindante con la playa. Vio huellas de neumáticos en la arena y una especie de brecha entre los árboles, probablemente una carretera.

Y esas huellas...

—Escuchad —dijo Evans—. Creo...

Sanjong le dio un codazo en las costillas. Con fuerza.

Evans soltó un gruñido.

—¿Qué pasa, Peter? —preguntó Kenner.

—Esto... nada.

—Bajamos —anunció Henry.

El helicóptero descendió suavemente y se posó despacio en la lava. Las olas lamían el borde de la plataforma de roca. Todo estaba en calma. Kenner recorrió la zona con la mirada a través de la cubierta transparente de la cabina.

—¿Bien? ¿Te parece un buen sitio? —preguntó Henry. Se le notaba nervioso ahora que habían aterrizado—. No quiero quedarme aquí mucho tiempo, John. Posiblemente no tardarán en venir...

—Sí, lo comprendo.

Kenner abrió un poco la puerta y se detuvo.

—¿Todo bien, pues, John?

—Perfecto, Henry. Un sitio excelente. Sal y ábrenos el portón trasero, ¿quieres?

—Sí, John, pero creo que tú mismo puedes...

—¡Afuera! —ordenó Kenner, y con asombrosa rapidez apoyó una pistola en la cabeza de Henry. Este, asustado, farfulló y gimoteó a la vez que buscaba a tientas el tirador de la puerta.

—Pero, John, tengo que quedarme dentro, John...

—Has sido mal chico, Henry —dijo Kenner.

—¿Vas a matarme ahora, John?

—Ahora no —contestó Kenner, y de pronto lo arrojó afuera de un empujón. Henry rodó por la afilada lava aullando de dolor. Kenner se colocó en el asiento del piloto y cerró la puerta. Henry se levantó de inmediato y, con los ojos desorbitados, comenzó a aporrear la cubierta transparente. Estaba aterrorizado.

—¡John! ¡John! Por favor, John.

—Lo siento, Henry.

Kenner accionó la palanca, y el helicóptero empezó a elevarse. No había ascendido mucho más de cinco metros cuando una docena de hombres salieron de la selva a lo largo de la playa y dispararon con fusiles. Kenner viró hacia el océano, en dirección norte, alejándose de la isla. Mirando atrás, vieron que Henry permanecía inmóvil en la lava, desolado. Unos cuantos hombres corrían hacia él. Levantó las manos.

—Ese mierdecilla —dijo Bradley—. Habría conseguido que nos matasen a todos.

—Quizá aún lo consiga —aclaró Kenner.

Volaron hacia el norte sobre mar abierto.

—¿Y ahora qué hacemos? —preguntó Sarah—. ¿Aterrizamos al otro lado de la bahía? ¿Nos acercamos desde allí?

—No —contestó Kenner—. Eso es lo que esperan que hagamos.

—¿Y entonces?

—Esperaremos unos minutos y regresaremos al lado oeste, como antes.

—¿Crees que eso no lo esperarán?

—Puede que sí. Iremos a un sitio distinto.

—¿Más lejos de la bahía?

—No. Más cerca.

—¿No nos oirá el FEL?

—No importa. A estas alturas, ya saben que vamos.

En la parte de atrás, Sanjong abría las cajas de madera, dispuesto a sacar las armas. De repente se detuvo.

—Mala noticia —anunció.

—¿Qué?

—No tenemos armas. —Levantó más una tapa—. Estas cajas contienen munición, pero no armas.

—Ese cabronzuelo —dijo Bradley.

—¿Y ahora qué hacemos? —preguntó Sarah.

—Ir de todos modos —contestó Kenner.

Hizo girar el helicóptero y, rozando el agua, puso rumbo a Gareda.

RESOLUCIÓN
JUEVES, 14 DE OCTUBRE
9.48 H.

El arco occidental de la bahía de Resolución estaba formado por una cadena montañosa poblada de selva que se adentraba en el mar y terminaba en un promontorio rocoso. Al pie de las montañas, en su cara exterior, se formaba una plataforma llana de roca, que estaba situada a unos quince metros por encima de la playa y trazaba una curva hacia el oeste. Dicha plataforma quedaba a resguardo bajo las ramas de los altos árboles.

Allí se encontraba en ese momento el helicóptero, cubierto con una lona de camuflaje, de cara a la playa que se extendía abajo. Evans se volvió para echarle un vistazo, esperando ver que el aparato se confundía con el paisaje; sin embargo era claramente visible, sobre todo desde arriba. El grupo había ascendido ya a más de quince metros por encima de la plataforma de roca, trepando por la escarpada pendiente selvática que se elevaba. Avanzar era en extremo difícil. Subían en fila india y debían andar con mucho cuidado porque pisaban terreno lodoso. Bradley ya había caído una vez y resbalado unos tres metros ladera abajo. Tenía el costado izquierdo manchado de barro negro. Y Evans vio que una gruesa sanguijuela se había adherido a su nuca, pero decidió no mencionarlo por el momento.

Nadie hablaba. Los seis ascendían con el mayor sigilo posible. Pese a todos sus esfuerzos, el ruido era inevitable: la maleza crujía bajo sus pies y pequeñas ramas se partían cuando se asían a ellas para ayudarse a subir.

Kenner encabezaba la marcha y se encontraba en algún lugar por delante de ellos. Evans no lo veía. Sanjong ocupaba la retaguardia. Llevaba un fusil al hombro; lo había traído consigo en un pequeño maletín y lo había montado en el helicóptero. Kenner portaba una pistola. Los demás iban desarmados.

El aire, húmedo y muy caliente, no se movía. La selva entera zumbaba, un incesante y monótono murmullo de insectos. A media pendiente, empezó a llover; al principio fue solo una llovizna y luego un intenso aguacero tropical. Quedaron empapados casi al instante. El agua caía en torrentes montaña abajo. El suelo se volvió aún más resbaladizo.

Se hallaban ya a unos setenta metros por encima de la playa, y era evidente que el riesgo de perder el equilibrio los inquietaba. Peter miró a Sarah, que iba justo delante de él. Trepaba con su habitual agilidad y soltura. Parecía danzar cuesta arriba.

Había momentos, pensó mientras subía resoplando, en que realmente le resultaba molesta.

Y Jennifer, que precedía a Sarah, ascendía con igual facilidad. Apenas recurría a la ayuda de las ramas de los árboles; Evans, en cambio, se agarraba a ellas continuamente, asaltado por el pánico cada vez que la corteza revestida de hongos se le escurría entre los dedos. Viendo a Jennifer, tuvo la sensación de que aquello se le daba casi demasiado bien, que demostraba casi demasiada destreza. Mientras subía por la traicionera pendiente de la selva, irradiaba una especie de indiferencia, como si todo fuese previsible. Era la actitud de un soldado de un cuerpo de asalto o de alguna unidad de élite, aunque experimentado, adaptado al medio. Resultaba extraño en una abogada, pensó. Muy extraño. Pero, al fin y al cabo, era la sobrina de Kenner.

Y más arriba estaba Bradley, con la sanguijuela en el cuello. Mascullaba y maldecía y gruñía a cada paso. Al final Jennifer le dio un puñetazo y se llevó un dedo a los labios para indicarle que guardase silencio. Bradley asintió con la cabeza, y si bien saltaba a la vista que lo molestaba seguir su consejo, en adelante permaneció callado.

Al llegar a unos cien metros de altura, sintieron moverse una brisa y poco después alcanzaron la cresta de la montaña. La vegetación era tan tupida que ya no se veía Resolución, pero oían las voces de los trabajadores y el retumbo intermitente de la maquinaria. Por un momento, se oyó un zumbido electrónico, un sonido al principio suave y luego, poco a poco, cada vez más intenso, hasta que no mucho después llenó literalmente el aire, y a Evans le dolieron los tímpanos.

De pronto el sonido se extinguió.

Evans miró a Kenner.

Kenner se limitó a asentir.

Sanjong se encaramó ágilmente a un árbol. Desde su elevada posición, avistaba el valle. Bajó de nuevo y señaló un monte cuya ladera descendía hacia la bahía. Negó con la cabeza: demasiado escarpada en ese punto. Indicó que debían circundarla y descender por una pendiente más suave.

Así pues, reanudaron la marcha, siguiendo las crestas en torno a la bahía. La mayor parte del tiempo veían solo los helechos de dos metros, rebosantes de agua. Al cabo de media hora, se abrió súbitamente un claro en el follaje, y disfrutaron de una vista panorámica de la bahía que se extendía bajo ellos.

Tenía una anchura de más de un kilómetro y medio y había varias estructuras de madera dispuestas a intervalos en la arena. La más grande se hallaba en el extremo derecho, en el lado este de la bahía. Otras tres del mismo tamaño formaban una especie de triángulo en la sección oeste de la bahía.

Evans notó algo extraño en esas construcciones, algo anormal en la madera utilizada. Aguzó la vista.

Sanjong le dio un codazo e hizo ondear la mano en el aire.

Evans miró con atención. Sí, era cierto. Las estructuras de madera se movían, flameaban movidas por el aire.

Eran tiendas de campaña.

Tiendas concebidas para semejarse a estructuras de madera. Y muy convincentes, además. No era raro que hubiesen pasado inadvertidas a las inspecciones aéreas, pensó Evans.

Mientras observaban, salían hombres de una u otra tienda y se comunicaban a gritos en la playa. Hablaban en inglés, pero a esa distancia era difícil distinguir sus palabras. En su mayor parte, parecían observaciones técnicas.

Sanjong dio otro codazo a Evans, y este vio que formaba una especie de pirámide con tres dedos. Luego movió los dedos.

Así que, al parecer, estaban ajustando los generadores. O algo por el estilo.

Los otros miembros del grupo no parecían interesados en los detalles. Recobraban el aliento en la suave brisa y contemplaban la bahía. Y probablemente pensaban, como el propio Evans, que allí abajo había muchos hombres. Como mínimo ocho o diez. Todos con vaqueros y camisas de trabajo.

—Dios, son unos cuantos, esos cabrones —comentó Bradley entre dientes.

Jennifer le asestó un violento codazo en las costillas.

Con los labios, Bradley formo la palabra: «Perdón».

Jennifer negó con la cabeza y, también sin articular sonido, contestó: «Nos matarán por su culpa».

Bradley hizo una mueca. Sin duda pensaba que Jennifer exageraba.

En ese momento, oyeron una tos en medio de la selva, por debajo de ellos.

Se quedaron inmóviles.

Aguardaron en silencio. Oyeron el estridor de las cigarras y el reclamo lejano de alguna que otra ave.

Se repitió aquel sonido, la misma tos suave, como si quien la emitía procurase no hacer apenas ruido.

Sanjong se agachó y escuchó con atención. La tos se oyó por

tercera vez, y Evans experimentó una rarísima sensación de familiaridad. Le recordó a su abuelo, que tuvo un ataque al corazón cuando él era niño. Su abuelo tosía así en el hospital. Una tos débil, breve.

A continuación reinó el silencio. No habían oído alejarse a la persona que tosía —si se había ido, era ciertamente sigilosa—, pero el sonido no se repitió.

Kenner consultó su reloj. Esperaron cinco minutos y luego, con señas, les indicó que siguiesen hacia el este, trazando un arco en torno a la bahía.

Justo cuando se ponían en marcha, oyeron otra vez la tos. Esta vez dos o tres sucesivas. Luego nada.

Kenner hizo otra seña. Debían moverse.

Habían recorrido apenas cien metros cuando encontraron un camino. Era un sendero bien definido, pese a que las ramas de los árboles colgaban a baja altura. Debía de ser una senda de animales, pensó Evans, preguntándose sin mucho interés qué clase de animales podían ser. Probablemente vivían allí jabalíes. Había jabalíes en todas partes. Recordó vagamente historias de personas que se habían visto sorprendidas por un jabalí agresivo que aparecía de pronto entre la maleza y los embestía con sus colmillos...

Sin embargo lo primero que oyó fue un chasquido mecánico. Al instante supo qué era: el sonido de un arma al amartillarla.

Todo el grupo quedó paralizado, dispuesto en fila. Nadie se movió.

Otro chasquido.

Y otro.

Evans miró alrededor. No vio a nadie. Daba la impresión de que estaban solos en la selva.

Entonces oyó una voz:

—*Dai. Nogot sok, waitman. Indai. Stopim!*

Evans no lo entendió, pero el significado quedó claro a todos. Nadie se movió.

Frente a ellos, un muchacho salió de entre los arbustos. Vestía pantalón corto verde, una camiseta con el rótulo MADONNA WORLD TOUR, botas sin calcetines y una gorra de béisbol en la que se leía PERTH GLORY. Un cigarrillo a medio fumar pendía de sus labios. Llevaba una canana al hombro y una metralleta colgada del otro. Medía un metro cincuenta y no podía tener más de diez u once años. Apuntaba el arma con despreocupada insolencia.

—*Okay, waitman. You prisner biulong me, savve? Bookim dano!* —Y sacudió el pulgar indicándoles que siguieran adelante—. *Gohet.*

Por un momento, el asombro les impidió moverse. A continuación, de ambos lados del sendero, salieron de la selva otros muchachos.

—¿Quiénes son estos, los niños perdidos? —dijo Bradley.

Sin cambiar de expresión, uno de los muchachos asestó a Bradley un culatazo en el estómago con su fusil. Bradley ahogó un grito y se desplomó.

—*Stopim waitman biulong toktok.*

—Dios mío —dijo Bradley rodando por tierra.

El niño volvió a golpearle, esta vez en la cabeza, y con fuerza. Bradley gimió.

—*Antap! Antap!* —ordenó el muchacho, haciéndole señas para que se levantase. Al ver que Bradley no respondía, le dio una patada—. *Antap!*

Sarah se acercó y ayudó a Bradley a ponerse en pie. Bradley tosió. Sarah tuvo la inteligencia de no hablar.

—*Oh, nais mari* —dijo el niño, y la apartó de Bradley de un empujón—. *Antap!*

Mientras avanzaban penosamente, uno de los chicos se acercó a Bradley y le dio un apretón en la parte posterior del brazo, el tríceps. Se echó a reír y exclamó:

—*Taïis gut!*

Al asimilar esas palabras, Evans sintió un escalofrío. Aquellos muchachos hablaban una variante de inglés. Si reproducía las palabras en su mente y pensaba un poco, conseguía descifrarlas.

Nais mari era «*nice Mary*», «amable María». Quizá María era una manera genérica de referirse a cualquier mujer. *Antap* era «*And up*», «y arriba».

Y *taiis gut* era «*taste good*», «sabe bien».

Atravesaron la selva en fila india, flanqueados por los niños. Kenner iba al frente. Lo seguían Ted, que sangraba de una herida en la cabeza, Sarah y Jennifer. Después venía Evans.

Evans echó un vistazo por encima del hombro.

Sanjong no estaba detrás de él.

Solo vio a otro muchacho harapiento con un fusil.

—*Antap! Antap!*

El niño hizo un gesto amenazador con el fusil.

Evans miró al frente y apretó el paso.

Verse arreados por un grupo de niños tenía algo de escalofriante. Solo que estos no eran niños. Evans había percibido muy claramente la frialdad de sus miradas. Habían visto mucho a lo largo de sus vidas. Vivían en otro mundo. No era el mundo de Evans.

Pero ahora Evans estaba en ese mundo.

Más adelante, vio un par de jeeps al lado de una carretera embarrada.

Miró su reloj. Eran las diez.

Faltaban siete horas.

Pero eso ya no parecía importante.

Los muchachos los obligaron a subir a los jeeps y a continuación se adentraron en la selva oscura e inexplorada por un lodoso sendero.

PAVUTU
JUEVES, 14 DE OCTUBRE
11.02 H.

Había ocasiones, pensó Sarah, en que realmente no quería ser mujer. Así se sentía cuando entraron en la embarrada aldea de Pavutu, el bastión rebelde, en la parte trasera de un jeep abierto. La aldea parecía poblada casi totalmente por hombres, que entraron gritando en el claro al ver quién había llegado. Pero había también mujeres, incluidas algunas de mayor edad que, viendo su estatura y su cabello, se acercaron y la tocaron como si pensasen que no era real.

Jennifer, que era más baja y morena, se quedó junto a ella y apenas atrajo la atención. No obstante, los llevaron a todos a una de las grandes casas de juncos. Dentro había un amplio espacio abierto, una especie de sala central de tres pisos de altura. Una escalerilla de madera ascendía a una serie de rellanos, hasta lo alto, donde se veía una especie de pasarela y una atalaya. En el centro de la sala ardía una hoguera, y junto al fuego había sentado un hombre robusto de piel clara y barba oscura. Llevaba gafas y una especie de boina con la bandera jamaicana.

Aquel, cabía pensar, era Sambuca. A empujones, los condujeron ante él. Sambuca lanzó una mirada lasciva a las dos mujeres, pero Sarah —que tenía intuición para esas cosas— vio claramente que no estaba muy interesado en ellas. Le interesaban más Ted y Peter. A Kenner lo inspeccionó brevemente y desvió la mirada.

—*Killin.*

Se llevaron a Kenner afuera, azuzándolo con las culatas de los fusiles. Era obvio que los excitaba la perspectiva de ejecutarlo.

—*No nau* —ordenó Sambuca con un gruñido—, *behain.*

Sarah tardó un momento en traducirlo en su cabeza. «*No now, behind.*» «Ahora no, detrás», que debía de querer decir después, pensó. Así que Kenner había recibido un indulto, al menos de momento.

Sambuca se volvió y observó a los otros presentes en la sala.

—*Maris* —dijo con un gesto de desdén—. *Goapim mari behain.*

Sarah tuvo la clara impresión, a juzgar por las sonrisas en los rostros de los muchachos, de que les habían concedido entera libertad para hacer lo que se les antojase con las dos mujeres. Llevaron a ella y a Jennifer al fondo de la sala.

Sarah conservó la calma. Era muy consciente, desde luego, de que las cosas pintaban mal. Pero no extremadamente mal todavía. Había notado que Jennifer no parecía en absoluto alterada. Mantenía la expresión impasible e indiferente que podría adoptar si fuese camino del cóctel de la empresa.

Los muchachos condujeron a las dos mujeres a una habitación con el techo de juncos al fondo del edificio mayor. Había dos postes hincados en el suelo de tierra. Uno de los chicos sacó unas esposas y sujetó a Jennifer a un poste con las manos detrás de la espalda. Luego repitió la operación con Sarah en el otro poste. Acto seguido, otro niño se acercó y apretó una teta a Sarah, le dirigió una sonrisa de complicidad y salió de la habitación.

—Encantadores —dijo Jennifer cuando se quedaron solas—. ¿Estás bien?

—Por ahora sí.

Fuera, en el patio formado entre las construcciones de juncos, empezaron a oírse unos tambores.

—Bueno, aún nos queda alguna opción —comentó Jennifer.

—Sanjong está…

—Sí. Lo está.

—Pero hemos recorrido un camino largo en los jeeps.

—Sí. Al menos cuatro o cinco kilómetros. He intentado ver el cuentakilómetros pero estaba sucio de barro. A pie, incluso corriendo, tardará un rato en llegar.

—Tenía un fusil.

—Sí.

—¿Puedes soltarte?

Jennifer negó con la cabeza.

—Las esposas me quedan demasiado ajustadas.

Por la puerta abierta vieron que llevaban a Bradley y Evans a otra habitación. Enseguida desaparecieron. No mucho después los siguió Kenner. Este se volvió hacia la habitación donde ellas estaban y les dirigió lo que Sarah interpretó como una mirada elocuente.

Pero no podía estar segura.

Jennifer se sentó en la tierra desnuda y se apoyó contra el poste.

—Al menos podemos sentarnos —dijo—. Puede que sea una noche larga.

Sarah se sentó también.

Al cabo de un momento, un muchacho se asomó a la habitación y vio que estaban sentadas. Entró, comprobó las esposas y volvió a salir.

Fuera, el sonido de los tambores había aumentado de volumen. La gente debía de haber empezado a congregarse, porque oyeron gritos y un rumor de voces.

—Van a celebrar una ceremonia —dijo Jennifer—. Y me temo que sé en qué consiste.

En la habitación contigua, Evans y Kenner estaban también esposados a los dos postes. Como no había un tercer poste, a Ted Bradley lo habían dejado sentado en el suelo y esposado. Ya no le sangraba la cabeza, pero tenía una enorme magulladura sobre el ojo izquierdo. Y se lo veía muy asustado. Pero se le cerraban los párpados, como si fuese a quedarse dormido.

—¿Qué impresión le ha causado hasta el momento la vida de aldea, Ted? —preguntó Kenner—. ¿Aún le parece que es la mejor manera de vivir?

—Esto no es vida de aldea. Esto es salvajismo.

—Todo forma parte de lo mismo.

—No, no es así. Estos niños, ese gordo espeluznante... esto es demencia. Aquí todo se ha torcido.

—Sencillamente, usted no lo entiende, ¿verdad? —preguntó Kenner—. Usted cree que la civilización es una invención humana horrible y contaminadora que nos aparta del estado natural. Pero la civilización no nos aparta de la naturaleza, Ted. La civilización nos *protege* de la naturaleza. Porque lo que ahora ve alrededor... esto es naturaleza.

—Ah, no. No, no. Los humanos son amables, tienen espíritu de colaboración.

—Y una mierda, Ted.

—Existe el gen del altruismo.

—Fantasías, Ted.

—Toda crueldad surge de la debilidad —adujo Bradley.

—A cierta gente le gusta la crueldad, Ted.

—Déjalo estar —dijo Evans a Kenner.

—¿Por qué? Vamos, Ted. ¿No va a contestarme?

—Váyase a la mierda —replicó Ted—. Puede que estos delincuentes juveniles nos maten a todos aquí, pero quiero que sepa, aunque sea la última cosa que diga en mi vida, que es usted un gilipollas de cuidado, Kenner. Saca usted a relucir lo peor que todos llevamos dentro. Es un pesimista, un obstruccionista; va contra el progreso, contra todo lo bueno y noble. Es un cerdo derechista... se disfrace como se disfrace. ¿Dónde tiene el arma?

—La he tirado.

—¿Dónde?

—En la selva.

—¿Cree que la ha cogido Sanjong?

—Eso espero.

—¿Vendrá a rescatarnos?

Kenner negó con la cabeza.

—Está ocupándose del trabajo que hemos venido a hacer.

—Quiere decir que ha ido a la bahía.

—Sí.

—¿Nadie va a venir a rescatarnos, pues?

—No, Ted. Nadie.

—Estamos jodidos —dijo Bradley—. Estamos pero que muy jodidos. No puedo creerlo. —Y se echó a llorar.

Entraron en la habitación dos muchachos con gruesas cuerdas de cáñamo. Ataron firmemente el extremo de cada una de las cuerdas a las muñecas de Bradley y volvieron a salir.

Se intensificó el sonido de los tambores.

En el centro de la aldea, la gente inició un rítmico cántico.

—Desde donde estás, ¿ves el otro lado de la puerta? —preguntó Jennifer.

—Sí.

—Mantente alerta. Dime si se acerca alguien.

—De acuerdo —contestó Sarah.

Echó un vistazo atrás y vio que Jennifer había arqueado la espalda y sujetaba el poste entre las manos. También había doblado las piernas de manera que las suelas de las botas estaban en contacto con la madera, y comenzó a trepar poste arriba a considerable velocidad, como una acróbata. Llegó a lo alto, levantó las manos esposadas por encima del poste y saltó ágilmente al suelo.

—¿Hay alguien? —preguntó.

—No... ¿Cómo has aprendido a hacer eso?

—Tú sigue atenta a la puerta.

Jennifer volvió junto al poste y se colocó como si siguiera esposada a él.

—¿Aún no hay nadie?

—No, todavía no.

Jennifer dejó escapar un suspiro.

—Necesitamos que entre uno de esos chicos —dijo—, y pronto.

Fuera, Sambuca pronunciaba un discurso a gritos, articulando breves frases, a cada una de las cuales la multitud respondía a su vez con alaridos. Su líder los arengaba, llevándolos a un estado de frenesí. Incluso en la habitación donde se hallaba Ted percibían el creciente fervor.

Bradley, en posición fetal, lloraba quedamente.

Entraron dos hombres, mucho mayores que los muchachos. Le soltaron las esposas, lo pusieron de pie, y cada uno de ellos sujetó una cuerda. Juntos, lo condujeron al exterior.

Al cabo de un momento la muchedumbre bramó.

PAVUTU
JUEVES, 14 DE OCTUBRE
12.02 H.

—Eh, monada —dijo Jennifer cuando un muchacho asomó la cabeza por la puerta. Le sonrió—. ¿Te gusta lo que ves, monada? —Movió la pelvis de manera insinuante.

Al principio, el muchacho pareció recelar, pero acabó entrando en la habitación. Era mayor que los otros, de unos catorce o quince años, y más corpulento. Empuñaba un fusil y llevaba un cuchillo al cinto.

—¿Quieres divertirte un poco? ¿Por qué no me sueltas? —propuso Jennifer, sonriéndole con un mohín—. ¿Me entiendes? Chico, me duelen los brazos. ¿Quieres divertirte?

El muchacho soltó una risotada, una especie de gorgoteo gutural. Se acercó a ella, le abrió las piernas y se agachó delante.

—Primero suéltame, por favor...

—*No mari* —dijo él, sonriendo y cabeceando. Sabía que podía poseerla manteniéndola esposada al poste. Arrodillado entre las piernas de Jennifer, intentaba desabrocharse el pantalón, pero no era fácil con el arma en las manos, así que la dejó a un lado.

Lo que ocurrió a continuación fue visto y no visto. Jennifer arqueó la espalda, levantó las piernas y, cruzándolas bajo el mentón del muchacho, le obligó a echar atrás la cabeza con una brusca sacudida. En el mismo movimiento, se hizo un ovillo y deslizó los brazos por debajo de la cadera y el trasero hasta colocarlos delante.

Cuando el muchacho, tambaleante, se ponía en pie, le asestó un golpe en el costado de la cabeza con ambas manos. El chico cayó de rodillas. Jennifer se abalanzó sobre él, lo derribó y le estrelló la cabeza contra el suelo. Luego le quitó el cuchillo del cinto y lo degolló.

Permaneció sentada sobre su cuerpo mientras se convulsionaba y se estremecía y la sangre que manaba de su garganta se derramaba por la tierra desnuda. La escena pareció prolongarse largo rato. Cuando por fin el cuerpo quedó inmóvil, Jennifer se levantó y le registró los bolsillos.

Sarah observaba boquiabierta.

—¡Mierda! —exclamó Jennifer—. ¡Mierda!

—¿Qué pasa?

—¡No tiene las llaves!

Dio la vuelta al cuerpo lanzando un gruñido por el esfuerzo. Se manchó los brazos de sangre, que salía aún a borbotones de la garganta. No le dio la menor importancia.

—¿Dónde están las jodidas llaves?

—Quizá las tiene el otro.

—¿Cuál nos ha esposado?

—No me acuerdo —respondió Sarah—. Estaba confusa. —Mantenía la mirada fija en el cadáver, con toda esa sangre.

—Eh, despierta —dijo Jennifer—. ¿Sabes qué quieren hacernos? Molernos a palos, violarnos y después matarnos. Pues que se jodan. Vamos a liquidar a tantos como podamos e intentar salir vivas de aquí. ¡Pero necesito la jodida llave!

Sarah, con esfuerzo, se puso en pie.

—Buena idea —dijo Jennifer. Se acercó y se agachó frente a Sarah.

—¿Qué haces?

—Súbete a mi espalda y trepa. Tienes que librarte de ese poste. Y deprisa.

Fuera, la muchedumbre vociferaba y rugía, un sonido continuo y desapacible.

Ted Bradley parpadeó deslumbrado por el sol. Se sentía desorientado por el dolor y el miedo y por la visión que se ofrecía a sus ojos: dos hileras de ancianas habían formado un pasillo para él y aplaudían desenfrenadamente. Detrás de las ancianas se extendía un mar de rostros, hombres y muchachas de piel oscura y niños que apenas se levantaban un metro del suelo. Y todos gritaban y vitoreaban. Docenas de personas apiñadas.

¡Lo aclamaban a él!

A su pesar, Ted esbozó una sonrisa exánime, más bien una media sonrisa, porque estaba cansado y dolorido, pero sabía por experiencia que bastaba eso para transmitir la idea de que sentía una sutil satisfacción ante el agasajo. Mientras dos hombres lo conducían hacia delante, saludó con la cabeza y sonrió. Se permitió una sonrisa más amplia.

Al final de las dos filas de mujeres se hallaba el mismísimo Sambuca, pero también él aplaudía con entusiasmo, las manos en alto, una ancha sonrisa en la cara.

Ted no sabía qué ocurría allí, pero obviamente había malinterpretado el sentido de todo aquello. O ellos habían descubierto quién era él y habían cambiado de plan. No sería la primera vez. Mientras avanzaba, las mujeres lo ovacionaban con tal estridencia, sus bocas muy abiertas por el alborozo, que intentó desprenderse de los dos hombres que lo sujetaban para caminar sin ayuda. ¡Y lo consiguió!

Pero al acercarse un poco más a las mujeres, advirtió que tenían gruesos garrotes apoyados contra las caderas, en algunos casos bates de béisbol, en otros tubos metálicos. Y cuando se aproximó, siguieron gritando, pero cogieron los bates y bastones y comenzaron a golpearle, contundentes garrotazos en la cara, los hombros y el cuerpo. El dolor fue inmediato e increíble, y se desplomó, pero al instante los dos hombres volvieron a sujetar las cuerdas y a tirar de él y lo llevaron a rastras mientras las mujeres lo apaleaban y vociferaban. El dolor se extendió por todo su cuerpo, y sintió un vago distanciamiento, un vacío; aun así, la lluvia de golpes continuaba, implacable.

Finalmente, casi sin conocimiento, llegó al final del pasillo formado por las mujeres y vio un par de postes. Los dos hombres se apresuraron a atarle los brazos a los postes de modo tal que quedó en pie. Y en ese instante la muchedumbre se acalló. Bradley, con la cabeza gacha, vio que la sangre goteaba en el suelo. Y vio dos pies descalzos aparecer en su campo de visión, y la sangre salpicó los pies, y alguien le levantó la cabeza.

Era Sambuca, aunque Bradley apenas pudo fijar la mirada en su rostro. El mundo era gris y se había desdibujado. Pero vio que Sambuca le sonreía, revelando unos dientes amarillos y puntiagudos. Y a continuación Sambuca sostuvo un cuchillo en alto para que Ted lo viese y sonrió de nuevo, y con dos dedos agarró la carne de la mejilla de Ted y la rebanó con la hoja.

Bradley no sintió dolor, asombrosamente no sintió dolor, pero sí lo invadió una sensación de mareo al ver que Sambuca levantaba el trozo de mejilla sanguinolento y, risueño, abría la boca y lo mordía. La sangre le resbaló por el mentón mientras masticaba, sin dejar de sonreír. A Bradley le daba vueltas la cabeza. Lo asaltaron las náuseas a causa del terror y la repulsión, y de pronto notó un dolor en el pecho. Al bajar la vista, vio que un niño de ocho o nueve años, le cortaba un trozo de carne de debajo del brazo con una navaja de bolsillo. Y una mujer corrió hacia él gritando para que los demás se apartasen y rebanó un pedazo de la parte posterior del antebrazo. Acto seguido, la muchedumbre se abalanzó sobre él, y sintió los cuchillos en todas partes. Cortaban y gritaban, cortaban y gritaban, y Bradley vio un cuchillo acercarse a sus ojos, y sintió que le bajaban los pantalones, y no supo nada más.

PAVUTU
JUEVES, 14 DE OCTUBRE
12.22 H.

Evans escuchó los vítores y el griterío de la multitud. Imaginó lo que ocurría. Miró a Kenner, pero este simplemente negó con la cabeza.

No había nada que hacer. No llegaría ayuda. No tenían escapatoria.

Por la puerta aparecieron dos muchachos. Llevaban dos gruesas cuerdas de cáñamo, ahora empapadas de sangre. Se acercaron a Evans y le ataron con cuidado las cuerdas a las manos. Evans notó que se le aceleraba el corazón.

Los muchachos terminaron y se marcharon. Fuera, la muchedumbre bramaba.

—Tranquilo —dijo Kenner—. Tardarán un rato en volver. Aún hay esperanza.

—¿Esperanza de qué? —prorrumpió Evans en un arrebato de ira.

Kenner movió la cabeza en un gesto de negación.

—Solo... esperanza.

Jennifer esperaba que el otro muchacho entrase en la habitación. Por fin apareció, y al ver a su compañero caído hizo ademán de echarse a correr, pero Jennifer le rodeó el cuello con las manos.

Tiró de él hacia el interior de la habitación, tapándole la boca para que no gritase, y tras torcerle bruscamente el cuello, el muchacho se desplomó. No estaba muerto, pero se quedaría allí durante un rato.

Poco antes, al echar un vistazo afuera, había visto las llaves. Estaban en el pasadizo de juncos, en un banco al otro extremo.

Ahora disponían de dos armas, pero no tenía sentido dispararlas. Eso atraería la atención de los demás. Jennifer no quería volver a mirar afuera. Oyó un murmullo de voces. No distinguía si procedían de la habitación contigua o del pasillo. No podía cometer un error.

Se arrimó a la pared junto a la puerta y gimió. Al principio suavemente y luego de manera cada vez más audible, porque el bullicio de la multitud aún era considerable. Gimió y gimió.

Nadie entró.

¿Debía ya arriesgarse a mirar afuera?

Respiró hondo y esperó.

Evans temblaba. Notaba el contacto frío de las cuerdas empapadas de sangre en las muñecas. La espera se le hacía insoportable. Tenía la sensación de que iba a desmayarse. Fuera la multitud se acallaba gradualmente. Estaban aplacándose. Sabía qué significaba eso. Pronto llegaría el momento de sacar a la siguiente víctima.

Entonces oyó un leve sonido.

Era la tos de un hombre. Suave, insistente.

Kenner fue el primero en comprender.

—Aquí dentro —dijo en voz alta.

Evans oyó el golpe de una hoja de machete al traspasar la pared de juncos. Se volvió. Vio ensancharse la raja en la pared, y una mano recia y morena penetró para abrirla aún más. Un rostro de poblada barba asomó a través de la brecha.

Por un momento Evans no lo reconoció, pero el hombre se

llevó un dedo a los labios, y algo en ese gesto le resultó familiar a Evans, que de pronto vio más allá de la barba.

—¡George!

Era George Morton.

Vivo.

Morton entró en la habitación.

—No hagáis ruido —susurró.

—Te has tomado tu tiempo —protestó Kenner, dándole la espalda a Morton para que le quitase las esposas.

Morton entregó una pistola a Kenner. Y luego se ocupó de Evans. Con un chasquido, sus manos quedaron libres. Evans tiró de las cuerdas de cáñamo intentando desprender las muñecas, pero las tenía firmemente sujetas.

—¿Dónde están los demás? —preguntó Morton en voz baja.

Kenner señaló en dirección a la habitación contigua y cogió el machete de Morton.

—Tú llévate a Peter. Yo iré a por las chicas.

Armado del machete, Kenner salió al pasillo.

Morton sujetó del brazo a Evans. Este señaló con la cabeza hacia Kenner.

—Vámonos.

—Pero...

—Haz lo que ha dicho Kenner, muchacho.

Atravesaron la brecha de la pared y se adentraron en la selva.

Kenner avanzó por el pasillo vacío. Estaba abierto por sus dos extremos. Podían sorprenderle en cualquier momento. Si corría la voz de alarma, acabarían todos muertos. Vio las llaves en el banco, las cogió y se encaminó hacia la puerta de la habitación donde habían llevado a las mujeres. Al mirar dentro, descubrió que habían abandonado los postes, pero no las vio a ellas.

Se quedó fuera y lanzó las llaves a la habitación.

—Soy yo —susurró.

Al cabo de un momento, vio salir apresuradamente a Jennifer

de su escondite detrás de la puerta para coger las llaves. En unos segundos ella y Sarah se habían quitado las esposas. Cogieron las armas de los muchachos y se dirigieron hacia la puerta.

Demasiado tarde. En ese momento doblaban el recodo del pasillo tres jóvenes fornidos en dirección a Kenner. Todos iban provistos de metralletas. Hablaban y reían, sin prestar atención. Kenner entró en la habitación de las mujeres. Se arrimó a la pared y, con señas, les indicó que regresaran a los postes. Ellas lo hicieron en el preciso instante en que entraban los hombres.

—Hola, chicos —saludó Jennifer con una amplia sonrisa.

En ese momento los hombres se fijaron en los dos muchachos caídos y la tierra manchada de sangre, pero era tarde. Kenner abatió a uno; Jennifer a otro usando el cuchillo. El tercero estaba casi en la puerta cuando Kenner le asestó un culatazo. Se oyó crujir el cráneo. Cayó como un peso muerto.

Era hora de marcharse.

En el patio, la multitud se impacientaba. Sambuca miraba hacia la puerta con los ojos entornados. El primer *waitman* estaba muerto hacía rato, el cuerpo se enfriaba a sus pies, ya no tan apetitoso como antes. Y aquellos entre la muchedumbre que no habían saboreado la gloria reclamaban a gritos su ración, la siguiente oportunidad. Las mujeres tenían los bates y tubos apoyados en los hombros y hablaban en corrillos esperando a que el juego continuase.

¿Dónde estaba el siguiente hombre?

Sambuca bramó una orden, y tres hombres corrieron hacia el edificio de juncos.

Resbalaron por una escarpada pendiente larga y embarrada, pero a Evans no le importó. Seguía a Morton, que parecía orientarse muy bien en la selva. Se deslizaron hasta el fondo y fueron a parar a un arroyo poco profundo, de aguas parduscas por la turba.

Morton le indicó que lo siguiese y, chapoteando, se echó a correr por el lecho del arroyo. Había perdido mucho peso. Se lo veía esbelto y en forma. Con el rostro tenso, la expresión severa.

—Te dimos por muerto —dijo Evans.

—No hables. Simplemente sigue adelante. No tardarán en salir a por nosotros.

Y mientras hablaba, Evans oyó descender a alguien por la pendiente. Se dio media vuelta y corrió por el arroyo. Resbaló en las rocas mojadas, cayó, se levantó y continuó corriendo.

Kenner bajó por la pendiente seguido de las dos mujeres. Chocaban contra raíces nudosas y zarzas, pero era la manera más rápida de alejarse de la aldea. Por las marcas en el barro, supo que Morton había pasado también por allí. Y estaba seguro de que darían la voz de alarma en menos de un minuto.

Atravesaron el último tramo de maleza hasta el arroyo. Oyeron disparos en la aldea, señal inequívoca de que habían descubierto ya su huida.

La bahía, como Kenner sabía, se hallaba a la izquierda. Dijo a las mujeres que siguieran adelante por el lecho del arroyo.

—¿Y tú qué? —preguntó Jennifer.

—Iré dentro de un momento.

Las mujeres se alejaron a sorprendente velocidad. Kenner retrocedió por la senda lodosa, alzó el arma y esperó. Solo habían transcurrido unos segundos cuando vio descender por la pendiente a los primeros rebeldes. Disparó tres ráfagas. Los cuerpos quedaron atrapados entre las ramas retorcidas; uno cayó dando tumbos hasta el arroyo.

Kenner esperó de nuevo.

Los otros preverían que se echase a correr. Así que esperó. Y efectivamente, pasados un par de minutos, los oyó empezar a bajar. Eran niños ruidosos y asustados. Disparó de nuevo y oyó gritos. Pero creyó que no había dado a nadie. Solo eran gritos de miedo.

Así se había asegurado de que buscarían una ruta distinta para descender. Y lo harían más despacio.

Kenner se dio media vuelta y corrió.

Sarah y Jennifer avanzaban deprisa por el agua cuando una bala pasó silbando junto a la oreja de Sarah.

—Eh —gritó—. Somos nosotras.

—Ah, lo siento —se disculpó Morton cuando llegaron hasta él.

—¿Hacia dónde? —preguntó Jennifer.

Morton señaló arroyo abajo.

Echaron a correr.

Evans hizo ademán de consultar el reloj, pero uno de los niños se lo había quitado. No tenía nada en la muñeca. Morton, en cambio, sí tenía reloj.

—¿Qué hora es? —le preguntó Evans.

—Las tres y cuarto.

Les quedaban menos de dos horas.

—¿Está muy lejos la bahía?

—A una hora de aquí más o menos —contestó Morton— si cruzamos a través de la selva. Y no nos queda más remedio. Esos chicos son unos rastreadores temibles. Han estado a punto de encontrarme muchas veces. Saben que estoy aquí, pero hasta el momento los he eludido.

—¿Cuánto tiempo llevas aquí?

—Nueve días, y se me antojan nueve años.

Corrieron arroyo abajo agachándose para esquivar las ramas colgantes. A Evans le ardían los muslos. Le dolían las rodillas. Pero no le importaba. Por alguna razón el dolor parecía una reafirmación. Le traían sin cuidado el calor, los insectos y las sanguijuelas que sabía que le cubrían los tobillos y las piernas. Simplemente se alegraba de estar vivo.

—Torceremos por aquí —anunció Morton. Abandonó el arroyo a la derecha, encaramándose a unos grandes peñascos, y saltó luego entre densos helechos que le llegaban a la cintura.

—¿Aquí hay serpientes? —preguntó Sarah.

—Sí, muchas —contestó Morton—. Pero no me preocupan.

—¿Y qué te preocupa?

—*Plenti pukpuk.*

—¿Y eso qué es?

—Cocodrilos.

Y desapareció entre el espeso follaje.

—Estupendo —dijo Evans.

Kenner se detuvo en medio del arroyo. Algo no andaba bien. Hasta ese momento había visto en el lecho indicios de quienes lo precedían. Restos de barro en las rocas, marcas de dedos mojados. Pisadas o alguna alteración en las algas. Pero en los últimos minutos, nada.

Los otros habían abandonado el arroyo.

Los había perdido en algún punto.

Morton se habría asegurado de eso, pensó. Morton debía de conocer un buen sitio por donde abandonar el riachuelo sin dejar rastro. Probablemente algún lugar con helechos y hierba pantanosa entre unos peñascos de la orilla, hierba esponjosa que volviese a su posición después de pisarla.

Kenner había pasado por alto el lugar.

Se dio media vuelta y, despacio, desanduvo el camino arroyo arriba. Sabía que si no encontraba sus huellas, no podría abandonar el cauce. Se perdería con toda seguridad. Y si permanecía demasiado tiempo en el arroyo, los rebeldes darían con él y lo matarían.

RESOLUCIÓN
JUEVES, 14 DE OCTUBRE
16.02 H.

Faltaba solo una hora. Morton se hallaba agazapado entre los mangles y las rocas cerca del centro de la bahía de Resolución. Los otros estaban alrededor. El agua lamía suavemente la arena a unos metros de ellos.

—Esto es lo que sé —dijo en voz baja—. La gabarra del submarino está escondida bajo una lona de camuflaje en el extremo este de la bahía. Desde aquí no se ve. El submarino ha salido a diario desde hace una semana. Tiene una autonomía limitada, y solo puede permanecer sumergido durante una hora cada vez. Pero parece evidente que están colocando una especie de explosivos en forma de cono y disponen de algún sistema de detonación sincronizada.

—Eso mismo usaban en la Antártida —dijo Sarah.

—Muy bien, entonces, ya sabéis de qué se trata. Aquí planean desencadenar una avalancha bajo el agua. A juzgar por el tiempo que el submarino permanece en inmersión, imagino que los colocan a unos noventa metros de profundidad, que casualmente es el nivel más eficaz para una avalancha capaz de provocar un tsunami.

—¿Y esas tiendas de campaña? —preguntó Evans.

—Por lo visto, no quieren correr riesgos. O bien no tienen suficientes explosivos, o no confían en que estos cumplan con su cometido, porque en las tiendas hay unas máquinas llamadas cavitadores hipersónicos. Son del tamaño de un camión pequeño. Funcionan con gasoil, y hacen mucho ruido cuando los prueban, cosa que viene ocurriendo desde hace días. Han desplazado las tiendas varias veces, solo treinta o cincuenta centímetros en cada ocasión, así que supongo que la posición es un elemento crucial por algún motivo. Quizá están enfocando los rayos, o lo que sea que esos artefactos generan. No tengo muy claro cuál es su función. Pero, según parece, son importantes para originar el corrimiento.

—¿Y qué hacemos? —preguntó Sarah.

—No hay manera de detenerlos —contestó Morton—. Somos solo cuatro, cinco si Kenner consigue llegar, y de momento eso no parece probable. Ellos son trece, siete en la gabarra y seis en la orilla, todos provistos de armas automáticas.

—Pero contamos con Sanjong —dijo Evans—. No te olvides.

—¿El nepalí? Estoy seguro de que los rebeldes lo han atrapado. Hace una hora se han oído disparos en las montañas donde os han encontrado. Yo estaba unos cuantos metros más abajo cuando os han descubierto. He intentado preveniros tosiendo, pero... —Se encogió de hombros y se volvió hacia la playa—. Da igual. Suponiendo que los tres cavitadores deban actuar simultáneamente para causar algún efecto en la pendiente submarina, imagino que la mejor opción es eliminar uno de los generadores, o quizá dos. Eso les estropearía el plan o, como mínimo, reduciría el efecto.

—¿Es posible cortar el suministro de energía?

Morton negó con la cabeza.

—Se autoabastecen. El depósito de gasoil va acoplado a las unidades principales.

—¿Ignición por batería?

—No. Paneles solares. Son autónomos.

—Entonces tenemos que eliminar a los hombres que los manejan.

—Sí, y los han avisado de nuestra presencia. Como podéis ver, uno monta guardia frente a cada tienda, y han apostado un centinela en algún lugar de esas crestas. —Señaló hacia la vertiente occidental—. No vemos dónde está, pero imagino que vigila toda la bahía.

—¿Y qué? Eso poco importa. Que vigile —dijo Jennifer—. Propongo que eliminemos a los hombres de las tiendas y destruyamos las máquinas. Tenemos aquí armas suficientes para hacerlo y… —Se interrumpió. Había extraído el cargador de su fusil; estaba vacío—. Mejor será que comprobéis la munición.

Por un momento, manipularon sus armas. Todos negaron con la cabeza. Evans tenía cuatro balas, Sarah dos, Morton ninguna.

—Esta gente prácticamente no tiene muni…

—Y nosotros tampoco. —Jennifer respiró hondo—. Sin armas, esto va a ser algo más complicado. —Avanzó un poco y, entornando los ojos para protegerse de la intensa luz, observó la playa—. Hay unos diez metros entre la selva y esas tiendas. Playa abierta, sin cobertura. Si atacamos las tiendas, no lo conseguiremos.

—¿Y alguna distracción?

—No sé cuál podría ser. Hay un hombre frente a cada tienda y otro dentro.

—¿Están los dos armados?

Morton asintió con la cabeza.

—Armas automáticas.

—Mal asunto —dijo ella—. Muy mal asunto.

Mientras chapoteaba por el arroyo, Kenner miraba con atención a izquierda y derecha. No había recorrido más de cien metros cuando vio la leve huella de una mano mojada en un peñasco. La marca de humedad casi se había secado. Examinó el lugar con mayor detenimiento. Vio pisoteada la hierba de la orilla.

Por allí habían abandonado el arroyo.

Emprendió el camino hacia la bahía. Era obvió que Morton conocía el terreno. Aquel era otro arroyo, mucho menor. Con cierta inquietud, Kenner advirtió que descendía en una pendiente bastante escarpada. Mala señal. Pero era una ruta transitable a través de la selva. En algún lugar más adelante oyó los ladridos de un perro. Parecía que el animal estuviese ronco o enfermo o algo así.

Agachándose bajo las ramas, Kenner apretó el paso.

Tenía que llegar junto a los otros antes de que fuese demasiado tarde.

Morton oyó los ladridos y frunció el entrecejo.

—¿Qué pasa? —preguntó Jennifer—. ¿Los rebeldes nos persiguen con perros?

—No. Eso no es un perro.

—La verdad es que no parecía un perro.

—No lo es. En esta parte del mundo han aprendido un truco. Ladran como un perro, y cuando aparecen los perros, se los comen.

—¿Quiénes?

—Los cocodrilos. Eso que habéis oído es un cocodrilo. En algún lugar detrás de nosotros.

En la playa, oyeron un repentino ruido de motores. Escrutando entre los mangles, vieron acercarse tres jeeps desde el extremo este de la bahía, avanzando por la arena hacia ellos.

—¿Y eso? —preguntó Evans.

—Llevan toda la semana practicándolo —explicó Morton—. Fijaos. Cada uno para junto a una tienda. ¿Veis? Tienda uno... tienda dos... tienda tres. Todos parados. Todos con los motores en marcha. Todos de cara al oeste.

—¿Por qué al oeste?

—Hay un camino de tierra que sube por la ladera unos cien metros y queda allí cortado.

—¿Había algo antes en ese punto?

—No. Ellos mismos cortaron la carretera. Fue lo primero que hicieron al llegar aquí. —Morton miró hacia el arco oriental de la bahía—. Por lo general a esta hora la gabarra ha zarpado y se encuentra mar adentro. Pero hoy no ha sido así.

—Ajá —dijo Evans.

—¿Y eso?

—Creo que olvidábamos un detalle.

—¿Qué?

—Nos preocupaba que este tsunami viajase hacia la costa californiana. Pero un corrimiento de tierra absorbería agua hacia abajo, ¿no? Y luego el agua volvería a subir. Pero eso es como si echo esta piedra en el charco. —La dejó caer en un charco lodoso a sus pies—. La honda que genera es circular. Va en todas direcciones…

—Oh, no —dijo Sarah.

—Pues sí. En todas direcciones, y también hacia aquí. El tsunami arremeterá también contra esta costa. Y enseguida. ¿A qué distancia mar adentro está la fosa de Salomón?

Morton se encogió de hombros.

—No lo sé. Quizá a tres kilómetros. La verdad es que no lo sé, Peter.

—Si estas olas viajan a ochocientos kilómetros por hora —dedujo Evans—, significa que llegará a esta costa en…

—Veinticuatro segundos —apuntó Sarah.

—Exacto. Ese es el tiempo de que dispondremos para salir de aquí en cuanto empiece el corrimiento de tierra bajo el mar. Veinticuatro segundos.

Con un repentino tableteo, el primer generador a gasoil cobró vida. Luego el segundo, luego el tercero. Los tres estaban en funcionamiento.

Morton consultó su reloj.

—Es eso —dijo—. Han empezado.

Y a continuación oyeron un zumbido electrónico, al principio tenue pero cada vez más grave e intenso. Llenó el aire.

—Esos son los cavitadores —dijo Morton—. Se ha puesto en funcionamiento.

Jennifer se colgó el fusil al hombro.

—Preparémonos.

Sanjong se deslizó en silencio desde las ramas colgantes de un árbol sobre la cubierta de la gabarra *AV Scorpion*. La embarcación, de doce metros de eslora, debía de tener muy poco calado, puesto que la habían arrimado mucho a tierra en el lado oeste de la bahía, de modo que las ramas de los enormes árboles de la selva quedaban suspendidas sobre ella. La gabarra no se veía desde la playa; Sanjong había descubierto que estaba allí al oír crepitar unas radios cuando se acercaba por la selva.

Agachándose en la popa, se ocultó detrás del cabrestante que izaba el submarino y escuchó. Oía voces en todas direcciones, o eso le pareció. Calculó que habría seis o siete hombres a bordo. Pero su objetivo era localizar los detonadores sincronizados. Supuso que se hallaban en la timonera, pero no estaba seguro. Y un largo trecho de cubierta separaba su escondite de la timonera.

Observó el minisubmarino que pendía sobre él. Era de color azul intenso, de algo más de dos metros de longitud, con una cubierta transparente, ahora levantada, sobre el habitáculo. Lo bajaban e izaban del agua mediante el cabrestante.

Y el cabrestante...

Buscó el panel de control. Sabía que debía de estar cerca, porque el operario tenía que ver el submarino mientras descendía. Finalmente lo encontró: una caja de metal cerrada al otro lado del barco. Se acercó a rastras, abrió la caja y examinó los botones. Había seis, marcados con flechas en todas direcciones. Como un gran teclado numérico.

Apretó el botón de descenso.

Con un ruido sordo, el cabrestante comenzó a bajar el submarino.

Sonó una alarma.

Oyó rápidas pisadas.

Volvió a agacharse en el hueco de una trampilla y esperó.

Desde la playa, oyeron vagamente el sonido de una alarma por encima del tableteo de los generadores y el zumbido de cavitación. Evans miró alrededor.

—¿De dónde viene eso?

—De la gabarra seguramente. Allí.

En la playa, los hombres la oyeron también. En parejas a la entrada de las tiendas, señalaban en aquella dirección y se preguntaban qué hacer.

Y de pronto, desde la selva, una metralleta abrió fuego. Sobresaltados, los hombres de la playa apuntaron sus armas a un lado y a otro.

—A la mierda —dijo Jennifer, y cogió el fusil de Evans—. Ha llegado el momento. No habrá ocasión mejor.

Abriendo fuego, se echó a correr por la playa.

El cocodrilo había atacado a Kenner con aterradora velocidad. Apenas había vislumbrado la enorme boca blanca y abierta de par en par y el remolino en el agua cuando disparó su metralleta. El animal cerró las fauces casi atrapándole la pierna; a continuación, se revolvió y acometió de nuevo, mordiendo una rama baja.

Las balas no habían causado el menor efecto. Kenner dio media vuelta y echó a correr arroyo abajo.

El cocodrilo rugió detrás de él.

Jennifer avanzaba por la arena en dirección a la tienda más cercana. Había recorrido unos diez metros cuando dos balas la alcanzaron en la pierna izquierda y la abatieron. Sin dejar de disparar, cayó en la arena caliente. Vio desplomarse al guardia apostado a la entrada de la tienda. Supo que estaba muerto.

Evans se acercó a ella desde atrás y se agachó.

—¡Sigue adelante! ¡Ve! —gritó ella.

Evans corrió hacia la tienda.

En la gabarra, los hombres detuvieron el cabrestante para impedir el descenso del submarino. Oían ya los disparos procedentes de la playa. Se habían precipitado todos al lado de estribor y miraban por encima de la borda para ver qué ocurría.

Sanjong avanzó por la cubierta en el lado de babor. Allí no había nadie. Llegó a la timonera, donde encontró un enorme panel con numerosos controles electrónicos. Vio a un hombre en pantalón corto y camiseta inclinado sobre él, realizando ajustes. En lo alto del panel, tres hileras de luces marcadas con números se extendían de un extremo al otro.

Los temporizadores.

Para las detonaciones en el lecho del mar.

Sarah y Morton corrían por el linde de la selva en dirección a la segunda tienda. El hombre apostado fuera los vio casi de inmediato y empezó a disparar ráfagas de metralleta, pero debía de estar muy nervioso, pensó Sarah, porque no dio en el blanco. Alrededor de ellos se partían ramas y hojas por el impacto de las balas. Y a cada paso se acercaban más al punto desde donde Sarah podría devolver el fuego. Llevaba la pistola de Morton. A veinte metros, se detuvo y se apoyó en el tronco más cercano. Extendió el abrazo y apuntó. Erró el primer tiro. El segundo alcanzó al hombre en el hombro derecho, y mientras se desplomaba, el arma se le cayó a la arena. Morton lo vio y, abandonando el bosque, atravesó la playa hacia la tienda. El hombre intentaba levantarse. Sarah volvió a disparar.

Y en ese momento Morton desapareció en el interior de la tienda y Sarah oyó dos disparos y un grito de dolor.

Se echó a correr.

Evans estaba dentro de la tienda, frente a un muro de estruendosa maquinaria, un enorme complejo de tubos curvos y válvulas que terminaban en una placa plana y redonda de dos metros y medio de anchura, colocada más o menos a medio metro por encima de la arena. El generador tenía poco más de dos metros de altura; todo el metal estaba caliente al tacto. El ruido era ensordecedor. No vio allí a nadie. Preparando el fusil, consciente de que el cargador estaba vacío, dobló el primer recodo y luego el segundo.

Y entonces lo vio.

Era Bolden. El individuo de la Antártida. De pie ante un panel de control, con la vista fija en un monitor de cristal líquido y una fila de cuadrantes, ajustaba unos enormes mandos. Tan absorto estaba que no advirtió la presencia de Evans.

Evans sintió un arrebato de pura ira. Si el fusil hubiese estado cargado, le hubiese disparado. Bolden había dejado su arma apoyada contra la pared de la tienda. Necesitaba las dos manos para accionar los controles.

Evans gritó. Bolden se volvió. Evans le indicó que levantará las manos.

Bolden atacó.

Morton acababa de entrar en la tienda cuando la primera bala le alcanzó en la oreja y la segunda en el hombro. Lanzó un grito de dolor y cayó de rodillas. Este movimiento le salvó la vida, ya que la siguiente bala pasó silbando por encima de su frente y traspasó la tela de la tienda. Yacía en el suelo junto a la ruidosa maquinaria cuando el terrorista se volvió con el fusil a punto. Era un hombre de unos veinte años, con barba, adusto, y mantenía una actitud fría y profesional.

Apuntó a Morton.

De pronto cayó contra la máquina y se oyó crepitar la sangre al contacto con el metal caliente. Sarah estaba dentro de la tienda, y disparó la pistola tres veces, bajando el brazo mientras el hombre se desplomaba. Se volvió hacia Morton.

—Me había olvidado de que eres buena tiradora —dijo él.

—¿Estás bien? —preguntó Sarah. Morton asintió con la cabeza—. Entonces, ¿cómo apago esto?

Evans lanzó un gruñido cuando Bolden lo embistió. Los dos fueron a topar contra la tela de la tienda y rebotaron. Evans asestó varios culatazos a Bolden en la espalda, pero fue en vano. Intentaba golpearle en la cabeza, pero solo lograba alcanzarlo en la espalda. Bolden, por su parte, parecía querer sacar a Evans de la tienda.

Cayeron al suelo. La maquinaria tableteaba junto a ellos. Y en ese momento Evans se dio cuenta de lo que pretendía Bolden.

A empujones, trataba de desplazar a Evans hacia la placa. Incluso en la proximidad, Evans sentía la intensa vibración del aire, allí mucho más caliente.

Bolden golpeó a Evans en la cabeza, y sus gafas de sol fueron a parar bajo la placa. Los cristales se hicieron añicos al instante y luego la montura se deformó.

Un momento después las gafas quedaron pulverizadas.

Desaparecieron por completo. Evans observó horrorizado. Y poco a poco Bolden lo llevaba más cerca del borde, más y más cerca...

Sacando fuerzas de flaqueza, Evans se resistió. De pronto, lanzó un puntapié.

La cara de Bolden fue a dar contra el metal caliente. Gritó. Tenía la mejilla humeante y ennegrecida. Evans le propinó otra patada, salió de debajo de él y se levantó. De pie ante Bolden, le asestó un violento puntapié en las costillas, con toda su fuerza. Deseaba matarlo.

«Eso por la Antártida», pensó.

A la siguiente patada, Bolden le agarró la pierna, y Evans se desplomó. Pero, al caer, descargó una patada más y le alcanzó en plena cabeza. Bolden rodó a causa del impacto.

Y rodó bajo la placa.

Su cuerpo quedó medio debajo, medio fuera. Empezó a temblar, a vibrar. Abrió la boca para gritar pero no emitió sonido alguno. Evans le asestó un último puntapié, y Bolden quedó por completo debajo de la placa.

Cuando Evans se agachó para mirar, ya no había nada. Solo humo tenue y acre.

Se levantó y salió.

Mirando por encima del hombro, Jennifer se rasgó la blusa con los dientes y arrancó un jirón de tela para aplicarse un torniquete. No creía que la bala hubiese afectado una arteria, pero la herida de la pierna sangraba mucho y se sentía un poco mareada. Tenía que permanecer alerta, porque quedaba una tienda más, y si los hombres salían…

Giró en redondo a la vez que levantaba el fusil cuando una silueta surgió del bosque.

Era John Kenner. Bajó el arma.

Corrió hacia ella.

Sanjong disparó contra el cristal de la timonera, pero no ocurrió nada. El cristal ni siquiera tembló. Era un cristal blindado, pensó, sorprendido. El técnico, sobresaltado, se irguió. Sanjong iba ya en dirección a la puerta.

El técnico alargó la mano hacia los interruptores. Sanjong disparó dos veces, una contra el técnico, otra apuntando al panel de control.

Pero ya era demasiado tarde. En lo alto del panel, se encendieron las luces rojas una tras otra. Se habían iniciado las detonaciones bajo el mar.

Automáticamente, empezó a sonar una estridente alarma, como una bocina de submarino. Al otro lado de la gabarra, los hombres empezaron a gritar; en sus voces se percibía terror, y con razón, pensó Sanjong.

Se había generado el tsunami.

Arremetería contra ellos en cuestión de segundos.

BAHÍA DE RESOLUCIÓN
JUEVES, 14 DE OCTUBRE
16.43 H.

El sonido llenaba el aire.

Evans salió corriendo de la tienda. Justo enfrente vio a Kenner, que cogía a Jennifer en brazos. Kenner decía algo a gritos, pero Evans no lo oía. Vagamente, vio que Jennifer estaba bañada en sangre. Evans corrió hacia el jeep, subió y lo acercó a Kenner. Este dejó a Jennifer en la parte de atrás. Ella respiraba con inhalaciones poco profundas. Delante vieron a Sarah ayudar a Morton a subir al otro jeep. Kenner tuvo que levantar la voz para hacerse oír por encima del estruendo. Por un momento Evans no lo entendió, pero de pronto cayó en la cuenta de lo que decía:

—¡Sanjong! ¿Dónde está Sanjong?

Evans negó con la cabeza.

—Dice Morton que ha muerto. Los rebeldes.

—¿Está seguro?

—No.

Kenner echó un vistazo a la playa.

—¡Arranca!

En el jeep, Sarah intentaba mantener a Morton erguido y conducir al mismo tiempo. Pero tenía que soltarlo para cambiar de marcha, y cuando lo hacía, él se desplomaba contra su hombro. Respiraba con dificultad, emitiendo un resuello. Sarah sospechaba que la bala le había perforado el pulmón. Trataba de llevar la cuenta de los segundos en su cabeza, pero se distrajo. Creía que habían transcurrido ya diez segundos desde el corrimiento de tierra.

Eso significaba que disponían de quince segundos para alcanzar lo alto de la cuesta.

Sanjong saltó de la gabarra a los árboles de la orilla. Logró agarrarse a un puñado de hojas y ramas. Bajó atropelladamente al suelo y empezó a trepar monte arriba con desesperación. En la gabarra, los hombres lo vieron y saltaron también intentando seguirlo.

Sanjong calculaba que disponían de medio minuto antes de que embistiese la primera ola. Sería la más pequeña pero, aun así, alcanzaría probablemente cinco metros de altura. El ascenso del agua ladera arriba podía ser de otros cinco metros. Eso significaba que Sanjong debía subir más de diez metros por la pendiente lodosa en treinta segundos.

Sabía que no lo conseguiría.

Era imposible.

Siguió trepando de todos modos.

Sarah ascendió por el sendero embarrado. El jeep se deslizaba peligrosamente por la cuesta. A su lado, Morton permanecía en silencio; su piel había adquirido un alarmante color gris azulado.

—¡Aguanta, George! ¡Aguanta! Solo un poco.

El jeep derrapó en el barro, y Sarah lanzó un grito de pánico. Bajó de marcha con un chirrido, recuperó el control y siguió cuesta arriba. Por el retrovisor vio a Evans.

En su mente, seguía contando:

Dieciocho.

Diecinueve.

Veinte.

De la tercera tienda de la playa salieron dos hombres con metralletas y subieron de un brinco al tercer jeep. Subieron por la cuesta detrás de Evans, disparando. Kenner devolvía el fuego. Las balas hicieron añicos el parabrisas. Evans aminoró la velocidad.

—¡Sigue conduciendo! —gritó Kenner—. ¡Sigue!

Evans no veía nada. Donde el parabrisas no estaba resquebrajado, el barro impedía la visibilidad. Movía la cabeza a uno y otro lado sin cesar para ver el camino.

—¡Sigue! —gritó Kenner de nuevo.

Las balas silbaban alrededor.

Kenner disparaba contra las ruedas del jeep que los seguía. Dio en el blanco, y el jeep volcó. Los dos hombres cayeron en el barro. Tambaleándose, volvieron a levantarse con dificultad. Estaban solo a cinco metros por encima de la playa.

No era altura suficiente.

Kenner volvió a mirar hacia el mar.

Vio acercarse la ola.

Era enorme, tan ancha como alcanzaba la vista, una cresta de espuma, un arco blanco que se extendía mientras avanzaba hacia la playa. No era muy alta, pero creció al llegar a la costa, elevándose más y más alto…

El jeep se detuvo con una sacudida.

—¿Por qué has parado? —preguntó Kenner.

—Aquí se corta el camino —respondió Evans.

La ola alcanzaba ya cinco metros de altura.

Con un rugido, arremetió contra la playa y avanzó rápidamente hacia ellos.

Evans tuvo la impresión de que todo ocurría a cámara lenta: la gran ola volviéndose blanca, llegando tumultuosa a la arena y manteniendo la cresta mientras cruzaba la playa, se adentraba en la selva y cubría de blanco el paisaje verde pendiente arriba.

No podía apartar los ojos de la ola, porque no parecía perder su fuerza. Más abajo, en el sendero embarrado, los dos hombres se alejaban torpemente del jeep volcado, y de pronto el agua blanca los envolvió y se perdieron de vista.

La ola ascendió por la pendiente casi otros dos metros, y de repente perdió velocidad, retrocedió y se alejó. No dejó el menor rastro de los hombres o el jeep. Los árboles de la selva quedaron revueltos, muchos arrancados.

La ola regresó hacia el océano. Alejándose, dejó a la vista la playa hasta desvanecerse por completo y el mar quedó de nuevo en calma.

—Esa es la primera —dijo Kenner—. La siguientes serán mayores.

Sarah mantenía erguido a Morton, procurando que estuviera cómodo. Tenía los labios de un espantoso color azul y la piel fría, pero aún permanecía alerta. No hablaba, pero miraba el agua.

—Aguanta, George —dijo Sarah.

Él asintió. Movía los labios.

—¿Qué pasa? ¿Qué dices?

Sarah le leyó los labios. Una débil sonrisa.

«No me lo perdería aunque fuera lo último que hiciese.»

Surgió la siguiente ola.

A lo lejos, parecía exactamente igual que la primera, pero cuando se acercó a la orilla vieron que era considerablemente mayor, de más de siete metros, y el rugido cuando chocó contra la playa pareció una explosión. Una inmensa sábana de agua ascendió por la ladera hacia ellos y llegó mucho más arriba que antes.

Ellos se hallaban a casi treinta y cinco metros de la playa. La ola había recorrido más de veinte pendiente arriba.

—La siguiente será mayor —anunció Kenner.

El mar permaneció en calma durante unos minutos. Evans se volvió hacia Jennifer.

—Oye —dijo—, ¿quieres que...?

Jennifer no estaba allí. Por un momento Evans pensó que se había caído del jeep. Entonces vio que se hallaba en el suelo, hecha un ovillo por el dolor. Tenía la cara y el hombro cubiertos de sangre.

—¿Jennifer?

Kenner le agarró la mano a Evans y se la apartó con delicadeza. Movió la cabeza en un gesto de negación.

—Han sido los del jeep —explicó—. Estaba bien hasta ese momento.

Evans, atónito, sintió un mareo. La miró.

—¿Jennifer?

Ella tenía los ojos cerrados y apenas respiraba.

—No la mires —dijo Kenner—. Puede que sobreviva, puede que no.

Venía la siguiente ola.

No tenían adónde ir. Habían llegado al final del camino. Los rodeaba la selva. Se limitaron a esperar y observaron el impetuoso ascenso del agua como un atronador muro. La ola ya había roto. El agua ya solo ascendía por la inercia de la embestida; aun así, era un muro de más de tres metros de alto.

Sarah pensó que iba a llevárselos, pero la ola perdió fuerza a unos metros de ellos, reduciéndose y aminorando la velocidad, y retrocedió después hacia el mar.

Kenner consultó su reloj.

—Tenemos unos minutos —dijo—. Hagamos lo que podamos.

—¿Qué quieres decir? —preguntó Sarah.

—Debemos subir tanto como sea posible.

—¿Hay otra ola?

—Como mínimo.

—¿Mayor?

—Sí.

Transcurrieron cinco minutos. Treparon ladera arriba otros veinte metros. Kenner llevaba en brazos el cuerpo ensangrentado de Jennifer. Pero ella había perdido el conocimiento. Evans y Sarah ayudaban a Morton, que se movía con gran dificultad. Finalmente Evans se cargó a Morton a la espalda.

—Me alegro de que hayas perdido un poco de peso —comentó.

Morton, sin hablar, se limitó a darle una palmada en el hombro.

Evans ascendió por la pendiente con paso vacilante.

Se acercó la siguiente ola.

Cuando retrocedió, los jeeps habían desaparecido. El lugar donde antes estaban aparcados se hallaba ahora cubierto de troncos de árbol arrancados. Muy cansados, se quedaron mirando. Discutieron si era la cuarta o la quinta ola. Nadie lo recordaba. Decidieron que debía de ser la cuarta.

—¿Qué hacemos? —preguntó Sarah a Kenner.

—Subir.

Ocho minutos después llegó la siguiente ola. Era más pequeña que la anterior. Evans, extenuado, no pudo hacer nada más que mirarla. Kenner intentaba restañar la hemorragia de Jennifer, pero ella presentaba un inquietante color gris y tenía los labios azules. En la playa no se veía el menor indicio de actividad humana. Las tiendas y los generadores habían desaparecido. No había nada más que restos apilados, ramas, trozos de madera, algas, espuma.

—¿Qué es eso? —preguntó Sarah.

—¿Qué?

—Alguien ha gritado.

Miraron hacia el lado opuesto de la bahía. Alguien les hacía señas.

—Es Sanjong —dijo Kenner—. El muy hijo de puta... —Sonrió—. Espero que tenga inteligencia suficiente para quedarse donde está. Tardaría un par de horas en cruzar la playa con todos esos restos. Veamos si nuestro helicóptero sigue en su sitio o se lo ha llevado el agua. Luego pasaremos a recoger a Sanjong.

CUENCA DEL PACÍFICO
VIERNES, 15 DE OCTUBRE
17.04 H.

Tres mil kilómetros al este, era plena noche en Golden, Colorado, cuando los ordenadores del Centro Nacional de Información de Terremotos registraron una perturbación sísmica atípica con origen en la cuenca del Pacífico, justo al norte de las islas Salomón, con una magnitud de seis coma tres en la escala de Richter. Era un temblor fuerte, pero no anormalmente fuerte. Debido a las peculiares características de la perturbación, el ordenador lo clasificó como «fenómeno anómalo», una designación bastante corriente para los fenómenos sísmicos de esa parte del mundo, donde tres placas tectónicas confluían superponiéndose de forma extraña.

Los ordenadores determinaron que el terremoto no presentaba el movimiento relativamente lento asociado a los tsunamis, y por tanto no se clasificó como «fenómeno generador de un tsunami». Sin embargo, en el Pacífico sur, esta designación se estaba revisando desde el devastador terremoto de Nueva Guinea en 1998 —el tsunami más destructivo del siglo—, que tampoco se había iniciado con la clásica lentitud del tsunami. Así pues, a modo de precaución, los ordenadores enviaron señal del terremoto a los sensores de la MORN, la Red de Repetidores del Océano, con base en Hilo, Hawai.

Seis horas después, boyas situadas en medio del océano detectaron un aumento de veintitrés centímetros en el nivel del mar, dato que se correspondía con el tren de olas de un tsunami. Debido a la gran profundidad del mar en esa zona, con frecuencia los tsunamis elevaban el nivel del agua solo unos centímetros. Esa noche en particular los barcos que navegaban por allí no percibieron nada cuando la gran ola pasó bajo ellos. No obstante, las boyas sí lo detectaron y activaron la alarma.

Era de noche en Hawai cuando los ordenadores emitieron un pitido y los monitores se encendieron. El supervisor de la red, Joe Ohiri, dormitaba. Se levantó, se sirvió una taza de té e inspeccionó los datos. Era sin duda un tsunami, aunque parecía perder fuerza a su paso por el océano. Hawai se hallaba en su trayectoria, naturalmente, pero la ola arremetería contra la costa meridional de las islas, circunstancia relativamente rara. Ohiri realizó un rápido cálculo de la fuerza de la ola, no quedó impresionado por el resultado y envió por tanto una notificación de rutina a las unidades de defensa civil de todas las islas habitadas.

Empezaba así: «Este es un mensaje informativo...», y acababa con la habitual fórmula advirtiendo de que la alerta se basaba en información preliminar. Ohiri sabía que nadie prestaría demasiada atención al comunicado. Informó también a la costa Oeste y a los centros de alerta de Alaska, porque el tren de olas llegaría allí a media mañana del día siguiente.

Cinco horas más tarde, las boyas del DART situadas frente a la costa de California y Alaska detectaron un tsunami, ya más debilitado. Los ordenadores calcularon la velocidad y la fuerza de la ola y no recomendaron acción alguna. Eso significaba que el mensaje se transmitiría a las estaciones locales no como alerta sino como parte de un boletín informativo:

TENIENDO EN CUENTA SU UBICACIÓN Y MAGNITUD, EL TERREMOTO NO ERA SUFICIENTE PARA GENERAR UN TSUNAMI QUE CAUSASE DAÑOS EN CALIFORNIA, OREGÓN, WASHINGTON, COLUMBIA BRITÁNICA O ALASKA. ALGUNAS ZONAS PUEDEN EXPERIMENTAR CAMBIOS DE ESCASA CONSIDERACIÓN EN EL NIVEL DEL MAR.

Kenner, que supervisaba los mensajes en su ordenador, cabeceó al ver este. «Nick Drake no va a ser hoy un hombre feliz», pensó. Según la hipótesis de Kenner, habrían necesitado los cavitadores para potenciar el efecto de las detonaciones submarinas y crear el corrimiento de tierra relativamente duradero que hubiese producido un tsunami muy poderoso al otro lado del océano. Habían frustrado su plan.

Nueve minutos después el tsunami, muy debilitado, arremetió contra las playas de California. Se componía de cinco olas sucesivas con una altura media de menos de dos metros, que despertó el entusiasmo de los surfistas brevemente pero pasó inadvertido a los demás.

Con retraso, Kenner recibió noticia de que el FBI llevaba doce horas intentando ponerse en contacto con él. Resultó que V. Allen Willy había evacuado su casa de la playa a las dos de la madrugada hora local, es decir, menos de una hora después de producirse los sucesos de la bahía de Resolución y más de diez horas antes del aviso de tsunami.

Kenner sospechaba que Willy se había asustado y había preferido no esperar. Pero era un error importante y revelador. Kenner telefoneó al agente e inició los trámites para solicitar acceso al registro de llamadas de Willy.

No se permitió a ninguno de ellos abandonar la isla durante los siguientes tres días. Hubo formalidades, impresos e interrogatorios pendientes. Hubo problemas con la asistencia sanitaria de urgencia para el pulmón perforado de Morton y la hemorragia masiva de Jennifer. Morton quiso que lo trasladasen a Sidney para la intervención quirúrgica, pero no se autorizó su salida porque se lo había dado por desaparecido en Estados Unidos. Pese a que se quejó amargamente de aquellos hechiceros de tribu que allí hacían las veces de médicos, un buen cirujano formado en Melbourne se ocupó de su pulmón en Gareda Town. Jennifer, por su parte, no había podido esperar a ese cirujano; había necesitado tres transfusiones durante cinco horas de quirófano para extraerle las balas del cuerpo, y luego pasó casi cuarenta y ocho horas con respiración artificial, a las puertas de la muerte. Pero al final del segundo día abrió los ojos, se quitó la mascarilla de oxígeno y dijo a Evans, que estaba sentado junto a su cama: «¿A qué viene esa cara de pena? Estoy aquí, por Dios». Habló con voz débil, pero sonreía.

Hubo problemas asimismo por su contacto con los rebeldes. Hubo problemas por el hecho de que un miembro del grupo, el famoso actor Ted Bradley, hubiese desaparecido. Todos contaron lo que le había ocurrido a Bradley, pero no fue posible corroborarlo. Así que la policía los obligó a contarlo de nuevo.

Y de pronto, inexplicablemente, les permitieron marcharse. Su documentación estaba en orden. Les devolvieron los pasaportes. No había inconveniente. Podían irse cuando deseasen.

Evans durmió durante la mayor parte del viaje a Honolulú. Cuando el avión repostó y volvió a despegar, se sentó y habló con Morton y los demás. Morton explicaba lo ocurrido la noche del accidente de coche.

—Era evidente que había algún problema con Nick y el uso que daba al dinero. El NERF no hacía nada bueno. Nick estaba muy furioso, peligrosamente furioso. Me amenazó, y yo le tomé la palabra. Había conseguido establecer el vínculo entre su organización y el FEL, y él se sintió en peligro, por no decir algo peor. Kenner y yo pensamos que intentaría matarme, bueno, y lo intentó. Con aquella chica en la cafetería, una mañana en Beverly Hills.

—Ah, sí. —Evans se acordaba—. Pero ¿cómo escenificaste el accidente? Era muy peligroso…

—¿Acaso crees que estoy loco? —preguntó Morton—. Yo no me estrellé.

—¿Qué quieres decir?

—Esa noche seguí conduciendo.

—Pero... —Evans se quedó en silencio, cabeceando—. No lo entiendo.

—Sí lo entiendes —terció Sarah—. Porque yo, en un desliz, lo dejé caer. Antes de que George me llamase y me dijese que mantuviese la boca cerrada.

Evans cayó entonces en la cuenta. La conversación de días atrás. En ese momento no había prestado mucha atención. Sarah había dicho «me dijo que comprase un Ferrari nuevo a un tipo de Monterey y se lo mandase a San Francisco». Cuando Evans expresó sorpresa al saber que George compraba otro Ferrari, ella dijo: «Sí, ya sé. ¿Cuántos Ferraris puede usar un hombre? Y este no parece cumplir sus exigencias habituales. A juzgar por las fotos que llegaron por correo electrónico, está bastante maltrecho». Y luego añadió: «El Ferrari que ha comprado es un Daytona Spyder 365 GTS de 1972... Ya tiene uno, Peter. Es como si no lo supiera...».

—Ah, lo sabía de sobra —dijo Morton—. ¡Qué despilfarro! Ese coche era pura chatarra. Luego tuve que hacer venir de Hollywood a Sonoma a un par de técnicos de utilería para que lo destrozasen y pareciera un accidente. Aquella noche ellos mismos lo cargaron en un camión, lo dejaron en la carretera y encendieron los botes de humo.

—Y tú seguiste adelante dejando atrás un accidente que ya había tenido lugar —concluyó Evans.

—Sí —confirmó Morton, asintiendo con la cabeza—. Seguí hasta la curva siguiente, salí de la carretera, trepé al monte y os observé desde allí.

—¡Serás hijo de puta!

—Lo siento —se disculó Morton—, pero necesitábamos sincera emoción para que la policía no prestase atención a ciertos detalles.

—¿Qué detalles?

—El motor frío, para empezar —dijo Kenner—. Ese motor no había funcionado desde hacía días. Uno de los policías se dio cuenta de que estaba frío mientras cargaban el coche en el camión. Regresó y te preguntó la hora del accidente. Me preocupaba que lo descubriesen.

—Pero no fue así —dijo Morton.

—No. Sabían que algo no encajaba. Pero dudo que se les pasase por al cabeza la existencia de dos Ferraris idénticos.

—Nadie en su sano juicio —comentó Morton— destruiría intencionadamente un 365 GTS de 1982, ni siquiera un montón de chatarra como aquel.

Morton sonreía, pero Evans estaba furioso.

—Alguien podría habérmelo dicho...

—No —atajó Kenner—. Te necesitábamos para acosar a Drake. Como con lo del teléfono móvil.

—¿Qué pasó con el teléfono móvil?

—Llevaba un micrófono de mala calidad. Nos convenía que Drake sospechase que tú formabas parte de la investigación. Teníamos que presionarlo.

—Pues dio resultado. Por eso me envenenaron en mi apartamento, ¿no? —dijo Evans—. Estabais dispuestos a correr muchos riesgos con mi vida.

—Todo ha salido bien —contestó Kenner.

—¿El accidente de coche fue para presionar a Drake?

—Y para disponer de libertad —aclaró Morton—. Necesitaba viajar a las islas Salomón y averiguar qué estaban haciendo allí. Sabía que Nick se guardaría lo mejor para el final. Aunque si hubiesen conseguido alterar el rumbo de aquel huracán para que azotase Miami habría sido espectacular. Esa era la tercera acción planeada

—Vete a la mierda, George —dijo Evans.

—Lamento que haya tenido que ser así —se disculpó Kenner.

—Y tú vete también a la mierda.

Evans se levantó y fue a la parte delantera del avión. Sarah estaba allí sola. Tal era la indignación de Evans que se negó a dirigirle la palabra. Se pasó una hora mirando por la ventanilla. Al final, ella empezó a hablarle en voz baja, y media hora después estaban abrazados.

Evans durmió un rato con sueño inquieto; le dolía todo el cuerpo. No encontraba una posición cómoda. De manera intermitente, despertaba aturdido. En una de esas ocasiones le pareció oír a Kenner hablar con Sarah.

—Recordemos dónde vivimos —decía Kenner—. Vivimos en el tercer planeta de un sol de tamaño medio. Nuestro planeta tiene una antigüedad de cinco mil millones de años, y durante todo ese tiempo ha cambiado continuamente. La Tierra va ya por su tercera atmósfera.

»La primera atmósfera se componía de helio e hidrógeno. Se disipó muy pronto debido a las altas temperaturas del planeta. Más tarde, cuando el planeta se enfrió, las erupciones volcánicas produjeron una segunda atmósfera de vapor y dióxido de carbono. Después el vapor de agua se condensó y formó los océanos que cubren la mayor parte del planeta. Luego, hace unos tres mil millones de años, ciertas bacterias evolucionaron y empezaron a consumir dióxido de carbono y a excretar un gas sumamente tóxico, el oxígeno. Otras bacterias liberaban nitrógeno. La concentración atmosférica de estos gases aumentó lentamente. Los organismos que no pudieron adaptarse se extinguieron.

»Entretanto, las masas de tierra del planeta, flotando sobre enormes placas tectónicas, se unieron finalmente en una configuración que obstaculizó la circulación de las corrientes marinas. El planeta empezó a enfriarse por primera vez. El hielo apareció hace dos mil millones de años.

»Y durante los últimos setecientos mil años nuestro planeta ha experimentado una glaciación geológica, caracterizada por el avance y el retroceso del hielo glacial. Nadie sabe con certeza la razón, pero ahora el hielo cubre el planeta cada cien mil años, con avances de menor magnitud cada veinte mil aproximadamente. El último avance se produjo hace veinte mil años, así que vamos camino del siguiente.

»Incluso hoy, después de cinco mil millones de años, nuestro planeta mantiene una actividad asombrosa. Existen quinientos volcanes y se produce una erupción cada dos semanas. Los terremotos son continuos: un millón y medio cada año, con un temblor moderado de magnitud cinco en la escala de Richter cada seis horas y uno mayor cada diez días. Los tsunamis atraviesan el océano Pacífico cada tres meses.

»Nuestra atmósfera es tan violenta como la tierra que se extiende bajo ella. Y en cualquier momento dado se producen simultáneamente mil quinientas tormentas eléctricas en el planeta. Once rayos caen en la tierra cada segundo. Un tornado se abre paso por la superficie cada seis horas. Y cada cuatro días una tormenta ciclónica gigantesca, de cientos de kilómetros de diámetro, gira sobre el mar y causa estragos en la tierra.

»Los feos simios que se autodenominan seres humanos poco pueden hacer excepto echarse a correr y esconderse. En cuanto a estos simios, el mero hecho de concebir la posibilidad de estabilizar dicha atmósfera revela una increíble arrogancia. Son incapaces de controlar el clima.

»La realidad es que huyen de las tormentas.

—¿Y ahora qué hacemos?

—Te diré lo que haremos —contestó Morton—. Tú trabajarás para mí. Voy a fundar una nueva organización ecologista. Tengo que pensar un nombre. No quiero uno de esos nombres pretenciosos con las palabras «mundo», «recursos», «defensa», «fauna», «fondo», «conservación» o «naturaleza». Esas palabras pueden combinarse de cualquier manera. Fondo Mundial para la Conservación de la Fauna. Fondo para la Defensa de los Recursos de la Naturaleza. Fondo para la Defensa de los Recursos Mundiales. En cualquier caso, todos esos nombres postizos ya han sido utilizados. Necesito algo sencillo y nuevo, algo honesto. Había pensado en «Estudiemos el Problema y Arreglémoslo», pero la sigla no suena bien. Aunque quizá eso sea una ventaja. Incluiremos a científicos, investigadores de campo, economistas, ingenieros... y un abogado.

—¿A qué se dedicaría esa organización?

—¡Es tanto lo que hay por hacer! Por ejemplo, nadie sabe cómo gestionar la naturaleza. Estableceremos diversos espacios naturales y los someteremos a distintas estrategias de control. Luego encargaremos a equipos externos el seguimiento y la modificación de las estrategias. Y después lo repetiremos todo. Un verdadero proceso iterativo, externamente evaluado. Eso nunca se ha hecho. Y al final obtendremos un corpus de conocimientos sobre la gestión de los distintos terrenos. No los conservaremos. Es imposible conservarlos. Cambiarán continuamente en cualquier caso. Pero sería posible gestionarlos si supiésemos cómo hacerlo. Cosa que nadie sabe. Esa es una amplia área de trabajo. La gestión de sistemas medioambientales complejos.

—De acuerdo...

—Luego abordaremos los problemas de las zonas del mundo en vías de desarrollo. La principal causa de la destrucción del medio ambiente es la pobreza. La gente que muere de hambre no puede preocuparse por la contaminación. Se preocupa por la comida. Quinientos millones de personas pasan hambre en el mundo en este preciso momento. Más de quinientos millones no disponen de agua limpia. Tenemos que concebir sistemas de reparto que funcionen realmente. Probarlos, someterlos a la verificación de elementos externos. Y en cuanto sepamos que dan resultado, reproducirlos.

—Parece difícil.

—Es difícil si eres una agencia gubernamental o un ideólogo. Pero si solo te propones estudiar el problema y resolverlo, es posible. Y esto sería un trabajo totalmente privado. Financiación privada. Tierra privada. Sin burócratas. A la administración se asignaría un cinco por ciento del personal y los recursos, todos los demás trabajarían fuera. Organizaríamos la investigación del medio ambiente como un negocio. Y nos dejaríamos de rollos.

—¿Por qué no lo ha hecho nadie?

—¿Bromeas? Porque es radical. Afronta los hechos: todas estas organizaciones ecologistas tienen ya cuarenta o cincuenta años. Cuentan con grandes edificios, grandes obligaciones, grandes plantillas. Es posible que mantengan sus sueños de juventud, pero la verdad es que ahora forman parte del orden establecido. Y el orden establecido siempre actúa para mantener el actual estado de cosas. Sencillamente es así.

—Está bien. ¿Y qué más?

—Evaluación de la tecnología. Los países del Tercer Mundo pueden saltarse etapas de desarrollo. Prescinden de las líneas telefónicas y van derechos al teléfono móvil. Pero nadie lleva a cabo una evaluación de la tecnología aceptable planteándose qué da resultado y cómo pueden compensarse los inevitables inconvenientes. La energía eólica es fantástica, a menos que seas un pájaro. Esos artefactos son guillotinas gigantes para las aves. Quizá debamos construirlas igualmente, pero la gente no sabe qué pensar al respecto. Se limitan a pontificar y adoptar poses. Nadie experimenta. Nadie realiza investigación de campo. Nadie se atreve a resolver los problemas, porque la solución podría contradecir la propia filosofía, y para la mayoría de la gente aferrarse a sus creencias es más importante que conseguir algo en el mundo.

—¿Tú crees?

—Te lo aseguro. Cuando tengas mis años, sabrás que es verdad. Y por otra parte, ¿qué me dices del uso recreativo de la tierra..., el uso multipropósito? Es un caos. Nadie ha descubierto cómo hacerlo bien, y está tan de actualidad, es tal la competencia, que la buena gente simplemente desiste y lo deja, o desaparece en medio de una tormenta de pleitos. Pero eso no sirve de nada. La respuesta reside probablemente en diversas soluciones. Quizá sea necesario designar ciertas zonas para uno u otro uso. Pero todo el mundo vive en el mismo planeta. A unas personas les gusta la ópera; a otras les gusta Las Vegas. Y hay mucha gente a la que le gusta Las Vegas.

—¿Algo más?

—Sí. Necesitamos un nuevo mecanismo para financiar la investigación. En estos momentos los científicos se encuentran en la misma situación que los pintores del Renacimiento, trabajando por encargo para realizar el retrato que quiere el mecenas. Y si son listos, procurarán que su obra halague de manera sutil al mecenas. No manifiestamente. De manera sutil. Ese no es un buen sistema para investigar en las áreas de la ciencia que afectan a la política. Peor aún, el sistema obstaculiza la resolución de problemas. Porque si resuelves un problema, termina la financiación. Todo eso tiene que cambiar.

—¿Cómo?

—Tengo unas cuantas ideas. Los científicos no deben conocer su fuente de financiación. La evaluación de la investigación no debe tener un objetivo predeterminado. La investigación de orientación política de alto nivel puede llevarse a cabo mediante múltiples equipos concentrados en el mismo trabajo. ¿Por qué no si es realmente importante? Presionaremos para cambiar el modo en que las publicaciones especializadas informan sobre la investigación. Publicaremos el artículo y las reseñas de los otros especialistas en el mismo número. Eso dejará claras las intenciones de todos de inmediato. Hay que apartar esas publicaciones de la política. Los directores toman partido abiertamente en ciertos asuntos. Eso no puede ser.

—¿Algo más? —preguntó Evans.

—Nuevas etiquetas. Si lees a unos autores que dicen «Hemos observado que los gases de efecto invernadero y los sulfatos antropogénicos han ejercido una influencia detectable en la presión a nivel del mar», da la impresión de que han medido algo en el mundo real. De hecho, solo han llevado a cabo una simulación. Hablan como si las simulaciones fuesen datos del mundo real. No lo son. Eso es un problema que debe solucionarse. Yo estoy a favor de la aplicación de un sello: SIMULACIÓN POR ORDENADOR. PUEDE SER ERRÓNEA Y NO VERIFICABLE. Como en los paquetes de tabaco. Pondría el mismo sello en los artículos de prensa y en un ángulo de la pantalla durante los informativos de televisión.

ADVERTENCIA: ESPECULACIÓN. PUEDE ESTAR EXENTA DE DATOS REALES. ¿Te lo imaginas salpicando todas las primeras planas?

—¿Alguna otra cosa? —Evans sonreía.

—Hay unas cuantas más —respondió Morton—, pero estos son los puntos principales. Va a ser muy difícil. Va a ser cuesta arriba todo el camino. Encontraremos oposición, nos sabotearán, nos denigrarán. Oiremos insultos atroces. Al orden establecido no le gustará. Los periódicos nos despreciarán. Pero al final el dinero empezará a fluir hacia nosotros porque demostraremos resultados. Entonces todo el mundo se callará. Y entonces nos tratarán como a grandes personajes, y ese será el momento más peligroso de todos.

—¿Y?

—Para entonces yo ya llevaré mucho tiempo muerto. Tú y Sarah tendréis que dirigir la organización durante veinte años. Y vuestra tarea final será desmantelarla, antes de que se convierta en otra organización ecologista vieja y cansada soltando peroratas rebosantes de sabiduría desfasada, despilfarrando recursos y haciendo más mal que bien.

—Entiendo —dijo Evans—. ¿Y cuando esté desmantelada?

—Encontraréis una persona joven y brillante y la intentaréis alentar a hacer lo que sea necesario hacer en la siguiente generación.

Evans miró a Sarah.

Ella se encogió de hombros y dijo:

—A menos que tengas una idea mejor.

Media hora antes de llegar a la costa californiana, vieron extenderse una bruma marrón sobre el océano. Se hizo más densa y oscura a medida que se aproximaban a tierra. Pronto vieron las luces de la ciudad en una superficie de kilómetros y kilómetros. La imagen quedaba desdibujada por la atmósfera.

—Se parece un poco al infierno, ¿no? —comentó Sarah—. Cuesta creer que vamos a aterrizar ahí.

—Tenemos mucho trabajo que hacer —dijo Morton.

MENSAJE DEL AUTOR

Una novela como *Estado de miedo*, en la que se expresan muchas opiniones divergentes, puede llevar al lector a preguntarse cuál es la postura exacta del autor ante tales cuestiones. Llevo tres años leyendo textos sobre el medio ambiente, una empresa en sí misma arriesgada. Pero he tenido ocasión de consultar muchos datos y considerar muchos puntos de vista. Estas son mis conclusiones:

- Asombrosamente, es muy poco lo que sabemos sobre cualquiera de los aspectos del medio ambiente, desde su historia pasada hasta su estado presente, o cómo conservarlo y protegerlo. En todos los debates, las distintas partes exageran el alcance de los conocimientos existentes y su grado de certidumbre.

- El dióxido de carbono atmosférico aumenta, y la actividad humana es la causa probable.

- Nos hallamos asimismo en medio de una tendencia natural al calentamiento que se inició alrededor de 1850, cuando salimos de una etapa fría de cuatrocientos años conocida como la «pequeña glaciación».

- Nadie sabe en qué medida la actual tendencia al calentamiento podría ser un fenómeno natural.

- Nadie sabe en qué medida la actual tendencia al calentamiento podría deberse a la actividad humana.

- Nadie sabe cuál será el índice de calentamiento durante el presente siglo. Los modelos de ordenador presentan oscilaciones del cuatrocientos por ciento, prueba inequívoca de que nadie lo sabe. Pero si tuviese que arriesgar una conjetura —lo que hacen todos, en realidad— diría que el aumento será de 0,812436 °C. No existe prueba alguna de que mi suposición acerca del estado del mundo de aquí a cien años sea mejor o peor que la de ningún otro. (No podemos «evaluar» el futuro, ni podemos «predecirlo». Estos son eufemismos. Solo podemos hacer suposiciones. Una suposición bien fundada sigue siendo solo una suposición.)

- Sospecho que parte del calentamiento en superficie observado se atribuirá en último extremo a la actividad humana. Sospecho que el principal efecto humano se derivará del uso de la tierra, y que el componente atmosférico será menor.

- Antes de tomar decisiones políticas costosas a partir de modelos sobre el clima, me parece razonable exigir que dichos modelos predigan las temperaturas futuras con precisión para un período de diez años. Mejor veinte.

- Opino que creer en la inminente escasez de recursos, después de doscientos años de falsas alarmas en esa dirección, resulta extraño. No sé si en la actualidad esa creencia es atribuible a la ignorancia de la historia, al dogmatismo anquilosado, a una malsana afición a Malthus, o a simple testarudez, pero es sin duda un rasgo muy arraigado en el cálculo humano.

- Existen numerosas razones para abandonar los combustibles fósiles, y eso haremos a lo largo del siglo sin legislación, incentivos económicos, programas de conservación del carbono o las interminables quejas de quienes se dedican a infundir miedo. Que yo sepa, nadie tuvo que prohibir el transporte a caballo a principios del siglo XX.

- Sospecho que la gente del año 2100 será mucho más rica que nosotros, consumirá más energía, tendrá una población global menor. Y disfrutará más de la naturaleza que nosotros. No creo que debamos preocuparnos por ellos.

- La actual preocupación casi histérica por la seguridad es en el mejor de los casos un derroche de recursos y un obstáculo para el espíritu humano, y en el peor de los casos una invitación al totalitarismo. Se necesita con urgencia educación pública.

- He llegado a la conclusión de que la mayoría de los «principios» ecologistas (tales como el desarrollo sostenible o el principio de precaución) tienen el efecto de preservar los privilegios económicos de Occidente y constituyen, por tanto, el imperialismo moderno respecto al mundo en vías de desarrollo. Son una manera sutil de decir: «Nos salimos con la nuestra y ahora no queremos que vosotros os salgáis con la vuestra, porque provocáis demasiada contaminación».

- El «principio de precaución», debidamente aplicado, excluye el principio de precaución. Es un contrasentido. Dicho principio, pues, no es tan malo como parece.

- Creo que la gente tiene buenas intenciones. Pero siento un gran respeto por la corrosiva influencia del partidismo, las distorsiones sistemáticas del pensamiento, el poder de la racionalización, los disfraces del interés propio y la inevitabilidad de las consecuencias no planeadas.

- Siento más respeto por la gente que cambia de punto de vista después de adquirir información nueva que por aquella que se aferra a puntos de vista que mantenía treinta años atrás. El mundo cambia. Los ideólogos y los fanáticos no.

- En los aproximadamente treinta y cinco años de existencia del movimiento ecologista, la ciencia ha experimentado una importante revolución. Esta revolución ha permitido una nueva comprensión de la dinámica no lineal, los sistemas complejos, la teoría del caos, la teoría de la catástrofe. Ha transformado nuestra manera de pensar sobre la evolución y la ecología. Sin embargo estas ideas que ya no son nuevas apenas han penetrado en el pensamiento de los activistas de la ecología, que parecen extrañamente estancados en los conceptos y la retórica de los años setenta.

- No tenemos la menor noción de cómo conservar lo que llamamos «naturaleza», y nos conviene estudiarlo en el terreno y aprender cómo hacerlo. No veo prueba alguna de que estemos llevando a cabo tal investigación de una manera humilde, racional y sistemática. Albergo, pues, pocas esperanzas respecto a la gestión de la naturaleza en el siglo XXI. Considero culpables a las organizaciones ecologistas en igual medida que a los promotores inmobiliarios y las explotaciones a cielo abierto. No hay diferencia de resultados entre la codicia y la incompetencia.

- Necesitamos un nuevo movimiento ecologista, con nuevos objetivos y nuevas organizaciones. Necesitamos más gente trabajando sobre el terreno, en el medio ambiente real, y menos gente detrás de pantallas de ordenador. Necesitamos más científicos y muchos menos abogados.

- No puede esperarse que seamos capaces de gestionar un sistema complejo como el medio ambiente a base de litigios. Solo podemos cambiar su estado temporalmente —por lo general, impidiendo algo—, con un resultado final que no podemos predecir y en último extremo no podemos controlar.

- Nada es más inherentemente político que el medio físico que compartimos, y a nada puede servirse peor mediante la filiación a un único partido político. Precisamente porque el medio ambiente es compartido, no puede gestionarlo una única facción según sus preferencias económicas o estéticas. Tarde o temprano la facción opuesta asumirá el poder y las medidas políticas anteriores se invertirán. Una gestión estable del medio ambiente exige el reconocimiento de que todas las preferencias tienen su lugar: los que van con motonieve y los que pescan con mosca; los que practican el trial y los excursionistas; los promotores inmobiliarios y los conservacionistas. Estas preferencias están enfrentadas, y su incompatibilidad no puede eludirse. Pero resolver objetivos incompatibles es una de las verdaderas funciones de la política.

- Necesitamos con urgencia un mecanismo de financiación imparcial y no predeterminado para llevar a cabo investigaciones que establezcan la política adecuada. Los científicos son demasiado conscientes de para quién trabajan. Quienes financian la investigación —sea una empresa farmacéutica, una agencia gubernamental o una organización ecologista— tienen siempre un resultado concreto en mente. La financiación de la investigación casi nunca se realiza de manera incondicional y desprejuiciada. Los científicos saben que la continuidad de la financiación depende de la presentación de los resultados que desean quienes financian la investigación. A consecuencia de ello, los «estudios» de una organización ecologista son tan tendenciosos y sospechosos como los «estudios» de la industria. Los «estudios» del gobierno son también tendenciosos, en función de quién dirija el departamento o la administración en ese momento. Ninguna facción debe tener patente de corso.

- Estoy convencido de que hay demasiada certidumbre en el mundo.

- Yo personalmente experimento un hondo placer cuando estoy en la naturaleza. Todos los años mis días más felices son los que paso en la naturaleza. Deseo que los espacios naturales se preserven para las futuras generaciones. No tengo la seguridad de que vayan a preservarse en cantidades suficientes o con aptitud suficiente. He llegado a la conclusión de que los «explotadores del medio ambiente» incluyen las organizaciones ecologistas, los organismos gubernamentales y las grandes empresas. Todas tienen historiales igualmente lamentables.

- Todo el mundo tiene una agenda. Excepto yo.

APÉNDICE I
Por qué es peligrosa la politización de la ciencia

Imaginemos que aparece una nueva teoría científica que nos advierte de una crisis inminente y señala una posible salida.

La teoría atrae de inmediato el apoyo de los principales científicos, políticos y celebridades del mundo. Financian la investigación destacados filántropos y la llevan a cabo prestigiosas universidades. Se informa de la crisis con frecuencia en los medios de comunicación. Los conocimientos científicos pertinentes se enseñan en las aulas de institutos y universidades.

No me refiero al calentamiento del planeta. Hablo de otra teoría, que cobró prominencia hace un siglo.

Entre quienes la apoyaron se incluían Theodore Roosevelt, Woodrow Wilson y Winston Churchill. Fue aprobada por los jueces del Tribunal Supremo Oliver Wendell Holmes y Louis Brandeis, que se pronunciaron a favor. Entre los famosos personajes que la respaldaron estaban Alexander Graham Bell, inventor del teléfono; la activista Margaret Sanger; el botánico Luther Burbank; Leland Stanford, fundador de la Universidad de Stanford; el novelista H. G. Wells; el dramaturgo George Bernard Shaw, y muchos más. Dieron su apoyo numerosos premios Nobel. Contribuyeron a financiarla las fundaciones Carnegie y Rockefeller. El Cold Springs Harbor Institute se construyó para llevar a cabo la investigación, pero también se realizaron aportaciones importantes en Harvard, Yale, Princeton, Stanford y Johns Hopkins. Se aprobaron leyes para afrontar la crisis en muchos estados desde Nueva York hasta California.

Estos esfuerzos recibieron el apoyo de la Academia Nacional de las Ciencias, la Asociación Médica Americana y el Consejo Nacional de Investigación. Se dijo que si Jesús hubiese vivido, habría respaldado este esfuerzo. En total, la investigación, la legislación y el encauzamiento de la opinión pública en torno a la teoría se prolongaron durante casi medio siglo. Quienes se opusieron fueron obligados a callar y tachados de reaccionarios, ciegos a la realidad o simplemente ignorantes. Pero en retrospectiva lo sorprendente es que plantease objeciones tan poca gente.

Hoy día sabemos que esta famosa teoría que tanto apoyo recibió era de hecho seudociencia. La crisis que postulaba no existía. Y las medidas tomadas en nombre de esa teoría eran incorrectas desde un punto de vista moral y penal. En última instancia provocaron la muerte de millones de personas.

La teoría era la eugenesia, y su historia es tan espantosa —y para quienes se vieron envueltos en ella, tan vergonzosa— que en la actualidad apenas se habla. Pero debería ser conocida por todos los ciudadanos para que sus errores no se repitan.

La teoría de la eugenesia postulaba una crisis de la dotación genética que conducía al deterioro de la especie humana. Los mejores seres humanos no se reproducían con la misma rapidez que los inferiores: los extranjeros, los inmigrantes, los judíos, los degenerados, los incapacitados y los «débiles mentales». Francis Galton, un respetado científico británico, fue el primero que especuló en este terreno, pero sus ideas se llevaron mucho más lejos de lo que él preveía. Las adoptaron los norteamericanos con formación científica, así como aquellos sin el menor interés en las ciencias pero preocupados por la inmigración de razas inferiores a principios del siglo XX: «peligrosas plagas humanas» que representaban «la creciente marea de imbéciles» y que contaminaban lo mejor de la especie humana.

Los eugenistas y los inmigracionistas aunaron fuerzas para poner remedio a esta situación. El proyecto consistía en identificar a los individuos que eran débiles mentales —existía acuerdo en que los judíos eran en su mayor parte débiles mentales, pero también muchos extranjeros, así como los negros— e impedir su reproducción mediante el aislamiento en instituciones o la esterilización.

Como dijo Margaret Sanger, «acoger a los inútiles a costa de los buenos es una crueldad extrema... no hay mayor maldición para la posteridad que legarle una creciente población de imbéciles». Habló de la carga que representaba ocuparse de «este peso muerto de desechos humanos».

Estos puntos de vista fueron compartidos por muchos. H. G. Wells se opuso a los «enjambres mal preparados de ciudadanos inferiores». Theodore Roosevelt dijo que «la sociedad no debe permitir que los degenerados se reproduzcan». Luther Burtank: «No debe permitirse que los criminales ni los débiles se reproduzcan». George Bernard Shaw declaró que solo la eugenesia podía salvar a la humanidad.

Este movimiento contenía un manifiesto racismo, ejemplificado en textos como *The Rising Tide of Color Against White World Supremacy*, del autor estadounidense Lothrop Stoddard. Pero en su día el racismo se consideró un aspecto irrelevante del esfuerzo por alcanzar un maravilloso objetivo, la mejora de la especie humana en el futuro. Fue esta idea vanguardista la que atrajo a las mentes más liberales y progresistas de una generación. California fue uno de los veintinueve estados que aprobaron leyes autorizando la esterilización, pero resultó ser el más optimista y entusiasta: se practicaron más esterilizaciones en California que en ningún otro lugar de Estados Unidos.

La investigación eugenésica recibió financiación de la Fundación Carnegie y posteriormente de la Fundación Rockefeller. Esta última demostró tal entusiasmo que incluso después de trasladarse el centro de los esfuerzos eugenésicos a Alemania e implicar la muerte en la cámara de gas de los internos de los sanatorios mentales, siguió financiando a investigadores alemanes a muy alto nivel. (La fundación lo llevó en secreto, pero aún financiaba esa investigación en 1939, solo unos meses antes de desatarse la Segunda Guerra Mundial.)

Desde la década de los veinte, los eugenistas norteamericanos sintieron envidia porque los alemanes habían pasado a encabezar el movimiento. Los alemanes eran de un progresismo admirable. Establecieron casas de aspecto corriente donde se llevaba e interrogaba uno por uno a los «deficientes mentales», antes de conducirlos a una habitación trasera, que era, de hecho, una cámara de gas. Allí los gaseaban con monóxido de carbono, y sus cadáveres se eliminaban en un crematorio situado en la finca.

Con el tiempo, este programa se amplió a una vasta red de campos de concentración ubicados cerca de las líneas de ferrocarril, lo que permitió el eficaz transporte y sacrificio de diez millones de indeseables.

Después de la Segunda Guerra Mundial, nadie era eugenista, y nadie lo había sido. Los biógrafos de los personajes célebres y poderosos no se explayaron sobre la atracción ejercida por esta filosofía en sus biografiados, y en ocasiones ni siquiera lo mencionaban. La eugenesia dejó de ser tema en las aulas universitarias, aunque algunos sostienen que sus ideas siguen vigentes bajo una forma distinta.

Pero en retrospectiva destacan tres puntos. Primero, pese a la construcción del Cold Springs Harbor Laboratory, pese a los esfuerzos de las universidades y los alegatos de los abogados, la eugenesia carecía de fundamento científico. De hecho, en la época nadie sabía qué era realmente un gen. El movimiento pudo desarrollarse porque utilizaba términos vagos que jamás se definieron con rigor. La «debilidad mental» podía significar cualquier cosa, desde pobreza y analfabetismo hasta epilepsia. Análogamente, no existían definiciones claras de «degenerado» o «incapacitado».

En segundo lugar, el movimiento eugenésico fue en realidad un programa social disfrazado de programa científico. Lo impulsaban el racismo, la preocupación por la inmigración y el hecho de que gente indeseable se trasladase al barrio o al país de uno. Una vez más, una terminología vaga contribuyó a ocultar lo que ocurría realmente.

En tercer lugar, y lo más lamentable, las instituciones científicas de Estados Unidos y Alemania no organizaron ninguna protesta continuada. Todo lo contrario. En Alemania, los científicos se apresuraron a incorporarse al programa. Los investigadores alemanes modernos han vuelto a revisar los documentos nazis de la década de los treinta. Esperaban encontrar instrucciones indicando a los científicos qué debían investigar. Pero eso no fue necesario. En palabras de Ute Deichman, «los científicos, incluidos aquellos que no pertenecían al partido [nazi], procuraron obtener financiación para su trabajo mediante la modificación de su comportamiento y la cooperación directa con el Estado». Deichman hace alusión al «papel activo de los científicos respecto a la política racial nazi… donde [la investigación] tuvo el objetivo de confirmar la doctrina racial… no puede documentarse ninguna presión externa». Los científicos alemanes adaptaron sus intereses como investigadores a las nuevas políticas. Y los pocos que no se adaptaron desaparecieron.

Un segundo ejemplo de ciencia politizada posee un carácter muy distinto, pero ilustra los riesgos presentes en el hecho de que la ideología de un gobierno controle la labor de la ciencia, y de que unos medios de comunicación poco críticos promuevan falsos conceptos. Trofim Denisovich Lisenko fue un campesino con gran aptitud para la autopromoción que, según se decía, «resolvió el problema de la fertilización de los campos sin fertilizantes ni minerales». En 1928 declaró haber inventado un procedimiento llamado «vernalización» mediante el cual las semillas se humedecían y enfriaban para potenciar el posterior crecimiento de los cultivos.

Los métodos de Lisenko nunca se sometieron a un ensayo riguroso, pero su afirmación de que estas semillas tratadas transmitían sus características a la siguiente generación representó un resurgimiento de las ideas de Lamarck en una época en que el resto del mundo acogía la genética de Mendel. Josef Stalin se sintió atraído por las ideas de Lamarck, que implicaban un futuro sin los condicionamientos de las restricciones hereditarias; quería asimismo mejorar la producción agrícola. Lisenko prometía tanto lo uno como lo otro, y se convirtió en el niño mimado de unos medios de comunicación soviéticos que andaban buscando noticias sobre campesinos inteligentes que desarrollaban procedimientos revolucionarios.

Se presentó a Lisenko como genio, y él sacó el máximo provecho de su celebridad. Tenía especial habilidad para denunciar a sus opositores. Utilizó cuestionarios de granjeros para demostrar que la vernalización incrementaba el rendimiento de los cultivos y eludió así cualquier ensayo directo. Impulsado por el entusiasmo estatal, su ascensión fue rápida. En 1937 pertenecía ya al Sóviet Supremo.

Para entonces, Lisenko y sus teorías dominaban la biología rusa. El resultado fueron las hambrunas que acabaron con millones de vidas y las purgas que llevaron a cientos de científicos soviéticos disidentes a los gulags o los pelotones de fusilamiento. Lisenko llevó a cabo un agresivo ataque contra la genética, que finalmente se prohibió por considerarse «seudociencia burguesa» en 1948. Las ideas de Lisenko carecían de toda base, y sin embargo controlaron la investigación soviética durante treinta años. El lisenkoísmo terminó en la década de los sesenta, pero la ideología rusa aún no se ha recuperado por completo de esa etapa.

Ahora participamos en una nueva gran teoría, que una vez más ha captado el apoyo de políticos, científicos y celebridades de todo el mundo. Una vez más, la teoría es promovida por las principales fundaciones. Una vez más, la investigación corre a cargo de prestigiosas universidades. Una vez más, se aprueban leyes y se aplican con carácter de urgencia programas sociales en su nombre. Una vez más, los críticos son pocos y reciben un mal trato.

Una vez más, las medidas que se aplican tienen poca base en la realidad o la ciencia. Una vez más, grupos con otras agendas se esconden tras un movimiento que parece tener elevadas miras. Una vez más, la superioridad moral se utiliza como argumento para justificar acciones extremas. Una vez más, el hecho de que algunas personas salgan perjudicadas es considerado un mal menor porque se afirma que una causa abstracta es más importante que cualquier consecuencia humana. Una vez más, términos vagos como «sostenibilidad» y «justicia generacional» —términos sin una definición establecida— se emplean al servicio de una nueva crisis.

No sostengo que el calentamiento global sea lo mismo que la eugenesia. Pero las afinidades no son solo superficiales. Y sí afirmo que se está reprimiendo la discusión abierta y franca de los datos y de los resultados. Destacadas publicaciones científicas se han declarado con rotundidad a favor del calentamiento global, lo cual no es competencia suya. Dadas las circunstancias, cualquier científico escéptico comprenderá que lo más sensato es callarse sus opiniones.

Una prueba de esta represión es el hecho de que muchos de los críticos declarados del calentamiento del planeta son profesores jubilados. Estos ya no buscan becas, ni tienen que enfrentarse a colegas cuyas solicitudes de beca y cuya promoción académica puede verse en peligro a causa de sus críticas.

En la ciencia, los ancianos suelen equivocarse. Pero en la política, los ancianos son sabios, aconsejan cautela y al final tienen razón a menudo.

La historia pasada de la fe humana es un cuento con moraleja. Hemos matado a miles de congéneres porque creíamos que habían firmado un pacto con el diablo y se habían convertido en brujos. Aún matamos más de mil personas al año por brujería. En mi opinión, solo hay una esperanza para que la humanidad salga de lo que Carl Sagan llamó «el mundo demonizado» de nuestro pasado. Esa esperanza es la ciencia.

Pero como dijo Alston Chase, «cuando la búsqueda de la verdad se confunde con la defensa política, la búsqueda del conocimiento se reduce a la búsqueda de poder».

A ese peligro nos enfrentamos ahora. Y por eso la mezcla de ciencia y política es una mala combinación, con una mala historia. Debemos recordar la historia y asegurarnos de que lo que le presentamos al mundo como conocimiento es desinteresado y honesto.

APÉNDICE II
Fuentes de datos para los gráficos

Los datos de las temperaturas mundiales se han extraído del Goddard Institute for Space Studies, la Universidad de Columbia, Nueva York (GISS); la serie de datos de Jones y otros, de la Climate Research Unit, Universidad de East Anglia, Norwich, Reino Unido (CRU); y la Global Historical Climatology Network (GHCN) mantenida por el National Climatic Data Center (NCDC) y el Carbon Dioxide Information and Analysis Center (CDIAC) de Oak Ridge National Laboratory, Oak Ridge, Tennessee.

El vínculo de la estación GISS no es fácil de encontrar desde su página de inicio, pero se encuentra en http://www.giss.nasa.gov/data/update/gistemp/station data/.

La referencia para los datos de Jones es P. D. Jones, D. E. Parker, T. J. Osborn, y K. R. Briffa, 1999. Anomalías de las temperaturas hemisféricas y globales: registros de instrumentos marinos y terrestres. En *Trends: A Compendium of Data on Global Change*. Carbon Dioxide Information Analysis Center, Oak Ridge National Laboratory, US Department of Energy, Oak Ridge, Tennessee.

La Global Historical Climatology Network es mantenida en NCDC y CDIAC de Oak Ridge National Laboratory. La dirección de la web es http://cdiac. esd.ornl.gov/ghcn/ghcn.html.

Los datos de temperaturas para Estados Unidos proceden de la Historical Climatology Network (USHCN) mantenida en NCDC y CDIAC de Oak Ridge National Laboratory, que afirma: «Recomendamos el uso de USHCN siempre que sea posible para el análisis del clima a largo plazo...». La dirección de la web de la USHCN es http://www.ncdc.noaa.gov/oa/climate/research/ushcn/ushcn.html.

La referencia es D. R. Easterling, T. R. Karl, E. H. Mason, P. Y. Hughes, D. P. Bowman, R. C. Daniels, y T. A. Boden (eds.), 1996. *United States Historical Climatology Network (US HCN) Monthly Temperature and Precipitation Data.* ORNL/CDIAC-87, NDP-019/R3. Carbon Dioxide Information Analysis Center, Oak Ridge National Laboratory, Oak Ridge, Tennessee.

Los gráficos se han generado con el programa Excel de Microsoft a partir de los datos tabulares proporcionados en las webs.

Las imágenes de satélite son de la NASA (http://datasystem.earthkam.ucsd.edu). La imagen del globo terráqueo de las portadillas es una adaptación de la que se ha obtenido en la página web de la NASA (http://earthobservatory.nasa.gov/Observatory/Datasets/tsurf.tovs.html).

BIBLIOGRAFÍA

Lo que sigue es un lista de libros y artículos de prensa que he encontrado muy útiles para preparar esta novela. Me han parecido especialmente reveladores los textos de Beckerman, Chase, Huber, Lomborg, y Wildavsky.

La ciencia del medio ambiente es un campo controvertido e intensamente politizado. Ningún lector debe presuponer que los autores abajo mencionados están de acuerdo con las opiniones que expreso en este libro. Muy al contrario, muchos de ellos discrepan rotundamente. Ofrezco estas referencias para ayudar a los lectores que desean revisar mi pensamiento y llegar a sus propias conclusiones.

Aber, John D., y Jerry M. Melillo. *Terrestrial Ecosystems*. San Francisco: Harcourt Academic Press, 2001. Manual estándar.

Abrupt Climate Change: Inevitable Surprises (Report of the Committee on Abrupt Climate Change, National Research Council). Washington, DC: National Academy Press, 2002. El texto concluye que el cambio climático abrupto podría producirse en algún momento en el futuro, desencadenado por mecanismos que aún no se comprenden, y que entretanto es necesario seguir investigando. Sin duda nadie puede presentar objeción alguna.

Adam, Barbara, Ulrich Beck, y Joost van Loon. *The Risk Society and Beyond*. Londres: Sage Publications, 2000.

Altheide, David L. *Creating Fear, News and the Construction of Crisis*.

Nueva York: Aldine de Gruyter, 2002. Un libro sobre el miedo y su espacio cada vez mayor en la vida política. Demasiado largo y reiterativo, pero aborda un tema de gran importancia. Algunos de los análisis estadísticos son asombrosos.

Anderson, J. B., y J. T. Andrews. «Radiocarbon Constraints on Ice Sheet Advance and Retreat in the Weddell Sea, Antarctica», *Geology* 27 (1999): 179-182.

Anderson, Terry L., y Donald R. Leal. *Free Market Environmentalism*. Nueva York: Palgrave (St. Martin's Press), 2001. Los autores sostienen que la gestión estatal de los recursos medioambientales tiene un mal seguimiento en la antigua Unión Soviética, así como en las democracias occidentales. Defienden la superioridad de la gestión de recursos medioambientales privada y basada en el mercado. Sus casos concretos son de especial interés.

Arens, William. *The Man-Eating Myth*. Nueva York: Oxford, 1979.

Arquilla, John, y David Ronfeldt, eds. *In Athena's Camp: Preparing for Conflict in the Information Age*. Santa Monica, California: RAND National Defense Research Institute, 1997. Véase en particular la tercera parte sobre la aparición de la guerra de redes y sus consecuencias.

Aunger, Robert, ed. *Darwinizing Culture*. Nueva York: Oxford University Press, 2000. Véanse en especial los tres últimos capítulos, que arrasan el moderno concepto de memez. No existe mejor ejemplo de cómo las ideas semicientíficas de moda pueden cobrar vigencia incluso ante pruebas preexistentes de su falta de fundamento. Y el texto sirve como modelo de expresión de un enérgico desacuerdo sin caracterización *ad hominem*.

Beck, Ulrich. *Risk Society: Towards a New Modernity*. Trad. Mark Ritter. Londres: Sage, 1992. Este influyente texto de un sociólogo alemán presenta una fascinante redefinición del estado moderno como protector de la sociedad industrial, en lugar de mostrarlo simplemente como la base sobre la que se levanta.

Beckerman, Wilfred. *A Poverty of Reason: Sustainable Development and Economic Growth*. Oakland, California: Independent Institute, 2003. Una revisión breve, ingeniosa y mordaz de la sostenibilidad, el cambio climático y el principio de precaución de un economista de Oxford y ex miembro del Comité Real para la Contaminación del Medio Ambiente a quien le interesan más los pobres de este mundo que el ego elitista de los ecologistas occidentales. Una argumentación clara y amena.

Bennett, W. Lance. News: *The Politics of Illusion*. Nueva York: Addison-Wesley, 2003.

Black, Edwin. *War Against the Weak: Eugenics and America's Campaign to Create a Master Race*. Nueva York: Four Walls, 2003. La historia del movimiento eugenésico en Estados Unidos y Alemania no es agradable, y quizá por eso la mayor parte de los textos la presentan de manera confusa. Este libro es una narración de admirable claridad.

Bohm, R. «Urban bias in temperature time series —a case study for the city of Vienna, Austria», *Climatic Change* 38 (1998): 113-128.

Braithwaite, Roger J. «Glacier mass balance: The first 50 years of international monitoring», *Progress in Physical Geography* 26, n.° 1 (2002): 76-95.

Braithwaite, R. J., y Y. Zhang. «Relationships between interannual variability of glacier mass balance and climate», *Journal of Glaciology* 45 (2000): 456-462.

Briggs, Robin. *Witches and Neighbors: The Social and Cultural Context of European Witchcraft*. Nueva York: HarperCollins, 1996.

Brint, Steven. «Professionals and the Knowledge Economy: Rethinking the Theory of the Postindustrial Society», *Current Sociology* 49, n.° 1 (julio de 2001): 101-132.

Brower, Michael, y Warren Leon. *The Consumer's Guide to Effective Environmental Choices: Practical Advice from the Union of Concerned Scientists*. Nueva York: Three Rivers Press, 1999. De particular interés por su consejo respecto a decisiones prácticas: bolsas de papel contra bolsas de plástico (plástico), pañales de tela contra pañales desechables (desechables). En cuestiones más amplias, el análisis es muy vago e ilustra las dificultades de determinar el «desarrollo sostenible» que señala Wilfred Beckerman.

Carson, Rachel. *Silent Spring*. Boston: Houghton Mifflin, 1962. Tengo edad suficiente para recodar que leí este texto poético y convincente con alarma y entusiasmo cuando se publicó por primera vez; incluso entonces estaba claro que cambiaría el mundo. Con el paso del tiempo, el texto de Carson parece más defectuoso y más claramente polémico. Contiene, poco más o menos, un tercio de acierto y dos tercios de error. Debe considerarse a Carson culpable especialmente de la falaz promoción de la idea de que casi toda forma de cáncer es causada por el medio ambiente. Este temor sigue generalizado varias décadas después.

Castle, Terry. «Contagious Folly.» En Chandler, Davidson, y Harootunian, *Questions of Evidence*.

Chandler, James, Arnold I. Davidson, y Harry Harootunian. *Questions of Evidence: Proof, Practice and Persuasion Across the Disciplines*. Chicago: University of Chicago Press, 1993.

Changnon, Stanley A. «Impacts of 1997-98 El Niño-Generated Weather in the United States», *Bulletin of the American Meteorological Society* 80, n.° 9, (1999): 1.819-1.828.

Chapin, F. Stuart, Pamela A. Matson, y Harold A. Mooney. *Principles of Terrestrial Ecosystems Ecology*. Nueva York: Springer-Verlag, 2002. Más claro y con más detalles técnicos que la mayoría de los textos sobre ecología.

Chase, Alston. *In a Dark Wood: The Fight over Forests and the Myths of Nature*. New Brunswick, New Jersey: Transaction Publishers, 2001. Una lectura esencial. Este libro es una historia del conflicto debido a los bosques del noroeste, triste e inquietante. Como ex profesor de filosofía, el autor es uno de los pocos escritores en el campo del medio ambiente que muestra interés por las ideas: de dónde vienen, cuáles han sido sus consecuencias en el pasado histórico, y por tanto qué consecuencias pueden desprenderse en adelante. Chase aborda nociones como la visión mística de los espacios salvajes y el equilibrio de la naturaleza desde el punto de vista de la ciencia y la filosofía. Desprecia gran parte de la sabiduría convencional y las confusas actitudes que define como «cosmología de California». Es un libro largo y a veces disperso, pero en extremo gratificante.

—, *Playing God in Yellowstone: The Destruction of America's First National Park*. Nueva York: Atlantic, 1986. Una lectura esencial. Sin duda la primera y más clara crítica de las siempre cambiantes creencias ecologistas y sus consecuencias prácticas. Todo aquel que dé por supuesto que sabemos cómo gestionar los espacios naturales necesita leer esta aleccionadora historia de la pésima gestión de Yellowstone, el primer parque nacional, durante un siglo. El texto de

Chase ha sido vilipendiado en algunos sectores pero, que yo sepa, nadie lo ha rebatido en serio.

Chen, L., W. Zhu, X. Zhou, y Z. Zhou, «Characteristics of the heat island effect in Shanghai and its possible mechanism», *Advances in Atmospheric Sciences* 20 (2003): 991-1.001.

Choi, Y., H.-S. Jung, K.-Y. Nam, y W.-T. Kwon, «Adjusting urban bias in the regional mean surface temperature series of South Korea, 1968-99», *International Journal of Climatology* 23 (2003): 577-591.

Christianson, Gale E. *Greenhouse: The 200-Year Story of Global Warming*. Nueva York: Penguin, 1999.

Chylek, P., J. E. Box, y G. Lesins. «Global Warming and the Greenland Ice Sheet», *Climatic Change* 63 (2004): 201-221.

Comiso, J. C. «Variability and Trends in Antarctic Surface Temperatures From in situ and Satellite Infrared Measurements», *Journal of Climate* 13 (2000): 1.674-1.696.

Congreso de Estados Unidos. *Final Report of the Advisory Committee on Weather Control*. Congreso de Estados Unidos. Hawai: University Press of the Pacific, 2003.

Cook, Timothy E. *Governing with the News: The News Media as a Political Institution*. Chicago: University of Chicago Press, 1998.

Cooke, Roger M. *Experts in Uncertainty*. Nueva York: Oxford University Press, 1991.

Davis, Ray Jay, y Lewis Grant. *Weather Modification Technology and Law*. AAAS Selected Symposium. Boulder, Colorado: Westview Press, Inc., 1978. Solo de interés histórico.

Deichmann, Ute. *Biologist Under Hitler*, tr. Thomas Dunlap. Cambridge, Mass.: Harvard University Press, 1996. De estructura difícil, de contenido perturbador.

Doran, P. T., J. C. Priscu, W. B. Lyons, J. E. Walsh, A. G. Fountain, D. M. McKnight, D. L. Moorhead, R. A. Virginia, D. H. Wall, G. D. Clow, C. H. Fritsen, C. P. McKay, y A. N. Parsons. «Antarctic Climate Cooling and Terrestrial Ecosystem Response», *Nature* 415 (2002): 517-520.

Dörner, Dietrich. *The Logic of Failure: Recognizing and Avoiding Error in Complex Situations*. Cambridge, Mass.: Perseus, 1998. ¿Qué impide a los seres humanos gestionar con éxito el medio ambiente natural y otros sistemas complejos? Decenas de entendidos intervienen con sus opiniones no fundamentadas. Dörner, un psicólogo cognitivo, realizó experimentos e hizo averiguaciones. Utilizando simulaciones por ordenador de entornos naturales complejos, invitó a intelectuales a mejorar la situación. Con frecuencia la empeoraron. Quienes la mejoraron recabaron información antes de actuar, reflexionaron de manera sistemática, revisaron el avance y rectificaron a menudo su curso. Quienes la empeoraron se aferraron a sus teorías, actuaron con precipitación, no rectificaron su curso y culparon a otros cuando las cosas iban mal. Dörner llega a la conclusión de que nuestros fracasos en la gestión de sistemas complejos no representa ninguna incapacidad humana inherente. Es más bien un reflejo de malos hábitos de pensamiento y procedimientos perezosos.

Dowie, Mark. *Losing Ground: American Environmentalism at the Close of the Twentieth Century*. Cambridge, Mass.: MIT Press, 1995. Antiguo director de *Mother Jones*, concluye que el movimiento ecologista norteamericano ha perdido valor debido a la transigencia y la capitulación. Bien escrito pero poco documentado, el libro tiene interés sobre todo por la mentalidad que transmite: una postura inflexible que rara vez especifica qué soluciones serían satisfactorias. Debido a ello es en esencia un texto no científico en su perspectiva y sus implicaciones, y más interesante precisamente por eso.

Drake, Frances. *Global Warming: The Science of Climate Change*. Nueva York: Oxford University Press, 2000. Este estudio general bien escrito para estudiantes universitarios puede ser leído por cualquier lector interesado.

Drucker, Peter. *Post-Capitalist Society*. Nueva York: Harper Business, 1993.

Eagleton, Terry. *Ideology: An Introduction*. Nueva York: Verso, 1991.

Edgerton, Robert B. *Sick Societies: Challenging the Myth of Primitive Harmony*. Nueva York: Free Press, 1992. Un excelente resumen de las pruebas que ponen en duda la idea del buen salvaje, que se plantea también si las culturas adoptan creencias y prácticas de difícil adaptación. El autor concluye que todas las culturas lo hacen. El texto ataca también la noción académica actualmente de moda de «solución inconsciente de problemas», según la cual las culturas primitivas actúan de un modo ecológicamente sensato aunque parezcan derrochadoras y destructivas. Edgerton sostiene que no hacen eso ni mucho menos: son derrochadoras y destructivas.

Edwards, Paul. N., y Stephen Schneider. «The 1995 IPCC Report: Broad Consensus or 'Scientific Cleansing'?», *EcoFable/Ecoscience* 1, n.° 1 (1997): 3-9. Un brioso argumento en defensa de los cambios en el informe de PICC de 1995 a cargo de Ben Santer. Sin embargo, el artículo se centra en la controversia que resultó y no revisa en detalle los cambios introducidos en el texto. Así pues, el texto habla de la controversia sin examinar el contenido.

Einarsson, Þorleifur. *Geology of Iceland*. Trad. de Georg Douglas. Reykjavík: Mal og menning, 1999. Sin duda uno de los manuales de geología más claros jamás escritos. El autor es profesor de geología de la Universidad de Islandia.

Etheridge, D. M., *et al.* «Natural and anthropogenic changes in atmospheric CO_2 over the last 1.000 years from air in Antarctic ice and firn», *Journal of Geophysical Research* 101 (1996): 4.115-4.128.

Fagan, Brian. *The Little Ice Age: How Climate Made History 1300-1850.* Nueva York: Basic Books, 2000. Nuestra experiencia del clima se restringe al tiempo que dura nuestra vida. El grado de variación del clima en el pasado, incluso en tiempos históricos, es difícil de concebir para cualquiera. Este libro, obra de un arqueólogo que escribe muy bien, deja claro mediante detalles históricos cómo ha subido —y bajado— la temperatura durante los últimos mil años.

Feynman, Richard. *The Character of Physical Law*. Cambridge, Mass.: MIT Press, 1965. Feynman ilustra la nitidez del pensamiento en física en comparación con la sensiblera subjetividad de campos como la ecología o la investigación del clima.

Finlayson-Pitts, Barbara J., y James N. Pitts, Jr. *Chemistry of the Upper and Lower Atmosphere: Theory, Experiments, and Applications*. Nueva York: Academic Press, 2000. Un texto claro que puede leer cualquiera con una buena formación científica general.

Fisher, Andy. *Radical Ecopsychology*: Psychology in the Service of Life. Albany, Nueva York: State University of New York Press, 2002. Un asombroso texto de un psicoterapeuta. En mi opinión, el mayor problema de todos los observadores del mundo es determinar si sus percepciones son genuinas y verificables o si son meramente la proyección de sentimientos. Este libro afirma que no importa. El texto consta casi en su totalidad de opiniones no fundamentadas sobre la naturaleza humana y nuestra interacción con el mundo natural. Anecdótico, egotista y absolutamente tautológico, es un extraordinario ejemplo de fantasía desenfrenada. Sirve como ejemplo de toda una literatura afín en la que la expresión de sentimientos se presenta disfrazada de realidad.

Flecker, H., y B. C. Cotton. «Fatal bite from octopus», *Medical Journal of Australia* 2 (1955): 329-331.

Forrester, Jay W. *Principles of Systems*. Waltham, Mass.: Wright-Allen Press, 1971. Algún día Forrester será reconocido como uno de los científicos más importantes del siglo XX. Es uno de los primeros investigadores, y sin duda el más influyente, en crear modelos de sistemas complejos por ordenador. Realizó innovadores estudios de todo, desde el comportamiento de las empresas de alta tecnología hasta la rehabilitación urbana, y fue el primero en intuir la gran dificultad de gestionar sistemas complejos. Su obra fue una temprana inspiración para los intentos de establecer modelos para el mundo que en última instancia se convirtió en *Los límites del crecimiento* del Club de Roma. Pero el Club no comprendió los principios fundamentales de la obra de Forrester.

Forsyth, Tim. *Critical Political Ecology: The Politics of Environmental Science*. Nueva York: Routledge, 2003. Un cauto pero a menudo crítico examen de la ortodoxia ecologista a cargo de un profesor de medio ambiente y desarrollo de la London School of Economics. El texto contiene muchas percepciones importantes que no he visto en ninguna otra parte, incluidas las consecuencias del énfasis del PICC en los modelos por ordenador (en oposición a otras formas de datos) y la cuestión de cuántos efectos en el medio ambiente se consideran «globales». Sin embargo, el autor adopta gran parte de la crítica posmodernista de la ciencia, y por tanto hace referencia a ciertas «leyes» de la ciencia cuando pocos científicos les concederían ese rango.

Freeze, R. Allan. *The Environmental Pendulum: A Quest for the Truth about Toxic Chemicals, Human Health, and Environmental Protection*. Berkeley, California: University of California Press, 2000. Un profesor universitario con experiencia directa de los yacimientos tóxicos ha escrito un libro raro y muy informativo en el que presenta con todo detalle sus experiencias y puntos de vista. Uno de los pocos libros de una persona que no solo es un académico reconocido sino que además posee experiencia en el terreno. Sus opiniones son complejas y a veces aparentemente contradictorias. Pero así es la realidad.

Furedi, Frank. *Culture of Fear: Risk-taking and the Morality of Low Expectation*. Nueva York: Continuum, 2002. A medida que las sociedades occidentales son más ricas y seguras, a medida que crece la esperanza de vida, cabría esperar que las poblaciones se sintiesen más relajadas y a salvo. Ha ocurrido lo contrario: las sociedades occidentales han pasado a ser víctimas del pánico y a desarrollar una aversión histérica al riesgo. Esta tendencia se pone de manifiesto en todo, desde las cuestiones del medio ambiente hasta la mayor supervisión de los niños. Este texto de un sociólogo británico estudia las razones.

Gelbspan, Ross. *The Heat Is On: The Climate Crisis, the Cover-Up, the Prescription*. Cambridge, Mass.: Perseus, 1998. Un periodista que ha escrito ampliamente sobre cuestiones medioambientales presenta bien las clásicas perspectivas fatalistas. Penn y Teller lo caracterizan en términos escatológicos.

Gilovitch, Thomas, Dale Griffin, y Daniel Kahneman, eds. *Heuristics and Biases: The Psychology of Intuitive Judgment*. Cambridge, Reino Unido: Cambridge University Press, 2002. Los psicólogos han creado un considerable corpus de datos experimentales sobre la toma de decisiones humanas desde la década de los cincuenta. Aquí aparece bien reproducido y es una lectura esencial para cualquiera que desee entender cómo toman decisiones las personas y qué piensan de las decisiones que toman otros. El volumen en su conjunto es convincente (aunque a veces desalentador), y los artículos de especial interés aparecen por separado.

Glassner, Barry. *The Culture of Fear*. Nueva York: Basic Books, 1999. Ridiculiza a quienes se dedican a infundir miedo con precisión y calma.

Glimcher, Paul W. *Decisions, Uncertainty, and the Brain.* Cambridge, Mass.: MIT Press, 2003.

Glynn, Kevin. *Tabloid Culture.* Durham, N.C.: Duke University Press, 2000.

Goldstein, William M., y Robin M. Hogarth, eds. *Research on Judgment and Decision Making.* Cambridge, Reino Unido: Cambridge University Press, 1997.

Gross, Paul R., y Norman Leavitt. *Higher Superstition: The Academic Left and Its Quarrels with Science.* Baltimore: Johns Hopkins University Press, 1994. Véase el capítulo 6, «The Gates of Eden», para un análisis del medioambientalismo en el contexto de la actual crítica académica posmoderna.

Guyton, Bill. *Glaciers of California*. Berkeley, California: University of California Press, 1998. Una joya de libro.

Hadley Center. «Climate Change, Observations and Predictions, Recent Research on Climate Change Science from the Hadley Center», diciembre de 2003. Obtenible en www.metoffice.com. En dieciséis páginas el Hadley Center presenta los argumentos más importantes relativos a la ciencia del clima y las predicciones de calentamiento futuro a partir de modelos de ordenador. Magníficamente escrito e ilustrado con complejidad gráfica, supera holgadamente a otras webs sobre la ciencia del clima y constituye la mejor introducción breve para el lector interesado.

Hansen, James E., Makiko Sato, Andrew Lacis, Reto Ruedy, Ina Tegen, y Elaine Matthews. «Climate Forcings in the Industrial Era», *Proceedings of the National Academy of Sciences* 95 (octubre de 1998): 12.753-12.758.

Hansen, James E., y Makiko Sato, «Trends of Measured Climate Forcing Agents», *Proceedings of the National Academy of Sciences* 98 (diciembre de 2001): 14.778-14.783.

Hayes, Wayland Jackson. «Pesticides and Human Toxicity», *Annals of the New York Academy of Sciences* 160 (1969): 40-54.

Henderson-Sellers, *et al.* «Tropical cyclones and global climate change: A post-IPCC assessment», *Bulletin of the American Meteorological Society* 79 (1997): 9-38.

Hoffert, Martin, Ken Caldeira, Gregory Benford, David R. Criswell, Christopher Green, Howard Herzog, Atul K. Jain, Haroon S. Kheshgi, Klaus S. Lackner, John S. Lewis, H. Douglas Lightfoot, Wallace Manheimer, John C. Mankins, Michael E. Mauel, L. John Perkins, Michael E. Schlesinger, Tyler Volk, y Tom M. L. Wigley. «Advanced Technology Paths to Global Climate Stability: Energy for a Greenhouse Planet», *Science* 298 (1 de noviembre de 2001): 981-987.

Horowitz, Daniel. *The Anxieties of Affluence.* Amherst, Mass.: University of Massachusetts Press, 2004.

Houghton, John. *Global Warming, the Complete Briefing*. Cambridge, Reino Unido: Cambridge University Press, 1997. Sir John es una destacada figura del PICC y un portavoz del cambio climático conocido en todo el mundo. Presenta con claridad las predicciones de los modelos de circulación global para el clima futuro. Se basa principalmente en los informes del PICC, que este texto resume y explica. Conviene saltarse el primer capítulo, que es vago y difuso, a diferencia del resto del libro.

Huber, Peter, *Hard Green: Saving the Environment from the Environmentalists, a Conservative Manifesto*. Nueva York: Basic Books, 1999. Leí docenas de libros sobre el medio ambiente, en su mayoría muy similares en cuanto a tono y contenido. Este fue el primero que me indujo a sentarme y prestar atención. No es como los otros, por decirlo discretamente. Huber es licenciado en ingeniaría por el MIT y en derecho por Harvard; ha colaborado con Ruth Bader Ginsburg y Sandra Day O'Connor; pertenece al conservador Manhattan Institute. Su libro critica el pensamiento ecologista moderno tanto por sus actitudes subyacentes como por sus afirmaciones científicas. El texto es ágil, ameno, bien documentado e implacable. Puede ser difícil seguirlo y exige un lector bien informado. Pero cualquiera que se aferre a los puntos de vista ecologistas que se desarrollaron en las décadas de los ochenta y noventa debe dar respuesta a los argumentos de este libro.

Inadvertent Climate Modification, Report of the Study of Man's Impact on Climate (SMIC). Cambridge, Mass.: MIT Press, 1971. Un fascinante primer intento de establecer un modelo para el clima y predecir la interacción humana con él.

PICC. *Aviation and the Global Atmosphere.* Panel intergubernamental sobre el cambio climático. Cambridge, Reino Unido: Cambridge University Press, 1999.

—, *Climate Change 1992:* The Supplementary Report to the IPCC Scientific Assessment. Panel intergubernamental sobre el cambio climático. Cambridge, Reino Unido: Cambridge University Press, 1992.

—, *Climate Change 1995: Economic and Social Dimensions of Climate Change.* Panel intergubernamental sobre el cambio climático. Cambridge, Reino Unido: Cambridge University Press, 1996.

—, *Climate Change 1995: Impacts, Adaptation and Mitigation of Cli-*

mate Change Scientific/Technical Analysis. Contribución del Grupo del Trabajo II al Segundo Informe de Evaluación del PICC. Panel intergubernamental sobre el cambio climático. Cambridge, Reino Unido: Cambridge University Press, 1996.

—, *Climate Change 1995: The Science of Climate Change.* Panel intergubernamental sobre el cambio climático. Cambridge, Reino Unido: Cambridge University Press,1996.

—, *Climate Change 2001: Impacts, Adaptation, and Vulnerability.* Panel intergubernamental sobre el cambio climático. Cambridge, Reino Unido: Cambridge University Press, 2001.

—, *Climate Change 2001: Synthesis Report.* Panel intergubernamental sobre el cambio climático. Cambridge, Reino Unido: Cambridge University Press, 2001.

—, *Climate Change 2001: The Scientific Basis.* Cambridge, Reino Unido: Cambridge University Press, 2001.

—, *Climate Change: The IPCC Response Strategies.* Panel intergubernamental sobre el cambio climático. Washington DC: Island Press, 1991.

—, *Emissions Scenarios.* Panel intergubernamental sobre el cambio climático. Cambridge, Reino Unido: Cambridge University Press, 2000.

—, *Land Use, Land-Use Change, and Forestry.* Panel intergubernamental sobre el cambio climático. Cambridge, Reino Unido: Cambridge University Press, 2000.

—, *The Regional Impacts of Climate Change: An Assessment of Vulnerability.* Panel intergubernamental sobre el cambio climático. Cambridge, Reino Unido: Cambridge University Press, 1998.

Jacob, Daniel J. *Introduction to Atmospheric Chemistry.* Princeton, New Jersey: Princeton University Press, 1999.

Joravsky, David. *The Lysenko Affair.* Chicago: University of Chicago Press, 1970. Una lectura amena sobre este deprimente episodio.

Joughin, I., y S. Tulaczyk. «Positive Mass Balance of the Ross Ice Streams, West Antarctica», *Science* 295 (2002): 476-480.

Kahneman, Daniel, y Amos Tversky, eds. *Choices, Values and Frames.* Cambridge, Reino Unido: Cambridge University Press, 2000. Los autores son responsables de una revolución en nuestra comprensión de la psicología subyacente en la toma de decisiones humana. La historia del movimiento ecologista se caracteriza por algunas decisiones muy positivas hechas a partir de información inadecuada, y algunas decisiones desafortunadas tomadas pese a la buena información que desaconsejaba la decisión. Este libro arroja luz sobre el modo en que se producen estas situaciones.

Kalnay, Eugenia, y Ming Cai. «Impact of Urbanization and Land-Use on Climate», *Nature* 423 (29 de mayo de 2003): 528-531. «Nuestra estimación de 0,27 °C de media en el calentamiento de superficie por siglo debido a los cambios en el uso de la tierra es al menos dos veces mayor que estimaciones previas basadas solo en la urbanización.» Los autores posteriormente informan de un error de cálculo, aumentando su estimación [*Nature* 23 (4 de septiembre de 2003): 102]. «La estimación corregida de la tendencia de la temperatura media diaria debida a los cambios en el uso de la tierra es de 0,35 °C por siglo.»

Kaser, Georg, Douglas R. Hardy, Thomas Molg, Raymond S. Bradley, y Tharsis M. Hyera. «Modern Glacier Retreat on Kilimanjaro as Evidence of Climate Change: Observations and Facts», *International Journal of Climatology* 24 (2004): 329-339.

Kieffer, H., J. S. Kargel, R. Barry, R. Bindschadler, M. Bishop, D. MacKinnon, A. Ohmura, B. Raup, M. Antoninetti, J. Bamber, M. Braun, I. Brown, D. Cohen, L. Copland, J. DueHagen, R. V. Engeset, B. Fitzharris, K. Fujita, W. Haeberli, J. O. Hagen, D. Hall, M. Hoelzle, M. Johansson, A. Kaab, M. Koenig, V. Konovalov, M. Maisch, F. Paul, F. Rau, N. Reeh, E. Rignot, A. Rivera, M. Ruyter de Wildt, T. Scambos, J. Schaper, G. Scharfen, J. Shroder, O. Solomina, D. Thompson, K. Van der Veen, T. Wohlleben, y N. Young. «New eyes in the sky measure glaciers and ice sheets», *EOS, Transactions, American Geophysical Union* 81, n.° 265 (2000): 270-271.

Kline, Wendy. *Building a Better Race: Gender, Sexuality and Eugenics from the Turn of the Century to the Baby Boom.* Berkeley, Calif.: University of California Press, 2001.

Koshland, Daniel J. «Credibility in Science and the Press», *Science* 254 (1 de noviembre de 1991): 629. Los malos informes científicos pasan factura. El ex director de la Asociación Americana para el Desarrollo de la Ciencias se queja de ello.

Kraus, Nancy, Trorbjorn Malmfors, y Paul Slovic. «Intuitive Toxicology: Expert and Lay Judgments of Chemical Risks», En *Slovic,*

2000. El alcance hasta el que a una opinión desinformada debe concedérsele un lugar en la toma de decisiones se pone de relieve mediante la duda de si la gente corriente posee un sentido intuitivo de lo que es perjudicial en su medio ambiente, de si son, en palabras de estos autores, toxicólogos intuitivos. Según mi interpretación de los datos, no lo son.

Krech, Shepard. *The Ecological Indian: Myth and History.* Nueva York: Norton, 1999. Un antropólogo revisa cuidadosamente los datos que indican que los indios norteamericanos no fueron los ecologistas ejemplares de antaño. También revisa los recientes cambios en la ciencia ecológica.

Kuhl, Stevan. *The Nazi Connection: Eugenics, American Racism, and German National Socialism.* Nueva York: Oxford University Press, 1994.

Kuran, Timur. *Private Truths, Public Lies: The Social Consequences of Preference Falsification.* Cambridge, Mass.: Harvard University Press, 1995.

Landsea, C., N. Nicholls, W. Gray, y L. Avila. «Downward Trend in the Frequency of Intense Atlantic Hurricanes During the Past Five Decades», *Geophysical Research Letters* 23 (1996): 527-530.

Landsea, Christopher W., y John A. Knaff. «How Much Skill Was There in Forecasting the Very Strong 1997-98 El Niño?», *Bulletin of the American Meteorological Society* 81, n.° 9 (septiembre de 2000): 2.017-2.019. Los autores descubrieron que los modelos más simples y antiguos daban un resultado mejor. «El uso de modelos dinámicos físicamente realistas y más complejos no proporciona de manera automática pronósticos más fiables... [nuestros hallazgos] pueden ser sorprendentes dada la percepción general de que los pronósticos estacionales de El Niño a partir de modelos dinámicos han dado buenos resultados y pueden incluso considerarse un problema resuelto.» Analizan con todo detalle el hecho de que los modelos, en realidad, no ofrecieron buenas predicciones. Sin embargo «otros están utilizando el supuesto éxito de los pronósticos dinámicos de El Niño para respaldar otras agendas... Uno podría incluso confiar menos en los estudios antropogénicos globales por la falta de aptitud para predecir los fenómenos de El Niño... La conclusión es que los buenos resultados en los pronósticos se han exagerado (a veces drásticamente) y se han aplicado mal en otras áreas.»

Lave, Lester B. «Benefit-Cost Analysis: Do the Benefits Exceed the Costs?» En Robert W. Hahn, ed., *Risks, Costs, and Lives Saved: Getting Better Results from Regulation.* Nueva York: Oxford University Press, 1996. Una revisión crítica de los problemas del análisis de la relación beneficio-coste a cargo de un economista que apoya la herramienta pero reconoce que a veces los opositores tienen razón.

Lean, Judith, y David Rind. «Climate Forcing by Changing Solar Radiation», *Journal of Climate* 11 (diciembre de 1988): 3.069-3.094. ¿En qué medida afecta el Sol al clima? Estos autores afirman que aproximadamente la mitad del calentamiento de superficie observado desde 1900 y un tercio del calentamiento desde 1970 puede atribuirse al Sol. Pero hay incertidumbre a este respecto. «La actual incapacidad para especificar adecuadamente las alteraciones del clima a causa de la radiación solar tiene consecuencias en las medidas políticas referentes al cambio antropogénico global, que deben detectarse en oposición a la variabilidad climática natural.»

LeBlanc, Steven A., y Katherine E. Register. *Constant Battles.* Nueva York: St. Martin's Press, 2003. El mito del buen salvaje y el pasado paradisíaco no desaparece fácilmente. LeBlanc es uno de los pocos arqueólogos que ha realizado un minucioso análisis de las pruebas de bienestar pasado y ha trabajado para revisar una inclinación académica a concebir un pasado apacible. LeBlanc sostiene que las sociedades primitivas lucharon continua y brutalmente.

Levack, Brian P. *The Witch-Hunt in Early Modern Europe*, 2.ª ed. Londres: Longman, 1995. En el siglo XVI, las élites cultas de Europa creían que ciertos seres humanos habían hecho pactos con el diablo. Creían que las brujas se reunían para realizar ritos horrendos y que volaban por el cielo de noche. Partiendo de dichas creencias, estas élites torturaron a gran número de personas y mataron a entre cincuenta mil y sesenta mil personas, en su mayoría ancianas. No obstante, mataron también a hombres y niños, y a veces (como se consideraba indecoroso quemar a un niño) encarcelaban a los niños hasta que tenían edad suficiente para ser ejecutados. La mayor parte de la amplia literatura sobre la brujería (incluido este volumen) no alcanza plenamente, en mi opinión, la verdad de este período. El hecho de que tantas personas fueran ejecutadas por una fantasía —y pese a las reservas de destacados escépticos— encierra una lección que debemos tener siempre en mente. El consenso de la intelectualidad no es necesariamente correcto, al margen de cuántos le den crédito, o durante cuántos años perdure la creencia. Puede ser errónea. De hecho, puede ser muy errónea. Y nunca debemos olvidarlo. Porque volverá a ocurrir. Y en realidad así ha sido.

Lilla, Mark. *The Reckless Mind: Intellectuals in Politics.* Nueva York: New York Review of Books, 2001. Este mordaz texto se centra en los filósofos del siglo XX pero sirve como recordatorio de la tentación del intelectual de «sucumbir a la atracción de una idea, permitir que la pasión nos ciegue ante su potencial tiránico».

Lindzen, Richard S. «Do Deep Ocean Temperature Records Verify Models?», *Geophysical Research Letters* 29, n.° 0 (2002): 10.1029/2001GL014360. Los cambios en la temperatura del mar no pueden considerarse una verificación de los modelos climáticos por ordenador.

—, «The Press Gets It Wrong: Our Report Doesn't Support the Kyoto Treaty», *Wall Street Journal*, 11 de junio de 2001. Este breve ensayo de un distinguido profesor del MIT resume un ejemplo del modo en que los medios malinterpretan los informes científicos sobre el clima. En este caso la Academia Nacional de las Ciencias informa sobre el cambio climático, en general para decir lo contrario. Lindzen fue uno de los nueve autores del informe. http://opinionjournal. com/editorial/feature.html?id=95000606.

Lindzen, R. S., y K. Emanuel. «The Greenhouse Effect». En *Encyclopedia of Global Change, Environmental Change and Human Society*, vol. 1. Andrew S. Goudie, ed., Nueva York: Oxford University Press, 2002, pp. 562-566. ¿Qué es exactamente el efecto invernadero del que todo el mundo habla pero nadie explica en detalle? Un resumen breve y claro.

Liu, J., J. A. Curry, y D. G. Martinson. «Interpretation of Recent Antarctic Sea Ice Variability», *Geophysical Research Letters* 31 (2004): 10.1029/2003 GL018732.

Lomborg, Bjorn. *The Skeptical Environmentalist.* Cambridge, Reino Unido: Cambridge University Press, 2002. Actualmente ya mucha gente conoce la historia que se esconde detrás de este texto: el autor, un estadístico danés y activista de Greenpeace, se propuso rebatir los puntos de vista del difunto Julian Simon, un economista que afirmaba que los temores ecologistas eran erróneos y que el mundo de hecho estaba mejorando. Para sorpresa de Lomborg, descubrió que Simon tenía razón en casi todo. El texto de Lomborg es nítido, sereno, limpio y devastador con el dogma establecido. Desde su publicación, el autor se ha visto sometido a implacables ataques *ad hominem*, lo cual solo puede significar que sus conclusiones son impecables desde un punto de vista científico. Durante la larga controversia, Lomborg ha tenido un comportamiento ejemplar. Por desgracia, no así sus críticos. Especial mención debe hacerse a *Scientific American,* particularmente reprobable. En conjunto el trato recibido por Lomborg puede verse como confirmación de la crítica posmoderna de la ciencia como otra lucha de poder. Un triste episodio para la ciencia.

Lovins, Amory B. *Soft Energy Paths: Toward a Durable Peace.* Nueva York: Harper and Row, 1977. Quizá el más importante defensor de las energías alternativas escribió este texto contra la energía nuclear en la década de los setenta para Amigos de la Tierra, desarrollando un influyente artículo que había escrito para *Foreign Affairs* el año anterior. El texto resultante puede verse como un importante eslabón de la cadena de acontecimientos y pensamiento que llevó a Estados Unidos, en cuanto a la energía, por un camino distinto al de las naciones europeas. Lovins es físico y miembro de la Fundación MacArthur.

McKendry, Ian G. «Applied Climatology», *Progress in Physical Geography* 27, n.° 4 (2003): 597-606. «Recientes estudios afirman que los intentos de eliminar el "margen de error urbano" de los registros climáticos a largo plazo (y por tanto identificar la magnitud del efecto invernadero incrementado) pueden ser muy simplistas. Sin duda este seguirá siendo un tema controvertido...»

Manes, Christopher. *Green Rage: Radical Environmentalism and the Unmaking of Civilization.* Boston: Little Brown, 1990. Una lectura esencial.

Man's Impact on the Global Environment, Assessments and Recommendations for Action, Report of the Study of Critical Environmental Problems (SCEP). Cambridge, Mass.: MIT Press, 1970. El texto predice unos niveles de dióxido de carbono de 370 ppm en el año 2000 y, como resultado, un aumento de la temperatura de seperficie de 0,5 °C. Las cifras reales fueron 360 ppm y 0,3 °C, mucho más precisas que las predicciones hechas quince años después usando una potencia informática mucho mayor.

Marlar, Richard A., *et al.* «Biochemical evidence of cannibalism at a prehistoric Puebloan site in southwestern Colorado», *Nature* 407, 74078, 7 de septiembre de 2000.

Martin, Paul S. «Prehistoric Overkill: The Global Model». En *Quaternary Extinctions: A Prehistoric Revolution.* Paul S. Martin and Richard G. Klein, eds. Tucson, Arizona: University of Arizona Press, 1984, pp. 354-403.

Mason, Betsy. «African Ice Under Wraps», *Nature online publication*, 24 de noviembre de 2003.

Matthews, Robert A. J. «Facts versus factions: The use and abuse of subjectivity in scientific research». En Morris, *Rethinking Risk*, pp. 247-282. Un físico que sostiene que «la incapacidad de la comunidad científica para tomar medidas decisivas respecto a los fallos de los métodos estadísticos habituales, y el resultante derroche de recursos empleados en inútiles intentos de replicar las afirmaciones basadas en ellos, constituye un escándalo científico de envergadura». El libro contiene asimismo una impresionante lista de importantes avances científicos obstaculizados por los prejuicios subjetivos de los científicos. Esto lo dice todo en cuanto a la fiabilidad del «consenso» de los científicos.

Meadows, Donella H., Dennis L. Meadows, Jorgen Randers, y William W. Behrens III. *The Limits to Growth: A Report for the Club of Rome's Project on the Predicament of Mankind.* Nueva York: New American Library, 1972. Es una lástima que este libro esté agotado, ya que ejerció una enorme influencia en su día y estableció el tono («el aprieto de la humanidad») de muchos textos posteriores. Al leerlo ahora, uno se asombra viendo lo primitivas que eran las técnicas para evaluar el estado del mundo, y lo poco cautas que eran las predicciones de las tendencias futuras. En muchos de los gráficos no hay ejes, y por tanto solo son imágenes de curvas de aspecto técnico. En retrospectiva, el texto es digno de mención no solo por los errores de sus predicciones sino por el continuado tono de apremiante exageración rayano en la histeria. La conclusión: «Serán necesarias medidas internacionales concertadas y planificación conjunta a largo plazo a una escala y un alcance sin precedentes. Tal objetivo exige un esfuerzo conjunto de todos los pueblos, sean cuales sean su cultura, sistema económico o nivel de desarrollo... este esfuerzo supremo se funda en un cambio básico de los valores y las metas a niveles individual, nacional y mundial». Y así sucesivamente.

Medvedev, Zhores A. *The Rise and Fall of T. D. Lysenko.* Nueva York: Columbia University Press, 1969. De muy difícil lectura.

Michaels, Patrick J., y Robert C. Balling, Jr. *The Satanic Gases: Clearing the Air about Global Warming.* Washington DC: Cato, 2000. Estos escépticos autores tienen buen sentido del humor y un estilo claro. El uso de los gráficos es excepcionalmente bueno. El Cato Institute es una organización en favor del mercado libre con matices libertarios.

Morris, Julian, ed. *Rethinking Risk and the Precautionary Principle.* Oxford, Reino Unido: Butterworth/Heinemann, 2000. Una crítica de amplio espectro que estudia, por ejemplo, el modo en que el pensamiento basado en el principio de precaución ha perjudicado el desarrollo de los niños.

Nye, David E. *Consuming Power*, Cambridge, Mass.: MIT Press, 1998. Estados Unidos consume más energía per cápita que cualquier otro país, y Nye es el estudioso mejor informado sobre la historia de la tecnología estadounidense. Extrae conclusiones muy distintas a las de aquellos menos informados. Este texto es mordaz con los puntos de vista deterministas de la tecnología. Tiene consecuencias claras en cuanto a la validez de los «panoramas» del PICC.

Oleary, Rosemary, Robert F. Durant, Daniel J. Fiorino, y Paul S. Weiland. *Managing for the Environment: Understanding the Legal, Organizational, and Policy Challenges.* Nueva York: Wiley and Sons, 1999. Un muy necesario compendio que a veces abarca demasiado con demasiado poco detalle.

Ordover, Nancy. *American Eugenics: Race, Queer Anatomy, and the Science of Nationalism.* Minneapolis, Minnesota: University of Minnesota Press, 2003. Fascinante en su contenido, confuso en su estructura, difícil de leer, pero inflexible. El autor insiste en la culpabilidad tanto de la izquierda como de la derecha en el movimiento eugenésico, tanto en el pasado como en el presente.

Pagels, Heinz R. *The Dreams of Reason: Computers and the Rise of the Sciences of Complexity.* Nueva York: Simon and Schuster, 1988. El estudio de la complejidad representa una auténtica revolución en la ciencia, aunque sea una revolución bastante antigua. Este delicioso libro tiene ya dieciséis años; se escribió cuando la revolución era nueva y apasionante. Cabría pensar que dieciséis años bastarían para que la comprensión de la complejidad y la dinámica no lineal permitiese revisar el pensamiento de los activistas ecologistas. Pero obviamente no ha sido así.

Park, Robert. *Voodoo Science: The Road from Foolishness to Fraud.* Nueva York: Oxford University Press, 2000. El autor es profesor de física y director de la Sociedad Física Americana. Su libro es especialmente bueno en cuanto a la controversia cáncer/líneas de alto voltaje, en la que ha intervenido (como escéptico). [Trad. cast., *Ciencia o vudú*, Grijalbo, Barcelona, 2001.]

Parkinson, C. L. «Trends in the Length of the Southern Ocean Sea-Ice Season, 1979-99.» *Annals of Glaciology* 34 (2002): 435-440.

Parsons, Michael L. *Global Warming: The Truth Behind the Myth,* Nueva York: Plenum, 1995. Una revisión escéptica de los datos a cargo de un profesor de ciencias de la salud (y por tanto no un científico del clima). Un análisis de los datos visto desde fuera.

Pearce, Fred, «Africans go back to the land as plants reclaim the desert», *New Scientist* 175 (21 de septiembre de 2002): 4-5.

Penn y Teller. *Bullshit!* Programa de televisión. Ataques enérgicos y divertidos a la sabiduría tradicional y las vacas sagradas. El episodio en que una joven solicita a los ecologistas que prohíban el «monóxido dihidrógeno» (más conocido como agua) es especialmente divertido. «El monóxido dihidrógeno —explica— se encuentra en los lagos y los ríos, permanece en las frutas y verduras después de lavarlas, hace sudar…» Y la gente lo suscribe. Otro episodio sobre el reciclaje es la explicación breve más clara sobre qué es correcto y qué incorrecto en esta práctica.

Pepper, David. *Modern Environmentalism: An Introduction.* Londres: Routledge, 1996. Un detallado relato sobre las múltiples líneas de la filosofía ecologista a cargo de un observador afín. Junto con la obra muy distinta de Douglas y Wildavsky, este libro analiza por qué distintos grupos sostienen puntos de vista incompatibles, y por qué el acuerdo entre ellos es improbable. También aclara en qué medida las opiniones ecologistas incluyen creencias sobre cómo debe estructurarse la sociedad. El autor es profesor de geografía y escribe bien.

Petit, J. R., J. Jouzel, D. Raynaud, N. I. Barkov, J.-M. Barnola, I. Basile, M. Bender, J. Chappellaz, M. Davis, G. Delaygue, M. Delmotte, V. M. Kotlyakov, M. Legrand, V. Y. Lipenkov, C. Lorius, L. Pepin, C. Ritz, E. Saltzman, y M. Stievenard. «1999. Climate and atmospheric history of the past 420,000 years from the Vostok ice core, Antarctica», *Nature* 399: 429-436.

Pielou, E. C. *After the Ice Age: The Return of Life to Glaciated North America.* Chicago: University of Chicago Press, 1991. Un magnífico libro, un modelo en su especie. Explica cómo volvió la vida cuando los glaciares retrocedieron hace veinte mil años, y cómo analizan los científicos los datos para llegar a sus conclusiones. A la vez, un excelente recordatorio del espectacular cambio experimentado por nuestro planeta en el pasado geológico reciente.

Ponte, Lowell. *The Cooling.* Englewood, New Jersey: Prentice-Hall, 1972. El más elogiado de los libros de los años setenta que prevenían de una inminente glaciación. (En la cubierta se pregunta: «¿Ha empezado ya la siguiente glaciación? ¿Sobreviviremos?».) Contiene un capítulo sobre cómo podríamos modificar el clima global para impedir el enfriamiento excesivo. Una cita típica: «Simplemente no podemos permitirnos pasar por alto esta posibilidad. No podemos arriesgarnos a la pasividad. Los científicos que afirman que entramos en un período de inestabilidad climática, [es decir, imprevisibilidad] actúan de manera irresponsable. Los indicios de que nuestro clima pronto puede cambiar a peor son demasiado evidentes para pasarlos por alto» (p. 237).

Pritchard, James A. *Preserving Yellowstone's Natural Conditions: Science and the Perception of Nature.* Lincoln, Nebraska: University of Nebraska Press, 1999. Balance de pruebas de que el alce ha cambiado el hábitat. También el paradigma del no equilibrio.

Pronin, Emily, Carolyn Puccio, y Lee Rosh. «Understanding Misunderstanding: Social Psychological Perspectives». En Gilovitch, *et al.*, pp. 636-665. Una fría evaluación del desacuerdo humano.

Rasool, S. I., y S. H. Schneider. «Atmospheric Carbon Dioxide and Aerosols: Effects of Large Increases on Global Climate», *Science*

(11 de julio de 1971): 138-141. Un ejemplo de la investigación llevada a cabo en los años setenta que afirma que la influencia humana en el clima provocaba enfriamiento, no calentamiento. Los autores sostienen que el aumento de dióxido de carbono en la atmósfera no incrementará la temperatura tanto como la reducirán el aumento de los aerosoles. «Un aumento en solo un factor de cuatro en la concentración de fondo de los aerosoles puede bastar para reducir la temperatura de superficie en 3,5 °K… lo que se cree puede bastar para desencadenar una glaciación.»

Raub, W. D., A. Post, C. S. Brown, y M. F. Meier. «Perennial ice masses of the Sierra Nevada, California», *Proceedings of the International Assoc. of Hydrological Science*, n.° 126 (1980): 33-34. Citado en Guyton, 1998.

Reference Manual on Scientific Evidence, Federal Judicial Center. Washington DC: US Government Printing Office, 1994. Después de años de abusos, los tribunales federales de Estados Unidos establecieron directrices detalladas para la admisibilidad de diversas clases de testimonio científico y prueba científica. Este volumen tiene 634 páginas.

Reiter, Paul, Christopher J. Tomas, Peter M. Atkinson, Simon I. Hay, Sarah E. Randolph, David J. Rogers, G. Dennis Shanks, Robert W. Snow, y Andrew Spielman. «Global Warming and Malaria: A Call for Accuracy», *Lancet* 4, n.° 1 (junio de 2004).

Rice, Glen E., y Steven A. LeBlanc, eds. *Deadly Landscape*. Salt Lake City, Utah: University of Utah Press, 2001. Más pruebas sobre el violento pasado humano.

Roberts, Leslie R. «Counting on Science at EPA», *Science* 249 (10 de agosto de 1990): 616-618. Un importante y breve informe sobre la clasificación de riesgos de la EPA. En esencia hace lo que quiere el público, no lo que aconsejan los expertos de la EPA. Esto es malo a veces pero no siempre.

Roszak, Theodore. *The Voice of the Earth*. Nueva York: Simon and Schuster, 1992. Roszak está a menudo a la cabeza de movimientos sociales nacientes, y aquí ofrece una precoz percepción de una mezcla de ecología y psicología que se ha difundido desde entonces, pese a que es básicamente puro sentimiento sin fundamento objetivo. No obstante, la ecopsicología se ha convertido en luz y guía en las mentes de muchas personas, especialmente de aquellas sin formación científica. En mi opinión, el movimiento proyecta las insatisfacciones de la sociedad contemporánea sobre el mundo natural que tan rara vez se ha experimentado que proporciona una pantalla de proyección perfecta. Uno debe también recordar la contundente opinión de Richard Feynman: «Hemos aprendido a partir de mucha experiencia que todas las intuiciones filosóficas sobre lo que va a hacer la naturaleza fallan».

Russell, Jeffrey B. *A History of Witchcraft, Sorcerers, Heretics and Pagans.* Londres: Thames and Hudson Ltd., 1980. Para no olvidarnos.

Salzman, Jason. *Making the News: A Guide for Activists and Non-Profits.* Boulder, Colorado: Westview Press, 2003.

Santer, B. D., K. E. Taylor, T. M. L. Wigley, T. C. Johns, P. D. Jones, D. J. Karoly, J. F. B. Mitchell, A. H. Oort, J. E. Penner, V. Ramaswamy, M. D. Schwarzkopf, R. J. Stouffer, y S. Tett. «A Search for Human Influences on the Thermal Structure of the Atmosphere», *Nature* 382 (4 de julio de 1996): 39-46. «Es probable que [el cambio de temperatura en la atmósfera libre] se deba parcialmente a las actividades humanas, aunque siguen existiendo muchas incertidumbres, relacionadas sobre todo con las estimaciones de la variabilidad natural.» Aparecido unos años después de la declaración del PICC de 1995, según la cual se había detectado un efecto humano en el clima, este artículo de varios científicos del PICC muestra mucha más cautela respecto a esa afirmación.

Schullery, Paul. *Searching for Yellowstone: Ecology and Wonder in the Last Wilderness.* Nueva York: Houghton Mifflin, 1997. El autor fue durante muchos años empleado del Servicio Forestal y adopta un enfoque mucho más benévolo que otros acerca de los acontecimientos en Yellowstone.

Scott, James C. *Seeing Like a State: How Certain Schemes to Improve the Human Condition Have Failed.* New Haven, Connecticut: Yale University Press, 1998. Un libro extraordinario y original que nos recuerda hasta qué punto el pensamiento académico rara vez es genuinamente nuevo.

Shrader-Frechette, K. S. *Risk and Rationality: Philosophical Foundations for Populist Reforms.* Berkeley, California: University of California Press, 1991.

Singer, S. Fred. *Hot Talk, Cold Science: Global Warming's Unfinished Debate*. Oakland, California: Independent Institute, 1998. Singer se encuentra entre los escépticos más visibles respecto al calentamiento del planeta. Un profesor de ciencias del medio ambiente retirado que ha ocupado diversos puestos gubernamentales, incluidos el de director del Servicio de Satélites Meteorológicos y el director de Centro de Ciencias Atmosféricas y Espaciales, es un defensor muy cualificado de sus opiniones, aunque sus críticos se nieguen a admitirlo. Normalmente intentan presentarlo como un chiflado excéntrico. Este libro tiene solo 72 páginas, y el lector puede juzgarlo por sí mismo.

Slovic, Paul, ed. *The Perception of Risk*. Londres: Earthscan, 2000. Slovic ha ejercido gran influencia al poner de relieve el concepto de «riesgo». Abarca no solo opiniones expertas sino también los sentimientos y temores de la población en general. En una democracia, estas opiniones populares deben encauzarse mediante la política. Yo adopto una postura más severa. Creo que la ignorancia debe encauzarse mediante la educación, no mediante regulaciones innecesarias o costosas. Por desgracia, las pruebas demuestran que gastamos demasiado en aplacar temores falsos o insignificantes.

Stott, Philip, y Sian Sullivan, eds. *Political Ecology: Science, Myth and Power.* Londres: Arnold, 2000. Centrado en África. Stott, ya retirado, es un autor ingenioso y tiene un blog divertido y escéptico.

Streutker, D. R. «Satellite-measured growth of the urban heat island of Houston, Texas», *Remote Sensing of Environment* 85 (2003): 282-289. «Entre 1987 y 1999, la temperatura media en superficie durante la noche de la isla de calor de Houston aumentó 0,82 ± 0,10 °C.»

Sunstein, Cass R. *Risk and Reason: Safety, Law, and the Environment.* Nueva York: Cambridge University Press, 2002. Un profesor de derecho examina las principales cuestiones ecologistas desde el punto de vista del análisis de la relación coste-beneficio y concluye que se necesitan nuevos mecanismos para evaluar las regulaciones si queremos liberarnos de la actual tendencia de «la histeria y la negligencia», por la que regulamos agresivamente riesgos menores a la vez que pasamos por alto otros más significativos. El detallado capítulo sobre los niveles de arsénico resulta especialmente revelador para cualquiera que desee comprender las dificultades con que se enfrenta una regulación racional en un mundo muy politizado.

Sutherland, S. K., y W. R. Lane. «Toxins and mode of envenomation of the common ringed or blue-banded octopus», *Medical Journal Australia* 1 (1969): 893-898.

Tengs, Tammo O., Miriam E. Adams, Joseph S. Plitskin, Dana Gelb Safran, Joanna E. Siegel, Milton C. Weinstein, y John D. Graham. «Five hundred life-saving interventions and their cost effectiveness», *Risk Analysis* 15, n.° 3 (1995): 369-390. La Harvard School de Salud Pública es considerada en algunos sectores una institución derechista. Pero este estudio influyente y perturbador del Centro de Análisis de Riesgos de Harvard sobre los costes de regulación no ha sido rebatido. Da a entender que un gran esfuerzo regulatorio se malgasta y representa un derroche.

Thomas, Keith. *Man and the Natural World: Changing Attitudes in England 1500-1800*. Nueva York: Oxford University Press, 1983. ¿Son las actitudes ecologistas una cuestión de moda? El delicioso libro de Thomas examina las cambiantes percepciones de la naturaleza desde el punto de vista del peligro, luego como tema de veneración y por último como el adorado mundo salvaje de los estetas elitistas.

Thompson, D. W. J., y S. Solomon. «Interpretation of Recent Southern Hemisphere Climate Change», *Science* 296 (2002): 895-899.

Tommasi, Mariano, y Kathryn Lerulli, eds. *The New Economics of Human Behavior*. Cambridge, Reino Unido: Cambridge University Press, 1995.

Victor, David G. «Climate of Doubt: The imminent collapse of the Kyoto Protocol on global warming may be a blessing in disguise. The treaty's architecture is fatally flawed», *The Sciences* (primavera de 2001): 18-23. Victor es miembro del Consejo de Relaciones Exteriores y defensor del control de las emisiones de carbono que sostiene que «la prudencia exige una actuación para controlar el aumento de los gases de efecto invernadero, pero el Protocolo de Kioto es un camino a ninguna parte».

Viscusi, Kip. *Fatal Tradeoffs: Public and Private Responsibilities for Risk*. Nueva York: Oxford University Press, 1992. A partir de la sección III.

—, *Rational Risk Policy*. Oxford: Clarendon, 1998. El autor es profesor de derecho y economía en Harvard.

Vyas, N. K., M. K. Dash, S. M. Bhandari, N. Khare, A. Mitra, y P. C. Pandey. «On the Secular Trends in Sea Ice Extent over the Antarctic Region Based on OCEANSAT-1 MSMR Observations», *International Journal of Remote Sensing* 24 (2003): 2.277-2.287.

Wallack, Lawrence, Katie Woodruff, Lori Dorfman, y Iris Diaz. *News for a Change: An Advocate's Guide to Working with the Media*. Londres: Sage Publications, 1999.

Weart, Spencer R. *The Discovery of Global Warming*. Cambridge, Mass.: Harvard University Press, 2003.

West, Darrell M. *The Rise and Fall of the Media Establishment*. Nueva York: Bedford/St. Martin's Press, 2001.

White, Geoffrey M. *Identity Through History: Living Stories in a Solomon Islands Society*. Cambridge, Reino Unido: Cambridge University Press, 1991.

Wigley, Tom. «Global Warming Protocol: CO_2, CH_4 and climate implications», *Geophysical Research Letters* 25, n.° 13 (1 de julio de 1998): 2.285-2.288.

Wildavsky, Aaron. *But Is It True? A Citizen's Guide to Environmental Health and Safety Issues*. Cambridge: Harvard University Press, 1995. Un profesor de ciencias políticas y política pública de Berkeley mandó a sus alumnos a investigar la historia y la posición científica de los temas más importantes relacionados con el medio ambiente: el DDT, el insecticida Alar, Canal Love (Nueva York), el amianto, el agujero en la capa de ozono, el calentamiento del planeta, la lluvia ácida. El libro es un excelente recurso para un estudio más completo de estos temas que lo que suele encontrarse. Por ejemplo, el autor dedica veinticinco páginas a la historia de la prohibición del DDT, veinte páginas al Alar, y así sucesivamente. Wildavsky concluye que casi todas las afirmaciones ecologistas han sido falsas o muy exageradas.

—, *Searching for Safety*. New Brunswick, New Jersey: Transaction, 1988. Si queremos una sociedad segura y una vida segura, ¿cómo debemos conseguirlas? Una exploración con buen humor de las estrategias para alcanzar la seguridad en la sociedad industrial. Extrayendo datos de muy diversas disciplinas, Wildavsky sostiene que la

resistencia es mejor estrategia que la anticipación, y que las estrategias anticipatorias (tales como el principio de precaución) favorecen a la élite social en detrimento de los más pobres.
Winsor, P. «Arctic Sea Ice Thickness Remained Constant During the 1990s», *Geophysical Research Letters*.

Erle Stanley Gardner

Perry Mason und die Motten im Nerz

Scherz
Bern München Wien

Einzig berechtigte Übertragung aus dem Amerikanischen
von Eva Gärtner
Titel des Originals: »The Case of the Moth-Eaten Mink«
(Früher bei Scherz erschienen unter dem deutschen Titel:
»Motten im Nerz«)
Umschlaggestaltung: Heinz Looser
Foto: Thomas Cugini

3. Auflage 1996, ISBN 3-502-51559-X

Gesamtherstellung: Ebner Ulm

1

Es war ein harter, arbeitsreicher Tag gewesen. Perry Mason und seine Sekretärin Della Street hatten eine Aussage zu Protokoll genommen. Der Zeuge war gerissen und ausweichend gewesen, sein Anwalt überschäumend von verfahrenstechnischen Einwänden, und die ganze Kunst von Perry Mason hatte herhalten müssen, um schließlich doch die Tatsachen, auf die es ankam, ans Tageslicht zu befördern.

Mason und seine Sekretärin betraten Morris Alburgs Restaurant und suchten die Ruhe der hinteren Séparées auf. Della seufzte erleichtert und sagte mit einem flüchtigen Blick auf Masons sorgenzerfurchte Miene: »Wie Sie das machen, weiß ich nicht. Ich fühle mich jedenfalls völlig ausgewrungen.«

Morris Alburg ließ es sich nicht nehmen, den Kellner beiseite zu schieben und selbst die Bestellung seines distinguierten Gastes entgegenzunehmen.

»Harter Tag, Mr. Mason?« fragte er.

»Lausig«, bestätigte ihm Mason.

»Den ganzen Tag im Gericht, nehme ich an.«

Mason schüttelte den Kopf.

»Eine Aussage, Morris«, erklärte Della Street und zeigte auf ihre Stenoblöcke. »Ich schrieb das Protokoll.«

Alburg gab verständnislos ein paar vage »Hm, Hms« von sich und fragte dann: »Cocktails?«

»Zwei doppelte Bacardis«, bestellte Mason, »und ruhig ziemlich kräftig.«

Morris gab die Cocktail-Bestellung an den Kellner weiter. »Ich habe gute Brathähnchen«, schlug er vor. »Und die Steaks sind märchenhaft.«

Er hob vielsagend Daumen und Zeigefinger an seine Lippen.

Della Street lachte. »Wie im Ritz, Morris. Wo haben Sie denn *das* her?«

»Die Steaks?«

»Nein, die Geste.«

Der Restaurantbesitzer grinste. »Das habe ich mal im Kino gesehen, in einer Restaurantszene«, gestand er. »Aber Sie hätten das Zeug

mal sehen sollen, das er dann anbrachte. Steaks, die man nur anzusehen brauchte, um zu wissen, daß sie zäh wie Leder waren.«

»Dann lassen Sie die Gesten lieber«, sagte Mason. »Wir möchten zwei dicke Steaks, mitteldurch, Mengen von Lyoner Kartoffeln, etwas gebutterten Toast mit . . .« Er sah Della Street fragend an.

Della Street nickte zustimmend.

»Knoblauch«, schloß Mason.

»Ausgezeichnet«, sagte Morris Alburg. »Werden Sie bekommen. Vom *Besten!*«

»Zart, saftig, mitteldurch«, wiederholte Mason.

»*Vom Besten*«, wiederholte Alburg, verschwand und ließ den grünen Vorhang hinter sich zufallen.

Mason reichte Della Street sein Zigarettenetui und hielt ihr das Streichholz. Er zog einmal tief an seiner Zigarette, atmete den Rauch langsam aus und schloß seine Augen. »Wenn dieser alte Schurke die Wahrheit gleich gesagt hätte, anstatt um den heißen Brei herumzukreisen, wären wir in zehn Minuten fertig gewesen.«

»Immerhin haben Sie ja doch die Wahrheit aus ihm herausgeholt.«

»Ganz zum Schluß, ja«, gab Mason zu. »Als ob man versuchte, Quecksilber mit bloßen Fingern zu fassen, so war es. Man fragte ihn etwas, und er läuft einem davon, weicht aus, macht Kehrtwendungen, lenkt ab und versucht, das Thema zu wechseln.«

Della Street lachte. »Ist Ihnen eigentlich klar, daß Sie ihm die eine Frage genau zwölfmal vorgelegt haben?«

»Ich habe nicht mitgezählt«, sagte Mason, »aber das war ja der wunde Punkt. Ich stellte die Frage, er versuchte mich in einen anderen Gesprächskanal zu schleusen, und ich wartete, bis er fertig war, und fragte dann noch einmal in genau denselben Worten. Er fand immer wieder eine andere Masche, um mich abzulenken, und ich nickte dann aufmerksam, als ob ich darauf reinfiele, und inspirierte ihn auf diese Weise zu neuen Höhen verbaler Ausweichkünste. Und dann, als er fertig war, kam ich wieder mit genau den gleichen Worten, mit derselben Frage heraus.«

Mason lächelte in sich hinein.

»Und das hat ihn dann doch zur Strecke gebracht«, sagte Della Street. »Als er dann nachgab, hatten Sie ihn.«

Morris Alburg kam mit den Cocktails, die rosig-kühl in den großen Bechern schimmerten.

Mason und Della Street stießen an und tranken schweigend.

Morris Alburg stand in der Tür und sah ihnen zu. »Die Art, wie Sie sich mit Blicken verständigen . . .« Er zuckte mit den Achseln.

»Mr. Mason wird es leid, immer seine Stimme einzusetzen, Morris«, sagte Della Street etwas verlegen.

»Ja, sicher, Anwälte sprechen soviel«, erwiderte Morris Alburg schnell und versuchte die Tatsache zu verwischen, daß seine Bemerkung reichlich persönlich ausgefallen war.

»Unsere Steaks auf dem Feuer?« fragte Mason.

Morris nickte.

»Gute?«

»Vom Besten!« behauptete Morris grinsend. Dann, mit einer Bewegung, die wie eine Segnung wirkte, zog er sich aus dem Séparée zurück, und der Vorhang fiel wieder zu.

Mason und Della Street blieben ungestört, bis Morris nach den Cocktails wieder erschien, diesmal mit einem Tablett, auf dem heiße Teller standen, Platten mit bruzzelnden Steaks, Lyoner Kartoffeln und getoastetem Weißbrot, butterglänzend und mit kleinen Schnitzeln Knoblauch.

»Kaffee?« fragte er.

Mason hielt zwei Finger hoch.

Morris nickte, zog sich zurück und erschien dann mit einer großen Kanne Kaffee und mit Tassen, Sahne und Zucker.

Er machte sich ein paar Minuten geschäftig zu schaffen, sah nach, ob die Wassergläser gefüllt waren, ob genug Butter da war. Es schien beinahe, als ob er nicht gehen wollte. Mason sah seine Sekretärin fragend an.

»Ich begreife es nicht ganz, Morris«, sagte er. »Unsere Bestellung selbst entgegenzunehmen, war eine reizende Geste von Gastlichkeit von Ihnen, aber daß Sie auch alles hereinbringen, ist fast etwas zuviel des Guten.«

»Ich habe Sorgen«, sagte Alburg mit einem Seufzer. »Wahrscheinlich haben wir alle Sorgen. Heutzutage will niemand mehr arbeiten außer dem Chef . . . Vergessen Sie es. Sie sind hergekommen, um Ihre Sorgen zu vergessen. Essen Sie.«

Der grüne Vorhang fiel wieder zu.

Als Mason gerade dabei war, den letzten Rest seines Steaks zu vertilgen, stand Morris wieder in der Tür.

Della Street sagte: »Chef, Morris hat Kummer.«

Mason sah auf.

»Also, ist so was nicht verrückt?« fing Morris an.

»Was ist verrückt?« fragte Mason.

»Die Kellnerin, die ich habe – völlig verrückt!«

Della Street beobachtete ihn und sagte: »Vorsicht, Chef, es scheint ein juristisches Problem zu sein.«

»Sie haben verdammt recht«, explodierte Morris Alburg. »Was soll man mit einem solchen Mädchen nun machen?«

»Mit was für einem Mädchen?« fragte Mason.

»Sie kam vor fünf Tagen hierher, um zu arbeiten. Heute ist Monatserster, also will ich ihr ihren Lohn geben. Ich sage ihr das. Ich habe den Scheck bereit. Sie sieht aus, als brauchte sie das Geld dringend. Und dann, kurz nachdem Sie beide hereingekommen sind, haut sie ab.«

»Was heißt abhauen?«

»Spaziert zur Hintertür hinaus und kommt nicht wieder.«

»Vielleicht wollte sie sich nur ihre Nase pudern«, meinte Della Street.

»Aber doch nicht draußen auf der Seitengasse«, sagte Morris Alburg. »Sie ging hinten hinaus auf die Seitengasse. Ließ ihre Schürze draußen fallen, gleich nachdem sie aus der Tür raus war, und lief los. Bedenken Sie doch: ohne Hut, ohne Mantel. Und Sie wissen, wie kalt es draußen ist.«

»Vielleicht besitzt sie keinen Mantel«, sagte Della Street.

»Selbstverständlich hat sie einen Mantel. Einen Pelz sogar. Sie ließ ihn in der Garderobe. Früher war er mal ein Glanzstück. Jetzt ist er mottenzerfressen.«

»Mottenzerfressen?« fragte Perry Mason verblüfft. »Was ist es denn für ein Pelz?«

»Vom Besten.«

»Und was ist das, Morris?« fragte Della Street.

»Nerz. Vom besten – und jetzt mottenzerfressen.«

»Weiter«, forderte Mason. »Schütten Sie ruhig Ihr Herz aus, Morris.«

»Ich habe kein gutes Gefühl«, sagte Morris. »Wetten, daß das Mädchen von der Polizei gesucht wird?«

»Und wie kommen Sie darauf?«

»Der Geschirrwäscher hat sie aus dem Fenster beobachtet. Sie ließ ihre Schürze fallen und rannte los. Rannte wie der Teufel ... Na ja, und ich steh' jetzt da mit ihrem Scheck für fünf Tage Arbeitslohn, ihrem Pelzmantel und einem Restaurant voller Gäste. Ein paar sind schon ganz schön wütend. Ich denke, sie bedient an ihren Tischen, und alles ist in bester Ordnung. Dann höre ich plötzlich die Bedienungsglocke läuten und läuten und läuten. Haben Sie es nicht gehört?«

Della Street nickte.

»Das ist die Glocke, auf die der Koch drückt, wenn eine Bestellung fertig dasteht und an den Tisch gebracht werden soll. Er hatte die Bestellungen servierbereit, die dieses Dixie-Mädchen angenommen hatte, aber sie kümmerte sich weiter nicht drum. Ich hatte gedacht, sie be-

dient im Lokal. Nein, weg ist sie. Und nun? Das Essen wird kalt, die Kunden sind verärgert, und dieses Mädchen rast wie ein Hase die Seitengasse runter. Was soll das ganze Theater?«

»Und was haben Sie gemacht?« fragte Mason.

»Ich habe die anderen Mädchen je einen Extratisch übernehmen lassen und bin selbst eingesprungen. Aber ist das nicht komisch? Arbeitet fünf Tage und verschwindet einfach!«

»Und Sie haben ihr gesagt, daß ihr Scheck für sie bereitliegt?«

»Habe ich. Ich wollte ihn ihr vor einer halben Stunde geben. Sie hatte zu tun und sagte, sie wird ihn sich später holen.«

»Dann hatte sie also nicht die Absicht, zu verschwinden«, meinte Mason. »Da noch nicht.«

Alburg hob die Schultern.

»Als sie plötzlich weglief«, fuhr Mason fort, »muß also jemand hereingekommen sein, der ihr Angst eingejagt hat.«

»Die Polizei vielleicht«, sagte Alburg. »Sie wird gesucht. Sie müssen mich vertreten, Mr. Mason.«

»Sind denn Detektive hereingekommen?« fragte Mason.

»Ich glaube nicht. Sie ist einfach fortgelaufen.«

»Ich möchte mir diesen Pelz einmal ansehen, Morris.«

»Der Pelz«, stöhnte Morris, »der liegt mir auf dem Magen. Was soll ich damit machen? Das Geld — na gut, das gehört ihr. Sie kann jederzeit kommen und es sich holen. Aber der Mantel. Angenommen, er ist wertvoll? Wer hat dafür die Verantwortung? Was mache ich damit?«

»Geben Sie ihn irgendwo in Verwahrung«, sagte Mason. »Wir wollen ihn uns aber einmal ansehen.«

Alburg nickte und verschwand wieder.

Della Street sagte nachdenklich: »Sie muß jemanden hereinkommen gesehen haben, vielleicht einen Detektiv, vielleicht ...«

»Moment«, unterbrach Mason sie. »Zäumen wir das Pferd nicht am Schwanz auf. Erst wollen wir uns mal den Pelz ansehen.«

Alburg kam mit dem Mantel zurück.

Della Street stieß unwillkürlich einen Schrei aus. »Oh, wie schade! Wie jammerschade!«

Schon als Alburg mit dem Pelz in der Tür stand, sah man ganz deutlich die von Motten zerfressenen Stellen. Vorn waren kleine Flecke deutlich erkennbar, Stellen, an denen das weiche schimmernde Fell wie von scharfen Nadelstichen zerfetzt schien. Der Schaden wäre auf einem weniger kostbaren Pelz nicht so sichtbar gewesen, aber hier auf diesem wertvollen Mantel stach er scharf in die Augen.

Della Street stand auf und stürzte sich auf den Pelz, wendete ihn,

um nach dem Firmenschild zu sehen, und sagte: »Mein Gott, Chef, das ist ein Nerz von Colton & Colfax.«

»Nehme an, sie bekam ihn irgendwo billig«, sagte Alburg.

»Kaum«, meinte Mason. »Ich glaube, man kann diesen Pelz sehr gut wieder in Ordnung bringen. Er hat ein paar Stellen, an denen neue Felle eingesetzt werden sollten. Da, sehen Sie, hier und hier.«

»Natürlich«, sagte Della Street. »Nur an zwei oder drei Stellen vorn sind die Motten drin. Man könnte Ersatzfelle einsetzen, und der Mantel wäre wieder wie neu. Kein Altwarenhändler hätte den Pelz in diesem Zustand verkauft. Er hätte ihn erst in Ordnung gebracht und ihn dann als aufgearbeiteten Mantel gut verkauft.«

»Und der Mantel gehört der Kellnerin?« fragte Mason.

»Er gehörte ihr, oder sie hat ihn gestohlen«, antwortete Alburg. »Vielleicht wurde der Pelz gesucht, und sie wußte nicht, was sie damit machen sollte, und ließ ihn ein paar Wochen in irgendeinem Schrank, wo die Motten hineinkamen.«

»Vielleicht hat ihn ihr ein Freund geschenkt, der dann abgesprungen ist, so daß sie jetzt denkt, der Mantel sei gestohlen«, sagte Mason. »Jedenfalls steckt ein Geheimnis dahinter, und ich habe eine Schwäche für Geheimnisse, Morris.«

»Ich nicht«, stellte Morris sehr entschieden fest.

Mason untersuchte den Mantel sorgfältig, besonders die Nahtstellen an der Seite.

»Glauben Sie, das Schild sei nicht echt?« fragte Alburg.

»Das Schild ist echt. Es könnte natürlich von einem anderen Mantel stammen und in diesen hier eingenäht worden sein... Augenblick, hier ist was: Diese Nahtstelle ist neu. Die Stiche haben eine etwas andere Farbe als die andern.«

Masons Finger befühlten die Polsterung hinter der Stelle, an der er die frischen Stiche gefunden hatte. »Hier steckt etwas drin, Morris.«

Mason sah den Restaurantbesitzer fragend an, er zögerte.

»Machen Sie nur, *Sie* sind der Onkel Doktor«, sagte Alburg.

Mason war plötzlich sehr wachsam. »Da sind ein paar seltsame Umstände in diesem ganzen Fall, Morris.«

»Das erzählen Sie ausgerechnet mir?«

»Nehmen wir an, daß dieser Pelzmantel ursprünglich von der jungen Frau gekauft wurde. Das hieße, daß sie irgendwann einmal verhältnismäßig wohlhabend gewesen sein muß. Dann muß sie sehr eilig irgendwohin abgereist sein und den Mantel zurückgelassen haben. Sie war nicht zur Stelle, um sich um ihn zu kümmern, und es gab niemanden sonst, den sie damit betrauen wollte oder zu betrauen wagte.«

»Und dann?« fragte Della.

»Und dann«, fuhr Mason fort, »kam sie nach einiger Zeit, in der die Motten in den Pelz gerieten, zurück. Jetzt ist ihr Stern im Sinken. Sie ist verzweifelt. Sie geht zu dem Ort, an dem sie den Mantel zurückgelassen hat, und zieht ihn an. Sie hat nicht mehr genug Geld, ihn wieder in Ordnung bringen zu lassen oder wie man das nennt, wenn man einen Pelz restauriert.«

»Sie war pleite, das stimmt«, sagte Morris Alburg.

»Sie kam hier in dieses Restaurant und bekam einen Job. Sie muß ganz schön im Druck gewesen sein, sonst hätte sie diese Stellung nicht angenommen. Aber als der Scheck für sie ausgeschrieben ist und sie weiß, daß sie ihn sich von Morris nur abzuholen braucht, gerät sie plötzlich in Panik. Sie stürzt fort und läßt Pelz und Scheck zurück.«

Morris Alburg kniff die Augen zusammen. »Jetzt verstehe ich. Sie setzen das Stück für Stück zusammen, wie zwei und zwei vier ist. Sie ist im Gefängnis gewesen. Vielleicht hat sie ihrem Freund während eines Streits ein bißchen Blei zwischen die Rippen gesteckt. Vielleicht ist sie der Polizei entwischt, hatte aber Angst, mit ihrem Pelz gesehen zu werden. Sie ...«

»Warum hat sie ihn dann nicht irgendwo wieder in Aufbewahrung gegeben?« fragte Della Street.

»Wahrscheinlich wollte sie vermeiden, daß man sie mit dieser Schießerei in Verbindung brachte. Sie hat irgend etwas pexiert, und man hat sie nie gefaßt ... Vielleicht hatte man sie wegen Trunkenheit am Steuer rangekriegt, und sie gab einen falschen Namen an und wollte niemand erfahren lassen, wer sie wirklich ist. Sie bekam neunzig Tage und saß sie unter falschem Namen ab. Nehmen Sie diesen Namen, den sie mir angegeben hat: Dixie Dyton. Wenn das nicht auf den ersten Blick nach Mache klingt! Sie war bestimmt im Kittchen.«

Della Street lachte. »Mit der Phantasie, die Sie haben, Morris, sollten Sie Romane schreiben.«

»Mit der Phantasie, die ich habe«, gab Morris kläglich zurück, »sehe ich die Polizei gleich bei mir reinspazieren. Dies Theater! Eine Betrügerin bei mir! Wenn sie gesucht wird, wird man mich beschuldigen, ich hätte sie versteckt ... Dann werde ich eben mit dem Headquarters Bekanntschaft schließen. Was soll schon sein?«

»Nur weiter so«, lachte Della. »Sie tischen sich das selbst ganz nett auf, Morris. Als nächstes werden Sie sich als Mörder verurteilt sehen – auf den Todesstuhl in der Gaskammer geschnallt.«

»Nicht!« Morris unterbrach mit solcher Schärfe, daß seine Stimme wie ein Pistolenschuß klang. »Nicht einmal im Spaß darf man so was sagen!«

Betretenes Schweigen hing einen Augenblick lang über dem Tisch. Dann faßte sich Alburg und nickte zustimmend. »Ja, so war es«, fing er wieder an. »Sie war einmal reich gewesen. Sie geriet in schlechte Gesellschaft. Vielleicht war es Marihuana. So war's. Sie ging zu einer Rauschgiftorgie und wurde geschnappt. Sechs Monate kriegte sie, im Kittchen. Deshalb war der Mantel in irgendeinem Schrank, und keiner kümmerte sich die ganze Zeit darum, während sie im Kittchen saß. Und dann, als sie rauskam, waren die Motten eben drin.«

»Und«, Mason lächelte, »als sie reinkam, war sie reich, und als sie rauskam, war sie pleite.«

Alburg dachte stirnrunzelnd darüber nach. »Wieso eigentlich?«

»Das dürfen Sie mich nicht fragen«, erwiderte Mason. »Es ist Ihre Geschichte, nicht meine. Ich hake nur an den schwachen Stellen ein. Wenn sie eine wohlhabende Dame der Gesellschaft gewesen war, die bei einer Marihuana-Party geschnappt wurde und sechs Monate gesessen hat, wie kommt es dann, daß sie, als sie herauskommt, als Kellnerin arbeiten muß?«

»Also«, beklagte sich Alburg, »Sie stellen aber wirklich schreckliche Fragen.«

»Erzählen Sie uns genau, wie sie verschwunden ist«, forderte ihn Mason auf. »Was passierte wirklich, Morris? Wir wollen jetzt nur Tatsachen, keine Ihrer phantasievollen Theorien mehr.«

»Sie ging einfach hinaus, wie ich Ihnen gesagt habe. Ich hörte die Klingel ein paarmal, die Klingel, mit der der Koch immer läutet, wenn das Essen vom Herd genommen wird und zum Servieren fertig ist. Man hört die Klingel nicht so gern, weil das immer bedeutet, daß die Kellnerinnen nicht nachkommen.«

»Wieviel Kellnerinnen sind hier?« fragte Mason.

»Fünf, und dann habe ich noch einen Kellner, der die Séparées hier unter sich hat. Er ist schon lange bei mir. Die Séparées sind am beliebtesten, weil es da die größten Trinkgelder gibt.«

»Schön. Weiter. Wie war das nun mit der Kellnerin?«

»Na ja, nachdem ich die Klingel ein paarmal gehört hatte, ging ich nach hinten, um nachzusehen. Neben dem Herd stand das Zeug auf dem Regal — alles Gerichte, die kalt wurden. Ich laufe zu den Kellnerinnen, um sie aufzuscheuchen. Dann fragt mich ein Gast, warum es so lange dauert. Ich frage ihn, wer ihn bedient, er beschreibt sie mir. Ich wußte gleich, daß es Dixie war. Ich gehe sie suchen. Sie ist nirgends zu finden. Das ganze Essen auf dem Regal war für Dixies Tische. Ich schicke eins der Mädchen in den Waschraum. ›Holen Sie sie raus‹, sage ich, ›tot oder lebendig.‹ Sie war nicht da. Dann sagt mir der Tellerwäscher, daß er sie gesehen hat. Sie sei aus der Hinter-

tür hinaus und die Allee hinuntergerannt. Na ja, Sie wissen ja, wie das dann ist. Die Kunden gehen vor, wenn Not am Manne ist, und so spitzte ich die Mädchen an, daß sie die Essen an die Tische bringen und daß noch jede einen Extratisch mitübernimmt und – ja, dann kam ich eben hierher, um meine Sorgen bei Ihnen abzuladen.«

»Hat sich diese Kellnerin mit den andern Mädchen angefreundet?«

»Mit keiner. Kriegte die Lippen kaum auseinander.«

»Keine Freundin also?«

»Wollte sich nicht anbiedern. Die andern Mädchen hielten sie für hochnäsig – deshalb, und wegen des Nerzmantels.«

»Ja«, sagte Mason, »ich denke, daß . . .«

Ein Kellner zog den grünen Vorhang beiseite, berührte Alburg diskret an der Schulter und sagte: »Entschuldigen Sie, Chef, aber die Polizei ist da.«

»Oh!« Alburg sah hilflos über die Schulter. »Führen Sie sie in eins der Séparées, Tony. Ich kann mich nicht vor den ganzen Leuten im Restaurant von der Polizei ausfragen lassen . . . Ich hab's ja gewußt, Mason, sie ist eine Betrügerin und . . .«

»Die andern Séparées sind alle besetzt«, unterbrach der Kellner.

Alburg stöhnte nur.

»Sagen Sie ihnen, sie sollen hier hereinkommen«, sagte Mason.

Alburgs Gesicht strahlte. »Macht es Ihnen nichts aus?«

»Jetzt sind wir schon so weit drin in der Geschichte, da können wir genauso gut weitermachen.«

Alburg fragte den Kellner: »Zivil oder Uniform?«

»Zivil.«

»Bringen Sie sie rein«, sagte Alburg. »Bringen Sie ein paar Stühle, Tony. Bringen Sie Kaffee und Zigarren, von den guten – von den besten.«

Der Kellner zog sich zurück. Alburg sagte dankbar: »Das ist riesig nett von Ihnen, Mr. Mason.«

»Tue ich gern«, sagte Mason. »Außerdem bin ich jetzt neugierig. Was, glauben Sie, wollen sie?«

»Was sie wollen? Was können sie wollen? Sie wollen das Mädchen natürlich. Und sie wollen den Nerzmantel. Selbst wenn nichts damit los ist, werden sie ihn als Beweismaterial mitnehmen. Und in vierzehn Tagen wird ihn die Freundin eines Polizisten tragen. Was soll ich um Gottes willen damit jetzt machen?«

»Geben Sie her«, sagte Della Street. »Legen Sie ihn über meine Stuhllehne. Sie werden dann denken, es ist meiner.«

Alburg drapierte den Nerz schnell über Della Streets Stuhl. »Ich will ja nichts verbergen«, murmelte er vor sich hin, »aber ich will

nicht, daß sie diesen Nerz hier finden. Sie wissen, wie das dann in den Zeitungen aussieht: ›Polizei findet gestohlenen Nerz im Besitz einer Kellnerin von Alburgs Restaurant‹, und jeder denkt gleich, er ist einem Gast gestohlen worden.«

Die Vorhänge wurden zurückgezogen. Der Kellner sagte: »Hier, bitte.«

Zwei Kriminalbeamte in Zivil traten ein. Einer zeigte auf Alburg: »Das ist er.«

»Hallo«, sagte der andere.

»Setzen Sie sich bitte, setzen Sie sich«, bat Alburg. »Die Séparées sind alle besetzt, und ich unterhielt mich gerade mit meinem Freund hier, und da sagte er. . .«

»Das ist Perry Mason, der Anwalt«, sagte der eine.

»Ganz richtig. Ganz richtig. Perry Mason, der Anwalt. Also, wo brennt's? Was kann ich für Sie tun?«

Mason stellte vor: »Miss Street, meine Sekretärin.«

Die Beamten nahmen die Vorstellung mit einer Art undeutlichem Grunzen entgegen. Keiner von ihnen sagte seinen Namen. Der Kleinere übernahm das Reden.

Der Kellner brachte zwei Stühle, Tassen und Zigarren.

»Kann ich Ihnen etwas anbieten?« fragte Alburg. »Irgend etwas?«

»Danke, ist schon gut«, sagte der Beamte, der das Reden übernommen hatte. »Sagen Sie ihm, er soll eine große Kanne Kaffee bringen. Ich nehme viel Sahne und Zucker, mein Kollege trinkt ihn schwarz. Also, Alburg, was wird hier gespielt?«

»Wieso gespielt?«

»Na, die Kellnerin.«

»Was soll mit einer Kellnerin sein?«

»Na, die, die abgehauen ist«, sagte der Beamte. »Schießen Sie los, verlieren wir keine Zeit mit Vorreden. Was, zum Teufel, hat das zu bedeuten? Stecken Sie da mit drin?«

»Ich verstehe überhaupt nichts«, behauptete Alburg. »Wieso kommen Sie zu mir? Sie hat hier gearbeitet. Dann habt ihr sie hier entdeckt, und sie hat euch gesehen, und darum ist sie fort.«

Die Beamten sahen sich an. Der Redner fragte: »Was meinen Sie mit ›entdeckt‹?«

»Das hat sie doch, oder nicht?«

»Teufel, nein!«

»Ja, warum ist sie denn dann weg?« fragte Alburg.

»Genau das wollten wir von Ihnen wissen.«

»Aber woher wissen Sie überhaupt, daß sie weg ist?«

»Weil jemand versucht hat, sie in ein Auto zu zerren, das weiter unten auf der Gasse parkte. Sie wehrte sich, aber der Kerl hatte einen Revolver und schoß zweimal auf sie. Sie rannte davon, kam bis zur Straße und wurde von einem Wagen angefahren, der versuchte, die grünen Lichter noch zu schaffen. Den Mann in dem Wagen, der sie anfuhr, trifft keine Schuld. Die Lichter an der Ecke waren grün. Der Kerl in dem andern Wagen, der den Revolver gezogen hatte, fuhr rückwärts aus der Gasse raus und raste davon.«

Morris Alburg fuhr sich mit der Hand über seinen kahlen Schädel. »Also, so was!«

»Jetzt wollen wir wissen, was mit ihr los ist, was hier gespielt wird. Sie hatte ihre Tasche bei sich. Ihr Name ist Dixie Dayton, und sie arbeitet hier. Man hat sie identifiziert als eine Kellnerin, die hier herausgerannt ist. Wir haben eine Servierschürze draußen bei Ihrer Hintertür gefunden. Der Tellerwäscher sagt, daß sie wie der Blitz weg ist. Hat ihre Handtasche gegriffen, als sie vorbeikam, aber nicht mal angehalten, um ihre Schürze abzubinden, bevor sie draußen war ... Berichten Sie uns von ihr.«

Alburg schüttelte den Kopf. »Ich habe gerade Mr. Mason alles erzählt, was ich über sie weiß«, sagte er. »Sie kam zu mir und suchte Arbeit. Sie schien Geld zu brauchen. Ich hatte ihren Gehaltsscheck bereit. Sie ...«

»Wie heißt sie wirklich?«

»Dixie Dayton — das ist jedenfalls der Name, den sie mir angegeben hat.«

»Klingt zurechtgemacht.«

»Fand ich auch«, gab Alburg zu, »aber das ware ihr Name, und darauf ist auch ihr Scheck ausgestellt.«

»Gab Sie eine Sozialversicherungs-Nummer an?«

»Klar.«

»Welche?

»Weiß ich nicht auswendig. Steht auf der Rückseite des Schecks.«

»Werden wir uns mal ansehen. Warum ist sie fortgerannt?«

»Also, da fragen Sie mich wirklich zuviel«, seufzte Alburg.

Den Polizisten schien mehr an dem Kaffee gelegen, als Ermittlungen anzustellen.

»Hat irgendwer gesehen, was sie erschreckt hat?«

»Ich glaube nicht.«

»Fragen Sie nach.«

Alburg stand auf und ging in das Restaurant hinaus.

Della Street lächelte die Beamten fragend an. »Meine Güte, Sie sind ganz schön schnell zur Stelle gewesen.«

»Funk«, erklärte einer der Männer. »Wie sind Sie beide denn in die Geschichte reingeraten?«

»Sind wir gar nicht«, sagte Mason. »Wir waren gerade fertig mit dem Essen, als Morris zu uns kam und uns von der Kellnerin erzählte, die weggelaufen ist.«

»Wie ist er denn draufgekommen?«

»Bestellungen häuften sich an, das Essen wurde kalt, die Leute fingen an, sich über die Bedienung zu beschweren.«

Alburg kam zurück. »Ich kann nichts darüber herausbekommen, was sie erschreckt haben kann, außer . . .«

»An welchen Tischen hat sie bedient?«

»Sie hatte vier Tische«, sagte Alburg. »Sie war gerade mit einem Tablett hinausgegangen. Drei Wassergläser standen drauf und Butter. Das wissen wir sicher. Mehr nicht.«

»*Drei* Gläser?« fragte Mason.

»Ja, drei.«

»Das ist unsere Spur«, sagte der Beamte. »Gewöhnlich essen die Leute entweder allein oder zu zweit oder zu viert. Zu dritt ist ungewöhnlich. Da ist was dran. Sie hatte also drei Leute an einem ihrer Tische. Sie wollte die Bestellung annehmen und erkannte sie, oder die Leute erkannten das Mädchen.«

Alburg nickte.

»Wo sind die drei?«

»Immer noch da. Ich wäre Ihnen aber dankbar, wenn Sie sie jetzt nicht ausfragen würden.«

»Warum nicht?«

»Weil sie sowieso schon wütend sind. Sie mußten so lange auf die Bedienung warten, daß sie ungehalten sind.«

»Das stört uns nicht. Wir werden sie trotzdem ausfragen.«

»Können Sie es vielleicht diskret machen?«

»Ach, Unsinn«, sagte der Beamte. »Schließlich hat man versucht, dieses Mädchen umzubringen. Und sie hatte Angst vor den Leuten an dem Tisch. Wir werden sie mal in die Zange nehmen. Und sie werden verdammtes Glück haben, wenn wir sie nicht gleich mit ins Headquarters nehmen. Komm, Bill, gehen wir.«

Die beiden tranken ihren Kaffee aus und schoben ihre Stühle zurück. Alburg folgte ihnen unter lauwarmen Protesten.

Mason sah Della Street an.

»Das arme Mädchen«, sagte Della.

»Sehen wir sie uns auch an«, schlug Mason vor.

»Was?«

»Die drei Leute.«

Er ging vor und suchte einen Tisch aus, von dem sie den Tisch beobachten konnten, an den Morris Alburg die Beamten geführt hatte.

Die Polizisten machten sich nicht die Mühe, zu verheimlichen, was sie waren. Es war ein Verhör, und jeder im Restaurant wußte, daß es ein Verhör war.

Die beiden gaben sich nicht erst damit ab, Stühle an den Tisch zu ziehen und so zu tun, als seien sie Freunde. Sie standen aufrecht am Tisch und führten ihre Vernehmung durch. Sie machten es gründlich. Sie verlangten Führerscheine, Personalausweise und alle sonstigen Papiere.

Die anderen Gäste sahen neugierig zu. Jede Unterhaltung im Restaurant erstarb, bis schließlich jeder auf das kleine Drama starrte, das sich an dem Tisch abspielte.

Mason berührte Della Street am Arm. »Sehen Sie sich den einzelnen Mann dort an, der sein Steak ißt«, sagte er. »Sehen Sie ihn sich gut an.«

»Wie bitte?«

»Er sitzt ganz allein da drüben an dem Tisch. Untersetzter Typ mit entschlossenem Ausdruck. Hat ziemlich starke Augenbrauen, struppiges schwarzes Haar, und . . .«

»Ja, ich sehe ihn. Aber was ist mit ihm?«

»Er ißt sein Steak auffallend mechanisch und schluckt jeden Bissen so schnell er irgend kann herunter. Seine Kiefern sind in Eile, aber Messer und Gabel haben einen disziplinierten Rhythmus. Er will unbedingt mit dem Essen fertig werden. Beachten Sie, er ist einer der wenigen hier, die überhaupt keine Notiz davon nehmen, was an dem Tisch vorgeht, an dem die drei von den Polizisten verhört werden.«

Della Street nickte.

»Noch dazu ist er nur zweieinhalb Meter von dem Trio entfernt. Er kann also alles hören, was vorgeht, wenn er es hören will, und doch sitzt er nur da und ißt. Sehen Sie doch, wie seine Kiefern arbeiten. Er will nicht, daß man es bemerkt, daß er in Eile ist, und er wagt nicht, hinauszugehen und etwas auf dem Teller übrigzulassen, aber er will ganz bestimmt raus.«

»Jedenfalls schaufelt er ganz schön in sich hinein«, gab Della Street zu.

Sie beobachteten den Mann ein paar Minuten.

»Hat das was zu bedeuten?« fragte Della Street.

»Unbedingt.«

»Was denn nur?«

»Zehn zu eins hat die Polizei das Pferd am Schwanz aufgezäumt.«

»Tut mir leid, aber ich verstehe das nicht.«

»Überlegen Sie doch mal«, sagte Mason. »Die Kellnerin rennt fort, gleich nachdem sie die drei Gläser mit Eiswasser gefüllt und die drei Butterteller mit der Butter geholt hat. Und sie war damit bis zu dem Serviertisch bei der Küchentür gekommen.«

Della Street nickte.

»Daraus ergibt sich ganz deutlich«, fuhr Mason fort, »daß sie die Küche verlassen hat in der Absicht, die drei Leute an dem Tisch dort zu bedienen.«

»Natürlich«, bestätigte Della Street. »Drei Gläser Wasser und drei Teller mit Butter bedeuten drei Leute am Tisch.«

»Und was passierte dann?« fragte Mason.

»Ich sehe nichts Verkehrtes an der Theorie der Polizei.« Della Street runzelte die Stirn. »Als sie sich die drei Leute an dem Tisch genauer ansah, stellte sie fest, daß sie einen davon oder alle drei kannte, und aus irgendeinem Grund wurde sie bei ihrem oder seinem Anblick von einer Panik erfaßt, und sie entschloß sich, sich so schnell es ging, aus dem Staub zu machen.«

»Aber woher wußte sie überhaupt, daß da drei Leute an dem Tisch waren, die bedient werden sollten?«

»Das muß sie festgestellt haben, ehe sie die Gläser Wasser holte.«

»Von wo aus hat sie sie gesehen?«

»Ich weiß es nicht. Sie muß – sie muß sie gesehen haben, als sie kamen.«

»Eben. Sie konnte sie nämlich nicht von der Küche aus sehen.«

»Aber sie konnte sie gesehen haben, als sie mit einer Bestellung für einen anderen Tisch aus der Küche kam.«

»Ihre Tische lagen alle zusammen«, erläuterte Mason. »Diese vier Tische dort, alle dicht nebeneinander. Wenn sie nun die drei Leute zuerst sah, während sie an einem der anderen Tische bediente, wäre sie ganz in der Nähe des Tisches gewesen, an dem die drei sitzen.«

»Ach so«, sagte Della, »dann glauben Sie also nicht, daß sie so schnell weggelaufen ist, weil sie die drei Leute sah, als sie aus der Küche kam?«

»Das ist genau das, was die Polizisten glauben«, sagte Mason. »Aber die Tatsachen sprechen gegen diese Ansicht.«

Della Street nickte wieder.

»Warum also nicht lieber annehmen, Della, daß diese drei Leute ihr absolut nichts bedeuteten, daß sie sie hereinkommen sah, als sie an einem anderen Tisch bediente, daß sie dann, als sie in die Küche zurückkam, das Tablett nahm, drei Gläser Wasser und drei Butterteller darauf setzte und das alles an den Tisch bringen wollte. Und dann war es, daß sie zum erstenmal jemanden bemerkte, der inzwi-

schen in das Restaurant hineingekommen war und der ihr ganz entschieden etwas bedeutete.«

»Sie meinen den Mann mit dem Steak?«

»Es könnte durchaus der Mann mit dem Steak gewesen sein«, sagte Mason nachdenklich. »In einer solchen Situation, wenn ein Mädchen über irgend etwas völlig verschreckt aus der Hintertür des Restaurants in die Seitengasse flüchtet, könnte man annehmen, daß ihr eher ein einzelner Mann, der sie ansieht, Angst einjagte als eine Gesellschaft von drei Personen, die mit sich selbst beschäftigt sind und sich unterhalten. Und wenn es so war, würde jeder andere, der plötzlich seinen Teller zurückschiebt und sein Essen stehen läßt, todsicher den Argwohn der Polizei auf sich ziehen.«

Della Street nickte nachdenklich.

»Andererseits, wenn einer plötzlich sein Essen in sich hineinschlingt, würde die Polizei ebenfalls argwöhnisch, wenn sie es bemerkt.«

Della Street nickte wieder.

»Folglich«, fuhr Mason fort, »wenn nun die Person, die Dixie Dayton zur Flucht veranlaßte, die Polizei in dem Restaurant Fragen stellen sähe, würde sie versuchen, so schnell wie möglich fortzukommen, aber ohne irgend etwas zu tun, was Verdacht erregen könnte. Und deshalb, Della, sollten wir diesen Mann beobachten, der mit so geübter Schnelligkeit ißt. Sehen wir zu, ob er einen Nachtisch bestellt oder eine zweite Tasse Kaffee. Wenn er auf die Uhr sieht, als ob er eine Verabredung hätte, unauffällig nach der Bedienung ruft und bezahlt, ohne auf das Wechselgeld zu warten . . .«

»Großer Gott, Chef, das tut er gerade alles«, entfuhr es Della Street, als der untersetzte Mann seinen Teller zurückschob, auf seine Armbanduhr sah, die Kaffeetasse ansetzte, um den letzten Rest hinunterzustürzen, und dann seinen Finger hoch hielt, um die Bedienung auf sich aufmerksam zu machen.

Es war deutlich zu verstehen, wie er beiläufig sagte: »Ich habe eine Verabredung. Geben Sie mir bitte die Rechnung. Danke, ich möchte keinen Nachtisch.«

»Glauben Sie«, fragte Mason, »daß Sie ein bißchen Detektiv spielen könnten? Stehlen Sie sich dort hinaus, Della, und sehen Sie nach, was aus dem Mann wird, wenn er auf die Straße kommt. Vielleicht können Sie die Nummer seines Wagens beschaffen. Folgen Sie ihm, wenn Sie können, aber gehen Sie kein Risiko ein. Es könnte gefährlich sein, wenn er dahinterkommt, daß Sie ihm auf der Spur sind. Wahrscheinlich wird er eher auf einen Mann achten — einer gutaussehenden Frau könnte es gelingen, ihm unbemerkt zu folgen. Ich wüßte gern mehr über diesen Burschen . . . Es wäre besser, wenn wir uns

beide aufmachten, aber die Polizisten werden mich sicher noch mal brauchen, bevor sie fortgehen. Sie sind ein bißchen argwöhnisch. Sie werden meine Gegenwart hier kaum als Zufall ansehen.«

»Ich will es versuchen«, sagte Della. »Sie meinen also, daß da eine ganze Menge mehr hinter der Geschichte steckt, als Morris uns anvertraut hat, nicht wahr?«

»Ja«, bestätigte Mason und gab ihr die Schlüssel seines Wagens.

»Was soll mit dem Nerz geschehen?«

Mason zögerte.

»Wenn die Polizei anfängt, Fragen zu stellen«, meinte Della, »werden sie von dem Mantel erfahren, und dann werden sie ihn haben wollen.«

»Dann sollen sie ihn haben«, sagte Mason. »Schließlich versuchen sie ja, den Fall nach ihrem besten Können aufzuklären.«

»Ich denke nur an Morris Alburg. Er sieht jetzt zu uns herüber, und er wollte doch auf keinen Fall, daß die Polizei etwas von dem Pelz erfährt.«

Mason sagte plötzlich: »Also gut, Della, ziehen Sie ihn an, und gehen Sie jetzt.«

Della schlüpfte in den Pelz und blieb noch einen Augenblick neben dem Eingang zum Séparée stehen.

»Glauben Sie, daß er uns bemerkt hat, Della?«

»Ich bezweifle es. Schwierig zu sagen bei ihm. Er scheint sich nicht umzusehen, scheint nicht im geringsten daran interessiert, was um ihn herum vorgeht. Und doch macht er den Eindruck, als hielte er jede Bewegung im Auge.«

Mason sagte: »Er will jetzt gehen. Gehen Sie kein Risiko ein, Della. Rauschen Sie heraus, als ob Sie ein selbstbewußtes, berufstätiges Mädchen wären, das sich gerade eine gute Mahlzeit gegönnt hat und nun nach Hause geht.«

»Ein berufstätiges Mädchen in einem solchen Mantel?«

»Schließlich hat ihn ein berufstätiges Mädchen vor Ihnen getragen«, erwiderte Mason.

»Das hat sie allerdings«, bestätigte Della. »Und wo ist sie jetzt? — Gut, ich gehe also, Chef.«

»Und vergessen Sie nicht, Della: Versuchen Sie nicht, Ihr Glück zu sehr zu forcieren. Nur die Nummer seines Wagens. Versuchen Sie nicht, sich ihm auf die Spur zu setzen. Sie könnten etwas abbekommen. Noch wissen wir nicht, was dahintersteckt.«

Della Street kuschelte ihren Hals in den Luxus des Pelzkragens, und mit erhobenem Kinn, Augen geradeaus, verließ sie gesetzten Schrittes das Restaurant.

Mason beobachtete von seinem Platz, wie sich die polizeilichen Ermittlungen an dem Tisch der drei ihrem Ende näherten, sah den stämmigen Mann kurz bei der Garderobe anhalten, für ein Billett einen schweren Mantel und einen dunklen Filzhut eintauschen und dann aus dem Lokal gehen, hinaus in die Nacht.

Morris Alburg führte die Polizeibeamten wieder ins Séparée. Auch Mason kehrte dorthin zurück.

»Wo ist das Mädchen, das vorhin mit Ihnen hier war?« fragte der eine der Beamten.

»Nach Hause gegangen«, antwortete Mason. »Ich gehe jetzt auch, Morris. Ich habe nur so lange gewartet, um zu zahlen.«

»Keine Rechnung heute«, sagte Alburg. »Das geht auf Kosten des Hauses.«

»Aber«, protestierte Mason, »das ...«

»Geht auf Kosten des Hauses.« Alburg blieb fest.

Seine Augen hingen mit vielsagendem Blick auf Mason.

»Die ganze Geschichte ist verflucht merkwürdig«, sagte der Beamte, der schon vorher das Wort geführt hatte. »Dieses Mädchen hat sich einfach aus dem Staub gemacht. Das ist alles. Die drei Leute da hatten jedenfalls nichts damit zu tun.«

»Wer sind sie denn?«

»Auswärtige, das heißt, die beiden Männer sind es. Das Mädchen in ihrer Gesellschaft wohnt hier in der Stadt. Immer die gleiche alte Geschichte. Das Mädchen arbeitet als Sekretärin in der Verkaufsabteilung einer hiesigen Firma. Die beiden Männer sind Einkäufer von außerhalb. Wollen nur eine Party zusammenkriegen. Aber jetzt wird ihnen die Lust wohl gründlich vergangen sein.«

»Was für eine Art Party denn?« fragte Mason.

»Sie fragten das Mädchen, ob sie nicht eine Freundin hätte. Das Mädchen hat eine Freundin angerufen, mit der sie zusammen wohnt. Das Trio hat nur die Zeit hier totgeschlagen und gegessen und auf das andere Mädchen gewartet, damit sie zusammen losziehen und etwas aufstellen konnten.

Jetzt haben wir den Jungs eine solche Angst eingejagt, daß sie nur noch einen Wunsch haben, nämlich so schnell wie möglich in ihr Hotel zurückzukommen und ihre Verkaufsberichte zu schreiben. Sie zittern so, daß man sich unwillkürlich fragt, wann ihnen die Schuhe von den Füßen fallen.«

»Und das Mädchen?« fragte Mason.

»Die ist in Ordnung. Kannte die Kellnerin hier gar nicht. Wußte das ganz genau. Sah gerade noch, wie die Kellnerin ihr Tablett absetzte mit den Gläsern Wasser drauf ... Das Mädchen ist ein ganz

nettes Ding, kennt sich aber schon ganz gut aus. Ist Sekretärin in der Verkaufsabteilung. Wenn es sein muß, sehen wir morgen mal nach, wo sie arbeitet.«

»Und was hat nun die Kellnerin erschreckt?« fragte Alburg.

»Woher, zum Teufel, sollen wir das wissen?« fragte der Beamte ungeduldig. »Vielleicht hat sie einen Freund draußen gesehen oder nur gedacht, sie hätte, oder vielleicht hat sie einen Anruf bekommen. Jedenfalls werden wir der Sache nachgehen. Morgen wird sich jemand im Krankenhaus nach ihr erkundigen und sehen, wie es ihr geht, und wenn sie bei Bewußtsein ist, wird sie eine Menge Fragen beantworten müssen. Weiter können wir hier jetzt nichts tun.«

Morris Alburgs Gesicht zeigte Erleichterung. »Genau das meine ich auch«, bestätigte er. »In meinem Lokal war nichts, was sie erschreckt haben kann. Es muß ein Telefonanruf gewesen sein ... Meine Gäste lieben es auch nicht, wenn man sie nach ihren Freunden ausfragt, die sie zum Essen eingeladen haben. Ich habe bestimmt für immer drei Kunden verloren.«

»Wir machen das ja auch nicht gern«, sagte der Beamte, »aber in Anbetracht der Umstände mußten wir herausbekommen, wer sie waren. Also, Alburg, auf bald.«

Die Beamten verließen das Lokal. Alburg sah Mason an und wischte sich über die Stirn. »In was man aber auch alles reingerät«, stöhnte er.

Mason sagte: »Della ist schon gegangen, um für mich ein paar Informationen einzuholen. Sie hat den Pelz mitgenommen. Ich wußte nicht, ob Sie wollten, daß die Polizisten ihn sehen.«

»Natürlich wollte ich das nicht. Ich sah Miss Street hinausgehen. Sie hatte den Mantel an. Ich bin völlig fertig. Ich traute mich nicht, es zu zeigen, sonst hätten sie gedacht, ich würde irgend jemand decken. Dann hätten sie sich weiter hier rumgedrückt. Sie sind doch mein Anwalt, Mr. Mason.«

»Irgendwas Besonderes, was *ich* für Sie tun kann?« fragte Mason. »Ich habe das Gefühl, Sie haben etwas auf dem Herzen, wie Sie so ...«

»Nehmen Sie den Pelzmantel in Verwahrung«, sagte Alburg. »Wenn irgend jemand hier aufkreuzt und nach dem Mädchen fragt, nach ihrem Lohnscheck, nach irgendwas sonst, schicke ich ihn zu Ihnen. Sie vertreten mich auf der ganzen Linie. Einverstanden?«

»Was meinen Sie mit ›auf der ganzen Linie?‹ Sie sollten eigentlich überhaupt nichts damit zu tun haben«, machte ihn Mason aufmerksam. »Wenn Sie doch die Kellnerin gar nicht kannten und ...«

»Weiß ich, weiß ich«, unterbrach ihn Alburg. »Dann ist eben nichts für Sie zu tun. Sie tun dann eben nichts und schicken mir Ihre

Rechnung. Das muß Ihnen doch recht sein, Mr. Mason, und mir ist es auch recht so. Aber wenn etwas passiert, dann sind Sie mein Anwalt.«

»Also gut«, sagte Mason begütigend. »Wenn Sie nicht wollen, brauchen Sie mir nichts zu erzählen.«

»Was brauche ich Ihnen nicht zu erzählen?«

»Das, was Sie mir nicht erzählen wollen.«

»Wieso glauben Sie, daß ich Ihnen irgendwas nicht erzählen will?«

»Weil Sie es nicht getan haben – noch nicht.«

Morris warf seine Hände in die Luft. »Ihr Anwälte! Nichts nehmen Sie so, wie es ist! Detektive sind da anders. Vor Anwälten habe ich Angst. Vor nicht allzu langer Zeit stellte ich ein paar Detektive an. Und was für Arbeit die geleistet haben!«

»Warum Detektive, Morris?«

»Ich hatte Schwierigkeiten. Dazu brauchte ich Detektive. Jeder hat mal Schwierigkeiten. Aber jetzt brauche ich einen Anwalt. Den besten!«

»Gut.« Mason lächelte über die Nervosität des Wirtes. »Und jetzt, Morris, da wir ja Gäste des Hauses sind, komme ich auf Ihr Angebot zurück und möchte ein Stück von Ihrem Apfelkuchen à la mode haben, während ich auf Della Street warte.«

»Kommt sie hierher zurück?« fragte Alburg.

»Sicher. Sie ging nur fort, damit der Pelzmantel aus dem Haus kam, ohne daß die Polizisten überflüssige Fragen stellten.«

»Ich bin froh, daß die weg sind«, sagte Alburg. »Wissen Sie, die hätten mir diese Kunden ganz gut erhalten können. Aber die Art, wie sie die Leute da aufs Korn genommen haben. Jeder redet davon. Ich muß jetzt zurück und im Lokal rumgehen und die Gäste beruhigen.«

»Was werden Sie ihnen erzählen?«

»Erzählen? Alles, außer der Wahrheit ... Ich muß mir irgendeinen Unsinn ausdenken. Ich werde sagen, daß diese Leute ihren Wagen auf der Straße geparkt hatten, und irgendein Betrunkener rammte ihn und verbog die Stoßstange. Die Polizei wollte herausbekommen, wem der Wagen gehört, und wissen, ob sie den Betrunkenen anzeigen wollten. Weil sie doch die Führerscheine verlangt haben.«

Mason grinste. »Klingt mir nicht restlos überzeugend, Morris, und ich bezweifle auch, daß es Ihre Gäste überzeugt.«

»Wird es, wenn ich erst mal richtig loslege.«

Mason wartete ungeduldig zehn Minuten, dann wurde der Vorhang zur Seite gezogen, und Della Street, den Nerz eng um sich gewickelt, das Gesicht leicht gerötet von der frischen Luft, verkündete: »Fehlanzeige, Chef.«

»Setzen Sie sich erst mal, und erzählen Sie.«

»Ich bin vielleicht ein jämmerlicher Detektiv«, sagte Della Street.

»Was war denn, Della?«

»Er ging auf die Straße hinaus, auf dem Trottoir entlang, winkte plötzlich einem Taxi und sprang hinein. Ich tat so, als interessierte mich das nicht, bis er schon gut in Fahrt war, aber ich merkte mir die Nummer des Taxis. Dann rannte ich auf den Fahrdamm und versuchte verzweifelt, mir auch ein Taxi heranzuholen.«

»Hatten Sie Glück?«

»Überhaupt keins. Sehen Sie, er war ja schon einen halben Block weit zu Fuß gegangen, bis er das Taxi gekriegt hatte. Das Glück war auf seiner Seite. Er hatte es natürlich so abgepaßt.«

Mason nickte.

»Als ich es dann versuchte, war nichts zu wollen. Ein paar Leute kamen aus dem Restaurant heraus und wollten auch ein Taxi, und der Portier rannte auf dem Damm herum mit seiner Pfeife. Natürlich fuhr das nächste Taxi an mir vorbei, um dem Portier einen Gefallen zu tun. Und Ihr Wagen stand auf dem Parkplatz.«

»Sie haben ihn also verloren?« fragte Mason.

»Warten Sie ab. Sie haben doch noch längst nicht alles gehört. Ich lief zur Ecke, damit ich die Taxis von beiden Richtungen bekommen könnte. Ich wartete und wartete, und schließlich kam eins die Querstraße herunter. Ich winkte und sprang hinein. Ich sagte dem Fahrer: ›Ein Taxi ist gerade die Eighth Street hinuntergefahren und ist an der Ecke scharf rechts eingebogen. Ich möchte versuchen, es einzuholen. Ich weiß nicht, wohin es weitergefahren ist, aber lassen Sie Ihre Mühle laufen, was sie hergibt, und fahren wir die Eighth Street runter, vielleicht können wir es überholen.‹ Der Taxifahrer drückte auf die Tube. Wir rasten die Straße hinunter, fegten rechts um die Ecke, dann in die Querstraße hinein, und der Fahrer fragte mich: ›Erkennen Sie das Taxi wieder, wenn Sie es sehen?‹, und ich ganz stolz: ›Ich habe mir die Nummer gemerkt: 863.‹«

»Und was passierte dann?« fragte Mason, als Della Street schwieg.

Sie machte eine kleine wegwerfende Handbewegung: »Ich saß in Taxi 863.«

»Was?«

»Jawohl. Der Mann war mit dem Taxi bis zur nächsten Ecke gefahren, ließ es abbiegen, dann ungefähr zwei Drittel vom nächsten Block wieder zurückfahren. Dort bezahlte er das Taxi und stieg aus, um in seinem eigenen Wagen weiterzufahren, der da die ganze Zeit am Bürgersteig geparkt hatte.«

»O je«, sagte Mason, »dann wußte er also, daß Sie ihm folgten.«

»Das glaube ich nicht einmal, Chef. Ich glaube, es war nur eine Vorsichtsmaßnahme, um für alle Fälle einen Schatten abzuschütteln,

der ihm vielleicht folgte. Natürlich konnte er die Straße hinter sich beobachten, als er im Taxi saß. Deshalb fuhr er in die entgegengesetzte Richtung, als die, in die er eigentlich wollte. Auf diese Weise konnte er sicher sein, daß jeder, der ihm folgen wollte, es mit einem Auto tun mußte.«

Mason lachte in sich hinein. »Jedenfalls müssen wir ihm zugestehen, daß er schlau war. Und die Tatsache, daß Sie das Taxi verfolgen wollten, in dem Sie selbst saßen, gibt der Sache eine amüsante Note.«

»Ich hasse ihn dafür, daß er mich reingelegt hat«, sagte Della Street.

»Er hat gar nicht Sie notwendigerweise reingelegt«, meinte Mason. »Eher sich selbst.«

»Wieso?«

»Diese Kellnerin lief fort, weil sie vor irgend jemandem Angst hatte. Wir hatten keine Möglichkeit zu wissen, was oder wer ihr Angst eingejagt hatte. Jetzt wissen wir es.«

»Sie meinen, er hat sich selbst überführt?«

»Selbstverständlich. Die Tatsache, daß er all diese Schliche gebrauchte, beweist, daß er der Mann ist, den wir suchen.«

Mason verließ das Séparée und winkte Morris Alburg.

»Wie viele von Ihren Gästen sind Stammkunden, Morris? Welcher Prozentsatz ungefähr?«

»Eine ganze Menge kommt regelmäßig.«

Mason sagte: »Ich nehme also an, ein Mann und eine Frau oder eine Gesellschaft von vier Personen kann leicht rein zufällig hier erscheinen. Entweder weil ihnen das Lokal empfohlen wurde oder weil sie nur irgendeinen Ort zum Essen suchen.«

»Das ist richtig.«

»Andererseits aber«, fuhr Mason fort, »wäre ein Mann allein, ein Mann, der allein hierherkäme und ganz allein für sich äße, wohl eher ein regulärer Gast.«

»Ja, würde ich meinen.«

»Ich frage mich, ob Sie den Namen des untersetzten Mannes mit den ziemlich buschigen Augenbrauen kennen, der da hinten an dem Tisch saß, an dem Tisch, der jetzt leer ist.«

»Oh, der? Er fiel mir auch auf«, antwortete Morris hastig. »Ich kenne ihn aber nicht. Ich glaube nicht, daß er schon einmal hier gegessen hat.«

»Haben Sie ihn sich gut angesehen?«

»Nicht so sehr. Nicht sein Gesicht. Ich sehe mir an, wie er sich benimmt. Man muß vorsichtig sein bei einem Mann, der allein ißt: vielleicht versucht er, sich jemand anzulachen, und fällt rein dabei.

Wenn er keine Schwierigkeiten macht, tun wir ihm auch nichts. Wenn er anfängt, Frauen zu betätscheln, dann tun wir was. Deshalb beobachten wir einzelne Männer. Den da — ich sehe ihn mir an, er kümmert sich um seine eigenen Angelegenheiten. Ich wünschte, die Polizei täte das auch.«

Morris nickte mit dem Kopf. »Warum haben Sie gefragt?« fragte er dann plötzlich.

»Oh, nur so«, sagte Mason. »Es interessierte mich, wer er war.«

»Warum?«

»Ich dachte, ich hätte ihn schon mal irgendwo gesehen.«

Morris Alburg sah Mason forschend ins Gesicht. »Das verteufelte ist«, sagte er feierlich, »Sie und ich versuchen uns gegenseitig an der Nase herumzuführen. Keiner von uns geht auf den Teppich. Wir beide wissen zu verdammt viel von menschlichen Dingen. Kein Blumentopf dabei zu gewinnen . . . Gute Nacht!«

2

Mason hielt bei einer Telefonzelle, einen Block von Morris Alburgs Restaurant entfernt, und rief Leutnant Tragg im Morddezernat an.

»Perry Mason hier, Leutnant. Würden Sie mir einen Gefallen tun?«

»Auf keinen Fall!« erwiderte Tragg.

»Warum nicht?«

»Weil ich dann in Schwierigkeiten komme.«

»Sie wissen ja noch gar nicht, um was es sich handelt.«

»Lege auch keinen gesteigerten Wert darauf. Wenn es nicht etwas wäre, was so heiß ist, daß Sie es nicht mit einer Feuerzange anfassen wollen, würden Sie mich niemals anrufen.«

»Moment mal«, widersprach Mason, »behalten Sie den Hut auf! Es handelt sich darum, ein gutes Werk für ein junges Mädchen zu tun. Für ein Mädchen, das von einem Auto überfahren wurde, und der Fahrer konnte wahrscheinlich nicht einmal etwas dafür. Das Mädchen floh vor einem Mann davon, der versuchte, sie in sein Auto zu zerren. Ein paar Zeugen sagen, er hatte einen Revolver und . . .«

»Ist das die, die aus Alburgs Restaurant rauskam?«

»Ja, die ist es.«

»Und was hat sie mit Ihnen zu tun?«

»Höchstwahrscheinlich überhaupt nichts«, sagte Mason, »aber ich habe so das Gefühl, daß das Mädchen in Gefahr ist. Und jetzt kommt, was ich von Ihnen möchte: Sie ist wahrscheinlich im Unfallkrankenhaus. Ich weiß nicht, wie ernst ihre Verletzungen sind, aber ich bin

bereit, ein Einzelzimmer in einer Privatklinik und Privatschwestern zu bezahlen.«

»Was Sie nicht sagen!«

»Doch, wirklich.«

»Und woher diese Menschenfreundlichkeit?«

»Ich möchte dem Mädchen eine Chance geben.«

»Wieso?«

»Weil ich eine Ahnung habe, daß sie umgebracht werden könnte, wenn sie in einem öffentlichen Krankenhaus ist.«

»Nun mal langsam, Mason. Wenn ein Patient in ein öffentliches Krankenhaus . . .«

»Ich weiß«, unterbrach Mason. »Es ist auch nur so ein verrückter Gedanke von mir. Ich bin dämlich. Ich habe eben ganz verdrehte Ansichten von den Dingen. Ich habe schon zu viele Verträge und zu viele Ehen im Gerichtssaal enden sehen und zu viele Meinungsverschiedenheiten in Mordfällen . . . Ein Rechtsanwalt bekommt überhaupt nie von so netten Sachen wie einer normalen glücklichen Ehe zu hören. Er kommt nie so weit, einen Vertrag zu sehen, der ohne Meinungsverschiedenheiten endet und zur Zufriedenheit aller Parteien. Also was? Er wird zum Zyniker . . . Doch zur Sache: Wollen Sie mir helfen, daß dieses Mädchen aus dem Unfallkrankenhaus herausgenommen wird und in ein Einzelzimmer kommt und daß niemand, absolut niemand, außer dem behandelnden Arzt erfährt, wo sie sich befindet?«

»Und was sonst noch?« fragte Tragg.

»Das wäre alles.«

»Wissen Sie, wer sie ist?«

»Ich habe sie nie in meinem Leben gesehen, das heißt nicht nahe genug, um sie wiederzuerkennen. Ich kann sie nur flüchtig gesehen haben, als ich in Morris Alburgs Restaurant hereinkam. Ich war gerade dort, als die Geschichte passierte.«

»Sie ist doch nicht Ihre Klientin? Oder warum sind Sie so an ihr interessiert?«

»Keineswegs. Ich habe zwar Morris Alburg gesagt, daß ich mich um alles kümmern werde, was in bezug auf sie passieren mag, und daß er jeden zu mir schicken soll, der . . .«

»Also gut«, erklärte Tragg. »Abgemacht. Ich mache das auf privatem Wege und schicke Ihnen die Rechnung.«

»Besten Dank.« Mason hängte ein.

Wieder in seinem Wagen, sagte der Anwalt: »Della, falls Sie es über sich bringen, sich für eine Weile von diesem Nerzmantel zu trennen, könnte ich jetzt die Stelle untersuchen, an der das Futter frisch vernäht war. Ich glaube, da steckt etwas drunter.«

»Ich bin sicher, daß es nur ein bißchen Polsterung ist.« Della Street lachte. »Schneider helfen manchmal der Figur etwas nach.«

»Mir sah das nicht nach Figurnachhilfe aus. Also, raus aus dem Mantel, Mädchen, und ran an das Geheimnis von Morris Alburgs Nerzmantel!«

Sie schlüpfte aus dem Mantel.

Mason hielt den Wagen an und knipste das Innenlicht an. Mit seinem Taschenmesser trennte er die Stiche am Mantel auf und öffnete so eine Falte im Futter des Kleidungsstücks.

Er schob zwei Finger in die Öffnung und zog behutsam ein kleines Stück Pappe heraus.

»Was ist das, um Gottes willen?« fragte Della Street.

»Das«, sagte Mason, »scheint mir ein Pfandschein für ein Leihhaus in Seattle zu sein, Nr. 6384-J, jederzeit innerhalb von neunzig Tagen einlösbar gegen Zahlung von achtzehn Dollar Pfand, einer Verwaltungs- und einer Aufbewahrungsgebühr und einem Prozent monatliche Zinsen.«

»Wie gräßlich uninteressant«, sagte Della Street. »Das arme Mädchen mußte die Familienjuwelen versetzen, um aus Seattle herauszukommen, und sie dachte sich diese Methode der Aufbewahrung aus, damit sie den Pfandschein nicht verliert?«

»Schmuck für achtzehn Dollar, Della? Sie tun der Familie unrecht. Wir fahren jetzt zu Drakes Detektiv-Agentur und werden Paul nach dem Namen seines Mitarbeiters in Seattle fragen. Wir schicken den Schein mit Luftpost hin und lassen den verpfändeten Gegenstand auslösen. Auf diese Weise haben wir wenigstens etwas in der Hand, was achtzehn Dollar wert ist und außerdem Wissenswertes für einige hundert Dollar. Dann können wir, wenn wir schon die Information nicht verkaufen können, immerhin den Achtzehn-Dollar-Gegenstand zu Geld machen.«

»Angenommen, die Information stellt sich als etwas heraus, was Sie nicht so sehr gern wissen möchten?«

»Dann kann ich es nicht ändern«, sagte Mason, »aber bis dahin werden wir noch eine ganze Menge mehr über Morris Alburg erfahren haben.«

3

Es war ungefähr halb zehn, als Perry Mason die Tür von seinem Privatbüro aufschloß und Della Street dabei antraf, wie sie die gerade geöffnete Post auf seinem Schreibtisch sortierte.

»Hallo, Della, was gibt's Neues?« fragte Mason und ging hinüber in die Garderobe, um seinen Hut abzulegen.

»Morris Alburg hat telefoniert.«

»Was wollte er?«

»Ein Versicherungsagent wollte die Kellnerin sprechen.«

»Sie meinen Dixie?«

»Ja. Er vertritt die Versicherungsgesellschaft des Wagens, der Dixie anfuhr, als sie aus der Allee herauslief.«

»Schnelle Arbeit«, sagte Mason nachdenklich, »ein bißchen zu schnell.«

»Was meinen Sie damit?«

»Sie wollen wahrscheinlich rasch ein Abkommen treffen, sich loskaufen und ... nein, das wollen sie auch nicht.«

»Es sieht aber beinahe so aus.«

Mason dachte nach. Er stand an seinem Schreibtisch und fuhr sich mit den Fingerspitzen über sein glattrasiertes Kinn. Stirnrunzelnd sah er auf die Papiere auf seinem Schreibtisch, ohne sie eigentlich zur Kenntnis zu nehmen. »Das ist ein neuer Trick.«

»Das verstehe ich nicht. Ich dachte, Versicherungsgesellschaften machten das immer so.«

»Das war einmal«, sagte Mason. »Manche tun es auch noch, aber meistens führen sich Versicherungsgesellschaften heutzutage ziemlich moralisch auf. Wenn ein Anspruch gegen sie entsteht, sehen sie zu, daß eine vernünftige und faire Entschädigung gezahlt wird. Aber in diesem Fall läuft ein Mädchen aus der Hintertür eines Restaurants heraus und in eine Straße hinein, rast direkt vor ein fahrendes Auto, das sie natürlich anfährt.«

Della Street sagte: »Ich verstehe immer noch nicht, worauf Sie hinauswollen.«

»Ganz einfach. Der Fahrer des Autos, das sie anfuhr, kann gar nicht der Fahrlässigkeit beschuldigt werden, es sei denn, es gibt da etwas, wovon wir nichts wissen. Er fuhr seinen Wagen auf dem Fahrdamm und anscheinend in normalem Tempo. Er wollte wahrscheinlich noch das grüne Licht an der Ecke erreichen, aber er konnte erwarten, daß sich jeder auf der Straße in vernünftiger, normaler Weise verhielt. Plötzlich schießt dieses Mädchen vom Trottoir herunter, rennt in blinder Panik und springt ihm direkt vor die Haube.«

»Vielleicht hatte er getrunken.«

»Den Berichten zufolge hielt er seinen Wagen sofort an. Nichts deutet darauf hin, daß er getrunken hätte. Und doch kommt ein paar Stunden später ein Mann von der Versicherungsgesellschaft, um die Sache zu regeln ... Was hat ihm Morris Alburg denn gesagt?«

»Er sollte zu Ihnen gehen und daß Sie sich um alles kümmern, was Dixie Dayton anginge.«

Mason schmunzelte: »Ich wette, das gab dem Kerl zu denken.«

»Sie glauben also nicht, daß er hierherkommen wird?«

Mason lachte und sagte: »Ich glaube kaum, daß er mit einem Anwalt verhandeln will. Er ... Moment mal, Della, es könnte sein, daß das einfach ein Versuch ist, herauszufinden, wo das Mädchen ist. Dieser Mann kann vielleicht ... Hat er Morris seinen Namen genannt?«

Della Street nickte. »George Fayette.«

»Wann hat Morris angerufen?«

»Kurz nach neun.«

Das Telefon auf Della Streets Schreibtisch klingelte. Della Street nahm den Hörer ab. »Ja, Gertie ... Wer ist es? Einen Augenblick, bitte.«

Sie hielt die Hand über die Muschel. »Er ist hier.«

»Wer?«

»George Fayette.«

Mason grinste. »Holen Sie ihn herein, Della. Wir wollen nicht, daß er es sich anders überlegt und wegläuft. Ich will sehen, wie er aussieht, und ihm ein paar Fragen stellen.«

Della sagte ins Telefon: »Ich komme sofort, Gertie.« Sie hängte auf.

Mason ließ sich in den Drehstuhl hinter seinem Schreibtisch nieder, und Della Street ging hinaus zum Empfang, um George Fayette in Masons Büro zu bringen.

Im nächsten Moment war sie wieder da. Allein.

»Was gibt's?« fragte Mason gespannt. »Ist er weg?«

Della schloß sorgfältig die Tür: »Chef, es ist derselbe!«

»Was meinen Sie damit?«

»Der Mann, den ich gestern abend verfolgen wollte, der Mann, der allein an dem Tisch saß ...«

»Wollen Sie damit sagen, daß er jetzt da draußen ist und vorgibt, die Versicherungsgesellschaft zu vertreten, die den Wagen, der Dixie Dayton angefahren hat, versichert hat?«

»Genau das.«

Mason griff nach dem Telefon. »Geben Sie mir sofort die Drake-Detektivagentur, Gertie. Paul Drake persönlich, wenn möglich. Sagen Sie Mr. Fayette, ich käme sofort. Sorgen Sie dafür, daß er Sie nicht hört. Sagen Sie ihm, ich hätte ein Ferngespräch.«

Mason sah auf seine Uhr. »Telefonieren kann natürlich Zeitver-

schwendung sein, Della. Pauls Büro ist gleich unten auf dem Flur. Vielleicht gehen Sie besser hin und ...«

»Moment. Gertie hat Paul in der Leitung.«

»Hallo, Paul. Perry hier.«

»Freut mich, wie geht's?«

»Paß auf, Paul, es brennt.«

»Wo denn?«

»Ich habe einen Mann in meinem Büro. Er nennt sich George Fayette. Ob das sein wirklicher Name ist, weiß ich nicht. Ich bezweifle es sehr. Ich will diesen Mann beschatten lassen. Ich will wissen, wer er ist, ich will wissen, wohin er geht, ich will wissen, was er tut.«

»Gut. Wieviel Zeit habe ich?«

»Ich werde ihn so lange wie möglich festhalten, aber ich habe das Gefühl, daß fünf oder zehn Minuten alles sind, womit ich rechnen kann. Also hör zu, Paul, er ist ungefähr fünfunddreißig Jahre alt, etwa einssiebzig groß, aber fast hundertsiebzig Pfund schwer. Dunkel, mit buschigen Augenbrauen – und er könnte dich an der Nase herumführen. Macht scheinbar den Eindruck, ganz von seinen eigenen Angelegenheiten in Anspruch genommen zu sein, kann aber auch wie ein Teufel auf Draht sein.«

»Den Typ kenne ich«, sagte Drake. »Wir werden mit ihm fertig.«

»Ich bin auch sehr an der Zulassungsnummer seines Wagens interessiert, an allem, was so dazugehört.«

»In Ordnung, Perry. Du glaubst, daß ich zehn Minuten Zeit habe?«

»Stell dich lieber auf fünf ein«, sagte Mason. »Ich bin zwar ziemlich sicher, daß ich ihn zehn Minuten festhalten kann, aber vielleicht wird er der Sache nicht ganz trauen und ein Aufhaltemanöver vermuten und fortlaufen.«

Drake sagte: »Ich werde einen Mann bereitstellen, der mit ihm im Fahrstuhl hinunterfährt. Gib mir aber bestimmt fünf Minuten, Perry.«

Mason hängte ein. »Also, Della, gehen Sie zu ihm und halten Sie ihn noch eine Minute auf. Lächeln Sie süß, und sagen Sie ihm, daß ich ein Ferngespräch mit New York habe und sofort Bescheid sage, wenn ich fertig bin. Gehen Sie dann zu Gertie, und sagen Sie ihr, daß sie warten soll, bis Sie husten. Wenn Gertie Sie husten hört, kann sie sagen, daß mein Gespräch zu Ende ist. Verstanden?«

»Hm, und wann soll ich husten?«

»Wenn er anfängt unruhig zu werden. Halten Sie ihn so lange auf wie möglich. Wir brauchen Zeit. Wenn Sie merken, daß er nervös wird, husten Sie.«

»Wird gemacht«, versprach sie und glitt durch die Tür in das Vorzimmer.

Kaum war die Tür zu, als Della Street sie erneut aufriß.

»Chef, er ist auf und davon!«

»Was? Wann?«

»Gertie sagt, in dem Augenblick, als sie Ihre Verbindung mit Paul Drake herstellte, stand er auf, lächelte beruhigend zu ihr rüber, sagte: ›Ich bin gleich wieder da.‹ Darauf verschwand er im Flur. Er . . .«

Mason sprang so hastig auf, daß sein Drehstuhl an die Wand flog. Er rannte um den Schreibtisch herum und riß die Tür auf. »Los, Della, sagen Sie Paul Bescheid!«

Er stürzte zum Fahrstuhl und drückte aufgeregt den Klingelknopf.

Della Street folgte ihm auf Zehenspitzen und lief zu den Büros der Drake-Agentur.

Rotes Licht flackerte ein paarmal und glühte dann. Ein Fahrstuhl hielt. Mason sprang hinein und sagte dem Fahrstuhlführer: »Lassen Sie ihn den ganzen Weg runter zum Erdgeschoß sausen, Mann. Nicht anhalten. Es ist dringend. Los!«

Der Liftboy schaltete ein, und der Fahrstuhl sank in rasendem Tempo nach unten.

»Was ist denn los?« fragte der Mann.

»Will jemand einholen«, antwortete Mason.

Der Fahrstuhl kam zu einem eleganten Halt, die Tür ging auf. Der Portier fragte ärgerlich: »Was soll das heißen, Jimmy, Sie . . .«

»Es geschah auf meine Veranlassung«, sagte Mason und stürzte durch die Halle auf die Straße.

Er suchte die Straße nach beiden Richtungen ab, entdeckte keine Spur von dem Mann, nach dem er Ausschau hielt, erkannte aber, daß der belebte Bürgersteig eine ideale Gelegenheit bot, sich unter die Fußgänger zu mischen und zu verschwinden.

Mason ging zum Bordstein, um zu sehen, ob eins der Taxis gerade losgefahren sei, entdeckte eins, das an der Ecke auf grünes Licht wartete, und rannte hinterher, aber die Lichter wechselten, und das Taxi fuhr an, als er erst den halben Weg zurückgelegt hatte.

Als er zum Eingang des Hauses zurückkam, sah er Paul Drake, Della Street und einen von Drakes Leuten an der Tür stehen.

»Nichts zu wollen«, sagte Mason. »Nicht mehr da. Suchen wir die parkenden Wagen ab. Della, Sie kennen ihn. Nehmen Sie Drakes Mann mit, und gehen Sie die Wagen auf dieser Seite durch. Paul und ich nehmen die von gegenüber. Wenn Sie ihn sehen, Della, halten Sie ihn auf.«

»Und wie?« fragte Della Street.

»Halten Sie ihn auf«, sagte Mason zu Drakes Beauftragtem. »Es ist mir völlig egal, wie Sie das machen. Behaupten Sie, er sei

Ihnen auf den großen Zeh getreten, er habe Sie geschlagen oder sonst was. In jedem Fall halten Sie ihn an. Behaupten Sie, daß er Ihre Stoßstange eingedrückt habe. Verlangen Sie seinen Führerschein zu sehen.«

»Grob werden, wenn's sein muß?«

»Natürlich, alles. Komm, Paul.«

Paul Drake und Mason liefen durch den dichten Verkehr über die Straße zu den parkenden Wagen auf der gegenüberliegenden Seite, ohne sich um die wütend protestierenden Autohupen zu kümmern.

»Wenn er in seinem eigenen Wagen gekommen ist«, sagte Mason, »dann können wir ihn irgendwo fassen. Paß hier auf und achte auf jeden, der losfährt, Paul. Ich gebe Della ein Zeichen.«

Mason ging an den Rand des Bürgersteigs, winkte Della Street und sagte dann: »Gehen wir sie alle durch, damit wir sicher sind, daß er nicht einfach in einem Wagen sitzt.«

Fünf Minuten später erklärte sich Mason geschlagen. Er ging über die Straße zurück, wo Della und der Mann aus Drakes Büro schon warteten. »Ich fürchte, er hat uns reingelegt. Ich verstehe aber immer noch nicht, wie er so schnell weggekommen ist und sich verkrümeln konnte.«

»In dem Taxi vorhin vielleicht?« meinte Drake.

»Mir schien, daß es leer war. Ich glaube auch nicht, daß er das geschafft haben kann, Paul. Ich bin mit meinem Lift den ganzen Weg ohne Aufenthalt hinuntergesaust und dann sofort auf die Straße gerannt. Stell dir doch vor, wenn der Mann vor mir dagewesen wäre . . . Also gut, fragen wir die Liftführer, ob sie irgendwas wissen.«

Sie kamen ins Gebäude zurück.

Einen nach dem anderen befragten sie die Liftführer, die unten ankamen. Der vierte und letzte hörte sich die Geschichte an und sagte: »Mein Gott, Mr. Mason, an den erinnere ich mich ganz genau. Der fuhr nicht nach unten, der fuhr nach oben.«

»Nach oben?«

Der Liftboy nickte. »Ich erinnere mich jetzt. Von Ihrem Stockwerk kamen zwei Signale gleichzeitig an, eins für ›aufwärts‹ und eins für ›abwärts‹, denn als ich den Mann mitnahm, hielt der nach unten gehende Fahrstuhl an, die Tür ging auf, aber niemand war da, der runter wollte. Er hat bestimmt auf beide Knöpfe gleichzeitig gedrückt . . . Das tun die Leute oft, wenn sie rauf wollen. Sie drücken automatisch auf den ›Abwärts‹-Knopf, merken es und drücken dann auf den anderen und . . .«

»Der nicht«, widersprach Mason. »Der wußte, daß er dran war. Er wollte schnell weg. Er hat beide Knöpfe gedrückt und den ersten

Lift genommen, der kam. Er wollte von dem Flur weg. Paul, es ist durchaus möglich, daß er noch im Hause ist.«

»Was hatte er an?« fragte Drake.

Della Street zählte auf: »Dunkler Zweireiher, rot-blau gemusterten Schlips, weißes Hemd.«

»Hut?«

»Gestern abend hatte er einen schwarzen Hut und ... Ja, ich bin ganz sicher, daß heute auf dem Stuhl neben ihm auch ein schwarzer Hut lag.«

»Geh du hinauf, Paul«, sagte Mason zu Drake. »Setze eins deiner Mädchen an mein Telefon. Gertie hat ihn gesehen. Schicke sie hier herunter. Vielleicht ist er ein paar Stockwerke höher ausgestiegen und hat eine Weile gewartet, weil er glaubte, er könne länger warten als wir. Wir wissen jetzt wenigstens, daß er nicht vor uns unten gewesen sein kann. Ich werde das Mädchen am Zigarrenstand einmal fragen.«

Das Mädchen, das den Tabak- und Zeitungsstand betrieb, blitzte ihm ein Lächeln zu. »Worum geht denn die ganze Aufregung?«

»Wir versuchen, jemanden zu finden. Vielleicht erinnern Sie sich an ihn.«

Sie schüttelte den Kopf. »Nur, wenn er ein ständiger Mieter hier ist. Den ganzen Tag strömen die Leute hier vorbei, und ...«

»Dieser Mann muß entweder noch hier im Haus oder kurz nach mir heruntergekommen sein«, sagte Mason. »Er hat vermutlich einen schwarzen Filzhut auf, trägt einen dunklen Zweireiher mit rot-blau gemustertem Schlips, ist ungefähr fünfunddreißig Jahre alt, einssiebzig groß, wiegt etwa hundertsiebzig Pfund. Auffallendstes Kennzeichen sind seine buschigen Augenbrauen.«

»Großer Gott!« rief sie.

»Was ist?«

»Der kam aus dem Aufzug heraus, gerade nachdem Ihre Sekretärin und Paul Drake und der andere Mann auf die Straße hinausgegangen waren.«

»Und weiter«, drängte Mason.

»Er schien es gar nicht eilig zu haben. Er schlenderte aus dem Eingang heraus, als er sich plötzlich umdrehte und hier an den Stand kam, um sich die Zeitungen anzusehen.«

Mason sah Paul Drake an: »Du begreifst, was vorgefallen ist, Paul? Er sah Della Street am Bordstein stehen, drehte sich um und vergrub sein Gesicht in einer Zeitung.«

»Dann kaufte er eine Zigarre«, berichtete das Mädchen, »und als Sie und Mr. Drake über die Straße liefen, ging er zur Tür hinaus

und rechts die Straße hinauf ... Ich glaube, der einzige Grund dafür, daß ich mich an ihn erinnere, ist, weil es mich so interessierte, wie Sie durch die Halle stürzten und dann Ihre Sekretärin und Mr. Drake und dieser andere Mann herausgerannt kamen. Ich habe mich natürlich gefragt, was wohl los sein könnte. Er ...«

»Komm, Paul«, sagte Mason. »Della, hören Sie zu: Paul und ich greifen uns jetzt das erstbeste Taxi und fahren die Straße entlang. Sie nehmen das nächste, das kommt, fahren zur Ecke und dann rechts herum. Wir fahren dann um den Block, beobachten die Fußgänger und sehen zu, ob wir ihn nicht doch noch erwischen.«

»Worum handelt es sich denn eigentlich?« erkundigte sich Drake. »Mord?«

»Noch nicht«, sagte Mason verbissen.

»Und was machen wir, wenn wir ihn erwischen?« fragte Drakes Mann.

»Ihn verfolgen«, antwortete Mason. »Versuchen Sie nicht, ihn jetzt noch aufzuhalten. Kriegen Sie lieber heraus, wer er ist.«

Mason ging an den Bordstein und hatte das Glück, sofort ein kreuzendes Taxi zu finden. Er und Drake sprangen hinein, fuhren vier Blocks die Straße hinauf, bogen rechts ein, wendeten dann einen Block später rechts herum und kamen in die Parallelstraße.

»Ebenso leicht kann man eine Nadel in einem Heuschober finden«, sagte Paul Drake.

Mason nickte und sagte zu dem Fahrer, immer mit scharfem Blick die Fußgänger auf dem Bürgersteig musternd: »Fahren Sie langsam. Wenn Sie an die nächste Straßenecke kommen, rechts, dann fünf Blocks weiter in der Querstraße, wenden Sie wieder und fahren Sie dann die Querstraße auf und ab. Fahren Sie immer weiter.«

»Sind Sie von der Polizei?« fragte der Fahrer.

Mason antwortete: »Kümmern Sie sich nicht darum, wer ich bin. Kümmern Sie sich um Ihre Fahrerei.«

»Aber kein Krawall?«

»Kein Krawall«, versprach Mason. »Passen Sie nur auf die Straße auf und auf Ihr Steuer.«

Sie kreuzten langsam die verschiedenen Straßen hinauf und hinunter, bis sie schließlich an einer Ecke auf das Taxi trafen, in dem Della Street und Paul Drakes Beauftragter ebenfalls herumkreuzten.

»Hupen Sie mal«, sagte Mason. »Lenken Sie die Aufmerksamkeit der Leute in dem anderen Taxi auf uns ... so, ist schon gut.«

Mason winkte zu Della Street hinüber, als sie bei dem Hupen aufsah.

Sie schüttelte den Kopf.

Mason zeigte Richtung Büro und setzte sich dann zurück in die Kissen. »Das wär's denn wohl, Paul. Jedenfalls müssen wir dem Kerl die erste Runde zubilligen – genaugenommen die ersten zwei Runden.«

»Wer ist er denn?« fragte Drake.

»Das herauszufinden habe ich dich ja beauftragt.«

»Ich bin also beauftragt?«

»Genau, Paul. Du bist beauftragt.«

»Wie energisch soll ich denn vorgehen?«

»Tu dir keinen Zwang an. Ich habe es satt, mich von einem kümmerlichen Gauner auf den Arm nehmen zu lassen.«

»Vielleicht ist er gar nicht so kümmerlich.«

»Vielleicht. Aber zehn zu eins: er ist ein Gauner. Della wird dich mit allen Informationen versorgen, die wir haben. Dann wirst du schon sehen.«

4

Wieder im Büro, sagte Mason: »Verbinden Sie mich mit Leutnant Tragg, Della. Wir wollen sehen, was er weiß. Vielleicht können wir die verängstigte Kellnerin interviewen und zumindest einem Teil des Geheimnisses auf die Spur kommen.«

Della Street stellte die Verbindung her und fing an: »Hallo, Leutnant, wie geht es? Hier ist Della Street ... Was ist? ... Moment, Mr. Mason möchte mit Ihnen sprechen. Bleiben Sie bitte in der Leitung.«

Della nickte Mason zu, und Mason nahm den Hörer auf. »Hallo, Leutnant, wie geht es Ihnen?«

»Was für eine Geschichte haben Sie mir da wieder eingebrockt?« fragte Tragg.

»Was meinen Sie damit?«

»Dieses Mädchen mit Privatschwestern in eine Privatklinik zu bringen ... Das nächste Mal, wenn ich wieder Ihre Kastanien aus dem Feuer holen soll, können Sie ...«

»Langsam, langsam«, sagte Mason. »Was für eine Laus ist Ihnen denn jetzt über die Leber gelaufen?«

»Sie wissen verflucht genau, welche Laus«, kam es wütend. »Sie wußten genau, daß sie sich, wenn wir unsere Hand auf der Geschichte gehalten hätten, nicht aus dem Staub hätte machen können. Und Sie taten so, als ob Sie sie in ganz sicheren Schutz bringen wollten. Aber damit versetzten Sie sie in eine Lage, aus der sie ...«

»Wollen Sie damit sagen, daß sie weg ist?«

»Sie haben verdammt recht, sie ist verschwunden.«

»Tragg, ich gebe Ihnen mein Wort, daß davon nichts vorauszusehen war. Es war alles genauso, wie ich es Ihnen gesagt hatte.«

»Selbstverständlich«, entgegnete Tragg sarkastisch. »Wollten nur ein bißchen mit der lieben, guten, alten Polizei zusammenarbeiten, nicht wahr, Mason?«

»Hören Sie zu, Tragg. Habe ich Sie jemals reingelegt?«

»Haben Sie etwa nicht? Sie haben mich so oft reingelegt, daß . . .«

»Ich bin vielleicht hin und wieder auf der anderen Seite vom Gartenzaun gewesen, aber habe ich Sie jemals um einen Gefallen gebeten, um Sie dann reinzulegen?«

»Eigentlich – n=nein.«

»Und ich werde es auch nicht«, versicherte Mason. »Die Sache ist mir genauso überraschend wie Ihnen, und sie macht mir Sorgen. Wie hat sie es gemacht?«

»Das weiß kein Mensch«, antwortete Tragg. »Sie war eben noch dagewesen, und fünf Minuten später war sie weg. Lag scheinbar schlafend da. Die Privatschwester war auf einen Kaffee und ein Sandwich in die Halle hinuntergegangen. Sie sagte natürlich, daß sie nur fünf Minuten aus dem Zimmer gewesen sei. Es war vermutlich mindestens eine halbe Stunde. Die Patientin lag ruhig da und schlief scheinbar, und die Schwester sah ab und zu einmal nach ihr.«

»Wie schwer war sie verletzt?«

»Anscheinend war sie nur bewußtlos gewesen. Möglicherweise eine Gehirnerschütterung, ein paar Quetschungen, ein paar angeknackte Rippen und einige Kratzer und Abschürfungen. Der Arzt wollte sie noch eine Weile unter Beobachtung halten.«

»Und ihre Kleider?«

»Waren dummerweise im Schrank. Sie zog sie an und spazierte hinaus.«

»Hatte sie Geld?«

»Nicht einen Heller. Vom Inhalt ihrer Handtasche war ein Inventar gemacht worden und der Inhalt im Empfang deponiert.«

»Wie konnte sie denn ohne Taxigeld aus der Klinik wegkommen?«

»Fragen Sie ruhig weiter«, sagte Tragg. »Halten Sie mich für einen Gedankenleser? Ich erzähle Ihnen nur, was tatsächlich geschehen ist.«

»Na ja, für mich sind das große Neuigkeiten«, sagte Mason. »Aber um Ihnen zu beweisen, daß ich wirklich ganz fair mit Ihnen bin, will ich alle Karten auf den Tisch legen, wenn Sie wollen. Ich werde Ihnen alles, was ich von dem Fall weiß, erzählen, und . . .«

»Mir nicht, bitte«, unterbrach ihn Tragg. »Mir nicht. Ich habe meinen Kopf voll genug. Geben Sie's an die Abteilung Verkehr weiter ... Ich wollte Ihnen nur einen Gefallen tun, und damit hat sich's.«

»Das haben Sie getan. Vielen Dank.«

»Es war mir ein Vergnügen.«

»Sie wollen also nicht auf dem laufenden gehalten werden, wenn sich weitere Entwicklungen ergeben?«

»Ich habe Ihnen einen Gefallen getan«, wiederholte Tragg, »und es ist mir völlig egal, wohin das Mädchen geht oder was sie macht. Von mir aus hätte sie die ganze Zeit schon aufstehen und hinausspazieren können. Ich stehe jetzt nur ein bißchen blöd da, das ist alles ... Wenn es Tote gibt, dann rufen Sie mich an. Ich bin im Morddezernat, erinnern Sie sich?«

»Ich werde es mir merken«, antwortete Mason und hing auf.

Es war am späten Nachmittag, als Paul Drake sein Geheimzeichen an die Tür von Masons Privatbüro klopfte.

Mason nickte Della Street zu, die die Tür öffnete.

»Hallo, Paul«, sagte sie, »wie geht's dem alten Schnüffler?«

»Bestens. Was macht's Geschäft?«

Drake kam in das Büro hinein, setzte sich halb auf die Lehne des gepolsterten Ledersessels, balancierte in dieser Lage und zeigte damit, daß sein Besuch nur eine Stippvisite sein sollte.

»Wie beschäftigt bist du gerade, Perry? Zeit, um dir was anzuhören?«

Mason nickte.

Della Street zeigte auf den Haufen zu unterschreibender Post.

»Schieß los«, sagte Mason, »rede. Ich unterschreibe dabei. Haben Sie alles noch mal durchgelesen, Della?«

Sie nickte.

»Alles fertig für meine Unterschrift?«

Wieder nickte sie.

Mason machte sich an die Unterschriften.

Drake sagte: »Da ist etwas faul an dieser Sache, Perry.«

»Wieso, Paul? Raus damit.«

»Ich weiß nicht genau, was es ist.«

»Woher weißt du dann, daß etwas faul ist?« fragte Mason. Seine Feder vollzog in fliegender Eile die Unterschriften unter die Briefe, die ihm Della Street nacheinander reichte und die sie dann ablöschte.

»Die Polizei ist an dem Fall interessiert.«

»Sollte sie auch.«

»Nicht unbedingt, Perry. Es ist ein besonderes Interesse, es geht tiefer.«

»Worum dreht es sich? Was ist der Grund?«

»Du hast uns doch einen Pfandschein für ein Leihhaus in Seattle gegeben.«

Mason nickte.

»Weißt du, was es war?«

Mason schüttelte den Kopf und sagte: »Ein Achtzehn-Dollar-Gegenstand. Das war jedenfalls der Betrag, der auf den Schein gestempelt war, und ich rechnete mir aus, daß achtzehn Dollar plus ein Prozent monatlich, plus ...«

»Ich weiß«, unterbrach Drake, »du hast gedacht, durch den geringen Wert wärest du gedeckt. Jetzt werde ich dir aber erzählen, was das für ein Gegenstand war.«

»Was war es denn?«

»Ein Revolver.«

»Brauchbar?«

»Anscheinend. Ein achtunddreißiger Smith & Wesson Spezial.«

»Hast du ihn abholen lassen?« fragte Mason.

»Die Polizei war vor uns da.«

»Welche Polizei?«

»Die in Seattle.«

»Wie denn das? Den Schein hattest du doch, oder? Du solltest ihn doch nach Seattle schicken, und ...«

Drake fiel ihm ins Wort. »Als die Polizei gestern abend zu Alburg ins Lokal kam, fragten sie ihn natürlich, was er über das Mädchen wüßte. Alburg sagte ihnen, daß er nicht die geringste Ahnung über sie hätte, daß sie einen Job als Kellnerin wollte, daß sie Geld brauchte, daß es der Monatserste war und ...«

»Weiß ich alles«, unterbrach Mason. »Hat er mir auch erzählt.«

»Die Beamten haben sich ein bißchen umgesehen, und als sie hörten, daß die Handtasche des Mädchens vom Fahrer des Krankenwagens mit ins Krankenhaus genommen worden war, haben sie sich routinemäßig für den Inhalt interessiert.«

»Das alles tat die Verkehrspolizei?«

»Ja – Abteilung Verkehrsunfälle.«

»Und weiter?«

»Sie fanden Lippenstift, Schlüssel, die vorläufig nichts besagen, eine Puderdose und einen Pfandschein für ein Leihhaus in Seattle.«

»Noch einen?«

»Eben.«

»Und was haben sie dann gemacht?«

»Ein Fernschreiben nach Seattle geschickt. Die Polizei dort ging dann hin und hat die Sache untersucht. Dieser Pfandschein war für

einen Brillantring. Aber der Pfandleiher erinnerte sich an das Mädchen. Er sagte, sie hätte außerdem noch einen Revolver versetzt. Die Polizei sah sich den Revolver an, und damit kam die Geschichte ins Rollen.«

»Was kam ins Rollen, Paul?«

»Das kann ich eben nicht genau herausbekommen. Aber auch hier bei uns wurde eine unheimliche Aktivität ausgelöst. Die Polizei fährt herum und tut und macht. Alburgs Restaurant wimmelt von Detektiven.«

»Wo ist Morris Alburg jetzt?«

»Das möchten eine ganze Menge Leute wissen«, antwortete Drake.

Mason ließ seine Unterschriften ruhen. »Hol' mich der Teufel!« sagte er.

Drake meinte: »Er kann natürlich auch geschäftlich unterwegs sein.«

»Noch was, Paul?«

»Alburg hat der Polizei nichts von dem Pelzmantel gesagt. Aber eine der Kellnerinnen tat es. Sie erzählte der Polizei, daß Alburg dir den Mantel gegeben hat und daß deine Sekretärin ihn beim Hinausgehen anhatte.«

»Denen entgeht wohl auch nichts, was?«

»Na ja«, meinte Drake. »Da ist wahrscheinlich 'ne Portion Eifersucht und Reibereien im Spiel, aus der wir vielleicht Kapital schlagen können.«

»Und wie das?«

»Ich glaube, Alburg führt dich an der Nase rum, Perry.«

»Alburg?« fragte Mason. »Mein Gott, Paul, schließlich mache ich das doch alles für ihn.«

Della Street löschte die Unterschriften auf dem letzten Brief ab, brachte die Briefe dann hinaus, damit sie zur Post gebracht würden, kam zurück und ließ sich an ihrem Schreibtisch nieder.

Drake sagte: »Eine der Kellnerinnen heißt Nolan. Mae Nolan. Sie könnte sich vielleicht eingebildet haben, daß Morris Alburg sich für sie ein klein wenig mehr als für die anderen interessierte.«

»Gibt er sich mit seinen Kellnerinnen ab?«

»Anscheinend nicht«, antwortete Drake, »und das ist vielleicht die Wurzel des Übels. Aber da spielen wohl mehr Dinge hinein. Zum Beispiel gibt es gewisse Tische, die in punkto Trinkgelder am günstigsten sind, und andere, die nicht so gut sind. Solche Sachen halt.«

»Und das geht nach Dienstalter?«

»Das geht nach Gunst und Laune«, sagte Drake. »Das scheint dieses Mädchen jedenfalls zu finden.«

»Was ist denn nun mit dieser Mae Nolan?«

»Sie ist in meinem Büro. Ich habe gerade eine Aussage von ihr zu Protokoll genommen. Ich dachte, daß du vielleicht mit ihr sprechen möchtest.«

»Klare Sache«, sagte Mason. »Wenn Morris Alburg mit mir Schlitten fährt, werden wir ihm zeigen, wo der Spaß aufhört.«

»Rede erst mal mit dem Mädchen und sieh dann weiter zu«, riet ihm Drake.

»Schön, bring sie her.«

Della Street schlug vor: »Ich kann ja schnell hinübergehen und sie holen, Paul, wenn Sie und der Chef sich noch ein bißchen allein unterhalten wollen.«

»Das nicht«, sagte Drake, »aber ich bin faul, Della. Wenn Sie also die Beinarbeit übernehmen würden, wäre das wunderbar. Sie ist in meinem Büro. Die Telefonistin kennt sie. Sagen sie ihr nur, daß sie hierherkommen möchte.«

»Soll ich mich vorstellen?« fragte Della Street. »Ich meine, gibt es irgendeinen Grund, daß sie vielleicht besser nicht weiß ...«

»Gar keinen«, sagte Drake, »jedenfalls von mir aus nicht.«

»Von mir aus auch nicht. Gehen Sie nur rüber, Della. Hast du diesen Pfandschein aus Seattle noch, Paul?« fragte Mason.

»Unser Verbindungsmann in Seattle hat ihn«, antwortete Drake. »Man hat mich sofort angerufen, nachdem sich meine Leute mit dem Leihhaus in Verbindung gesetzt hatten. Der Pfandleiher lief herum wie ein aufgeregtes Huhn.«

»Wieso, war seine Weste nicht ganz sauber?«

»Doch, schon. Aber irgend etwas beunruhigte ihn. Und unter diesen Umständen, wo die Polizei doch schon den Revolver hatte, verzichtete mein Mann darauf, ihm noch ein Trinkgeld unter die Nase zu halten.«

Mason holte sein Etui heraus. »Zigarette, Paul?«

»Danke, im Moment nicht.«

Mason war gerade dabei, sich seine anzuzünden, als sie eilige Schritte im Korridor draußen hörten. Gleich darauf führte Della Street eine junge Frau in das Büro herein. »Dies ist Mr. Mason, Miss Nolan.«

»Guten Tag, Mr. Mason.«

Mae Nolan war eine künstliche Blondine, irgendwo in den Dreißigern. Ihr Gesichtsausdruck war auf ewige gute Laune fixiert, aber die blauen Augen über dem lächelnden Mund waren an rasches Einschätzen und kaltes Beobachten gewöhnt.

»Bitte, setzen Sie sich«, lud Mason sie ein.

»Danke sehr«, antwortete sie mit besten Gesellschaftsmanieren.

Drake lächelte verständnisvoll: »Sie brauchen sich nichts abzubrechen, Mae. Erzählen Sie nur Mr. Mason Ihre Geschichte.«

Sie blitzte ihn entrüstet an. »Ich breche mir überhaupt nichts ab!«

Mason beruhigte sie. »Ich glaube, Sie haben Paul Drake mißverstanden, Miss Nolan. Er wollte nur sagen, daß Sie gleich auf den nüchternen Boden der Tatsachen kommen sollten. Er hat nicht etwa Ihre Manieren gemeint, er wollte nur sagen, daß Sie sich nicht auf große verbale Umwege einlassen sollten.«

»Ach so. Vielen Dank«, sagte sie und strahlte Mason mit flatternden Lidern an. Dann wendete sie sich plötzlich an Drake. »Ich war nervös und unruhig heute. Es kam alles mögliche zusammen, und ich habe kaum schlafen können. Wir fangen um sechs Uhr nachmittags an und arbeiten bis halb eins in der Früh in einem durch.«

»Ganz schön anstrengend«, meinte Mason.

»Manchmal schon.«

»Das Lokal ist immer ziemlich gut besetzt, nicht?«

»Das wechselt natürlich. Samstag abends sind wir zum Platzen voll. Dafür ist montags nicht so viel los. Aber, natürlich ist es jeden Abend zur Stoßzeit gesteckt voll. Dann kleckert es so ein bißchen aus nach zehn Uhr, außer samstags. Dann folgt meistens eine Stunde, wo alles ruhig ist, aber sobald die Theater aus sind, kommt wieder ein neuer Ansturm.«

»Das ist wirklich 'ne Leistung«, sagte Della Street voller Sympathie, »die ganze Zeit derart auf den Beinen zu sein.«

»Oh, Sie wissen ja noch gar nichts, meine Liebe«, wandte sich Mae Nolan jetzt an Della. »Sie haben vielleicht Dusel mit Ihrem Job, den sie hier haben. Meine Güte, wenn ich – na ja, lassen wir das. Meine persönlichen Probleme interessieren Sie ja nicht ... Es ist gar nicht mal so sehr die Arbeit – es sind die Leute, die Leute, die so undankbar sind. Die Leute, die einen anschnauzen, wenn sie selbst dran schuld sind ... Einer bestellt Roastbeef und vergißt einem zu sagen, daß er es durchgebraten haben will. Und nachher schwört er Stein und Bein, daß er es einem gesagt hat, und ... ach, das ist ja alles so sinnlos.«

»Ich hatte gedacht, daß Sie die Gäste fragen, wie sie es haben wollen, wenn Sie die Bestellung entgegennehmen«, sagte Della Street.

Mae Nolan warf ihr einen kühlen Blick zu. »Ich habe das nur als Beispiel angeführt, meine Liebe.«

»Sie wollten uns von Dixie Dayton erzählen«, erinnerte sie Paul Drake.

»Wollte ich das?«

»Ich dachte.«

»Ich weiß gar nicht, ob ich damit so hausieren gehen sollte. Ich weiß ja nicht, ob dabei für mich etwas herauskommt.«

»Höchstwahrscheinlich nichts«, meinte Mason.

Sie sah ihn nachdenklich an. »Sie kommen ab und zu in unser Lokal. Ich habe Sie schon bedient.«

Mason nickte.

»Und«, fuhr sie fort, »Sie geben gute Trinkgelder. Meistens sitzen Sie allerdings in den Séparées, nicht wahr?«

»Ich liebe die Ruhe,« sagte Mason. »Wenn ich esse, möchte ich mich entspannen, und wenn ich draußen im großen Speiseraum bin, werde ich manchmal erkannt und ...«

»Manchmal? Sie sollten hören, was die Leute sagen, wenn Sie da essen. Ich kann Sie aber verstehen. Das sollte auch kein Vorwurf sein. Ich glaube nicht, daß ich Sie mehr als zweimal bedient habe, in der ganzen Zeit, in der ich da bin. Ich hoffe ja, daß ich irgendwann einmal bald die Ehre haben werde, in den Séparées zu bedienen, wenn ich lange genug dableibe. Aber wahrscheinlich werde ich eher tot umfallen, als daß der Kellner, der sie jetzt hat, sie aus seinen Klauen läßt.«

»Ich erinnere mich, daß Sie eine sehr geschickte Kellnerin sind«, sagte Mason. »Und wenn ich Ihnen ein großes Trinkgeld gegeben habe, dann war es, weil Ihre Bedienung mehr als zufriedenstellend gewesen war.«

»Schönen Dank für die netten Worte. Wir hören sie nicht gerade sehr oft. Wie ich schon sagte, wenn Sie draußen essen, verrenken sich die Leute die Hälse, und überall wird geflüstert. Und wenn ich dann an andere Tische gehe, um die Bestellungen aufzunehmen, winken mich die Leute heran, und ich muß mich über die Tische beugen, damit sie mich fragen können: ›Ist das nicht der berühmte Perry Mason da drüben an dem Tisch?‹ Und ich nicke dann, und, na ja, Sie wissen schon, was die Leute dann wissen wollen, Mr. Mason.«

»Was wollen sie denn dann wissen?« fragte Mason und sah zu Paul Drake hinüber.

»Sie wollen wissen, wer die Frau bei Ihnen ist.«

»Und was sagen Sie ihnen dann?«

»Dann«, sagte sie hoheitsvoll, »richte ich mich auf und sage, daß es sie nichts angeht.«

»Sie wollten uns von Dixie erzählen«, warf Paul Drake ein.

»Wollte ich? – Ich – vielleicht dachten Sie das, aber ...«

Mason drehte sich Drake zu: »Weißt du, Paul, da ist irgend etwas sehr merkwürdig mit dieser Dixie Dayton.«

»Inwiefern?« fragte Drake, auf Masons Wink eingehend.

»Irgendwie schien sie doch gar nicht in den Laden hineinzupassen. Ich weiß nicht, wie ich es ausdrücken soll, aber irgendwie habe ich das Gefühl, daß Morris Alburg ihr vielleicht etwas Gutes antun wollte.«

»So hatte ich es eigentlich auch verstanden«, sagte Drake. »Mae scheint ja keine Lust zu haben, sich weiter darüber auszulassen.«

»Ich glaube, ich habe meinen großen Mund schon weiter aufgemacht als gut ist für mich«, kam es von Mae Nolan.

Mason beachtete sie nicht und wandte sich weiter an Drake. »Ich kenne natürlich Alburg seit geraumer Zeit, und wenn er Dixie Dayton irgendwelche Vergünstigungen einräumte, kann man ziemlich sicher sein, daß es deshalb war, weil sie es verdiente – ich meine rein geschäftlich. Ich glaube, daß man, wenn man sich ihre Vergangenheit ansieht, entdecken wird, daß sie überall Kellnerin in den wirklich eleganten Häusern gewesen ist und daß Alburg das wußte, und ...«

Mason wurde von einem lauten höhnischen Gelächter von Mae Nolan unterbrochen.

Der Anwalt zog fragend die Augenbrauen hoch.

»Sie entpuppen sich vielleicht als großartiger Detektiv!« sagte sie und hob ihre Hand zu einer verächtlichen Geste, als fegte sie eine Fliege von ihrem Gesicht. »Das Mädchen eine Kellnerin? Niemals! Was immer sie zu bieten hatte und was unserem Freund Morris Alburg gefiel, es hatte jedenfalls nichts mit ihrer Arbeit zu tun. Bei diesem Mädchen nicht!«

»War es so schlimm?«

»Schlimm? Es stank zum Himmel!«

»Aber das begreife ich nicht«, sagte Mason im Ton tiefster Verwunderung. »Alburg ist doch ein so tüchtiger Geschäftsmann.«

»›Tüchtiger Geschäftsmann‹?« wiederholte Mae Nolan. »Wer hat Ihnen denn das eingeblasen? Vielleicht, wenn er in die Küche rennt und solche Preise auf die Speisekarten setzt, daß er verdammt sicher sein kann, kein Geld dabei zu verlieren. Bilden Sie sich aber nur nicht ein, daß er ein Geschäftsmann ist, wenn es um die Behandlung von Kellnerinnen geht. Lieber Gott, ich habe Mädchen gesehen, die ihn um den kleinen Finger gewickelt haben wie nichts.«

»Wirklich?« fragte Mason.

»Da können Sie Ihren letzten Dollar drauf wetten. Ich habe, seit ich ein Dreikäsehoch war, als Kellnerin gearbeitet, und ich warte immer noch darauf, einmal einen Mann zu sehen, der einen solchen Laden führt und der nicht jeder dahergelaufenen, gutaussehenden Gans aus der Hand frißt.«

Masons Stimme war ganz Ungläubigkeit. »Wollen Sie mir wirklich erzählen, daß sich Morris Alburg auf den Arm nehmen läßt?«

»Na und ob! Sehr gut scheinen Sie ihn nicht zu kennen. Und dieses Dixie-Mädchen war ein Typ, der ihn ganz gut in der Mache hatte.«

»Fix am Feind?«

»Wie fix sie war, kann ich nicht beurteilen, gründlich war sie aber auf jeden Fall.«

»Anscheinend hat sie ihn eben von früher gekannt«, warf Drake hin.

Mason schüttelte den Kopf.

»Was schütteln Sie denn nun den Kopf?« fragte Mae Nolan aufgebracht. »Natürlich kannte sie Morris Alburg ... Mir können Sie nichts erzählen! Als sie bei uns reinkam, hatte Morris gerade einen seiner Tüchtigkeitsanfälle. Er wollte dies und das und jenes anders, und dann sah er hoch und sah das Mädchen auf sich zukommen, und sein Mund klappte einfach auf, und seine Augen fielen ihm bald aus dem Kopf raus. Als ob er einen Geist sähe.«

»Was hat er denn gesagt?« fragte Mason.

»Er ging ein oder zwei Schritte zurück, und dann kam ein Lächeln auf sein Gesicht, eine Art ungläubiges Lächeln, und er streckte die Hand aus und ging ihr entgegen. Und dann hat sich diese Dixie gleich ihren ersten Streich geleistet.«

»Was meinen Sie damit?«

»Sie redete ihn an, bevor er eine Chance hatte, nur ein Wort von sich zu geben, und sagte: ›Sind Sie der Besitzer hier? Ich höre, Sie brauchen eine Kellnerin. Ich suche gerade einen Job ...‹«

»Und was passierte dann?«

»Dann hat sich Mr. Alburg sozusagen wieder gefangen. Er richtete sich auf und sagte ganz würdevoll: ›Bitte, wenn Sie inzwischen in eins der Séparées da hinten gehen wollen, ich bin gleich bei Ihnen. Ich bin gerade beschäftigt und zeige meinen Kellnerinnen, wie sie ihre Arbeit tun sollen. Ich erwarte einen lebhaften Betrieb heute abend. Gehen Sie nur vor, und setzen Sie sich.‹«

»Und was tat sie?«

»Bedachte uns mit einem herablassenden Lächeln und fegte großartig an uns vorbei in das Séparée, das am weitesten hinten lag. Nach einer Weile ging Mr. Alburg auch hinein und blieb da, na, bestimmt zehn oder fünfzehn Minuten.«

»Und dann?«

»Dann kam er heraus und stellte uns Dixie vor und sagte, daß er sie als Kellnerin einstellen wollte.«

»Und das war vor ungefähr einer Woche?«

»Vor genau einer Woche, ja.«

»Und wie ging es weiter?«

Mae setzte eine nachdenklich-kritische Miene auf. »Sie hatte schon mal irgendwo als Kellnerin gearbeitet, aber bestimmt nicht lange, und es kann auch keine erstklassige Stelle gewesen sein. Sie war nicht gut. Sie machte zu viele Wege in die Küche, sie sparte sie nicht ein, um zwei Fliegen mit einer Klappe zu schlagen, und sie wurde furchtbar müde. Und immer, wenn sie müde wurde, dann arrangierte es Mr. Alburg so, daß die Leute, die hereinkamen, an die anderen Tische gingen.«

»Auf diese Weise verlor sie die Trinkgelder?«

»Sie verlor die Trinkgelder und hatte dafür weniger zu tun. Wenn Sie mich aber fragen, Mr. Mason, dann hat Mr. Alburg das bei ihr schon irgendwie wieder ausgeglichen, denn sie gab ihm immer ihr süßestes Lächeln, wenn er Gäste an die anderen Tische dirigierte und es ihr in der Stoßzeit leicht machte.«

»Und Sie hatten nichts dagegen?« fragte Mason.

»Ach, es war uns ziemlich egal. Die Mehrarbeit brachte auch mehr Trinkgelder ein. Was uns aber wütend machte, war die Tatsache, daß, wenn das Geschäft nur mäßig war und irgend jemand hereinkam, der ein Stammkunde war und von dem man wußte, daß er ein gutes Trinkgeld gab, ihn Mr. Alburg dann an Dixies Tisch schickte. Das ist nun wirklich ungerecht. Wenn man so ein Geschäft führt, dann muß man das auf einer fairen Basis tun. Er kann Freunde haben, soviel er will, aber draußen, nicht im Betrieb. Es ist uns egal, was er tut, solange er während der Arbeitsstunden zu uns Mädchen fair ist.«

»Haben Sie sich untereinander darüber unterhalten?« fragte Mason.

»Nicht sehr viel. Morris sieht es nicht gern, daß wir zusammenglucken. Wenn er uns miteinander reden sieht, kriegt er es immer fertig, uns auseinanderzutreiben. Schickt uns an die Arbeit oder so. Auf diese Weise bleibt jede von uns immer ziemlich für sich.«

»Dann haben Sie also nicht mit den anderen Mädchen darüber gesprochen?«

»Kaum.«

»Dann könnte also alles nur Einbildung von Ihnen sein?«

»Was?«

»Was Sie mir da über Günstlingswirtschaft erzählen.«

»Seien Sie nicht blöd«, sagte Mae Nolan. »Ich bin lange genug

in dieser Branche, um beurteilen zu können, wann ich das bekomme, was mir zukommt, und wann nicht.«

Mason zog seine Brieftasche heraus, entnahm ihr einen knisternden Zwanzig=Dollar=Schein und gab ihn Mae. »Tut mir leid«, sagte er, »daß ich seit einiger Zeit nicht mehr an Ihrem Tisch war, Miss Nolan. Vielleicht nehmen Sie dies als eine Art Entschuldigung dafür an und als Entschädigung für die Trinkgelder, die ich zurückgelassen hätte, wenn ich dagewesen wäre.«

»Also, das nenne ich wirklich anständig«, strahlte sie. »Sie sind wirklich in Ordnung, Mr. Mason. Und wenn Sie wieder einmal kommen, denken Sie daran, an meinem Tisch werden Sie bestens – na ja, Sie wissen ja, Sie werden überall bestens bedient, aber – jedenfalls herzlichen Dank!«

Sie faltete den Schein zusammen, zog ihren Rock ohne falsche Scham in die Höhe und steckte ihn oben in den Strumpf.

»Ist das alles, was Sie uns erzählen können?« fragte Drake.

Mae Nolan zog ihren Rock wieder herunter. »Ja, nun ist es natürlich etwas anderes. Es ist mir immer ein Vergnügen, guten Freunden gefällig zu sein. Ich nehme an, Sie wissen, daß Mr. Alburg ihr den Pelzmantel gegeben hat?«

»Alburg?« fragte Mason.

»Ja, Alburg.«

»Mir hat er das jedenfalls nicht verraten«, sagte Mason. »Ich kann mir nicht vorstellen, daß . . .«

»Er hat. Er ging fort und holte ihn für sie.«

»Woher denn?«

»Das haben wir uns auch gefragt, Mr. Mason. Ein paar von den Mädchen denken, daß er ihn aus seiner Wohnung geholt hat. Er hat ihn vielleicht für sie aufgehoben.«

»Aber er war es selbst, der ihn geholt hat?«

»Allerdings. Er ging fort, und als er zurückkam, hatte er ein Riesenpaket in braunem Packpapier unterm Arm. Er ging damit in die Küche. Und das nächste war, daß eine von uns in den Waschraum ging, und da war das braune Papier in den Papierkorb gestopft . . . Und Dixie Dayton weinte den ganzen Nachmittag. Wir wußten nicht, warum sie weinte, bis wir sie mit dem Nerzmantel sahen. Und dann sahen wir ja auch, daß die Motten drin waren. Das ist ganz typisch für Morris Alburg. Er hat ihn für sie aufgehoben und einfach in Papier eingewickelt. Und überhaupt nicht daran gedacht, ein paar Mottenkugeln mit einzupacken. Lieber Gott, der Mantel muß jemanden mal eine ganze Stange Geld gekostet haben. Ich persönlich glaube ja

nicht, daß Dixie Klasse genug war, ihn sich selbst anzuschaffen. Ich glaube, daß er gestohlen ist.«

»Tja«, meinte Paul Drake, »das wären dann allerdings interessante Neuigkeiten. Noch irgendwas?«

Sie dachte einen Augenblick nach. »Ich denke, das wär's. Ich muß jetzt gehen. Danke für die Blumen!«

Sie warf ihnen ein strahlendes Lächeln zu, stand auf, reckte sich und strich ihren Rock über den Hüften glatt.

Drake erhob sich und hielt ihr die Tür auf. Mae Nolan warf Perry Mason noch ein Extra-Strahlen zu, lächelte, flatterte noch ein paarmal mit den Lidern und fegte dann, mit leicht übertriebenem Hüftenschwenken, aus dem Büro, nur um sich plötzlich umzudrehen und zu sagen: »He, Sie, einen Augenblick noch. Sie werden doch Mr. Alburg nichts von alldem erzählen, nicht wahr?«

Mason schüttelte den Kopf.

»Danke«, sagte sie.

Die Tür schloß sich. Della Street nahm eine Zeitung und machte ein paar Fächelbewegungen, um die Luft von dem schweren Parfüm zu reinigen.

Mason zog erstaunt die Brauen hoch. »Ich hatte gar nicht gemerkt, daß es so schlimm war, Della.«

»Kunststück!« sagte sie.

»Wie bitte?«

»Na, bei solchen Beinen und der Art und Weise, wie sie mit den Wimpern klapperte? Ich persönlich würde diesem kleinen Miststück nicht ein Wort glauben.«

»Eine ganze Masse kann natürlich reine Phantasie sein«, überlegte Mason, »aber nicht alles. Versuchen wir mal, Alburg ans Telefon zu kriegen, Della.«

»Von dem privaten Apparat aus?«

Mason nickte.

»Zehn zu eins: ohne Erfolg«, meinte Drake.

Della Street ging zu ihrem Schreibtisch und sagte zu dem Mädchen in der Zentrale: »Geben Sie mir bitte ein Amt, Gertie.« Dann wählte sie mit raschen, geübten Fingern die Nummer von Alburgs Restaurant.

»Ich möchte Mr. Alburg sprechen«, sagte sie. »Hier ist Mr. Masons Büro ... Was ist ...? Wann ...? Wann erwarten Sie ihn zurück ...? Bitten Sie ihn, Mr. Mason anzurufen, sobald er wieder da ist.«

Sie hing ein. »Er ist vor ungefähr zwei Stunden fortgegangen und noch nicht zurückgekommen.«

»Weiß jemand, wo er ist?«

»Anscheinend nicht. Sie sagen, daß sie nicht wissen, wo sie ihn

erreichen können, wollen ihm aber ausrichten, daß er anruft, wenn er zurückkommt.«

Vom Hausapparat auf Dellas Schreibtisch kamen drei kurze, scharfe Signale.

Della Street meldete: »Leutnant Tragg ist auf dem Weg hierher. Das ist das Signal, das ich mit Gertie verabredet habe.«

Die Tür vom Empfangszimmer wurde aufgestoßen. Leutnant Tragg stand auf der Schwelle und musterte die Anwesenden. Er war in Zivil. »Hallo, Leute! Viel Arbeit, Mason?«

»Aber woher denn«, sagte Mason. »Ich miete das Büro doch nur, damit ich einen Ort habe, wo ich mein Privatsystem für die Wetten ausarbeiten kann. Früher habe ich versucht, das an den Straßenecken zu tun, aber der Krach dort hat mich so gestört, daß ich mir schließlich diesen Laden hier gemietet habe.«

Tragg trat ein und schloß die Tür hinter sich. »Nehmen Sie es nicht tragisch, Mason. Ich gebe Gertie immer die Möglichkeit, Sie zu warnen, daß ich im Kommen bin, und zögere lange genug, daß Sie alles verstecken können, was Sie verschwinden lassen wollen. Aber es ist unter der Würde des Gesetzes, in anderer Leute Vorzimmer zu warten.«

»Weiß ich«, sagte Mason verständnisinnig. »Das Geld des Steuerzahlers muß zusammengehalten werden, wenn auch auf Kosten der Zeit des Steuerzahlers.«

»Genauso ist es.« Tragg ließ sich im Sessel nieder und schob seinen Hut in den Nacken.

Er sah Mason nachdenklich an und fing an: »Ich hätte es ja wissen können, daß ich mir die Finger verbrenne, wenn ich anfange, Kastanien für Sie aus dem Feuer zu holen.«

»Sind sie denn verbrannt?« fragte Mason.

»Sie sind ziemlich heiß geworden. Hoffentlich kriege ich keine Blasen. Ich hätte sie mir aber ernstlich verbrennen können.«

»Verstehe ich nicht.«

»Ich auch nicht. Deshalb bin ich hier.«

»Aber wieso soll ausgerechnet ich Ihnen das erklären?«

Paul Drake stand auf. »Also, ich trolle mich und seh' mal nach, wie die Hochbahn mein Büro durchschüttelt.«

»Ich wollte Sie nicht wegscheuchen, Drake.«

»Nur weg – nicht Scheuche«, sagte Drake mit einem Blick zu Mason und verschwand.

Tragg holte eine Zigarre aus der Tasche, schnitt das Ende ab, zündete sie sich an und sah Mason an. »Was macht's Geschäft?«

»Zuviel Arbeit, zuwenig Geld.«

»Ich weiß.« Tragg war voller Mitgefühl. »An einigen Tagen machen Sie nicht einmal magere tausend Dollar ... Wie hängen Sie eigentlich in dem Alburg-Fall drin, Mason?«

»Ich war in dem Restaurant, als die Aufregung losging. Ich esse da ab und zu. Alburg hat mir dann ein paar Fragen gestellt.«

»Was für Fragen?«

Mason lächelte Tragg an. »Daran kann ich mich nicht erinnern, Leutnant.«

Tragg betrachtete angelegentlich das Ende seiner Zigarre, ob sie auch brannte, und grinste Mason dann an. »Wissen Sie, Herr Verteidiger, ich mag Sie.«

»Danke sehr.«

»Damit fangen die Schwierigkeiten nämlich an.«

»Was für Schwierigkeiten?«

»Meine. Da sind so einige Leute in der Abteilung, die Sie ganz und gar nicht mögen.«

»Nein?«

»Nein. Sie denken, daß Sie auf der anderen Seite des Gesetzes lavieren.«

Mason erwiderte: »Das Gesetz gibt jedem Bürger das Recht, sich einen Verteidiger zu nehmen und ...«

»Sparen Sie sich das«, unterbrach Tragg. »Eines Tages will vielleicht ein Feinschmeckerklub eine Rede von Ihnen, und ich möchte nicht, daß Sie sich dann schon verausgabt haben.«

»Ich probe ja nur.«

»Sie brauchen keine Proben. Sie können es auf Anhieb, wenn Sie dran sind. Manchmal übrigens ein bißchen zu gut ... Was ist mit diesem Pelzmantel?«

»Was für ein Pelzmantel?«

»Der, den Della Street gestern abend aus dem Restaurant herausgebracht hat.«

Mason sah Della Street mit gespielter Strenge an. »Della, haben Sie wieder etwas mitgehen lassen?«

Sie nickte zerknirscht. »Ich kann nichts dafür, Chef. Es ist dieser entsetzliche Trieb in mir. Alles wird einfach schwarz, und wenn ich zu mir komme, stehe ich irgendwo in einer Ecke in einem Pelzmantel, an dem noch der Preis dran ist. Und dann weiß ich, daß mich meine Gedächtnisstörung wieder reingelegt hat.«

Tragg schnalzte mit der Zunge und schüttelte traurig den Kopf. »Bedauernswertes Kind«, sagte er zu Mason. »Das ist etwas, was sie ja gar nicht kontrollieren kann. Ist wohl eine Berufskrankheit. Kommt davon, wenn man für Sie arbeitet.«

»Nein, durchaus nicht«, widersprach Della Street hastig. »Es ist erblich. Es kommt von seiten der Familie meines väterlichen Großvaters – dem alten Kapitän Street, dem Seeräuber. Er pflegte mitzunehmen, was er brauchte, wenn gerade ein Entermesser greifbar war.«

»Warum versuchen Sie es nicht mit einem Psychoanalytiker?« fragte Tragg.

»Hab' ich ja. Er hat mir gesagt, daß mein Gewissen mit meinem ererbten Trieb im Kampf läge. Und daher schwindet mir dann das Bewußtsein, wenn ich irgend etwas mitnehmen will, damit ich nicht zu wissen brauche, was ich tue. Er nannte es einen Abwehrmechanismus.«

»Hat er keine Therapie angeboten?« fragte Tragg.

»Er wollte, daß ich mich auf eine Couch lege und ihm von meinem Frühleben erzähle.«

»Und das hat nicht geholfen?«

»Nicht ein bißchen.«

»Na«, meinte Tragg, »dann kann ich eine Behandlung empfehlen, die Ihnen helfen *könnte,* Della.«

»Und was ist das?«

»Ich gebe Ihnen zwanzig Minuten Zeit, um mir diesen Pelzmantel zu übergeben.«

»Was für einen Pelzmantel?« fragte Mason.

»Wie ich schon sagte, den Mantel, den sie aus Alburgs Restaurant gestern abend herausgebracht hat.«

»Also, jetzt wollen wir mal genau sein«, sagte Mason. »War es der Hudsonbay=Kanin oder der geschorene Biber, Della?«

Leutnant Tragg unterbrach: »Es war die Nerz=Stola.«

»Eine Nerz=Stola?« fragte Mason, nun ehrlich erstaunt.

»Vielleicht war das grammatisch nicht ganz richtig«, erläuterte Tragg. »Ich hätte wohl sagen sollen: der gestohlene Nerz.«

»Wem denn gestohlen?« fragte Mason.

»Das kann ich Ihnen noch nicht sagen.«

»Kommen Sie wieder, wenn Sie es können.«

»Nein, ich brauche den Mantel, Mason.«

Perry Mason steckte sich eine Zigarette an und lehnte sich in seinem Sessel zurück.

»Sie können ganz schön reinrasseln mit dieser Geschichte«, warnte ihn Tragg.

Mason fragte höflich: »Wie war der Liftdienst hierauf, Tragg?«

»Lausig.«

»Das ist um diese Zeit häufig so. Die Kerle, die ihre Büroschreibtische zeitig abräumen können, überlassen ihren Sekretärinnen den

letzten Arbeitskampf und strömen aus dem Haus raus, um in ihre Wagen zu kommen und dem Verkehrssturm zuvorzukommen. Manchmal muß man also eine ganze Zeit auf einen Lift warten. Und doch, Tragg, nehmen die Leute diese Unbequemlichkeit auf sich. Sie kommen ganz aus der Stadt heraus hierher und zahlen noch für einen Parkplatz. Und sie nehmen das Theater mit den Lifts auf sich, nur um hierherzukommen und mich zu bitten, ihre Rechte zu verteidigen. Wissen Sie, wenn jemand all das macht, finde ich, daß ich mich zumindest für seine Schwierigkeiten einsetzen sollte.«

»Hat sie irgendwer beauftragt, seine oder ihre Rechte an dem Pelzmantel zu verteidigen?«

»Wenn ich Ihnen diese Frage beantwortete«, sagte Mason, »würden Sie mir wahrscheinlich noch eine stellen.«

»Noch zwei.«

»Das dachte ich mir.«

Tragg sagte: »Ich werde Ihnen also etwas erzählen.«

»Bitte.«

»Jemals von Robert Claremont gehört?«

Mason schüttelte den Kopf.

»Erinnern Sie sich auch nicht, etwas über ihn gelesen zu haben?«

Wieder machte Mason eine Geste des Verneinens.

»Bob Claremont«, begann Tragg fast träumerisch, »ein verdammt netter Junge. Ich habe den Fall bearbeitet. Ein feiner, sauberer, aufrechter junger Kerl, der immer schon zur Polizei gewollt hatte. Das war sein Ideal. Der Krieg kam und schob diesem Ehrgeiz zunächst mal einen Riegel vor, und dann wurde er entlassen und benutzte die Schulung, die er gehabt hatte, um alles mögliche zu studieren. Polizeiwissenschaften und so, damit er ein guter Polizist würde ... Können Sie sich das vorstellen, Mason, einen Kerl, der Tag für Tag zur Schule geht und lernt. So viele Leute stellen sich Polizisten immer als finstere Gorillas vor, die herumlaufen und den Bürgern die Schädel mit Gummiknüppeln einschlagen und Abstandszahlungen von Buchmachern einkassieren ...«

»... und sich dann auf eine Farm in Texas zurückziehen«, schloß Mason.

Einen Augenblick lang runzelte Tragg unmutig die Stirn. Als er fortfuhr, lag unterdrückter Ärger in seiner Stimme. »Das ist ja die Schweinerei, Mason. Das ist es ja, was einem anständigen Polizisten das Leben sauer macht, die paar faulen Äpfel im Faß. Keiner erinnert sich an die Geschichte von dem Polizisten, der sein Leben hingibt, um einen Überfall zu verhindern. Alles, was sie behalten, ist der Polizist mit dem schlechten Gedächtnis, der sich ums Verrecken nicht an den

Namen der Bank erinnern kann, wo er die letzten hunderttausend Dollar deponiert hat.«

»Ich habe doch nur Spaß gemacht«, sagte Mason beruhigend.

»Aber ich mache gar keinen Spaß«, entgegnete Tragg. »Wissen Sie, was es heißt, Polizist zu sein, Mason? Sie sind außer Dienst. Sie gehen auf einen Markt oder zu einer Garage oder in eine Kneipe. Die Tür geht auf. Drei Mann mit abgesägten Schießeisen tauchen auf. Ein Überfall. Als einfacher Bürger können Sie zum Himmel langen. Ihre Freunde feiern Sie, wenn Sie nicht ohnmächtig werden. Aber als Polizist? Langen Sie nach oben, lassen die Kerle Sie springen und nehmen Ihnen Dienstwaffe und Abzeichen. Die wütenden Bürger überschwemmen dann das Headquarters mit Protestbriefen. Also greifen Sie nach Ihrer Pistole. Dabei haben Sie nicht die geringste Chance. Sie sind außer Dienst. Die Vorteile sind bei den andern, aber Sie haben die Verantwortung des Polizisten auf den Schultern. Und Sie riskieren es. Sie greifen nach der Waffe, Sie stemmen sich gegen den Schmerz von dem Blei in Ihren Knochen, nur damit Sie noch ein paarmal auf den Abzug drücken können, bevor Sie erledigt sind. Und dann machen die Leute faule Witze über Ölquellen in Texas.«

»Schon gut«, sagte Mason. »Es gibt eben Polizisten und Polizisten. Sie sind in Ordnung, Tragg. Ich meinte ja nicht Sie, als ich von Millionären redete. Sie hatten mir gesagt, ich sollte meinen Text für eine Rede bei einem Feinschmeckerklub aufheben, als ich versuchte, Ihnen was über Anwälte zu erzählen. Ich habe Sie über Polizisten reden lassen. Jetzt erzählen Sie mir von Claremont.«

»Bob wurde also einfacher Polizist. Er kam schnell vorwärts. Jeder mochte ihn. Er war auf Draht, jede Minute bei der Arbeit, und wenn ihm irgend jemand erzählt hätte, daß es irgendwo bei der Polizei Korruption gäbe, hätte er den Kerl umgelegt. Die Polizei war sein Ideal. Sie repräsentierte das Gesetz und wachte über die Hilflosen.«

»Was passierte ihm?« fragte Mason.

»Das weiß keiner genau. Anscheinend sah er irgend etwas bei einem Auto, das ihm verdächtig schien. Er muß das Auto angehalten haben, um den Fahrer auszufragen. Warum er das getan haben soll, weiß keiner. Er war nicht in der Verkehrsabteilung, und er hätte auch kein Auto für eine Routinekontrolle angehalten. Es muß also mit dem Auto irgend etwas gewesen sein, das seinen Verdacht geweckt hat.«

»Erzählen Sie weiter«, forderte ihn Mason auf.

»In dem Wagen müssen mindestens zwei Männer gewesen sein, vielleicht sogar mehr. Denn sie haben ihn zweifellos überrascht und ihn in den Wagen hineingezogen.«

»Warum sollten sie das getan haben?« fragte Mason.

»Ich weiß es nicht. Soweit wir die Sache zusammenkriegen, wurde er in den Wagen hineingezogen. Sie zwangen ihn, sich auf den Boden zu legen, nahmen ihm seine Waffe weg und fuhren dann an die zehn Meilen aus der Stadt heraus. Und dann, während er noch unten am Boden lag, drückten sie ihm den Revolver an den Kopf – eine Kontaktwunde. Jemals eine solche Wunde gesehen, Mason?«

Mason sah ihn fragend an.

Tragg sagte: »Nicht schön anzusehen. Der Revolver wird direkt an den Kopf gehalten. Die Kugel geht hinein und auch die Gase aus dem Revolver. Wenn die Gase in den Kopf hineinkommen, dehnen sie sich weiter aus.«

»Leutnant«, sagte Mason, »erzählen Sie weiter, aber quälen Sie sich nicht dabei.«

»Ich komme nicht drüber weg«, sagte Tragg bitter. »Sie hätten die Frau von dem Jungen kennen sollen. Und dann die Kinder. Zwei. Ein paar feine, gesunde Kinder, die wie ihr Vater aussehen, mit ruhigen, ehrlichen blauen Augen. Der Größere war alt genug, um zu verstehen, was passiert war, der Kleinere nicht.«

»Und die Frau?« fragte Della Street.

Tragg sah sie einen Augenblick an, dann preßten sich seine Lippen zusammen. »Sie wußte schon, was passiert war ... ein verdammt nettes Mädchen. Sie und Bob Claremont waren jahrelang ineinander verliebt gewesen, aber der Krieg kam, und er ging nach Übersee. Was das heißt, weiß man ja – jede Nacht für jemanden beten, auf Briefe warten, vor Telegrammen Angst haben, vor Telefonanrufen . . . Na ja, das haben viele Leute durchgemacht und sie auch. Das ist eben Krieg. Ihr Mann kam wieder. Viele andere nicht.

Soweit hatte sie Glück. Er kam auf Urlaub, sie heirateten. Er hat seinen Sohn erst gesehen, als der Krieg vorbei war. Der Junge war da schon über ein Jahr alt . . . Dann fing Bob an zu lernen. Er lernte, um in seinem Beruf etwas leisten zu können. Die Gesetzesmacht war für ihn eine Karriere. Pflegte zu sagen, daß der wissenschaftliche Forscher genauso wichtig für die Öffentlichkeit sei wie der Rechtsanwalt oder der Arzt. Gab alles Geld, was er hatte, für Bücher über Verbrechen, Kriminologie, Gerichtsmedizin und solches Zeug aus.«

»Sie sagten, es sei eine Kontaktwunde gewesen?« unterbrach ihn Mason.

»Eine der Wunden war eine«, antwortete Tragg. »Die anderen nicht. Es war die Kontaktwunde, die den Tod herbeigeführt hatte. Dann haben sie weitergemacht und den ganzen Revolver in ihn ent-

leert, um ganz sicherzugehen. Oder weil einer von den Kerlen schußwahnsinnig war und das Geräusch von aufplatzenden Kugeln liebte.«

»Und was geschah weiter?« fragte Mason.

»Dann haben sie ihn aus dem Wagen geworfen.«

»An der Stelle, an der er umgebracht worden war?«

»Keiner weiß, wo er genau erschossen worden ist«, sagte Tragg. »Es scheint im fahrenden Wagen gewesen zu sein. Sie warfen ihn dann hinaus. Sie hielten sich nicht mal damit auf, den Wagen anzuhalten – öffneten nur einfach die Tür und ließen ihn auf die Fahrbahn knallen und sich überschlagen wie ein Sack Mehl. Jedesmal, wenn er aufknallte, gab es eine Spur von Blutspritzern. Der Wagen ist weitergefahren.«

Tragg zog nachdenklich einen Augenblick an seiner Zigarre. »Wir haben die Kugeln, natürlich ... und das ist auch sehr merkwürdig. Wir haben einen Mann in der Ballistik, der eine Sammlung von Kugel-Mustern hat. Jeder Polizist muß eine Kugel aus seinem Revolver in eine mit Watte gefüllte Röhre feuern. Die Kugeln werden dann aufgehoben und registriert. Wir hatten also auch die Muster-Kugel von Bob Claremonts Dienstrevolver. Wir verglichen sie mit den Mordgeschossen. Sie waren identisch. Auf Bob ist sechsmal mit seinem eigenen Revolver geschossen worden.«

»Und?« fragte Mason.

Tragg erklärte: »So konnte es gar nicht gewesen sein. Bob Claremont wäre nie zu Boden gegangen und hätte nie irgendwem erlaubt, seinen eigenen Revolver zu ziehen. Deshalb erzählte ich Ihnen von den Polizisten, Mason. Auch wenn die Chancen eins zu einer Million stehen, muß der Polizist sie ergreifen. Auch wenn nicht die geringste Chance ist, stirbt ein Polizist im Kampf – und Bob Claremont war genau dieser Typ. Diese sechs Hülsen von seinem eigenen Revolver sind etwas Unmögliches. Ein- oder zweimal hätte er selbst erst geschossen, wenn er tatsächlich einen Wagen angehalten hätte, um ein Verhör anzustellen.«

»Und sein Revolver?«

»Ist niemals wieder zum Vorschein gekommen. Und das ist auch wieder rätselhaft. Gewöhnlich wirft man den Revolver raus, bevor man weiterfährt. Bedenken Sie, er war leer. Es war ein Dienstrevolver, und er stank.«

»Sie haben natürlich gesucht?«

»Gesucht? Wir haben diese Straße abgekämmt, jeden Zentimeter. Wir sind mit Minensuchgeräten rangegangen und haben die sumpfigen Wiesen durchsucht.«

»Und nichts gefunden?«

»Nichts, gar nichts.«

»Ich nehme an«, sagte Mason, »daß Sie mir diese Geschichte aus einem ganz bestimmten Grund erzählen.«

»Aus einem ganz bestimmten Grund, ja«, antwortete Tragg. »Bob Claremont wurde am 17. September ermordet – vor einem Jahr. Glauben Sie mir, Mason, wir haben das Unterste nach oben gekehrt. Wir hatten auch einen Verdächtigen.«

»Wen?« fragte Mason.

Tragg zögerte.

»Sie brauchen es mir nicht zu erzählen, wenn Sie nicht wollen. Ich wollte nur ein klares Bild von dem Fall haben.«

»Nein, ich werde es Ihnen erzählen«, sagte Tragg. »Ich lege die Karten auf den Tisch, weil es für Sie verdammt wichtig sein kann, Mason. Der Verdächtige war ein Kerl namens Sedgwick. Er hieß Thomas E. Sedgwick und war Buchmacher. Claremont war hinter ihm her. Claremont hoffte, ihn zu überführen und zu fassen. Claremont kannte noch nicht sämtliche Tricks. Das heißt, er kannte sie, aber er wollte sie nicht benutzen. Er wollte nicht mit Polizeispitzeln arbeiten; er wollte selbst die Beweise herbeischaffen. Er arbeitete an dem Fall Sedgwick in der Zeit, als er umgelegt wurde. Wir wollten Sedgwick holen, um ihn wegen des Mordes auszufragen – nicht, daß wir etwas Greifbares gegen ihn hatten, aber wir wußten, daß Claremont hinter ihm hergewesen war. Und – wir konnten Sedgwick nicht finden. Er war verschwunden, hatte sich in nichts aufgelöst. Wir wüßten sehr, sehr gern, wo Thomas E. Sedgwick ist.«

»Und Sie hatten nichts Greifbares gegen ihn? Außer der Tatsache, daß dieser Polizist sich für ihn interessiert hatte?«

»Sedgwick besaß einen Zigarrenkiosk«, berichtete Tragg weiter. »Es ging ihm geschäftlich recht gut, alles in allem ging es ihm sogar ausgezeichnet. Und in der Nacht, in der Claremont getötet wurde, verließ Sedgwick die Stadt. Am nächsten Tag war da ein neuer Knabe in dem Zigarrenkiosk. Sagte, daß Sedgwick für tausend Dollar an ihn verkauft hätte, und hatte eine Quittung, um das zu beweisen. Sagte, er hätte schon seit einer Woche oder zehn Tagen mit Sedgwick wegen des Kaufs verhandelt, und um zwei Uhr nachts hätte ihn Sedgwick angerufen und ihm gesagt, daß er, wenn er tausend Dollar in bar auf den Tisch des Hauses legen wollte, das Zigarrengeschäft mit Schlüssel, Vorräten und allem Drum und Dran haben könne. Der Kerl griff zu. Sedgwick wollte aber keinen Scheck, er mußte das Geld in bar haben. Der Kerl trieb das Geld auf, und gegen vier Uhr morgens wurde der Handel abgeschlossen. Sedgwick unterschrieb vor zwei Zeugen den Kaufvertrag, und das war das letzte, was irgend

jemand von Thomas E. Sedgwick zu sehen gekriegt hat. Überflüssig, zu erzählen, daß der Knabe, der den Laden gekauft hatte, nur Zigarren verkaufte. Nichts als Zigarren. Es war eine gute Lage. Er verkaufte Zigarren und hielt seine Nase sauber. Hätte er uns jemals eine Chance gegeben, ihn mit ins Headquarters zu nehmen, hätten ihn die Jungs da auf Teufel komm raus bearbeitet. Diese Chance gab er natürlich keinem. Und wir haben alles bei ihm versucht. Wir haben Lockspitzel eingesetzt, wir haben Schnüffler aufgeboten, alles versucht, was es nur gab. Und der Kerl war sauber.«

»Was geschah mit ihm?« fragte Mason.

»Er blieb ungefähr zwei Monate in dem Laden, dann verkaufte er an einen anderen. Der war aber der Polizei bekannt und fing bald an, sich als Buchmacher zu betätigen. Wir haben ihn derart schnell hoppgenommen, daß er gar nicht wußte, wie ihm geschah.«

»Aber keine Spur von Sedgwick?«

»Keine Spur von Sedgwick.«

»Ich nehme an, diese Einleitung soll zu irgend etwas führen.«

»Gestern abend«, fuhr Tragg fort, »war diese Affäre in Alburgs Lokal. Eine Kellnerin kriegte es mit der Angst und rannte auf die Seitengasse hinaus. Irgend jemand schoß hinter ihr her. Sie reagierte nicht, wie der Revolvermensch wahrscheinlich gedacht hatte, und stieg nicht in den Wagen ein, sondern schrie und stürzte auf die Hauptstraße hinaus. Manchmal sind die Dinge ja komisch. Jemand hat einen Revolver, und das ist schließlich ein Symbol von Macht. Der Durchschnittsmensch hat vor einem solchen Revolver Todesangst. Er sieht in das große schwarze Loch rein und sieht die bösen kleinen Kugeln alle um den Zylinder herumgruppiert, und seine Knie werden weich ... Je mehr man von Schießeisen weiß, um so besser weiß man, daß nicht der Revolver das Gefährliche ist, sondern der Mensch dahinter. Manche können einen Revolver abschießen, andere nicht. Manche Leute, die jede dünne Stange treffen, können aus vier Meter Entfernung nicht auf ein Ziel von Menschengröße schießen, ohne sich nicht vorher in Positur zu stellen und sorgfältig zu zielen, und dann schießen sie vielleicht noch daneben. Einen Revolver nach Gefühl aus der freien Hand abzuschießen, braucht ziemliche Übung.«

»Ja«, nickte Mason.

»Und wer immer mit dem Wagen da gefahren ist, hat nicht mit der Tatsache gerechnet, daß die offene Tür nur ein ziemlich begrenztes Schußfeld bot. Sein erster Schuß ging daneben. Außerdem hatte er wohl überhaupt nicht damit gerechnet, daß er schießen müßte. Als die Kellnerin vorsprang, kam sie aus der Schußlinie heraus. Der Fahrer trat aufs Gas, um sie zu überholen. Und als er das tat, fiel die rechte

Tür vorn zu. Der Kerl feuerte noch einmal, und nach Zeugenaussagen ging die zweite Kugel, die abgeschossen wurde, durch die halboffene Tür, gerade als sie zufiel. Das Mädchen schrie und kam auf die Straße. Die Schüsse hatten sie verfehlt. Ein Autofahrer fuhr sie an. Die Ausfahrt der Seitengasse war durch den sich stauenden Verkehr und die neugierigen Fußgänger blockiert. Der Mann in dem Wagen konnte aber wirklich mit einem Auto umgehen. Es ist keineswegs leicht, mit einem Auto in hoher Geschwindigkeit rückwärts zu fahren. In der Seitengasse war kein Platz zum Wenden. Der Mann saß in der Falle. Und er mußte da schnell raus. Er hätte das Auto stehenlassen und sich unter die Fußgänger mischen können, aber aus irgendeinem Grunde wagte er das nicht. Er knallte den Rückwärtsgang rein und raste rückwärts aus der Allee heraus, so schnell er konnte.«

»Das haben Sie herausbekommen?« fragte Mason.

»Ja«, antwortete Tragg. »Ein paar Zeugen sahen das Auto ruckartig anhalten. Sie dachten, daß der Fahrer aussteigen wollte. Er stieg aber nicht aus, sondern ging in den Rückwärtsgang und wurde immer schneller. Er fuhr in schnurgrader Fahrt hinten heraus, ohne irgendwelches Hin und Her. Sie wissen, was das heißt, Mason. Der Mann muß ein Könner gewesen sein. Der normale Autofahrer kann nicht so fahren. Einer, der daran gewöhnt ist, einen Überfallwagen zu fahren, kann es vielleicht, und einer, der im Schmuggel oder im Rauschgifthandel groß geworden ist, kann es auch. Das ist ja Teil ihres Geschäftskapitals, daß sie mit einem Wagen durch jeden Verkehr und durch Straßen schneller rasen können als andere Leute.«

»Na schön«, sagte Mason. »Und was ist nun der springende Punkt jetzt?«

»Der springende Punkt ist, daß Sie mich um den besonderen Gefallen gebeten hatten, dafür zu sorgen, daß dieses Mädchen in eine Privatklinik kam. Ich sorgte dafür. Aus einer Privatklinik konnte sie leichter heraus. Sie ging auch raus. Sie verduftete, sie verschwand.«

»Bin ich dafür verantwortlich?« fragte Mason.

»Wenn ich das wüßte, wäre mir wohler«, antwortete Tragg. »Aber warten Sie, bis Sie die Folgen hören.«

»Und die wären?«

»Natürlich spitzten wir die Ohren, als wir hörten, daß sie auf diese Weise verduftet war«, fuhr Tragg fort. »Es war an sich ein Fall für das Verkehrsdezernat. Die Beamten gingen in Alburgs Lokal und fingen an, Fragen zu stellen. Alburg schien nicht weiter ausweichen zu wollen, aber er schien tatsächlich kaum was über dieses Mädchen zu wissen. Er war ahnungslos.«

Mason nickte. »Weiter.«

»Aber«, fuhr Tragg fort, »die Jungs fanden die Handtasche der Kellnerin. Sie sahen sie sich an. Da war ein Pfandschein drin von einem Leihhaus in Seattle. Die Jungs setzten sich mit dem Leihhaus in Seattle in Verbindung und holten sich den Gegenstand, auf den der Schein ausgestellt war. Es war ein Brillantring mit zwei kleinen Smaragden, ganz hübsche Angelegenheit. Sie hat hundertfünfundzwanzig dafür gekriegt, und wert war der Ring tausend.«

»Und?« fragte Mason.

»Na ja, dann fingen die Jungs natürlich wieder an, Fragen zu stellen, holten sich eine Beschreibung des Mädchens und versuchten rauszukriegen, was sie konnten. Und der Pfandleiher erinnerte sich, daß damals zwei Sachen zu gleicher Zeit versetzt worden waren. Sie hatte nicht nur den Brillantring versetzt, sondern auch einen Revolver. Den Schein für den Revolver besaßen wir nicht, daher wußte die Polizei in Seattle nichts von dem Revolver, aber der Mann in dem Laden erinnerte sich daran. Er holte den Revolver heraus, und die Polizei in Seattle telefonierte uns eine Beschreibung durch, nur so für alle Fälle. Sie gaben uns auch die Seriennummer. Und«, schloß Tragg, »es war der Revolver von Bob Claremont — der Revolver, der seit der Nacht verschwunden gewesen war, in der irgendwer ihn aus Claremonts Halfter gezogen und an Claremonts Kopf gehalten hatte — der Revolver, mit dem man Bobs Leben ausgeblasen und weitere fünf Schüsse in seinen zuckenden Körper gejagt hatte, um dann den Toten wie einen Sack Mehl aus dem Wagen zu werfen.«

Tragg schwieg. Er sah auf das Ende seiner Zigarre, schien erstaunt, zu entdecken, daß sie ausgegangen war. Er zog ein Streichholz aus seiner Tasche, zündete es an der Schuhsohle an, drehte die Zigarre liebevoll zwischen seinen Fingern, während er das Ende in die Flamme hielt, und ließ das Streichholz in den Aschenbecher fallen. Dann setzte er sich in dem gepolsterten Ledersessel zurück und rauchte nachdenklich, scheinbar völlig verloren in seinen Gedanken versunken und von dem Aroma seiner Zigarre in Anspruch genommen.

Mason und Della Street sahen sich an.

Schweres, drückendes Schweigen lag im Zimmer.

Mason drückte seine Zigarette aus und begann, langsam mit den Fingern am Rand seines Schreibtisches herumzutrommeln, nur mit den Spitzen und quasi geräuschlos.

Tragg rauchte weiter.

»Wann haben Sie das alles herausgefunden?« fragte Mason schließlich.

»Ungefähr eine halbe Stunde, bevor ich mich hierher aufmachte.«

»Und wo waren Sie während dieser halben Stunde?« fragte Mason weiter.

»Wo, zum Teufel, glauben Sie wohl. Ich versuchte, Alburg aufzutreiben.«

»Und wo ist Alburg?«

Tragg zuckte die Achseln, machte mit der linken Hand eine kleine Geste ins Leere und rauchte weiter.

»Aus welchem Grund genau erzählen Sie mir das alles?«

»Weil«, sagte Tragg, »ich Sympathie für Sie habe. Sie haben sich schon einiges geleistet. Sie sind damit durchgekommen, weil es sich um Fälle gehandelt hat, bei denen Sie im Recht waren. Wären Sie nicht im Recht gewesen, hätte man Sie gekreuzigt. Wie die Dinge lagen, ging es gerade noch glatt. Sie sind geschickt. Sie sind sogar verdammt geschickt. Sie sind logisch, Sie kämpfen mit beiden Fäusten. Sie stellen sich vor Ihre Klienten ... Sie waren aber noch nie in einen Fall verwickelt, in dem ein Polizist bei der Ausübung seines Dienstes getötet worden ist. Hören Sie auf mich, und lassen Sie sich nicht auf einen derartigen Fall ein. Da wird einiges los sein. Sie könnten etwas abbekommen, Sie werden dabei etwas abbekommen.«

Tragg schwieg und zog weiter an seiner Zigarre. Dann sagte er zu Mason: »Und jetzt möchte ich diesen Pelzmantel haben.«

Mason überdachte dies Problem mit stirnrunzelnder Konzentration, während seine Fingerspitzen weiter auf dem Schreibtisch trommelten.

»Bekomme ich ihn?« fragte Tragg.

Mason trommelte weiter. »Lassen Sie mich etwas nachdenken«, antwortete er.

»Wir haben Zeit«, sagte Tragg. »Das ist hier kein Gesellschaftsspiel.«

Eine kurze Pause Schweigen setzte ein. Della Street blickte besorgt auf Masons granithartes Gesicht.

Unvermittelt brach Mason sein Getrommel ab. »Steht außer Frage, daß es sich um dasselbe Mädchen handelt?«

»Klar, steht das in Frage«, antwortete Tragg. »Alles steht in Frage. Das ist einer der Gründe, weshalb ich unbedingt mit Alburg noch einmal sprechen wollte ... Jedenfalls ist das Mädchen, das den Brillantring versetzt hat, dasselbe, das Bob Claremonts Revolver versetzt hat.«

Mason fing wieder an, mit seinen Fingerspitzen loszutrommeln, und sagte dann plötzlich: »Was ich einfach nicht verstehen kann, Tragg, ist, wieso in drei Teufels Namen sie so etwas getan haben sollte. Wer immer Claremont umgebracht hat, wußte, daß dieser Revolver heißer als ein Feuerrost war. Mit diesem Revolver muß man direkt in

der Gaskammer landen. Der Anwalt ist noch nicht geboren, der einen Freispruch für die Person erreichen könnte, die mit Claremonts Revolver bewaffnet auftaucht. Nicht, wenn nur der leiseste Schein eines Beweises dranhängt.«

»Was erzählen Sie mir da, Mason?«

»Wieviel hat sie für den Revolver bekommen?«

»Achtzehn Dollar.«

»Ist er in gutem Zustand?«

»In dem gleichen guten Zustand wie an dem Tag, als Bob Claremont sich mit einem Kuß von seiner Frau und den Kindern verabschiedete und ihn in den Halfter schob.«

Mason sagte nachdenklich: »Der Mörder kann einfach nicht derart dumm gewesen sein, Tragg.«

»Der Mörder war so dumm. Ich werde Ihnen noch was anderes erzählen, Mason. Es ist ziemlich schwierig, auf einem Revolver Fingerabdrücke festzustellen. Lassen Sie sich da von den Zeitungen nichts vormachen. In fünfundneunzig Fällen von hundert kann man keinen Fingerabdruck auf einer Waffe finden. Aber auf dieser hier haben wir einen gefunden. Der Revolver ist irgendwo im Feuchten gewesen, und irgend jemand hat die aufgerauhte Innenseite des Abzugs mit einem nassen Finger berührt. Und dann hat sich Rost auf dem feuchten Abdruck gebildet.«

»Wissen Sie, wessen Fingerabdruck es ist?« fragte Mason.

»Es ist der Abdruck von Thomas Sedgwicks rechtem Zeigefinger«, antwortete Tragg.

Mason drehte sich jäh zu Della Street um. »Was haben Sie mit dem Pelzmantel gemacht, Della?«

»Ihn an einen sicheren Ort gebracht.«

»Wohin?«

»In eine Pelzaufbewahrung.«

»Wo ist die Quittung?«

»In meiner Handtasche.«

»Geben Sie sie Leutnant Tragg.«

Della Street öffnete ihre Handtasche, nahm einen blauen Pappabschnitt heraus und gab ihn Tragg.

Tragg stand auf, schnippte die Asche von seiner Zigarre und sagte: »Besten Dank.«

»Moment«, sagte Mason, »wir brauchen eine Quittung.«

»Schreiben Sie sie aus«, forderte Tragg Della Street auf.

»Darf ich den Abschnitt bitte noch einmal haben?«

Tragg gab ihn ihr. Della Street flog mit ihren Fingern über die

Tasten, riß das Papier von der Walze und gab es Tragg zum Unterschreiben.

Tragg schob seine Zigarre in einen Mundwinkel, damit ihm der Rauch nicht in die Augen kam, als er sich niederbeugte, um seinen Namen auf das Blatt Papier zu kritzeln.

Langsam, als kämpfe er mit sich, nahm er eine in Zellophan gewickelte Fotografie aus seiner Tasche. Sie war auf ein Passepartout aufgezogen und zeigte ein junges ehrgeiziges Gesicht, ein Gesicht mit gutgeschnittenen Zügen, wachen Augen, in denen ein humorvolles Zwinkern lag, einen Mund, der fest war, ohne hart oder grausam zu sein, ein gutes Kinn, eine gerade Nase und eine wohlgeformte Stirn unter welligem schwarzem Haar.

»Sieht gut aus, nicht wahr?« fragte Tragg.

»Das kann man wohl sagen!« Della Street war begeistert. »Wer ist es?«

»Nicht ist: war. Sehen Sie sich den jugendlichen Schwung an, die offenen Augen ... Verdammt, ich werde zu sentimental für einen Polizisten.«

»Bob Claremont?« fragte Mason.

»Bob Claremont«, bestätigte Tragg und ging.

5

Gegen halb zehn Uhr abends sah Mason in Drakes Büro hinein.

»Irgendwelche Neuigkeiten, Paul?«

»Noch nicht.«

»Was über George Fayette rausgekriegt?«

»Ich bin nicht ganz sicher«, sagte Drake, »aber es gab einen George Fayette, der vor Jahren wegen Buchmacherei verhaftet worden ist. Könnte derselbe sein.«

»Könnte«, meinte Mason. »Was ist aus dem Fall geworden?«

»Gar nichts.«

»Was heißt ›gar nichts‹?«

»Genau das. Der Mann wurde verhaftet, ins Gefängnis gesteckt, auf Kaution entlassen, und nichts geschah. Der Fall hat sich einfach in Wohlgefallen aufgelöst.«

»Wie hoch war die Kaution?«

Drake grinste. »Hundert Dollar.«

»Sieht nach abgekartetem Spiel aus.«

»Gut möglich. Du weißt ja, wie so Sachen sind.«

»Konntest du herausbekommen, wo er wohnt oder sonst was über ihn?«

»Nichts, absolut nichts.«

»Von wem kam die Kaution?«

»Von einem dieser Kautionsmakler – ein Kerl, der Grundbesitz im Wert von ungefähr zwanzigtausend Dollar hat, mit einer Hypothek von fünfundzwanzigtausend drauf, und der Kautionen im Wert von ungefähr fünfhunderttausend Dollar übernommen hat, für die er sein Grundstück als Sicherheit bot.«

»Kannst du das beweisen?« fragte Mason.

»Nein, mein Lieber«, grinste Drake. »Du wolltest schließlich, daß ich Fayette auftreibe. Wenn du mich auf das Kautionsgeschäft loslassen willst, dann beschaffe mir erst mal fünf Assistenten, zehn Mann persönliche Leibwache und einen Panzer und dir selbst einen bombenfesten Bunker. Ich skizziere dir hier nur die farbenprächtigen allgemeinen Umstände.«

»Na schön«, sagte Mason. »Ich hatte gehofft, daß mich Alburg anruft. Ich habe ihm einen Brief geschrieben und ihn mit Boten in seinen Laden geschickt. Er wurde bei der Kassiererin abgegeben. Ich habe ihr sagen lassen, daß sie Morris Bescheid sagen soll, wenn er anruft, daß der Brief bei ihr sei, damit er ihn sich bringen läßt.«

»Was hast du ihm geschrieben, Perry?«

»Eine ganze Menge. Und außerdem, daß er mich jederzeit Tag und Nacht anrufen kann. Ich habe ihm auch deine Nummer hier gegeben und ihm gesagt, daß er hier anrufen soll, wenn ich nicht im Büro bin – er soll mich sofort anrufen, wenn er meinen Brief bekommen hat, ganz gleich, wann ... Kann ich mal telefonieren?«

Mason nahm den Hörer ab und gab Drakes Telefonistin die Nummer von Morris Alburgs Restaurant, und als der Anschluß hergestellt war, fragte er: »Kann ich Mr. Alburg sprechen?«

»Er ist nicht da.«

»Hier spricht Mason. Wann wird er zurück sein?«

»Das kann ich Ihnen nicht sagen, Mr. Mason.«

»Dann geben Sie mir bitte die Kassiererin.«

»Einen Augenblick, bitte.«

Dann meldete sich die Stimme einer Frau. Mason sagte: »Hier ist Perry Mason, der Anwalt. Ich habe einen Brief bei Ihnen deponieren lassen für Mr. Alburg. Das heißt, ich schickte ihn durch Boten und der Anweisung, daß, wenn Mr. Alburg zu Ihnen kommt oder sich meldete ...«

»Ja, Mr. Mason, ich glaube, er hat ihn schon.«

»Was hat er schon?«

»Den Brief.«

»Ist er dagewesen?«

»Nein, er ... Verstehen Sie, er wird heute abend nicht kommen. Er rief an und – na ja, ein paar Leute haben hier nach ihm gefragt.«

»Ein paar Leute?«

»Ja, mehrere«, sagte sie. »Sie warten hier auf ihn.«

»Ich verstehe.«

»Ich sagte Mr. Alburg«, berichtete die Kassiererin weiter, »daß eine ganze Reihe von Leuten ihn suchten, und ich sagte ihm auch, daß dieser Brief von Ihnen für ihn hier läge, der so wichtig sei. Da bat er mich, sofort ein Taxi zu nehmen und den Brief zu einer Cocktailbar zu bringen. Er sagte, er würde ihn sich dort abholen.«

»Sagte er wann?«

»Nein.«

»Wenn Sie wieder von ihm hören, fragen Sie ihn, ob er den Brief bekommen hat. Sagen Sie ihm, der Brief sei im Augenblick das Wichtigste und Dringendste für ihn. Sagen Sie ihm, er soll den Brief lesen und mich sofort anrufen.«

»Das will ich gern tun, Mr. Mason.«

»Noch etwas. Wann haben Sie Dienstschluß?«

»Um ein Uhr.«

»Wo wohnen Sie, wie ist Ihre Telefonnummer?«

»Aber Mr. Mason!«

»Seien Sie nicht albern«, sagte Mason. »Das ist wichtig. Wie ist also Ihre Telefonnummer?«

»Exfort 3-9827.«

Mason schrieb sie sich auf. »Vielleicht muß ich Sie einmal anrufen. Sorgen Sie dafür, daß sich Morris mit mir in Verbindung setzt. Auf Wiederhören.«

Mason hängte ein und sagte zu Paul Drake: »Morris Alburg wird mich hier unter dieser Nummer anrufen. Wenn er anruft, soll deine Telefonistin meine Geheimnummer in der Wohnung anrufen und mich mit Alburg verbinden. Bringt sie das fertig?«

»Klar.«

»Sage ihr, daß es sehr, sehr wichtig ist. Ich muß sicher sein, daß der Anruf ohne Panne durchgeht.«

»Wann wird er denn kommen, Perry?«

»Irgendwann heute nacht – hoffe ich. Kann jede Minute sein von jetzt an.«

»Wann fährst du in deine Wohnung?«

»Jetzt gleich.«

»Ich packe jetzt auch zusammen und habe genug für heute. Meine

Nachttelefonistin ist neu, aber sehr tüchtig. Sie kommt um Mitternacht, und das Mädchen, das jetzt in der Zentrale ist, ist schlau wie eine Hexe. Ich sorge dafür, daß sie beide Bescheid wissen und auf dem Quivive sind. Du wirst deinen Anruf umgestellt bekommen, sofort, wenn er ankommt.«

»Wunderbar«, sagte Mason, »dann gehe ich jetzt.«

»Ich komme mit dir runter, Perry.«

Drake hielt bei der Telefonzentrale an, um Masons Anweisungen weiterzugeben, und begleitete dann den Anwalt zum Parkplatz.

»Wie tief soll ich eigentlich in die Fayette-Geschichte einsteigen?« fragte er Mason.

»Ziemlich tief«, antwortete Mason. »Wühle, was du kannst, und sieh alle Berichte durch. Wenn du jemanden aus der Branche da kennst, frage ihn nach Fayette.«

»Wenn er überhaupt in der Stadt ist, sollte ich morgen etwas wissen, vor allem, wenn er der Fayette ist, der damals wegen Buchmacherei verhaftet worden war. – Also, auf bald!«

»Und die Sache mit dem Anruf geht klar, nicht wahr, Paul?«

»Selbstverständlich. Reine Routinesache. Meine Telefonistin wartet doch drauf.«

Mason sah auf seine Armbanduhr, als er losfuhr. Es war neun Uhr zweiundvierzig.

Um zehn saß er eingeigelt in seiner Wohnung und versuchte sich für eine Illustrierte zu erwärmen. Um drei Viertel elf fing er an, mit irritiert zerfurchter Stirn hin und her zu laufen. Um zehn nach elf versuchte er es mit einem Buch. Um halb zwölf warf er das Buch in die Ecke, zog sich aus und ging zu Bett. Es dauerte mehr als eine Stunde, bis er einschlief. Schließlich schlief er tief, denn die Müdigkeit hatte ihn dann doch plötzlich überfallen.

Er lag in festem Schlaf, als der Apparat an seinem Bett losklingelte. Beim dritten Läuten brachte er es endlich fertig, so weit wach zu werden, daß er den Hörer in die Hand nehmen konnte.

»Hallo?« fragte er.

Eine energische weibliche Stimme sagte: »Mr. Mason, es tut mir leid, daß ich störe, aber so lautet die Anweisung.«

»Aha, ist das Drakes Büro?«

»Ja. Mr. Alburg ist am anderen Apparat. Er sagt, er riefe auf Ihren Brief hin an.«

»Geben Sie ihn mir. Können Sie die Verbindung herstellen?«

»O ja. Einen Augenblick. Ich muß nur umstöpseln.«

Ein Knacken in der Leitung, und dann sagte Mason, leicht ärgerlich:

»Hallo, Alburg. Das wird Sie eine Menge Geld kosten. Konnten Sie mich nicht eher anrufen?«

Alburgs Stimme klang ängstlich und heiser: »Ich konnte nicht.«

»Warum nicht?«

»Das kann ich Ihnen nicht sagen.«

»Also, wenn Sie mich schon anrufen: Was ist faul an dieser Geschichte? War die Sache wirklich so, wie Sie mir gesagt haben, oder kannten Sie . . .?«

»Keine Namen, bitte!« sagte Alburg.

»Mein Gott.« Mason wurde wütend. »Können Sie denn da nicht ungestört sprechen, wo Sie sind? Wenn nicht, dann gehen Sie gefälligst an ein Telefon, wo Sie es können. Ich will diese Geschichte jetzt klar haben. Ich bin . . .«

»Bitte, Mr. Mason«, flehte Alburg kläglich, »ich habe Schwierigkeiten. Ich brauche Sie furchtbar. Passen Sie auf, Mason, Geld spielt keine Rolle. Ich stecke ganz tief in was drin. Ich erzähle es Ihnen, wenn ich Sie sehe.«

»Ach, und wann wird das sein?« fragte Mason.

»Sobald Sie hierherkommen können.«

»Sobald ich dorthin kommen kann?« platzte Mason entrüstet los.

»Ganz richtig. Ich brauche Sie hier.«

Mason sagte: »Wenn es wirklich so wichtig ist, empfange ich Sie hier bei mir in der Wohnung. Wenn nicht, können Sie morgen früh um halb zehn zu mir ins Büro kommen.«

»Hören Sie zu, Mason«, sagte Alburg, die Stimme zwar leise, aber voller Angst. »Es ist ganz schrecklich. Es ist verteufelt. Ich muß Sie sehen. Wir müssen viel reden. Ich komme nicht in Ihre Wohnung. Ich komme auch nicht in Ihr Büro. Ich gehe nirgends hin. Ich verlasse dieses Zimmer nicht. Statt dessen müssen Sie herkommen, schnell. Sie müssen kommen. Ich schreibe Ihnen einen Brief, ich schreibe, bevor Sie mir schreiben. Mein Brief hat einen Scheck über tausend Dollar drin. Das ist nur Anzahlung. Da ist noch mehr, da, wo das herkommt. Ein gutes Honorar für Sie — das Beste!«

»Warum können Sie das Zimmer nicht verlassen?« fragte Mason.

»Ich bin dran. Ich werde verfolgt.«

»Warum kann das nicht bis morgen früh warten?«

»Morgen früh bin ich vielleicht nicht mehr da.«

»Na schön«, fügte Mason sich resigniert. »Wenn Sie von Anfang an faires Spiel mit mir gespielt hätten und mir reinen Wein eingeschenkt hätten, säßen Sie wahrscheinlich jetzt nicht so in der Klemme.«

»Ich sitze schon in der Klemme, bevor ich Sie überhaupt kannte, Mr. Mason.«

»Wo sind Sie jetzt?«

»Im Keymont Hotel, Zimmer 721. Der Laden ist nicht erste Klasse. Es ist ein Bums. Gehen Sie nicht zum Portier. Gehen Sie an ihm vorbei, als ob Sie ein Zimmer haben. Sprechen Sie mit niemand. Nehmen Sie den Lift. Kommen Sie in den siebten Stock, gehen Sie in Zimmer Nr. 721. Die Tür ist nicht zu. Ich bin da.«

»Gut.«

»Und, Mr. Mason?«

»Ja?«

»Machen Sie es ganz fix, ja?«

»Gut«, versprach Mason, »ich bin sofort bei Ihnen.« Er hängte auf, warf die Decken zurück, rief die Garage an, daß man ihm seinen Wagen mit laufendem Motor vors Haus stelle, rieb sich mit den Fingern über die Stoppeln an seinem Kinn, zog sich in rasender Eile an, band sich hastig den Schlips um, rannte zur Tür, kehrte wieder um, um seinen Mantel zu holen, rief den Hausportier an, um sicher zu sein, daß sein Wagen draußen warte, und stürzte dann zum Lift.

Der Nachtportier sah ihn neugierig an: »Muß schon was sehr Dringendes sein, Mr. Mason.«

»Muß es wohl«, bestätigte Mason und sah auf die Uhr. Es war zwei Uhr fünfzehn. Er verglich dann seine Armbanduhr mit der Uhr in der Halle, ging zur Drehtür und hinaus in die prickelnde, kalte Luft der frühen Morgenstunde.

Der Nachtdienst der Garage saß in Masons Wagen am Steuer. Er nickte dem Anwalt zu, öffnete die Tür und stieg aus.

Mason rutschte hinter das Steuer und stellte fest, daß die Heizung schon anfing, das Innere des kalten Wagens zu erwärmen.

»Tausend Dank, Jake«, sagte er.

»Bitte, gern geschehen.«

Er sah auf den Zeiger der Benzinuhr.

»Ich füllte ihn auf, als Sie ihn heute nacht hereinbrachten«, sagte der Tankwärter. »Sie haben mir doch gesagt, daß ich immer dafür sorgen sollte, daß er voll ist, und ...«

»Ausgezeichnet. Ich weiß nie, wo ich nicht irgendwann mal in aller Eile hinmuß.«

»Das sieht mir hier ganz nach einem Fall aus.«

»Ist es auch«, bestätigte Mason. Er knallte die Tür zu und fuhr den Wagen sanft vom Trottoir weg.

Er brauchte ungefähr eine Viertelstunde, um zum Keymont Hotel zu kommen. Um diese Nachtzeit gab es genug Parkplätze, und Mason stellte seinen Wagen ab, verschloß ihn und trat in die Hotelhalle ein.

Es war eine schäbige Hotelhalle, vermieft und mit abgewetzten Ses=

seln. Nach seinem kurzen Aufenthalt an der frischen Luft wurde Mason der schale Geruch von Verfall besonders bewußt. Die leeren Sessel, schön ordentlich in einer Reihe, sahen hoffnungslos ungereimt aus. Um zur Atmosphäre zu passen, hätten schäbige Männer in ihnen sitzen müssen, still, mit Zeitungen in der Hand oder nur ins Leere starrend.

Der Portier sah auf, als Mason in die Halle kam, folgte ihm mit den Blicken, bis Mason am Lift angekommen war.

»Möchten Sie jemanden besuchen?« fragte er, als Mason auf den Liftknopf gedrückt hatte.

»Mich selbst«, antwortete Mason.

»Sie wollen damit sagen . . .?«

»Ganz richtig.«

»Sie haben ein Zimmer hier?«

»Sicher. Und wecken Sie mich bitte um halb acht morgen füh . . . Nein, Moment, ich muß erst ein paar Anrufe hinter mich bringen. Ich warte erst mal, bis ich in meinem Zimmer bin, und rufe Sie an, wenn ich weiß, wann ich geweckt werden will. Vielleicht kann ich länger schlafen als bis halb acht.«

Der Lift kam angerattert. Mason stieß die Tür zurück. Um diese Nachtstunde war er auf automatischen Betrieb geschaltet, und Mason drückte auf den Knopf für den achten Stock. Er wartete eine ihm unendlich scheinende Zeit, bis der Lift, schwankend und ratternd endlich zu einem zögernden Halt kam.

Mason schob die Tür zurück, machte sie wieder zu und ging den Flur entlang bis zu einem roten Licht, das die Treppe anzeigte. Er eilte die Treppe zum siebenten Stock hinunter und fand Zimmer Nr. 721. Er klopfte leise an.

Keine Antwort.

Mason wartete ein paar Augenblicke, klopfte wieder, diesmal etwas lauter.

Immer noch keine Antwort. Nicht das geringste Geräusch kam aus dem Zimmer.

Mason versuchte die Klinke. Die Tür war unverschlossen. Er öffnete sie mit einem Ruck. Das Licht im Zimmer brannte.

Er blieb im Flur stehen und stieß die Tür mit einem Fuß weit auf.

Das Zimmer war leer, schien aber vor kurzem noch bewohnt gewesen zu sein, denn ein deutlicher Geruch von eben gerauchten Zigaretten war noch in der Luft.

Vorsichtig machte Mason einen Schritt in das Zimmer hinein.

Es war ein typisches Standardzimmer eines billigen Hotels. Auf dem dünnen Teppich war in einer deutlichen Spur von der Tür zum Fenster und um das Bett herum das Muster abgetreten. Ein Waschbecken und

ein Spiegel waren in einer Ecke, und davor konnte man durch den Teppich fast den Fußboden sehen.

Mason nahm mit raschen Blicken Bestand auf.

Er sah den typischen, mit Kunstleder gepolsterten Schaukelstuhl, die zwei steifen Küchenstühle mit den Rohrsitzen, den viereckigen Tisch, der aussah, als sei er ursprünglich, bevor das fließende Wasser im Zimmer installiert worden war, für eine weiße Glaskaraffe und eine Schüssel vorgesehen gewesen.

Mason hatte die Tür offengelassen und machte dann ein paar schnelle, aber vorsichtige Schritte auf sie zu und zog sie blitzschnell an sich, um sicher zu sein, daß niemand hinter ihr stand. Er ging zu einer anderen Tür und fand einen schmalen Schrank dahinter. Die nächste Tür enthüllte eine Toilette und eine Dusche, die in einem engen Raum zusammengepfercht waren, der kaum die Größe eines normalgroßen Schrankes hatte.

Nachdem er sich davon überzeugt hatte, daß niemand im Zimmer war, ging Mason zurück und schloß die Tür. Jetzt untersuchte er das Zimmer wesentlich sorgfältiger.

Es wurde von dem rötlichen Schein einer Glaskugel beleuchtet, die von der Mitte der Decke und an einer Kette mit messingfarbenen Gliedern herunterhing, durch die hindurch die elektrischen Drähte zu der einzigen Birne geschlungen waren.

Das Bett hatte einen eisernen Rahmen mit einer dünnen Matratze, war jedoch sauber und ordentlich mit einer glatten, leicht fadenscheinigen, weißen Überdecke bedeckt. Eine Leselampe war am Kopfende des Bettes befestigt.

Mason fiel die Vertiefung am Kopfende auf, wo offenbar jemand gesessen hatte. Dann bemerkte er noch eine Vertiefung weiter zur Mitte des Bettes zu.

Der Anwalt bückte sich, um diese Vertiefung besser sehen zu können.

Es sah ganz so aus, als hätte jemand einen Revolver auf das Bett geworfen. Der Revolver war wieder aufgenommen worden, hatte aber den Abdruck auf der weißen Decke hinterlassen.

Etwas Goldfarbenes, glitzernd im Licht, fing seinen Blick. Er bückte sich und hob einen Lippenstift auf.

Der Lippenstift war flachgedrückt und die Ränder ausgefranst, er schien über etwas Hartes, Rauhes gezogen worden sein.

Der Anwalt untersuchte das Zimmer gründlich, besah sich den Lippenstift noch einmal und drehte dann den kleinen viereckigen Tisch herum. Auf die Unterseite hatte jemand mit Lippenstift geschrieben: »*Mason hilf 262 Bd. 3 Z 15 links.*«

Mason sah auf die Lippenstiftbotschaft, als er ein leises, knarrendes

Geräusch draußen vor dem Zimmer hörte. Die Türklinke bewegte sich vorsichtig nach unten.

Mason versenkte hastig den Lippenstift in der Seitentasche seines Jacketts, drehte den Tisch wieder um und stellte sich in eine nachdenkliche Positur, einen Fuß auf dem Stuhl, gerade dabei, sich eine Zigarette aus dem Etui zu nehmen, als sich die Tür langsam und behutsam öffnete.

Die Frau, die auf der Schwelle stand, war ungefähr fünfundzwanzig Jahre alt, gute Figur, rabenschwarzes Haar, große, dunkle Augen und olivfarbenen Teint, gegen den das lebhafte Rot ihrer Lippen wie ein Scharlachklecks abstach.

Sie fuhr mit einem erschreckten Atemholen, fast einem Schrei, zurück.

Mason sah sie ruhig und fest an. Er sagte nichts.

Die Frau blieb zögernd in der Tür stehen, kam dann langsam ins Zimmer: »Sie – wer sind Sie?«

»Ist das Ihr Zimmer?« fragte Mason.

»Ich – ich kam hierher, um jemanden zu treffen. Wer sind Sie?«

»Ich kam auch her, um jemanden zu treffen. Aber wer sind Sie denn?«

»Ich – ich brauche Ihnen meinen Namen nicht zu sagen.«

Mason sagte langsam und beobachtete sie dabei: »Mein Name ist Perry Mason. Ich bin Anwalt. Ich kam hierher, um einen Klienten zu treffen. Der Klient sagte mir, daß er in diesem Zimmer wohne. Jetzt sagen Sie mir, wen Sie hier treffen wollten?«

»Oh, Gott sei Dank! Sie sind Mr. Mason. Wo ist Morris? Ich bin Dixie Dayton. Ich kam her, um Morris Alburg zu treffen. Er rief mich an und sagte mir, daß Sie kämen, aber er sagte, daß er auch hiersein wollte. Er sagte, daß er dafür sorgen würde, daß Sie mich vertreten – ich möchte Ihnen daher ganz offen ...«

Mason setzte sich und lud sie mit einer Geste ebenfalls zum Sitzen ein. »Nun warten Sie erst mal einen Augenblick, das ist vielleicht nicht ganz so einfach.«

»Was wollen Sie damit sagen?«

»Zunächst einmal könnten Sie eine falsche Ansicht darüber haben, was Mr. Alburg mir sagen wollte.«

»Aber nein, Mr. Mason. Ich weiß genau, daß es das war. Ganz bestimmt war es das.«

»Zweitens«, sagte Mason, »ungeachtet dessen, was irgendwer sagen wollte, möchte ich Sie vielleicht nicht vertreten.«

»Warum? Morris – Mr. Alburg wird Ihnen bezahlen, was immer es kostet.«

»Was veranlaßt Sie zu glauben, daß er das tun wird?«

»Er hat es mir versprochen.«

»Sie könnten ja schuldig sein.«

»Mr. Mason, lassen Sie sich doch keinen Sand in die Augen streuen.«

»Keine Sorge«, sagte Mason, »aber schließlich muß ich mir ja meine Fälle aussuchen und auswählen. Ich kann unmöglich jeden Auftrag annehmen, den man mir anbietet. In all meinen Fällen muß ich erst eine Menge Tatsachen wissen, ehe ich mich für einen Mandanten einsetze. Und ich lehne sehr oft Fälle ab.«

Sie fiel vor ihm auf den Fußboden: »Mr. Mason, wenn Sie bloß wüßten, was es für mich bedeutet, wenn Sie nur wüßten, in welch schrecklicher Lage ich bin.«

Mason antwortete nichts.

»Mr. Mason, sagen Sie mir: wieviel wissen Sie? Wieviel hat Ihnen Mr. Alburg erzählt?«

»Nicht sehr viel.«

»Gut, Mr. Mason, ich werde Ihnen die Wahrheit sagen. Ich werde Ihnen die Tatsachen berichten.«

»Vielleicht bin ich gar nicht in der Lage, Ihnen zuzuhören«, sagte Mason. »Im Augenblick sehe ich mich jedenfalls nicht in der Lage, irgendwelche vertraulichen Mitteilungen von Ihnen entgegenzunehmen. Wenn Sie mir etwas erzählen, so kann ich es nicht mit der üblichen Schweigepflicht behandeln.«

»Ach, seien Sie doch nicht so kleinlich. Schließlich, warum sollten Sie und ich hier sitzen und großartige Duelle führen? Lassen wir doch das Getue.«

Mit einer raschen Bewegung reichte sie nach oben und ergriff seine Hand. »Ich bin wahrscheinlich furchtbar impulsiv, und Sie müssen mich für ganz dumm halten, aber ich bin in einer so schrecklichen Situation, Mr. Mason, und Sie müssen mir einfach da heraushelfen.«

»Ich habe Ihnen gerade erklärt«, sagte Mason, »daß ich nicht mit Ihnen sprechen kann und daß ich es vorziehe, Ihnen nicht zuzuhören, solange ich nicht Morris Alburg gesehen habe. Ich muß wissen, woran ich bin, bevor ich . . .«

»Oh, Mr. Mason«, schmollte sie, »bitte – ich will alle meine Karten vor Ihnen auf den Tisch legen.«

»Nicht einmal das kann ich Ihnen im Augenblick erlauben.«

Sie saß ein paar Augenblicke schweigend da und dachte nach. Sie klammerte sich noch immer an seine Hand, drückte sie und sagte dann: »Sie bedeuten so viel für mich, Mr. Mason. Ich kann Ihnen gar nicht sagen, was es für mich heißt, daß Sie den Fall übernehmen.«

»Ich übernehme ihn ja nicht.«

Sie begegnete seinem Blick und lachte herausfordernd. »Noch nicht.«

»Noch nicht«, wiederholte Mason lächelnd.

»Jedenfalls sind Sie als Anwalt die Vorsicht in Person.«

»Muß ich sein.«

Sie küßte leicht seine Hand. »Für den Augenblick muß das als Anzahlung genügen. Bleiben Sie hier. Ich will sehen, ob ich Morris Alburg erreichen kann. Warten Sie hier, und ich bringe ihn Ihnen in einer Viertelstunde, und dann können wir gleich richtig anfangen.«

Sie stand auf, ging mit raschen Schritten durch das Zimmer, öffnete die Tür und verschwand.

Mason schoß sofort aus seinem Sessel heraus, stürzte ans Telefon und gab Paul Drakes Privatnummer an.

Minuten schienen zu vergehen, bevor Mason Drakes verschlafene Stimme hörte.

»Wach auf, Paul«, sagte er eindringlich. »Es ist wichtig. Hör zu, und zwar sofort.«

»Mein Gott, schon wieder du«, kam es mit schlaftrunkener Stimme. »Immer, wenn ich versuche, etwas Schlaf zu kriegen ...«

»Vergiß den Schlaf!« bellte Mason ins Telefon. »Schüttele dir die Ohren wach! Ich bin hier im Keymont Hotel, Zimmer 721. Ein Mädchen, brünetter Typ, ungefähr einssechzig groß, wiegt 110 Pfund, Alter fünfundzwanzig oder sechsundzwanzig, olivfarbener Teint, große runde Augen, lebhafter roter Mund, ist mit mir hier – das heißt, sie wird gleich wieder hier sein.«

»Gratuliere«, sagte Drake. »Ja, wenn man so herumkommt wie du!«

»Laß die dummen Witze«, fuhr ihn Mason an. »Such dir zwei Leute und schicke sie her ... Erstens eine Frau, wenn du eine finden kannst, für den direkten Kontakt. Sieh zu, daß du sie im Flur hier postiert hast, wenn das Mädchen wieder aus dem Zimmer hier herauskommt. Du wirst dich beeilen müssen, Paul. Die Frau soll sich das Mädchen ansehen, um sie identifizieren zu können, so daß die Leute, die draußen sind, sie übernehmen können, wenn sie das Hotel verläßt. Ich will, daß sie beschattet wird, und will wissen, wohin sie geht.«

»Hab ein Herz, Perry«, flehte Drake. »Es ist drei Uhr morgens. Mein Gott, ich bin doch kein Zauberkünstler, der Leute aus einem Zylinderhut herausholen kann. Ich werde eine Stunde oder mehr brauchen, um überhaupt jemand ranzukriegen. Ich muß sie aus dem Bett holen, sie müssen sich anziehen, hinkommen ...«

»Wer ist bei dir im Büro?« fragte Mason.

»Nur ein Notdienst. Ich habe die Telefonzentrale besetzt, einen Mann für den Nachtdienst im Büro und einen in Bereitschaft ...«

»Am Telefon«, unterbrach Mason, »ist das ein Mann oder eine Frau?«

»Eine Frau.«

»Tüchtig?«

»Sehr.«

»Setze sie darauf an«, drängte Mason. »Stell das Telefon für eine Stunde ab. Ist sowieso tote Zeit jetzt, da entgehen dir keine Geschäfte. Schicke die Frau hierher. Mach das sofort. Du hast nur ein paar Minuten, also beeil dich. Schließe dein Büro für eine Stunde zu, wenn es sein muß, aber bereite dich darauf vor, daß das Mädchen von dem Augenblick an beschattet werden muß, in dem sie das Hotel verläßt.«

Mason wartete Pauls Proteste nicht ab. Er schmiß den Hörer auf die Gabel und ging zurück zu dem Sessel, in dem er gesessen hatte.

Er zog ein weißes Taschentuch aus der Tasche und wischte mit einer Ecke den Lippenstift von dem Rücken seiner Hand, dann drehte er schnell den Tisch um und nahm eine andere Ecke des Taschentuchs, um ein Muster von dem Lippenstift an der Tischunterseite zu bekommen.

Nachdem er den Tisch wieder in die ursprüngliche Position zurückgedreht hatte, nahm er den vergoldeten Lippenstift aus der Tasche und strich behutsam mit dem Ende über wieder einen anderen Teil seines Taschentuches. Mit dem Füllhalter numerierte er auf dem Taschentuch die Flecke 1, 2 und 3. Dann faltete er das Taschentuch zusammen, steckte es in die Tasche zurück und machte es sich in seinem Sessel bequem. Er wartete.

Es wurde ein langes Warten.

Zuerst, als er den Minutenzeiger auf seiner Armbanduhr beobachtete und die Minuten zählte, hoffte er, daß Zeit genug vergehen würde, bevor das Mädchen wiederkäme, damit Drakes Leute rechtzeitig ankommen könnten. Dann, nach fünfzehn Minuten, runzelte er beunruhigt die Stirn und fing an, im Zimmer hin und her zu wandern. Es gab ja schließlich die Möglichkeit, daß man ihn hinhielt, daß er mit List und Tücke zu einem ganz bestimmten Zeitpunkt in eine völlige Inaktivität hineinmanövriert worden war.

Er war sicher gewesen, daß es Morris Alburg war, der ihn angerufen hatte, und er war jetzt an dem Ort, den Alburg als Treffpunkt angegeben hatte. Er konnte nichts tun, außer die weitere Entwicklung abwarten — oder nach Hause gehen.

Urplötzlich und ohne Warnung wurde die Klinke heruntergedrückt. Die Tür wurde mit unbekümmerter Hast aufgemacht, und das brünette Mädchen erschien auf der Schwelle. Ihre Wangen waren gerötet, ihre

Augen leuchteten vor Erregung. Es war offensichtlich, daß sie so schnell gelaufen war, wie sie konnte.

Bei Masons Anblick entspannte sie sich ruckartig. »Gott sei Dank, daß Sie noch hier sind! Ich hatte so schreckliche Angst, daß Sie nicht genug Vertrauen in mich hätten, um so lange zu warten.«

Mason zog lediglich die Augenbrauen hoch.

»Ich wollte nicht so lange ausbleiben. Ich hatte Angst, daß Sie mir davonlaufen würden.«

»Ich wollte auch nicht länger warten. Was sollte das?«

»Ich mußte Morris sehen. Das war es. Ich mußte ihn einfach sehen. Ich hatte es gewußt.«

»Und Sie haben ihn gesehen?« fragte Mason.

»Ja, ich habe einen Brief für Sie.«

Sie versenkte ihre Hand vorn in ihrer Bluse, zog einen Brief heraus und drückte ihn Mason in die Hand. »Hier, lesen Sie.«

Der Brief war mit Maschine geschrieben.

Mr. Mason,

Dixie sagt mir, daß sie in das Zimmer im Hotel gekommen sind, aber nicht mit ihr reden wollen und auf mich warten, daß ich okay dazu sage.

Ich habe mein Okay übers Telefon gesagt. Ich sagte Ihnen, daß ich Ihnen einen Brief mit einem Scheck als Anzahlung geschickt habe und daß ich wollte, daß Sie mich und Dixie vertreten. Es ist eine schlimme Sache. Dixie wird Ihnen alles erzählen.

Ich möchte, daß Sie Dixie, die diesen Brief überbringt, behandeln wie mich. Sie ist Ihre Klientin. Ich habe mich an Sie gewandt, weil ich Hilfe brauche. Ich brauche sie sehr, und zwar jetzt. Ich habe gehofft, daß ich in dem Zimmer warten könnte, bis Sie ankommen, aber ich mußte einfach diesen Teil der Sache erledigen gehen, die mich jetzt beschäftigt. Ich wage nicht, Ihnen zu sagen, was es ist, weil ich Sie nicht in eine unangenehme Situation bringen will.

Jetzt gehen Sie bitte an die Arbeit, und helfen Sie uns aus diesem Schlamassel heraus. Sie werden bezahlt werden und gut bezahlt.

Ihr
Morris Alburg

Der Brief selbst war mit der Maschine geschrieben, die Unterschrift mit Bleistift gekritzelt. Es konnte Morris Alburgs Unterschrift sein. Mason versuchte sich daran zu erinnern, ob er je Alburgs Unterschrift irgendwo gesehen hätte, und ihm fiel keine bestimmte Gelegenheit ein.

Die junge Frau strahlte Selbstsicherheit aus. »Jetzt können wir reden«, sagte sie.

Mason sagte nichts.

»Oder — können wir etwa *nicht?*«

»Ich möchte wissen, warum Morris Alburg nicht hier ist. Er versprach, mich hier zu treffen.«

»Er mußte seine Pläne ändern.«

»Warum?«

»Weil er etwas tun muß, was ganz furchtbar wichtig ist.«

»Und was ist das?«

»Mich schützen — und sich selbst.«

Sie zog sich einen Stuhl heran und setzte sich. »Mr. Mason, wann kann jemand einen anderen töten — und im Recht sein?«

»In Notwehr«, antwortete Mason.

»Muß man warten, bis der andere auf einen schießt?«

»Man muß warten, bis man angegriffen wird, oder jedenfalls so lange, bis jeder vernünftige Mensch unter den gleichen Umständen annehmen müßte, daß er in großer körperlicher Gefahr oder tödlich bedroht sei.«

»Und dann könnte man schießen?«

Mason nickte. »Das ist jedenfalls das allgemeine Gesetz über die Notwehr. Es gibt eine Menge verschiedenster Auslegungen über die Rückzugspflichten und über das Provozieren von Konflikten. Aber so jedenfalls ist die gesetzliche Richtlinie.«

»Angenommen«, fing sie wieder an, »Sie wissen, daß ein kaltblütiger, hemmungsloser, geschickter Mörder Ihnen auf der Spur ist und Sie ermorden will. Hätten Sie dann das Recht, ihm zuvorzukommen und ihn zu töten?«

»Unter den Umständen, die ich erwähnte, ja«, antwortete Mason.

»Ich weiß. Aber angenommen, Sie wissen, daß der Mann darauf aus ist, Sie zu töten. Angenommen, er beobachtet Ihre Wohnung, er sitzt in einem Auto, eine Pistole auf den Knien, und es gelingt Ihnen gerade noch, aus der Hintertür zu entwischen, ohne daß er es merkt. Könnten Sie dann nicht ein Gewehr nehmen und ihn in den Kopf schießen, ohne daß es ein Mord wäre?«

Mason schüttelte den Kopf.

»Warum nicht?«

»Weil Sie unter diesen Umständen die Möglichkeit hätten, die Polizei zu rufen und um Schutz zu bitten.«

Sie lachte verächtlich. »Von der Polizei Schutz vor einem Mann wie dem, den ich beschrieben habe, zu verlangen, ist ungefähr so, als ob die Polizei einen vor den Masern oder vor der Beulenpest schützen sollte . . . Der Mann würde denen durch die Finger rutschen wie nichts, und man wäre noch vor dem nächsten Morgen tot.«

»Sie haben mich gefragt, wie die Gesetze sind. Ich habe es Ihnen gesagt. Ich mache die Gesetze nicht, ich studiere sie.«

»Genau das hat mir Morris gesagt, und ich wollte ihm nicht glauben. Es erscheint mir nicht fair, aber das ist wohl, wie er auch sagte, das Gesetz, und deshalb meinte er, daß Sie nicht billigen würden, was er gerade tut.«

»Was tut er denn?«

»Haben Sie jemals von George Fayette gehört?«

»Wieso? Kennen Sie ihn? Ich möchte gern einiges über ihn wissen.«

Sie lachte bitter auf. »Viele Leute würden gern einiges über ihn wissen. Er ist ein Mörder.«

»Erzählen Sie.«

»Augenblicklich versucht er gerade, Morris und mich um die Ecke zu bringen.«

»Warum?«

»Das ist etwas, was ich auch gern wissen möchte. Ich nehme an, es ist, weil ich Tom Sedgwicks Freundin bin.«

»Und wer ist Tom Sedgwick?«

»Er ist jemand, den die Polizei sucht. Sie versuchen, ihm einen Mord anzuhängen.«

»Und deshalb will man Sie und Morris Alburg umbringen?«

»Ja.«

»Aber warum? Das ist nicht sehr logisch.«

»Sie tun so, als glaubten Sie mir nicht.«

»Ich bin auch nicht ganz sicher, ob ich Ihnen glauben kann.«

»Hören Sie zu, Sie kommen nicht um die Tatsachen herum. Fayette hat schließlich versucht, mich da in der Seitengasse bei Alburgs Restaurant umzubringen.«

»Was ist da eigentlich genau geschehen?« fragte Mason.

»Fayette war mir auf der Spur: Er versuchte, mich aus dem Weg zu räumen. Er kam mit einem einzigen Gedanken in das Restaurant, und der war, mich so zu erschrecken, daß ich in die Allee hinten hinausrannte. Wenn ich nur das kleinste bißchen Vernunft besessen hätte, hätte ich mir sagen können, daß er genau das gewollt hatte. Selbst ein Mann von Fayettes Kaliber konnte es kaum wagen, eine Frau mitten in einem öffentlichen Restaurant niederzuschießen und dann einfach aufzustehen und hinauszugehen. Aber er hat schon ganz andere Sachen gemacht, die genauso verrückt waren – und es ist ihm nichts passiert. Und irgendwie setzt das Denken einfach aus, wenn George Fayette einen ansieht. Als ob man einen Stein anfaßt und eine Klapperschlange drauf findet.«

»Erzählen Sie weiter«, forderte sie Mason auf, als sie schwieg. »Ich möchte genau wissen, was passiert ist.«

Sie fuhr fort: »Alles, was Fayette zu tun hatte, war ruhig sitzenzubleiben und in aller Unschuld sein Essen zu genießen, und ich sollte direkt in die aufgestellte Falle laufen.«

»Und was passierte, als Sie in die Seitengasse kamen?«

»Der Komplice versuchte, mich in sein Auto zu zwingen. Ich war einfach zu verstört, um darauf einzugehen. Und ich glaube, das war es, was alle Pläne durcheinanderwarf. Es war niemandem der Gedanke gekommen, daß ich nicht wie eine Ziehharmonika zusammenklappen und wie ein braves Mädchen folgsam in den Wagen einsteigen würde. Tatsache ist, daß ich das Unerwartete tat. Ich rannte einfach los. Als der Mann dann so weit war, auf mich zu schießen, war ich schon aus der Schußlinie – der offenen Tür – heraus. Er trat aufs Gas, um mich einzuholen, und der Ruck nach vorn warf die Tür zu. Er schoß noch einmal, doch die Kugel ging direkt durch die Autotür. Inzwischen rannte ich in blinder Panik. Ich stürzte hinaus auf die Straße und direkt vor ein herankommendes Auto. Na ja, das ist eigentlich die ganze Geschichte. Als ich wieder zu mir kam, war ich in einem Krankenhaus, und ich wußte natürlich, daß dies ein Ort war, der der Öffentlichkeit zugänglich war und es eine Kleinigkeit für Fayette sein würde, mich da aufzuspüren. Also stand ich auf und untersuchte das Privatzimmer, in das man mich gelegt hatte. Ich fand meine Kleider im Schrank. Ich war ziemlich wackelig auf den Beinen, aber ich zog mich an und kam auch heraus. Natürlich habe ich mich dann sofort mit Morris in Verbindung gesetzt.«

»Und was hat Morris gemacht?«

»Er hat mir etwas zum Anziehen beschafft und mir die Möglichkeit gegeben, mich zu verstecken . . . Aber er war natürlich ziemlich aus der Fassung, weil ihm klar wurde, daß Fayette auch hinter ihm her war.«

»Und jetzt ist also Morris dabei, Fayette aus dem Weg zu räumen?«

»Ich hätte Ihnen das wahrscheinlich nicht sagen sollen. Ich werde es Ihnen auch nicht erzählen. Ich sage Ihnen lediglich, daß Morris in diesem Augenblick mit etwas von entscheidender Bedeutung beschäftigt ist und keine Gelegenheit haben wird, sich mit Ihnen in Verbindung zu setzen vor – na, sagen wir, drei oder vier Stunden frühestens, daß er Ihnen aber diesen Brief geschrieben hat, damit Sie es verstehen sollen.«

»Na schön«, seufzte Mason. »Und was soll ich nun für Sie tun?«

»Das ist schwer zu sagen. Sie sind nicht sehr hilfsbereit. Sie sind immer noch mißtrauisch.«

»Können Sie mir das übelnehmen?«

»Ja.«

Mason lachte.

»Morris – Mr. Alburg schrieb Ihnen doch einen Brief, Mr. Mason, oder nicht?«

»Kaum.«

»Was wollen Sie damit sagen?«

»Die Unterschrift ist ein einziger Krakel. Ich bin absolut nicht sicher, daß es seine Unterschrift ist. Ich kenne sie nicht gut genug.«

»Es ist seine. Ich habe gesehen, wie er unterschrieben hat.«

»Es ist nur hingekritzelt.«

»Er war in Eile. Er hatte den Kopf voll.«

»Der Brief ist mit der Maschine geschrieben. Er hätte ihn viel leichter und sehr viel schneller mit der Hand schreiben können, als ihn auf der Maschine zu tippen.«

»Woher wissen Sie das? Vielleicht schreibt er schneller auf der Maschine als mit Feder und Tinte?«

»Stellen Sie sich doch nicht dümmer, als Sie sind. Wer immer diesen Brief getippt hat, hat ihn mühsam mit zwei Fingern heruntergehämmert.«

»Vielleicht war Mr. Alburg in einer Lage, in der er nicht schreiben konnte. Vielleicht hält er sich irgendwo versteckt und sagte jemandem, was er Ihnen sagen wollte, und dieser Jemand tippte den Brief und gab ihn Mr. Alburg zum Unterschreiben.«

»Oder dieser Jemand kritzelte seine eigene Version von Alburgs Unterschrift darunter«, ergänzte Mason.

»Ach, ihr Anwälte, mit euerm ewigen Mißtrauen! Sie widern mich an.«

»Das tut mir leid. Ich kann jedenfalls Morris Alburg nicht erfolgreich vertreten, solange ich nicht wesentlich mehr über Sie weiß als bisher. Haben Sie vielleicht Ihren Führerschein bei sich?«

»Nein. Mr. Alburg identifiziert mich ja schließlich ausdrücklich mit diesem Brief.«

»Aber es gibt niemanden, der den Brief identifizieren kann.«

»Lieber Himmel! Ich habe Morris gleich gesagt, daß Sie so reagieren würden. Sie müssen also Morris in Fleisch und Blut hier vor sich sehen, und er muß Ihnen sagen, daß ich Dixie Dayton bin und daß Sie mich vertreten sollen. Und er muß Ihnen mein Muttermal auf der Hüfte zeigen und eine Bankgarantie dazu ... Bitte sehr, Mr. Mason, ich werde zu Mr. Alburg gehen und ihn herbringen – und es wird gefährlich sein, denn wenn er Fayette nicht zuerst erwischt, wird George Fayette ihn erwischen. Ihnen ist das natürlich völlig gleichgültig! Sie mit Ihrer Anwaltsskepsis. Wenn Ihr Klient bei dem Versuch umgebracht

wird, extra hierherzukommen, um mich zu identifizieren, dann wissen Sie wenigstens, wer daran schuld ist. Aber wie Sie wollen! Warten Sie also hier.«

»Und sollten Sie Morris Alburg wirklich sehen«, sagte Mason völlig ungerührt, »dann sagen Sie ihm, daß er sofort zu mir kommen soll, bevor er irgendwas mit Fayette oder sonst wem unternimmt. Sagen Sie ihm, daß ich hier warte und ihm schon sagen werde, wie er sich verhalten soll.«

Sie stand an der Tür, eine Hand auf der Klinke, und sah ihn über die Schulter an, die Augen dunkel vor Erregung.

»Das wollen Sie also«, sagte sie voller Verachtung. »Ich könnte mich ohrfeigen, daß ich so offen war und mit Ihnen so geredet habe. Ich dachte, Sie seien ein geschickter Kriminalverteidiger, der sich auskennt. Reden tun Sie wie ein Apostel. Ich könnte genausogut an den Briefkastenonkel schreiben: ›Lieber Briefkastenonkel. Was soll ich tun? Da ist ein Revolvermann, der mich umbringen will. Er hat es in den letzten vierundzwanzig Stunden schon zweimal fast fertiggebracht, und jetzt weiß ich, wo ich ihn erwischen kann. Was soll ich bitte tun?‹ Und statt mir einfach zu sagen: ›Radieren Sie den Kerl aus‹, würde mir der Briefkastenonkel schreiben: ›Sie müssen daran denken, daß wir Gesetze haben, die sich um Leute dieser Art kümmern. Sie sollten sofort die zuständigen Behörden benachrichtigen und sie von der Gefahr, in der Sie schweben, unterrichten. Die wissen dann schon, was zu tun ist.‹ Perry Mason!« Ihre Entrüstung kannte keine Grenzen. »Der große Anwalt – ein Briefkastenonkel! Warum, verdammt noch mal, nehmen Sie sich keins dieser Lehrbücher für gutes Benehmen und eine Bibel und werfen Ihre Gesetzesbücher zum Fenster raus?«

Sie knallte die Tür mit solcher Wucht hinter sich zu, daß der Spiegel über dem Waschbecken hin und her zu pendeln anfing.

Perry Mason saß völlig gelassen da, den Blick auf seine Armbanduhr gerichtet, und fragte sich, ob Paul Drake genügend Zeit gehabt hatte, seine Leute zu placieren, und ob es ihnen gelingen würde, dem Mädchen unbemerkt zu folgen.

6

Wieder lief Mason mit großen Schritten und voller Ungeduld in dem Hotelzimmer auf und ab.

Er brauchte diesmal nur ein paar Minuten zu warten.

Genau sieben Minuten und fünf Sekunden nachdem sich die Tür hinter der entschwindenden Figur der jungen Frau geschlossen hatte, klopften Fingerspitzen leise an die Holzfüllung der Tür, kaum hörbar.

Mason unterbrach seinen Marathonlauf, um die Klinke herunterzudrücken und die Tür aufzuziehen.

Paul Drake stand vor ihm, leicht zerzaust und dringend rasierbedürftig, grinste ihn an und sagte leise: »Hallo, Perry.«

Mason fragte: »Hast du ...? Er schwieg, als Drake warnend einen Finger an die Lippen legte und sich ins Zimmer drängte.

»Was ist?« fragte Mason mit unterdrückter Stimme.

»Sie ist noch im Hotel«, antwortete Drake.

»Hast du das selbst übernommen hier?«

»Ich mußte, Perry. Ich konnte keinen rechtzeitig herbekommen, und so zog ich mich schnell an und sauste her, so rasch ich konnte. Hat dir trotzdem wenig eingebracht.«

»Wieso?«

»Meine Telefonistin war im Flur placiert. Sie mußte sich eintragen und sich ein Zimmer nehmen, damit sie den Auftrag ausführen konnte. Sie band sich eine Schürze vor und setzte sich ein Häubchen auf wie ein Zimmermädchen und war draußen im Flur, als dein Mädchen hier herauskam. Aber anstatt den Lift runter in die Halle zu nehmen, fuhr die Puppe im Lift nach oben.«

»Nanu!«

»Es gibt nur noch eine Etage über dieser hier«, berichtete Drake weiter. »Deshalb hat meine Mitarbeiterin gedacht, sie könnte, ohne allzuweit zurückzubleiben, die Treppe nehmen. Natürlich hatte sie sich vorher hier gründlich umgesehen, damit sie sich auskannte.«

Mason nickte.

»Sie lief also die Treppe hinauf, öffnete die Etagentür und war nur ein oder zwei Sekunden später als der Lift oben. Dein Mädchen ging den Flur entlang. Sie hielt an vor Zimmer 815, holte einen Schlüssel aus ihrer Handtasche, öffnete die Tür und ging hinein. Meine Mitarbeiterin schlich auf Zehenspitzen hinterher und konnte gerade noch hören, wie die Tür von innen abgeschlossen wurde.«

»Und was weiter?«

»Dann horchte sie so lange an der Tür, bis sie leise Stimmen hörte. Eine davon war die eines Mannes. Anscheinend ist die Puppe auch in Zimmer 815 eingetragen. Wir hatten kein Signal für unerwartete Ereignisse vereinbart, deshalb mußte meine Telefonistin schnellstens zu mir hinunterlaufen, wo ich im Wagen saß, und mir erzählen, was geschehen war, um sich neue Direktiven zu holen. Ich dachte, das Hotelzimmer wäre erst mal alles, was du als Adresse brauchtest. Ich konnte ja auch meine Telefonzentrale nicht länger unbesetzt lassen. Also schickte ich mein Mädchen wieder ins Büro zurück und kam erst mal zu dir, um zu berichten. Ich hielt mich lange genug am Empfang auf, um raus=

zukriegen, daß Zimmer 815 auf eine Mrs. Madison Kerby eingetragen ist.«

»Hat der Portier irgendeinen Verdacht geschöpft?»

»Zum Teufel mit dem Portier«, sagte Drake. »Das ist doch hier eine bessere Absteige. Hätte er den Mund aufgemacht, hätte ich ihm schon was erzählt. Ich nehme an, die sind mehr oder weniger dran gewöhnt, daß hier überall Privatdetektive herumkriechen.«

»Du meinst also, er weiß, daß du einer bist?«

»Ach wo, ich ließ ihn glauben, daß ich einen kleinen Beutezug vorhätte, und schob ihm ein paar Scheine hin. Ehrlich gesagt, Perry, ich glaube, es war ihm völlig wurscht.«

»Also, sie ist hier im Hotel«, überlegte Mason.

Paul nickte. »Das kompliziert die Geschichte und vereinfacht sie zugleich, Perry. Wie ich versuchte, dir zu erklären, sind wir knapp an Hilfskräften. Ich hatte meinem Mädchen gesagt, sie solle sich die Puppe, die aus diesem Zimmer rauskam, genau ansehen und mir dann ein Zeichen geben, so daß ich . . .«

»Und wie sollte sie das tun, Paul?«

»Ganz einfach. Sie hat sich ein Zimmer genommen und darauf bestanden, daß es eins nach vorn heraus war. Sobald dein Gast nun im Lift nach unten fuhr, wäre sie in ihr Zimmer gelaufen, hätte das Fenster geöffnet und mir mit einer Taschenlampe ein Signal gegeben. Ich hatte den Außenspiegel meines Wagens so gedreht, daß mir der Schein ins Auge gefallen wäre.«

»Mein Kompliment!« sagte Mason.

»Reine Routine.« Drake war ganz Bescheidenheit und gähnte.

»Na ja, jedenfalls haben wir unseren Schützling erst mal lokalisiert«, meinte Mason.

»Ist sie diese Dixie . . .?«

Mason grinste: »Sie behauptet, sie sei Dixie.«

»Und?«

Mason schüttelte den Kopf.

»Was willst du damit sagen?«

Mason zog ein Taschentuch aus seiner Hosentasche: »Hier sind drei Lippenstiftflecke drauf, Nr. 1, 2 und 3. Was hältst du von ihnen, Paul?«

»Du hast anscheinend eine bewegte Nacht hinter dir«, meinte Drake bewundernd.

»Laß die Witze jetzt. Was hältst du von dem Lippenstift? Ist es in allen drei Fällen derselbe?«

»In zweien sicher. Der eine Fleck ist vielleicht ein bißchen heller als die anderen. Ich würde sagen – nein, doch nicht –, sie sind alle vom selben. Alles die gleiche Farbe, würde ich meinen.«

»Ich auch«, sagte Mason.

»Willst du damit andeuten, daß du dich mit drei verschiedenen Damen geküßt hast?« fragte Drake.

Mason zog den Lippenstift aus seiner Tasche: »Fleck Nr. 1 wurde von den Lippen der jungen Frau entnommen, die behauptet, Dixie Dayton zu sein. Fleck Nr. 2 von der Unterseite dieses Tisches hier und Fleck Nr. 3 direkt von diesem Lippenstift.«

»Steht denn was auf der Unterseite des Tisches?« fragte Drake.

»Sieh selbst.«

Mason hob den Tisch hoch, drehte ihn vorsichtig um, und Paul Drake sah sich die Aufschrift an, pfiff leise und fragte: »Wie hast du das denn hier gefunden, Perry?«

»›Elementar, lieber Watson‹.« Mason lachte. »Dieser Lippenstift lag auf dem Fußboden. Du siehst, die Hülle ist vergoldet. Sie reflektierte das Licht. Nur ein Blinder hätte sie übersehen können.«

»Na gut«, sagte Drake. »Ich verstehe trotzdem nicht, wieso du daraufhin den Tisch umgedreht hast.«

»Sieh dir diesen Lippenstift an, Paul. Die Lippen einer Frau sind im allgemeinen glatt. Dieser Stift ist über irgend etwas Rauhes gezogen worden, das die Rillen hineingebracht und die Ränder verquetscht hat. Deshalb fing ich an herumzusuchen, um zu sehen, wozu der Lippenstift benutzt worden ist.«

»Und du fandst die Aufschrift unter dem Tisch?«

Mason nickte.

»Warte mal«, sagte Drake langsam. »Da könnte was dran sein, Perry. Du solltest doch Morris Alburg hier treffen, nicht wahr?«

»Stimmt.«

»Und – mein Gott, Alburg und irgendeine Frau, vielleicht Dixie Dayton, waren hier in diesem Zimmer. Jemand schlich herein und spielte ein bißchen mit einem Revolver rum und ...«

»Du kannst den Abdruck von dem Revolver auf der Bettdecke noch sehen«, sagte Mason. »Er ist ganz deutlich.«

Drakes Blick folgte Masons Zeigefinger. »Tatsächlich, Perry ... Lieber Himmel, das ist es! Damit paßt alles hier zusammen. Sie saßen hier. Sie wußten, daß man sie zu einer Spazierfahrt abholen wollte. Sie wollten dir eine Nachricht hinterlassen. Sie hatten keine Möglichkeit mehr, das zu tun, aber das Mädchen tat so, als wollte sie sich noch besonders fein machen fürs Umbringen, öffnete einfach ihre Tasche, holte den Lippenstift heraus und fing an, damit herumzuschmieren. Alles ganz natürlich, und keinem fiel es auf, als sie heimlich ihre Nachricht hinschrieb. Sie hatte Angst, daß du nicht rechtzeitig draufkommen würdest, um noch etwas draus zu machen, und da hat sie den Lippen=

stift ganz einfach fallen gelassen und war sicher, daß du ihn da sehen würdest. Dann haben sie ihr mit dem Revolver nachgeholfen und ihr gesagt, daß es Zeit wäre zu gehen.«

»Klingt soweit ganz plausibel«, sagte Mason ohne jede Begeisterung.

»Mein Gott«, sagte Drake, »ich begreife nicht, wie du so ruhig sein kannst. Manchmal regst du dich derart über irgendeine Kleinigkeit auf und jagst mich um drei Uhr früh aus dem Bett, und dann murkst du rum und nimmst so was wie hier eben mal zur Kenntnis, ohne irgend etwas unternehmen zu wollen. Diese Leute sind in Gefahr! Ob wir sie lebendig oder tot wiederfinden, hängt davon ab, wie lange wir brauchen, um diese Nachricht da zu entziffern und ihnen zu helfen!«

»Könnte schon sein«, sagte Mason gelassen.

»Was zum Teufel ist denn falsch daran?« fragte Drake.

»Die Nachricht soll angeblich heimlich geschrieben worden sein, von einer Frau, die mit ihrem Lippenstift herumspielte und gleichzeitig ihre Wächter ablenkte, so daß sie auf die Unterseite von dem Tisch da schreiben konnte. Das meinst du doch, nicht wahr?«

»So sieht es mir jedenfalls aus, Perry.«

Mason nahm ein Notizbuch aus seiner Tasche, legte es sich auf die Knie und sagte: »So, dies ist jetzt der Tisch. Nimm einen Bleistift und schreibe das Wort ›Hilfe‹ darauf.«

»Bitte«, sagte Drake. ».Was beweist das?«

»Und jetzt dreh das Notizbuch um. Stell dir vor, es wäre die Unterseite des Tisches. Du sitzt jetzt an dem Tisch. Vielleicht geht es besser, wenn du das Notizbuch wirklich gegen die Unterseite der Tischplatte hältst. Nimm den Bleistift und schreibe jetzt das Wort ›Hilfe‹ auf die Unterseite des Tisches, das heißt auf dein Notizbuch.«

»Ganz wie der Herr wünschen«, meinte Drake ironisch. »Aber es scheint mir eine blödsinnige Art, Zeit zu verlieren.«

Er setzte sich in den Sessel. Perry Mason hielt das Notizbuch fest gegen die Unterseite der Tischplatte. Drake schrieb das Wort »Hilfe«.

Mason legte das Notizbuch vor ihn auf den Tisch.

»Hol mich der Teufel!« stieß Drake verblüfft aus. Und dann: »Laß uns das noch einmal machen, Perry.«

Mason hielt das Notizbuch wieder fest gegen die Unterseite des Tisches, und wieder schrieb Drake das Wort »Hilfe«. Als das Notizbuch wieder aufgeschlagen vor Drake auf dem Tisch lag, schüttelte er ungläubig den Kopf. »Das ist mir ganz neu«, sagte er. »Es ist natürlich ganz logisch, wenn man es sich richtig überlegt. Nur wäre ich nie darauf gekommen, das ist es eben.«

»Immer, wenn man etwas auf die Unterseite eines Tisches schreibt, muß man so schreiben. Aber halte dieses Notizbuch jetzt vor den Spie-

gel, dann kannst du das Wort ›Hilfe‹ richtig herum lesen, doch wenn du es so ansiehst, ist es einfach ein glänzendes Beispiel für das, was Kinder Spiegelschrift nennen.«

»Deshalb also«, meinte Drake, »glaubst du nicht, daß diese Nachricht von jemandem heimlich geschrieben worden ist, der an dem Tisch gesessen hat.«

»Diese Nachricht kann überhaupt nur von jemandem geschrieben worden sein, der es keineswegs nötig hatte, zu verbergen, was er tat. Man hat einfach den Tisch umgedreht und das Wort ›Hilfe‹ draufgeschrieben und dann diese Reihe von Zahlen.« Drake nickte.

»Diese Nachricht«, gab Mason zu bedenken, »könnte eine Falle sein.«

»Inwiefern?«

Mason ging nicht auf die Frage ein, sondern dachte laut weiter: »Wir sind also ziemlich sicher, daß die Nachricht gestellt ist, weil sie nicht so geschrieben worden sein kann, wie sie angeblich geschrieben wurde. Es muß jedoch einen Grund dafür geben, weshalb sie überhaupt geschrieben wurde.«

Drake beobachtete ihn schweigend.

Mason hielt zwei Finger hoch. »Erstens kann es eine Falle sein und zweitens eine Tarnung.«

»Was meinst du mit Tarnung?«

»Wir wissen doch«, sagte Mason ungeduldig, »daß Morris Alburg in diesem Zimmer gewesen ist. Jedenfalls sagte er es.«

»Und es war bestimmt seine Stimme?«

Mason nickte. »Ich habe sie erkannt. Der Mann war entsetzlich aufgeregt. Er war hier in diesem Zimmer, jedenfalls sagte er, daß er hier wäre, und es gibt keinen Grund dafür, weshalb er gelogen haben sollte.«

»Aber was soll ihm passiert sein?«

»Dann hielt ihm jemand einen Revolver unter die Nase, und Morris hinterließ eine Nachricht. Vielleicht war ein Mädchen bei ihm, und vielleicht hinterließ sie eine Nachricht mit ihrem Lippenstift.«

»Aber ich dachte, du meinst, sie könnte es nicht so gemacht haben.«

Mason winkte ab. »Die Leute, die Morris Alburg aus dem Zimmer herausbrachten, entdeckten, daß irgendeine Nachricht hinterlassen worden war. Vielleicht hatten sie keine Zeit, die richtige zu suchen und zu finden, und so ließen sie diese Tarnnachricht für mich zurück. – Laß uns noch mal den Tisch untersuchen, Paul.«

Zusammen untersuchten sie nochmals die Unterseite des Tisches.

»Sieht nicht so aus, als sei da mal etwas anderes draufgeschrieben gewesen«, meinte Drake.

»Anscheinend nicht. Sehen wir uns um. Vielleicht war die Nachricht ganz woanders, und sie konnten sie nicht finden, wollten aber dafür sorgen, daß ich es auch nicht konnte. Die Leute, die Alburg mitnahmen, müssen sehr in Eile gewesen sein.«

»Steigerst du dich nicht ein bißchen in diese Geschichte hinein?« fragte Drake.

Mason wurde ungeduldig. »Für alles gibt es Gründe. Hier steht eine Nachricht auf der Unterseite der Tischplatte. Dafür muß es einen Grund geben. Ich möchte wissen, was das für ein Grund ist.«

»Aber warum soll irgend jemand eine Nachricht vortäuschen, um eine andere zunichte zu machen, wenn er gar nichts von der anderen weiß?«

»Sie müssen den Verdacht gehabt haben, daß eine andere Nachricht existierte, wußten aber nicht, wo. – Sieh dich um, Paul. Sehen wir zu, was wir finden können.«

Mason machte die Schranktür auf, sah auf den Innenseiten der Türpfosten nach, untersuchte den Zwischenraum an der Rückseite der Tür, der frei wurde, wenn die Tür nach außen aufgemacht wurde. Er untersuchte das Innere des Schrankes und das ganze Badezimmer.

»Irgendwas gefunden?« fragte Drake.

Mason kam unverrichteterdinge wieder aus dem Badezimmer.

Drake, der nur eine oberflächliche Suche angestellt hatte, sagte: »Gehen wir doch der Idee einer Falle nach, Perry. Was käme dann dabei heraus?«

»Es könnte eine Falle sein«, antwortete Mason, »die uns gelegt wurde. Es könnte etwas sein, was uns einfach wertvolle Zeit stehlen soll. Da ich aber überzeugt davon bin, daß das Ganze eine Tarnung ist, will ich keine Zeit darauf vergeuden.«

»Aber es bedeutet doch sicher irgend etwas, Perry.«

»Sicher. Wahrscheinlich bezieht es sich auf ein Buch. Nimm die Zahlen ›262 Bd 3‹. Das bedeutet sicher Seite zweihundertzweiundsechzig von Band drei.«

»Das wird es sein, Perry, und dann wäre ›Z15l‹ Zeile fünfzehn links.«

»Offenbar ist es ein Buch, das drei Bände hat, die in Spalten aufgeteilt sind. Was könnte das wohl sein, Paul?«

»Könnten Gesetzesbücher sein.«

»Wahrscheinlich eher die Bände, auf die du gerade runtersiehst.«

»Verstehe ich nicht . . . Oh, du meinst das Telefonbuch? Aber die haben doch keine numerierten Bände.«

»Die hier doch. Siehst du nicht die Schilder auf dem Rücken?«

Paul Drake hob einen Band hoch und drehte ihn um. »Keymont Hotel. Telefonbuch Nr. 1, Zimmer 721«, las er vor. »Typisch für

diese Art Laden hier, wo die Gäste alles klauen, was nicht niet- und nagelfest ist . . . Mensch, Perry, laß uns mal nachsehen!«

Drake griff nach Band drei, blätterte Seite 262 auf, zählte die Zeilen ab und las vor: »Herbert Sidney Granton, 1024 Colinda Avenue.«

»Sagt dir das was?« fragte Mason.

»Aber ja«, sagte Drake aufgeregt. »Es ist ein Name, den ich kenne. Es — Moment mal, Perry.«

Er zog hastig sein eigenes Notizbuch heraus und blätterte fieberhaft: »Klar. Es ist einer der vielen Alias, hinter denen sich Georg Fayette verbirgt, der, unter dem er als Buchmacher verhaftet worden war, worauf der Fall sich in Wohlgefallen aufgelöst hatte. Perry, gehen wir los und . . .«

Mason schüttelte den Kopf.

»Du meinst, wir sollten dieser Spur nicht nachgehen?« fragte Drake.

»Noch nicht«, antwortete Mason. »Erst suchen wir hier weiter.«

Mason sah unter den Stühlen nach und kroch unters Bett. »Paul, da ist ein beweglicher Spiegel überm Waschbecken. Sieh mal auf der Rückseite nach, ja?«

Mason war noch unter dem Bett, als Drake überrascht ausrief: »Hier ist was, Perry!«

Mason kroch eilig hervor, klopfte den Staub von seinem Anzug und kam schnell zu Drake, der den Spiegel von der Wand abgehoben hatte.

Mit Lippenstift stand eine Nummer auf der Rückseite des Spiegels: 5 N 20 862.

»Das«, sagte Mason, »ist wahrscheinlich die Nummer eines Autos.«

Die beiden Männer standen nachdenklich vor der Zahlenreihe, die dort auf der Spiegelrückseite prangte.

»Ich begreif's immer noch nicht«, sagte Drake.

»Ich schon, Paul. Morris Alburg und irgendeine Frau waren in diesem Zimmer. Jemand überraschte sie, oder sie mußten aus irgendeinem Grunde fort. Sie wollten mir eine Nachricht hinterlassen. Das Mädchen nahm ihren Lippenstift und schrieb die Nummer auf die Rückseite des Spiegels, während sie davor stand und sich scheinbar ihr Gesicht zurechtmachte. Keiner ertappte sie dabei. Aber als sie das Zimmer verlassen hatten, ist jemand durch irgend etwas darauf gebracht worden, daß sie mit dem Lippenstift eine Nachricht hinterlassen hatte. Man hatte Angst, daß ich sie finden würde. Also kam einer zurück, um mir eine Falle zu stellen. Er schmierte so deutlich eine andere Nachricht hin, daß sie ein Blinder nicht übersehen konnte.«

»Dann glaubst du also, daß dies hier die echte ist?« fragte Drake und zeigte auf die Nummer auf dem Spiegel.

Mason nickte. »Und die auf der Unterseite des Tisches ist eine Falle«, bestätigte er.

»Jedenfalls sieht es absolut nach einer Autonummer aus«, meinte Drake.

»Wie lange brauchst du, um den Eigentümer herauszubekommen?«

»Laß mich ans Telefon«, sagte ihm Drake. »Es sollte nicht länger als ein paar Minuten dauern.«

»Warte«, sagte Mason. »Nicht von hier aus, Paul.«

»Nein?«

»Nein. Der einzige im Hotel, der im Dienst ist, ist unten der Nachtportier. Ich könnte mir denken, daß er an all dem Hin und Her sowieso schon recht interessiert ist. Wenn er zuhört, könnte er sich ein ziemlich genaues Bild davon machen, wo wir anschließend hinfahren. Und keiner paßt dann auf das Mädchen auf, das hier in diesem Zimmer war . . . Wie lange würdest du brauchen, um ein paar Leute aufzuscheuchen, die das Mädchen in 815 beschatten, Paul?«

»Nicht sehr lange, Perry.«

»Verdammt, Paul. Ich habe das ungemütliche Gefühl, daß es ein Fall für die Polizei ist. Die Wasser werden zu tief für uns.«

»Willst du die Polizei anrufen?«

»Nicht so ohne weiteres«, antwortete Mason, »aber ich hätte gern ein bißchen polizeiliche Unterstützung, wenn uns der richtige Dreh einfällt, sie zu bekommen – und, vor allem die Kontrolle darüber zu behalten, wenn wir sie haben. Und außerdem ist da immer noch etwas Seltsames an der Geschichte.«

»Wie meinst du das?«

»Diese Autonummer auf dem Spiegel.«

»Was soll mit ihr sein?«

»Wer hat sie da hingeschrieben?«

»Wahrscheinlich die wirkliche Dixie Dayton«, meinte Drake. »Sie war mit Morris Alburg hier. Sie haben auf dich gewartet. Irgend jemand hat sie entdeckt. Sie ließen ja die Tür auf, damit du ohne Aufsehen hereinkommen konntest.«

»Soweit stimmt es schon«, bestätigte Mason. »Bis dahin bin ich einverstanden, Paul, aber nun weiter. Was geschah danach?«

»Jemand, der wußte, wo sie waren, jemand, der nicht wollte, daß sie dich treffen, machte die Tür auf und kam herein. Und während er hereinkam, hatte er eine Pistole in der Hand. Und dann sagte er ihnen, daß sie spazierenfahren müßten, und wahrscheinlich sagte dann Dixie Dayton so was wie: ›Schön, Jungs, aber laßt mich erst mein Gesicht zurechtmachen.‹ Sie ging dann zum Spiegel, nahm ihren Lippenstift, bemalte sich damit die Lippen und strich dann mit ihrem kleinen Fin-

ger darüber. Dabei beobachtete sie im Spiegel, was im Zimmer los war. Alburg hat sich vielleicht ein bißchen ungeschickt aufgeführt, oder vielleicht haben sie nur gedacht, er würde Schwierigkeiten machen, also haben sie sich über ihn hergemacht, und Dixie ging sofort auf den Spiegel los, hob ihn etwas von der Wand ab und malte die Autonummer drauf.«

»Und die Nummer von welchem Auto?« fragte Mason.

»Von dem, das uns einen Hinweis darauf geben sollte, wohin man sie bringen würde.«

»Du meinst, sie wußte, was für ein Auto unten auf sie wartete?«

Drake runzelte die Stirn: »Nein, das wohl doch nicht.«

»Und dann wurden sie von den Leuten, die hereingekommen waren, gezwungen, mitzugehen?«

»Sicher.«

»Mit dem Lift hinunter, quer durch die Halle, raus in die Nacht?«

Drake wurde nun sehr nachdenklich.

»Klingt nach Kintopp«, sagte Mason.

»Na ja, schließlich hat man so was schon hingekriegt, Perry. Verdammt noch mal, es wäre möglich!«

»Und diese Autonummer?«

»Da fragst du mich zuviel.«

Plötzlich schnippte Mason mit den Fingern.

»Was ist?« fragte Drake.

»Wir suchen nach einem Auto. Diese Nummer hier könnte doch die Nummer von dem Wagen sein, mit dem Dixie Dayton entführt werden sollte, von dem Auto mit einem Kugelloch in der rechten Vordertür.«

»Könnte sein«, gab Drake zu, die Stirn von angestrengtem Nachdenken in tiefe Falten gelegt.

»Damit hätten wir dann zwei Nachrichten, Paul. Eine davon wäre die echte, die Morris Alburgs Begleiterin zurückließ, wer immer sie auch war, und die andere eine Tarnung, die andere Leute hinterließen. Die Tarnnachricht weist uns direkt auf George Fayette. Was könnte man daraus schließen?«

Drake meinte: »Tut mir leid, aber ich würde diesem Hinweis aus dem Telefonbuch auf Sidney Granton ein bißchen nachgehen. Es könnte jedenfalls nichts schaden, wenn wir jetzt hier gehen.«

»Doch, Paul.«

»Warum?«

»Wir liegen in einem Wettrennen mit der Zeit. Irgend jemand will uns in die Wüste schicken. Was ich nicht verstehe, ist, warum wir auf Fayette gejagt werden, der doch einer der Verschwörer ist – es sei

denn, man hat beschlossen, daß man ihn nicht mehr brauchen kann. Vielleicht will man ihn opfern. Aber selbst, wenn ... Verdammt, es steckt einfach kein Sinn in der Geschichte.«

»Sie wollen ihn bestimmt nicht opfern, denn dann würde Fayette singen«, sagte Drake.

»Ja — außer ...«, Mason fiel plötzlich etwas ein. »Vielleicht ist er in einer Lage, in der er nicht mehr reden kann ... Paul, laß uns jetzt mal sehen, was in Zimmer 815 los ist. Laß uns ...«

Die Tür des Zimmers öffnete sich mit einem Ruck, Leutnant Tragg vom Morddezernat, begleitet von einem anderen Polizeibeamten, den Mason nicht kannte, stand auf der Schwelle und sagte: »Was, zum Teufel, wissen Sie denn von Zimmer 815?«

»Oh«, sagte Mason, »wir werden von unerwartetem Besuch beehrt, Paul. Was führt Sie zu dieser Morgenstunde hierher, Leutnant?«

»Dienst. Was ist mit 815 los?«

»Ach«, sagte Mason, »wir überlegten uns, ob wir nicht ein bißchen schlafen und uns um 8 Uhr 15 wecken lassen sollten.«

Traggs Gesicht verdunkelte sich. »Mason, machen Sie nur so weiter, und Sie werden da landen, wo Sie sich kaum mehr ums Wecken kümmern müssen. Sie werden um halb sieben morgens aufstehen und Ihren Kaffee und Brei durchs Gitter geschoben kriegen und damit zufrieden sein. Kennen Sie Sergeant Jaffrey?«

Mason verbeugte sich. »Ich dachte immer, daß ich die meisten vom Morddezernat kenne.«

»Er ist nicht vom Morddezernat, Perry«, sagte Drake leise. »Ich kenne ihn. Er ist bei der Sitte.«

Jaffrey nickte kurz zu Drake hinüber.

Leutnant Tragg sagte: »Sergeant Jaffrey arbeitet im Sittendezernat. Bob Claremont war ihm unterstellt, als er umkam, und diese verfluchte Geschichte hier hängt mit dem Claremont-Mord zusammen. Mason, Sie sitzen schön drin. Raus mit der Sprache! Was haben Sie mit Zimmer 815 zu tun? Bitte eine klare Antwort, denn diesmal sind die Trümpfe auf unserer Seite.«

»Ehrlich gesagt«, antwortete Mason, »wollte ich Paul Drake beauftragen, die Inhaberin von 815 zu beschatten, weil ich etwas mehr über sie wissen wollte.«

»Über sie?«

Mason nickte.

Tragg fragte weiter: »Was machen Sie denn hier?«

»Ich kam her, um einen Klienten zu treffen.«

»Hören Sie zu, Mason, ich will fair mit Ihnen sein. Wir sind völlig im Bilde über ...«

»Das würde ich nicht sagen, Leutnant«, unterbach Jaffrey. »Lassen Sie ihn Fragen beantworten.«

Tragg nahm keine Notiz von der Unterbrechung und fuhr fort: »Ich mache faires Spiel mit Ihnen, Mason, ich lege die Karten auf den Tisch und versuche nicht, Ihnen Fallen zu stellen. Dieses Hotel hier ist ein Bums. Gewöhnlich erregt nichts, was hier passiert, irgendwelche Aufmerksamkeit, aber der Inhaber von 813 hörte Lärmen und Streiten und etwas, was er für einen gedämpften Schuß hielt. Er rief die Polizei an.«

»Wie lange ist das her?« fragte Mason.

»Nicht sehr lange«, sagte Tragg. »Wir sind eben erst gekommen. Eine Funkstreife traf ein, zwei Minuten nachdem der Anruf durchgekommen war. Sie fand die Tür von 815 unverschlossen, aber auf dem Bett lag eine Leiche. Sie verständigte das Morddezernat. Ich hatte zufällig mit Sergeant Jaffrey an einem anderen Ende des Falls gearbeitet, und wir kamen sofort hierher. Der Tote in Zimmer 815 ist ein ziemlich untersetzter Typ, dunkle Haut und ungewöhnlich buschige Augenbrauen, die sich fast am Nasenbein treffen. Der Führerschein in seiner Tasche lautet auf den Namen Herbert Sidney Granton, und er wohnt Colinda Avenue 1024. Ich setzte meine Leute an und fing an, den Nachtportier in die Mache zu nehmen. Er ist einer von denen mit einem fotografisch registrierenden Gedächtnis für Gesichter. Ich fragte ihn, ob irgend etwas Ungewöhnliches im Hotel los sei, und er erzählte mir, Perry Mason sei hier, und er glaube, Mason sei in das Zimmer 721 gegangen. Dort habe ihn ein Privatdetektiv aufgesucht, und ferner habe eine Frau sich ein Zimmer gemietet, die er für eine Mitarbeiterin von Ihnen hielt. Also, was geht hier nun vor?«

Mason sah Paul Drake an. »Unsere Nachforschungen lassen uns annehmen, daß Sidney Granton ein Alias von George Fayette ist und daß George Fayette an dem Versuch beteiligt gewesen sein kann, Dixie Dayton zu entführen und zu erschießen. Darüber hinaus kann ich Ihnen nichts sagen.«

»Darüber hinaus«, erwiderte Tragg grimmig, »brauchen Sie es auch nicht. Wenn Sie die harte Tour vorziehen, bitte — können Sie haben. Sie werden das Hotel nicht verlassen. Gehen Sie in die Halle hinunter und warten Sie, bis ich so weit bin, Sie zu verhören.«

»Wollen Sie damit sagen, daß Sie uns als Zeugen festhalten?« fragte Mason.

Sergeant Jaffrey, schwer und breitschultrig, schob sich kriegerisch vor. »Nicht als Zeugen, sondern als Verdächtige an dem Mord von Herbert Sidney Granton«, sagte er. »Und jetzt raus mit Ihnen!«

7

In der Halle des Keymont Hotels brodelte es vor Aktivität. Zeitungsreporter und Pressefotografen kamen herein und feuerten ihre Blitzlichter in die Gegend ab, stiegen dann in den Lift und ratterten zu den oberen Stockwerken hinauf.

Ein uniformierter Beamter saß am Empfang. Auf polizeiliche Anordnung hin war jede ungewöhnliche Ansammlung von Autos vor der Tür verboten. Von der Straße aus bot das Keymont daher den ganz normalen Anblick eines drittklassigen Hotels. Es war die tote Zeit zwischen Nacht und Morgen, noch vor dem ersten Tageslicht, das die Gebäude einer Stadt gegen den fahlen Himmel abhebt. Noch zu früh für den Morgenverkehr und zu spät für die letzten Schlachtenbummler. Ein paar abenteuerlustige Taxifahrer kreuzten ohne große Hoffnung umher, weil es sonst nichts weiter zu tun gab, und ab und zu kamen sie auch die verlassene Straße des Keymont hinuntergekrochen. Die stadttrainierten Augen der Fahrer bemerkten die ungewöhnliche Geschäftigkeit in der Halle des Hotels. Sie bremsten etwas und fuhren dann wieder langsam weiter. Das Keymont war eben das Keymont – man wußte Bescheid.

Die sorgfältige Tarnaktion der Polizei war bisher völlig ohne jeden Erfolg geblieben. Niemand außer der Polizei und den Journalisten war in das Hotel gekommen. Niemand hatte versucht, es zu verlassen.

Der Nachtportier saß unter polizeilicher Bewachung von Mason und Paul Drake getrennt in der Halle und sah hin und wieder zu dem Anwalt und dem Privatdetektiv hinüber. Sein Gesicht bot kaum mehr an Ausdruck als das eines gutes Pokerspielers, der gerade seine Karten aufnimmt.

Zeitungsreporter, die Mason interviewen wollten, bekamen lediglich ein ablehnendes Kopfschütteln zur Antwort.

»Warum nicht?« fragte einer.

»Ich arbeite mit der Polizei zusammen«, erklärte Mason. »Sie wollen, daß ich ihnen und keinem anderen sonst meine Geschichte erzähle.«

»Gut, dann holen wir sie uns eben von der Polizei.«

»Mir ist's recht.«

»Haben Sie schon mit der Polizei gesprochen?«

»Nur kurz.«

»Könnten Sie uns dann nicht ungefähr andeuten, was Sie denen schon erzählt haben?«

Mason lächelte und schüttelte wieder den Kopf.

Einer der Reporter zeigte auf Drake.

»Kein Kommentar«, sagte der Detektiv.

»Meine Güte, eure Hilfsbereitschaft ist schon grenzenlos!«

»Muß leider sein«, sagte Drake.

In der Telefonzentrale wurde es plötzlich lebendig. Der uniformierte Beamte zog einen Leitungsstöpsel heraus, winkte einem der Zivilbeamten in der Halle und sprach leise mit ihm.

Der Zivilist kam zu Mason und Drake herüber und sagte: »Los geht's. Der Leutnant will Sie jetzt sehen. Hier herauf.«

Er führte sie am Lift vorbei die Treppen hoch, durch einen Flur, an einem Uniformierten auf Wache vorbei, und öffnete die Tür zu der anscheinend glanzvollsten Suite des Hauses.

Leutnant Tragg rauchte eine Zigarre. Er räkelte sich in einem bequemen Sessel hinten im Zimmer. Etwas zur Seite saß Sergeant Jaffrey in einem tiefen Polstersessel und rauchte eine Zigarette. Auf der anderen Seite von Leutnant Tragg saß ein Polizeistenograph an einem Tisch, der von einer Klavierlampe beleuchtet wurde, seinen Stenoblock vor sich und eine Füllfeder startbereit in der Hand.

Mason warf einen schnellen Blick auf den Block, als er hereinkam, und stellte fest, daß bereits zwölf oder fünfzehn Seiten mit Stenogrammnotizen angefüllt waren.

»Kommen Sie herein, und setzen Sie sich«, lud sie Tragg ein. »Tut mir leid, daß ich Sie hier festhalten mußte, aber so ist es nun einmal.«

Drake und Mason zogen sich Stühle heran.

»Also«, begann Tragg. »Was ist passiert?«

»Ein Klient rief mich an«, berichtete Mason, »und bat mich, ihn hier im Zimmer 721 zu treffen. Er sagte mir, daß ich ohne anzuklopfen hereinkommen solle. Ich ging zu Zimmer 721 hinauf und trat ein.«

»War irgend jemand drin?« fragte Tragg.

»Niemand.«

Tragg sagte: »Kurz darauf haben Sie Paul Drake angerufen. Die Telefonliste weist einen Anruf von 721 zu Drakes Büro aus.«

»Das stimmt.«

Tragg wandte sich an Drake. »Und was haben Sie getan, Drake?«

»Ich habe Masons Anweisungen befolgt.«

Ohne die Stimme zu heben, sagte Tragg sehr sanft: »Mason schneidet manche Ecken, Paul. Er ist sehr geschickt, sehr gescheit, und er kennt jedes Komma und Semikolon im Gesetzbuch. Er ist immer noch als Anwalt zugelassen. Er zieht Sie in manches mit herein. Aber Sie kennen nicht die Kommas und Semikolons im Gesetzbuch. Sie haben eine Lizenz als Privatdetektiv. Sie könnten Sie verdammt schnell verlieren. Lassen Sie also hören, was Sie uns zu erzählen haben.«

Drake sah besorgt zu Mason hinüber und wartete auf ein Zeichen. Masons Gesicht blieb völlig ausdruckslos.

Jetzt legte Sergeant Jaffrey los. »Also ich werde Ihnen beiden mal was sagen. Der Fall hängt mit dem Mord an Bob Claremont zusammen. Bob war ein netter Kerl. Das gehört allerdings nicht hierher. Bob Claremont war Polizist. Er wurde von ein paar heruntergekommenen Gaunern umgebracht, die gedacht hatten, sie hätten die ganze Stadt in ihrer Tasche. Und Bob war einer großen Sache auf der Spur. Mir können Sie nicht erzählen, daß er nur um die Ecke gebracht wurde, weil er einen armseligen Kerl von Buchmacher schnappen wollte. Und Sie beide hier können denken, daß Ihr Einfluß gottweißwiegroß ist – bei mir nicht. Mir ist es völlig gleich, wer Sie sind. Ich nehme Sie mit ins Headquarter und bearbeite Sie da, wenn's sein muß. Ich will jetzt was von euch Knaben hören, und die Antworten sollen gefälligst die richtigen sein.«

Leutnant Tragg fiel mit einem zur Vorsicht mahnenden Blick auf Jaffrey und auf den Stenographen ein: »Verstehen Sie recht, wir drohen keineswegs. Wir meinen nur, daß Sie uns eine freiwillige Aussage schulden. Wir möchten sie wahrheitsgetreu und genau. Wir möchten sie vollständig. Und ich warne Sie: wenn Sie versuchen, uns hinzuhalten, sind wir in der Lage, Sie eines Besseren zu belehren. Erzählen Sie uns also, was geschehen ist.«

»Ein Klient bat mich telefonisch, in das Hotelzimmer zu kommen«, antwortete Mason.

»Wer war der Klient?«

»Das kann ich Ihnen nicht sagen.«

»Und was geschah?«

»Jemand kam in das Zimmer.«

»Der Klient?«

»Nicht der, der mich angerufen hatte.«

»Und was passierte weiter?«

»Die Person, die hereingekommen war, ging wieder für ein paar Minuten hinaus. Ich wollte, daß Paul Drake sich sofort daran machte, diese Person, eine Frau übrigens, zu beschatten. Ich rief ihn an. Das ist so ungefähr alles, was ich sagen kann.«

Sergeant Jaffrey erhob sich aus seinem Sessel.

»Moment mal, Sergeant«, warf Mason hastig ein und machte eine eindeutige Bewegung zum Stenographen hin, »interviewen Sie Paul Drake. Er verfügt nicht über die berufsmäßige Immunität und nicht über die Vorrechte eines Anwalts, und ich denke, daß er unter diesen Umständen sehr viel mitteilsamer sein wird – wesentlich mitteilsamer sogar.«

Leutnant Tragg wandte sich an Drake. »Also gut, Drake. Hier geht es um Mord. Wir haben jeden Grund, anzunehmen, daß Sie über das

Verbrechen einiges auszusagen haben. Ich versuche nicht, in Ihre privaten Beziehungen zu Perry Mason einzudringen, aber ich erwarte, daß Sie uns alles erzählen, was geschehen ist und möglicherweise mit diesem Mord zu tun hat. Fangen Sie also an.«

Drake hüstelte nervös und rutschte auf seinem Stuhl herum.

»Und wir wollen auch nicht im Kreis herumgejagt werden«, fügte Sergeant Jaffrey hinzu. »Nicht von Ihnen. In den nächsten fünf Minuten wird es sich hier in diesem Zimmer entscheiden, ob Sie weiterhin Ihre Detektivagentur betreiben können oder ob es damit aus und vorbei ist. Merken Sie sich das.«

»Perry«, sagte Drake mit kläglicher Stimme, »ich muß ihnen alles erzählen, was als Beweismaterial dienen kann.«

Mason gab keinen Ton von sich.

»Und wir wollen auch nicht die ganze Nacht hier verbringen«, sagte Jaffrey.

»Sie haben uns über eine Stunde warten lassen«, erinnerte ihn Mason.

»Das genügt uns jetzt von Ihrer Seite«, warnte Jaffrey. »Wir haben Sie warten lassen, weil wir Anhaltspunkte suchten, und bilden Sie sich nur nicht ein, daß wir etwa nichts gefunden hätten. Wir können euch Kerle jederzeit nachkontrollieren. Eine einmalige Chance, um rauszukriegen, auf welcher Seite vom Gartenzaun Sie wirklich stehen. Fangen Sie an, Drake.«

»Ich war zu Hause und schlief. Das Telefon läutete. Mason wollte, daß ich herausbrächte, wer mit ihm in Zimmer 721 war.«

»Mann oder Frau?«

»Eine Frau.«

»Hat er ihren Namen erwähnt?«

»Wenn er es getan hat, habe ich ihn vergessen. Ich war in dem Moment zu verschlafen. Er sagte, diese Frau sei in dem Zimmer gewesen und inzwischen hinausgegangen, und sie würde wieder zurückkommen. Er wollte, daß ich sie beschatte und herausfinde, wer sie ist.«

»Sehr gut, Sie bessern sich«, sagte Jaffrey und nahm eine Haltung ein, die nicht mehr ganz so kriegerisch war. »Weiter im Text.«

»Ich hatte nur ein paar Minuten Zeit«, fuhr Drake fort. »Ich wußte, daß ich irgend jemand draußen, außerhalb des Hotels, brauchte und außerdem jemanden, der die Frau beobachteten mußte, wenn sie aus Zimmer 721 herauskam. Ich war sicher, daß es für einen allein unmöglich sei, beides zu übernehmen. Die Frau würde Verdacht schöpfen, wenn sie auf dem Flur beim Herauskommen aus 721 jemanden antreffen würde, geschweige denn, wenn dieser Jemand mit ihr zusammen um diese Nachtstunde im Lift herunterfahren würde.«

Tragg nickte.

»Es war eine Zwangslage. Vielleicht wissen Sie, wie Perry Mason ist, wenn er an einem Fall arbeitet. Er will alles, und er will es sofort. Er ist ein wichtiger Kunde für mich. Ein ganz schöner Prozentsatz meines Umsatzes geht auf ihn zurück. Ich bin sozusagen sein Liefe=rant.«

»Das gehört nicht hierher. Was haben Sie getan?« fragte Tragg.

»Ich rief mein Büro an, um zu sehen, ob irgend jemand sofort ver=fügbar sei. Keiner war da. Aber ich habe ein Mädchen in der Telefon=zentrale, das sehr tüchtig zu sein scheint.«

»Wie heißt sie?« fragte Jaffrey.

»Minerva Hamlin.«

»Erzählen Sie weiter.«

»Ich sagte Minerva, sie solle das Büro vorübergehend schließen und in den Schränken, in denen wir die berufsmäßigen Routinever=kleidungen haben, nach einer Schürze und einem Stubenmädchen=häubchen suchen, sie in einen Koffer packen, schnellstens ins Keymont Hotel fahren, sich dort von dem Portier ein Zimmer nach vorn heraus geben lassen.«

»Warum nach vorn heraus?« fragte Tragg.

»Damit sie mir ein Zeichen machen könnte«, antwortete Drake. »Sie sollte die Zimmermädchentracht anziehen und sich im Flur herum=drücken, bis sie jemanden aus 721 herauskommen sähe. Und wenn diese Frau dann im Lift nach unten fahren würde, sollte Minerva in ihr Zimmer laufen und mir mit der Taschenlampe ein Zeichen geben. Ich wollte im Wagen vor dem Hotel warten. Um diese Nachtstunde konnte ich das riskieren, ohne aufgeschrieben zu werden. Wenn ich dann gewußt hätte, wann die Frau im Lift nach unten kam, hätte ich sie mit Leichtigkeit beim Durchqueren der Halle beobachten und ihr beim Verlassen des Hotels folgen können . . . Ich parkte dann meinen Wa=gen an einer Stelle, von der aus ich die Halle samt dem Lift beobach=ten konnte. Ich stellte meinen Außenspiegel so ein, daß ich jedes Ta=schenlampensignal aus einem Vorderzimmer aufgefangen hätte.«

»Verdammt gute Arbeit«, knurrte Jaffrey widerwillig bewundernd.

»Auf dem Weg zum Hotel hielt ich bei meinem Büro und nahm Minerva Hamlin mit. Wir kamen hier in Rekordzeit an. Ich parkte den Wagen und so weiter und wartete. Minerva ging ins Hotel, ver=langte von dem Portier ein Vorderzimmer, trug sich ein und wurde nach oben geführt. Natürlich zog sie dann sofort ihre Zimmermädchen=tracht an und postierte sich im Flur, um 721 zu beobachten.«

»Und dann?«

»Dann passierte überhaupt nichts«, sagte Drake, »bis ich schließ=

lich Minerva selbst aus dem Lift herauskommen sah. Sie schien über irgend etwas ziemlich aufgeregt. Sie lief durch die Halle direkt zu mir heraus, um zu berichten. Das allerdings hätte sie nicht tun sollen. Aber wir waren ja derart in Eile gewesen, daß wir nicht viel Möglichkeit gehabt hatten, irgendein Zeichen für unerwartete Ereignisse zu verabreden. Sie meinte, ich müßte erst erfahren, was geschehen war, und wollte mich sofort darüber informieren. Wir hatten keine andere Möglichkeit, uns zu verständigen.«

»Ja, und was war nun geschehen?«

Drake berichtete von Minervas Erlebnisse bis zu dem Punkt, an dem die Frau, die sie beschatten sollte, im Zimmer 815 verschwunden war.

»Und dann?« fragte Tragg.

»Dann wartete Minerva eine Weile vor der Tür von 815, wobei ihr klar wurde, daß Mason nervös werden würde und daß ich vielleicht meinen ganzen Schlachtplan umwerfen müßte. Also eilte sie in die Halle hinunter und zu mir heraus.«

»Was haben Sie dann gemacht?«

»Ich ging zu Perry Mason hinauf und berichtete.«

»Und Minerva?«

»Fuhr zurück ins Büro«, antwortete Drake.

»Sie hat Zimmer 815 nicht beobachtet?«

Drake schüttelte den Kopf. »Bedenken Sie, ich hatte meinen Wagen so geparkt, daß ich den Lift sehen konnte. Das hieß gleichzeitig, daß der Nachtportier das ganze Hin und Her beobachten konnte. Als Minerva aus dem Hotel herausgerannt kam, um mir alles zu erzählen, mußte er begreifen, daß ich da wartete, um jemanden zu beschatten. Ich fand also, daß Minerva uns in dieser Situation nichts mehr nützen konnte. Ich konnte sie nicht dazu einsetzen, die Frau vielleicht später mit dem Wagen zu verfolgen. Das war meine Aufgabe. Außerdem war ich ziemlich sicher, daß die Frau in Zimmer 815 bleiben würde, jedenfalls so lange, wie ich brauchte, um von Mason neue Anweisungen zu holen . . . Vorher hatten wir ein paar meiner Leute angerufen, die inzwischen wahrscheinlich auf dem Weg zu meinem Büro waren. Ich sagte Minerva, sie solle sie ins Keymont schicken und sie sollten sich bei mir melden, wenn sie ankämen. So, meine Herren, das wäre meine Geschichte.«

»Das ist vielleicht 'ne Geschichte!« sagte Jaffrey.

»Es ist die Wahrheit«, antwortete Drake wütend.

»Die ganze Wahrheit?« fragte Tragg.

»Es ist die Wahrheit, soweit es Zimmer 815 betrifft.«

»Wir sind daran interessiert, etwas über diese mysteriöse Frau zu erfahren.«

»Ich habe sie ja nie gesehen«, sagte Drake.

Jaffrey stand auf und sah Tragg bedeutungsvoll an und verließ das Zimmer.

Tragg fragte: »Als Sie Perry Mason in Zimmer 721 trafen, fanden Sie da irgendwas von Bedeutung?«

Drake sah wieder hinüber zu Mason. Seine Augen hatten einen gequälten Ausdruck.

Mason sagte sanft: »Ich nehme an, daß Sie das Zimmer einer gründlichen Untersuchung unterzogen haben, Leutnant?«

»Ich habe Paul Drake etwas gefragt, Mason.«

Mason hob resigniert die Schultern: »Erzähl ihm alles, was er wissen will, Paul. Das heißt«, setzte er hastig hinzu, »alles, was du gefunden oder entdeckt hast.«

»Du meinst, alles, was ich entdeckt habe?« fragte Drake.

Mason nickte.

»Na ja, das wäre das eine«, meinte Drake, »aber was ist mit den Gesprächen?«

»Wir wollen auch alle Gespräche hören«, sagte Tragg.

»Keine Gespräche!« widersprach Mason.

»Ich denke, wir haben auch darauf Anspruch«, beharrte Tragg.

»Wieso?«

»Wir wollen nachprüfen, ob Drake die Wahrheit sagt.«

Mason kniff die Augen zusammen und sagte dann plötzlich: »Als ich in das Zimmer kam, Leutnant, bemerkte ich einen Abdruck auf dem Bett, der danach aussah, als habe dort jemand gesessen. Es war aber noch ein zweiter Abdruck auf dem Bett. Und der sah danach aus, als habe ein Revolver auf der Bettdecke gelegen.«

»Ich weiß«, nickte Tragg.

»Und«, Mason beobachtete Tragg gespannt, »ich fand noch etwas. Einen Lippenstift.«

»Wo ist er?«

Mason griff in seine Hosentasche, holte den Lippenstift heraus und gab ihn Leutnant Tragg.

»Sie haben ihn jetzt so verschmiert, daß die Fingerabdrücke futsch sind.«

»Das war natürlich äußerst gedankenlos von mir.«

»Das war es allerdings!« fuhr Tragg auf.

»Es wäre natürlich etwas ganz anderes gewesen«, überlegte Mason, »wenn mich das Morddezernat angerufen und mir beispielsweise gesagt hätte: ›Hören Sie zu, Mason, wir können es zwar im Moment

noch nicht bekanntgeben, aber in ungefähr fünfzehn Minuten wird es in Zimmer 815 einen Mord geben, und die junge Frau, mit der Sie gerade sprechen, wird nach Zimmer 815 hinübergehen!‹ Dann, natürlich hätte ich sorgfältig darauf geachtet, die Fingerabdrücke nicht zu verwischen.«

»Sparen Sie sich jeden Sarkasmus«, sagte Tragg scharf. »Nur Tatsachen bitte.«

»Genau das gebe ich Ihnen ja.«

»Und der Lippenstift?«

Mason beobachtete Traggs Gesichtsausdruck wie ein Habicht den Eingang zu einem Kaninchenbau. »Sie werden feststellen, daß das Ende dieses Lippenstifts aussieht, als ob der Stift über eine rauhe Oberfläche gezogen und nicht nur dazu benutzt worden wäre, den Mund einer Frau zu verschönen.«

»Und was schließen Sie daraus?«

Mason, die Augen voll bohrender Aufmerksamkeit auf Tragg gerichtet, erwiderte: »Ich dachte, daß vielleicht jemand den Lippenstift dazu benutzt haben könnte, eine Nachricht irgendwohin zu malen.«

»Haben Sie denn etwas gefunden?«

»O ja, wir fanden eine Nachricht.«

»Wo war sie?«

»Unten auf der Tischplatte.«

»Und das war alles?« fragte Tragg weiter.

»Was meinen Sie mit: ›Das war alles‹?«

»Fanden Sie nur die eine Nachricht?«

»Ich versuche nur, diese Dinge zu erklären, um Drake aus der Verlegenheit zu helfen«, erwiderte Mason.

»Kümmern Sie sich nicht um die Verlegenheit anderer Leute. Beantworten Sie die Frage: fanden Sie mehr als eine Nachricht?«

Mason schwieg.

Tragg fuhr zu Drake herum. »Fanden Sie mehr als eine Nachricht?«

Drake sah Mason an. Der Anwalt nickte.

»Ja«, bestätigte Drake.

»Und wo war die andere?« fragte Tragg.

»Auf der Rückseite des Spiegels.«

»Was besagten diese Nachrichten?«

»Ich kann mich nicht genau an sie erinnern«, antwortete Drake. »Sie sind noch da.«

»Haben Sie versucht, sie zu entziffern? Die auf der Unterseite der Tischplatte – hatten Sie das Gefühl, daß es eine Chiffre war, und haben Sie versucht, die Chiffre zu entziffern?«

»Gewiß«, antwortete Mason. »Es war nicht sehr doll mit der Chiffre. Sie bezog sich auf das Telefonbuch des Zimmers, dritter Band, Seite zweihundertzweiundsechzig, Zeile fünfzehn, linke Spalte. Da war Herbert Sidney Granton eingetragen.«

Die Tür öffnete sich, Sergeant Jaffrey kam zurück. Er nickte Tragg zu.

»Und die andere Nachricht?« fragte Tragg.

»Auf der Rückseite des Spiegels? Die haben wir nicht entziffert. Wir dachten, es könnte die Nummer eines Autos sein. Wir wollten das gerade feststellen, als Sie, meine Herren, hereinkamen.«

»War da irgend etwas, was Ihnen den Verdacht aufdrängte, daß die eine Nachricht ein Ablenkungsmanöver war?« fragte Tragg Paul Drake.

Drake wurde unsicher. »Ich glaube, Mason und ich hatten eine Unterhaltung über diese Nachrichten, und ob sie beide — na ja — wie sie wohl dahinkamen.«

»Was wurde in dieser Unterhaltung gesagt?«

»Ich kann mich nicht an alles erinnern.«

»Erinnern Sie sich wenigstens an irgend etwas«, verlangte Tragg.

»Ich möchte eine Frage dazwischenschieben«, unterbrach Jaffrey. »Hat Ihnen Mason den Namen des Klienten gesagt, der ihn angerufen und gebeten hatte, in das Zimmer zu kommen?«

Drake rutschte wieder verlegen auf seinem Stuhl herum.

»Ich will eine klare Antwort: Ja oder nein?«

Drake zögerte und sagte dann: »Ich glaube, ja.«

»Wer war es?«

»Ich glaube nicht, daß ich Ihnen das sagen muß«, antwortete Drake.

Jaffrey sah Tragg an. »Muß er oder nicht?«

»Er muß.«

»Wer war es also, Drake?«

»Ich sage Ihnen doch, ich glaube nicht, daß ich Ihnen das erzählen muß.«

Traggs Miene blieb unbeweglich, aber auf Sergeant Jaffreys Gesicht erschien ein leiser Glanz von Triumph.

Ganz plötzlich sagte Mason: »Los, Paul, sag es ihm. Sage ihm auch den Namen der anderen Klientin, sage ihm alles, was in dem Zimmer geschehen ist.«

Drake sah ihn völlig überrascht an.

»Begreifst du es denn nicht?« fragte Mason. »Sie versuchen doch, dich reinzulegen, damit sie dir deine Lizenz wegnehmen können. Sie standen während der ganzen Unterhaltung die ganze Zeit draußen vor der Tür, oder es war ein Mikrophon im Zimmer. Sie kennen also so=

wieso die ganze Geschichte. Alles, was sie jetzt versuchen, ist, dir eine Falle zu stellen, damit sie dir deine Lizenz nehmen können.«

Sergeant Jaffrey kam mit einem Satz aus seinem Sessel heraus. Er sprang vor Mason hin, ergriff ihn an den Rockaufschlägen und schüttelte den Anwalt aus dem Stuhl hoch. Seine Stierschultern waren bepackt mit Muskeln. Die eine riesige Fleischerfaust hielt Masons Jackett vorn, und die andere war zum Schlag ausgeholt.

Tragg sprang hastig aus seinem Sessel auf. »Halt, Sergeant! Halt!« befahl er scharf. »Ein Stenograph nimmt die gesamte Unterhaltung hier auf.« Dann sprach er in gleichmäßigem, normalem Ton weiter: »Der Stenograph nimmt natürlich nicht alle Bewegungen zu Protokoll, die hier im Raum gemacht werden, auch nicht, was jedesmal geschieht, wenn irgend jemand von seinem Platz aufsteht.«

Er warf einen raschen Blick zu dem Stenographen hin, um sich zu vergewissern, daß der Mann den Wink verstanden hatte.

Langsam ließ Jaffrey Masons Jackett aus seinem Griff.

Mason zog die Rockaufschläge gerade und sagte: »Anscheinend hat Sergeant Jaffrey seine Selbstbeherrschung verloren, Paul. Du konntest sehen, daß er mich packte und mein Jackett und meinen Schlips in Unordnung brachte und mich gerade schlagen wollte, als . . .«

»Das ist lediglich Mr. Masons eigene Schlußfolgerung«, gab Jaffrey aalglatt zurück, »ich habe nichts dergleichen getan. Ich habe ihm nur die Hand auf die Schulter gelegt.«

Leutnant Tragg sagte müde: »Ich habe Ihnen gesagt, Sergeant, daß wir diese beiden lieber getrennt verhören sollten, und ich glaube, das tun wir jetzt auch besser.«

»Meinetwegen. Und Sie Schlaumeier«, wandte sich Jaffrey an Mason, »Sie gehen jetzt hübsch wieder in die Halle und warten.«

»Und ich nehme an«, sagte Mason, »daß Sergeant Jaffrey, als er das Zimmer verließ, einen Beamten fortgeschickt hat, um Minerva Hamlin hierherzubringen.«

»Raus, Schlaumeier.« Jaffrey hielt Mason die Tür auf. »Wenn Sie jetzt nicht sehr schnell von hier verschwinden, könnte ich Ihnen tatsächlich ›die Hand auf die Schulter legen‹, und der Stenobericht würde beweisen, daß ich völlig im Recht war.«

»Ich gehe schon, Sergeant«, antwortete Mason lächelnd. »Und dir, Paul, rate ich, jede Fragen nach allem, was geschehen ist, zu beantworten.«

Womit Mason unter Verbeugungen das Zimmer verließ.

Er war noch nicht über die Schwelle, als die Tür hinter ihm derart laut zuknallte, daß der Stuck von den Wänden zu fallen drohte.

Der Polizist draußen sagte: »Zurück in die Halle bitte, Mr. Mason.«

8

Mason fuhr zur Halle hinunter und wollte zur Tür hinaus.

Ein Polizist stellte sich ihm in den Weg.

»Ich bin verhört worden und wurde entlassen«, sagte Mason.

»Keiner hat mir gesagt, daß Sie entlassen sind«, erwiderte der Polizist.

»Ich habe oben alles ausgesagt, was ich weiß. Ich bin sowohl von Leutnant Tragg als von Sergeant Jaffrey verhört worden. Was wollen Sie mehr? Ich habe anderes zu tun.«

»Vielleicht will man Sie noch einmal verhören.«

»Davon hat man mir nichts gesagt.«

»Man hat auch noch nichts davon gesagt, daß Sie gehen können. Mir jedenfalls nicht.«

»Man hat mich an die Luft gesetzt.«

»Dann warten Sie in der Halle.«

Mason ging zurück zum Empfang. Der Uniformierte dort war durch einen Mann in Zivil ersetzt worden, der ganz liebenswürdig schien, aber keine Miene machte, Mason in seiner Zwangslage zu assistieren.

»Genug Sessel überall, Herr Rechtsanwalt«, sagte er. »Die Morgenzeitung ist gerade gekommen, falls Sie sie lesen wollen.«

»Danke«, antwortete Mason. »Ist es mir auch nicht gestattet, zu telefonieren?«

»Nicht, daß ich wüßte.«

Mason erspähte eine leere Telefonzelle, ging hinüber, ließ eine Münze in den Schlitz fallen und drehte die Nummer von Della Streets Wohnung.

Er hörte das Telefon mehrmals läuten. Dann meldete sich Della Streets Stimme. Sie war ganz verschlafen: »Hallo? Wer ist da?«

»Wachen Sie auf, Della«, sagte Mason. »Das Kind ist in den Brunnen gefallen.«

»Oh, Sie sind es, Chef.«

»Stimmt auffallend. Steht das Telefon an Ihrem Bett?«

»Ja.«

»Dann springen Sie hinaus, gießen Sie sich kaltes Wasser übers Gesicht und kommen Sie an den Apparat zurück. Ich brauche Sie hellwach und will nicht riskieren, daß Sie wieder einschlafen. Man kann mich jeden Moment abhängen hier.«

»Sekunde«, sagte sie.

Mason hörte durch das Telefon das Tapsen ihrer Füße auf dem Fußboden. Einen Augenblick später war sie zurück. »Hellwach, Chef. Was gibt's?«

»Ich bin im Keymont Hotel. Morris Alburg rief mich an und bat mich, ihn in Zimmer 721 zu treffen. Er ist nicht erschienen. Jemand anderes dafür.«

»Mann oder Frau?« fragte sie.

»Frau.«

»War es ...«

»Vorsicht«, warnte Mason. »Keine Namen. Hören Sie gut zu jetzt, Della.«

»Ja? Weiter?«

Mason fragte: »Erinnern Sie sich an mein Gespräch mit Morris Alburg, von dem ich Ihnen erzählte — daß er erwähnte, er hätte irgendwann einmal eine Detektivagentur angestellt anstatt eines Anwalts?«

»Ja, ich glaube. Ja, ich erinnere mich. Warum? Ist es wichtig?«

»Wir haben die Telefonnummer von der Wohnung der Kassiererin aus seinem Lokal. Offenbar vertraute er ihr, und sie weiß einiges über seine geschäftlichen Dinge. Ziehen Sie sich an, Della, rufen Sie sich ein Taxi und fangen Sie an zu telefonieren. Bringen Sie aus Alburgs Kassiererin den Namen der Detektivagentur heraus, die Morris beauftragt hatte. Falls sie ihn nicht weiß, soll sie sich mit Ihnen in Alburgs Restaurant treffen. Sie soll das Bürosafe öffnen und die Bücher herausholen. Nehmen Sie sich das Branchentelefonbuch, und schlagen Sie die Namen aller Privatdetektive mit Lizenz nach. Und suchen Sie dann in Morris' Büchern nach. Sie werden wahrscheinlich ein alphabetisches Scheckverzeichnis finden oder sonst irgendwelche Eintragungen. Ich weiß nicht, wie er seine Bücher führt. Verstehen Sie mich?«

»Bin völlig im Bilde.«

»Nehmen Sie sich seine Bücher vor, und vergleichen Sie jede Zahlung, die er geleistet hat, mit der Liste der Privatdetektive.«

»Gut. Wenn wir nun was finden? Was tun wir dann?«

»Warten Sie auf mich«, sagte Mason. »Ich werde so schnell wie möglich auch hinkommen.«

»Wollen Sie nur diese Information? Sollen wir uns nicht gleich mit der Agentur in Verbindung setzen?«

»Das ist keine Arbeit für eine Frau. Das wird harte Holzhackerei werden ... Falls in Alburgs Lokal das Telefon klingelt, gehen Sie an den Apparat, Della. Ich rufe Sie vielleicht dort an.«

»Ich mache mich sofort auf«, versprach sie munter und wach.

»Braves Mädchen«, lobte Mason.

Er hängte den Hörer auf und ging in die Halle zurück, ließ sich in einen Sessel nieder und las eine Weile in der Zeitung, stand dann auf und schlenderte zu dem Beamten in Zivil am Empfang hinüber.

»Ich nehme an, es war in Ordnung, daß Sie ohne Überwachung

telefoniert haben«, meinte der Mann. In seiner Stimme lag unverkennbare Besorgnis. »Keiner hat mir gesagt, daß es nicht in Ordnung ist, aber auch keiner, daß es in Ordnung ist.«

»Aber sicher ist das in Ordnung«, beruhigte ihn Mason. »Keiner will sich in meine Angelegenheiten mischen. Schließlich hat ein Staatsbürger bei uns ja doch einige Rechte.«

Der Beamte grinste und sah dann plötzlich zur Tür.

Mason folgte seinem Blick und sah ein selbstbewußt und gepflegt aussehendes junges Mädchen in einer Art Schneiderkostüm, das aus einem Auto stieg und von einem Polizisten ins Hotel geleitet wurde.

Mason wartete, bis sie halb durch die Halle waren, trat dann mit einem Lächeln vor sie und fragte: »Miss Minerva Hamlin, nehme ich an?«

Ihre Augen leuchteten auf. »O ja, und Sie müssen Mr. Mason sein. Ich . . .«

Der Uniformierte trat zwischen sie und sagte: »Nichts da. Kein Gespräch, keine Unterhaltungen.«

»Großer Gott«, protestierte Mason, »das ist ja die reinste Inquisition!«

»Sie haben gehört, was ich gesagt habe«, antwortete der Polizist. »Keine Unterhaltung.«

Er nahm Minerva Hamlins Arm und zog sie schnell mit zum Lift.

Der Zivilist vom Empfang kam in die Halle und sagte: »Tut mir leid, Mr. Mason, aber Sie dürfen nicht mit den Zeugen sprechen. Noch nicht.«

»Das ist ja wirklich die Höhe!« sagte Mason ungehalten. »Sie ist Paul Drakes Assistentin. Ich habe sie angestellt. Ich bezahle die Rechnung für ihre Zeit, auch in diesem Augenblick.«

»Ich weiß, aber Befehl ist Befehl. Wir arbeiten an einem Mordfall.«

»Können Sie mir verraten, was diese Geheimnistuerei eigentlich soll? Diese so sorgfältig ausgelegten Fallen? Warum man die Leute hier festhält und ihnen nicht erlaubt, das Hotel zu verlassen?« entrüstete sich Mason.

Der Zivilbeamte grinste ihn freundlich und begütigend an. »Leider nein. Sie sind lange genug Anwalt, um das ebenso gut zu wissen. Gehen Sie zurück, und setzen Sie sich lieber wieder.«

Mason beobachtete die Lichter an der Lifttafel, bis die Kontrolllampe für den zweiten Stock aufleuchtete.

»Die Polizei muß sich für ihr Verhör in die Hochzeitssuite zurückgezogen haben«, meinte er.

»Hochzeitssuite in einem Puff wie diesem?« lachte der Beamte.

»Ist es etwa keine?«

»Hier gibt es nur Hochzeitssuiten.«

»Schon Schwierigkeiten mit dem Laden hier gehabt?«

»Fragen Sie Sergeant Jaffrey nächstes Mal, wenn Sie ihn sehen. Er ist im Sittendezernat. Kennt den Bau wie seine eigene Westentasche.«

»Gab's auch schon Morde?« fragte Mason.

»Nein, so ist es nun auch wieder nicht. Nur 'ne Absteige.« Ein Licht flackerte am Schaltbrett auf, und der Mann hob den Hörer ans Ohr. »Ja, was ist? – Jetzt sofort? – Gut, ich schicke ihn rauf.«

Er wandte sich zu Mason und sagte: »Man wünscht Sie oben. Das gleiche Zimmer. Die ›Hochzeitssuite‹.«

»Schön, auch das«, sagte Mason.

»Kann ich mich darauf verlassen, daß Sie hinauffahren, ohne zwischendurch auf Entdeckungsreisen zu gehen, oder muß ich einen Beamten holen, um . . .«

»Ich fahre direkt hinauf.«

»Gut, Sie wissen ja, wo es ist.«

»Allerdings.«

»Machen Sie zu. Man wartet auf Sie.«

Mason drückte auf den Liftknopf. Als der Lift herunterkam, stieg er ein, schloß die Tür und fuhr in den zweiten Stock, wo ihn ein Beamter im Flur erwartete und mit dem Daumen auf die Tür zeigte. »Man erwartet Sie, Mr. Mason.«

Mason nickte, trat ein und bemerkte dabei, daß der Block des Stenographen inzwischen von den Notizen halb gefüllt war, woraus er schloß, daß der einigermaßen erschossen aussehende Paul Drake, der wie welker Salat in sich zusammengefallen war, einem eingehenden Verhör unterworfen worden war.

Drake zeigte auf das junge Mädchen. »Das ist meine Nachtwache am Telefon, Perry, Minerva Hamlin.«

»Guten Tag, Mr. Mason«, sagte sie mit jenem zurückhaltend gemessenen Tonfall eines jungen Mädchens, das sich auf seine Tüchtigkeit etwas zugute hält.

Mason sagte: »Tragg, ich habe Ihnen gesagt, daß ich dafür verantwortlich bin, daß Miss Hamlin hierhergeschickt worden ist. Ich wollte herausbekommen, wer die Person war, die bei mir in Zimmer 721 gewesen ist.«

»Das wissen wir alles«, sagte Sergeant Jaffrey.

Leutnant Tragg zog ein Foto hervor. »Also, Miss Hamlin«, fing er an, »wir wollen Sie etwas fragen. Es ist eine sehr wichtige Frage sowohl für Sie als auch für Ihren Chef. Ich möchte, daß Sie sehr vorsichtig bei der Beantwortung sind.«

»Selbstverständlich«, entgegnete sie, »ich bin immer vorsichtig.«

»Ich will Ihnen auch sagen, daß in diesem Hotel ein Mord stattgefunden hat. Wir untersuchen diesen Mordfall, und gewisse Umstände weisen darauf hin, daß wir mit der Zeit um die Wette arbeiten. Ich will Ihnen keine Angst machen, aber ich möchte Sie darauf aufmerksam machen, daß jeder Versuch, uns hinzuhalten oder die Dinge aufzuhalten, ernste Folgen haben wird. Ich denke, daß Ihnen die Strafen für Hinterziehung von Beweismitteln bekannt sind.«

Sie nickte. Es war ein sehr entschiedenes, bejahendes Nicken.

»Einen Augenblick«, sagte Sergeant Jaffrey. »Lassen Sie uns das ordnungsgemäß machen, Tragg.«

»Was meinen Sie damit?«

»Wir wollen die Identifizierung eines Fotos vornehmen. Dieses Mädchen mag soweit in Ordnung sein. Oder auch nicht. Ich könnte Ihnen tausend Geschichten von diesem Laden hier erzählen. Ich bin an die hundert Mal hiergewesen. Sie haben hier alles, von Callgirls aufwärts — oder abwärts —, an der Hand. Aber Frank Hoxie, der Nachtportier, hat eine große Gabe. Er vergißt niemals ein Gesicht. Sie können ihm die Fotografie zeigen, und wenn er das Gesicht je gesehen hat, wird er sich daran erinnern. Auch nach Wochen, und auch wenn es jemand ist, der irgendwann nur einmal durch die Hotelhalle gegangen ist.«

»Gut«, erwiderte Tragg, »holen wir ihn, aber wir können Miss Hamlin . . .«

Jaffrey unterbrach mit einer energischen Handbewegung. »Holen wir erst Hoxie. Zeigen Sie ihm das Bild. Dann werden wir erfahren, wer die Puppe wirklich ist.«

Leutnant Tragg zögerte einen Moment, dann hob er den Telefonhörer ab und beauftragte den Zivilisten unten am Empfang: »Schicken Sie Frank Hoxie, den Nachtportier, herauf . . . Ja, ganz richtig. Schikken Sie ihn sofort herauf.«

Tragg hängte ein.

Jaffrey sagte zu niemandem im besonderen: »Natürlich kann man sich bei so einem Bums über nichts wundern. Es ist ein heruntergekommener Laden, und keiner wird jemals Geld investieren, um ihn wieder hochzubringen, jedenfalls nicht bei dem Ruf, den der Stall hat. Man sagt mir, daß sie das Beste draus machen, und ich möchte das auch glauben, aber wenn erst mal ein solcher Ruf da ist, dann zieht er gewisse Kreise automatisch an, und man kann kaum was daran ändern.«

Tragg nickte zustimmend.

Mason fragte ganz beiläufig: »Dieses Bild, ist es irgend jemand, den ich kenne?«

»Das wissen wir nicht«, antwortete Jaffrey.

»Vielleicht könnte ich es Ihnen sagen.«

»Sie haben uns ja auch noch nicht gesagt, wer die Frau gewesen ist, die in dem Zimmer mit Ihnen war.«

»Ich weiß es ja nicht«, sagte Mason.

»Sie hat Ihnen doch gesagt, daß sie Dixie Dayton wäre, oder nicht?«

Mason setzte an, um etwas zu sagen, überlegte es sich dann und schwieg.

»Zu Ihnen kommen wir schon noch«, sagte Jaffrey. »Wir haben auch ein paar Trümpfe in der Hand. Glauben Sie ja nicht, daß es hier um einen gewöhnlichen Mordfall geht, Mason. Da spielt im Hintergrund der Mord an einem Polizisten mit. Diese Dixie Dayton ist so heiß wie ein Schüreisen. Sie gehört zu Tom Sedgwick, der, nach allem, was wir wissen, die Schüsse abgefeuert hat, die Claremont getötet haben. Natürlich geht es uns nichts an, was für Fälle ein Anwalt übernimmt, aber wir können verdammt noch mal einen Privatdetektiv in die Zange nehmen, wenn wir müssen — und wir mußten.«

»Ich glaube, Leutnant Tragg weiß sehr gut, wo ich in dieser Sache stehe«, meinte Mason. »Ich setze mich nicht für den Mörder eines Polizisten ein.«

»Das sagen Sie!« knurrte Jaffrey.

»Aber«, redete Mason weiter, »woher wollen Sie wissen, wer der Schuldige ist? Ein Geständnis haben Sie doch wohl noch nicht, oder?«

»Das kenne ich schon«, sagte Jaffrey, »die alte Tour von euch Anwälten. Jeder ist so lange unschuldig, bis er nicht verurteilt ist. Jeder Staatsbürger hat ein Recht auf eine Schwurgerichtsverhandlung und auf einen Verteidiger. Und Sie würden ja niemals einen Schuldigen vertreten. O nein, Sie nicht! Das Gesetz hält Ihre Klienten für unschuldig, bis Sie mit ihrer Verteidigung durch sind, oder bis . . .«

Leichte Irritation lag in Leutnant Traggs Stimme, als er unterbrach. »Wir wollen uns soweit wie möglich auf die Untersuchung hier beschränken, wenn es Ihnen nichts ausmacht, Sergeant. Sehen Sie, ich möchte, daß der Stenograph in der Lage ist zu erklären, daß er jedes Wort, das in diesem Raum geäußert wird, aufgenommen hat, und ich will keinen Riesenroman haben.«

»Und auch nicht«, ergänzte Mason schmunzelnd, »daß Sergeant Jaffrey als Bösewicht des Dramas auftritt.«

»Also Mason«, sagte Tragg, »ich weiß so gut wie Sie, daß Sie, wenn Sie ihn zu etwas provozieren, was er nicht sagen sollte, ihm auf

Grund des Protokolls ein Verfahren anhängen können und sich einen Heidenspaß daraus machen würden, ihn im Gerichtssaal in die Enge zu treiben.«

»Sie verdächtigen mich zu Unrecht«, erwiderte Mason mit ausgesuchter Höflichkeit.

»Wirklich!« brummte Jaffrey sarkastisch.

Der uniformierte Beamte öffnete die Tür. Der schlanke, blasse Nachtportier, den Mason am Empfang gesehen hatte, als er in das Hotel gekommen war, betrat das Zimmer und stand etwas verlegen vor den Beamten.

Sergeant Jaffrey sagte: »Frank, Sie haben gar keinen Grund, irgend etwas zu befürchten. Es handelt sich um eine Sache, die Sie persönlich gar nichts angeht. Wir nehmen keine Kontrolle vom Sittendezernat vor. Wir sind Morddezernat, und wir brauchen Ihre Mitarbeit.«

Der Portier nickte.

»Ich kann Ihnen zusichern, daß Sie eine faire Behandlung bekommen, und ich werde dafür sorgen«, versprach Jaffrey, »daß keiner Sie belästigen wird. Dies ist Leutnant Tragg vom Morddezernat. Er möchte Ihnen ein Foto zeigen, damit Sie eine Person identifizieren. Ich habe ihm gesagt, daß Sie ein ausgezeichnetes visuelles Gedächtnis haben, daß Sie niemals ein Gesicht vergessen und verdammt selten einen Namen.«

Ein leichtes Lächeln trat auf Hoxies Lippen. »Ich bemühe mich, ein tüchtiger Portier zu sein«, sagte er, »und ich meine, es gehört zu den Pflichten eines Portiers, die Gäste bei ihrem Namen anzureden – wenn sie es wünschen.«

»Ich verstehe«, sagte Jaffrey grinsend. »Alles, was Sie zu tun haben, ist, sich den Namen John Smith zu merken, und Sie können dann neun von zehn Leuten, die sich hier eintragen ...«

»Sie werden entschuldigen, Sergeant, aber wir versuchen, das Haus sauberzuhalten. Jedenfalls seit dem letztenmal, als – und das war ja nun wirklich nicht unsere Schuld.«

»Ich weiß ja, ich mache auch nur Spaß«, sagte Jaffrey. »Lassen wir das also. Sehen Sie sich das Bild an, Frank.«

Leutnant Tragg hielt ihm das Foto hin.

Hoxie nahm es, betrachtete es eine Weile und nickte dann.

»Sie haben sie gesehen?«

»Es ist die Frau, die in 815 eingetragen war.«

»Hat sie sich selbst eingetragen?« fragte Tragg.

»Nein, ein Mann. Er sagte, sie sei seine Schwägerin, die zu Besuch gekommen sei. Mrs. Madison Kerby war der Name.«

»Sie ist also die Frau aus 815?«

»Ja. Ich erinnere mich, daß ich ihr die Schlüssel gegeben habe.«

»Kein Zweifel?«

»Nicht im geringsten.«

Leutnant Traggs Miene war plötzlich triumphierend. »Wollen Sie sich das Bild jetzt bitte ansehen, Miss Hamlin«, sagte er. »Wir glauben schon, daß es die Frau ist, aber wir möchten auch Ihre Identifizierung.«

»Selbstverständlich«, warf Mason ein, »gibt es eine ganze Reihe von Möglichkeiten, eine Identifizierung vorzunehmen. Diese Anhäufung von . . .«

»Genug, genug«, sagte Tragg. »Wir brauchen Ihre Kommentare nicht, Mason . . . Miss Hamlin, sehen Sie sich das Foto an. Ich möchte nicht, daß Sie sich von irgend jemandem oder von irgend etwas, was hier gesagt worden ist, beeinflussen lassen. Ich möchte, daß Sie mir nur sagen, ob das die Frau ist, die Sie aus Zimmer 721 herauskommen sahen, die Frau, die dann ihren Schlüssel aus der Handtasche nahm und in Zimmer 815 hineinging.«

Minerva Hamlin nahm das Bild, betrachtete es eingehend, dann runzelte sie die Stirn. »Natürlich«, fing sie an, »habe ich . . .«

»Bedenken Sie«, unterbrach Sergeant Jaffrey, »daß ein Foto häufig einer Person nicht sehr ähnlich sieht, wenn man es nicht sehr genau ansieht. Lassen Sie sich Zeit. Es ist wichtig, für jeden hier. Sagen Sie nicht gleich ja oder nein. Wir wollen auf keinen Fall, daß Sie sagen, es ist die Frau, wenn Sie es Ihrer Meinung nach nicht ist, aber wir wollen auch nicht, daß Sie sich vor der Identifizierung drücken und damit etwas tun, was Sie bedauern werden.«

»Ich glaube – ich – ich denke, sie ist es.«

»Sehen Sie es sich gut an«, drängte Sergeant Jaffrey noch einmal. »Betrachten Sie das Foto ganz genau.«

»Das habe ich getan. Ich denke, daß es die Frau ist.«

»Das ist nicht gerade die bestimmteste Art, eine Identifizierung zu machen«, sagte Leutnant Tragg. »Mehr können Sie nicht sagen?«

»Ich habe Ihnen gesagt, daß ich glaube, daß es diese Frau war.«

»Sie machen doch gewöhnlich keine Fehler, oder? Sie sehen mir nach einem tüchtigen Frauenzimmer aus.«

»Ich gebe mir Mühe, Fehler zu vermeiden.«

»Und in Ihrem Denken sind Sie doch auch nicht unklar?«

»Ich hoffe nicht.«

»Na schön«, sagte Jaffrey, »lassen wir das Denken jetzt. Ist es die Frau, oder ist sie es nicht?«

»Ich glaube . . .« Sie schwieg, als sie das Grinsen auf Sergeant Jaffreys Gesicht sah.

»Weiter«, sagte Leutnant Tragg.

»Es ist die Frau«, sagte sie endlich.

»Warten Sie mal«, sagte Mason, »kann ich das Foto nicht einmal sehen? Wissen Sie, ich hatte schließlich die bessere Gelegenheit, mir die Frau anzusehen, die in Zimmer 721 war, als irgendwer sonst. Miss Hamlin hat sie ja nur flüchtig sehen können, als sie ...«

»Wer war die Frau, die in 721 mit Ihnen war?« fragte Leutnant Tragg.

»Ich weiß es nicht«, wiederholte Mason.

Sergeant Jaffrey sagte zu Minerva Hamlin: »Schreiben Sie Ihren Namen auf die Rückseite der Fotografie.«

»Und das Datum«, fügte Leutnant Tragg hinzu.

Minerva Hamlin tat es, dann gab Tragg das Foto an Frank Hoxie weiter. »Schreiben Sie auch Ihren Namen drauf.«

Hoxie kam der Aufforderung nach.

»Und das Datum«, sagte Sergeant Jaffrey.

Mason setzte noch einmal an: »Wenn Sie mich das Foto ansehen lassen, Leutnant, werde ich ...«

Sergeant Jaffrey stand auf. »Hören Sie zu, Mason. Sie haben als Anwalt eine gewisse Immunität. Das Gesetz gibt Ihnen Ausweichmöglichkeiten. Sie können sich aus manchem herauswinden. Sie brauchen uns Ihre Informationen nicht zu geben. Sie können behaupten, daß die Dinge, die man Ihnen gesagt hat, vertrauliche Mitteilungen eines Klienten waren. Wir können Sie nicht zwingen. Und jetzt frage ich Sie frei heraus, ob die Frau, die in dem Zimmer bei Ihnen war, Dixie Dayton gewesen ist und ob sie Ihnen nicht gesagt hat, daß Morris Alburg George Fayette umbringen wollte.«

Mason antwortete: »Gestatten Sie mir, Sie auf zwei Dinge aufmerksam zu machen, Sergeant. Wenn die Frau in dem Zimmer nicht Dixie Dayton gewesen ist, dann hätte nichts, was sie gesagt hat, die geringste Beweiskraft gegen irgend jemand. Wenn sie aber Dixie Dayton war, aber nicht im Einverständnis von Morris Alburg handelte, dann könnte auch nichts, was sie gesagt hat, gegen Morris Alburg benutzt werden. Und wenn diese Person Dixie Dayton war, und gleichzeitig meine Klientin, dann fiele alles, was sie mir über ihren Fall gesagt hat, unter vertrauliche Mitteilungen.«

»Genauso habe ich es mir vorgestellt«, sagte Jaffrey. »Geben Sie mir das Bild, Leutnant.«

Leutnant Tragg gab ihm das Bild.

Sergeant Jaffrey stopfte es sich sofort in die Innentasche seines Jacketts.

»Ich denke, wir sind fertig, Mason«, sagte er. »Drake, Sie haben vorhin so angegeben, daß Sie in ihr Büro zurück müßten. Ab mit Ihnen!«

Und Mason, ich glaube, wir können auf Ihre weitere Assistenz verzichten.«

»Bekomme ich nun das Foto zu sehen?« fragte Mason.

Jaffrey grinste nur.

»Ich werde Ihnen soviel sagen, Mason«, sagte Tragg, »daß dies ein authentisches Foto von Dixie Dayton ist, von dem Mädchen, das zur gleichen Zeit wie Thomas E. Sedgwick aus der Stadt verschwunden ist, in der Nacht, in der Bob Claremont umgebracht wurde.«

»Warum geben Sie ihm all die Informationen, wenn er uns keine gibt?« fragte Jaffrey.

»Ich will fair mit ihm sein«, erwiderte Tragg.

Jaffrey schnaubte: »Soll er erst fair mit uns sein!«

Tragg wandte sich an den Stenographen: »Haben Sie meine Feststellung festgehalten, daß das eine authentische Fotografie von Dixie Dayton ist?«

Der Stenoreporter nickte.

»Das wäre dann alles«, sagte Tragg. »Jetzt können Sie das Hotel verlassen, Mason.«

»Kann ich mir Zimmer 721 noch einmal ansehen?« fragte Mason.

Leutnant Tragg lächelte.

Sergeant Jaffrey hingegen gab eine hörbare Antwort: »Teufel! Nein!«

Tragg meinte: »Wenn ich es mir so überlege, Sergeant, wäre es vielleicht doch besser, wir halten Mason und Paul Drake noch hier fest, bis wir dieses — dieses Ding gefunden haben, nach dem wir suchen.«

Jaffrey nickte mit geradezu wütender Zustimmung.

»Sie können gehen, Miss Hamlin«, sagte Leutnant Tragg. »Drake, Sie und Mason müssen in der Halle warten.«

Sergeant Jaffrey riß die Tür auf: »Raus hier!«

Mason wartete im Flur auf Minerva Hamlin.

Plötzlich kam Jaffrey heraus und sagte zu dem Beamten in Uniform, der den Flur bewachte: »Hier, bringen Sie das Mädchen hinunter, und setzen Sie es in ein Taxi. Schicken Sie Miss Hamlin in ihr Büro zurück. Niemand soll mit ihr sprechen.«

»Nun hören Sie mal«, legte Drake los, »sie ist schließlich meine Angestellte. Ich muß ihr Instruktionen geben, was im Büro geschehen soll, bis ich zurückkommen und . . .«

»Geben Sie sie mir«, sagte Jaffrey. »Ich gebe sie dann an sie weiter.«

9

Drake und Mason saßen wartend in der Halle und beobachteten die Uhrzeiger voller Ungeduld. Das Tageslicht begann durch die großen Spiegelglasfenster in die Halle einzudringen. Ein paar frühe Lastwagen, ein Milchwagen rumpelten vorbei.

»Wonach, zum Teufel, suchen sie denn?« fragte Drake.

Mason zuckte mit den Schultern. »Ich nehme an, sie hatten dich ganz schön in der Mache, Paul.«

»Hatten sie«, bestätigte Drake und fügte hitzig hinzu: »Und wie!«

»Was hast du ihnen erzählt?«

»Ich habe deine Instruktionen befolgt. Ich habe ihnen nichts verschwiegen.«

»Die Sache ist die«, meinte Mason, »daß in das Zimmer ein Mikrophon eingebaut gewesen sein muß. Meiner Ansicht nach hatte Morris Alburg dort einen Zeugen erwartet. Und er wollte, daß ich diesen Zeugen ausfrage, und er wollte einen Beleg für das Gespräch haben. Ich wette jede Summe, daß sich im Nachbarzimmer oder in irgendeinem Zimmer in der Nähe ein komplettes Tonaufnahmegerät befand.«

»Ja, ich dachte mir schon, daß dir so etwas vorschwebte«, sagte Drake.

»Die Fragen waren für Schüsse ins Blaue zu genau. Einen Stenographen dabei zu haben und dann diese Art präziser Fragen zù stellen, vor allem, was dich betraf, das konnte nur eins bedeuten, nämlich, daß sie darauf aus waren, deine Lizenz zu kriegen. Deshalb sagte ich dir, daß du ihnen alles erzählen solltest.«

»Na ja, jedenfalls wußten sie ganz genau, was in diesem Zimmer losgewesen ist«, antwortete Drake nachdenklich. »Ich gebe zu, daß du recht hattest, Perry. Ich war zuerst nicht so ganz sicher, aber nachdem sie mich über die Lippenstift-Botschaften ausfragten, wußte ich, daß du auf der richtigen Spur warst.«

»Die Frage ist nur«, sagte Mason, »von welchem Zeitpunkt an eine Aufnahme existiert, wieviel sie also wissen.«

»Ich glaube, da ist irgendwo eine Lücke, Perry. Sie sind ganz scharf darauf zu erfahren, was passierte, als du hereinkamst, was da genau gesagt wurde. Sie versuchten die ganze Zeit von mir herauszukriegen, was ich darüber weiß.«

»Und was hast du ihnen gesagt?«

»Alles, was ich wußte, und das war nicht viel.«

»Denk doch mal nach, Paul. Es gibt nicht gerade übermäßig viele lizenzierte Privatdetektiv-Agenturen hier in der Stadt. Wenn du also

einen Auftrag hättest und ein Tonband oder eine Platte von irgendwas aufgenommen haben wolltest – an wen würdest du dich da wenden?«

»Wir alle haben Tonaufnahmegeräte, Perry. Wir müssen ein bißchen vorsichtig mit ihrem Gebrauch sein, aber wir haben Aufnahmegeräte und Mikrophone, und die besten Agenturen haben eben die allerletzten Novitäten.«

»Was sind das für Dinger?«

»Diese Apparate, die man aufstellen kann«, erklärte Drake, »und nicht mit der Hand zu bedienen braucht. Sie schalten sich automatisch ein. Sie haben ein Magazin mit Reserveplatten, so daß eine neue sofort einsetzt, wenn die alte voll bespielt ist. Sie haben eine Vorrichtung, die die Maschine automatisch abschaltet, wenn ungefähr zehn Sekunden lang kein Geräusch vorgekommen ist, sie aber sofort wieder einschaltet, sobald Geräusche über die Leitung kommen. Man kann sie natürlich auch auf ständig laufende Aufnahme einstellen. Aber wenn wir zum Beispiel nur wissen wollen, was über vierundzwanzig Stunden in einem Raum vorging, stellen wir die automatische Ein- und Abschaltung ein. Dann nimmt sie nur auf, wenn gesprochen wird.«

»Und diese Geräte arbeiten gut?«

»Ganz gut«, sagte Drake. »Natürlich sind diese automatischen Dinger der letzte Schrei. Aber Unterhaltungen, die so aufgenommen werden, sind als Beweismaterial nicht so gut geeignet, weil man nicht weiß, wieviel Zeit zwischen den einzelnen Gesprächen vergangen ist, und niemand ist dann da, der bezeugen kann, daß diese Unterhaltungen tatsächlich in dem Raum stattgefunden haben, in dem die Mikrophone angeschlossen waren. Theoretisch ist es möglich, daß irgend jemand mit einem Aufnahmegerät in den Raum hineingeht und die Geschichte nur vortäuscht.«

»Ich weiß, aber es ist immerhin gut, um ... Sieh mal an, da kommt Leutnant Tragg. Sieht ganz aufgekratzt aus.«

Leutnant Tragg kam aus dem Fahrstuhl zu Mason und Drake herüber. »Tut mir leid, daß wir Sie so lange aufhalten mußten, aber Sie wissen ja, wie es ist. Es ist schließlich ein Mordfall. Alles in Ordnung jetzt soweit. Sie können gehen.«

»Danke«, sagte Drake und ging zur Tür.

Mason blieb zurück. »Ihr Freund, Sergeant Jaffrey, scheint alte Schule zu sein.«

»Wenn Sie die Probleme am Hals hätten, mit denen er sich herumschlagen muß, hätten Sie auch ein dickes Fell«, antwortete Tragg.

»Der Fall geklärt jetzt, Leutnant?«

Tragg zögerte einen Moment, ehe er antwortete. »Ich will Ihnen

etwas sagen, Mason. Sie werden es sowieso in den Zeitungen lesen, also können Sie es genausogut jetzt schon wissen.«

»Schießen Sie los.«

»Die Nummer da, die mit Lippenstift auf die Rückseite des Spiegels geschrieben war, das ist die Zulassungsnummer von George Fayettes Wagen. Er ist auf den Namen Herbert Sidney Granton zugelassen. Das war sein letztes Alias. Als wir dann das Auto fanden, was wir schließlich taten, fanden wir außerdem ein ganz hübsches Loch von einer Kugel, direkt in der rechten Vordertür, einer Kugel, die von innen aus dem Wagen heraus abgefeuert worden ist. Man kann mit ziemlicher Sicherheit annehmen, daß es der Wagen war, der für den Entführungs- und Mordversuch an Dixie Dayton benutzt wurde.«

»Aber Fayette hatte ihn nicht gefahren«, meinte Mason.

»Nein, Fayette hatte ihn nicht gefahren«, gab Tragg zu. »Wir untersuchen jetzt die Fingerabdrücke, und in nicht allzulanger Zeit werden wir wissen, wer den Wagen gefahren hat.«

Mason runzelte nachdenklich die Stirn.

»Ich persönlich würde es Morris Alburg nicht sonderlich verübeln, wenn er George Fayette umgelegt hätte«, sagte Tragg. »Es wäre nach Lage der Dinge reine Notwehr. Fayette war Dynamit. Aber Alburg ist selbst ein glühendheißes Eisen, nicht wegen Fayette, sondern weil er zu Dixie Dayton gehört, und bis Dixie Dayton nicht Tom Sedgwick herausrückt, werden wir auf Ihre Klienten die Hölle loslassen, Mason. Ich halte es für richtig, daß Sie sich darüber im klaren sind.«

»Sie haben doch wohl nicht im Ernst geglaubt, daß das ein Geheimnis ist, oder?« fragte Mason und ging auf den Ausgang zu.

Mason sagte zu Drake: »Geh in dein Büro zurück, Paul. Sprich mit deinem Mädchen da, und kriege heraus, ob sie sich tatsächlich bei ihrer Identifizierung des Fotos ganz sicher ist.«

Drake, einen Fuß schon im Wagen, blieb stehen. »Meinst du, daß sie eine falsche Identifizierung gemacht hat?«

»Ich bin dessen beinahe sicher.«

»Aber Perry, sie ist eine tüchtige Person.«

»Sieh es doch mal von einer anderen Seite an«, sagte Mason. »In diesem Zimmer war ein Mikrophon. Irgendwo war ein Kontakt, den wir nicht gefunden haben. Das bedeutet, daß es klug und fachmännisch gemacht worden ist.«

»Und?« fragte Drake.

»Morris Alburg wollte, daß ich ihn in dem Zimmer treffen sollte ... Entweder hat er die Anlage veranlaßt oder nicht.«

»Es ist doch möglich, daß er es nicht war«, schlug Drake vor.

Mason schüttelte den Kopf. »Irgendwie leuchtet mir das nicht ein, Paul. Die Tatsachen sprechen gegen diese Annahme.«

»Warum?«

»Morris wollte, daß ich ihn in dem Zimmer treffe. Er wollte etwas ganz Bestimmtes, irgendeinen Zeugen ausfragen, irgend etwas, was er in einer Aufnahme festhalten wollte. Er wollte mich bei dem Gespräch dabei haben. Er war auf eine große Abrechnung aus. Irgend etwas muß ihm passiert sein. Angeblich arbeitete er Hand in Hand mit Dixie Dayton. Wenn das die richtige Dixie Dayton gewesen wäre, die mit mir gesprochen hat, dann hätte sie Kontakt zu Morris gehabt. Sie hätte also auch gewußt, daß sich in dem Zimmer ein Mikrophon befand. Und in diesem Fall hätte sie es mir wahrscheinlich gesagt, denn schließlich stehe ich in diesem Spiel ja auf ihrer Seite. Aber selbst, wenn sie das nicht getan hätte, hätte sie niemals einfach ausgesagt, daß Alburg George Fayette umbringen wollte.«

»Das klingt allerdings ziemlich logisch«, gab Drake zu.

»Andererseits«, fuhr Mason fort, »wenn der richtigen Dixie Dayton irgend etwas zugestoßen wäre, wenn Morris Alburg irgendwo gegen seinen Willen festgehalten würde und die Frau beauftragt war, mich aufzuhalten und irrezuführen, da ich Dixie Dayton ja nicht kenne – wenn sie ferner gewußt hätte, daß George Fayette entweder umgebracht worden war oder umgebracht werden sollte und aus diesem Grunde meine Klienten in eine perfekte Falle locken wollte, dann hätte sie genau das gesagt, was sie tatsächlich gesagt hat.«

»Dann glaubst du also nicht, daß diese Frau Dixie Dayton war?«

Mason schüttelte den Kopf.

»Klingt soweit ganz vernünftig«, sagte Drake. »Schade, daß du dir das Foto nicht hast ansehen können.«

»Ich kann mir nicht helfen«, meinte Mason, »aber ich habe das Gefühl, daß es um große Dinge geht, Paul. Fayette war nur ein Werkzeug. Und dann: erst vermasselt er die Geschichte mit der Entführung von Dixie Dayton, dann begeht er den Fehler, in mein Büro zu kommen, um als Versicherungsagent verkleidet Informationen heranzuholen, dann entdeckt er, daß die Frau, die ihm in der Nacht vorher gefolgt war, meine Sekretärin ist. Fayette saß also in der Klemme. Dazu kam, daß der für den Entführungsversuch benutzte Wagen sein eigener war, auf seinen Namen eingetragen, und daß jemand die Nummer hatte. Damit war er reif für eine polizeiliche Vorladung.«

»Du meinst, er ist von der eigenen Bande umgelegt worden?«

Mason sagte: »Ich kann mir von Morris Alburg nicht vorstellen, daß er einfach in dieses Hotelzimmer hineinspazierte und Fayette kaltblütig niederknallte.«

»Man weiß nie, wozu so Kerle imstande sind, wenn sie in die Enge getrieben sind«, gab Drake zu bedenken.

»Sicher, aber nimm doch mal an, daß das Ganze eine wundervolle Falle war. Daß Alburg und Dixie in Zimmer 721 saßen und auf mich warteten und daß dann irgend jemand hereinkam und sie völlig überraschte und sie dann aus dem Hotel hinausbugsierte.«

»Alles ziemlich melodramatisch«, meinte Drake skeptisch. »Wie schon gesagt: klingt nach Kintopp.«

»Es können auch mehrere gewesen sein, vielleicht zwei. Außerdem weiß man nicht, ob sie überhaupt durch die Hotelhalle hereingekommen sind.«

»Das stimmt natürlich.«

»Wenn man es jetzt aber vom Standpunkt eines Gerichts aus betrachtet, sieht es wieder anders aus. Angenommen, das Mädchen bei mir im Zimmer spielt eine ganz bestimmte Rolle; sie erzählt mir, daß Morris Alburg, der mit ihr gemeinsame Sache macht, George Fayette töten will, damit Fayette nicht Alburg umbringt. Sie dreht es so, daß es ganz vernünftig klingt. Versuch zur Selbstverteidigung durch Gegenangriff.«

»Na und?« fragte Drake.

»Diese Unterhaltung ist auf einer Platte festgehalten, und die Polizei hat die Platte. Als nächstes identifiziert deine Telefonistin das Mädchen, das mit mir gesprochen hat, als Dixie Dayton, und in dem Zimmer von Dixie Dayton wird eine Leiche gefunden. Was glaubst du wohl, welche Chancen da ein Verteidiger hätte?«

Drake pfiff leise durch die Zähne. »So hatte ich das noch gar nicht gesehen. Du hättest ungefähr die Chancen des sprichwörtlichen Schneeballs an der Sonne.«

»Eben. Ich glaube aber nicht, daß das Mädchen wirklich Dixie Dayton gewesen ist, und ich will auf keinen Fall, daß sich deine Telefonistin da in einer irrigen Ansicht verrennt. Geh zu ihr und rede mit ihr. Ich komme später nach.«

»Fährst du nicht gleich mit mir?«

»Nimm du deinen Wagen, und ich nehme meinen. Ich muß noch ein paar Besuche machen und einiges erledigen. Ich will auch denjenigen finden, der die Abhöreinrichtung eingebaut hat. Ich will genau herausfinden, was die Polizei in der Hand hat und was nicht.«

»Da wird die Polizei schneller sein als du, Perry. Wenn in dem Zimmer wirklich ein Mikrophon verborgen war, werden sie schon herausbekommen, wer . . .«

»Vielleicht, vielleicht auch nicht«, sagte Mason. »Wir stehen im

Wettrennen mit der Zeit, und die Polizei auch. Fahr in dein Büro, Paul. Ich komme in ein paar Minuten nach.«

Paul nickte, sprang in seinen Wagen und trat auf den Anlasser. Mason holte seinen eigenen Wagen und fuhr die Straße hinunter bis zu einem durchgehend geöffneten Lokal mit einer Telefonzelle. Er hielt an und wählte die Nummer von Morris Alburgs Restaurant.

Della Street meldete sich.

»Tüchtig bei der Arbeit, Della?«

»Ich bin eben erst angekommen«, antwortete sie. »Ich habe die Kassiererin hier. Das war vielleicht ein Stück Arbeit, sie aus dem Bett heraus und hierher zu bekommen.«

»Habt ihr das Safe auf?«

»Ja. Sie kann sich an keine Detektivagentur erinnern, und Alburg führte über seine Schecks kein Buch. Aber wir haben eine Menge Scheckabschnitte gefunden und vergleichen sie mit den Namen der Privatdetektive aus dem Branchentelefonbuch. Ziemliche Wühlarbeit. Wo kann ich Sie erreichen, wenn wir auf eine verdächtige Zahlung stoßen?«

»Bleiben Sie, wo Sie sind, bis ich komme«, sagte Mason. »Es sei denn, natürlich, Sie finden innerhalb der nächsten Minuten etwas. In dem Fall rufen Sie Paul Drakes Büro an. Ich werde dort sein; in ungefähr zwanzig Minuten komme ich dann zu Ihnen.«

»Gut, wir wühlen inzwischen weiter, Chef, aber es ist eine Sauarbeit. Er hat Fleisch und Kolonialwaren, Personal und persönliche Dinge alles von dem gleichen Bankkonto bezahlt. Wir haben Haufen von Abschnitten vor uns.«

»Bleiben Sie dran«, mahnte Mason, »ich helfe mit, sobald ich etwas in Ordnung gebracht habe. Seid fleißig.«

»Auf bald«, antwortete Della und hängte ein.

Mason fuhr zu seinem Büro. Er manövrierte den Wagen in einen kaum als leer zu bezeichnenden Parkplatz, betrat das Haus und drückte auf den Knopf für den Lift.

Der Nachtportier sagte: »Guten Morgen, Mr. Mason. Sie sind ja früh auf, heute.«

»Nicht früh – spät. Ist Paul Drake schon hinaufgefahren?«

»Vor ungefähr fünf oder zehn Minuten.«

»Dann ist es ja gut. Fahren Sie mich bitte auch hoch.«

»Sie sind wohl an einer großen Sache?« warf der Portier hoffnungsvoll als Köder hin.

»Kann schon sein«, war Masons ganze Antwort.

Als der Lift oben war, ging Mason zum Eingang von Drakes Detektivagentur, stieß die Tür zum Vorzimmer auf und sah Paul Drake

mit etwas ratlosem Ausdruck vor Minerva Hamlin stehen, die stocksteif dasaß, ihr Mund ein einziger wütender Strich.

Drake sah auf. »Hallo, Perry. Ich komme mit ihr nicht weiter.«

»Der Zweck Ihres Besuches«, fragte Minerva Hamlin eisig, »ist wohl, mich in meiner Zeugenaussage zu beeinflussen? Erwartet man von mir hier Meineid als Teil meiner täglichen Pflichten?«

»Moment«, sagte Mason, »nur keine Aufregung. Kein Mensch verlangt einen Meineid von Ihnen.«

»Mr. Drake scheint jedenfalls meine Identifizierung anzuzweifeln.«

»Immer mit der Ruhe. Bleiben wir bei der Sache. Die Identifizierung der Frau, die aus Zimmer 721 herauskam, kann von größter Wichtigkeit sein.«

»Ich bin nicht völlig beschränkt, Mr. Mason. Ich glaube, daß mir das zur Genüge klar ist.«

Mason sagte: »Diese Frau sagte mir, daß sie Dixie Dayton sei.«

»Na ja, sie sollte es wohl selbst am besten wissen, wer sie ist.«

»Aber«, fuhr Mason fort, »es gibt da Gründe, aus denen es für gewisse Leute von Vorteil hätte sein können, einen anderen vorzuschicken «

Minerva Hamlin saß kühl und hochaufgerichtet vor ihrem Klappenschrank, entschlossen zum Schweigen.

»Sie haben«, setzte Mason wieder an, »wunderbare Arbeit geleistet. Sie sind in einer Notlage prächtig eingesprungen, und . . .«

»Sparen Sie sich die Schmeicheleien, Mr. Mason.«

»Ich schmeichle Ihnen gar nicht. Ich sage Ihnen nur, daß Sie eingesprungen sind und ausgezeichnete Arbeit geleistet haben, aber die Tatsache bleibt bestehen, daß Sie sich als Zimmermädchen verkleiden mußten, um die Spur der Frau, die aus Zimmer 721 herauskam, aufzunehmen. Sie konnten es nicht wagen, irgend etwas zu tun, was Sie verdächtig erscheinen ließ. Ihr ganzer Schlachtplan lag darin, daß Sie unauffällig bleiben mußten.«

»Soweit stimme ich mit Ihnen überein.«

»Folglich«, fuhr Mason fort, »waren Sie kaum in der Lage, diese Frau offen anzustarren, als sie aus dem Zimmer kam.«

»Ich brauchte sie auch nicht anzustarren.«

»Sie folgten ihr den Flur entlang.«

»Richtig.«

»Sie konnten also nur einen flüchtigen Blick auf ihr Gesicht geworfen haben.«

»Ich habe aber ihr Gesicht gesehen.«

»Aber notwendigerweise nur mit einem flüchtigen Blick.«

»Mr. Mason, versuchen Sie mich jetzt als blöd oder als Lügnerin hinzustellen, oder beides?«

»Ich mache Sie lediglich auf gewisse einfache Tatsachen aufmerksam«, erklärte Mason. »Es war doch schwierig für Sie, eine Identifizierung dieses Gesichtes auf Grund eines Fotos vorzunehmen. Wenn Sie die Person selbst noch einmal gesehen hätten, wäre es vielleicht etwas anderes gewesen.«

»Ich bin absolut sicher, daß die Frau, deren Foto man mir gezeigt hat, die Frau gewesen ist, die aus Zimmer 721 herausgekommen ist. Außerdem ging sie direkt in Zimmer 815 und hat den Schlüssel dazu aus ihrer Handtasche geholt. Sie haben die Aussage des Nachtportiers gehört, der ganz sicher ist, daß es die Frau war, die Zimmer 815 gemietet hatte.«

»Das ist ja gerade die Sache«, antwortete ihr Mason. »Man hat Sie in eine Lage gebracht, in der man sehr geschickt eine Menge indirekter Einflüsse auf Sie wirken ließ. Man ließ zuerst den Portier das Foto identifizieren als dasjenige der Frau, die Zimmer 815 gemietet hatte. Deshalb war es nur natürlich, daß Sie annahmen . . .«

»So leicht lasse ich mich nicht beeinflussen, Mr. Mason. Ich glaube, daß ich absolut fähig bin, mir meine eigene Meinung zu bilden, und ich halte mich sogar für ganz tüchtig darin. Darf ich bemerken, daß ich diesen Versuch, meine Aussage zu erschüttern, ganz und gar nicht schätze?«

»Lieber Gott«, stöhnte Mason verzweifelt. »Ich versuche ja gar nicht, Ihre Aussage zu erschüttern. Ich versuche lediglich, Ihnen klarzumachen, wie wichtig es ist, ganz sicher zu sein, und Ihnen die Tatsache zu Bewußtsein zu bringen, daß es besonders schwierig für Sie war, die Frau gut genug zu sehen, um eine zuverlässige Identifizierung vorzunehmen.«

»Ich bin sehr wohl fähig, meine eigenen Entschlüsse zu fassen, Mr. Mason. Ich bin ein sehr entschlossener Mensch, Mr. Mason.«

»Das sind Sie allerdings«, sagte Mason und wandte sich zum Fortgehen. »Komm, Paul, wir müssen weiter.«

»Wohin?«

»Das sage ich dir auf dem Weg.«

»Ich erwarte einige Ferngespräche aus New York.«

»Vergiß sie.«

»Wenn ich Sie richtig verstehe«, sagte Minerva Hamlin spitz, »wollen Sie mir nicht sagen, wo ich Mr. Drake erreichen kann, wenn diese Anrufe kommen.«

»Ich weiß noch nicht, wo er dann erreichbar sein wird«, antwortete Mason.

Worauf sie sich mit einem trotzigen Schulterheben wieder ihrem Klappenschrank zuwandte.

Drake folgte Mason in den Gang hinaus.

»Meine Güte, Paul, wo, zum Teufel, hast du denn die her?«

»Von einer Arbeitsvermittlung. Sie ist sehr tüchtig, Perry.«

»Sie denkt, daß sie tüchtig ist. Sie ist eine Frau, die unbedingt ihre eigene Meinung haben will und für dich noch mitdenken will ... Komm, wir fahren zu Morris Alburgs Restaurant jetzt.«

»Da wird keiner sein so früh am Morgen.«

»Doch«, sagte Mason. »Della Street ist da und wühlt die Bücher durch. Wenn Alburg das Mikrophon in dem Zimmer verstecken ließ, denke ich, daß wir einen Anhaltspunkt finden. Ich möchte in diesem Fall der Polizei zuvorkommen.«

»Vergiß nicht«, sagte Drake, »daß du bis jetzt noch keinen Beweis dafür hast, daß in dem Zimmer tatsächlich ein Mikrophon war.«

»Diesen Beweis suche ich ja gerade. Komm, du kannst in meinem Wagen mitfahren.«

»Warum fährst du nicht lieber in meinem mit, Perry?«

»So viel Zeit habe ich nicht. Wir müssen jetzt los.«

Drake seufzte. »Nimm wenigstens ein klein wenig Rücksicht auf die Sicherheit deines Mitfahrers, wenn schon nicht auf die Geschwindigkeitsbegrenzung. Um diese Zeit am Morgen fängt der Verkehr an und ... na ja, es könnte gefährlich werden.«

»Weiß ich«, antwortete Mason. »Steig ein.«

Mason fegte aus dem Parkplatz heraus, brauste die Straße hinunter und kam auf Touren. Paul Drake nahm sich stoisch zusammen und beobachtete ängstlich bei jeder Kreuzung, wie sich Mason durch den morgendlichen Verkehr hindurchschlängelte; schließlich knirschten die Bremsen vor Alburgs Restaurant.

Mason bumste an die Tür, und Della Street öffnete.

»Irgendwas erreicht, Della?« fragte er.

»Wir sind gerade auf etwas gestoßen, Chef. Einen Scheck über hundertfünfundzwanzig Dollar, vor einem halben Jahr ausgestellt auf einen gewissen Arthur Leroy Fulda, der als Privatdetektiv eingetragen ...«

»Kennst du ihn?« fragte Mason Paul Drake.

»Sicher kenne ich ihn.«

»Was für ein Typ ist er?«

»Ich denke, daß er soweit in Ordnung ist. Er ... Mensch, Perry, ich wette, das ist es!«

»Was?«

»Fulda hat sich gerade ein hypermodernes Tonaufnahmegerät an-

geschafft. Er hat mir davon erzählt. Letzter Schrei, dieses automatisch funktionierende Zeug.«

»Wo wohnt er?«

Drake sagte: »Sein Büro ist . . .«

»Ich habe im Telefonbuch nachgesehen«, unterbrach Della Street, »da steht eine Adresse in der East Colter Avenue 1325. Ich weiß nicht, ob das ein Apartmenthaus ist.«

»East Colter Avenue«, überlegte Mason. »Das wird seine Wohnung sein. Rufen Sie sein Büro an, Della, nur um sicher zu sein, daß er jetzt nicht dort ist. – Nein, wird er nicht. Er wird zu Hause sein, wenn ihn die Polizei nicht schon als Zeugen geschnappt hat, und das können wir natürlich nur erfahren, wenn wir zu ihm rausfahren. Paul, wir fahren.«

»Möchten Sie, daß ich hier warte?« fragte Della Street.

Mason schüttelte den Kopf. »Wir haben alles, was wir brauchen. Schließen Sie das Lokal ab, schicken Sie die Kassiererin nach Hause, schalten Sie das Licht aus, und vergessen Sie das Ganze, Della. Nehmen Sie die Kassiererin mit zu einer Tasse Kaffee und Eier mit Schinken, wenn sie Lust hat. Sagen Sie ihr, daß sie den Mund hält.«

»Sie ist ein nettes Mädchen. Ich denke, sie wird.«

»Also gut«, sagte Mason, »wir fahren dann los, um Fulda zu erwischen. Vielen Dank, Della.«

»Ich hoffe, es ist der, den Sie suchen, Chef.«

»Muß er sein«, sagte Mason. »Paßt genau auf alles. Legen Sie die Bücher zurück ins Safe, und schließen Sie ab, Della. Die Polizei könnte in nicht allzu langer Zeit hier aufkreuzen. Komm jetzt, Paul.«

10

Die Verkehrsampeln auf der durchgehenden Schnellstraße wechselten von den stehenden gelben Warnungslichtern kurz vor der East Colter Avenue über zum Grüne-Welle-System. Mason wurde langsamer, um seinen Weg durch das Dschungel der Lichter zu bahnen, bog in die East Colter Avenue ein und fand die Hausnummer.

»Sieht nicht so aus, als ob schon jemand auf wäre«, sagte Drake.

Mason parkte den Wagen am Rinnstein und lief die Treppen hinauf, um auf die Klingel am Eingang zu drücken.

Nachdem er zum drittenmal geläutet hatte, näherten sich schlürfende Schritte im Flur, und ein verschlafener Mann in Morgenrock, Pyjamas und Hausschuhen öffnete die Tür und blinzelte seine Besucher an.

»Wo brennt's?« fragte er.

Paul Drake antwortete: »Sie kennen mich, Fulda. Wir sind ein paarmal zusammengetroffen, und . . .«

»Ja, richtig, Mr. Drake, guten Morgen!«

»Und dies ist Perry Mason«, stellte Drake vor.

»Sehr erfreut, Sie kennenzulernen, Mr. Mason. Sie müssen meinen Aufzug entschuldigen . . . Um was handelt es sich? Kann ich etwas für Sie tun?«

»Wir möchten mit Ihnen sprechen«, sagte Mason.

»Jetzt?«

»Leider ja. Eine Stunde früher wäre mir lieber gewesen«, antwortete Mason.

Fulda hob fragend die Augenbrauen, wollte etwas sagen, überlegte es sich aber anders und sagte dann: »Kommen Sie herein.«

Die Stimme einer Frau rief ängstlich aus einem Schlafzimmer: »Was ist, Arthur?«

»Nichts Besonderes«, antwortete Fulda in leicht irritiertem Ton. »Geh wieder schlafen, Liebling. Nur ein paar Bekannte.«

»Wer sind sie?«

»Ein Detektiv, den ich kenne, und . . .«

Nackte Füße tapsten über den Fußboden. Dann ein schlürfendes Geräusch, und einen Augenblick später stand eine Frau in Schlafrock und Hausschuhen in der Tür.

Unterdrückte Wut lag in Fuldas Stimme: »Es tut mir außerordentlich leid, daß es dich gestört hat, Liebling. Geh zurück ins Bett!«

Sie blieb ungerührt in der Tür stehen.

»Meine Frau«, sagte Fulda. »Dies ist Mr. Mason und Paul Drake, Schatz. Paul Drake ist Detektiv, der sein Büro . . .«

»Oh, ein Privatdetektiv.«

»Ja. Kein Grund zur Beunruhigung. Geh wieder zurück ins Bett.«

Sie zögerte einen Augenblick, lächelte dann und sagte: »Machen Sie es sich bequem. Darf ich Ihnen einen Kaffee kochen?«

»Du brauchst nicht aufzustehen, Liebling.«

»Ach nein, das macht mir nichts aus. Es dauert nur ein paar Minuten. Setzen Sie sich inzwischen.«

Fulda drückte auf den Knopf, der den Gasofen in Gang brachte. »Setzen Sie sich, meine Herren. Ich nehme an, es ist dringend.«

»Stimmt«, sagte Mason, »Wir haben auch nicht viel Zeit.«

»Wieviel Zeit denn?«

»Das weiß ich nicht. Erzählen Sie mir alles, was Sie von der Sache im Keymont Hotel wissen.«

Fulda, der dabei war, sich eine Zigarette anzuzünden, erstarrte und

hielt das Streichholz vor seiner Zigarette in der Luft. »Im Keymont Hotel?« fragte er.

»Zimmer 721«, drängte Mason. »Raus damit, ein bißchen dalli.«

»Ich habe keine Ahnung, wovon Sie, verdammt noch mal, reden, Mr. Mason.«

Mrs. Fulda, die angefangen hatte, in der Küche herumzuwirtschaften, kam an die Pendeltür, drückte sie etwas auf, wartete, horchte.

Mason sagte: »Seien Sie kein Idiot, Fulda. Sie haben diese Sache gemacht. Sie haben das Aufnahmegerät eingebaut. Ich will jetzt nur wissen, wie lange Sie sich dort aufhielten. Ich will wissen, ob Sie selbst da waren oder ob Sie jemand anderen dafür angestellt haben, oder . . .«

»Mein Gott«, sagte Fulda, »wollen Sie damit sagen, daß Sie beide hier hereinplatzen und mich aus dem Bett holen, um mich solche verrückten Sachen zu fragen?«

»Genau das.«

Fulda warf sich in Positur. »Meine Herren, ich lehne das ab! Ich habe Ihnen absolut nichts zu sagen. Wenn Sie mir Fragen über meine Geschäfte stellen wollen, können Sie nach neun Uhr in mein Büro kommen. Abgesehen davon sehe ich keinerlei Grund dafür, mich von Ihnen ausfragen zu lassen. Und da Sie ja auch in großer Eile sind und an einem wichtigen Fall arbeiten – bitte, ich halte Sie nicht auf.«

»Das ist also Ihre Einstellung?« fragte Mason.

»Das ist sie.«

»Keine Absicht, sie zu ändern?«

»Nein.«

»Ich glaube, Sie machen einen Fehler, Fulda. Ich hab' so eine Ahnung, daß Sie die Sache gedreht haben. Wenn Sie es waren, ist es ziemlich wichtig, daß wir herausbekommen, was genau . . .«

»Ich kenne Sie, Mr. Mason, und ich kenne Ihren Ruf, und ich habe nicht die Absicht, mich in meinem eigenen Haus von Ihnen überfahren zu lassen. Ich habe Ihnen meine Antwort gegeben, und sie ist endgültig. Wollen Sie also um neun Uhr in mein Büro kommen?«

»Nein«, antwortete Mason.

»Bitte, Sie müssen keineswegs.«

»Wir werden hier reden.«

»Wir haben bereits genug geredet.«

»Glauben Sie!« entgegnete Mason. »Wir haben noch nicht die Hälfte von dem gesagt, was wir sagen werden.«

»Es scheint mir doch, daß ich mich deutlich genug ausgedrückt hätte. Ich habe alles gesagt, was ich für richtig halte.«

»Ich weiß, Sie sind einer von den ganz Gescheiten, die alles wissen.«

»Mr. Mason, ich protestiere.«

»Protestieren Sie ruhig weiter. Wenn Sie wirklich so gescheit wären, würden Sie zumindest zuhören, bis Sie wüßten, um was es sich genau handelt.«

»Das weiß ich so schon jetzt.«

»Nichts wissen Sie«, sagte Mason nachdrücklich. »Im Keymont wurde ein Mord begangen.«

Fulda hob theatralisch die Hände. »Ich nehme an, das kommt in den besten Hotels mal vor.«

»Und das Keymont gehört nicht zu den besten«, erinnerte ihn Mason.

Fulda schwieg.

»Das Morddezernat hat sich an die Arbeit gemacht«, fuhr Mason fort. »Man entdeckte, daß in Zimmer 721 ein Mikrophon angebracht worden war. Die Drähte führten in ein anderes Zimmer. Wahrscheinlich war eine Menge hochwertiger Ausrüstung eingesetzt, Tonaufnahmegeräte, um die Gespräche mitzuschneiden, automatische Apparate, die sich selbsttätig ein- und ausschalten ...«

»Und nur aus diesem Grund kommen Sie zu mir?«

»Und«, Mason sprach unbeirrt weiter, »Leutnant Tragg vom Morddezernat ist außerordentlich daran interessiert zu wissen, wer die Anlage eingebaut hat.«

»Selbstverständlich.«

»Nun hat mir zwar Leutnant Tragg nichts direkt gesagt, aber ich würde sagen, daß er dabei ist, der Herkunft dieser Anlage nachzugehen, und daß die nicht sehr schwer zu finden sein wird. Ich möchte annehmen, daß sie sehr modern, sehr neu, sehr kostspielig und der letzte Schrei ist. Wer immer diese Anlage gekauft hat, wird sie kaum in bar bezahlt haben. Wahrscheinlich existiert also ein Kaufvertrag. Auf solchen Apparaten sind Seriennummern. Leutnant Tragg wird sich die Seriennummer beschaffen. Er wird die Fabrik anrufen. Die wird ihn an den örtlichen Vertreter verweisen. Der Vertreter wird seine Verträge hervorholen, und ...«

»Mein Gott!« Fulda sackte in seinem Sessel zusammen, als hätte man ihm den Boden unter den Füßen weggezogen.

Mason gab Mrs. Fulda einen Wink. »Ich glaube, Ihr Mann könnte diesen Kaffee jetzt ganz gut brauchen.«

Mrs. Fulda blieb noch einen Augenblick unter der Tür stehen und verschwand dann wortlos in die Küche. Die Pendeltür fiel zu, einen Moment später wurde sie wieder aufgestoßen und aufgehalten.

»An die Seriennummer habe ich überhaupt nicht gedacht«, murmelte Fulda etwas benommen.

»Hätten Sie aber sollen. Daran hätten Sie als allererstes denken müssen.«

»Ich dachte – ich könnte – mir war nicht klar, daß sie mich auf diese Weise aufspüren könnten, und auch noch so schnell.«

»Was haben Sie denn nun zu berichten?«

»Geben Sie mir etwas Zeit zum Nachdenken.«

»Sie kamen nach Hause, zogen sich aus, zerwühlten Ihr Haar ein bißchen und beschlossen, in Bluff zu machen. Sie haben Ihrer Frau einen Todesschrecken eingejagt, und Sie selbst sind jetzt auch ganz schön in Panik geraten. Was ist denn passiert? Wovor haben Sie Angst?«

»Ich – ich weiß es auch nicht.«

»Na schön, überlegen wir zusammen. Erzählen Sie uns ein bißchen, und zwar schnell. Vielleicht können wir Ihnen noch helfen.«

»Ich – ich weiß gar nicht, was ich jetzt tun soll.«

»Fangen Sie an, berichten Sie.«

»Ich spezialisiere mich auf Tonaufnahmegeräte.«

»Ist bekannt.«

»Auf das Mitschneiden von Gesprächen – für Erpressungen und diese Art Dinge im kriminellen Sektor, und für Reden und Aussagen, Verhandlungen im Gerichtssaal und so weiter im nichtkriminellen Sektor.«

»Erzählen Sie uns vom Keymont Hotel.«

»Vor nicht allzulanger Zeit«, begann Fulda, »erledigte ich etwas für Morris Alburg. Es war – nach ja, vertraulich.«

»Wird es nicht mehr lange bleiben«, sagte Mason.

»Ist es aber jetzt noch.«

»Wenn der Distrikt Attorney erst mal anfängt, Fragen zu stellen...«

»Dann ist es etwas anderes.«

»Dann werde ich es in den Zeitungen lesen.«

»Werden Sie wohl, aber bis Sie das tun, bleibt es vertraulich. Alles, was ich darüber sagen kann, ist, daß es eine Erpressungsgeschichte war und daß sie erfolgreich erledigt wurde.«

»Wie lange her ist das?«

»Etwas mehr als ein Jahr.«

»Und dann?«

»Dann kam gestern nachmittag Morris Alburg zu mir. Er wollte, daß ich meine Anlage im Keymont Hotel einbaute, und – na ja, es mußte natürlich auch sehr vertraulich behandelt werden, und ...«

»Weiter«, drängte Mason. »Das ist es nicht, was Sie jetzt beunruhigt. Erzählen Sie uns, wovor Sie Angst haben.«

»Der verfluchte Idiot«, sagte Fulda, »erzählte mir, daß er von der Polizei gesucht würde, und das hat mich in eine schöne Lage gebracht.«

»Hat er gesagt, weshalb er gesucht würde?«

»Er sagte nur, daß man ihn suchte und daß er sich versteckt hielte.«

»Und auf dieser Basis haben Sie den Job übernommen?«

Fulda nickte bedrückt.

»Nun ja«, meinte Mason, »Sie brauchen der Polizei schließlich nicht die ganze Unterhaltung mit Ihrem Klienten zu berichten. Soweit es Sie betraf, war es ja zunächst ein Routineauftrag. Was haben Sie gemacht?«

»Ich habe meine Tonausrüstung zusammengepackt, bin zum Hotel gegangen, habe dem Portier gesagt, daß meine Schwester mit dem Nachtflugzeug ankäme und daß ich zwei Zimmer haben wollte, wenn möglich nebeneinander.«

»Und er wollte sie Ihnen nicht geben?«

»Er sagte, daß er keine nebeneinanderliegende Zimmer hätte, dafür aber zwei Zimmer auf demselben Gang. Ich fragte ihn, wo sie lägen, und er sagte, es handelte sich um 721 und 725, und so sagte ich ihm, daß ich sie mir erst mal ansehen wollte.«

»Sie gingen dann hinauf und sahen sie sich an?«

Fulda nickte.

»Was dann?«

»Die Zimmer waren für den Zweck ideal. Ich sagte dem Portier, daß ich einziehen würde und daß ich ein bißchen vor dem Abendessen schlafen und nicht gestört sein wollte, weil ich dann meine Schwester vom Nachtflugzeug abholen würde.«

»Wie kam das an?«

»Er schielte mich mit wissendem Blick an, gab sich aber damit zufrieden.«

»Und was haben Sie dann gemacht?«

»Die modernen Tongeräte sind so aufgemacht, daß sie aussehen wie Hutschachteln, Koffer oder anderes normales Gepäck. Der Liftboy nahm den großen Handkoffer, und wir brachten das Zeug nach oben. Wir verteilten es, ein Teil kam in Zimmer 721, das übrige in 725. Und als der Boy weg war, brachte ich alles in 725, die ganze Aufnahmeapparatur und alles, was dazu gehörte, und ließ außer dem Mikrophon nichts in 721, und das habe ich gut versteckt.«

»Wo? In der Wand?«

»Nein. Diese neuen Dinger sind raffiniert. Das Mikrophon war in einer Leselampe, die ich am Bett befestigte. Außer, daß sie für die schäbige Umgebung zu elegant wirkte, war es eine ideale Lösung. Dann habe ich die Drähte an den Holzleisten entlang, durch den Flur

in Zimmer 725 gelegt. Ich mußte sehr schnell arbeiten, aber darauf war ich vorbereitet, und es klappte alles ausgezeichnet.«

»Und dann?«

»Dann prüfte ich die Anlage, um zu sehen, ob sie funktionierte, und ließ Morris Alburg ausrichten, daß er in Zimmer 721 kommen solle und daß alles in Ordnung sei.«

»Wie haben Sie ihm die Nachricht zukommen lassen?«

»Ich rief die Nummer an, die er mir gegeben hatte, und hinterließ, daß man Morris ausrichten sollte, wenn er käme, Art habe durchgegeben, alles wäre soweit klar.«

»Das war alles?«

»Das war alles. Dann zog ich mich ins Zimmer 725 zurück.«

»Arbeitete die Anlage nicht automatisch?«

»Ja schon, aber ich wollte sichergehen, daß sie richtig funktionierte. Und ich dachte mir, daß Alburg vielleicht einen Zeugen brauchte. Es war ein neuer Apparat, und ich wollte die Aufnahme selbst überwachen. Man sollte das immer tun, wenn man später als Zeuge auftreten will. Wenn man einfach fortgeht und den Raum verläßt und nur beim Zurückkommen die Aufnahmen in dem Apparat vorfindet, dann ist das kein vollgültiges Beweismaterial.«

»Halten Sie sich nicht damit auf, mich darüber aufzuklären, was gesetzlich beweiskräftig ist«, sagte Mason. »Erzählen Sie mir lieber, was Sie weiter taten.«

»Ich legte mich im Zimmer 725 hin und schlief ein.«

»Wann wachten Sie auf?«

»So gegen halb neun, neun, denke ich. Ich ging aus und aß etwas und rief die Nummer wieder an und fragte, ob Morris Alburg dagewesen wäre. Sie sagten ja und daß er meine Nachricht bekommen hätte.«

»Sie haben nicht gesagt, wer Sie sind?«

»Nein. Nur ›Art‹.«

»Gut. Weiter.«

»Ich gönnte mir was Gutes zu essen, nahm ein paar Sandwiches und eine Thermosflasche mit heißem Kaffee mit und ging zurück ins Hotel. Dann las ich noch eine Weile und döste ein, bis ich plötzlich von dem Geräusch des Einschaltens meines Gerätes aufgeweckt wurde.«

»Was geschah dann?«

»Ja, also, dieses Zeug ist so eingerichtet, daß sich der Apparat automatisch einschaltet, wenn Stimmen in dem Zimmer, in dem das Mikrophon steht, hörbar werden. Dann erscheint auf dem Gerät ein grünes Licht zum Zeichen, daß es aufnimmt. Als ich das Einschaltegeräusch hörte, sprang ich vom Bett auf, ging hin zu dem Gerät und

stellte fest, daß alles bestens funktionierte. Dann setzte ich die Kopfhörer auf und konnte so das Gespräch mithören.«

»Was war das für ein Gespräch?«

»Morris Alburg und irgendeine Frau sprachen miteinander, und – also, ich verstand es nicht.«

»Was haben Sie nicht verstanden? Meinen Sie, daß die Aufnahme nicht klar durchkam oder was sonst?«

»Nein, das Gerät arbeitete tadellos. Das Gespräch selbst verstand ich nicht. Es war ein höchst sonderbares Gespräch.«

»Was war denn so sonderbar daran?«

»Anscheinend waren also Morris und eine Frau in dem Zimmer und warteten, daß Sie kommen sollten, und Alburg sagte: ›Er wird jeden Moment hier sein. Ich habe ihn angerufen, und er sagte, daß er sofort heraufkommen wollte‹; und die Frau sagte irgendwas, daß er zu spät dran sei, und dann plötzlich schien die Unterhaltung in eine ganz merkwürdige Richtung abzurutschen.«

»Inwiefern?«

»Sie hatten eine ganze Weile geredet – nur so, nichts Besonderes. Alburg sagte: ›Ich möchte, daß du ihm genau das erzählst, was du mir erzählt hast. Ich möchte, daß du offen mit ihm bist. Er ist mein Anwalt, und es wird jetzt alles gut werden. Alles wird jetzt gut werden. Man wird dich beschützen und alles.‹ Und dann fing Alburg an, unruhig zu werden, und sagte, daß Sie vielleicht wieder eingeschlafen seien. Er sagte dem Mädchen, es sollte Sie anrufen, und dann kam erst eine Weile gar nichts, und dann sagte das Mädchen leise: ›Rufen Sie die Polizei.‹ Eine Sekunde später ging das Telefon, und das Mädchen lachte und sagte, anscheinend ins Telefon: ›Natürlich nicht – es war nur ein Witz. Vergessen Sie es‹ und hängte ein. Und danach hörte ich Geräusche von Bewegungen. Und irgend jemand fing immer wieder an etwas zu sagen und hörte dann sofort wieder auf.«

»Was für Geräusche von Bewegungen?« fragte Mason.

»Das kann ich schwer beschreiben.«

»Kampf?«

»So weit würde ich nicht gehen – merkwürdige Geräusche.«

»Und was passierte dann?«

»Dann hörte ich die Frau sagen: ›Nur Lippenstift. Sie haben mein Make-up ruiniert‹, und kurz darauf öffnete sich die Tür und schloß sich wieder. Dann war erst mal überhaupt nichts, fünf Sekunden Ruhe, und der Apparat schaltete sich aus. Und dann, nach zehn oder fünfzehn Minuten, kamen wieder Stimmen, und die waren von anderen Leuten. Da war ein Mann und eine Frau, und die Frau sagte: ›Ich sage dir, sie hat irgendwo eine Nachricht hinterlassen‹, und der Mann: ›Wir

haben keine Zeit, danach zu suchen. Wie soll sie das gemacht haben?‹ Und die Frau sagte: ›Wahrscheinlich mit ihrem Lippenstift‹, und der Mann darauf: ›Gib mir deinen Lippenstift, ich bringe das in Ordnung.‹ Danach wieder ein paar undefinierbare Geräusche, und das Gerät schaltete sich aus.«

»Und wie ging es weiter?«

»Als nächster kamen Sie, Mr. Mason, und darüber wissen Sie dann ja wohl besser Bescheid als sonst wer. Als ich Sie Paul Drake anrufen hörte und ihm sagen, daß er jemanden mitbringen sollte, fand ich, daß es für mich an der Zeit war, da herauszukommen. Die Geschichte wurde mir ein bißchen zu ungemütlich. Es war jedenfalls kein normaler Auftrag, den man mir da aufgehängt hatte, und ich hörte Sie Dinge sagen, die mir gar nicht gut schienen. Ich — also, ich dachte, wenn ich erst mal aus dem Hotel herauskäme, würde niemand je wissen, daß ich überhaupt dagewesen war. Man würde denken, daß die Geräte alles selbständig registriert hätten.«

Mason nickte.

»Erst als ich zu Hause war«, fuhr Fulda fort, »wurde mir klar, was ich für einen Blödsinn gemacht hatte, als ich ging, ich hatte die bespielte Platte mitgenommen.«

»Sie meinen, es wurde mehr als eine Platte bespielt?«

»Ja, und ohne nachzudenken, habe ich eine neue Platte aufgelegt, als ich ging, damit das Gerät aufnahmebereit war. Wir machen das immer so, das ist bei uns ein Gewohnheitsgriff. Man will den Apparat immer parat haben. Eine Platte reicht für zweieinhalb Stunden Aufnahme, und ich wollte eben keine Panne haben. — Das ist auch etwas, was sie noch nicht so richtig hingekriegt haben mit diesen Geräten. Angenommen, es ist auf automatisch eingestellt und man kommt in das Zimmer und unterhält sich meinetwegen um zehn Uhr nachts mit jemandem. Dann geht man raus und schließt die Tür. Fünf Sekunden später schaltet sich das Gerät aus. Dann, sagen wir um drei Uhr früh, kommt wieder jemand rein und fängt an zu reden. Auch das Geräusch von Leuten, die sich nur in dem Raum bewegen, löst den Kontakt aus, und das Gerät fängt an zu registrieren . . . Wenn ich dann die Platte einem Klienten vorspiele, klingt es, als ob es eine durchgehende Unterhaltung gewesen wäre, mit fünf Sekunden Pause dazwischen. Nichts ist da, um anzuzeigen, daß die eine Unterhaltung um zehn Uhr abends und die andere, die scheinbar direkt darauf folgt, um drei Uhr früh stattgefunden hat. Das ist einer der Gründe, weshalb man das Gerät selbst bedienen sollte. — Das wäre also meine Geschichte.«

»Und wovor haben Sie nun Angst?«

»Ich hatte gedacht, daß ich, wenn keiner darauf käme, daß in dem Zimmer ein Mikrophon angeschlossen war, zurückgehen könnte, um mir meine Ausrüstung herauszuholen, daß es aber, wenn man es entdeckte – Morris hatte mir doch gesagt, daß er sich versteckt hielte –, eben dann Komplikationen geben würde. Manchmal hat es die Polizei nicht so sehr gern, wenn wir geholt werden, um in einem Hotel Tonaufnahmen zu machen. Es ist immer ratsamer, so was in einem Privatbüro zu machen und nicht in einem der Öffentlichkeit zugänglichen Hotel. Und wenn sich die Geschichte nun zu einem Kriminalfall auswächst, dann bekommen sie heraus, daß ich dagewesen bin, weil sie von den Platten entnehmen können, wann die Unterhaltungen angefangen haben. Mir wurde klar, daß man zum Beispiel genau weiß, daß Sie in das Zimmer hereingekommen sind und wann – und außerdem hat mich der Nachtportier fortgehen sehen. Wenn das ein Kriminalfall wird, sitze ich schön drin.«

»Es ist ein Kriminalfall«, sagte ihm Mason. »Sie sitzen also schon drin.«

Der Duft von frischgebrühtem Kaffee strömte aus der Küche in das Zimmer.

Mason zeigte auf das Telefon. »Rufen Sie das Headquarters an.«

Fulda zögerte. »Ich bin jetzt so da hineinverstrickt, ich . . .«

»Rufen Sie das Headquarters an. Verlangen Sie das Morddezernat. Sehen Sie zu, ob Leutnant Tragg noch im Dienst ist. Erzählen Sie ihm die ganze Geschichte.«

Fulda zögerte noch immer.

Von der Tür her, zwischen Küche und Eßzimmer, klang die scharfe Stimme seiner Frau. »Du hast gehört, was Mr. Mason gesagt hat, Arthur. Er weiß es am besten.«

Fulda sah zu Paul Drake hin. Drake saß da wie ein Holzgötze.

Wiederstrebend erhob sich Fulda und ging zum Telefon.

Er rief das Headquarters an, fragte nach Leutnant Tragg, erfuhr, daß Tragg nicht da sei, und hinterließ seinen Namen und seine Telefonnummer.

»Richten Sie Leutnant Tragg aus, daß er mich anrufen soll, sobald er kommt«, sagte er. »Er – ich möchte lieber selbst mit Leutnant Tragg sprechen. Es handelt sich um Tonaufnahmegeräte und . . . Ja, ganz richtig. Keymont Hotel. Gut, ich bin hier. Sagen Sie ihm, er soll mich anrufen. Ich warte hier auf den Anruf.«

Er hängte auf und sagte zu Mason: »Ich hoffe, daß das richtig war.«

Mason, der am Fenster gestanden und auf die Straße hinausgesehen hatte, drehte sich um und sagte über die Schulter: »Ich habe

Ihnen gerade Ihre Lizenz gerettet, Sie Trottel. Leutnant Tragg ist in diesem Augenblick dabei, seinen Wagen vor Ihrer Tür zu parken. Dieser Anruf wird Sie rausreißen.«

»Leutnant Tragg!« fuhr Fulda auf. »Wie kommt denn der so schnell hierher?«

»Höchstwahrscheinlich hat er Sie genau auf die Art und Weise gefunden, die ich Ihnen vorexerziert habe.«

Schritte stampften den Eingang hoch. Die Klingel läutete Sturm. Mason öffnete die Tür weit: »Kommen Sie nur herein, Leutnant, Sie kommen gerade zum Kaffee zurecht!«

Traggs Gesicht verfinsterte sich. »Was, zum Teufel, machen Sie hier, Mason?«

»Nur ein paar Fragen stellen.«

»Gut«, sagte Tragg. »Sie haben Ihre Fragen gestellt, und ich werde mir die Antworten holen ... Ihr Name ist Fulda?« fragte er den Mann hinter Mason.

»Ja«, antwortete Fulda.

»Sie haben die Tonanlage in Zimmer 721 und 725 im Keymont Hotel eingebaut?«

Fulda nickte. »Ich habe versucht, mit Ihnen Verbindung aufzunehmen, Leutnant. Ich habe das Morddezernat angerufen und eine Nachricht für Sie hinterlassen.«

Traggs Miene wurde grimmig. »Hoffen wir's in Ihrem Interesse, daß Sie es getan haben, denn das ändert natürlich alles, was Ihre Behandlung betrifft.«

»Sie können ja anrufen und es nachprüfen«, antwortete Fulda.

»In diesem Fall wäre das das einzig wirklich Intelligente, was Sie bisher geleistet haben«, sagte Tragg.

Mrs. Fulda erschien in der Küchentür, ihr Lächeln war ein bißchen nervös. »Guten Morgen, Leutnant. Ich bin Mrs. Fulda. Ich mache gerade Kaffee für die Herren, vielleicht möchten Sie ...«

»Ich trinke den ganzen Kaffee alleine«, knurrte Tragg. »Die Herren gehen jetzt, sie können ihren Kaffee in einem Restaurant trinken.«

Mrs. Fulda lächelte unsicher wie über einen Witz.

»Und ich meine, was ich sage«, sagte Tragg. »Was haben die beiden hier gemacht, Fulda?«

»Nur ein paar Fragen gestellt.«

»Ausgezeichnet. Jetzt kriege ich die Antworten, und ich werde Sie außerdem noch ein paar Dinge fragen, von denen die beiden keine Ahnung haben, und, glauben Sie mir, auf die Fragen kommt es gerade an!«

11

Die Post am Morgen brachte den Brief von Morris Alburg. Ein Scheck über tausend Dollar lag ihm bei.

Der Brief jedoch war, wie ein reichlich gereizter, nervöser Mason seiner Sekretärin gegenüber feststellte, weit davon entfernt, ein Meisterwerk an Klarheit darzustellen. Er lautete ganz einfach:

Lieber Mr. Mason,

Sie werden sich an die Angelegenheit mit dem Pelzmantel erinnern. Ich möchte, daß Sie mich und das Mädchen in dieser Sache vertreten. Ich lege einen Tausender als Vorschuß bei, und dort, wo der herkommt, ist mehr, wenn Sie es brauchen.

In Eile,
Morris Alburg

Mason trommelte ärgerlich mit seinem Zeigefinger auf dem Brief herum. »Ihn ›in dieser Sache‹ vertreten . . . Das ist vage genug, um jedes Verbrechen im Strafgesetzbuch einzuschließen.«

»Tut es wahrscheinlich auch«, sagte Della Street.

Um halb vier an diesem Nachmittag klopfte Paul Drake, der ziemlich mitgenommen und erschöpft aussah, sein Signal an die Tür von Masons Büro.

Della Street ließ ihn ein. Drake fiel in den großen, gepolsterten Sessel, streckte sich, gähnte, schüttelte den Kopf und sagte: »Ich kann das nicht mehr weiter mitmachen, Perry.«

Mason grinste schadenfroh: »Du bist nur aus der Übung, Paul. Du hast in letzter Zeit nicht genug für mich gearbeitet. Was du wirklich brauchst, sind ein paar schlaflose Nächte hintereinander, um dich im Training zu halten.«

»Tatsache ist, Perry, früher konnte ich mir die ganze Nacht um die Ohren schlagen und den nächsten Tag dazu und wunderschön wach bleiben. Jetzt habe ich Anfälle von Schwindelgefühlen.«

Mason grinste nur weiter.

»Und der Chef?« fragte Della Street. »Er hatte heute morgen Tausende von Problemen, und . . .«

»Och, der!« sagte Drake. »Um den brauchen Sie sich nie Sorgen zu machen. Das ist der reinste menschliche Dynamo. Er produziert Energien schneller, als sie irgendein anderes menschliches Wesen verbrauchen kann. Wenn wir nur irgendeine Möglichkeit hätten, einen Akku an ihn anzuschließen, könnten wir ein Vermögen verdienen, wenn wir seinen Energieüberschuß abgewirtschafteten Millionären verkauften.«

»Und was hast du sonst noch auf dem Herzen?« fragte Mason.

»Das Mädchen – Minerva Hamlin.«

»Wieso, was ist mit ihr los?«

»Ich habe vor einer Viertelstunde bei ihr angerufen und ihrer Mutter gesagt, daß ich mit Minerva sprechen wollte, sobald sie aufgewacht sei. Ich wollte, daß sie mich dann anriefe.«

»Na und?«

»Sie war nicht zu Hause.«

»Ja und weiter?«

»Sie war im Headquarters. Die Mutter – hör gut zu, Perry –, die Mutter sagte, daß sie vor einer halben Stunde heruntergerufen worden sei, um eine Identifizierung vorzunehmen.«

Mason pfiff durch die Zähne.

»Heißt das, daß sie Dixie Dayton haben?« fragte Della Street.

»Es könnte eine ganze Menge heißen«, sagte Mason und stieß seinen Schreibtischstuhl zurück, um auf die Beine zu kommen. »Verdammt, Paul, das gefällt mir gar nicht.« Er fing an, im Büro hin und her zu laufen.

»Mir gefällt es auch nicht.«

»Hätte sie dich nicht unter normalen Umständen angerufen und dir zumindest gesagt, was man angeblich von ihr wollte?«

»Kommt drauf an, was du unter ›normalen Umständen‹ verstehst, Perry. Sie ist eins dieser selbstbewußten Mädchen, die es einem klar zu verstehen geben, daß sie sich nicht auf dummes Zeug einlassen. Sie ist immer derart mit sich selbst zufrieden, daß sich das auf mich übertragen hat.«

»Ich glaube gar nicht einmal, daß sie wirklich so tüchtig ist, wie sie denkt«, meinte Mason. »Sie kultiviert nur einen Tüchtigkeitskomplex. Sie spielt eine Rolle, die Rolle äußerster Tüchtigkeit. Wahrscheinlich macht sie nur irgendeine Sekretärin nach, die sie irgendwo auf der Bühne gesehen hat, und das war eine Schauspielerin gewesen, die ihre Rolle so spielte, wie sie glaubte, daß Sekretärinnen sein müßten.«

Drake sagte: »Ich habe ein paar Erkundigungen über sie eingezogen, Perry.«

»Erzähl schon weiter«, drängte Mason, als Drake zögerte.

»Nun, ich hatte immer gedacht, daß sie durch und durch kompetent sei, aber nun entdecke ich, daß die anderen nicht soviel von ihr halten. Sie schien die Situation immer ausgezeichnet zu meistern, aber, verflixt, auch sie macht Fehler. Das habe ich herausbekommen. Das Mädchen, das morgens kommt und die Telefonzentrale übernimmt, wenn Minerva gegangen ist, hat ein paar ihrer Schnitzer gedeckt.«

»Welcher Art waren sie?«

»Kleinigkeiten. Ein paar meiner Leute, die nachts im Dienst waren, haben sie etwas aufgezogen, und sie hat sie dann aufsitzen lassen.«

»Sind sie anzüglich geworden?« fragte Mason.

»Unsinn, nur das Übliche, was immer in so einem Büro los ist — oder los sein sollte, in einem Büro, in dem Leute einen gewissen Grad von Zusammenarbeit erreicht haben. Du weißt doch, wie es in so einem Betrieb wie meinem ist, Perry, wo alles mehr oder weniger leger zugeht. Es entsteht da eine Art Familiengemeinschaft. Natürlich ist das Mädchen, das Nachtschicht macht, immer in einer etwas merkwürdigen Lage. Sie kommt um Mitternacht und geht um acht Uhr früh. Meistens ist weder am Telefon noch im Büro viel zu tun, so daß wir ihr, um sie zu beschäftigen, die Tipperei der Berichte in vielen der aktuellen Fälle überlassen. Sie legt die Briefe ab, die am Tag geschrieben worden sind, und tippt die Berichte meiner Leute, die vom Außendienst hereinkommen. Wenn zum Beispiel einer gegen fünf oder sechs Uhr abends ins Büro zurückkommt, dann hat er den ganzen Tag an einem Fall gearbeitet. Die meisten können ihren Bericht mit zwei Fingern in die Maschine hauen, wenn sie müssen, aber erstens gibt das eine ziemlich saumäßige Tipperei und außerdem eine reichlich flüchtige Berichterstattung. Deshalb ermuntere ich sie dazu, sich vor das Diktaphon zu setzen und die Geschichte zu erzählen, nicht in allen Einzelheiten, aber doch ausführlich genug, daß der Kunde ein Bild davon kriegen kann, was wirklich los ist, und auf diese Weise haben wir bessere Berichte.«

Mason nickte.

»Das Mädchen, das um vier Uhr nachmittags kommt und bis Mitternacht arbeitet, überträgt einen Teil dieser Berichte, und das Mädchen, das um Mitternacht kommt und bis acht Uhr morgens da ist, überträgt den Rest, legt ab und macht sonst so allerlei. Minerva hat also auch mit dem Zeug zu tun gehabt, und anscheinend hat sie ein paar üble Schnitzer gemacht. Es gab zum Beispiel in den Akten ein Durcheinander, und das geht wahrscheinlich auf Fehler von ihr zurück. Dann sind ein paar meiner Berichterstatter ganz muntere Burschen, weißt du, Perry. Und manchmal machen sich die Jungs, vor allem, wenn sie nachts arbeiten und ihren Bericht vor Dienstschluß diktieren, einen Spaß aus ihren Fällen. Die Mädchen sind im allgemeinen ganz fix, es ihnen sofort zurückzugeben, im üblichen flachsenden Büroton ... Na ja, Minerva ist natürlich absolut nicht für so was zu haben. Sie ist Madame la Reine, soweit es sich um die Reporter handelt. Ganz Tüchtigkeit und Eisschrank.«

Mason sagte: »Ich kann mir aber vorstellen, daß den Mädchen

diese ewigen leicht schmierigen Geschichten allmählich auf die Nerven gehen ...«

»Weiß ich alles«, wehrte Drake ab, »aber ein Mädchen, das halbwegs menschlich ist, wird es immer fertig bekommen, noch mal zu lachen, als ob es ein ganz neuer Witz wäre, nur damit die Dinge nicht zu weit gehen ... Ach Perry, du verstehst ganz genau, was ich dir beizubringen versuche. Wir könnten mit dem Mädchen Ärger kriegen. Es regt mich auf, daß sie mich nicht angerufen hat, um mir einen Tip zu geben.«

»Warum hast du sie denn angerufen?« fragte Mason.

»Ich hatte beschlossen, sie rauszuschmeißen«, antwortete Drake.

»Um Gottes willen, mach das bloß nicht. Nicht gerade jetzt jedenfalls!«

»Warum denn nicht?«

»Weil es so aussähe, als wollten wir uns wegen der Identifizierung des Fotos an ihr rächen. Das würde uns jede Jury zum Feind machen.«

»Wobei du natürlich zugeben mußt«, gab Drake zu bedenken, »daß das Mädchen tatsächlich Dixie gewesen sein könnte.«

»Könnte sie wirklich?« überlegte Mason zweifelnd.

Das Telefon schrillte.

»Sehen Sie nach, wer es ist«, sagte Mason.

Della Street nahm den Hörer auf, meldete sich und sagte: »Ja, Gertie ... Was? ... Einen Augenblick!«

Sie winkte Perry Mason aufgeregt: »Morris Alburg!«

»Na, Gott sei Dank! Ist auch allmählich Zeit, daß sich der Bursche meldet.«

Mason nahm den Hörer: »Hallo, Morris. Was, zum Teufel, soll das alles, und wo sind Sie?«

»Im Gefängnis«, sagte Morris Alburg.

»Was?!«

»Im Gefängnis.«

»Reden Sie keinen Unsinn. Seit wann sind Sie dort?«

»Seit neun Uhr heute früh.«

»So was!« stöhnte Mason und fragte weiter. »Warum haben Sie mich nicht angerufen?«

»Man hat mich nicht gelassen.«

»Haben Sie nicht gesagt, daß Sie mit Ihrem Anwalt reden wollten?«

»Das habe ich ihnen alles gesagt. Ich bin auch noch gar nicht lange in diesem Gefängnis hier. Sie haben mich überall herumgeschoben, mich dauernd im Auto rumgefahren von einem Stadtteil zum andern.«

»Und jetzt sind Sie im ...?«

»Ganz richtig. Im Zentralgefängnis.«

»Ich komme sofort rüber«, sagte Mason.

Er hängte ein, schoß in die Garderobe und griff nach seinem Hut.

»Was ist denn?« fragte Drake, als Mason schon an der Tür war.

»Immer die alte Geschichte«, fluchte Mason. »Sie haben Morris Alburg seit neun Uhr heute morgen fest und haben ihn bis jetzt verbuddelt. Wenn sie ihn jetzt seinen Anwalt anrufen lassen, so bedeutet das, daß sie alles, was irgend möglich war, bereits aus ihm herausgequetscht haben ... Bleib greifbar, Paul, damit ich dich erreiche, wenn ich dich brauche. Und ich werde dich brauchen. Wirf Minerva inzwischen nicht raus. Noch nicht.«

12

»Also«, sagte Mason, als er sich auf dem harten Holzstuhl im Besuchszimmer niederließ, »erzählen Sie mir, was los war.«

Alburg stützte seinen Kopf in die Hände. »Mr. Mason, so wahr ich hier sitze, ich bin in einem schrecklichen Schlamassel, in einem ganz fürchterlichen Schlamassel ... Haben Sie meinen Brief mit dem Scheck bekommen?«

»Allerdings habe ich Ihren Brief mit dem Scheck bekommen, und ich war, nachdem ich ihn gelesen hatte, genauso schlau wie vorher. Wie hat man Sie geschnappt?«

»Ich war auf dem Weg zu Ihrem Büro.«

»Zu meinem Büro?«

»Ganz richtig.«

»Und was geschah dann?«

»Ich komme zum Eingang vor Ihrem Haus. Ein Mann in Zivil springt vor. Er hält mich fest. Sie schieben mich in einen Wagen. Ich bin weg, bevor ich überhaupt eine Chance habe zu wissen, was los ist.«

Mason sagte ärgerlich. »Warum haben Sie nicht von irgendwoher bei mir angerufen? Ich hätte Ihnen schon gesagt, daß Sie sich nicht in der Nähe von meinem Büro blicken lassen sollen. Sie hätten sich denken können, daß man da einen zur Beobachtung hingestellt hatte. Mein Büro und Ihr Restaurant waren das Nächstliegende, wo man suchen würde. Also, was passierte dann? Raus mit der Geschichte.«

»Das Schlimmste haben Sie noch gar nicht gehört.«

»Na schön«, resignierte Mason, »erzählen Sie mir also das Schlimmste.«

»Ich hatte den Revolver.«

»Den Revolver?«

»Ja, den.«

»Welchen?«

»Den, von dem die Polizei sagt, daß Fayette damit umgebracht worden ist.«

Mason sah ihn mit kummervoller Mißbilligung an.

»Es ist nicht, wie Sie denken, Mr. Mason. Es ist eine lange Geschichte und . . .«

»Also erzählen Sie sie schon, und machen Sie es kurz«, sagte Mason. »Wie kommen Sie zu Dixie Dayton?«

»Sie ist eine Art angeheiratete Verwandte.«

»Wie das?«

»Thomas E. Sedgwick ist mein Halbbruder. Sagt Ihnen das was?«

»Das sagt mir eine ganze Menge«, knurrte Mason.

»Sedgwick war Buchmacher. Einer von den smarten Jungs. Ich habe ihn gewarnt. Er liebte Dixie. Sie hat ihn gewarnt. Wir haben unentwegt versucht, den Jungen geradezubiegen. Ohne Erfolg. Er dachte, daß er schlau war. Sicher, er zahlte Protektion. Und wenn schon? Er dachte, er hätte damit eine Lizenz. Aber man kriegt keine Lizenz durch Protektion. Man kriegt Schwierigkeiten. Man kriegt eine Weile Geld, ja, aber dann kriegt man eben Schwierigkeiten. Na ja. Tom kriegt also Schwierigkeiten. Er hört nicht auf uns. Ein neuer Polizist setzt sich auf die Fährte. Er kriegt einen Tip über Tom. Er faßt nicht zu. Tom konnte ausweichen. Er will Tom kriegen, damit er den Protektionsschwindel beweisen kann. Das ist die Kiste.«

»Claremont war im Bilde?«

»Über Tom ja, denke ich.«

»Über den Protektionsschwindel, meine ich.«

»Da hatte er nur einen Verdacht. Deshalb will er ja Tom. Er will, daß Tom singt, daß er vor dem Schwurgericht singt. So ein Durcheinander! Er hat Tom fest in der Zange. Und dann tut er überhaupt nichts. Tom dachte, er will vielleicht Geld. Er will gar kein Geld. Er will, daß Tom singt. Tom ist blöd. Wie ich Ihnen sage, Mr. Mason, der Junge denkt wirklich, daß Protektion Lizenz ist. Aber die Protektionsleute sind nicht so blöd. Die kommen dahinter und sagen Tom, daß er abhauen soll, bis der Sturm vorbei ist. Dieser Polizist ist schlau. Er ist dem Protektionsgeschäft auf die Spur gekommen.«

»Wer stand dahinter?«

»Fayette. Er war der Mittelsmann.«

»Und was weiter?«

»Also Tom kann keine Vorladung riskieren. Sie wissen, was passiert, wenn Tom eine Vorladung vors Schwurgericht kriegt. Also verkauft er alles und haut ab.«

»Und dann?«

»Man sagt, dieser Polizist war schlau. Er hat Tom beobachtet, bis er das getan hat. Und wie Tom nun am Verkaufen und Abhauen ist, greift er zu. Man sagt, daß Tom ihn umgelegt hat. Ich weiß es nicht. Tom schwört, daß er es nicht getan hat. Dixie glaubt an ihn.«

»Ach wirklich?« sagte Mason. »Und wie hat Ihnen Dixie die Tatsache erklärt, daß Tom Claremonts Dienstwaffe bei seiner wohlbehüteten Hinterlassenschaft hatte?«

Alburg sprang auf wie von einem elektrischen Schock. »Was hatte?« schrie er.

»Immer mit der Ruhe«, sagte Mason. »Sie hatte Claremonts Waffe.«

Alburg faßte sich an den Kopf. »Nun ist's aus! Nun sind wir wirklich drin. Dann hat ihn Tom doch umgelegt.«

»Jedenfalls sieht es so aus«, meinte Mason.

»Du lieber Gott, was für ein Schlamassel! Und außerdem, verdammt noch mal, sitze ich mitten drin mit Tom und Dixie!«

»Und wie«, bestätigte Mason. »Und wenn Sie schon Inventur machen, können Sie mich mitzählen.«

»So ein Schlamassel!«

»Nur kein Selbstmitleid jetzt, Morris. Keine Zeit dafür. Was ist mit Fayette. Haben Sie ihn getötet?«

»Nein, nein, natürlich nicht. Ich – ich bringe keinen um.«

»Sie sagen, die Polizei hat den Revolver bei Ihnen gefunden?«

»Ja.«

»Woher wissen Sie, daß es der Revolver ist, mit dem Fayette erschossen wurde?«

»Das sagte die Polizei.«

»Wann?«

»Vor einer Viertelstunde. Deshalb bin ich ja hier. Sie wollten erst den ballistischen Test haben. Als sie ihn hatten, haben sie mich eingelocht, und dann ließen sie mich anrufen.«

»Seit wann hatten Sie den Revolver?«

»Das ist es ja. Ich hatte ihn erst – seit der Schießerei.«

»Erzählen Sie mir endlich die ganze Geschichte.«

»Wo soll ich anfangen?« fragte Alburg.

»Am Anfang und bitte wirklich am Anfang!«

»Von Tom Sedgwick habe ich Ihnen schon erzählt.«

»Lassen Sie ihn jetzt aus dem Spiel. Erzählen Sie mir von Dixie. Alles von ihr.«

»Tom und Dixie . . .«

»Sind sie verheiratet?«

»Ja also, das ist nicht so einfach, Mr. Mason. Tom war schon ver-

heiratet. Da waren Schwierigkeiten mit der Scheidung. Sie können es ihm und Dixie nicht übelnehmen ...«

Mason sagte: »Seien Sie kein Idiot, Morris. Das letzte, woran ich im Moment interessiert bin, ist Moral. Wenn sie verheiratet sind, können sie nicht gegeneinander aussagen, wenn sie es nicht sind ...«

»Sie sind es nicht.«

»Also gut. Erzählen Sie mir alles über Dixie, über ihre Rückkehr zum Beispiel.«

»Also, ich höre nichts von Tom oder Dixie. Ich bin zu Tode verängstigt. Polizistenmord, Mr. Mason! Sie wissen, was das heißt. Dann urplötzlich spaziert Dixie ins Lokal. Ich muß mich an einem Tisch festhalten. Meine Knie sind überhaupt nicht mehr da. Sie gibt mir einen kühlen Blick als Tip, daß ich sie als Fremde behandeln soll. Dann sagt sie, daß sie einen Job will.«

»Was haben Sie gemacht?«

»Ich habe ihr einen Job gegeben. Ich mußte ja. Tom war pleite und krank. Er ist dran. Die Polizei wußte nichts von Dixie.«

»Dixie Dayton ist nicht ihr wirklicher Name?«

»Dixie ja, ihr Vorname. Der andere natürlich nicht.«

»Und ihre Sozialversicherungsnummer war gefälscht?«

»Ja.«

»Und der Pelzmantel?«

»Das tut mir schrecklich leid. Sie läßt ihn bei mir, und ich wickle ihn ein und verstaue ihn in einem Schrank. Ich denke überhaupt nicht an Motten. Ich denke an mich. Sie ist dran, und ich habe Angst. Ich halte ihn versteckt, so daß ihn keiner sehen kann. Sie kommt zurück. Sie will ihren Mantel. Ich bringe ihn heraus ... Na, Sie haben es ja gesehen.«

»Und was hat sie gesagt?«

»Sie sagt gar nichts. Sie zieht ihn an. Sie weint wie ein Schloßhund, wenn sie denkt, daß ich sie nicht sehe.«

»Warum ist sie hierher zurückgekommen?«

»Ich sage Ihnen doch, Tom hat Tbc. Sie sind erst oben in Seattle. Im Winter regnet es und ist kalt. Tom konnte es nicht mehr vertragen. Dixie sagt, sie mußten zurückkommen. Sie hofften, daß sie hier keine Schwierigkeiten kriegten, aber, wenn er da oben geblieben wäre, wäre er so sicher wie nur was gestorben. Dixie hat Einfälle. Wenn sie einen hat, dann kann man sie nicht davon abbringen. Mein Arzt sagt, daß Seattle im Winter feucht ist, aber die Leute da leben bis in die Ewigkeit. Dixie denkt, Tom wird sterben, wenn er noch einen Winter da bleibt. Vielleicht hat sie recht. Vielleicht nicht. Sie denkt jedenfalls, daß sie recht hat. Ich weiß es nicht. Dixie denkt,

alles geht in Ordnung, sie kann zurückkommen, keiner erfährt es. Sie hat Tom versteckt – aber gut. Dixie ist verflucht schlau, ein wirklich schlaues Frauenzimmer – vom Besten!«

»Sie war jedenfalls nicht schlau genug, sich . . .«

»Ja, gewiß. Fayette. Er wußte über Dixie Bescheid. Die Polizei nicht. Fayette muß mein Lokal bewacht haben – die Polizei nicht.«

»Wer ist eigentlich Fayette genau?« fragte Mason.

»Fayette«, sagte Alburg, »kümmert sich um die Protektionsgelder. Ich habe keine Ahnung, wer er ist. Den Namen kenne ich, das ist alles. Dixie kommt heraus, um die Kunden zu bedienen. Sie sieht ihn da allein an einem Tisch sitzen. Sie ist beinahe umgekippt . . . Fayette ist ein Killer. Er hatte Tom gesagt, wenn Tom jemals zurückkommt oder eine Vorladung vor ein Schwurgericht kriegt, dann bumst es, und . . .«

»Dixie lief also aus der Hintertür hinaus.«

Alburg nickte. »Sicher. Sie dachte, sie würden sie foltern, um aus ihre rauszukriegen, wo Tom war.«

»Ich werde das nie begreifen«, sagte Mason. »Wenn es einen Protektionsring gab, muß es Hunderte von Kerlen gegeben haben, die gezahlt haben, und . . .«

»Aber nur einen Polizistenmord, Mr. Mason. Ich kann nichts beweisen. Dixie kann nichts beweisen. Aber wir denken beide, Fayette hat den Polizisten umgelegt. Wenn Tom zurückkommt und er kriegt vielleicht einen guten Anwalt . . . Ach, was soll's.«

»Schön, jetzt weiter. Erzählen Sie, was passierte.«

»Was passierte?« explodierte Alburg. »Alles passierte. Erst sitze ich dumm da, dann fällt mir das Dach auf den Kopf. Dixie sagt, keiner weiß, daß Tom zurück ist. Keiner wird es jemals rauskriegen, wo er ist. Dann sind sie schon hinter ihr her. Sie rennt hinaus; sie wird beinah umgebracht. Die Polizei kommt. Sie wissen nicht, daß Tom mein Halbbruder ist, aber sie wissen, daß da irgendwas nicht in Ordnung ist. Sie wissen nicht, wer Dixie ist, aber sie werden es rauskriegen. Ich fange an, mich abzusetzen. Da ist eine Bar, wo ich einen Freund habe. Der wird mich immer schützen. Dixie kennt die Bar. Sie ruft mich an. Ich sage ihr, sie soll sich versteckt halten. Ich bleibe in Deckung. Es ist verteufelt.«

»Weiter«, sagt Mason.

»Dann ruft irgendeine Frau da an. Sie sagt der Kassiererin, der ich trauen kann, daß sie mir eine Nachricht geben muß. Die Kassiererin ist clever. Sie sagt, daß sie ihr die Nachricht geben soll. Das Mädchen sagt ihr, daß ich eine bestimmte Nummer anrufen und nach Mildred fragen soll.«

»Und das haben Sie gemacht?«

»Sicher. Ich geh zu einem Automaten und rufe die Nummer an. Ich sage ›Wer, zum Teufel, ist Mildred?‹«

»Und dann?«

»Ich denke, es ist eine Falle. Vielleicht kommen Polizisten zur Tür rein. Ich bin in einem Automaten, wo ich schnell raus kann.«

»Weiter.«

»Dies Mädchen Mildred, sie will mit mir reden. Ich sage ihr, sie soll es vergessen. Ich habe keine Zeit zum Reden. Schnell, was sollen wir tun? Sie sagt: ›Seien Sie kein Dummkopf. Sie sind dran. Dixie ist dran. Ich weiß, wer den Polizisten umbrachte.‹ Ich denke, es ist eine Falle. Ich sage: ›Ja, Sie wissen alles. Wer hat denn den Polizisten umgebracht!‹ Sie sagt: ›George Fayette.‹ Ich frage sie, woher sie das weiß. Was hat das mit ihr zu tun? Sie sagt, Fayette hat sie reingelegt. Er hat sie mit einer anderen Frau betrogen. Sie will es sich nicht gefallen lassen. Soll Fayette dran glauben. Wenn ich sie im Keymont Hotel treffe, wird sie mir die Geschichte erzählen. Sie will mir Beweise geben. – Was hätten Sie denn gemacht?«

»Was ich gemacht hätte?« fragte Mason. »Ich hätte schleunigst meinen Anwalt angerufen.«

»So schnell nicht«, sagte Alburg. »Ich bin lange genug am Telefon gewesen. Ich will nicht, daß sie den Anruf nachkontrollieren können. Ich sage: ›Gut. Bleiben Sie unter dieser Nummer. Ich rufe wieder an!‹ Also, was mache ich? Vor einiger Zeit hat eine Kellnerin versucht, mich zu erpressen. Ich hole mir einen Detektiv. Er kriegt die ganze Geschichte auf Band, und die Kellnerin hat Pech gehabt, so einfach war das. Also sage ich mir: Ich werde clever sein. Ich werde eine Bandaufnahme machen. Ich werde Mr. Mason holen.«

Mason runzelte die Stirn. »Angenommen, es wäre eine Polizeifalle gewesen?«

»Und wenn schon! Ich muß die Chance nehmen. Ich bin dran. Ich kann nicht in mein Restaurant zurück. Das Restaurant ist mein Geschäft. Wenn ich nicht zurückgehe, verliere ich mein Geschäft. Ich muß irgendwas tun. Noch was, was Sie nicht wissen. Diese Dixie kann auf eine Nummer gucken, und wupps, hat sie sie behalten. Wenn Dixie für mich arbeitet, brauche ich kein Telefonbuch. Ich zeige ihr einmal eine Nummer, und sie behält sie. Für Nummern ist sie immer gut. Alles, was mit Zahlen zu tun hat.«

»Weiter«, sagte Mason.

»Als sie aus der Hintertür vom Lokal rausrennt, weg von Fayette, sieht sie den Wagen kommen. Sie sieht die Nummer vom Nummernschild vorn. Dann ist da der Mann mit dem Revolver. Sie rennt, und

er schießt, aber sie behält die Autonummer. Sie sagt sie mir. Ich bin auch schlau. Ich habe Beziehungen. Ich sehe sie nach. Der Wagen ist eingetragen unter Herbert Granton. Dixie erinnert sich, daß Granton ein Name ist, den Fayette manchmal benutzt, wenn er in anständig macht. Wir haben also ein As im Spiel. Vielleicht kann uns ein kluger Anwalt was Gutes tun, wenn er den Wagen findet und ein Loch von einer Kugel drin ist.«

»Weiter.«

»Also schicke ich den Detektiv erst mal ins Keymont Hotel. Er sieht sich um. Er bringt die Anlage an. Er sagt, er wird irgendwo sein, wo er mithören kann. Alles ist fertig. Ich warte bis nach Mitternacht, dann rufe ich dieses Mädchen an. ›Also gut, Mildred, kommen Sie ins Keymont. Zimmer 721.‹«

»Das Mädchen hatte zuerst vom Keymont Hotel gesprochen?«

»Ja.«

»Waren Sie nicht mißtrauisch, dahin zu gehen?«

»Klar war ich mißtrauisch, aber was will man machen? Ich hatte ihr gesagt: ›Nicht im Keymont. Irgendwo anders.‹ Sie sagte: ›Nein, ich habe Angst. Fayette wird mich umbringen, wenn er denkt, daß ich ihn reinlegen will. Dann radiert er uns beide aus. Ich bin im Keymont, und ich traue mich nicht heraus. Sie nehmen sich ein Zimmer im Keymont und sagen mir, wo es ist. Ich komme zu Ihnen. Ich werde Ihnen Beweise geben.‹ Ich nehme also dieses Zimmer 815. Ich nehme es für Dixie. Ich trage sie ein als Mrs. Madison Kerby und zahle in bar.«

»Jetzt wird mir manches klar«, sagte Mason, »aber warum ... Na ja, lassen wir das jetzt. Erzählen Sie weiter.«

»Also, ich rufe Sie an. Ich kriege Sie. Ich lasse das Mikrophon im Zimmer anbringen. Ich verabrede mich mit dem Mädchen. Wir gehen in das Zimmer.«

»Hatten Sie eine Pistole bei sich?« fragte Mason.

»Klar hatte ich eine Pistole. Warum nicht?«

»Schon gut. Weiter.«

»Ich will Sie die ganze Zeit da haben. Wenn es Polizei ist, können Sie der smarte Anwalt sein. Wenn es eine Zeugin ist und sie wirklich Beweise hat, können Sie sie festnageln.«

»Und was passierte dann?«

»Ich bin unruhig. Die ganze Zeit mache ich mir Sorgen. Je älter ich werde, desto mehr Sorgen mache ich mir. Ich denke an dies, ich denke an das. Immer habe ich Sorgen. Zuviel Steuern, zuviel Verantwortung, zuviel Sorgen mit den Angestellten. Die Geschäftsunkosten zu hoch. Sorgen, Sorgen, Sorgen. Immerzu nichts als Sorgen.«

»Weiter, Morris.«

»Ich mache mir also Sorgen, daß Sie meinen Anruf kriegen und sich wieder schlafen legen. Das wäre eine schlimme Sache. Als wir im Keymont sind, gebe ich Dixie die Nummer, wo wir Sie erreichen. ›Paß auf, daß Mr. Mason nicht wieder schlafen geht‹, sage ich.«

»Sie haben Dixie die Nummer gegeben?«

»Sicher hat Dixie die Nummer. Sie war mit mir. Ich sage Ihnen doch, sie behält Nummern wie nichts. Dixie ist also am Telefon. Sie hat gerade den Nachtportier und will die Nummer sagen, als die Tür aufgeht. Zwei Männer und eine Frau kommen rein, und ich weiß im Augenblick, wo ich sie sehe, daß ich auf den Leim gekrochen bin. Ich lange nach meiner Pistole. Dixie ist schlau. Sie sagt ins Telefon: ›Rufen Sie die Polizei.‹ Das war zum Portier. — Dann kriegt einer Dixie zu fassen. Sie legen ihr eine Hand über den Mund.«

»Und Ihre Pistole?«

»Meine Pistole!« Alburg lachte sarkastisch. »Meine Pistole liegt auf dem Bett. Zwei Männer mit Pistolen in den Händen. Eine Pistole auf dem Bett ist nicht viel wert gegen eine Pistole in der Hand.«

»Warum haben Sie dem Detektiv, der in dem andern Zimmer mithörte, nicht irgendein Zeichen gegeben?«

»Weil sie zu verdammt schlau waren. Sie wissen so gut wie ich, daß in dem Zimmer ein Mikrophon ist. Jedesmal, wenn ich versuche, irgendwas zu sagen, legt einer der beiden Männer den Finger an die Lippen und drückt mir die Pistole zwischen die Rippen. Dann versuche ich anzugeben und trotzdem irgendwas zu sagen, und dann haut mir einer der Kerle eine rein. Mir ist übel bis in den Magen vor Schmerzen. Meine Knie sind Scharniere, die nicht funktionieren. Das ist die Geschichte.«

»Das ist noch lange nicht die Geschichte«, sagte Mason. »Weiter. Was passierte dann?«

»Was schon? Wir gehen zum Frachtenlift. Sie nehmen uns mit dem Frachtenlift runter. Ein Auto steht im Hinterhof. Ich werde in den Rücksitz gestoßen und dann auf den Boden. Sie stellen ihre Füße auf mich. So ist dieser Polizist damals umgebracht worden. Sie haben ihn in den Wagen gebracht und mit den Füßen unten gehalten und ihm dann ein Loch in den Kopf geschossen.«

»Weiter, Morris.«

»Wir fahren in ein Apartmenthotel. Wir fahren mit dem hinteren Lift hoch, aber ich bin schlau. Ich muß mir die Hände waschen gehen. Im Badezimmer ist ein Handtuch. Der Name von dem Apartmenthotel ist drauf.«

»Wissen Sie ihn noch?«

»Natürlich weiß ich ihn noch. Es ist das Bonsal. Bonsal. Und ich bin in Nr. 609-B.«

»Und dann?«

»Dann, nach einer ganzen Weile fahren wir wieder runter. Sie fahren mich spazieren. Wir fahren auf einer Seitenstraße aus der Stadt raus. Ich bin immer noch unten auf dem Boden. Einer zieht eine Pistole und richtete sie auf meinen Kopf. Ich bin bereit zu kämpfen, und genau da schreit der Fahrer ›Vorsicht‹ und haut die Bremsen rein.«

»Was war denn passiert?«

»Ich weiß nicht, was passiert war. Ich weiß, was dann passierte. Ich auf dem Boden, der Mann mit der Pistole wird gegen den Vordersitz geworfen, ich erwische die Pistole. Das Auto hält an. Ich wie ein geölter Blitz aus der Tür raus. Ich halte die Pistole. Ich sage ›Hebt sie hoch, ihr Kerle‹, und dann bin ich im Unterholz verschwunden wie ein angeschossenes Wild.«

»War da Unterholz?«

»Wir haben auf einem steilen Hang in einem Park gehalten. Da ist dichtes Unterholz und der Wagen genau am Rand des Steilhangs. Ich davon wie ein Wild, sage ich Ihnen. Wie ich gelaufen bin! Dann bin ich gelaufen und gelaufen und gelaufen. Ich nehme einen Bus. Ich warte noch eine Weile, damit auch sicher jemand bei Ihnen im Büro ist. Ich will Sie anrufen, aber ich bin nicht wie Dixie. Ich habe die Nummer vergessen, die Sie mir gegeben haben. Also sitze ich ein bißchen in einer schmierigen Kneipe herum. Ich warte. Dann hole ich ein Taxi. Ich fahre zu Ihrem Büro, und sie schnappen mich.«

Mason überdachte die Situation. »Haben Sie schon mit der Polizei gesprochen?«

»Sicher habe ich mit der Polizei gesprochen. Ich habe sie zu dem Ort geführt, wo ich aus dem Wagen raus bin, und habe ihnen die Spuren gezeigt.«

»Haben sie die Spuren gesehen?«

»Klar haben sie die Spuren gesehen, Sie sehen, wo ich wie ein Hase den Hang hinuntergesprungen bin, vierzehn Meter, und sie lachen mich aus und sagen, man kann überall Spuren hinterlassen.«

»Und was dann?«

»Dann sind wir ins Bonsal Apartmenthotel. — Aber ich weiß nicht. Die Polizei fährt rauf in Nr. 609-B. Sie erzählen mir nichts. Ich denke schon, daß irgend etwas stinkt. Sie tun so, als hätten sie mich in der Schlinge.«

»Und diese Geschichte haben Sie der Polizei erzählt, so wie Sie sie mir jetzt erzählen?«

»Ja. Es ist meine Geschichte.«

»Hat die Polizei das, was Sie erzählt haben, im Stenogramm festgehalten?«

»Ja.«

»Dann«, sagte Mason, »ist es mehr als Ihre Geschichte, dann sind Sie darauf festgenagelt.«

13

Mason wollte gerade das Gefängnis verlassen, als der Mann in der Anmeldung sagte: »Da ist ein Gespräch für Sie, Mr. Mason. Möchten Sie es annehmen?«

»Wahrscheinlich nicht«, meinte Mason.

»Es ist jemand hier im Gefängnis.«

»Sie haben ein paar tausend Leute hier. Ich könnte mir vorstellen, daß mich ungefähr fünfzehnhundert davon sprechen wollen, alle in der Hoffnung, daß ich für sie den Weg hinaus finde. Können Sie nicht den Namen des Anrufers feststellen?«

»Es ist eine Frau. Sie ist in der Frauenabteilung. Sie sagt, ihr Name sei Dayton.«

Mason runzelte die Stirn und überlegte. »Geben Sie mir den Apparat.«

»Hallo«, sagte er ins Telefon. »Wer ist dort?«

»Dixie Dayton.«

»Welche?«

»Was meinen Sie damit?«

»Ich habe schon einmal mit einer jungen Frau gesprochen, die behauptete, sie sei Dixie Dayton und die . . .«

»Oh, Mr. Mason! Das war eine Falle, die man Ihnen gestellt hat, nachdem man mich entführt hatte. Ich habe Sie in Morris' Restaurant gesehen und Sie mich — vielleicht nicht bewußt, aber Sie werden sich an mich erinnern, wenn Sie mich sehen. Sie und Miss Street gingen gerade an mir vorbei, als — als ich versuchte wegzulaufen und . . .«

»Wo sind Sie jetzt?«

»Im Frauengefängnis.«

»Seit wann sind sie da?«

»Seit ungefähr neun Uhr heute früh.«

»Und was wollen Sie von mir?«

»Ich möchte mit Ihnen sprechen über — über das, was passiert ist.«

»Warum haben Sie mich nicht früher angerufen?«

»Man hat mich nicht gelassen. Man hat mich an verschiedene Orte gebracht, und die Polizei hat mich irgendwo vorgeführt, damit mich irgend jemand identifizierte.«

»Ich komme«, sagte Mason.

Er hing auf, bedankte sich bei dem diensttuenden Beamten in der

Anmeldung, nahm den Lift zur Frauenabteilung und erklärte dort: »Sie kennen mich. Ich bin Anwalt. Ich möchte Dixie Dayton sprechen. Brauche ich eine Sprecherlaubnis?«

Die Aufsicht lächelte und sagte: »Alles für Sie vorbereitet, Mr. Mason. Ich wußte, daß sie Sie sehen wollte, und als ich hörte, daß Sie im Haus seien, schickte ich nach einer Sprecherlaubnis. Es ist alles in Ordnung. Sie können hinein.«

»Alle Achtung, Sie sind hier ja wirklich hilfsbereit«, sagte Mason anerkennend.

»Wir bemühen uns.«

Mason setzte an, um etwas zu sagen, unterließ es dann und ging in den Raum, in dem eine junge Frau, die ungeduldig gewartet hatte, freudig aufsprang.

»Oh, Mr. Mason, ich bin so froh, daß Sie gekommen sind! So froh!«

Mason sah sie sich an. »Sie haben ganz schön lange gebraucht, bis Sie sich mit mir in Verbindung gesetzt haben.«

»Ich habe es getan, sobald man mich ließ.«

»Ich spreche nicht von heute. Was haben Sie in der vergangenen Nacht gemacht?«

»Ach, Mr. Mason, das war furchtbar. Morris und ich wurden mit vorgehaltener Pistole aus dem Keymont Hotel entführt.«

»Wer hat das getan?«

»Ich weiß nicht, wer die Leute waren, aber George Fayette steckte dahinter.«

»Und Fayette ist tot«, sagte Mason, »er kann es also nicht mehr abstreiten.«

»Sie glauben mir nicht?« fragte sie, plötzlich von seinem Ton betroffen.

Mason erwiderte: »Ich glaube einem Klienten grundsätzlich, aber immer, wenn ich die Darstellung eines Klienten anhöre, überlege ich mir, wie eine Jury auf eben die gleiche Geschichte reagieren würde ... Ich habe gerade mit Morris Alburg gesprochen. Kein Mensch wird seine Geschichte glauben.«

»Was stimmt denn an seiner Geschichte nicht?«

»Nichts. Alles ist unglaubwürdig.«

»Dann werden Sie meine auch nicht glauben«, sagte sie kläglich. »Ihre eigene Zeugin hat mich dazu noch identifiziert.«

»Was für eine Zeugin?« fragte Mason scharf.

»Das Mädchen, das Sie beauftragten, die Frau zu verfolgen, die bei Ihnen in dem Zimmer war.«

»Sie identifizierte Sie?«

»Ja.«

»Passen Sie gut auf jetzt«, sagte Mason, »das ist wichtig. Wurde sie zu Ihnen in die Zelle gebracht, um Sie zu identifizieren, oder hat sie Sie innerhalb einer Reihe unter mehreren bezeichnet?«

»Innerhalb einer Reihe.«

Mason zog die Augenbrauen zusammen. »Als ich mit Morris Alburg sprach, gab er mir einen Gesamtüberblick. Erzählen Sie mir jetzt, was mit Ihnen geschah, nachdem Sie von Morris getrennt wurden.«

»Man hat mich in ein Apartment gebracht im ...«

»Ich weiß, im Bonsal Apartmenthaus.«

»Ja, das hatte ich auch gedacht. Das war der Name auf den Handtüchern, aber ich glaube nicht, daß es die Bonsal Apartments waren.«

»Warum nicht?«

»Weil – als ich von der Polizei zum Bonsal Apartmenthaus gebracht wurde ... es war nicht das gleiche.«

»Was dann?« fragte Mason.

»Man behandelte mich ganz gut. Sie ließen Kaffee und Eier und Schinken heraufbringen und erlaubten mir, mich frei in dem Apartment zu bewegen. Nur die Vorhänge waren vor die Fenster gezogen, und ich wurde gewarnt, sie nicht zu berühren, wenn mir nichts passieren sollte.«

»Ich weiß«, sagte Mason. »Man ließ sie also in Ruhe, und Sie gingen ins Badezimmer. Dort fanden Sie Handtücher mit dem Namen ›Bonsal Apartments‹. Sie nahmen eins mit als Beweis.«

»Nein, ich nahm keins mit. Ich hatte Angst, daß sie die Handtücher zählen würden und bemerken, das eins fehlte. Aber ich merkte mir den Namen.«

»Weiter, was geschah dann?«

»Als es dann heute morgen hell wurde, brachten sie mich mit dem Lastenlift zum hinteren Ausgang hinunter, der in einen Hof hinausführte. Ich mußte mich auf den Boden eines Autos legen und ...«

»Ich weiß«, sagte Mason. »Sie konnten entfliehen. Man wollte Sie spazierenfahren, um Sie zu töten, aber man paßte nicht auf ...«

Dixie Dayton schüttelte den Kopf.

»War es nicht so?« fragte Mason.

»Nein.«

»Also gut, dann erzählen Sie mir, wie es wirklich war.«

Dixie berichtete. »Sie fuhren mich zum Flughafen. Sie sagten, daß es ihnen leid täte und daß sie sich in meinem Fall schrecklich geirrt hätten und jetzt wüßten, ich wäre in Ordnung. Aber trotzdem sollte ich lieber die Stadt verlassen, weil die Polizei nach mir suchte.«

»Was waren das für Leute?« fragte Mason.

»Leute, die ich nie vorher gesehen hatte.«

»Männer?«

»Ja.«

»Haben sie Sie in irgendeiner Weise belästigt?«

»Nein, sie waren ganz Gentleman.«

»In dem Apartment wurden Sie aber als Gefangene festgehalten?«

»Ja.«

»Und dann führten sie Sie wieder hinaus und sagten Ihnen, daß sie sich geirrt hätten?«

»So ähnlich jedenfalls. Sie sagten, ich wäre in Ordnung, und sie wollten mich gehen lassen.«

»Und das Ende der Geschichte?«

»Sie gaben mir ein Flugbillett nach Mexico City, sagten mir, daß das Flugzeug in einer Viertelstunde abfliege und daß ich nun schnell an Bord gehen solle.«

»Und was haben Sie gemacht?«

»Es klang nach einer großartigen Idee. Ich wollte so weit weg wie möglich, und Mexico City schien genau das Richtige zu sein.«

»Wurde Ihnen nichts von Morris gesagt, oder haben Sie nicht nach Morris gefragt?«

»Sie sagten mir, daß sie Morris auch laufen lassen würden. Er würde mich in Mexico City treffen. Sie sagten mir, daß ich ins Reforma Hotel gehen sollte, wo Morris entweder schon wäre, wenn ich ankäme, oder wo er mit dem nächsten Flugzeug eintreffen würde. Vielleicht würde er auch dieses Flugzeug hier schaffen.«

»Haben Sie eine Erklärung verlangt?«

»Mr. Mason«, sagte sie. »Ich war eine Gefangene. Ich hatte nie geglaubt, daß ich da jemals wieder lebendig herauskommen könnte. Das Flugzeug sollte in einer Viertelstunde abfliegen. Ich konnte von diesen Leuten wegkommen. Ich dachte, sie könnten es sich vielleicht noch anders überlegen. Fünf Minuten vorher war ich überzeugt gewesen, daß ich höchstens noch ein paar Stunden zu leben hatte . . . Was hätten Sie denn an meiner Stelle getan?«

Mason antwortete. »Ich wäre zum Flughafen und an Bord der Maschine nach Mexico City gegangen.«

»Genau das versuchte ich auch zu tun.«

»Und was hinderte Sie daran?«

»Ein Mann in Zivil.«

»Wo war er?«

»Er wartete am Eingang zum Flughafen.«

»Und was tat er?«

»Er verhaftete mich und brachte mich ins Gefängnis. Man hat mich dort endlos ausgefragt.«

»Was haben Sie ausgesagt?«

»Nicht allzuviel. Ich versuchte jemanden zu decken. Sie wissen ja, wen.« Sie zögerte.

Mason wollte sie weiter ausfragen.

»Keinen Namen, bitte!« flüsterte sie.

»Jemanden, den Sie lieben?«

»Ja.«

»Na schön«, sagte Mason. »Was haben Sie also der Polizei erzählt?«

»Ich berichtete, was passiert war.«

»Alles das mit dem Bonsal Apartmenthotel?«

»Ja.«

»Und hat man Sie dann dahin gefahren?«

»Ja.«

»Wußten Sie die Nummer des Apartments, in dem Sie gewesen waren?«

»Die Nummer nicht, aber ich wußte, wo es gewesen war. Ich wußte, daß wir im vierzehnten Stock aus dem Lift ausstiegen und in das erste Apartment rechts gingen.«

»Wie war es, als Sie es wiedersahen?«

»Der Lift schien nicht ganz der gleiche zu sein, und – na ja, in dem ersten Apartment rechts war ein älteres Ehepaar, das seit zehn Jahren dort wohnte. Sie schienen hundertprozentig glaubwürdige Leute zu sein, und sie schworen, daß sie den ganzen Abend nicht fortgewesen waren, daß sie vor dem Fernsehschirm gesessen hatten und gegen zehn Uhr ins Bett gegangen waren.«

»Hat die Polizei Sie nach der Waffe gefragt?«

»Nach welcher Waffe?«

»Nach der in Seattle.«

Sie legte entsetzt den Finger an ihre Lippen, in ihre Augen stieg Panik auf. »Eine Waffe in Seattle, Mr. Mason? Ich weiß wirklich nicht, wovon Sie sprechen. Ich habe nicht die geringste Ahnung.«

»Worauf lautet die Anklage gegen Sie?« fragte Mason.

»Ich glaube, ich bin noch gar nicht richtig angeklagt. Ich werde nur unter dem Verdacht der Ermordung von George Fayette hier festgehalten, Beihilfe oder so was. Man denkt, daß Morris und ich das zusammen gemacht haben.«

»Hat man Ihnen gesagt, was für Beweismaterial gegen Sie vorliegt? Hat man versucht, Ihre Aussage zu erschüttern? Ihnen vorgehalten, daß Sie da oder dort, an verschiedenen Orten gesehen worden seien?«

Sie schüttelte den Kopf. »Nichts von alledem. Nein.«

»Und man hat sie bestimmt nicht nach der . . .«

Ihr Finger kam wieder an ihre Lippen. Sie sah sich ängstlich um: »Mr. Mason, bitte!«

»Schon gut«, brummte Mason.

»Mr. Mason, werden Sie mich vor Gericht vertreten?«

»Wahrscheinlich.«

»Und glauben Sie, daß alles wieder gut werden wird?«

»Das«, erklärte Mason, »hängt ganz davon ab, ob die Jury Ihre Geschichte glaubt oder nicht.«

»Meinen Sie nicht, daß mir die Jury glauben wird?«

»Teufel, nein! Diese Geschichte nicht!«

14

Mason marschierte in seinem Büro auf und ab. »Der Alptraum eines Anwalts, diese Geschichte!«

Della Street nickte voller Mitgefühl.

»Mit einer solchen Geschichte im Zeugenstand«, sagte Mason, »wandern meine Klienten wie nichts in die Todeszelle, und ich bin das Gespött der ganzen Stadt!«

»Wieso eigentlich?« fragte Della Street trotzig. »Woher wollen Sie wissen, ob die Geschichte nicht doch wahr ist?«

»Das weiß ich ja eben nicht. Sie klingt aber ganz genau nach der Art Geschichte, die sich ein Anwalt selbst zusammenzimmern würde. Eben die Sorte von Geschichte, die alles erklärt und die durch und durch unwahrscheinlich ist.«

Paul Drake schlug vor: »Und wenn du sie die Geschichte gar nicht erst erzählen ließest, Perry?«

»Das Blödsinnige ist doch«, fuhr Mason angewidert auf, »daß sie sie bereits erzählt haben. Die Zeitungen sind voll davon.«

»Weiß ich. Ich meine nur: im Zeugenstand.«

Mason antwortete: »Im allgemeinen kennt das Publikum die Geschichten schon im voraus. Wenn ich jetzt meine Klienten vom Zeugenstand fernhalte und erkläre, daß es Sache der Anklage ist, ihren Fall unwiderlegbar zu beweisen, kannst du dir ausmalen, was sich die Leute dann denken werden. Sie denken dann, die Geschichte wäre so haarsträubend, daß der eigene Anwalt Angst hat, seine Klienten damit ins Kreuzverhör zu bringen.«

»Was wirst du also tun?« fragte Drake.

»Mir wäre verdammt wohler, wenn ich das wüßte. Weißt du, die Geschichte könnte zwar wahr sein. Irgendein superschlauer Mörder

könnte es sorgfältig darauf angelegt haben, daß diese beiden von der Polizei geschnappt würden und dann eine Geschichte erzählen müßten, die gerade gut genug wäre, als Eigenfabrikat eines zweitklassigen Anwalts zu klingen, und schlecht genug, um sie vor einer Jury mit einem erstklassigen Mordverdacht aufsitzen zu lassen.«

»Und Sie könnten nicht versuchen, eine Jury davon zu überzeugen, daß genau das der Fall gewesen ist?« fragte Della Street.

»Das weiß ich eben nicht«, sagte Mason bekümmert. »Ich bezweifle es, daß ich das kann.«

Er drehte sich zu Paul Drake um. »Paul, wir haben noch eine Chance. Eine verflucht kleine Chance zwar, aber die wäre, das Mädchen zu finden, das mit mir in dem Zimmer war, das Mädchen, das behauptete, Dixie Dayton zu sein.«

»Tja«, meinte Drake. »Wo fange ich da nun an zu suchen?«

»Fang damit an, die Vergangenheit von George Fayette durchzukämmen. Kriege alles über ihn heraus. Sieh dir jede Frau an, die jemals mit ihm zu tun hatte – aber du wirst trotzdem nichts finden.«

»Warum nicht?« fragte Della Street.

»Wenn die Geschichte, die man uns erzählt hat, wahr ist«, sagte Mason, »dann sind die Leute im Hintergrund zu gerissen, um irgendein Mädchen einzusetzen, daß jemals mit George Fayette zu tun gehabt hat. Dann war sie eine absolut Fremde. Jemand, an den niemand denken würde. Vielleicht sogar jemand aus einer anderen Stadt.«

»Und was tun wir, wenn wir sie finden sollten?« fragte Drake.
»Dann gehst du in den Zeugenstand und schwörst, daß du eine Unterhaltung mit ihr gehabt hast, und sie schwört, daß du das nicht gehabt hast, und dann kommt Minerva Hamlin und erklärt, daß du dich irrst.«

»Ich will nicht in den Zeugenstand gehen, Paul.«

»Warum nicht?«

»Das bringt mich in eine dumme Lage. Verteidiger und Zeuge zugleich sein, verstößt gegen die Berufsmoral.«

»Was ist denn daran nicht moralisch?«

»Die amerikanische Anwaltschaft mißbilligt es.«

»Laß sie es mißbilligen«, erwiderte Drake. »Mißbilligung tut nicht weh. Schlagen sie zu?«

»Nein. Sie mögen es nur nicht.«

»Ist es ungesetzlich?«

»Nein.«

»Ich finde, wir tun Minerva Hamlin unrecht«, meinte Drake. »Sie wird schon vernünftig sein. Es war nur ein kleiner Fehler, den sie begangen hat, und . . .«

»Sie redete reichlich schnell los«, erinnerte ihn Mason. »Man kann

sich ja vorstellen, was passiert ist. Sie haben ihr das Foto gezeigt, und sie gab eins dieser vorschnellen Urteile von sich — daß sie glaubte, es sei das Mädchen gewesen. Dann haben sie ihr gesagt, sie soll sich das Foto ganz genau ansehen, und bis sie dann Dixie Dayton in der Reihe vor sich sah, kannte sie das Foto so genau, daß sie sie daraufhin erkannte und nun einen Schritt weiterging und sie identifizierte.«

»So was kommt öfter vor«, sagte Drake. »Ich weiß auch, daß es der Polizei Sorgen macht. Sie kriegen auf diese Weise eine Menge falscher Identifizierungen, von denen die Öffentlichkeit nie etwas erfährt. Die Leute studieren das Foto irgendeines Verdächtigen so genau, daß ihnen die Gesichtszüge dann bekannt sind. Vor ein paar Wochen hatte die Polizei so einen Fall. Drei Leute, die sich das Foto eines Verdächtigen angesehen hatten, suchten den Mann aus der Reihe heraus und identifizierten ihn mit völliger Sicherheit. Später stellte sich dann heraus, daß der Mann zur Zeit des Verbrechens in San Francisco im Gefängnis gewesen war. Auch so einer von diesen Fällen von Identifizierungen nach Fotos.«

Mason nickte und wollte etwas sagen, aber das Telefon klingelte.

Della Street nahm den Hörer von der Gabel, gab ihn dann Drake. »Für Sie, Paul.«

Paul nahm das Telefon. »Hallo . . . Ja, hier ist er . . . Was ist das? . . . Oh, einen Augenblick. Setzen Sie sich da nichts Falsches in den Kopf . . . Soll das endgültig sein? Sind Sie ganz sicher? . . . Sie haben ihn da mißverstanden . . . Moment mal, wer ist da? . . . Was? . . . Nein, ich kann nur sagen, daß sich das Mädchen irrt. Wir wissen das ganz genau . . . Nein, ganz genau . . . Ich kann Ihnen nicht sagen, wieso. Sie können Mr. Mason anrufen, wenn Sie Einzelheiten wissen wollen.«

Drake knallte den Hörer auf, drehte sich zu Mason um und sagte: »Dieser verdammte, großkotzige, falsche Fuffziger von District Attorney!«

»Was hat er denn nun verbrochen?«

»Warte nur, du wirst schon hören, was er verbrochen hat!« sagte Drake aufgebracht.

»Bitte, ich warte.«

»Er hat Minerva Hamlin in seinem Büro. Das war sie eben am Telefon. Sie rief an von dort.«

»Ja und?«

»Sie erklärte mir in einem Ton, als ob sie von einer sorgfältig aufgesetzten Aussage, die sie vor sich auf dem Schreibtisch liegen hätte, abläse, daß sie ihre Stellung bei mir aufgeben würde, weil sie das Gefühl hätte, daß man sie unter unzumutbaren Druck setzte, um sie

im Zusammenhang mit der Identifizierung von Dixie Dayton zu einer Lüge zu veranlassen.«

»Das wird sich als Zeugenaussage wundervoll machen.«

»So warte doch ab, du hast ja noch nicht die Hälfte gehört! Ich wollte was dagegen sagen, aber sie erklärte: ›Das ist mein letztes Wort, Mr. Drake. Die Kündigung ist ab sofort wirksam, und ich habe bereits eine Stellung in einem der Regierungsbüros mit einem höheren Gehalt angenommen. Und hier ist jemand, der mit Ihnen sprechen möchte‹ ... Und dann kam dieser Kerl ans Telefon, ein Zeitungsreporter. Wollte einen Kommentar. Ihr habt ja gehört, was ich gesagt habe.«

»Ja, das haben wir«, bemerkte Della Street.

»Sie hätten erst hören sollen, was ich gedacht habe«, sagte Drake, fügte aber hastig hinzu: »Nein, lieber doch nicht.«

Mason sagte: »Also, es gibt jetzt nur noch eins. Ich werde mich möglichst lange mit Vorgeplänkeln herumschlagen und jeden nur möglichen Trick im Kreuzverhör anwenden, um nach einem schwachen Punkt in der Anklage zu suchen. Man kann Gift drauf nehmen, daß es aussichtslos ist, wenn man die Angeklagten in der üblichen Weise verteidigen will.«

15

District Attorney Hamilton Burger war ein Schrank von einem Mann, der es fertig bekam, sich mit einem Air salbungsvoller Würde zu umgeben und seiner besonderen Auffassung des Amtes, das er bekleidete, entsprechend anzuziehen. Er erhob sich, sobald die Strafsache aufgerufen wurde. »Ich möchte einige Vorbemerkungen machen, Euer Gnaden.«

»Bitte sehr«, sagte Richter Lennox.

»Ich möchte Einspruch gegen Mr. Perry Mason als Verteidiger der Angeklagten in diesem Prozeß erheben. Ich halte es für richtig, daß ihn das Gericht für befangen erklärt, als ihr Anwalt zu erscheinen.«

»Mit welcher Begründung?«

»Mr. Mason ist Zeuge der Anklage. Er ist als solcher vorgeladen worden. Ich rechne damit, ihn als Zeugen aufzurufen und zu vernehmen.«

»Mr. Mason ist ein Zeuge der Anklage?« fragte Richter Lennox ungläubig.

»Jawohl, Euer Gnaden.«

»Das ist recht ungewöhnlich, daß ein Verteidiger ...«

»Nichtsdestotrotz, Euer Gnaden, ist Mr. Mason durchaus legitimiert, als Zeuge zu erscheinen. Ich habe die rechtliche Lage geprüft. Er ist der

Hauptzeuge, auf den ich mich stützen muß, um ein sehr wichtiges Glied in der Beweiskette zu erstellen. Ich rechne damit, ihn als meinen Kronzeugen aufzurufen. Er hat eine Vorladung erhalten und ist daher in diesem Prozeß ein notwendiger Zeuge. Ich kann dem Gericht und den Geschworenen versichern, daß ich ihn als einen äußerst wichtigen Zeugen betrachte.«

»Sie sind vorgeladen worden, Mr. Mason?« fragte Richter Lennox.

»Ja, Euer Gnaden. Mir wurde eine Vorladung zugestellt.«

»Und Sie erscheinen als Verteidiger für beide Angeklagten?«

»Sehr richtig.«

»Euer Gnaden«, sagte Hamilton Burger, »ich erhebe Anklage gegen Morris Alburg und Dixie Dayton wegen gemeinsamen Mordes ersten Grades, und ich werde imstande sein zu beweisen, daß sie sich nicht nur verschworen haben, den Tod von George Fayette herbeizuführen, sondern daß sie darüber hinaus die Tat überlegt geplant haben und daher in der Tat George Fayette ermordeten. Ich gehe nicht weiter auf den Verstorbenen ein. Sein Leben war, wie die Angeklagten versuchen werden zu zeigen, nicht das eines ehrenhaften Staatsbürgers, es war im Gegenteil mit mehrfachen Konflikten mit dem Gesetz behaftet. Außerdem gibt es Zeitabschnitte bei ihm, über die wir keine Aussagen beibringen können; wir wissen nicht, wo er war oder was er in diesen Zeiten getan hat. Es ist sehr gut möglich, daß die Angeklagten glaubten, Fayette wollte versuchen, sie in Verbindung mit einem anderen Verbrechen zu erpressen, das jedoch, Euer Gnaden, ein mit dem hier zu verhandelnden Fall in keinem unmittelbaren Zusammenhang steht, das aber bei der Klärung des Motivs in der Beweisführung auftauchen wird.«

»Sie sind sich natürlich darüber im klaren, Mr. District Attorney, daß Beweise für ein anderes Delikt nicht zulässig sind. Die Angeklagten haben sich für ein bestimmtes Verbrechen zu verantworten und . . .«

»Und diese Regel, Euer Gnaden«, unterbrach Hamilton Burger entschlossen und selbstgewiß, »gilt mit der einen anerkannten Ausnahme, daß, wenn ein Motivbeweis mit einem anderen Delikt zu tun hat, dieser Beweis zulässig ist.«

Richter Lennox sagte: »Ich habe in diesem Gericht hier immer sehr streng auf die Einhaltung dieser Regel gehalten. Ich habe das Gefühl, als ginge die Tendenz, diese Regel leicht zu nehmen, zeitweilig zu weit. Häufig wird ein Verteidiger unter dem Vorwand, Motive oder einen ähnlichen Vorgang bei einem anderen Verbrechen anzuführen, dazu gebracht, seine Klienten in eine ungünstige Position zu bringen.«

»Ich verstehe, Euer Gnaden, aber wenn Sie die Beweisführung in diesem Fall hören werden, werden Sie einsehen, daß sie sehr wohl

unter die Ausnahme der in Frage stehenden Regel fällt und daß die Anklagebehörde durchaus im Recht ist, Beweismaterial für ein anderes Verbrechen anzuführen: für den Mord an einem Polizisten, der . . .«

»Ein weiterer Mord?« unterbrach Richter Lennox.

»Ja, Euer Gnaden.«

»Von beiden Angeklagten?«

»Nein, Euer Gnaden. Nur von der Angeklagten Dayton. Das heißt, sie steht in Verbindung mit dem Mord an einem jungen Polizeibeamten, und es war eine Folge des Versuchs, ihre Verbindung mit dem damaligen Verbrechen zu vertuschen, daß dieser Mord jetzt begangen wurde . . . Es kann gut sein, daß George Fayette sie in Verbindung mit dem anderen Mord erpreßt hat.«

»Das ergibt allerdings«, sagte Richter Lennox, »eine interessante Situation. Aber eins nach dem andern. Sie erheben also Einspruch dagegen, daß Perry Mason als Verteidiger der Angeklagten auftritt?«

»Ja, Euer Gnaden.«

»Was haben Sie in Zusammenhang mit dieser Angelegenheit dazu zu sagen, Mr. Mason?«

»Ich habe nur dazu zu sagen, daß den Anklagevertreter das gar nichts angeht«, sagte Mason.

Hamilton Burger wurde rot.

»Ohne dem Gericht zu nahe treten zu wollen«, fuhr Mason fort, »möchte ich feststellen, daß ich für meine eigenen Angelegenheiten zuständig bin und der District Attorney für die seinen.«

»Es ist mit der beruflichen Moral unvereinbar«, sagte Burger.

»Sorgen Sie sich um Ihre Moral, und ich werde mich um meine kümmern«, fuhr Mason auf.

»Aber meine Herren«, warf Richter Lennox ein, »wir wollen hier nicht persönlich werden. Glauben Sie, Mr. District Attorney, daß Mr. Mason als befangen angesehen werden muß?«

»Er sollte sich selbst als befangen erklären.«

»Gesetzlich spricht nichts gegen diese Doppelfunktion?«

»Es ist eine Frage des Geschmacks und der Moral.«

»Wir werden uns zu gegebener Zeit über Moral unterhalten und an einem geeigneteren Ort«, sagte Mason. »Was den guten Geschmack angeht, so habe ich da meinerseits etwas vorzubringen. Ich unterbreite Euer Gnaden hiermit, daß, wenn ein District Attorney eine junge Frau beeinflußt, die eine meiner Zeuginnen ist, ihre Stellung aufzugeben, ihrem Arbeitgeber die Beschuldigung ins Gesicht zu schleudern, daß er versuche, sie zu einem Meineid zu veranlassen, und dafür sorgt, daß die Presse anwesend ist, während sie ihren Arbeitgeber bei einem Telefongespräch derart beschuldigt — daß also, wenn der

District Attorney diese junge Frau zu einem solchen Schritt dadurch besticht, daß ihr mit seiner Vermittlung eine Stellung bei einer Regierungsbehörde mit einem höheren Gehalt angeboten wird . . .«

»Ich erhebe Einspruch gegen das Wort ›bestechen‹«, warf Hamilton Burger erregt dazwischen.

»Oh, verzeihen Sie«, antwortete Mason mit übertriebener und sarkastischer Höflichkeit. »Vielleicht hätte ich sagen sollen ›beeinflußte‹ sie, einen solchen Schritt zu unternehmen.«

»Ich habe nichts Derartiges getan«, entgegnete Hamilton Burger. »Sie tat das aus eigenem freien Willen und Entschluß.«

»Sie hatten für die Stellung bei der Regierung gesorgt, bevor sie das Telefon in die Hand nahm, um ihre Kündigung auszusprechen«, erinnerte ihn Mason.

Hamilton Burger sagte nur: »Unsinn.«

»Leugnen Sie es«, forderte ihn Mason heraus.

»Das brauche ich nicht.«

»Das wagen Sie nicht.«

Richter Lennox klopfte ungehalten mit seinem Hammer. »Also, meine Herren, ich verstehe nicht, was hier los ist. Ich habe nicht gelesen, was in den Zeitungen über den hier zu verhandelnden Fall steht, aber offenbar existieren feindselige Gefühle zwischen dem Vertreter der Anklage und dem Vertreter der Verteidigung. Ich erwarte, daß Sie diese Gefühle beherrschen werden. Ich erwarte, daß man sich auf die Verhandlung dieser Strafsache konzentriert. Fangen Sie an, Mr. District Attorney, rufen Sie Ihren ersten Zeugen auf, und das Gericht wird dann der Reihe nach über die Dinge befinden.«

»Ich lege besonderes Gewicht darauf, festzustellen, daß ich gegen Mr. Mason als Verteidiger Einspruch erhebe.«

»Gibt es ein diesbezügliches Gesetz?« fragte Mason noch einmal.

»Wie ich zuvor schon dem Gericht erläuterte«, sagte Hamilton Burger, »ist es eine Frage der Moral.«

Mason wandte sich an Richter Lennox. »Wenn der District Attorney sich selbst als Schiedsrichter in Fragen der Moral und des guten Geschmacks zu präsentieren wünscht, möchte ich feststellen, daß das Angebot einer Anstellung bei der Regierung, um eine junge Frau dazu zu bringen, ihre Stellung aufzugeben und in aller Öffentlichkeit eine Anschuldigung gegen ihren bisherigen Arbeitgeber vorzubringen . . .«

»Das steht jetzt nicht zur Diskussion, Mr. Mason«, unterbrach Richter Lennox. »Und was diesen Gerichtshof hier anbetrifft, Mr. District Attorney, so besteht kein Einwand gegen Mr. Mason als Verteidiger. Wenn Sie ihn als Zeuge vorgeladen haben und wenn er als Zeuge aufgerufen wird, wird er in den Zeugenstand gehen. Wenn er im Zeu-

genstand ist, wird er den gleichen gesetzlichen Vorschriften der Vernehmung unterworfen sein wie jeder andere Zeuge. Fangen Sie also an.«

»Sehr wohl, Euer Gnaden«, sagte Hamilton Burger. »Mein erster Zeuge ist der Arzt, der die Obduktion vorgenommen hat.«

In rascher, kaleidoskopartiger Folge rief Hamilton Burger die Routinezeugen auf, um die Grundlage für die Mordanklage aufzunehmen: die Entdeckung der Leiche von George Fayette, die Art der Schußwunde, das Herausholen der Kugel, die mikroskopisch festgestellten Merkmale der Kugel für die nachfolgende Identifizierung der Schußwaffe.

»Mein nächster Zeuge ist Carlyle E. Mott.«

Mott betrat den Zeugenstand, und der District Attorney stellte ihn als Experten für Schußwaffen und ballistisches Beweismaterial vor.

»Mr. Mott, ich bitte Sie, Ihre Aufmerksamkeit Beweisstück A zuzuwenden, welches als die Kugel identifiziert worden ist, die den Tod von George Fayette verursacht hat. Ich frage Sie, ob Sie die Kugel untersucht haben.«

»Das habe ich.«

»Durch ein Mikroskop?«

»Ja.«

»Haben Sie Fotos von der Kugel angefertigt?«

»Ja.«

»War es Ihnen möglich, den Typ der Waffe festzustellen, aus der diese Kugel abgefeuert wurde?«

»Jawohl.«

»Was für eine Waffe ist es gewesen?«

»Die Waffe, die ich hier in meiner Hand halte. Eine Smith & Wesson Spezial, Kaliber achtunddreißig.«

»Wir beantragen, diesen Revolver als Beweisstück B aufzunehmen«, sagte Hamilton Burger.

»Kein Einwand«, kam es ruhig von Mason.

»Kreuzverhör!« sagte Hamilton Burger scharf.

»Keine Fragen«, sagte Mason.

Hamilton Burger, völlig überrumpelt von der Überraschung, platzte heraus: »Sie meinen, Sie wollen ihn nicht fragen, ob ...« Er hörte unvermittelt auf und fing sich wieder, als ihm klar wurde, was er beinahe gesagt hätte.

»Rufen Sie Ihren nächsten Zeugen«, forderte ihn Richter Lennox auf.

Ein deutlich verärgerter Hamilton Burger rief als nächsten Zeugen den Polizeibeamten auf, der Morris Alburg verhaftet hatte, als er aus dem Taxi vor Masons Büro gestiegen war.

Der Beamte bezeugte die Verhaftung und das Auffinden des Revolvers in Morris Alburgs Besitz, des Revolvers, aus dem die Kugel abgefeuert worden war, die George Fayette getötet hatte.

»Kreuzverhör«, sagte Burger.

»Woher wissen Sie, daß es der gleiche Revolver ist?« fragte Mason den Beamten.

»Weil ich mir die Nummer der Waffe gemerkt habe.«

»Haben Sie die Nummer aufgeschrieben?«

»Gewiß«

»Wohin?«

»In mein Notizbuch – ein Notizbuch, das ich immer bei mir trage.«

»Sie wissen, welches die Nummer ist?«

»Gewiß.«

»Können Sie uns die Nummer sagen?«

»Ja. S 64805.«

»Sie haben Sie so lange also behalten?«

»Jawohl.«

»Dann brauchten Sie sie eigentlich nicht aufzuschreiben, nicht wahr?«

»Ich habe sie sicherheitshalber aufgeschrieben.«

»Und es ist die Nummer, die Sie aufgeschrieben haben?«

»Ja.«

»Sie mögen wissen, daß es die gleiche Nummer ist wie auf der Waffe, aber woher wissen Sie, ob es die gleiche Nummer ist, die Sie in Ihr Notizbuch geschrieben haben?«

»Weil ich mir, um sicherzugehen, mein Notizbuch noch einmal angesehen habe, bevor ich den Gerichtssaal betrat.«

»Also, dann waren Sie doch nicht so sicher?«

»Na ja, ich wollte mich nur gegen die Möglichkeit eines Irrtums schützen.«

»Und Sie haben Morris Alburg am Morgen des 3. September verhaftet?«

»Ja.«

»Gegen neun Uhr?«

»Ja.«

»Und ihm um die gleiche Zeit den Revolver abgenommen?«

»Ja.«

»Wann schrieben Sie die Nummer in Ihr Notizbuch?«

»Ich habe Ihnen doch schon gesagt, es ist die Nummer des Revolvers. Ich schrieb sie auf, damit es keinen Irrtum gäbe.«

»Als Sie Morris Alburg verhafteten?«

»So ungefähr.«

»Was meinen Sie mit ›ungefähr‹?«

»Ungefähr zur gleichen Zeit.«

»Innerhalb von fünf Sekunden nach dem Zeitpunkt der Verhaftung?«

»Nein, keinesfalls.«

»Wieviel Sekunden also?«

»Das kann ich nicht beantworten. Ich kann die Zeit nicht so berechnen. Es ist jedenfalls die Nummer von dem Revolver, den ich dem Angeklagten Morris Alburg abgenommen habe.«

»Was haben Sie mit dem Revolver gemacht?«

»Ihn in meine Tasche gesteckt, als Beweismaterial.«

»Und dann?«

»Dann habe ich ihn dem District Attorney gegeben, der ihn seinerseits dem Experten für Ballistik, Carlyle E. Mott, weitergegeben hat.«

»Und auf Motts Anregung hin haben Sie dann die Nummer in das Notizbuch geschrieben?« fragte Mason ganz beiläufig und sachlich.

»So war es.«

»Als man ihm den Revolver gegeben hat?«

»Nein, als er ihn dem District Attorney zurückbrachte mit seinem Bericht. Er meinte, es wäre nötig, diesen Revolver zu jedem Zeitpunkt der Geschehnisse zu identifizieren.«

»Und dann also haben Sie die Nummer von dem Revolver aufgeschrieben, den Mott Ihnen gegeben hat?«

»Ja schon, aber es war der gleiche.«

»Woher wissen Sie das?«

»Ich brauchte ihn nur anzusehen.«

»Welche sichtbaren Kennzeichen waren auf diesem besonderen Revolver, die sie dazu instand setzten, ihn von anderen Smith & Wesson-Revolvern gleichen Kalibers zu unterscheiden?«

Der Zeuge schwieg.

»Sie wissen es nicht?«

»Wenn ich mir den Revolver noch mal ansehen könnte«, sagte der Beamte, »könnte ich es Ihnen wahrscheinlich sagen.«

»Das glaube ich Ihnen allerdings«, meinte Mason ironisch. »Sie würden den Revolver nehmen und ihn um und um drehen in der Hoffnung, daß Sie irgendeinen Kratzer oder eine andere Markierung entdeckten. Aber sagen Sie uns jetzt sofort, was für ein besonderes Kennzeichen der Revolver hatte.«

Der Beamte, aus der Fassung gebracht, brauchte einige Zeit, bevor er antwortete: »Ich kann mich nicht erinnern.«

Der Richter wandte sich nun an den verlegenen Zeugen. »Sie nahmen also einen Revolver dem Angeklagten Morris Alburg ab, nicht wahr?«

»Jawohl, Euer Gnaden.«

»Und Sie gaben ihn dem District Attorney.«

»Ja.«

»Der ihn seinerseits an den Ballistikexperten weitergab?«

»Ja.«

»Und irgendwann später, als der Ballistikexperte die Waffe dem District Attorney zurückgab mit dem Bericht, daß es sich um die Waffe handle, aus der die tödliche Kugel stammt, sagte der Ballistikexperte, daß es notwendig sein werde, eine absolute Identifizierung dieser Waffe vorzunehmen, damit sie als Beweisstück in diesem Prozeß fungieren könne?«

»Ja, Euer Gnaden.«

»Und man hat Sie gefragt, wie Sie den Revolver identifizieren könnten, stimmt das?«

»Ja, so ungefähr.«

»Stimmt es, oder stimmt es nicht?«

»Mr. Mott meinte, ich sollte mir die Nummer in mein Notizbuch schreiben.«

»Sie nahmen also Ihr Notizbuch und schrieben sich zu diesem Zeitpunkt die Nummer auf?«

»Ja.«

»Und gab es dabei eine Diskussion darüber, wie Ihre Aussage sein sollte?«

»Na ja, nicht sofort. Das war erst später.«

»Rufen Sie Ihren nächsten Zeugen auf«, sagte Richter Lennox zu Hamilton Burger, und sein Ton war unverkennbar frostig. »Dieser Zeuge ist entlassen.«

Hamilton Burger wappnete sich für einen neuen Angriff: »Mein nächster Zeuge ist Arthur Leroy Fulda.«

Fulda betrat den Stand, wurde vereidigt und sagte über seine Unterhaltung mit Morris Alburg aus, wie er sein Tonaufnahmegerät im Keymont Hotel installierte, über die Gespräche, die er mitgehört hatte, und über die Aufnahmen, die gemacht worden waren.

Der Zeuge identifizierte ein halbes Dutzend Plastikplatten und erklärte, wie man sie in den Apparat einlegt, damit eine kontinuierliche Aufnahme von Gesprächen erfolgt.

»Ich möchte jetzt, Euer Gnaden, diese Platten als Beweisstücke aufnehmen«, sagte Hamilton Burger.

»Ich möchte den Zeugen noch kurz zu diesem besonderen Punkt befragen«, warf Mason ein.

»Bitte sehr«, entschied Richter Lennox, »tun Sie das.«

»Woher wissen Sie, daß dies die gleichen Platten sind, die in dem Hotelzimmer zurückgeblieben waren?«

»Eigentlich, Mr. Mason, kann ich das nur für die erste beschwören. Für die anderen ist alles, was ich sagen kann, daß sie so aussehen wie die Platten, die ich auf dem Apparat zurückließ. Man hat mir gesagt, daß sie aus dem Hotelzimmer entnommen sind, in dem ich meine Ausrüstung gelassen hatte.«

»Das wäre alles«, sagte Mason. »Kein Einwand gegen die Aufnahme der Platten als Beweisstücke.«

»Ich nehme an, Sie meinen damit Platte Nr. eins?« fragte Richter Lennox.

»Nein, den ganzen Stoß«, antwortete Mason. »Ein Zeuge, der so wahrheitsgetreu ist wie dieser, vertritt wahrscheinlich eine Meinung, der ich vertrauen kann. Wenn er glaubt, es seien die gleichen Platten, bin ich damit einverstanden, unter Aufrechterhaltung meines Rechtsstandpunktes und unter Wahrung aller meiner Rechte, irgendein Gespräch auf diesen Platten als unerheblich, nicht zur Sache gehörig und unwesentlich abzulehnen, aber die Platten selbst können als Beweismaterial aufgenommen werden.«

Richter Lennox lächelte: »Das ist eine erfrischend offene Haltung seitens der Verteidigung – und seitens des Zeugen. Also gut, die Platten sind hiermit als Beweismaterial angenommen.«

»Was nun diese Platten im einzelnen angeht«, fing Hamilton Burger an, »so ist da ein Gespräch festgehalten, in welchem die Angeklagte Dixie Dayton in vielen Worten Perry Mason erklärt, daß ihr Mitangeklagter Morris Alburg darauf aus sei, George Fayette zu ermorden. Ich möchte, daß das Gericht sich dieses Gespräch anhört. Ich mache das Gericht darauf aufmerksam, daß Mr. Mason diese Mitteilung entgegennahm und absolut nichts unternahm. Er hat sich nicht mit der Polizei in Verbindung gesetzt, er hat nicht ...«

»Versuchen Sie jetzt zu beweisen, daß ich zu der Verschwörung gehöre?«

»Sie haben meine Methoden, die Anklage aufzubauen, kritisiert«, antwortete Burger. »Ich will, daß dem Gericht klar wird, was tatsächlich geschehen ist.«

Mason sagte: »Dann beweisen Sie das lieber durch echtes Beweismaterial und nicht durch eine Behauptung.«

»Sie bestreiten nicht, daß dieses Gespräch auf den Platten festgehalten ist, nicht wahr?«

»Ich bestreite ganz entschieden, daß Dixie Dayton mir zu irgendeinem Zeitpunkt erzählt hat, daß ihr Mitangeklagter Morris Alburg einen Mord an George Fayette plante.«

»Aber die Platte ist hier. Sie können ihre Stimme hören.«

»Woher wissen Sie, daß es *ihre* Stimme ist?« fragte Mason.

»Ich bin dessen ganz sicher.«

»Dann gehen Sie bitte in den Zeugenstand und beschwören Sie es, und ich werde Sie ins Kreuzverhör nehmen, und der Richter kann sich eine Meinung über Ihre Behauptung, daß es die gleiche Person sei, bilden.«

»Das brauche ich nicht zu tun«, antwortete Burger. »Ich kann es auf eine andere Weise beweisen.«

»Dann tun Sie es bitte.«

Burger sagte: »Miss Minerva Hamlin wird meine nächste Zeugin sein . . . Miss Hamlin, bitte treten Sie zur Vereidigung vor.«

Minerva Hamlin ging mit energischen Schritten zum Zeugenstand, ihre ganze Haltung die einer jungen Frau, die den Eindruck zielbewußter Tüchtigkeit erwecken will.

Burgers Fragen beantwortete sie mit knappen, präzisen, klar artikulierten Worten und erzählte ihre Geschichte in einer Art, die unzweifelhaft Richter Lennox beeindruckte.

Sie beschrieb die Dringlichkeit ihres Auftrags, die Tatsache, daß sie die Telefonvermittlung im Stich lassen und sofort ins Keymont Hotel fahren mußte, die Abmachungen, die sie mit Paul Drake traf, nach denen sie ihm als Erkennungszeichen ein Signal mit der Taschenlampe geben sollte, wenn die zur Debatte stehende junge Frau auf dem Wege wäre, das Hotel zu verlassen, ihre eigene Rolle als Zimmermädchen, und wie sie Zimmer 721 beobachtet hatte, um zu sehen, wer herauskäme.

»Und schließlich«, fragte Hamilton Burger, »kam jemand heraus?«

»Ja.«

»Ein Mann oder eine Frau?«

»Eine Frau.«

»Hatten Sie Gelegenheit, sich diese Frau anzusehen?«

»Das war der Grund meiner Anwesenheit dort gewesen.«

»Das ist keine exakte Antwort auf meine Frage«, machte sie Burger aufmerksam. »Haben Sie . . .«

»Ja, ich habe.«

»Sie haben sie genau gesehen?«

»Ja.«

»Und Sie sahen diese Frau aus Zimmer 721 herauskommen?«

»Ja, das tat ich.«

»Wer war die Frau?«

»Miss Dixie Dayton, eine der Angeklagten in diesem Prozeß.«

»Würden Sie bitte auf die Frau hinweisen.«

»Es ist die Frau, auf die ich zeige.«

»Das Protokoll kann die Frau, auf die Sie zeigen, nicht sichtbar machen. Darf ich Miss Dayton, die Angeklagte, bitten, aufzustehen?«

»Stehen Sie auf«, sagte Mason zu Dixie Dayton.

Dixie Dayton stand auf.

»Ist das die Frau?«

»Das ist die Frau.«

»Nehmen Sie ins Protokoll auf«, sagte Hamilton Burger, »daß die Identifizierung sich auf die Frau, die aufstand, bezieht und daß die Frau, die aufgestanden ist, Dixie Dayton ist, eine der Angeklagten in diesem Prozeß.«

»Was taten Sie, als diese Frau das Zimmer verließ?« fragte Hamilton Burger weiter.

»Ich folgte ihr.«

»Wohin?«

»Sie nahm den Lift. Der Lift ging nach oben. Ich rannte die Treppen hinauf. Ich war im siebten Stock gewesen, und es gab nur acht Stockwerke in dem Hotel. Daher wußte ich, daß sie nicht höher als ein Stockwerk weiterfahren konnte. Ich glaubte, daß ich zu Fuß ungefähr ebenso schnell wie sie mit dem Lift nach oben käme.«

»Und das taten Sie?«

»Ja.«

»Wo ging die Frau dann hin?«

»Sie ging in Zimmer 815, in das Zimmer, in dem später die Leiche von George Fayette von der Polizei gefunden wurde.«

»Die gleiche Frau?« fragte Burger.

»Die gleiche Frau.«

»Sind Sie sicher?«

»Ganz.«

»Wer war diese Frau?«

»Das habe ich Ihnen schon gesagt.«

»Ich meine, wer war die Frau, die in Zimmer 815 ging?«

»Die Angeklagte Dixie Dayton.«

»Dieselbe Person, die vorhin aufgestanden ist? Dieselbe Person, die Sie vorhin identifiziert haben?«

»Ja.«

»Kreuzverhör!« sagte Burger zu Perry Mason.

Minerva Hamlin wandte ihr Gesicht Perry Mason zu mit einem Ausdruck voller Feindseligkeit in den Augen und einer Haltung, die deutlich anzeigte, daß sie darauf vorbereitet war, sich nicht in die Enge treiben zu lassen, und daß das geschickteste Kreuzverhör sie bestimmt nicht durcheinanderbringen werde.

Masons Ton war der eines älteren Bruders, der eine impulsive kleine

Schwester um Vertrauen bittet. »Miss Hamlin, Sie kannten doch Dixie Dayton nicht, nicht wahr?«

»Ich habe sie nie gesehen, bevor sie aus diesem Zimmer herauskam.«

»Sie wußten zu diesem Zeitpunkt nicht, wer sie war?«

»Ich habe sie gesehen, ihren Namen wußte ich nicht, nein.«

»Und die Polizei zeigte Ihnen eine Fotografie von Dixie Dayton und fragte Sie, ob das die gleiche Frau war, nicht wahr?«

»Ja.«

»Und was haben Sie geantwortet?«

»Ich sagte, daß es die gleiche Frau war.«

»Sagten Sie nicht vielmehr, daß Sie *glaubten,* daß das Foto ihr ähnlich sähe?«

»Wenn es die gleiche Frau war, mußte das Foto ihr ja ähnlich sehen, nicht wahr?«

Im Gerichtssaal hörte man unterdrückte Heiterkeit über diese kesse Antwort.

»Das«, sagte Mason, »stimmt allerdings. Wenn Sie mir diese Frage schon stellen, bin ich nur allzu glücklich, sie zu beantworten, Miss Hamlin. Sie werden mir gestatten, Sie darauf aufmerksam zu machen, daß, wenn es nicht das Foto von Miss Dayton gewesen wäre, es ihr trotzdem hätte ähnlich sehen können. Fotos können sehr irreführen.«

»Mich nicht. Ich habe ein sehr scharfes Auge.«

»Und trotzdem konnten Sie, als Sie das Foto zum erstenmal sahen, keine absolut sichere Identifizierung vornehmen. Stimmt das?«

»Na ja, ich sagte — das heißt, was verstehen Sie genau unter ›sicher‹?«

»Was«, fragte Mason lächelnd, »verstehen Sie denn darunter?«

»Wenn ich sicher bin, dann bin ich eben sicher.«

»Das sollte man annehmen«, sagte Mason. »Sie waren aber nicht ganz so sicher, wie Sie es jetzt sind.«

»Ich habe schließlich inzwischen Gelegenheit gehabt, die Frau selbst zu sehen. Das Foto sah nicht — es . . .«

»Sie meinen, daß es ihr nicht so ähnlich sah?«

»Doch, es sah ihr ähnlich.«

»Aber Sie waren trotzdem ein wenig im Zweifel?«

»Ich wollte ganz fair sein, Mr. Mason.«

»Und das wollen Sie doch noch immer, nicht wahr?«

»Ja.«

»Als Sie also«, fuhr Mason fort, »das Foto zuerst sahen, konnten Sie sich nicht ganz sicher sein. Und Sie waren es nicht. Sie sagten, Sie glaubten, daß es die gleiche Frau sei, aber Sie waren nicht sicher.«

»Das war, als ich den ersten Blick darauf geworfen hatte.«

»Und dann haben Sie sich das Foto genau angesehen?«

»Ja.«

»Und Sie wurden Ihrer Sache immer sicherer, je länger Sie das Foto betrachteten?«

»Ja.«

»Aber ganz überzeugt waren Sie nur durch das Foto noch nicht, wie?«

»Nein. Was mich ganz überzeugte, war, als ich die Angeklagte dann bei der polizeilichen Gegenüberstellung sah.«

»Dann waren Sie ganz sicher?«

»Ich erkannte sie aus einer Reihe von fünf Frauen, die mir gegenübergestellt wurden. Ich erkannte sie ohne Zögern, auf Anhieb.«

»Und das war, nachdem Sie ihr Foto studiert hatten?«

»Ja.«

»Nun lassen Sie mich einmal offen sein, Miss Hamlin. Gibt es nicht eine leise Möglichkeit, daß Sie zunächst dieses Foto so sorgfältig studierten, um bewußt zu versuchen, die Entscheidung richtig treffen zu können, ob es ein Foto der Person war, die Sie aus dem Zimmer hatten herauskommen sehen, und daß Sie dann, als Sie die Angeklagte später vor sich sahen, unwillkürlich an das Foto dachten, mit dem Sie sie dann identifizierten?«

»Als ich die Frau in der Reihe sah, war ich absolut sicher, daß es die Frau war, die aus dem Hotelzimmer herausgekommen war.«

»Wollen Sie jetzt so gut sein und dem Gericht erklären, wo Sie sich genau aufhielten, als die Frau das Hotelzimmer verließ?«

»Sie meinen Zimmer 721?«

»Ja.«

»Ich war unten am Ende des Flurs bei der Feuerleiter und tat so, als ginge ich meinen Zimmermädchenpflichten nach.«

»Welchen Pflichten gingen Sie denn gerade nach?«

»Ich gab vor, an eine Tür zu klopfen, so als ob ich die Handtücher auswechseln wollte.«

»Aus Ihrem Auftreten schließe ich, Miss Hamlin, daß Sie eine bemerkenswert tüchtige junge Frau sind, stimmt's?«

»Ich bemühe mich, es zu sein.«

»Und in dieser Zimmermädchenrolle gaben Sie sich bewußt Mühe, sich so zu verhalten, wie sich ein Zimmermädchen unter den gleichen Umständen verhalten würde?«

»Mr. Mason, ich habe in Amateuraufführungen mitgespielt, ich habe Schauspielunterricht genommen. Ich glaube, daß ich eine sehr gute schauspielerische Begabung habe. Ich versuche in allem, was ich tue, tüchtig zu sein. Ich weiß, daß man sich, um eine Person darzustellen und die Rolle erfolgreich zu spielen, vorstellen muß, daß man tatsächlich diese Person ist.«

»Und Sie stellten sich also vor, Sie seien das Zimmermädchen?«

»Ja.«

»Und benahmen sich genauso wie ein Zimmermädchen?«

»Ja.«

»Und ein Zimmermädchen würde sich nicht allzu offensichtlich für eine Frau interessieren, die nachts aus einem Zimmer herauskommt und den Flur hinuntergeht, nicht wahr?«

»Nur ein flüchtiger Blick, das wäre alles.«

»Um also diese Rolle gut zu spielen, warfen auch Sie nur einen flüchtigen Blick auf sie?«

»Ja.«

»Warum sind Sie bis ans Ende des Flurs zur Feuerleiter gegangen?«

»Das ist doch ganz klar, Mr. Mason. Ich wollte nicht, daß mich die Person, die aus dem Zimmer herauskommen würde, aus zu großer Nähe ansieht. Deshalb ging ich bis ans äußerste Ende des Flurs. Ich wußte, daß sie, ganz gleich, wohin sie gehen würde, wenn sie aus dem Zimmer käme, ob zum Lift oder zu den Treppen, den Flur entlanggehen müßte. Unter diesen Umständen würde sie mich nicht von vorn sehen können.«

»Mit andern Worten: sie drehte Ihnen den Rücken zu?«

»Ja. Aber vorher hatte ich ihr Gesicht gesehen, als sie aus dem Zimmer heraustrat.«

»Wie weit entfernt war die Tür von Zimmer 721 von dem Ort, an dem Sie sich befanden?«

»Das weiß ich nicht genau. Acht oder zehn Meter vielleicht.«

»Wie war der Flur beleuchtet? Welche Art von Licht?«

»Es war nur eine trübe Beleuchtung, aber ich habe die Frau gut sehen können, Mr. Mason. Ich habe sie angesehen. Ich wollte sie genau sehen, und ich tat es.«

»Sie warfen nur einen Blick auf sie, genau wie es ein Zimmermädchen getan hätte, das nur eben von ihrer Arbeit aufgesehen hätte?«

»Schon – aber es war ein aufmerksamer Blick.«

»Vor ein paar Minuten«, sagte Mason, »sagten Sie aus, daß Sie ihr nur einen beiläufigen Blick zuwarfen.«

»Nun ja, aber bei mir ist ein beiläufiger Blick ein aufmerksamer Blick.«

»Ich verstehe. Aber er war nicht aufmerksam genug gewesen, daß Sie sie ganz sicher identifizieren konnten, als Sie das Foto zum erstenmal sahen?«

»Jeder zögert, eine ganz sichere Identifizierung auf Grund eines Fotos vorzunehmen.«

»Das wäre alles«, sagte Mason.

»Und jetzt«, sagte Hamilton Burger, »rufe ich meinen Hauptzeugen: Mr. Perry Mason. Gehen Sie bitte in den Zeugenstand!«

»Das«, meinte Richter Lennox, »ist natürlich eine höchst ungewöhnliche Situation.«

»Es ist eine Situation, die ich zu vermeiden suchte«, erinnerte ihn Hamilton Burger. »Ich habe mit allen mir gebotenen Mitteln versucht, sie zu vermeiden.«

»Einen Verteidiger aufzufordern, durch sein eigenes Zeugnis eine Verurteilung der Angeklagten zu ermöglichen, ist schon eine anormale Situation.« Richter Lennox' Ton war zweifelnd.

»Aus eben diesem Grund sieht man es ja als unmoralisch an, wenn ein Verteidiger in dieser doppelten Funktion auftritt«, entgegnete Burger. »Ich habe versucht, Mr. Mason die Verlegenheit einer solchen Situation zu ersparen.«

»Ist er ein notwendiger Zeuge?« fragte Richter Lennox.

»Ein unbedingt notwendiger Zeuge, Euer Gnaden. Wie das Gericht aus der Betrachtung des jetzigen Stadiums der Beweisaufnahme ersieht, muß ich jetzt die Identität der Personen feststellen, die an dem Gespräch teilgenommen haben, das in dem Hotelzimmer stattfand.«

»Das ist richtig. Das Gespräch selbst ist noch nicht in der Beweisaufnahme enthalten.«

»Und dafür bereite ich jetzt den Boden vor, Euer Gnaden.«

»Selbstverständlich«, gab Richter Lennox zu bedenken, »würde sich die Situation bedeutend vereinfachen, wenn die Angeklagten noch einen anderen Anwalt hätten, der mit Mr. Mason zusammenarbeitete und die Verteidigung der Angeklagten an diesem Punkt des Prozeßganges übernehmen könnte.«

»Das«, sagte Mason, »wäre weder für die Angeklagten noch für mich eine befriedigende Lösung, Euer Gnaden. Wir haben heute hier eine Menge über Moral zu hören bekommen. Vielleicht, wenn es das Gericht gestattet, sollte ich eine gerichtliche Entscheidung aus Kalifornien zitieren, wo unter Ziffer 187, Band California 695, folgendes steht:

›Wir sind der Meinung, daß zuviel Gewicht auf die Tatsache gelegt worden ist und zuviel Ärger darüber entstanden, daß viel Beweismaterial zugunsten der Klägerin von einem ihrer eigenen Anwälte als Zeuge in diesem Falle zur Beurteilung vorgelegt worden ist. Was das Gericht anbetrifft, so ist eine solche Zeugenaussage genauso zu berücksichtigen wie die von irgendeinem anderen Zeugen, mit Rücksicht auf die Bedeutung seiner Zeugenaussage, auf sein Interesse an der zur Beurteilung stehenden Angelegenheit und auf seinen persönlichen Eindruck.

Die Frage der Standesgemäßheit eines Verteidigers, der in doppelter Funktion, als Anwalt und als Zeuge, auftritt, ist eine moralische, durch gesetzliche Bestimmungen beeinflußte Ermessensfrage, die weitgehend von dem eigenen Gewissen des Anwalts entschieden wird. Wenn eine solche Praxis auch nicht ermutigt werden sollte, so kann es doch häufig vorkommen, daß Bedingungen eintreten, unter denen ein Anwalt nicht gerechter- und fairerweise seinem Klienten weder seinen juristischen Beistand vorenthalten kann noch ihm die eigene Zeugenbenennung verwehren kann.‹«

Richter Lennox war von dem Zitat sichtlich beeindruckt. »Gut, Mr. Mason, Ihre Position scheint juristisch in Ordnung zu sein. Überhaupt scheinen Sie sich ab und zu in schwierigen Situationen zu befinden, aus denen Sie sich mit ungewöhnlichen Methoden herauslavieren, die sich jedoch unweigerlich als juristisch einwandfrei herausstellen. Das Gericht glaubt Ihnen, daß Sie voll und ganz in der Lage sind, Ihre eigenen und die Interessen Ihrer Klienten zu wahren. Wir scheinen, soweit es diesen Prozeß angeht, ganz entschieden zur Rechtsentwicklung beizutragen.«

»Mr. Mason«, sagte nun Hamilton Burger, »ich frage Sie, ob Sie am frühen Morgen des Dritten dieses Monats in Zimmer 721 im Keymont Hotel anwesend waren.«

»Ich war es.«

»Waren Sie allein?«

»Nein.«

»Eine junge Frau war bei Ihnen?«

»Zeitweise.«

»Ich hörte, sie betrat das Zimmer, nachdem Sie eingetroffen waren.«

»Ja.«

»Sie gingen in das Zimmer auf Ersuchen von Morris Alburg, eines der Angeklagten in diesem Prozeß?«

»Diese Frage ist nicht zulässig«, sagte Mason. »Sie betrifft vertrauliche Mitteilungen zwischen einem Anwalt und seinem Klienten.«

»Ich glaube, das Gericht wird dem Einspruch stattgeben müssen«, sagte Richter Lennox.

»Ich frage ihn nicht nach der Unterhaltung, ich frage ihn nur, ob er auf Grund einer Unterhaltung dorthin ging«, widersprach Burger.

»Das kommt auf dasselbe heraus«, entschied Richter Lennox. »Sie fragen ihn damit, ob ihn sein Klient gebeten hat, in dieses Hotelzimmer zu kommen. Das fällt meiner Ansicht nach durchaus unter vertrauliche Mitteilungen. Schließlich muß Ihnen, Mr. Burger, klar sein, daß

es in dieser besonderen Situation gewisse Aspekte gibt, die ebenso für Sie wie für den Verteidiger gelten.«

»Ich verstehe, Euer Gnaden.«

»Mr. Mason tritt in doppelter Funktion auf, als Zeuge gegen seine Klienten und als Anwalt, der seine Klienten verteidigt. Das Gericht gestattet Mr. Masons Vernehmung als Zeugen, aber das Gericht wird dabei sehr aufmerksam die Wahrung der Interessen der Angeklagten beachten.«

»Sehr wohl, Euer Gnaden. Also, Mr. Mason, ich frage Sie, ob die junge Frau, die, während Sie im Zimmer 721 anwesend waren, ebenfalls anwesend war, Ihnen nicht gesagt hat, daß Morris Alburg zu eben diesem Zeitpunkt George Fayette auf den Fersen wäre, in der Absicht, diesen zu töten?«

»Gegen diese Frage«, antwortete Mason, »erhebe ich als Verteidiger des Angeklagten Morris Alburg den Einspruch, daß die Frage unzulässig, nicht zur Sache gehörig und unwichtig ist. Als Verteidiger der Angeklagten Dixie Dayton lege ich Einspruch ein mit der Begründung, daß, wenn diese Frau nicht Dixie Dayton war, diese Aussage überhaupt nicht zur Sache gehört und auf Hörensagen beruht und daß, wenn die Frau Dixie Dyton war, es sich um eine vertrauliche Mitteilung gehandelt hätte.«

»Ich mache das Gericht darauf aufmerksam, daß ich beide Einwände erwartet habe. Aus der Beweisaufnahme geht jetzt hervor, daß diese junge Frau Dixie Dayton gewesen ist. Da die Unterhaltung sich auf ein Verbrechen bezog, das noch nicht begangen worden war, das aber begangen werden sollte, war die Unterhaltung keine vertrauliche Mitteilung. Ich bin natürlich bereit, die tatsächlich stattgefundene Unterhaltung vorzuführen. Mit anderen Worten, wenn Mr. Mason es leugnen sollte, daß diese Aussage gemacht worden ist, kann ich dies unwiderleglich anfechten, indem ich die Platten vorführe, die als Beweisstücke anerkannt worden sind, und indem ich diesen Teil der Unterhaltung abspiele, so daß Mason seine eigene Stimme und die Stimme der Person hören wird, die mit ihm in dem Zimmer war.«

»Sie können die Glaubwürdigkeit Ihres eigenen Zeugen nicht anfechten«, antwortete ihm Mason.

»Ich kann es sachlich, wenn auch nicht charakterlich«, gab Burger zurück.

»Angenommen, diese Person war nicht Dixie Dayton?« fragte Richter Lennox.

»Minerva Hamlin hat ganz sicher bezeugt, daß es Dixie Dayton gewesen ist.«

»Das ist die Aussage von einem einzigen Zeugen.«

»Aber es ist bisher die einzige diesbezügliche Aussage vor diesem Gericht«, stellte Burger fest.

Richter Lennox fuhr sich mit der Hand über die Stirn, spitzte die Lippen, drehte sich etwas auf seinem Drehstuhl, so daß er die Augen der Geschworenen vermied, und versuchte anscheinend auf diese Art und Weise seine Konzentrationsfähigkeiten zu verbessern.

Einige Minuten lang lag gespanntes Schweigen über dem Gerichtssaal.

Schließlich sagte Richter Lennox: »Stellen Sie ihm doch diese Frage. Stellen Sie sie direkt. War die Frau Dixie Dayton, oder war sie es nicht?«

»O nein, auf keinen Fall!« sagte Hamilton Burger. »Das ist die eine Frage, die ich nicht die Absicht habe, ihm zu stellen.«

»Warum nicht?« fragte Richter Lennox.

»Weil, wenn Mr. Mason es leugnen würde, daß es Dixie Dayton gewesen ist, er als mein Zeuge aussagen würde. Ich stelle Mr. Mason nur Fragen, für die ich die Antworten schon habe, und zwar die richtigen Antworten, damit, wenn Mr. Mason mich mit Aussagen festnageln will, die der Anklage schaden, es in meiner Macht steht, ihn wegen Meineides ins Gefängnis zu schicken.«

»Ich nehme an«, sagte Richter Lennox lächelnd, »daß ich es bin, der Ihnen, Mr. District Attorney, zu dieser Rede den Boden geebnet hat. Ich nehme an, Sie wollten Mr. Mason diese Drohung sowieso übermitteln, und ich habe Ihnen jetzt eine gute Gelegenheit dafür geboten.«

Hamilton Burger blieb grimmig. »Die Tatsache besteht, daß ich meine Position klargestellt habe.«

»Das haben Sie«, bestätigte Richter Lennox.

Wieder ein kurzes Schweigen im Raum. Dann wandte sich Richter Lennox an Perry Mason. »Ich glaube, ich würde gern Ihren Standpunkt in dieser Frage hören, Herr Verteidiger.«

»Als Verteidiger des Angeklagten Morris Alburg«, antwortete Mason, »möchte ich darauf aufmerksam machen, daß er nicht von irgendwelchen Aussagen bindend betroffen ist, die Dixie Dayton gemacht hätte.«

»Und ich behaupte, daß er es als Mitangeklagter und Verschwörer doch ist«, erwiderte Hamilton Burger.

Mason lächelte. »Würden Sie es als zutreffend hinnehmen, daß, wenn irgendeine Person in ein Hotelzimmer hereinkäme und behauptete, Seine Gnaden beispielsweise dabei wären, einen Mord zu begehen, Sie dann versuchen würden, die Schuld Seiner Gnaden zu be-

weisen, indem Sie die Leiche und eine Aufnahme jenes Gesprächs vorwiesen?«

»Das ist etwas ganz anderes!« fuhr Burger auf.

»Würde es Ihnen etwas ausmachen, genau zu definieren, inwiefern das etwas anderes ist?«

»Aber wie steht es nun mit der Angeklagten Dixie Dayton?« fragte Richter Lennox.

Mason sagte: »Euer Gnaden, Dixie Dayton wäre, selbst wenn sie in diesem Zimmer gewesen wäre und gesagt hätte, daß Morris Alburg dabei sei, einen Mord zu begehen, noch immer nicht von einer Anklage betroffen, und sie könnte nicht als Beweis für den Mord angeführt werden, es sei denn, sie hätte an dem Mord selbst teilgenommen.«

»Das hat sie ja«, sagte Hamilton Burger.

»Beweisen Sie das!« fuhr ihn Mason an.

»Ich bin ja gerade dabei.«

»Dann tun Sie es auf ordnungsgemäßem Wege. Zäumen Sie nicht das Pferd am Schwanz auf!«

»Einen Augenblick bitte«, sagte Richter Lennox, »wir haben eine ungewöhnliche Situation hier. Ich verstehe Mr. Masons Standpunkt. Er ist sorgfältig durchdacht und scheint wohlbegründet.«

»Aber Euer Gnaden«, protestierte Hamilton Burger wieder, »ist Euer Gnaden denn die Situation nicht klar? Perry Mason war in diesem Hotelzimmer mit Dixie Dayton. Dixie Dayton hat in ausführlicher Rede erklärt – und ich kann Euer Gnaden versichern, daß es eine Tatsache ist, denn wir haben sie auf diesen Platten festgehalten hier vorliegen –, daß Morris Alburg George Fayette umbringen wollte oder gerade dabei war, es zu tun. Und kurz nach diesem Gespräch wird George Fayette ermordet aufgefunden, und es gibt ausreichende Beweise für den Zusammenhang zwischen Morris Alburg und diesem Verbrechen.«

»Das ist alles ganz schön und gut«, meinte Richter Lennox, »aber zunächst müssen Sie nicht nur beweisen, daß es die Angeklagte Dixie Dayton gewesen ist, die jene Aussage in dem Hotelzimmer gemacht hat, sondern auch den Tatbestand des Wissens von der beabsichtigten Tat, des einverständlichen Handelns, also einer Verschwörung, wie Mr. Mason feststellte.«

»Was das Faktum der Verschwörung anbetrifft, werden wir es durch Indizienbeweis belegen. Wir können keine Platte vorführen, auf der die beiden Angeklagten zu hören sind, wie sie beieinandersitzen und tatsächlich aussprechen: ›Jetzt werden wir George Fayette umbringen.‹

Das müssen wir durch Aussagen und durch das Verhalten der Betreffenden beweisen.«

»Sie könnten natürlich die Situation wesentlich vereinfachen«, schlug Richter Lennox vor, »wenn Sie Mr. Mason fragten, ob Dixie Dayton, die Angeklagte in diesem Prozeß, nicht an einem bestimmten Tag ihm das und das gesagt habe.«

»Ich weiß nicht, wie Mr. Masons Antwort ausfallen würde, Euer Gnaden. Er könnte es abstreiten, und dann wäre ich wieder in der gleichen unmöglichen Situation, daß ich die Glaubwürdigkeit meines eigenen Zeugen anfechten müßte. Das möchte ich nicht tun. Ich möchte die Möglichkeit derart eng limitieren, daß Mr. Mason entweder seine Antworten in Einklang mit den Tatsachen geben muß, so wie ich sie sehe, oder daß Mr. Mason sich der Meineidsanklage aussetzt.«

»Ja«, sagte Richter Lennox, »ich kann Ihren Standpunkt verstehen. Ich sehe auch die schwierige Lage – das Dilemma, wenn Sie wollen –, aber die Tatsache bleibt bestehen, daß dieses Dilemma den bestehenden Regeln gerichtlicher Praxis entsprechend gelöst werden muß. Ich vertrete die Ansicht, daß dieser Zeuge nicht gezwungen werden kann, diese Frage, gegen die von dem Verteidiger beider Angeklagten Einspruch erhoben wurde, zu beantworten. Ich meine, daß ein weiterer Beweis für die Verschwörung erbracht werden muß, bevor das zur Diskussion stehende Gespräch in die Beweisaufnahme aufgenommen werden kann. Haben Sie außerdem noch Fragen an diesen Zeugen?«

»Im Augenblick nicht«, antwortete Burger.

»Also gut, Mr. Mason«, entschied Richter Lennox, »dann sind Sie aus dem Zeugenstand entlassen und können Ihre Funktion als Verteidiger der Angeklagten wieder aufnehmen.«

»Unter dem Vorbehalt, daß Sie später, wenn die Beweisaufnahme weiter vorgeschritten ist, wieder erneut aufgerufen werden können«, fügte Hamilton Burger hinzu.

»Selbstverständlich«, bestätigte Richter Lennox. »Fahren Sie nun fort in der Beweisführung.«

»Als nächsten Zeugen rufe ich Frank Hoxie auf.«

Frank Hoxie, der Nachtportier im Keymont Hotel, wurde vereidigt. Er betrat den Zeugenstand und gab seinen Namen, seine Adresse und seinen Beruf mit gelangweilter Stimme an.

»Kennen Sie einen der Angeklagten in diesem Prozeß?«

»Ja.«

»Welchen?«

»Beide.«

»Was taten Sie am 2. und 3. dieses Monats?«

»Ich arbeitete als Nachtportier im Keymont Hotel.«

»Um welche Zeit traten Sie Ihren Dienst an?«

»Um neun Uhr abends.«

»Um welche Zeit beendeten Sie Ihren Dienst?«

»Um acht Uhr morgens.«

»Wann machten Sie die Bekanntschaft des Angeklagten Morris Alburg?«

»Ein paar Tage vorher.«

»Versuchen Sie, das genaue Datum anzugeben.«

»Am 1. des Monats.«

»Wo lernten Sie ihn kennen?«

»Ich war im Hotel.«

»Hinter dem Empfangstisch?«

»Ja.«

»Im Dienst als Nachtportier?«

»Ja.«

»Und was für ein Gespräch führten Sie mit Mr. Alburg?«

»Er kam herein und fragte nach einem Zimmer. Er sagte, daß seine Schwägerin plötzlich auf Besuch gekommen sei und daß er ein Zimmer für sie mieten wolle.«

»Unter was für einen Namen trug er sie ein?«

»Unter Mrs. Madison Kerby.«

»Sie gaben ihm ein Zimmer?«

»Ja.«

»Welches?«

»Zimmer 815.«

»Und das war das Zimmer, in dem später die Leiche von George Fayette entdeckt wurde?«

»Ja.«

»Haben Sie die Person, die Morris Alburg als seine Schwägerin bezeichnete, jemals kennengelernt?«

»Jawohl.«

»Wann?«

»Die Angeklagte Dixie Dayton kam zum Empfang und sagte, daß sie Mrs. Madison Kerby sei, und fragte nach dem Schlüssel für das Zimmer 815. Ich habe ihr den Schlüssel gegeben.«

»Und es war die Angeklagte?«

»Es war Dixie Dayton, die Angeklagte, die vor ein paar Minuten aufgestanden ist.«

»Wann wurde das Zimmer zurückgegeben?«

»Es ist gar nicht zurückgegeben worden. Sie behielten das Zimmer bis zum Tage des Mordes, an dem sie verhaftet wurden.«

»Haben Sie der Polizei mitgeteilt, wer das Zimmer gemietet hatte?«

»Die Polizei war sehr hinter mir her, um herauszubekommen, wer es gemietet hatte.«

»Und was haben Sie gesagt?«

»Ich habe gesagt, daß ich die Leute nie zuvor gesehen hatte und nicht wußte, wer sie waren.«

»War das die Wahrheit?«

»Es war die Wahrheit.«

»Vielleicht«, fuhr Burger fort. »können Sie uns etwas darüber erzählen, was am Abend des 2. und am Morgen des 3. geschehen ist.«

»Es war am Morgen des 3. dieses Monats, als Perry Mason in das Hotel kam.«

»Um welche Zeit war das?«

»Gegen halb drei Uhr ungefähr.«

»War die Angeklagte Dixie Dayton um diese Zeit im Hotel?«

»Ja.«

»Woher wissen Sie das?«

»Ich hatte sie hereinkommen sehen, aber nicht beobachtet, daß sie das Hotel verlassen hat.«

»Wann war sie gekommen?«

»Ungefähr eine halbe Stunde, bevor Mr. Mason kam.«

»Und der Angeklagte Morris Alburg. War er im Hotel?«

»Ja.«

»Und wann war er gekommen?«

»Ungefähr eine Stunde vor Mr. Mason.«

»Sie sind sich Ihrer Identifizierung der Angeklagten sicher?«

»Ganz sicher.«

Hamilton Burger wandte sich an Mason. »Legen Sie Wert darauf, diesen Zeugen ins Kreuzverhör zu nehmen?«

»Ich denke schon«, antwortete Mason.

Er schob seinen Stuhl zurück, erhob sich und sah den jungen Mann an, dessen blaue wäßrige Augen sich tapfer bemühten, Masons Blick standzuhalten, ihm jedoch bald auswichen, zurückkamen, um wieder auszuweichen.

Mason hielt seine Augen fest auf den Zeugen geheftet.

Wieder machte der Zeuge den Versuch, Masons Blick standzuhalten, und wieder, nach weniger als einer Sekunde, wandte er den Blick ab und bewegte sich unruhig im Zeugenstand.

»Wie lange stehen Sie im Dienst des Keymont Hotels, Mr. Hoxie?«

»Seit drei Jahren.«

»Wo haben Sie davor gearbeitet?«

»An verschiedenen Orten.«

»Können Sie sie nennen?«

»Ich habe Waren in Kommission verkauft.«

»Was für eine Art Waren?«

»Novitäten.«

»Können Sie sich an den Namen der Firma erinnern?«

»Nein. Es war kein sehr seriöses Unternehmen.«

»Haben Sie jemals beim Militär gedient?«

»Nein.«

»Haben Sie jemals irgendeine andere bezahlte Stellung drei Jahre lang innegehabt?«

»Nein.«

»Sie hatten als Teil Ihres Arbeitsentgelts in der Stellung als Nachtportier zwei Wochen Urlaub im Jahr?«

»Nein.«

»Keinen Urlaub?«

»Keinen Urlaub.«

»Und Sie arbeiteten regelmäßig, jede Nacht?«

»Nun ja, einmal hat man mich nach Mexico City geschickt, geschäftlich. Es waren nicht eigentlich Ferien. Es war aber eine Abwechslung.«

»Geschäftlich inwiefern?«

»Um einen Geldbetrag einzukassieren.«

»Für das Hotel?«

»Ja.«

»Sie haben das Geld einkassiert?«

»Ich bekam eine schriftliche Zahlungsverpflichtung, und man sagte mir, daß das genügte. Die Geschäftsführung im Hotel teilte mir das telegraphisch mit.«

»Wie lange waren Sie von Ihrer Arbeit hier fort?«

»Fast einen Monat. Es war eine schwierige Sache gewesen. Viele Dinge waren zu berücksichtigen.«

»Wofür war das Geld fällig gewesen?«

»Das weiß ich nicht.«

»Wann war das gewesen?«

»Ungefähr vor einem Jahr.«

»An welchem Tage sind Sie genau abgereist? Können Sie sich daran erinnern?«

»Gewiß kann ich mich daran erinnern. Ich nahm ein Nachtflugzeug am 17. Nein, wenn Sie es ganz genau nehmen, war es am 18. September vorigen Jahres.«

»Wieso sind Sie des Datums so sicher?«

»Wenn Sie im Keymont Hotel arbeiteten, würde es Ihnen auch nicht schwerfallen, sich an das Datum zu erinnern, an dem Sie einen

Freiflug nach Mexico City geschenkt kriegten. Der Manager rief mich zu sich und erzählte mir von diesem Geschäft und sagte, daß sich jemand an Ort und Stelle begeben müsse, der die Angelegenheit in die Hand nehme. Er gab mir Geld, schickte mich in mein Zimmer, um meine Sachen zu packen, und dann zum Flughafen.«

»Um welche Zeit war das?«

»Kurz vor Mitternacht, am 17. September.«

»Das Flugzeug flog wann ab?«

»Punkt ein Uhr dreißig morgens, am 18.«

»Ein Nonstopflug?«

»Nein. Ich stieg in El Paso um, und wenn Sie sämtliche Details wissen wollen: ich saß neben einer bildhübschen Blondine, die mit mir flirtete und plötzlich müde wurde, als sie entdeckte, daß ich in El Paso aussteigen wollte. Von El Paso an saß ich neben einer Frau, die Knoblauch gegessen hatte und ein Kind bei sich hatte, dem schlecht wurde.«

Im Saal brach Gelächter aus.

Mason verzog keine Miene.

»Und in Mexico City hatten Sie mit Ihrer Angelegenheit erst mal Schwierigkeiten?«

»Und wie.«

»Aber es war ein Urlaub?«

»Es war eine Abwechslung.«

»Haben Sie jemals versucht, Ihren Job im Keymont Hotel aufzugeben und in einem anderen Hotel Arbeit zu suchen?«

»Euer Gnaden«, unterbrach Hamilton Burger, »es besteht doch kein Grund dafür, daß dieser Zeuge über alle Einzelheiten seiner Vergangenheit derart in Stücke gefragt wird. Der Verteidiger soll sein Kreuzverhör doch auf die Dinge beschränken, die bei der direkten Vernehmung aufgeworfen wurden.«

Richter Lennox sagte: »Es scheint mir, daß da einige ungewöhnliche Aspekte im Hintergrund sind, und ich werde das Kreuzverhör nicht beschränken. Einspruch zurückgewiesen.«

»Haben Sie es versucht?« wiederholte Mason.

Der Zeuge versuchte, Mason in die Augen zu sehen. Es mißlang ihm. »Nein«, sagte er mit leiser Stimme.

»Sind Sie jemals«, fragte Mason jetzt, »wegen eines schweren Verbrechens verurteilt worden?«

Der Zeuge machte Anstalten, sich von dem Zeugenstuhl zu erheben, ließ es dann und sank zurück.

»Euer Gnaden«, wandte sich Hamilton Burger erneut an Richter Lennox, »das ist ganz offensichtlich ein Schuß ins Ungewisse. Es ist

ein Versuch, den Ruf eines Zeugen zu beschmutzen, dessen einziger Fehler es ist, gegen Mr. Masons Klienten auszusagen.«

»Ich glaube allerdings auch, daß die Frage unter diesen Umständen etwas brutal ist«, sagte Richter Lennox. »Es ist jedoch eine durchaus zulässige Frage. Sie bietet einen der Gründe, die Glaubwürdigkeit eines Zeugen anzufechten, und die Frage ist darüber hinaus nicht direkt verneint worden. Daher werde ich etwas gegen meinen Willen diesen Einspruch zurückweisen.«

»Sind Sie jemals«, wiederholte Mason, »wegen eines schweren Verbrechens verurteilt worden?«

»Ja.«

»Was war es? Wo haben Sie die Strafe abgesessen?«

»Ich war wegen bewaffneten Raubüberfalls in San Quentin. Jetzt wissen Sie alles. Machen Sie nur weiter und ruinieren Sie mich. Reißen Sie mich in Stücke, wenn es Ihnen Spaß macht.«

Mason sah den jungen Mann einen Augenblick lang aufmerksam an, zog dann mit seinem Stuhl um den Verteidigertisch herum, ließ sich nieder und sagte im Tone echten Mitgefühls: »Ich glaube nicht, daß ich das will, Mr. Hoxie. Ich glaube, daß wir dies jetzt eher als Ausgangspunkt und nicht als Endpunkt nehmen werden. Wußten Ihre Arbeitgeber, daß Sie vorbestraft waren?«

»Warum glauben Sie wohl, daß ich bei einem zweitklassigen Job in einem drittklassigen Hotel aushielt?« fragte Hoxie wütend.

»Sie sind ganz sicher in Ihrer Identifizierung der Angeklagten?« fragte Mason wieder.

»Absolut sicher. Ich habe die Gabe, niemals ein Gesicht zu vergessen. Wenn ich einmal eine Person gesehen habe und weiß, wer es ist, vergesse ich diese Person niemals – deshalb sind meine Dienste wohl unter anderem für das Hotel von Wert.«

»Wann sind Sie verurteilt worden, Frank?«

»Vor zehn Jahren.«

»Und Sie verbüßten die Strafe wie lange?«

»Fünf Jahre.«

»Und was dann?«

»Dann hatte ich vier oder fünf verschiedene Jobs, und irgendwas passierte immer. Mein Strafregister kam raus, und ich wurde an die Luft gesetzt.«

»Und dann?«

»Dann wurde ich auf Verdacht verhaftet. Nicht, weil ich irgendwas getan hätte, nur so, des Strafregisters wegen. Ich wurde dann polizeilich vorgeführt, und dann wußte ich schon, daß ich den Job wieder los war. Ich war ziemlich verzweifelt.«

»Erzählen Sie weiter«, sagte Mason.

»Ein Polizeisergeant kam nach einer dieser polizeilichen Gegenüberstellungen zu mir. Er hatte Mitleid mit mir und sagte, daß er einen Freund hätte, der Manager im Keymont Hotel sei. Er sagte, daß es ein Ort wäre, der mit der Polizei Schwierigkeiten gehabt habe, und der Manager würde daher Verständnis dafür haben, wie mir zumute sei und überhaupt für meine Probleme. Der Polizeibeamte wußte, daß ich ein großes Talent hatte, Gesichter zu behalten, und er wußte, daß das Keymont Hotel einen Nachtportier suchte, weil er selbst den vorigen gerade ins Gefängnis geschickt hatte. Er sagte mir, daß er hätte drohen müssen, das Hotel überhaupt zu schließen, und daß dieser neue Manager versprochen hätte, sein Bestes zu tun, um das Hotel von jetzt an im gesetzlichen Rahmen zu führen. Der Polizeibeamte riet mir, zu diesem neuen Manager zu gehen und ihm alles von mir zu erzählen. Er sagte, daß es für mich nur eins gäbe, und das wäre, eine Anstellung bei jemandem zu bekommen, der meine Vergangenheit kennt, damit ich eine echte Chance hätte, wieder auf eine ordentliche Bahn zu kommen. Er riet mir, daß ich hingehen und ganz offen sein sollte, und machte mich darauf aufmerksam, daß ich mich nur dann um diesen Job bemühen sollte, wenn ich ernsthaft vorhätte, ein ordentliches Leben zu führen, denn das Hotel hätte einen schlechten Ruf, und das Sittendezernat würde es beobachten.«

»Und Sie folgten diesem Rat?«

»Ja. Es war der beste Rat, den ich je gekriegt habe.«

»Und Sie werden bei diesem Job gut behandelt?«

»Meine Arbeitsstunden sind doppelt so lang, wie sie sein sollten. Ich bekomme ungefähr die Hälfte von dem, was ich bekommen müßte. Ich werde höflich behandelt. Man hat mir gesagt, daß ich meinen Mund zu halten habe. Es ist nicht grade das beste Hotel in der Stadt. Es ist ein drittklassiges Hotel, und das Geschäft mit allem Drum und Dran ist auch drittklassig. Ich halte meine Augen und meine Ohren offen, meinen Mund zu und meine Nase sauber, und ich bin immer noch da. Damit wären wohl Ihre Fragen beantwortet, Mr. Mason, und Sie haben Ihren Spaß gehabt. Morgen werden die Stammkunden im Hotel wissen, daß ihr Nachtportier ein früherer Zuchthäusler ist.«

»Zu Ihrer Information«, fing Mason an, »ist dies, glaube ich, das einzige Mal in meiner gesamten Gerichtssaalpraxis gewesen, daß ich einen Zeugen gefragt habe, ob er jemals zu einer Zuchthausstrafe verurteilt worden ist. Ich persönlich glaube, daß, wenn ein Mann seine Schuld der Gesellschaft gegenüber bezahlt hat, die Schuld aus den Büchern gelöscht werden sollte. Aber . . .«

»Bitte, Euer Gnaden«, unterbrach Hamilton Burger, »ich erhebe

gegen diese Rechtfertigungsrede des Verteidigers Einspruch. Er hat das Kind in den Brunnen fallen lassen und die Karriere dieses jungen Mannes ruiniert, und jetzt versucht er, sich auf salbungsvolle Art und Weise ein Alibi dafür zu verschaffen.«

Richter Lennox schlug mit dem Hammer: »Der District Attorney wird sich solcher beleidigender persönlicher Äußerungen enthalten. Mr. Mason ist juristisch im Recht, und das Gericht glaubt die allgemeine Absicht im Hintergrund von Mr. Masons Vernehmung zu erkennen. Wenn Sie besondere Einwände zu machen haben, bringen Sie sie vor, wenn der Verteidiger mit seinen Fragen fertig ist . . . Fahren Sie fort, Mr. Mason.«

»Ich danke Ihnen, Euer Gnaden«, sagte Mason.

Er wandte sich wieder an den Zeugen und sagte: »Dieser Polizeisergeant, der so freundschaftlich zu Ihnen war, hat Sie im Auge behalten?«

»Ja. Er ist der Leiter des Sittendezernats.«

»Er sieht ab und zu nach bei Ihnen?«

»Ja.«

»Häufig?«

»Sicher. Man behält das Hotel im Auge. Es geschieht so einiges da. Wir können es nicht ändern, aber die Geschäftsleitung ist an diesen Dingen nicht beteiligt. Wir fragen genauso wenig nach der Heiratsurkunde, wenn ein Paar ein Zimmer nimmt, wie die erstklassigen Hotels. Wir versuchen, die Hotelpagen daran zu hindern, Callgirls zu besorgen, und wir vermieten kein Zimmer an Rauschgifthändler. Dabei ist mein Gedächtnis für Gesichter natürlich sehr nützlich. Das Hotel war schlimm dran, und der District Attorney drohte schon, es zu schließen. Die Eigentümer müßten entweder reinen Tisch machen, oder sie hätten ihr investiertes Kapital verloren.«

Der Zeuge machte eine kleine Verbeugung zu Hamilton Burger hin, der sich um ein tugendstrenges, hoheitsvolles Aussehen bemühte.

»Und deshalb ist die Geschäftsführung daran interessiert, sich mit dem District Attorney gut zu stellen?«

»Einspruch, da Suggestivfrage«, warf Burger ein.

»Dem Einspruch wird stattgegeben.«

»Wie steht es mit Ihnen, Mr. Hoxie«, fragte Mason, »liegt Ihnen daran, sich mit dem District Attorney gut zu stellen?«

»Ich möchte ihn nicht als Feind haben. Immer, wenn sich die Behörden für mich interessieren, bin ich geliefert. Aber deshalb habe ich keine Unwahrheit erzählt. Ich erzähle nur das, was tatsächlich geschehen ist.«

»Trotzdem ist es Ihnen lieb, eine Chance zu haben, dem District Attorney beizustehen?«

»Ich bedaure es, daß ich überhaupt als Zeuge aufgerufen worden bin.«

»Aber Sie waren froh über die Chance, dem District Attorney einen Gefallen tun zu können.«

»Ich glaubte, es könnte mir vielleicht einmal etwas nützen, wenn Sie es so ausgedrückt haben wollen.«

Mason wandte sich an Hamilton Burger. »Ich glaube, daß es dieses Mal nichts anderes als fair ist, Mr. District Attorney, wenn ich dem Gericht meine Ansicht über das unterbreite, was vermutlich der Hintergrund Ihrer Anklage ist.«

»Ich führe meinen Fall auf meine eigene Weise«, antwortete Hamilton Burger.

»Trotzdem«, sagte Mason zu Richter Lennox. »Soweit ich es verstehe, hat die Polizei einen Revolver in ihrem Besitz, der in Seattle versetzt worden war. Der Pfandleiher von dort ist hier im Saal und wird die Angeklagte Dixie Dayton als die Person identifizieren, die diese Waffe versetzt hat. Und diese Waffe ist nach dem Gutachten des Experten für Ballistik, Mr. Mott, der das hier bezeugen wird, die Waffe, die zum Mord an einem gewissen Robert Claremont benutzt worden ist, ein Mord, der vor ungefähr einem Jahr in dieser Stadt begangen wurde, und soweit ich es richtig verstehe, ist es die Absicht der Anklage, zu beweisen, daß Morris Alburg und Dixie Dayton den Mord an George Fayette geplant haben, um Spuren des damaligen Mordes zu vertuschen.«

Hamilton Burgers Gesicht zeigte völliges, entgeistertes Erstaunen.

»Ist das nicht der allgemeine Hintergrund der Anklageerhebung?« fragte ihn Mason.

»Wir werden unsere Anklage schon selbst rechtfertigen«, antwortete Hamilton Burger.

»Das können Sie sehr wohl tun, Mr. Burger«, sagte Richter Lennox, »aber das Gericht hat ein Recht darauf zu wissen, ob diese Skizzierung des Hintergrunds, wie sie der Verteidiger gegeben hat, den Tatsachen entspricht.«

»Sie ist im wesentlichen richtig, Euer Gnaden«, bestätigte Burger mürrisch. »Ich hatte angenommen, der Anwalt der Angeklagten würde diesen Teil meiner Beweisführung nicht berühren. Seine Aussage kommt mir überraschend.«

Richter Lennox sagte: »Ich kann jetzt den Grund für die einleitenden Bemerkungen des District Attorney verstehen, die sich auf die Zulässigkeit einer Beweisführung bezogen, die zwar andere Verbre=

chen betrifft, in dem hier zu verhandelnden Fall jedoch in der Frage des Motivs wichtig sein könnte.«

Mason saß zurückgelehnt in dem Mahagonisessel am Tisch der Verteidigung, seine langen Beine vor sich gekreuzt, und sah mit nachdenklichem, grübelndem Blick auf den jungen Mann im Zeugenstand.

»In der zur Diskussion stehenden Nacht arbeiteten Sie als Nachtportier und bedienten gleichzeitig die Telefonzentrale?«

»Ja.«

»Aus Zimmer 721 kam ein Anruf – eine Frau, die sagte ›Rufen Sie die Polizei‹?«

»Ja.«

»Trotzdem haben Sie nichts unternommen?«

»Doch, ich habe. Die Frau hing ein. Ich habe sofort zurückgerufen und gefragt, was los sei. Sie lachte und sagte, ich sollte nicht töricht sein, es sei ein Witz gewesen.«

»Und weiter haben Sie nichts unternommen?«

»Natürlich nicht. Ich nahm an, daß ihr Freund ein bißchen zu munter geworden war und daß sie ihn erschrecken wollte. Jedenfalls war sie nicht in irgendeinem Angstzustand.«

»Kamen Sie nicht auf die Idee, daß eine andere Frau Ihren Anruf angenommen haben könne?«

»Damals nicht. Im Keymont Hotel ruft man die Polizei nicht an, es sei denn, es geht um einen Riesenkrach. Man erledigt Schwierigkeiten möglichst selbst.«

»Aber später haben Sie die Polizei doch angerufen?«

»Als ein Revolverschuß losging, ja. Man kann schließlich keinen Schuß überhören.«

Wieder betrachtete Mason den Zeugen nachdenklich, überlegend. »Ihre Arbeitgeber wußten von Ihrer Vorstrafe, nicht wahr?«

»Ich habe Ihnen bereits gesagt, daß sie es wußten.«

»Und ab und zu wurde es Ihnen auch mal aufgetischt?«

»Wie meinen Sie das?«

»Nun, wenn Sie irgend etwas tun sollten, was vielleicht nicht ganz in Ordnung war?«

»Sie haben kein Recht dazu, mich über irgend etwas zu befragen, was nicht zu diesem Fall hier gehört«, erwiderte der Zeuge.

»Sehr richtig«, sagte Mason, und ohne seinen Blick abzuwenden fragte er über die Schulter in den Saal hinein: »Ist Leutnant Tragg hier?«

»Jawohl«, antwortete Tragg.

Mason sagte: »Leutnant Tragg, Sie haben eine Fotografie von Robert Claremont, von dem Polizisten, der vor etwas über einem Jahr

in dieser Stadt hier ermordet worden ist. Würde es Ihnen etwas ausmachen, herzukommen und dieses Foto dem Zeugen zu zeigen?«

»Was hat das alles mit dem Prozeß hier zu tun?« fragte Hamilton Burger irritiert.

»Es kann sogar eine ganze Menge damit zu tun haben«, erklärte Mason, ohne die Quelle der Unterbrechung auch nur anzusehen, den Blick weiterhin auf den Zeugen geheftet. »Ich nehme an, daß Sie, meine Herren, tatsächlich daran interessiert sind, den Claremont-Mord zu klären?«

»Ich ganz bestimmt«, sagte Leutnant Tragg und ging auf den Zeugenstand zu.

Er reichte Perry Mason eine Fotografie.

»Zeigen Sie sie dem Zeugen«, forderte ihn Mason auf.

Leutnant Tragg trat zu dem Zeugen und hielt ihm die Fotografie hin.

Der Zeuge sah auf das Foto, fing an den Kopf zu schütteln, streckte dann die Hand aus, nahm das Bild, betrachtete es und hielt es einen Moment in der Hand.

Es war ganz deutlich, daß die Hand zitterte.

»Sie haben gesagt, daß Sie niemals ein Gesicht, das Sie einmal gesehen haben, vergäßen«, sagte Mason, »und deshalb für das Keymont Hotel so wertvoll seien. Haben Sie jemals das Gesicht des Mannes auf dieser Fotografie gesehen?«

»Ich mache das Gericht darauf aufmerksam«, kam es von Hamilton Burger, »daß das kein ordnungsgemäßes Kreuzverhör ist. Wenn der Verteidiger diesen Mann zu seinem eigenen Zeugen machen will ...«

»Er ist durchaus berechtigt, das Gedächtnis des Zeugen zu prüfen«, sagte Richter Lennox. »Ein Zeuge, der die ungewöhnliche Aussage macht, daß er niemals ein Gesicht vergißt, das er einmal gesehen hat, bezeugt, daß er ein überdurchschnittlich gutes Gedächtnis hat. Daher ist der Verteidiger unter diesen Umständen berechtigt, dieses Gedächtnis zu prüfen. Der Zeuge wird die Frage beantworten.«

»Ich kann nicht.«

»Vorsicht«, warnte ihn Mason streng, »bedenken Sie, daß Sie unter Eid aussagen.«

Der Zeuge hielt noch einmal das Foto hoch. Jetzt wurde das Zittern der Hand derart deutlich, daß er die Hand eiligst in den Schoß fallen ließ.

»Nun?« fragte Mason. »Wie lautet die Antwort? Ja oder nein?«

»Ja«, sagte Hoxie mit kaum hörbarer Stimme.

»Wann haben Sie ihn gesehen?«

»Euer Gnaden«, protestierte Hamilton Burger erneut, »das geht wirklich zu weit . . .«

Leutnant Tragg warf dem District Attorney einen wütenden Blick herüber.

»Ich ziehe den Einspruch zurück«, sagte Hamilton Burger.

»Wann?« fragte Mason noch einmal.

»Wenn das wirklich das Bild von Claremont ist – ich denke, es war in der Nacht, als ich nach Mexico City flog.«

»Um welche Zeit?«

»Früh am Abend. Da war etwas losgewesen.«

»Was?«

»Er kam ins Hotel und ging hinauf, um einen Gast zu besuchen. Dann kam eine Beschwerde, daß ein Streit losging. Ich telefonierte in das Zimmer des Gastes. Der Krach hörte auf.«

»Und was geschah dann?«

»Nichts.«

»Wurde aus dem Zimmer telefoniert?«

»Daran kann ich mich nicht erinnern.«

»Sie sagten, daß Sie niemals ein Gesicht vergäßen. Wer war der Gast in dem Zimmer?«

»Ein Stammgast.«

»Wer?«

»George Fayette, der Mann, der am 3. dieses Monats ermordet wurde.«

Perry Mason stand auf, schob seinen Stuhl zurück und sagte: »Ich danke Ihnen, Mr. Hoxie«, und zu dem entgeisterten Gerichtshof: »Das wären alle Fragen, die ich habe.«

»Heißt das, daß Sie schon fertig sind?« fragte Richter Lennox ungläubig.

»Im Augenblick ja«, bestätigte Mason und fuhr mit einem Lächeln fort, »und ich glaube, daß, wenn sich das Gericht für eine halbe Stunde zurückziehen würde, die Vernehmung am besten von Leutnant Tragg weitergeführt werden kann, unter Ausschluß der Öffentlichkeit.«

Richter Lennox zögerte, runzelte die Stirn, griff dann nach seinem Hammer. »Ich glaube, ich verstehe, Mr. Mason. Das Gericht wird eine halbstündige Pause einlegen. Die Angeklagten verbleiben in Haft.«

Und Richter Lennox begab sich stehenden Fußes mit einem vielsagenden Blick auf Leutnant Tragg aus dem Saal hinaus in sein Arbeitszimmer.

16

Mason saß Dixie Dayton und Morris Alburg in einem der vom Gerichtszimmer aus zugänglichen Zeugenzimmer gegenüber.

»Jetzt«, sagte er, »brauche ich ein paar Tatsachen. Wo finde ich Thomas E. Sedgwick?«

Alburg sah Dixie Dayton an.

Sie schüttelte den Kopf. »Das werde ich niemandem sagen.«

»Mir werden Sie es sagen«, entgegnete Mason. »Wir werden ihn vorführen können, sobald Leutnant Tragg mit Frank Hoxie fertig ist.«

»Mr. Mason, wissen Sie, was Sie verlangen?« fragte Dixie Dayton wütend. »Es geht hier um den Mord an einem Polizisten. Die Polizei würde ihm nicht mal Zeit zum Atemholen lassen. Er hätte nicht die geringste Chance. Die würden ihn so schnell ins Leichenhaus expedieren, daß er gar nicht wüßte, wie ihm geschieht.«

»Warum?« fragte Mason.

»Warum! Wovon reden Sie überhaupt? Sind Sie begriffsstutzig?« fuhr Morris Alburg auf.

»Ich bin weder begriffsstutzig noch taub«, sagte Mason. »Warum würden sie ihn ins Leichenhaus expedieren?«

»Weil es eben so ist mit der Polizei. Wenn man einen Polizisten umbringt, hat man sie alle auf dem Hals.«

»Und warum?«

»Weil sie sich natürlich rächen wollen, und wahrscheinlich, um den Leuten klarzumachen, daß man nicht ungestraft Polizisten umbringen kann. Zu ihrem eigenen Schutz.«

»Und an wem wollen sie sich rächen?«

»An jedem, den sie für schuldig halten.«

»Eben«, sagte Mason. »Bisher hatten sie gedacht, daß Tom Sedgwick der Schuldige sei. Ich glaube kaum, daß sie ihn jetzt noch für schuldig halten.«

Dixie Dayton begann zu erzählen: »Er ist lungenkrank. Er kann keine normale Arbeit tun. Er braucht Ruhe. Er ist dabei, sich langsam, sehr langsam wieder aufzurappeln. Deshalb tat er, was er tat. Deshalb geriet er in die Buchmacherei hinein. Er glaubte, wenn er Geld genug hätte, könnte er eine Weile ausruhen. Er ist nicht schlecht, Mr. Mason, er – er ist nur ein Mensch. Er tat nur, was viele andere Leute auch taten, und dann – dann hingen sie ihm diesen Mord an dem Polizeibeamten auf, nur weil sich damals dieser Spürhund auf ihn konzentriert und ihn in der Mache gehabt hatte.«

»Sie haben ihn gedeckt?« fragte Mason Dixie Dayton.

Sie nickte.

»Sie haben mit ihm gelebt, für ihn gewaschen, gekocht, genäht, versucht, ihm eine Chance zu geben?«

Sie nickte und sagte dann: »Ich würde mein Leben für ihn geben.«

»Gut«, sagte Mason. »Dann geben Sie mir lieber jetzt die Adresse, unter der er in diesem Augenblick zu finden ist, und Sie können Ihr Leben und auch seins erhalten.«

Morris Alburg drehte sich jäh um: »Gib sie ihm, Dixie!«

17

Mason, Della Street und Paul Drake saßen in Masons Büro, als Gerti vom Empfang her drei aufgeregte Telefonsignale herüberschickte.

»Das«, sagte Mason, »wird Leutnant Tragg sein.«

Er hatte die Worte noch nicht heraus, als Tragg ohne jede Zeremonie die Bürotür aufriß, kurz nickte und sich mit einem »Hallo, Leute« gegenüber von Masons Schreibtisch niederließ.

»Nun?« fragte Mason.

»Alles vorbei.«

»Erzählen Sie doch.«

»Ich möchte eigentlich nicht.«

»Wir haben ein Recht darauf.«

»Ich weiß. Deshalb bin ich ja hier. Geben Sie mir ein bißchen Zeit.«

Tragg fischte eine Zigarre aus seiner Tasche, knipste die Spitze ab, zündete sie an und musterte Mason forschend durch die ersten blauen Wolken des Zigarrenrauchs. »Wie sind Sie auf das alles gekommen, Mason?«

»Ich hatte es mit zwei Klienten zu tun, die beide eine unmögliche Geschichte anzubieten hatten«, antwortete Mason. »Keine Jury hätte ihnen eine solche Geschichte jemals abgenommen. Und da dämmerte es mir, daß es die Wahrheit sein könnte.«

»Ich sehe nicht, wie das Sie weiterbringen konnte«, meinte Tragg.

»Wenn jemand einen Verteidiger dazu bringen kann, Beweise vorzubringen, nach denen seine Klienten todsicher schuldig gesprochen werden müssen, obwohl der Verteidiger instinktiv weiß, daß es sich um die Wahrheit handelt, dann muß derjenige etwas von Beweismaterial verstehen. Die Darstellungen der beiden Angeklagten waren so völlig unglaubhaft, daß sie verurteilt worden wären, wären sie damit im Zeugenstand herausgekommen.

In einem einzelnen Fall hätte das Zufall sein können. In zwei Fällen jedoch sprach das von Absicht, von System. Und da wurde mir plötzlich klar, daß ich es mit einem Schema zu tun hatte. Thomas E.

Sedgwick hatte sich in der gleichen Situation befunden. Jede Geschichte, die er vor einer Jury erzählt hätte, würde ihn in alle Ewigkeit verurteilt haben. Deshalb war die einzige Alternative für ihn die Flucht.

Sehen Sie, Leutnant, ich habe einfach eine ganz gewöhnliche Polizeimethode angewendet. Viele Ihrer Verbrecher kriegen Sie mit Hilfe eines Merkmals, das Sie *Modus Operandi* nennen und das Ihnen aus den Akten bekannt ist. Es basiert darauf, daß ein Verbrechter, der einmal ein erfolgreiches Verbrechen hinter sich gebracht hat, weiterhin in allem, was er tut, nach dem gleichen Schema vorgehen wird.

In Sedgwicks Fall war es so, daß er eine völlig unmögliche Geschichte zu erzählen hatte und im Besitz einer Mordwaffe gewesen war. Ebenso hatte Morris Alburg eine völlig unmögliche Geschichte und eine Mordwaffe.

Ich sagte mir, daß Claremont, der es offenbar auf die oberen Spitzen abgesehen hatte, vielleicht schon Kontakte aufgenommen hatte.

Ein Umstand kam mir zu Hilfe. Der Nachtportier vergaß niemals ein Gesicht. Ich beschloß, diesen Fall so aufzufassen, daß ich ihn zunächst mit einer Menge Fragen im Kreuzverhör ablenkte, um dann mit einer Nebenfrage herauszubekommen, ob Hoxie sich daran erinnern könnte, Claremont an dem Abend, an dem er ermordet wurde, im Hotel gesehen zu haben.

Als Hoxie von dem plötzlichen Flug nach Mexiko berichtete, begriff ich, was geschehen war. Danach gab es nur noch eine Frage, die den ganzen Fall aufklären würde, aber ich dachte, es sei besser, wenn diese Frage von Ihnen privat gestellt würde, als daß ich das öffentlich im Gericht täte.

Als ich sah, daß Hoxies Hand anfing zu zittern, glaubte ich die Antwort zu wissen . . . Die Frage war natürlich, ob Fayette noch irgendeinen anderen Besucher in seinem Zimmer gehabt hatte, als Claremont nach oben ging.

Und jetzt sagen Sie mir, wie weit zielte ich daneben?«

»Sie haben nicht das kleinste bißchen danebengezielt«, sagte Tragg. »Ich wünschte, Sie hätten es getan. Das Schlimme daran ist, daß die Leute immer meinen, die Polizei sei ein völlig verrotteter Haufen, bloß weil ab und zu irgendein heimtückischer Schurke aufs Ganze geht und sich ein Vermögen zusammenscharrt. So war es in diesem Fall. Verdammt noch mal, dem Kerl gehörte das Keymont Hotel. Was wissen Sie darüber?«

»Ich wußte, daß ihm das Hotel gehörte«, sagte Mason. »Und außerdem noch das Bonsal Apartmenthaus und wahrscheinlich auch das andere Apartmenthaus, wohin die Gefangenen gebracht wurden und wo sie die Handtücher sahen.«

Einen Augenblick herrschte allgemeines Schweigen. Tragg zog an seiner Zigarre und sagte dann: »Bob Claremont war nicht so dumm und naiv, wie viele Leute glaubten. Er wußte, daß Sedgwick Buchmacher war, aber er wußte auch, daß Sedgwick Protektionsgelder zahlte. Und er wußte, daß Fayette der Mittelsmann war. Claremont war hinter der Quelle der Protektion her. Er fand sie heraus. Die Spur führte ins Keymont Hotel. Und da traf Bob Claremont wahrscheinlich auf die Überraschung seines Lebens. Er fand die wirkliche Identität des Mannes heraus, hinter dem er her war. Er hat das Hotel nicht lebend verlassen. Sie brachten ihn im Frachtenlift herunter und in den Wagen. Dann holten sie Sedgwick.«

»Wer holte?«

»Wer wohl, glauben Sie? Der Mann, der die Protektionsgelder eingenommen hatte. Er sagte Sedgwick, daß er heißer als ein Feuereisen wär und daß die Leute darauf gekommen wären, daß er Protektion zahlte. Er sagte Sedgwick, daß er zwölf Stunden Vorsprung hätte, um aus der Stadt zu verschwinden und alles zu verkaufen, was er besäße, und dann abzuhauen.«

»Genauso hatte ich es mir vorgestellt«, sagte Mason.

»Sie wissen ja, was danach geschah. Sedgwick tat, was er tun sollte, und steckte damit unwiderruflich seinen Kopf in die Schlinge.«

»Und was ist mit der Pistole?« fragte Mason.

»Das war ein übler Trick«, sagte Tragg. »Sedgwick wurde zu verstehen gegeben, seine einzige Chance läge darin zu verschwinden, bis sich die Dinge beruhigt hätten, daß er aber immer diese eine Person wissen lassen müßte, wo er sich gerade befand. Sedgwick besaß eine Waffe. Eine Smith & Wesson. Aber es war nicht die, die Dixie versetzt hat. Das war die Dienstwaffe von Claremont. Irgendwie gelang es ihnen, Sedgwicks Waffe nach dem Mord zu vertauschen. Sedgwick und Dixie müssen danach von jemandem besucht worden sein, den sie für einen vertrauenswürdigen Freund hielten und der die beiden Waffen austauschte.«

»Warum?« fragte Mason.

»Weil das die Lebensversicherung der Bande darstellte. Im Grunde glaubten sie nicht, daß Dixie Dayton jemals zurückkommen würde, aber trotzdem waren sie immer darauf vorbereitet. Ich gäbe viel darum, nicht davon sprechen zu müssen.«

»Ich weiß«, sagte Mason, »aber Sie werden es tun müssen. Sie schulden uns das.«

»Natürlich«, seufzte Tragg bedrückt. »Warum, zum Teufel, glauben Sie, daß ich hier bin?«

»Haben Sie eine Aussage von Hoxie?«

»Selbstverständlich habe ich eine Aussage von Hoxie. Sie hatten ja schon alles getan, außer daß Sie mir den verfluchten Fall in Zellophan verpackt auf einem silbernen Tablett fertig überreichten. Ich hatte immer gewußt, daß da irgendwas bei dem Mord an Bob Claremont faul war. Ich wußte, daß er nicht freiwillig in einen Wagen eingestiegen sein konnte. Ich wußte, daß er niemand anderen seinen eigenen Revolver hätte ziehen lassen. Die Sache war verrückt. Mußte es sein. Aber ich bekam einfach nicht heraus, was daran nicht stimmte.

Dann, natürlich, als Sie Hoxie im Kreuzverhör hatten, mußte es ein Blinder mit 'nem Glasauge sehen. Das Keymont Hotel spielte im Glücksspielgeschäft mit. Der District Attorney wollte eine Untersuchung einleiten. Ein neuer Manager war hineingesetzt worden. Ein junger Bursche mit Vorstrafen kam als Nachtportier. Er hatte ein Gedächtnis für Gesichter. Wäre er in der Stadt geblieben, hätte er am nächsten Morgen die Zeitungen mit Bob Claremonts Bildern gesehen. Er hätte ihn als den Polizisten in Zivil erkannt, der auf einer heißen Spur in das Hotel gekommen war. Dann hätte sich die Situation gewandelt. Hoxie hätte die Eigentümer in der Hand gehabt . . . Also spannten sie den Mann ein, der den Rauschgiftring in Mexiko unter sich hatte, und hetzten Hoxie ins Flugzeug, und der Partner in Mexiko jagte Hoxie dann so lange herum, bis der Claremont-Mord vergessen und die Bilder aus den Zeitungen verschwunden waren. Dann konnte Hoxie wieder zurückkommen.

Damit wäre es gut gewesen, wenn Dixie nicht Tom Sedgwick zurückgebracht hätte. Fayette versuchte, sie in die Seitengasse zu jagen, wo sie zu einer Spazierfahrt erwartet wurde. Sie reagierte nicht wie gewünscht. Und Fayette war seiner Sache so sicher, daß er seinen eigenen Wagen dazu hergab. Er hatte an die Möglichkeit gedacht, daß er vielleicht entdeckt werden könnte, deshalb mietete er sich in dieser Nacht für den eigenen Gebrauch einen anderen Wagen.

Als Dixie dann losrannte, bekam Fayettes Wagen ein Loch von der Kugel ab, und dann entdeckte die Polizei in Seattle, daß Dixie Claremonts Revolver versetzt hatte.

Damit war es aus. Fayette war dran. Er hätte gesungen, um seine Haut zu retten. Daher wurde beschlossen, ihn um die Ecke zu bringen und das Verbrechen Alburg und Dixie in die Schuhe zu schieben, indem man die beiden mit einer unmöglichen Geschichte versah. Den Strich durch die Rechnung haben Sie dann gemacht, als Sie den einen schwachen Punkt ausgruben – etwas, was sie selbst vergessen hatten: die überstürzte Abschiebung von Hoxie nach Mexico, damit er Claremonts Bilder nicht in den Zeitungen sah.

Und dann natürlich, da es ja um große Fische und Riesensummen

ging, hatte der Kopf vom Ganzen selbstverständlich genug Leute an der Hand, auf die er rechnen konnte, Leute, die helfen mußten und die allen übrigen Beteiligten unbekannt waren.«

»Und der wirkliche Besitzer des Hotels?« fragte Mason, »der wirkliche Kopf des Protektionsgeschäfts?«

»Warum muß ich denn auch das noch sagen?« Tragg wurde wild. »Sie wollen mich kreuzigen! Sie wollen . . .«

»Ich will nichts dergleichen«, unterbrach ihn Mason. »Ich will nur den Fall geklärt haben.«

»Er ist es. Und wissen Sie, wer es war?« fragte Tragg. »Es war Sergeant Jaffrey vom Sittendezernat. Ihm gehörte das Hotel mit allem Drum und Dran. Ihm gehörten ein halbes Dutzend anderer Häuser, und er besaß drei oder vier Safes. Es wird sich herausstellen, was da alles drin ist.«

»Und wo ist er jetzt?« fragte Mason.

»Er ist tot.«

Mason schnellte aus seinem Stuhl hoch. »Tot?«

»Ja, tot. Er wurde erschossen, als er sich der Festnahme widersetzte.«

»Großer Gott! Wer hat ihn erschossen?«

Tragg erhob sich aus seinem Sessel, blieb eine Weile bewegungslos stehen, dann ballte sich seine rechte Hand, und er zerdrückte die Zigarre, die er geraucht hatte, zu winzigen Tabakkrümeln zusammen.

»Wer, zum Teufel, glauben Sie wohl? Ich!« sagte er und ging.

Agatha Christie

Agatha Mary Clarissa Miller, geboren am 15. September 1890 in Torquay, Devonshire, sollte nach dem Wunsch der Mutter Sängerin werden. 1914 heiratete sie Colonel Archibald Christie und arbeitete während des Krieges als Schwester in einem Lazarett. Hier entstand ihr erster Kriminalroman *Das fehlende Glied in der Kette*. Eine beträchtliche Menge Arsen war aus dem Giftschrank verschwunden – und die junge Agatha spann den Fall aus. Sie fand das unverwechselbare Christie-Krimi-Ambiente.
Gleich in ihrem ersten Werk taucht auch der belgische Detektiv mit den berühmten »kleinen grauen Zellen« auf: Hercule Poirot, der ebenso unsterblich werden sollte wie sein weibliches Pendant, die reizend altjüngferliche, jedoch scharf kombinierende Miss Marple (*Mord im Pfarrhaus*).
Im Lauf ihres Lebens schrieb die »Queen of Crime« 67 Kriminalromane, unzählige Kurzgeschichten, 7 Theaterstücke (darunter *Die Mausefalle*) und ihre Autobiographie.
1956 wurde Agatha Christie mit dem »Order of the British Empire« ausgezeichnet und damit zur »Dame Agatha«. Sie starb am 12. Januar 1976 in Wallingford bei Oxford.

Von Agatha Christie sind erschienen:

Das Agatha Christie Lesebuch
Agatha Christie's Miss Marple
Ihr Leben und ihre Abenteuer
Agatha Christie's Hercule Poirot
Sein Leben und seine Abenteuer
Alibi
Alter schützt vor Scharfsinn nicht
Auch Pünktlichkeit kann töten
Auf doppelter Spur
Der ballspielende Hund
Bertrams Hotel
Die besten Crime-Stories
Der blaue Expreß
Blausäure
Das Böse unter der Sonne
oder Rätsel um Arlena

Die Büchse der Pandora
Der Dienstagabend-Club
Ein diplomatischer Zwischenfall
Dreizehn bei Tisch
Elefanten vergessen nicht
Die ersten Arbeiten des Herkules
Das Eulenhaus
Das fahle Pferd
Fata Morgana
Das fehlende Glied in der Kette
Ein gefährlicher Gegner
Das Geheimnis der Goldmine
Das Geheimnis der Schnallenschuhe
Das Geheimnis von Sittaford
Die großen Vier
Das Haus an der Düne
Hercule Poirots größte Trümpfe
Hercule Poirot schläft nie
Hercule Poirots Weihnachten
Karibische Affaire
Die Katze im Taubenschlag
Die Kleptomanin
Das krumme Haus
Kurz vor Mitternacht
Lauter reizende alte Damen
Der letzte Joker
Die letzten Arbeiten des Herkules
Der Mann im braunen Anzug
Die Mausefalle und andere Fallen
Die Memoiren des Grafen
Mit offenen Karten
Mörderblumen
Mördergarn
Die mörderische Teerunde
Die Mörder-Maschen
Mord auf dem Golfplatz
Mord im Orientexpreß
Mord im Pfarrhaus
Mord im Spiegel oder Dummheit ist gefährlich
Mord in Mesopotamien
Mord nach Maß
Ein Mord wird angekündigt
Die Morde des Herrn ABC
Morphium
Nikotin
Poirot rechnet ab
Rächende Geister
Rotkäppchen und der böse Wolf
Ruhe unsanft
Die Schattenhand
Das Schicksal in Person
Schneewittchen-Party
Ein Schritt ins Leere
16 Uhr 50 ab Paddington
Der seltsame Mr. Quin
Sie kamen nach Bagdad
Das Sterben in Wychwood
Der Tod auf dem Nil
Tod in den Wolken
Der Tod wartet
Der Todeswirbel
Tödlicher Irrtum oder Feuerprobe der Unschuld
Die Tote in der Bibliothek
Der Unfall und andere Fälle
Der unheimliche Weg
Das unvollendete Bildnis
Die vergeßliche Mörderin
Vier Frauen und ein Mord
Vorhang
Der Wachsblumenstrauß
Wiedersehen mit Mrs. Oliver
Zehn kleine Negerlein
Zeugin der Anklage